第一百零六章

冯啸辰并没有告诉罗翔飞自己打算怎么做，他表示自己对于这件事已经有一个初步的想法，但还没有考虑成熟，需要再了解一些情况再说。罗翔飞与冯啸辰有足够的默契，见他不肯说，也就没有追问，只是说什么时候冯啸辰考虑成熟了，再来找他交流。

事实上，经委的这两百多个待业青年有些已经在家里待了好几年了，领导们倒也没急着非要在这个把月的时间里解决这个问题。既然冯啸辰说要考虑，罗翔飞也就由他去了。

在随后的几周里，冯啸辰忙得脚不沾地。因为冯舒怡给他打来了越洋长途，说自己将在3月底访问中国，届时将带几个德国商人同行。在冯舒怡到来之前，冯啸辰要做的准备工作实在是太多了。

“啸辰，我又见到你了！”在首都机场，衣着艳丽的冯舒怡推着装得满满的行李车走出等候大厅，迎面与前来迎接的冯啸辰碰上。德国婶子扔下行李车，大步走上前来，不容分说又给冯啸辰来了一个拥抱，顿时把与冯啸辰同来的其他接机者都雷了个外焦里嫩。

“婶子，这里是中国，三叔就没教过你啥叫入乡随俗吗？”冯啸辰大大方方地接受了这个拥抱之后，假装难堪地对冯舒怡批评道。他早看出来了，这位婶子纯粹就是想整蛊，她知道中国人性格保守，所以故意这样做来戏弄冯啸辰。在这种情况下，冯啸辰越是尴尬，她就越是开心。

冯舒怡格格笑着，为自己的恶作剧得逞而感到得意，她回头招呼三位同行的德国男子，指着其中两位向冯啸辰说道：“啸辰，我给你介绍一下。这两位是德国格拉尼建筑材料公司的职员。这位是阿尔坎先生，是公司的营销经理；这位是丹皮尔先生，是质量检验师，他们是专程为了你说的冷

水矿的装饰石材而来的。”

“你们好，欢迎你们到中国来！”冯啸辰用德语向两位格拉尼公司的职员致着欢迎词，然后把他们介绍给了与自己同来接机的严福生和常敏。严福生和常敏连忙上前，与对方握手致意。

冯舒怡这趟来中国，身负着两项职责。第一项便是应冯啸辰的要求，带这两位建筑材料公司的人员到冷水矿去实地考察花岗岩材料的情况，确定从中国进口花岗岩石材事宜。在此之前，冯啸辰已经让人对冷水矿的花岗岩进行了技术鉴定，并把鉴定材料发给了冯舒怡。冯舒怡找到格拉尼公司，请他们研究这些鉴定材料。正如冯啸辰预测的那样，格拉尼公司的技术人员和营销人员看过材料之后，如获至宝，当即表示如果资料属实，他们非常愿意从中国引进这种石材，并在整个欧洲市场进行销售。

建筑石材这种东西，从来都是不怕花样繁多的。建筑师和普通人家都喜欢尝试各种新的材料，以显示自己的与众不同。冷水矿的花岗岩品质良好，环保指标也达到了欧洲最严格的标准，自然能够赢得建筑界的青睐。当时德国市场上几乎见不到来自于中国的石材，光是这个噱头就足够让格拉尼公司想尝试一下了。

当然，还有一个更重要的原因，那就是价格便宜啊！

在冷水矿时，冯啸辰与潘才山等人一起研究过石材的定价问题。最初，潘才山他们算出来的价格是每片600毫米见方、厚度20毫米的抛光板材可以卖到两元人民币的样子，这样石材厂非但能够支付得起所有待业青年的工资，甚至还能有少许的利润。

冯啸辰回忆了一下后世冷水矿建筑石材的销售资料，又结合未来几十年中国的物价变化和汇率变化，拿笔算了半天，怎么算都觉得这个价格似乎是太低了。他让冷水矿开了个介绍信，跑到市里的邮电局给远在德国的冯舒怡打了个长途电话，然后回来告诉潘才山等人，他们的报价还可以再高一些，最起码也要乘上五倍的样子吧。

这个数字一说出来，当即就把所有人都惊呆了。乘上五倍，那就是每

片石材可以卖到10块钱人民币，这不是抢钱的节奏吗？按体积算下来，一立方米石材差不多就是1400块钱，合800多美元，什么时候石头能卖得比矿石还贵了？

其实，潘才山他们还真的想错了，这个世界上优质的花岗岩本来就比铁矿石要贵得多。不是所有的花岗岩都能够作为建筑石材的，而在能够用作建筑石材的花岗岩中，又分为若干个档次，冷水矿的花岗岩是属于高档的那一类。此外，铁矿石的开采没什么讲究，直接用炸药炸开，然后用大电铲挖出来就行。而作为建筑材料的花岗岩却需要整块地开采出来，再进行切割、抛光等工序进行加工，还要计算边角料的损耗，这也是要计入成本的。

在当年，中国人没有这么奢侈，很少使用石材作为建筑材料，所以在人们的眼里石头是不值钱的。欧洲市场的情况就不同了，一方面是建筑中使用石材的数量较大，拉高了价格，另一方面则是人工和环保的成本很高，所以优质石材价格不菲。即便是这个乘了五倍的价格，在格拉尼公司看来，也仍然是便宜得惊人，算上海运成本，再算上付给冯舒怡的佣金，他们还是能够稳稳地赚到一倍的利润。当然，前提是这些石材真的能够达到冯啸辰所说的各项质量指标，尤其是辐射剂量和色泽这两项，对价格的影响实在是太显著了。

当然，到了后世的中国，家家户户装修新家或多或少都会用上一些石材，一块天然石材的台面也能卖到上千块钱。如果潘才山他们也是穿越者，对于现在冯啸辰报出的价格就不会觉得惊讶了。

带着半信半疑的心理，冷水矿派出了严福生前往京城迎接格拉尼公司的技术人员。冶金局对此事也高度重视，派出常敏陪同，与冯啸辰一道到机场接机。在从冶金局到机场的路上，严福生嘟囔了不止二十次，说价钱方面是不是应当稍微保守一点，不要说得太高，免得把客户吓跑了。常敏倒是见过一些世面的，知道德国人有钱，虽然她也不太相信石材的价格能卖得这么高，但还是站在冯啸辰的一边，说不妨先开个高价试试，对方实在觉得价格太高，还可以再还价嘛。

冷水矿派出的德语翻译在一旁给严福生、常敏他们做着翻译，让双方能够顺畅地沟通。冷水矿有不少进口设备，也经常会有国外设备商的技术人员来帮助做技术指导或者维修工作，所以有自己的外语翻译，用不着再麻烦冯啸辰去做翻译了。

严福生在事先受过冯啸辰的再三叮嘱，让他不许在石材的成本、价格上露出半点口风，也不许在外商面前显得太过客气，以免堕了自己的志气，影响谈判。他也是个老江湖了，虽然不懂跨国贸易，但在国内做生意的经验还是有的，因此便强迫自己装出矜持的样子，与阿尔坎等人只谈天气和友谊，只字不提卖石材的事情。

在另一边，冯舒怡正在向冯啸辰介绍她带来的第三位同伴，此人名叫佩曼，自称是德国菲洛金属加工公司的特派专员，是专程前往南江省考察合资事项的。他脸色严肃，即便是在与冯啸辰握手时，露出的笑容也是刻板生硬的，显示出传说中德国人特有的严谨。冯啸辰用德语与佩曼交谈了几句，基本上只是对菲洛公司前来中国投资表示感谢，希望佩曼在中国能有一个愉快的旅程之类。

常敏在与阿尔坎等人打过招呼之后，也过来和佩曼握了握手。有关佩曼的使命，常敏已经听罗翔飞交代过了。佩曼此行的目的与冶金局没有丝毫关系，纯粹算是冯啸辰的私事。不过，引进外资是国策，常敏既是冯啸辰的领导，又是一名国家干部，在这种场合当然要上前来说点冠冕堂皇的大话。

“佩曼先生，非常欢迎贵公司到中国来投资，中国政府对于国外投资是高度重视的，并会给予投资商以无歧视的待遇和必要的照顾，请您放心。”常敏彬彬有礼地说道。

“非常感谢常女士，我想本公司与中国朋友之间的合作一定是会非常愉快的。”佩曼用僵硬的语气回答道。

各自问候完毕，常敏招呼着众人走出机场大厅，上了中巴车，前往专用接待外宾的京城饭店。到了饭店之后，严福生、常敏一行就没法再进去了，人家外宾远道而来，肯定是要先休息的，他们有什么理由去打搅？冯

啸辰却借口以要陪婶子的名义留了下来。等到办完入住手续，到房间放下东西，冯舒怡给佩曼的房间打了个电话，佩曼立马屁颠屁颠地跑了过来，一进门便满面春风地向冯啸辰行了个抱胸礼：“尊敬的老板，佩曼随时听候您的指示。”

第一百零七章

此刻的佩曼，哪里还有在机场时那副傲慢、刻板的模样，分明就是一只萌呆呆的小白兔。好吧，如果要结合他那体型来说，应当是一只萌呆呆的北极熊，冲着冯啸辰只差把尾巴摇起来了。

冯舒怡招呼佩曼坐下，然后向冯啸辰介绍道："佩曼先生原来就是菲洛公司的销售经理，菲洛公司破产之前，他被辞退了。这一次，我们把他重新招聘进来，负责合资企业产品在德国的销售业务，他对公司的忠诚是完全可以相信的。"

冯啸辰向罗翔飞、孟凡泽、乔子远等人说起来的合资企业，其实不过是一家"出口转内销"的私人企业而已。所谓的德资，是冯啸辰在德国出售几项专利技术所获得的收入，通过冯华和冯舒怡的运作，抹掉了冯啸辰的痕迹，成了一笔国外资本。

冯舒怡以自己的名义在德国注册了一家投资公司，冯啸辰作为匿名股东，在其中拥有绝对的控股权。这家投资公司又在市场上收购了一家刚刚破产的德国机械企业，也就是这家菲洛公司。菲洛公司的所有设备都已经在几天前从德国装船起运，即将运往中国，再送往南江省桐川县。这些设备虽然是二手货，却也比国内大多数中小型机械企业的设备要先进得多，这将是冯啸辰的起家资本。

菲洛公司在德国的部分只剩下了一个销售处，佩曼便是冯舒怡雇来担任销售处经理的前菲洛公司雇员。他的职责有两项：其一是继续开拓德国市场，将中国合资企业生产出来的产品在德国销售出去，为合资企业赚取利润和源源不断的外汇收入；其二则是以菲洛公司特派专员的身份，到中国来与冯啸辰唱一出双簧，支撑起合资企业的台面。

从内心来说，冯啸辰真的不喜欢这种方式，这相当于拿外国人来吓唬中国人，是正人君子们所不齿的事情。但在二十世纪八十年代初这个时间点上，他却又不得不这么做。如果没有一顶外资企业的帽子，冯啸辰如果敢自己开起一家颇具规模的私人企业，等待他的就是各种各样的限制，什么雇工不得超过多少多少人，什么产品不能冲击国有企业的传统市场，还有国内对于私人企业的各种偏见和歧视，都足以让他疲于应付。

此外，私人企业在政治上的天然劣势地位，也会让各方宵小对这家企业产生觊觎之心，各种挖墙脚、揩油、蚕食的行为将会持续不断。冯啸辰目前还没有足够的实力，无法保护自己的财产。他如果做不出成绩也就罢了，如果真的能够做出一些亮眼的成绩，那么无异于三岁孩儿持金过市，这不是等着人家来侵吞吗？

有了菲洛公司这顶帽子，情况就大不相同了。以冯啸辰对历史的认知，在此后至少二十年的时间里，“外资”这两个字在中国都具有人挡杀人、佛挡诛佛的神奇威力。尤其是在东山地区这种内地的欠发达地区，一家外资企业简直就是地方官们的祖宗，佩曼在东山地区说句话，没准比谢凯和于长荣都更管用。

冯舒怡把佩曼雇佣下来，并带到中国，就是要让佩曼作为冯啸辰的传声筒，去与南江省以及东山地区的官员们打交道。其实佩曼都不需要说啥，只要在各种场合装装样子就足够了，省地两级的官员自然会请冯啸辰出面去与“佩曼先生”沟通，问问洋大人对哪个地方不满意，需要他们做点什么补救。

关于佩曼的职责，在德国出发之前，冯舒怡已经向他做过详细的交代。冯舒怡还特地告诉他，菲洛公司的真正老板，就是自己在中国的侄儿冯啸辰，佩曼需要在公共场合与冯啸辰保持距离，但在私底下，冯啸辰的话就是命令。佩曼敢说一个不字，回到德国之后，等待他的就是失业的命运。

顺便说一句，二十世纪八十年代初的西方世界正经受着经济危机的蹂躏，失业是一件非常可怕的事情。事实上，西方国家在那个时期纷纷向中

国递来橄榄枝，除了有中国主动开放的因素之外，西方国家急于利用中国市场来摆脱危机也是一个重要的原因。

佩曼正值中年，家里有三个孩子，经济压力极大。冯舒怡给他四万马克的年薪，远远高于当时德国普通白领的薪水，足以让他对公司忠心耿耿。佩曼在常敏、严福生这些中国官员的眼里显得很了不起，其实在德国也就是一个穷矮矬而已。他心里或许还有一点点欧洲人的傲气，但在自己的中国老板面前，他是无论如何也不敢造次的。

“老板，先前我是照着冯女士的吩咐做的，对您的态度有些生硬了，请您原谅。”佩曼小心翼翼地向冯啸辰道着歉，他对这位中国老板的性格不了解，一看对方年纪这么小，心里就咯噔一下。万一对方年轻气盛，觉得他的态度不够谦恭，在冯女士面前说几句不高兴的话，他好不容易到手的饭碗可就砸了。

冯啸辰微微点了一下头，淡淡地说道：“你在机场的表现不错，我很满意。你要扮演的角色，想必你也很清楚。你是一位对中国非常友好的投资代表，但出于公司利益的考虑，需要在各种场合与中方讨价还价。至于我，就是公司委托在中国的代理人，我说话是能够代表公司意图的。以后不管是公开场合还是私下场合，你称呼我为冯先生就可以了，不需要称我为老板。有关你的情况，冯女士在此前已经向我介绍过，希望你能够好好工作，帮助我们把菲洛公司重新振兴起来。”

“我明白，我一定会努力的。”佩曼连连点头，只差掏一个小红本子把冯啸辰的语录记录下来了。

冯舒怡在一旁看着冯啸辰装腔作势，心里好笑，却又不便在佩曼面前揭穿。冯啸辰的这番话，摆足了作为一个老板的姿态，想必能够让佩曼感觉到压力吧，相信他在未来的中国之行中一定会规规矩矩，不会真的把自己当成了什么投资商，说些不该说的话。

向佩曼交代完注意事项，冯啸辰又问道：“佩曼，有关在中国的合资工厂下一步应当如何生产，你有没有什么建议，可以在这里说出来，我是非常愿意听取你们这些菲洛公司的老人的意见的。”

“谢谢老板……啊不，我是说，谢谢冯先生。”佩曼赶紧纠正着，然后拿过一个大纸袋，递给冯啸辰，说道，“这是我在出发前整理的有关菲洛公司的销售资料，请你过目。菲洛公司的所有技术资料和专利授权资料，都是由冯女士组织整理的。销售方面，菲洛公司过去的主打产品包括油膜轴承和机床螺杆，在欧洲市场上有一定的市场份额。只是最近两年德国的劳动力成本上升太快，加上受到日本企业销售的廉价产品的竞争，公司产品的竞争力不断下降，所以才会……”说到这里，他讪笑了一下，觉得在新老板面前为旧老板觉得惋惜有些不妥。

冯啸辰却没有介意，他问道：“那么依你看来，如果把这些产品转移到中国来进行生产，考虑到中国的低劳动力成本优势，我们的产品有没有可能重新占领市场。”

佩曼迟疑一下，说道：“前提是在中国企业里生产出来的产品能够达到在德国生产时的质量，否则的话，我就不敢预测了。”

冯啸辰点点头，道：“这一点很重要，到南江之后，你要在公共场合再特别强调一下。我们从一开始就严格按照德国的工艺标准来组织生产，我们必须保证自己的产品在欧洲市场上具有竞争力。”

冯舒怡在旁插话道：“佩曼原先在菲洛公司也是做过技术的，这一次我跟他说好了，他会在中国待两个月时间，指导一下中国这边的工程师和工人按照德国的工艺标准进行生产。”

“是的是的，我对菲洛公司的生产工艺非常了解，我想我会和我的中国同事合作得很好的。”佩曼表白道。

看到佩曼一副急于表现自己的样子，冯啸辰点点头，对冯舒怡说道：“佩曼在中国出差期间，应当享受出差补助，这一点你向佩曼说过没有？”

“说过了，按照公司的规定，他在中国期间，每天可以增加 100 马克的薪酬。”冯舒怡说道。

冯啸辰道：“很好，回头我会向桐川那边的管理人员交代一下，如果佩曼的工作完成得出色，可以在这个基础上再给他追加一些奖金。”

佩曼激动地站起来，向冯啸辰又行了个礼，说道：“太感谢你了，冯

先生。抱歉，请允许我再称呼你一声老板，你真是一位仁慈的老板。”

冯啸辰笑了起来，他摆摆手，示意佩曼重新坐下，然后说道：“你是一位好员工，菲洛公司是不会亏待忠诚于公司的好员工的。你放心，我会在五年之内让菲洛公司的规模扩大十倍以上，届时你会成为公司的销售总监，你的薪水也会提高到现在的三倍以上。”

齐橙 作品

上海文艺出版社

第一百零八章

冯啸辰这一通手腕，“胡萝卜”和“大棒”齐加，一下子就让佩曼服服帖帖了。

把佩曼打发走，冯舒怡关上门，看着冯啸辰直乐，把冯啸辰都给乐得有些发毛了。“婶子，我说错啥了吗，你为什么这样看着我?”冯啸辰一边抹着脸上莫须有的什么脏东西，一边郁闷地问道。这位德国婶子经常会有些不靠谱的言行，饶是冯啸辰聪明过人，也猜不透她到底在琢磨啥。

“啸辰，妈妈一直都说你为人本分，还说你有爸爸的遗风，只有我才看得出，你简直就是一个阴谋专家。”冯舒怡哈哈笑着说道。她说的爸爸、妈妈自然就是指冯啸辰的爷爷、奶奶了，在奶奶晏乐琴的眼睛里，冯啸辰绝对是单纯烂漫的一个好孩子。

冯啸辰笑着说道：“这不能算是阴谋，我毕竟是佩曼的老板嘛，一个老板对下属说几句勉励的话，有什么不合适呢?”“非常合适。”冯舒怡说道，“你叔叔总是担心你太年轻，不够成熟老练，认为你需要再锻炼几年再开办企业可能会更合适。但现在看来，你比我们想象的都要成熟，我对即将创办的这家企业有更多期待了。”“谢谢婶子的表扬。”冯啸辰说道。

冯舒怡拉过一个行李箱，递到冯啸辰面前，说道：“这箱子里的东西，就是菲洛公司的全部核心技术资料，照你的交代，我在收购菲洛公司时，已经把它们都买下来了。我请人鉴定过，菲洛公司在油膜轴承和机床螺杆方面有一定的技术实力，不过由于这几年经营上不太景气，他们对技术的后续开发投入不足，有些技术已经显得落后了。”

冯啸辰接过箱子，掂了掂分量，并不急着打开来看。他说道：“这种情况我是有心理准备的，毕竟要收购最新的技术需要付出更高的成本，而我现在却没有这么多钱。即便是稍微落后一些的技术，在中国市场上也足够用了。另外，我还打算联络国内的专家在菲洛公司的专利基础上进行再开发，所需要的投入会远远低于在欧洲进行同类开发的投入。”

冯舒怡耸了耸肩膀，说道：“这些我就不懂了，你是公司的老板，一切由你决定就好了。”又聊了一些其他的闲话，冯啸辰站起身，说道：“好吧，婶子，你一路过来也辛苦了，你先好好休息吧。我打算明天和煤炭部的孟部长约一下，你和佩曼两个人陪我一起去见一下孟部长，谈谈合资企业的事情。”“嗯哼，我听你安排就是了。”冯舒怡应道。

冯啸辰从饭店里出来，发现常敏和严福生正坐在饭店门外的一块石头上聊着天，显然是在等他的意思。他三步并作两步地走上前，抱歉地说道：“常处长，严矿长，你们是在等我吗？真不好意思，刚才和我婶子说了会话，让你们久等了吧。”

“不妨事的，不妨事的。”严福生赶紧说道，接着他用眼睛看了看冯啸辰身后，见冯舒怡并没有跟过来，便笑着说道：“小冯，想不到你婶子居然是个德国人，她对你好像很……很不见外的样子哦。”

冯啸辰知道严福生说的是冯舒怡在机场与他拥抱的事情，这种事在时下的国人眼里无疑是颇为离经叛道的，他笑着解释道：“没办法，西方人就是这样，让严矿长见笑了。”“有什么见笑的，婶子对侄子亲热一点是应该的嘛。”严福生掩饰着说道，“我先前还担心她是个德国人，怕她瞧不起咱们中国人，看起来她很随和嘛。”“那是当然的，如果她瞧不起中国人，怎么会嫁给我叔叔呢。”冯啸辰顺着严福生的话说道。

常敏道：“小冯，你刚才有没有问过你婶子，那个格拉尼公司对于与冷水矿合作的事情是怎么考虑的，我们需要做点什么准备工作吗？”听到常敏这样问，严福生也不再和冯啸辰笑闹了，竖起耳朵等着听冯啸辰的回答。其实，他和常敏留在这里等冯啸辰，就是想在第一时间了解到更多的情况，以便做一些准备工作。刚才他与冯啸辰打趣，无非就是想拉近一下感情，以便找机会打听。常敏是冯啸辰的领导，跟冯啸辰不用绕什么圈子，直接就问出来了。

冯啸辰道：“我倒是问了她几句，格拉尼公司那边对于咱们的石材非常感兴趣，表示如果我在此前发给他们的资料属实，他们希望能够成为冷水矿石材厂在欧洲市场上的唯一代理商。”

“我们的资料怎么会不属实呢？你告诉他们，我们可以打包票的！”严福生着急地说道。

冯啸辰笑道：“严矿长，你别急。人家做生意讲究的是规则，咱们打不打包票，对于他们没什么意义。他们这次到中国来，就是要实地检测一下咱们的石材，还要到现场去看看，到底咱们有多少石材资源，以及有多大的加工能力。”

“这个我们可不怕，我们反正没有造假。”严福生道。

常敏问道：“小冯，你刚才说格拉尼公司希望成为我们在欧洲的唯一代理，这对咱们是好事还是坏事呢？”

冯啸辰道：“既不能算是好事，也不能算是坏事，主要还是看双方谈的条件吧。如果我们确定他们作为唯一代理，那么他们肯定愿意在营销方面给予更大的投入，比如投放一些广告，帮助我们宣传，这对我们是有好处的。坏处方面，就是我们容易受制于人，相当把鸡蛋放到一个篮子里了，万一他们的营销能力不行，我们就会为之所累。我觉得，我们在谈判的时候就应当把这点考虑进去，规定他们在一年之内应当完成多少销售量，如果达不到，他们需要向我们赔偿损失，同时我们也有权力更换代理商。此外，如果他们要做唯一代理，在代理价格上相应要抬高一些，这也算是规矩了。”

“小冯，你懂得太多了，回头我们和格拉尼公司谈判的时候，你可一定得参加。”严福生说道。冯啸辰摇了摇头，道：“严矿长，这个恐怕我就爱莫能助了。你们也看到的，和我婶子一起来的还有一位菲洛公司的专员，他是我奶奶介绍到中国来进行投资的。未来一段时间，我要陪他回南江去考察。”

“这……这可怎么办啊？”严福生有点慌了。石材厂这件事从一开始就是冯啸辰在主导，他们这些矿领导几乎都是听了冯啸辰介绍的情况才逐渐了解这桩生意的。现在外商来了，冯啸辰却不能跟着一起谈判，严福生忽然觉得心里空空落落的，完全没底气了。

常敏是知道冯啸辰的安排的，她对严福生劝道："严矿长，小冯有自己的事情，咱们也不能让他耽误了正事。小冯这件事，罗局长是知道的，也做过安排。你们的石材出口是大事，小冯这边引进外资也是大事，两边都不能偏废。石材出口谈判这件事，冶金局会找几位外贸专家配合你们，他们都是有一些经验的，断不会让你们吃亏。另外，你们冷水矿也要有自己的主意，尤其是像小冯说的那样，不要过早泄露自己的底牌。"

冯啸辰道："严矿长，我刚才已经跟我婶子谈过了，她会陪同阿尔坎他们一道到依川去。涉及谈判方面的事情，她会站在我们这边的，你们有事可以和她多商量一下。"

"是吗？"严福生两眼发亮，随即又有些疑惑，问道，"你婶子不是德国人吗，她怎么会站在咱们一边？"

常敏没好气地捅了他一下，说道："严矿长，你糊涂了。冯女士虽然是德国人，可她也是小冯的婶子啊。亲不亲，一家人呢。石材厂这件事既然是小冯提出来的，自然也就是小冯的事，冯女士站在小冯这一边，有什么不对的？"

"对对对，我真是老糊涂了。"严福生拍着自己的脑袋，自嘲地说道，"小冯，这件事办成，你可就是我们冷水矿近一万职工和家属的恩人了。我来之前，潘矿长托我带话给你，以后但凡是你的事情，不分大小，只要我们冷水矿能够办到的，都会给你办成。"

"呵呵，那我就先谢谢潘矿长和严矿长了。"冯啸辰微笑着接受了严福生的好意。人情这种东西是多多益善的，谁知道什么时候能用得上呢？潘才山是行业里的老人了，做出来的承诺还是可以相信的。

这一天就这样过去了。第二天，常敏、严福生陪着阿尔坎和丹皮尔二人去了冶金设计院，准备借用那里的设备对严福生带来的石材样品做一些检测，待拿到检测结果之后，再一同去冷水矿进行实地考察。冯啸辰则领着冯舒怡、佩曼二人来到煤炭部，走进了孟凡泽的办公室。

第一百零九章

“是冯女士和佩曼先生吧，欢迎欢迎，请坐下吧。小冯，你也找地方坐下。”

孟凡泽从写字台后面绕出来迎接冯啸辰一行，招呼着他们入座。一名二十来岁的姑娘跟在孟凡泽的身边，替他做着翻译。

宾主双方握手问候之后，分别落座。冯舒怡和佩曼分坐了两张沙发，冯啸辰自己找了把椅子坐在旁边。孟凡泽与众人打过招呼后就坐回到写字台后面的大椅子上去了，他的秘书赵锐坐在旁边，给这次会谈做着文字记录。服务人员进来给众人倒上了茶水，然后又悄无声息地退出了房间。

“部长先生，很冒昧前来打扰您。首先请允许我代表我的婆婆晏乐琴女士，对您给予啸辰的照顾表示衷心的感谢。”会谈开始，冯舒怡率先发言，说的却不是生意上的事情。冯啸辰在德国的时候，曾经向晏乐琴说起过孟凡泽对他的提携。这一趟冯舒怡到中国来，晏乐琴专门叮嘱她要去表示一下感谢。一个十亿人口大国的副部长是何等显赫的身份，晏乐琴是能够想象得出的，自己的孙子年纪轻轻就能够得到部长的青睐，这简直可以说是前世修来的福气。她这个做长辈的如果不表示一下，未免就太不知好歹了。

冯舒怡的话倒是让孟凡泽有些意外，他看了看冯啸辰，然后笑着说道：“冯女士，你和晏女士都太客气了。小冯是我们的干部，做了很多很出色的工作，组织上对他关心照顾是应当的。其实，我没有照顾到他多少，反而是他帮了我很大的忙，我应当向你们表示感谢才对。”

“部长先生真是说笑了，啸辰还只是一个孩子呢。”冯舒怡说着，戏谑地瞟了冯啸辰一眼，果然见冯啸辰面有尴尬之色，估计是不满于自己被人小看了。

“听小冯说，冯女士这趟到中国来，是来进行投资的?”孟凡泽把话引到了正题上。

“是的。”冯舒怡道，她指了指坐在一旁的佩曼，说道，“我这次到中国来，是专程陪同佩曼先生来的。佩曼先生是德国菲洛金属加工公司的特派专员，是到中国来进行投资考察的。他获得了公司的全权授权，可以与中国方面签订合资协议。菲洛公司的总裁与我婆婆的一名学生非常熟悉，因此可以说这桩投资是由我婆婆促成的。”

“感谢晏女士的一片爱国之心。”孟凡泽道，又把头转向佩曼，说道，“佩曼先生，我代表中国政府，欢迎贵公司到中国来进行投资。”

“谢谢部长先生。”佩曼赶紧说道。在孟凡泽的面前，他有些如坐针毡的感觉，生怕哪句话说错了会引起部长的不悦。一位中国的部长或许管不了他，但自己的老板肯定会非常在乎部长的情绪，部长如果不开心，老板会不会迁怒于自己呢?

“佩曼先生的公司是从事哪方面业务的?”孟凡泽像拉家常一样地问道。

“我们公司主要是做油膜轴承的，也做一些机床上的螺杆。”佩曼规规矩矩地答道。

孟凡泽点点头道：“油膜轴承？我听说过这个东西，是不是内燃机、压缩机、鼓风机上面都会用到这种东西？它和咱们平常用的滚珠轴承相比，有哪些好处，小冯，你能说说看吗?”

冯啸辰道：“油膜轴承属于滑动轴承的一种，根据流体润滑膜压力产生的原理不同，分为流体动压轴承、流体静压轴承和流体动静压轴承；根据流体介质的不同，又分为矿物润滑油、非牛顿流体、其他液体和空气等。油膜轴承的最大优点就在于主轴和轴承之间有一层薄薄的油膜，没有金属间的直接接触，因此几乎不会磨损，摩擦阻力很小，使用寿命也远远长于滚珠轴承。此外，油膜轴承还具有良好的吸振能力，运行平稳、噪音低，非常适合用于大型发电机和轧钢机等重载荷设备。另外，对精度和转速要求较高的精密机床上面也广泛地使用油膜轴承。”

孟凡泽认真地听罢冯啸辰的介绍，对着冯舒怡笑道：“呵呵，冯女士，你听见没有，你的这个侄子专业水平非常高啊，是一个难得的人才。”

“部长先生太夸奖他了，小孩子会骄傲的。”冯舒怡摆足了一个婶子的姿态，惹得冯啸辰在旁边又冷哼了一声，以示不满。

孟凡泽没有在意这婶侄之间的打闹，他继续说道：“小冯，咱们国家的油膜轴承水平如何，你也介绍一下吧。”

“好的。”冯啸辰道，“据我的了解，目前国内能够生产油膜轴承的企业很多，有一定规模的就有二十余家，产品类型覆盖了从高速轻载到低速重载的全系列。不过，因为历史的原因，我国的油膜轴承技术与西方发达国家例如德国相比，还有一定的差距，尤其是在油膜轴承的理论研究方法有所欠缺，导致产品性能相对比较落后，大型重载设备上的油膜轴承还不得不依赖进口，有些精密设备也需要使用进口的油膜轴承。我粗略地向进出口部门了解过，咱们国家每年用于进口油膜轴承的外汇支出高达三百多万美元，这还是在许多企业因为缺乏外汇而无法进口的情况下。”冯啸辰说的这个数据，是他通过王伟龙了解来的。王伟龙在外贸系统有一些朋友，这方面的信息是比较全面的。

孟凡泽在自己面前的便笺纸上记了个数字，然后问道：“引进菲洛公司的技术之后，这种情况能不能得到有效的改善呢？”

“这个需要请佩曼先生作个解释了。”冯啸辰笑着向佩曼做了个手势，这个问题其实他也可以回答，不过，既然把佩曼带来了，总不能让他在旁边装哑巴吧？

听到冯啸辰点自己的名，佩曼赶紧抖擞精神，认真地回答道：“部长先生，请允许我向您介绍一下菲洛公司。菲洛公司在德国是一家知名的油膜轴承生产厂商，我们拥有二十余项专有技术，还参与了多项有关轴承的专利池。我们本次前往中国寻求合资机会，打算把在德国的油膜轴承生产业务全部迁往中国，相应的专利也会全部用于在中国的合资企业。我们相信，这家合资企业成立之后，将能够生产出大量符合中国企业需要的先进油膜轴承产品，为中国实现进口替代。此外，我们的产品还会有一部分返销到欧洲市场去，能够为中国政府获取大量的外汇。”

听到翻译转述佩曼的话，孟凡泽的脸上露出了一个意味深长的笑容，他看了看冯啸辰，说道：“小冯，看起来，菲洛公司对中国很有感情啊，想中国企业所想，急中国企业所急，这种国际主义的精神，值得赞赏。”

冯啸辰翻了个白眼，他知道孟凡泽这话纯粹是在调侃他。早在冯啸辰刚从德国回来向孟凡泽汇报要办一家合资企业这件事的时候，孟凡泽就已经看出这家所谓的外资企业应当是与冯啸辰有瓜葛的。刚才佩曼说了许多冠冕堂皇的话，每一句都是站在中国立场上说的，哪里像是一名德资企业雇员的腔调。孟凡泽一下子就明白了这其中奥妙，心里也是颇为感慨：这个冯啸辰可真有两下子，居然还能请到一个德国人来和他唱这出双簧。

“小赵。”孟凡泽转头向自己的秘书说道，“你刚才也都听到了，菲洛公司的产品，对于咱们国家的机械行业现代化是有极大帮助的，对于菲洛公司在中国建立合资企业的事情，你要关注一下。等佩曼先生到南江考察回来之后，你陪同他到外国投资管理委员会和国家工商总局去办理一下有关登记和注册合资企业的事，务必要抓紧时间，保证合资项目尽快投产。”

“我明白了，部长！”秘书赵锐应道。

冯啸辰带冯舒怡和佩曼来见孟凡泽，其实就是向孟凡泽作一个交代。在孟凡泽面前，他虽然没有把话说破，但佩曼的表现已经足以让孟凡泽了解到这家合资企业的真实情况了。孟凡泽先前就答应过冯啸辰，会在工商登记、注册方面给他一些帮助，但前提是冯啸辰要说明合资企业是怎么回事。

从佩曼那里确认了合资企业的话语权是在冯啸辰手里的，而且生产的产品也是国家工业建设所急需的基础件，孟凡泽对于这家企业就没有什么不放心了，这才叮嘱赵锐去帮忙跑腿。如果这家企业来历不明，或者投资方对中国存有恶意，孟凡泽是不会随便开这个口子的。

走完这个程序，冯舒怡一行在京城又盘桓了两天，然后便分别启程了。冯舒怡、阿尔坎和丹皮尔三人在常敏、严福生的陪同下，出发前往冷水矿，去考察石材原料的情况。佩曼则随着冯啸辰往南江去，落实合资企业的事宜。

引进外资是一件很大的事情，罗翔飞给冯啸辰放了一个无限期的长假，吩咐他安安心心地把这件事情办好再回来。

第一百一十章

托佩曼的福，冯啸辰终于在这个时代享受到了乘坐软卧的待遇。火车经过一天多的跋涉，开进了新岭车站。冯啸辰和佩曼透过车窗看去，见月台上早已挂起了条幅，上面用中德两种语言写着诸如“热烈欢迎菲洛公司特派专员佩曼先生光临南江”之类的欢迎辞。在条幅下面，还站着一大群衣着光鲜的官员，旁边则是披着绶带的漂亮姑娘。这么一个阵势，别说佩曼吓了一跳，连冯啸辰都有些瞠目结舌的感觉。

火车停稳，冯啸辰和佩曼走出车厢，两名身材高挑的文艺学校女生迎上来，分别给二人送上了鲜花。南江省可真是下了本钱啊，冯啸辰在心里无奈地叹道。

这时候，省外贸局局长汤慧华走了过来，满脸堆笑地向佩曼表示着问候。老汤是个有点文化的老牌大学生，一张嘴便是一堆南江的典故，诸如什么雄州雾列、俊彩星驰之类，把从师范大学请来的德语翻译累得脑门上都沁出了汗水，译得吭哧吭哧的，让冯啸辰在旁边听着都替他着急。

佩曼是个工程师出身，别说对中国文化，就算是对德国文化都没有什么太深的了解，听了这一通半中半德、半文半骈的问候，他也有些茫然了，不知道该如何回复才好。冯啸辰见状只能上前解围，和佩曼胡扯了几句，然后向汤慧华表示了感谢。

到这个时候，汤慧华似乎才刚刚看到了冯啸辰，他笑着拍了拍冯啸辰的肩膀，夸了句年轻有为，然后又把注意力转移到佩曼身上去了。在他的眼里，冯啸辰也就是佩曼的随身翻译吧，实在是一个不值得重视的路人甲。

佩曼当然看得出自己与冯啸辰在这些地方官员眼里的地位差异，如果没有前几天与孟凡泽的那番接触，没准他还真的会飘飘然忘了自己的身份了。可想到一个堂堂部长对冯啸辰如此器重，他就知道自己根本没有在冯啸辰这个老板面前嘚瑟的资本。他现在享受到的恭维，不过是冯啸辰给他的一个机会而已，如果他的表现让冯啸辰觉得不满意了，眼前的一切都会化为乌有。

在车站的迎接仪式结束之后，外贸局安排汽车把佩曼和冯啸辰接到新岭市最高级的琴山宾馆，安排他们住下。晚上，在琴山宾馆的宴会厅，由外贸局组织了盛大的欢迎晚宴，招待这第一位到南江省投资的德国客商。省里有十几个厅局都派出了官员前来参加，连省委和省政府也都分别派出了一名副秘书长来捧场。

按照外贸局的设计，晚宴将分为几个步骤，先是省领导和外宾分别致辞，共同举杯，然后是各厅局的领导前来敬酒，走完这些必要程序之后，便是自由交流阶段，大家可以各显神通，看谁能够吸引到外商的注意力，与外商建立起良好的合作关系。

可谁想到，佩曼对于这种中国式的酒宴缺乏应对经验，大家一说举杯，他就老老实实地把杯中酒给干了。他在德国参加过的酒宴，喝的都是低度数的红酒或者啤酒，这种喝法倒也无妨。可在这个宴席上，主人倒上的都是五十几度的茅台，三五杯下去，佩曼就已经找不着北了。

汤慧华一开始见佩曼喝酒痛快，还在暗暗感慨外国人就是海量，一两多一杯的茅台都敢一口干。等到他终于发现情形不对时，已经来不及了。没等几个厅局的干部上来敬酒，佩曼就已经钻到桌子底下去了。见此情形，一干官员面面相觑。汤慧华只能叫来几个身强力壮的服务员，把壮得像头熊似的佩曼抬回房间去休息，酒宴自然也就只能草草收场了。

第二天，应佩曼的要求，外贸局派出了一辆大客车，送佩曼和冯啸辰一行前往东山，去考察合资建厂的情况。汤慧华亲自陪同，坐在车上与佩曼谈笑风生，只可惜是对牛弹琴，他说的那些人文典故丝毫也激不起佩曼的兴趣。

冯啸辰坐在他们身后那排，听汤慧华说得如此不着边际，只能暗暗叹气：封锁了这么多年，这些地方官员根本就不知道该怎么和外商打交道。如果佩曼是个居心叵测之人，而自己又不在身边，汤慧华真有可能被人卖了还帮着数钱呢。

东山地委和行署对佩曼的欢迎自然也不必细说了。佩曼吸取了教训，在东山行署安排的宴会上，他不再傻呵呵地干杯，而是喝得颇有节制，总算是没有再出洋相。行署的于长荣、刘志武等官员对佩曼进行了再一次的试探，想劝说他把合资企业建在东山市，佩曼记得冯啸辰的交代，一口咬定在桐川投资是由公司作出的决定，他没有权力改变公司决策。听他说得如此坚决，于长荣等人也只能悻悻然地放弃了。

同样的过程在桐川县委、县政府那里又重现了一次。好不容易，冯啸辰与佩曼终于来到了桐川农机厂，也就是冯啸辰意向中的合资对象。作为厂方代表出来迎接他们的，是刚刚从县委办调到农机厂来担任厂长的杨海帆。见到佩曼，杨海帆心里一块石头落了地，知道合资这件事跑不了了。

“佩曼先生，非常欢迎您到桐川农机厂来考察。现在请允许我陪同您参观一下我们的生产车间。”杨海帆彬彬有礼地说道。

“非常荣幸，杨先生。”佩曼用矜持的口吻说道，同时行了一个抱胸礼。

有关杨海帆的身份，冯啸辰是向佩曼介绍过的。佩曼知道，如果没什么意外，合资企业建立起来之后，杨海帆将是地位仅次于冯啸辰的二号人物，佩曼这个所谓的“德商”只是杨海帆的一个下属而已。不过，鉴于旁边还有汤慧华、于长荣、范永康、熊小青等一干陪同的官员，佩曼无法表现得太过谦恭，只能用眼神向杨海帆表示歉意了。

春节期间，冯啸辰已经考察过桐川农机厂。现在再次到来，他惊异地发现农机厂已经变了一个模样。从前乱糟糟的厂区，如今已然有些整齐的样子。四下里的杂草被清理干净了，随处可见的垃圾不翼而飞，破败的围墙都已经修缮过，连墙头上为了防盗而栽上去的碎玻璃都显得熠熠生辉。

走进车间，变化就更明显了。墙壁重新粉刷了一遍，腰线以上是雪白的石灰，腰线以下则刷着浅蓝的油漆。车间里的机床数量比此前多了一些，虽然型号仍有些老旧，但每一台机器都擦得锃明瓦亮，摆放得整整齐齐。车间的地面上用黄漆画出了线条，俨然有些现代化工厂的气势了。

“不错，不错，让人震惊。”佩曼大声赞叹。这可不是他与冯啸辰事先商量好的脚本，他是完全出于一种本能发出的感慨。如果同样的景象出现在一家德国工厂里，佩曼是不会觉得惊奇的，但对于一家发展中国家的工厂来说，能够做到这个样子已经非常不错了。

佩曼以往也曾到第三世界去出过差，见过印度、危地马拉等国家的工厂，对于那里的脏乱差印象极深。对于这次到中国来建合资企业，他其实一直都是有些不踏实的，担心菲洛公司的技术在这个落后贫困的国家里根本无法得到应用。油膜轴承的生产对于环境要求是很高的，如果车间过于脏乱，轴承加工过程中就容易沾上灰尘等杂质，对润滑油形成污染，这是对油膜轴承质量最大的威胁。

如今看到这个整洁的车间，佩曼心里的担忧消失了，他开始有些期待后续的生产了。

佩曼当然也能想到，车间的整洁应当是为了欢迎他这个外宾而突击清理出来的。但能够清理出一个整洁环境，就说明这里的管理者和工人是有头脑以及有纪律的，换成印度这样的国家，你就算拿着鞭子去抽打那些工人，他们也无法把一个车间拾掇得清清爽爽。

“佩曼先生，你还满意吧?”杨海帆指着车间，笑着对佩曼问道，说这话的时候，他的眼睛却是看向冯啸辰的。与其说他是在向佩曼询问，还不如说他是在向冯啸辰表功。

“海帆，干得不错啊。”不等佩曼说什么，冯啸辰先发言了。这次他带佩曼来桐川，事先是与杨海帆通报过的，杨海帆说要把厂区好好收拾一下，冯啸辰也同意了，但他还是没想到杨海帆能够做得如此出色。

厂区外面的环境卫生也就罢了，车间内部的整理却是需要一些专业知识的。外行能够看到的仅仅是窗明几净，地面没有污垢，而内行则会关注到通道畅通、设备定置、标识醒目等一系列特征，这些特征本身也是全面质量管理的一个组成部分。

杨海帆能够在短短的时间内完成车间现场的定置管理，这足以说明他是具有一些工业素质的，不是一个只会吹牛的绣花枕头。

第一百一十一章

听到冯啸辰的夸奖，杨海帆脸上露出了笑容，一个多月的努力总算是没有白费，自己的能力算是得到这位领导的肯定了。

佩曼也是懂行的人，看到这个现场，就知道未来自己在工作上不好糊弄了。老板是个专家，老板之下的这位二号人物也有两把刷子，自己如果不能拿出点真材实料的本事，人家是不会买账的。不过，给明白人当下属也有好处，那就是你不用有太多花花肠子，只要把活干好，老板自然会欣赏。对于佩曼这样一个技术出身的人来说，这种工作氛围反而是更合适的。

当着一干领导的面，佩曼自然要哼哼唧唧地发表点意见，随便指几个地方问上几句，显得真是在进行考察的样子。汤慧华一行对于工业生产都是门外汉，也就是看个热闹，见外宾显得挺满意的样子，他们也就笑逐颜开了。

中午的时候，杨海帆在农机厂的小食堂摆了一桌简单的宴席，款待省地县三级领导，当然名义上是给佩曼接风洗尘。冯啸辰假传圣旨，说佩曼先生下午还要与厂里的管理人员和技术人员会谈，所以中午就不喝酒了，各位领导可以随意。汤慧华有心说自己也陪着佩曼不喝酒，架不住范永康、熊小青再三相劝，最后领导们都喝了个半醉半醒，被县委办的工作人员带到县委招待所休息去了。

送走各位领导，杨海帆带着冯啸辰和佩曼来到自己的办公室，一关上门，佩曼就把此前的傲慢嘴脸都收了起来，满脸笑容地向冯啸辰和杨海帆献着殷勤。冯啸辰已经习惯了佩曼的变脸，杨海帆虽然明白佩曼的真实身份，但看到一个白人向自己点头哈腰，还是有些尴尬。

“佩曼先生，以后咱们就是同事了，不用这么客气的。”杨海帆向佩曼说道。

冯啸辰给他俩当起了翻译。安抚完佩曼之后，杨海帆抱歉地对冯啸辰说道：“冯处长，真不好意思，还得麻烦你来当翻译了。其实我已经请了一位翻译过来配合佩曼先生的工作，不过今天咱们要谈一些内部的事情，就不适合请他过来了。下一步，我打算也要自学德语了，否则未来与德国那边合作，太不方便了。”

冯啸辰点点头，道：“学点德语也不错，以后你还会经常到德国去考察的，省得再请翻译了。佩曼，你也要抽时间学点汉语，总不能出去买包烟都要带个翻译在身边吧?”后一句话，他是用德语向佩曼说的，佩曼赶紧点头，还卷着舌头用中文说了一句“我会一点点汉语”，惹得冯啸辰和杨海帆都笑了起来。

说罢语言的问题，冯啸辰又对杨海帆说道：“海帆，以后你也不必喊我冯处长了，就称我一句小冯，或者啸辰。以后咱们在一起合作的时间还长，总是叫冯处长，未免太生分了。”“也好，那我就不客气了。”杨海帆笑着应道。他的岁数比冯啸辰要大出十岁，直呼冯啸辰的名字也不算失礼。正如冯啸辰说的，未来两人是要长期合作的，互相以名字相称，能够拉近双方的关系，如果他坚持一口一个“冯处长”地叫着，恐怕是很难成为冯啸辰的心腹的。

冯啸辰继续说道：“关于这家合资企业的真实情况，我想也到了向你们二位明说的时候了。这家企业的真正出资人是我，这些钱是我奶奶送给我让我创业的。这件事我没有告诉其他人，是因为目前国家的政策环境并不允许我说出来。同时如果有人知道这家企业的后台老板是我，难免会到企业来揩油，届时我们也将不胜其烦。”这个信息是佩曼早就知道的，作为一名德国人，他丝毫没有觉得一个年轻人拥有一家企业是什么大不了的事情。杨海帆事先对冯啸辰与这家企业的关系有着种种猜测，但冯啸辰说出来的情况，无疑是他以最大胆的想象力都没有想到的那种。他最多只是觉得这家企业是晏乐琴出的钱，却没料到晏乐琴把企业送给了冯啸辰。当然，他更想不到其实办企业的钱根本就不是晏乐琴出的，而是冯啸辰自己赚的，这个情况冯啸辰至少在现在还是不适合透露的。

“啸辰，你和这家企业的关系，在政策上不会有什么问题吧？”杨海帆小心翼翼地问道。

冯啸辰摆摆手，道：“其实是没什么问题的。中央领导同志一直都在酝酿推进市场经济的发展，私人投资办企业已经不是违法的事情了。这件事情，煤炭部的孟部长是知道的，而且也是大力支持的。不过，他也叮嘱我暂时不要说出来，因为基层有些领导的观念还比较陈旧，说出来会有一些小小的麻烦。”

“原来是这样，那我就放心了。”杨海帆轻轻点了点头。国家在经济体制改革方面的倾向性，杨海帆多少是有些了解的，他先前那个问题，只是想再从冯啸辰嘴里确认一下，毕竟冯啸辰现在是在京城工作的，接触的都是中央部委级的领导，信息肯定会更灵通。听冯啸辰说孟部长也知道此事，杨海帆就彻底放心了，未来如果这件事情走漏了风声，省地县几级要找麻烦，有一个部长给他们撑腰，也就足够让他们渡过难关了。

“咱们的企业，应当有一个名字吧？总不能叫作中德合资桐川农机厂，这样显得太低档了。”杨海帆又想起了一个新的问题，向冯啸辰建议道。

冯啸辰笑道：“我也有此意，海帆，你的看法呢？”

“起名的事情，应当是你来定的吧？”杨海帆道，“这是你的亲生孩子，怎么能让别人起名字呢？”

“可是我没生过孩子啊。”冯啸辰开了个玩笑。

“我也没有，我也还是单身汉呢。”杨海帆耸耸肩膀说道。

冯啸辰此前倒是想过这个问题的，他说道：“我想过几个名字，海帆，你来帮忙斟酌一下。我觉得，叫作中德辰海金属制品有限公司，如何？”

“辰海……”杨海帆的脸色有些窘迫，他讷讷地说道，“辰字也就罢了，我这个海字……还是不要用了吧。”

“呃……”冯啸辰无语了，他把企业的名字叫作“辰海”，还真不是照着自己和杨海帆的名字来起的，他想到的是后世的一句话，叫作“我们的征途是星辰大海”。听杨海帆这样一解读，倒显得自己想用一个名字把杨海帆给套上，杨海帆毕竟只是一个职业经理人，把他的名字嵌到企业名称里去，似乎有些不合适。

“其实我不是这个意思……”冯啸辰欲盖弥彰地解释着，“我是说……”

说什么呢？冯啸辰又觉得不好挑明了。如果告诉杨海帆说，我起名字的时候压根没想到你，是你自己自作多情了，杨海帆的面子只怕是有些挂不住。既然他误会了，而且还是一个美丽的误会，那么就维持住这个误会也无妨。让杨海帆觉得冯啸辰曾经把他放在如此高的位置上，没准还会迸发出更多的工作热情呢。

杨海帆没有让冯啸辰解释下去，他说道：“我倒觉得，叫辰宇公司是不是更好一点？”

“怎么讲？”冯啸辰问道。

杨海帆道：“啸辰，凌宇，不正好是辰宇吗？既然公司的资金是你奶奶给的，那么把凌宇的名字放进去，不是更能让老人高兴吗？不过……呃，我只是随便说说的。”

说到这里，杨海帆发现自己犯了个错误，甚至有些想把刚才那些话收回来的想法。冯啸辰说办公司的钱是晏乐琴给他的，可没说是给两兄弟的。自己一个外人，自作主张地把冯啸辰名下的公司改成了冯啸辰两兄弟共同拥有的公司，这可犯了天大的忌讳了。

冯啸辰却没有想那么多，杨海帆的建议让他眼睛一亮，觉得辰宇公司这个名字的确是神来之笔，一下子把弟弟冯凌宇在公司的地位体现出来了，而这也正是冯啸辰所希望的结果。

春节过后，冯啸辰就已经说服父母，让冯凌宇辞掉在冶金厅的临时工工作，来到桐川农机厂给一位老车工当起了学徒。冯啸辰从一开始就没打算直接当这家企业的董事长，他只希望当一个幕后操纵者而已。在前台，必须有一个可靠的人来担纲，而他能够找到的最可靠的人，莫过于自己的弟弟。

杨海帆担心冯啸辰不希望弟弟染指自己的产业，而冯啸辰的想法恰恰相反。他正是打算让弟弟学一段时间的机器加工，然后到德国去镀镀金，回来执掌这家企业。如果冯凌宇有本事独当一面，自然是最好的。如果他的能力不足，那么就给哥哥当个傀儡也不错，反正真正做事的有诸如杨海帆这样的职业经理人。

把公司命名为辰宇公司，就从名号上确认了冯凌宇在公司的地位，相当于是一家冯氏兄弟公司了。西方国家有不少兄弟合开的企业，比如什么“雷曼兄弟”……啊呸，咱能找个更吉利点的例子吗？

冯啸辰在心里盘算已毕，便笑着说道：“好，就这么定了，咱们的公司就叫作中德辰宇金属制品有限公司。佩曼，你过几天就回京城去，把公司注册的事情办好。”

第一百一十二章

老板有吩咐，佩曼哪敢怠慢，他赶紧把这件事记了下来。至于说“辰宇”这两个汉字怎么写，届时自然会有人帮忙，佩曼要做的就是演好一个牵线木偶的角色，人家怎么摆弄，他就怎么做好了。

接着，冯啸辰又开始安排有关公司的运作规则。照他的设想，杨海帆担任公司的中方总经理，佩曼则担任外方总经理，名义上是佩曼比杨海帆权力大，实际上佩曼只是技术培训顾问，兼德国销售处的经理，对企业的运营没有任何决策权。

佩曼未来将在桐川呆两个月左右，如果必要，还可以再延长一段时间。在这段时间里，他的任务就是向中方人员介绍菲洛公司的技术要领，培训中方技术员和工人掌握从菲洛公司运来的设备的使用方法。这批设备目前已经抵达浦江港，很快就会发运到桐川。设备中有十几台数控机床，这在中国的机械企业中还是极其罕见的。冯啸辰甚至担心没有一名工人能够使用这些机床，不得已的时候，恐怕还得再请几名德国技师来做培训了。

菲洛公司在油膜轴承方面有深厚的技术积累，最重要的技术资料是由冯舒怡亲手交给冯啸辰的，这一次他也已经带到桐川来了。还有更多的实验资料会随着设备一同运来，成为辰宇公司的技术档案。要消化这些资料，也需要有专业人员，佩曼要负责向辰宇公司的技术人员介绍这些资料的情况，解答疑难问题。总之，就是要把他所掌握的菲洛公司的技术最大限度地榨出来，成为辰宇公司的技术。

对于这个安排，佩曼没什么异议。公司已经卖给冯啸辰了，所有的技术都是属于他的，佩曼只是一个普通雇员，老板让他做什么，他就做什么，只要老板能够兑现给他的出差补助，他就算在中国多住几天又有何妨？

当然，冯啸辰也不会太不把佩曼当一回事，他交代杨海帆，尽量安排好佩曼的生活，住宿和饮食方面，都可以照着接待外宾的标准来处理，不必太苛刻了。桐川毕竟只是一个小县城，生活条件与德国是无法相比的，中国人自己已经习惯于这种生活条件了，佩曼毕竟是个外国人，没必要让他太难受了。

这些事情，目前在整个辰宇公司只限于他们三个人知道，所以他们必须要闭门磋商。谈完这些，杨海帆便领着冯啸辰、佩曼二人来到了车间，与工人们见面。

桐川农机厂有两个车间，一个是金工车间，另一个是钳工车间。金工车间是做各种机床加工的，钳工车间则是一个大杂烩，除了装配之外，还有电焊、热处理等工序。农机厂原来的业务只是做一些农机具的修理，偶尔承接一些特殊机具的单件生产，也谈不上有什么工艺流程，基本上就是想办法把东西做出来就行了。

自从要与德国人合资的消息传来之后，县委根据杨海帆的建议，把原来的厂长调走，任命杨海帆到农机厂当了厂长。这一个多月时间里，杨海帆在厂里搞生产整顿，挑出了一些老弱病残以及吊儿郎当的职工，通过县委的力量，找了个名目都调到外单位去了，留下的都是手脚比较勤快、头脑比较灵活的。

对于杨海帆的整顿工作，范永康和熊小青给予了积极的配合，基本上是杨海帆提出什么要求，他们就满足什么要求。调走一个老厂长，以及安置十几个不称职的职工，对于一个县来说根本就算不上啥难事。杨海帆的理由也是非常充分的，人家好不容易弄来一个外国投资商，如果让外宾看到厂里的职工素质这么差，临时变卦，不在这里投资了，桐川不就傻眼了吗？

清理走了冗员之后，接下来就是补充新人。这件事是冯啸辰交代的，杨海帆有些犹豫，生怕动手太早，未来有什么变故，但冯啸辰再三催促，杨海帆也就只能照办了。

补充进来的名义上叫作新人，平均年龄却已经达到了六十岁，其中只有一个年轻人，那就是冯凌宇。也得亏有他这么一个人，才把平均年龄给拉低了两三岁。这批新人正是杨海帆向冯啸辰说起过的浦江的退休工人，杨海帆回了一趟家，凭着三寸不烂之舌，加上冯啸辰开出的优厚条件，一下子就招到了二十多名技术精湛的老工人，并把他们带回桐川。

这些退休工人当然是没有编制的，因为合资企业还没有建起来，所以他们甚至连个正式的名分都没有。杨海帆把他们安置在厂里住下，用冯啸辰提供的经费给他们发着工资，让他们先熟悉环境，同时向农机厂原来的工人传授一些技术。

桐川农机厂原来也就是五十多人，裁掉十几人之后，剩下的还不到四十个人，浦江来的老师傅们平均每人也就是指导一两个工人而已。原来这些工人的技术水平之差，简直是令人齿冷。老师傅们来了之后，对这些人稍加点拨，众人的技术水平便都有了突飞猛进的上升。被杨海帆留下来的这些工人，多少都是有些上进心的，他们见这些浦江来的老师傅又有本事，又愿意传授他们技艺，一个个都心存感念、五体投地。一个多月来，新老工人的感情日益融洽，厂里的氛围也变得格外和谐。

冯啸辰和佩曼现在看到的，就是这样的一个团队。六十多名工人干部聚在金工车间，排成几排，等着杨海帆给他们讲话。

“各位师傅，现在我给大家隆重介绍一下。这位是德国菲洛公司派来的专员佩曼先生，他将担任咱们合资企业的外方经理，同时也是我们的技术顾问，他会把菲洛公司在油膜轴承制造方面的技术传授给我们，大家用最热烈的掌声，向佩曼先生表示欢迎！”

杨海帆站在众人面前，用煽情的语气大声地说道。他还真有点当厂长的天分，演讲能力颇为了得，语气、语调的把握也十分到位。

“哗！”众人一齐鼓起掌来，所有人的情绪都是发自内心的。一个德国技术顾问在众人心目中的地位是极高的，更遑论他还是企业的外方经理，是掌握大家命运的。

原来农机厂的那些职工，早就盼着外方经理到来了，因为这就意味着合资不是一个幻觉，他们真的能够成为合资企业的雇员了，据说这种企业的工资水平都是翻着番往上涨的。

至于从浦江来的退休工人们，心情也同样激动。他们是出于对杨海帆的信任才从浦江跑到这个落后的小县城来的，白拿了一个月的工资，在这里只干了点不值一提的工作，大家心里都有些忐忑，不知道杨海帆啥时候会突然来通知他们再返回浦江去。现在好了，外商真的来了，这家合资企业一旦办起来，他们起码有三五年的工作可做。想到杨海帆此前承诺给他们的薪水，每个人都是满面春风。

佩曼装模作样地给众人说了几句话，冯啸辰正待上前把佩曼的德语译成汉语，人群中走出来一个戴着眼镜的老头，向着众人已经说开了："各位师傅，佩曼先生说，他很高兴能够来到中国，并且认识咱们大家这些非常优秀的工人。他说他希望在未来一段时间内能够和大家愉快地合作，共同把咱们的企业办成世界一流的轴承制造公司。"

翻译完佩曼的话，那老头又转过头向着佩曼点头致意，用德语做着自我介绍，道："佩曼先生，我是新到本厂的工程师，名叫陈晋群，原来是在浦江市双岗轴承厂工作，从事轴承设计三十多年，也曾接触过油膜轴承。未来我将担任你的德语翻译，希望我的工作能够让你满意。"

他的德语说得有些生涩，但语法和用词却十分准确，可以想见应当是一位精通德语的人士，只是缺乏与德国人进行口语沟通的经验而已。听他说自己是双岗轴承厂的工程师，冯啸辰微笑着看了杨海帆一眼，他记得杨海帆说过他父亲就是双岗轴承厂的厂长，看来这位老兄是把控了自己父亲的墙脚。

佩曼听到陈晋群会说德语，不由心生亲切之感，同时也松了口气。他可不敢总是让冯啸辰给他当翻译，弄得他连话都不敢多说。现在有了一位翻译，他就没有这么多心理压力了。看陈晋群的面色颇为和善，应当是一位比较好说话的老头，佩曼对于自己在桐川的生活又多了几分信心。

"我再给大家介绍另一位领导。"看到佩曼与众人打过招呼，杨海帆拉过冯啸辰，开始介绍道，“这位是国家经委冶金局干事，北宁省林北重型机械厂生产处副处长，同时也是德国菲洛公司特邀代理人，冯啸辰同志。咱们这家合资企业，就是在冯处长的亲切关怀下引进来的。在未来的经营中，佩曼先生因为还有其他的工作要做，不能常驻中国，所以菲洛公司特地聘请冯处长作为菲洛公司的代理人，代表菲洛公司对合资企业行使管理职责。”

第一百一十三章

现场一片沉默。

在场的众人，实在无法消化杨海帆这段话里包含的信息：国家经委的官员，林北重机的副处长，还有菲洛公司的代理人，所有这些头衔中的任何一个，都不应该落在这样一位看上去年轻得过分的青年身上，可偏偏他一个人就包揽了全部这三项。

经委和林北重机这两个职位，与大家的关系都不那么密切，也就罢了。菲洛公司代理人这一条，可就意味着是大家的领导了。岂止是他们这些人，就算是杨海帆这个中方厂长，似乎都是应当听从冯啸辰这位外商代理人的指挥的。

换句话说，如果佩曼不在，那么这个冯啸辰就是厂子的一把手了？

“怎么……大家鼓掌啊！”杨海帆脸上先挂不住了，连忙向大家示意。冯啸辰可是公司的真正老板，大家刚才给个假冒的外方经理鼓掌鼓得那么热烈，现在在真正的老板面前却无动于衷，这让他这个中方厂长情何以堪。

“哗！”掌声再次响起来了，不过声音显得有些参差不齐，估计是各种情绪都有，怀疑的、震惊的、嫉妒的，当然还有一脸懵懂跟着别人一块鼓掌的。

冯啸辰不以为忤，古语说，犬不以善吠为良，有没有真本事，不是靠杨海帆几句忽悠能够证明的，也不是靠着几个头衔来支撑的，等到自己真正做出成绩的时候，工人们自然就会膜拜了。

视察完毕，冯啸辰让陈晋群陪着佩曼给大家讲油膜轴承生产的原理，即日起就进入工作状态，自己则与杨海帆离开车间，绕着厂区转圈，同时聊着公司的发展问题。

“海帆，咱们的职工结构还不行啊。”冯啸辰说道。

“我明白。”杨海帆道，“有点青黄不接，主要能做事的都是这些退休的老师傅，中青年工人数量太少。农机厂留用的这些人，热情是有的，但技术上的潜力不大，未来顶不了事……对了，你弟弟冯凌宇还真不错，学技术挺快的，好几个老师傅都跟我说，想带他做徒弟呢。”

“是吗？”冯啸辰有些兴趣，他想了想，说道，“看起来遗传基因这种东西还真是存在的，我爷爷、奶奶都是机械专家，我和我弟弟身上多少都有些遗传吧。”

“哈哈，肯定是这样的。”杨海帆道。

冯啸辰没有继续这个话题，而是顺着前面的话说道：“的确是青黄不接的感觉，这些老师傅的技术我是充分相信的，即便是马上要接手菲洛公司的数控机床，我相信他们也会很快掌握其中的技巧。但他们的硬伤是体力不行，难以适应高强度的工作，另外就是干不了太长时间，我们不能刚刚积累起一点技术就因为他们退休而被带走了。”

“我想过招一批年轻工人的想法，不过现在公司还没有开始生产，这个时候把年轻工人招进来，几乎发挥不了什么作用，却要支付他们的工资，有些负担不起啊。”杨海帆说道。

冯啸辰问道：“如果招收 40 名青工，一年需要花多少钱？”

“一个人的工资按 30 块钱计算，加上劳保等等，一个人一年大概 500 块钱吧。招 40 个人，就是两万的支出。”杨海帆道。

“才两万？”冯啸辰有些惊讶，他原来预想的数字比这个要大得多了。想想看，佩曼只是一个人，一年就要花掉六七万马克，考虑到汇率方面的因素，折算人民币得 10 万上下了。而厂子里招聘 40 名青工，一年才花两万块钱，杨海帆居然还说负担不起。

冯啸辰这也是有钱底气足了。想想他让陈抒涵在新岭开的那个饭馆，一个月累死累活，也就是千把块钱的利润，陈抒涵已经觉得烫手了。

“两万块钱不是大问题。”冯啸辰沉声，对杨海帆说道，“我们现在缺的是时间，不能等着厂子投产了再来培养人才。如果有合适的人，现在就可以招聘了。”

“我明白了。”杨海帆道，他的长处在于并不固执己见，他只是把情况告诉冯啸辰，如果冯啸辰认为两万元的支出并不是太大的事情，那么就照着执行。

“人员招聘方面，要把好关，一定要选择有一定文化水平同时肯认真钻研的年轻人。我们这里不是政府的就业机构，不符合条件的人，不管有多少客观理由，我们都一概不接收。”冯啸辰叮嘱道。

杨海帆迟疑了一下，问道：“啸辰，你这边有没有什么需要特殊照顾的人？”

冯啸辰一愣，随即说道：“也就是凌宇了，没有别人。”

杨海帆道：“桐川是你老家，据我所知，你家有不少亲戚在这里，难道没有什么需要照顾的人吗？”

冯啸辰坚决地摇了摇头，道：“这些你都不用考虑。我这次专门带佩曼过来，就是拿他当挡箭牌的。如果有谁打着我的旗号要求进厂来工作，你就说招聘的事情是由佩曼决定的，你和我都没有权力改变。”

杨海帆说的这个问题，冯啸辰从一开始就已经考虑到了。他没有让冯舒怡一起来桐川，就是为了避免受到这些亲戚的骚扰。如果冯舒怡来了，大家知道她是冯华的夫人，难免会求她开开后门，招几个亲戚到合资厂来工作。冯舒怡没来，仅仅是冯啸辰来了，大家就没有这个奢望了，在他们看来，佩曼是个德国人，肯定不会买中国人的账，冯啸辰在他面前肯定也是说不上话的。

其实，如果仅仅是给亲戚的孩子提供几个就业岗位，也不算什么了不起的事，谁没个三亲六故的，照顾照顾也无妨。但如果这些亲戚知道这家公司是冯家所有的，那么他们想要的就不仅仅是几个招工名额，而是要蹬鼻子上脸，提出各种非分的要求。这些亲戚的孩子在公司里也会有骄横的资本，自己干不好活不说，还可能会把整个企业的风气都带坏。

考虑到这些，冯啸辰是绝对不会开这个口子的。

“那么，县里或者地区领导打招呼呢?”杨海帆又问道。

冯啸辰想了想，说道：“给你五个名额，你看着使用。招进来的人如果合用，就放到重要的岗位上去。如果不合用，就找个没事的部门放着，我宁可让他们多拿钱少干活，也不能让这些耗子屎坏了一锅汤。”

杨海帆无声地笑了，在冯啸辰这样的老板手下工作，还是比较愉快的事情。冯啸辰不会拘泥于某些原则，而是知道如何变通。县里或者地区领导打招呼的事情，绝对是难免的，杨海帆当然可以拿佩曼去挡一挡，但如果一点面子都不给对方，恐怕就会产生出一些不可预料的问题。

也幸好冯啸辰是把企业建在桐川这样一个地方，省里的领导即便有权力伸手，也看不上这个地理位置，不会把自家的孩子送到这里来吃苦受累。县、地两级的领导要打招呼，多少要掂量一下，不敢随便向合资企业提要求，这样企业的经营就比较单纯了。

两个人又说了一些其他的问题，不觉便走到了厂区的围墙边。冯啸辰回头看了看，说道：“海帆，咱们的厂区还是有点太小了，未来如果要发展，这点空间不够用啊。”

杨海帆笑道：“这个问题我考虑过了，等到注册的时候，我们可以和县里谈一谈，把围墙外面大约300亩左右的空地划给我们。这片地我已经查过了，是无主的荒地，过去县里征收过来准备建一个项目，后来项目下马了，地就空在这了。把地圈进来之后，前期我们不一定开发，先建个围墙围起来，种上树，栽上花。等到咱们公司发展起来，需要建新的车间或者宿舍区的时候，再用上这些土地。”

“原来你早就打上主意了?”冯啸辰笑了起来。桐川县派杨海帆来当中方厂长，算是养了一个家贼。这家伙对桐川县的事情门儿清，啥都瞒不过他，要从桐川县弄点好处，的确是手到擒来的事情。

几天之后，从浦江港上岸的设备陆续运到了桐川。在这方面，又是杨海帆发挥了作用，他在浦江有人脉，设备通关以及联系车皮等工作都办得十分顺利，如果换成冯啸辰自己去办，没准光是办手续就得折腾掉十天半月了。

设备到位之后，合资企业的组建工作正式展开。根据与桐川县谈好的条件，德国菲洛公司向桐川农机厂投入资金，建立起一家中德合资企业，命名为中德辰宇金属制品公司。公司由菲洛公司占有70%的股权，桐川县占有30%的股权。由于桐川农机厂原来的资产价值很低，菲洛公司的设备、技术等折价远超出了70%的比例，桐川县另外拿出了300亩土地作为追加资本，划归辰宇公司。

在范永康等人看来，300亩土地根本就不值什么钱，桐川县能够在合资企业中占到30%的股权，已经是十分可喜了。冯啸辰对于这个股权比例也有些心疼，毕竟除了土地之外，桐川县并没有什么他需要的东西。不过，作为一家合资企业，如果中方的股权比重太低，显得太扎眼了，为了政治上的考虑，冯啸辰也只能牺牲一些经济利益了。

第一百一十四章

“都是好东西啊!”一干工人和技术员围着那些刷着德国字母的机床，一个个啧啧连声。即便不去看这些设备的技术性能指标，光是看那精致的外观，也足以让人叹服了。浦江来的那些退休师傅多少是见过一些世面的，有些在退休前也曾接触过进口的数控设备，但在同一个地点见到这么多进口机床，还是给人以一种震撼的感觉。

从菲洛公司拆卸过来的这些二手设备摆满了辰宇公司现有的两个车间，原来桐川农机厂的那些老设备，除了少数还能发挥点作用的之外，其余的都堆到库房去了，有些库房里堆不下的，还不得不占用了职工食堂的一角。依着佩曼的愚见，这些老旧设备已经没什么价值了，还不如当成废铁卖给收购站，他甚至没有觉得这些东西还有被当成二手设备出售的可能性。在这方面，冯啸辰和杨海帆倒是观点一致，那就是敝帚自珍，总觉得这么好的东西扔掉太可惜了，还是先存着为好。其实冯啸辰心里也明白，随着公司经营规模的扩大，这些旧设备基本上已经没有重见天日的机会了，留着纯粹就是一种心理安慰而已。

菲洛公司原来的生产流程是完整的，这一次，冯舒怡不惜工本，把所有能拆的设备全都拆下来，运到了中国。佩曼指挥着工人把设备按照在德国时候的位置安装好，又带着几名有经验的技工逐台地进行调试，重新建立起了原有的生产体系。不过，按照佩曼的说法，由于有些设备已经略显过时，还有一些设备在拆卸与重装的过程中损失了一些精度，辰宇公司目前的生产能力只能相当于当初菲洛公司的80％左右。

“80％也够用了。”冯啸辰对佩曼回答道，“佩曼，要让这套体系能够生产出合格的油膜轴承产品，需要多长时间?”

“这个……恐怕很难。”佩曼的脸上露出了为难的神色。

“为什么？”冯啸辰问道。

佩曼道：“缺乏熟练工人。那些新招聘进来的学徒工就不用说了，那批退休工人使用传统机床的技术是没说的，即便在德国也属于高级技师的水平，但在数控机床的使用方面，他们都是生手，我不知道需要花多长时间才能让他们掌握这些操作技术。”

“你不能估计出一个时间吗？”冯啸辰逼问道。

佩曼想了想，说道：“最快的速度，恐怕需要三个月左右……我是说，让他们学会这些机床的使用方法。至于说到能够用这些机床高水平地加工出合格的零件，恐怕还需要另外的三个月才够。”

“也就是说，一共是半年时间？”冯啸辰道。

佩曼点点头，“是的，这还只是最乐观的情况。”

“最乐观……”冯啸辰有些泄气地问道，“如果再悲观一些呢？”

“那可能就是一年或者两年了。”佩曼没感觉到冯啸辰的不悦，老老实实地回答道。

“这是不能接受的。”冯啸辰恼火地说道。半年甚至一年时间，才刚刚能够开始生产，这实在是太耽误时间了。他其实也知道，一家新工厂的磨合不是那么容易的，半年拿出成品，已经算是很高的效率了。可他是直接从德国克隆过来的一家工厂，从设备到产品都是现成的，而且有几十名出色的技工，在这种情况下还要等待半年甚至一年，他真是有些不甘心。

“我希望在三个月时间里就能够拿出合格产品，这是底线，不能再突破了。”冯啸辰说道。佩曼只能用沉默作为回答，那副委屈的表情，让冯啸辰想起一句台词，叫作“臣妾办不到啊”。想到再逼下去佩曼没准便会萌态十足地冒出这句台词，冯啸辰就感觉到一阵恶寒。他摆了摆手，让佩曼离开，然后喊来了杨海帆，向他说了佩曼的意思。

“半年时间的确是太长了。”杨海帆的想法与冯啸辰颇为一致，他对于建功立业的急切，甚至超过了冯啸辰。让他等待半年时间，他同样是无法忍受的。

“有什么办法吗?”冯啸辰问道。杨海帆想了想，说道：“我也没什么办法，师傅们掌握这些机床到底需要多少时间，我心里没底。要不，咱们还是和这些师傅们一起议一议吧，咱们不是一直都提倡走群众路线的吗?”

“也是。”冯啸辰点点头，他也不知道这些退休的老师傅们到底能不能学会使用进口的数控机床，以及他们需要花多长时间才能学会，还是听听这些人自己的说法更好。

杨海帆给车间打了个电话，请来了七八位老师傅，老工程师陈晋群也在其中。大家在小会议室坐定之后，冯啸辰直言不讳地提出了这个问题：“各位师傅，咱们的设备已经到位，大家都已经看过了。现在的问题是，大家需要用多长时间来适应这些设备，我们公司什么时候能够生产出成品。”

听到冯啸辰的问题，众人你看我，我看你，都等着别人先发言。磨蹭了两三分钟时间，一位名叫余松的老车工发话了：“冯处长，你这个问题还真不好回答。刚才佩曼先生给我们演示了一下数控车床的使用方法，的确让我们大开眼界。说老实话，我过去从来没有摸过这种数控车床，光是听别人说起过。今天看了一下，觉得这玩艺真是挺好用的。要说学会开这种车床，我觉得没多大难度，不过就是把我们用手工做的那些事情，都让电脑帮忙做了。这中间的道理我基本上能看明白，就是在那个控制盘上怎么设命令，得有个人指导一下。如果佩曼先生能够保证做指导，我估计有个一两星期的时间，就能够掌握。”

“余师傅，这数控车床的操作，和咱们的传统车床差别可是挺大的，你真的能够适应?”杨海帆不放心地问道。余松道：“其实也没啥差别，不还是拿卡盘卡好工件，然后拿刀去切吗？它就是把我们摇手轮的事情改成机器来摇了。该摇多少还得靠我们来设是不是？我一看就能明白是怎么回事。”

“嗯，那其他各位师傅呢?”杨海帆又把头转向其他人，问道。有余松开了头，其他人的话匣子也就都打开了，有人说机器上的洋字码看不太懂，如果换成中文，没准就知道怎么用了，有人说过去没用过这么高精度的床子，恐怕要试一试才知道。不过，众人对于掌握这些进口机床的使用，都没有什么畏难情绪，或许是因为艺高人胆大，他们并不觉得有什么自己学不会的东西。

“冯处长，小杨，我觉得光是让各位师傅学会开机床还不够。”陈晋群最后一个发言，他说道，“我刚才翻了一下运来的资料，这些资料是挺齐全的，德国人做事比咱们讲究多了，我们从中间可以学到不少东西。可现在的问题是，所有这些资料大多数是德文的，还有少数是英文的。技术资料的部分倒也无所谓了，德文资料我也能看。可工艺文件这部分就麻烦了，咱们这些师傅可没一个懂德文的。要想正式开工生产菲洛公司的传统产品，必须先把德文的工艺文件翻译成中文，这项工作的工作量可了不得啊。”

冯啸辰吸了一口凉气，这还真是他忽略的问题。制造一个轴承，不是光有一份图纸就够的，每一个工艺环节都有工艺要求，如果达不到这些要求，就不可能制造出达到菲洛公司水平的产品。菲洛公司的工艺资料当然是德文写的，不翻译成中文，工人们根本就没法使用。

“陈工，您估计大概有多少资料需要翻译？”冯啸辰问道。

陈晋群道：“这个数量也不好说，我琢磨了一下，如果由我一个人来翻译，恐怕需要半年左右的时间，前提是我只做这一件事，不能分心去做其他事。”

“这就难办了。”冯啸辰挠着头皮，“佩曼要给大家讲解机床的使用，也需要你做翻译，所以你的主要工作不是翻译技术资料，而是给佩曼当助手。”

“那怎么办？”陈晋群看着冯啸辰，露出一个为难的表情，说道，“我倒是可以加加班，反正家也不在这里，晚上没事的时候，可以翻译一部分，但时间上恐怕就赶不上要求了。”

冯啸辰摇摇头，道：“不行，不能让您加班。您这么大岁数了，白天忙了一天，晚上再加班做翻译，身体会受不了的。我们是合资企业，不是资本家的血汗工厂，不能这样苛求大家。”

“这个倒是无所谓。”余松插话道，“冯处长，我们这些人都是做事做惯的，过去在厂子里也经常加班。现在这么多设备都运进来了，而且小杨厂长也跟我们说过，咱们公司生产出来的产品，能够填补国内空白，还能出口创汇，这都是光彩的事情，我们加加班，早点把产品生产出来，也是应该的。可问题是，佩曼先生能不能跟着我们一块加班，还有，我们这么多人都需要他来培训，他一个人就算全身是铁，能打几根钉呢？”

第一百一十五章

“是啊，所有的培训都压在佩曼一个人身上，的确是一个大问题。”杨海帆对冯啸辰说道。冯啸辰苦着脸道：“早知如此，就让菲洛公司多派几个人过来了。可即便是这样也不行，他们的人过来，我们还得配上翻译，现在要找一个能懂德语的人，实在是太困难的。像陈工这样既懂德语，而且还懂专业的，就更是凤毛麟角。”

听冯啸辰说到自己头上，陈晋群举起一只手，说道：“冯处长，我倒是有一个主意，就是不知道合适不合适。”

冯啸辰道：“陈工，您别太客气。你刚才叫海帆作小杨，你干脆也叫我小冯就可以了。您有什么主意就请讲出来，合适不合适的，咱们一块讨论。”

陈晋群只是笑了笑，他管杨海帆叫小杨，是因为杨海帆就是他看着长大的，即便现在杨海帆当了辰宇公司的中方经理，陈晋群也没把他当成什么领导。至于冯啸辰，陈晋群跟他不熟，因此还得称他的官衔，所谓“小冯”这种称呼，还是等以后混熟了再说吧。

“冯处长，你刚才说懂德语而且懂专业的人是凤毛麟角，这话也对也不对。对的地方是现在这种人才的确很缺乏，不对的地方在于其实只要我们想找，还是能够找到的。”陈晋群说道。

“是吗，什么地方能够找到？”冯啸辰问道。

陈晋群道：“学校。”

“学校？”冯啸辰一愣，随即便明白过来了，“您是说那些工科院校里的老师吗？”

“是的。”陈晋群道，“据我了解，大学里机械专业的教授，很多是学过德语的，有些人学得深一点，听说读写都不错，有些人学得差一点，可能不太擅长口语沟通，但读和写的能力还是有的。我觉得困难的地方，就在于我们这个公司位置太偏了，如果是在浦江的话，倒是可以去找他们帮帮忙，现在我们在南江，想请人帮忙就不容易了。”

“不容易吗？这可真不见得。”冯啸辰笑了，陈晋群说的这个主意还真是不错。高校里的确有一群可用的人才，他们懂德语，也懂得工业生产。辰宇公司这些进口机床因为铭牌和说明书都是德语或者其他外国语言的，老师傅们看不懂，但这些高校老师是肯定能看懂的。如果能把这些人请过来，不就可以替代佩曼的作用了吗？至于陈晋群说的难处，冯啸辰并不放在心上，他自信有办法能够说动这些教授到南江来，他手里可打的牌可不止一两张呢。

想清楚了解决方案，冯啸辰一身轻松，他笑着对众人说道：“好吧，非常感谢大家提出的意见，请大家还是按部就班地开展准备工作，我们的目标是争取在三个月之内拿出第一批产品。请大学教授的事情，包在我身上，肯定给大家找来一些好老师就是了。对了，需要提醒大家一句，你们都是五六十岁的老师傅了，一定要保重自己的身体，不要过于辛苦。我和海帆请大家到辰宇公司来，是来给年轻人传帮带的，不需要大家作出太大的牺牲。”

“谢谢冯处长关心！”“冯处长，你放心吧，我们会注意的！”老师傅们笑呵呵地应着，离开了会议室。

送走众人，冯啸辰对杨海帆说道：“海帆，公司这边的事情，就正式拜托你全权处理了。我去给大家解决老师的问题。”

杨海帆点点头，道：“啸辰，你就去吧，这边的事情你不用操心，我会处理好的。你如果能够从大学里请一批老师过来，咱们的问题就完全解决了，三个月之内，我保证能够拿出第一批产品。”

“好，我们一言为定。”冯啸辰与杨海帆击了一下掌，相视而笑。

杨海帆要做的事情还有很多。原来农机厂的底子太薄，要建起一个现代化的企业，还需要进行一些基础建设，包括修建两个新的车间，还有实验室、职工宿舍等等。设备到位之后，冯啸辰此前交代的招收新工人的事情也要展开了，杨海帆考虑过，要把招人的范围扩大到整个东山地区，务必要挑选出最合格的人员，而这无疑又会给他增加许多的工作。

公司目前还没有开始生产，所有的花费都是由所谓的菲洛公司暂时提供的，未来将用辰宇公司的收益来归还。冯啸辰对于钱的问题并不是很担心，大不了再“剽窃”几个后世的发明，托叔叔婶子倒腾出去，也够这家新公司维持几年时间了。杨海帆不知道冯啸辰的钱是从何而来，但见冯啸辰如此淡定，他也就不想那么多了。老板都说了“钱不是问题”，那他还有啥可说呢?

公司的财务依然由原来农机厂的会计负责，冯啸辰把花钱的权力交给了杨海帆，但同时要求他每星期要把财务报表交给冯凌宇过目，冯凌宇如果有看不明白的地方，可以请父亲冯立把关。这个要求是冯啸辰掌控公司的一个重要环节，虽然冯凌宇和冯立都不是成熟的财务人员，杨海帆想做点小的手脚他们是看不出来的，但涉及到大笔的支出，有这样一层保险，杨海帆想搞名堂就不容易了。

对于冯啸辰这样的安排，杨海帆毫无怨言，甚至觉得有些轻松。过多的信任有时候也是一种负担，大家把账算在明处，杨海帆也就不必有什么心理压力了。

冯啸辰扔下佩曼，一个人回到了省城新岭。下了长途汽车，他没有急着回家，而是先来到了一个名叫杨桥的街道办事处，陈抒涵正在那里等着他。

春节前，冯啸辰就交代陈抒涵着手扩大饭馆的规模。陈抒涵虽然有种种顾虑，但还是照着冯啸辰的吩咐开始准备了。她首先是新招聘了四名员工，培养他们买菜、洗菜、做菜、跑堂，奠定了扩大再生产所需要的班底。接着，她便开始在城里寻找新的经营场地。

春风饭馆所在的位置是新岭市的工业区，这里的居民对于餐饮有一定的需求，但由于工人们普遍比较节俭，消费档次不高，饭馆要想进一步扩大会比较困难。既然冯啸辰说要扩大规模，陈抒涵便考虑把饭馆开到新岭的闹市区去，那里会有一些收入水平比较高的居民，同时可以承接一些大单位的接待宴会，利润水平会远远高于现在的状况。

在那个年代，没有什么商业楼盘之说，要在市区找到一处有点规模的空闲门面，简直比登天还难。可事情就有这么巧，一个原来在南江省进行矿产勘察的地质大队年前接到通知，要转移到外省去工作。他们原来设在新岭市的联络处就不再需要了，地质队把联络处全部腾空之后，移交给了所在位置的杨桥街道办事处。杨桥街办收回这处房产，一时也找不到用途。街道上的许多住房困难户都盯上了这座两层的小楼，嚷嚷着要求街道把小楼里的大开间打上隔断，作为住房分配给大家。

街办主任何春梅是个精明能干的中年妇女，门槛极精。她计算过，这幢小楼楼上楼下加起来将近 1000 平米，当成商业用房租出去，一年就有将近 2000 块钱的租金收入，可以用于补贴街办的支出。如果当成住房分配出去，租金标准最多只有四分之一，而且这些困难户会不会按时交房租，还是一个问号。

此外，这幢小楼在被地质队当成联络处时，做过一些内外部装修，看起来颇上档次。如果改成住宅，何春梅相信，不出两个月这幢小楼就会变得乌烟瘴气，到处堆满煤球、杂物，鸡鸭与猫狗齐飞，尿布共裤衩一色，好端端的一个地标式建筑将会毁于一旦。

两相权衡，何春梅哪里会舍得把小楼改成住房？她交代手下人马上去联系省内其他的大单位，看看哪家单位愿意接手这幢小楼，以便尽快把小楼租出去，断了那些住房困难户的念想。

陈抒涵恰好就在这个时候路过了杨桥，见着小楼外挂着的招租启事，连忙来到街道，提出租楼的要求。何春梅听说有人来租楼，倒是挺高兴，可往下一问，得知陈抒涵只是一个个体户，脸色就变了，非但没有同意把楼租给她，还苦口婆心地跟她讲了一大堆国家政策，大致是说作为一个个体户应当有个体户的本分，不要因为赚了点钱就忘了社会主义大方向……如果没有冯啸辰此前的忽悠，何春梅的这番话倒是挺符合陈抒涵的想法，她自己也觉得把生意做得太大实在是一件有风险的事情。可冯啸辰有言在先，而陈抒涵又对冯啸辰产生了一种盲目的崇拜，对于何春梅的话就有些不以为然了。

任古古解释了半天没有结果之后，陈抒涵出门来给正在桐川的冯啸辰打了个电话，告诉他这件事的前后经过。冯啸辰交代她再去一趟街办，让街办务必把房子留下来，等他回到新岭之后再作商量。

第一百一十六章

“何主任，这是我们领导。”陈抒涵把冯啸辰带到何春梅的面前，向她介绍道。

“你们领导?”何春梅抬头看了一眼冯啸辰，又揉了揉眼睛，仔细端详了一番，脸色便变得很难看了，她瞪着陈抒涵训道，“小陈，你搞什么名堂，我建议你不要租这幢楼，是为你好。你只是一个个体户，租上千平米的楼，你想做什么？想搞资本主义吗？现在国家的政策的确是鼓励一部分年轻人自谋职业，但并没有鼓励你们搞资本主义。你怎么就不理解我的一片苦心呢!”

“何主任，你跑题了吧?”冯啸辰笑呵呵地提醒道。

“你是小陈的弟弟还是什么亲戚？你们要冒充领导，也该找个年龄大一点的来吧，找个小青年，像领导的样子吗?”何春梅没好气地说道。

冯啸辰在兜里摸索了一下，然后上前一步，把一个红本子放到何春梅的桌上，说道：“何主任，您先看看这个，然后我们再谈，好吗?”

“工作证?”何春梅拿过那个小红本，看了看封皮，“林北重型机械厂……这家厂子我知道啊，你是在这工作的?”

“您翻开看看，里面有我的照片。”冯啸辰依然笑着说道。

何春梅漫不经心地翻开工作证，看了看照片，的确是冯啸辰，上面还盖着钢印，这是没法造假的。她点了点头，继续看里面的文字，边看边念叨着：“原来你是在外地工作的……嗯，冯啸辰，这个名字倒是起得挺好的，你父母一定很有文化。科室，生产处，职务，副处长……什么，你是副处长!”

她的声音一下子就高亢起来，显然是被吓得不轻。林北重机是国家重点企业，隔三岔五也是能够上上报纸的。何春梅作为一位街办干部，对报纸内容的熟悉程度远胜于对自己老公的熟悉程度，她岂能不知道林北重机是一家什么样的单位。

最初看到冯啸辰的工作证，她充其量是对冯啸辰没了恶感，毕竟能够在一家国营大厂工作的人，与陈抒涵这种个体户是大不相同的，属于一个值得尊重的阶层。但看到冯啸辰的职务居然是副处长，她可就不能淡定了，副处长，这就是中层干部了，林北重机是什么级别来着，一个副处长，相当于……

“你这么年轻，就是副科级干部了?”何春梅不敢相信地问道。

“我们厂是正厅级……”冯啸辰淡淡地回答道。

“啊？那你岂不是……副处级!”何春梅真的被吓住了，这完全不科学啊!

其实，何春梅一直都知道林北重机是一家大企业，比照新岭市的大型企业来说，或许应当是正厅或者副厅的级别，那么一个副处长自然就是副处级了。可想到冯啸辰如此年轻，她怎么也不敢相信他会有这么高的级别，所以下意识地把林北重机的级别下调了一点，然后分析冯啸辰应当是一个副科级干部。即便是这样算，冯啸辰这个副科级也未免太年轻了。杨桥街办隶属于新岭市东湖区，何春梅这个街办主任的级别才是正科级，她当年提拔为副科级的时候是二十七八岁，在整个东湖区的副科级干部中都算是年轻的。现在街办的一干副主任，年纪大的有五十多岁，最年轻的也是三十六七，冯啸辰才二十岁的年龄，能够有副科级别已经是逆天了。

在一般的正处级单位里，只有生产科、财务科之类的机构，不会叫作生产处或者财务处。但这也不是硬性规定，有些单位喜欢在内部瞎起名，非要把科叫成处，也是有的，这一点何春梅并不觉得奇怪。可谁曾想，冯啸辰居然告诉她说林北重机的确是正厅级企业，那么他这个副处长就是实打实的副处级了，比何春梅还要高上半级，这怎么可能呢?

何春梅下意识地又看了看工作证的封皮，然后仔细辨认了一下钢印。应当是没错的，前些年听说过有人用萝卜私刻公章的事情，但钢印这东西好像制作工艺比较复杂，不是随便哪个私人就能够刻出来的。一些重要的证件上所以使用钢印，也就是因为难以造假。

“冯……冯处长，你，你请坐。”

一向不知怯场为何事的何春梅突然变得结巴了，她站起身来，招呼着冯啸辰和陈抒涵在办公室的木制沙发上坐下，又叫来一名工作人员给他们二人倒上茶水，然后才拖过一把椅子，坐在对面，小心翼翼地问道：“冯处长，小陈前两天说要租楼，莫非是帮你们林北重型机械厂租？”

“不是，是咱们南江省的一家企业，要在新岭建一个办事处，委托陈姐负责。陈姐前两天没说明白，我是专程送介绍信过来的。”冯啸辰说着，从兜里又掏出了一个信封，递给了何春梅。

这一回，何春梅可再无轻慢之心了，她伸出双手接过信箱，抽出里面的信笺，先扫了一眼落款的公章，不禁又惊呆了。那公章上写的是：中德合资辰宇金属制品有限公司。

“这……这是在东山地区新建的那家合资企业？”何春梅讷讷地问道。

一家中德合资企业的成立，在南江省可是一件绝顶的大事，省报专门在头版发了一条消息，配了好几张成立仪式的照片。何春梅每天读报，哪会错过这样的大新闻，她只是没有想到，这家合资企业居然还会和自己产生瓜葛。

“何主任也听说过这家企业？”冯啸辰问道。

“听说过，听说过，你看，这不就是前两天报纸上登过的吗？”何春梅回身从报架上拿过一个报夹，熟练地翻到一份报纸，正欲指给冯啸辰看，突然又停下了，她看到，题头照片上站在外商身边笑得十分矜持的那个年轻人，分明就是眼前的这个冯啸辰。

“冯……冯处长，这……这就是你吧？”何春梅用手指着照片，向冯啸辰求证道，她的目光已经扫过了文章里的一行字：国家经委冶金局干部冯啸辰同志陪同佩曼先生抵达桐川进行考察……

“你你怎么又是国家经委的领导？”何春梅彻底被冯啸辰的身份弄晕了，如果说冯啸辰刚才给她看的工作证还有那么一丁点造假的可能性，这报纸上言之凿凿的内容可绝对是没错的，与照片上一模一样的人脸更是不可能伪造出来的。

“我不是经委的领导，只是一个普通干部而已。我在林北重机挂职，同时被借调到经委冶金局。东山地区的这个合作项目，是冶金局协助引进的，冶金局派我来做与外商的联络工作。”冯啸辰用最简洁的语言向何春梅解释道。

“这么说，冯处长还懂德语了？”何春梅八卦之心泛滥，好奇地问道。

“略懂一点。”冯啸辰直接用德语回答道。

“……”何春梅哪听得懂冯啸辰在说什么，只是觉得他那叽里呱啦的外语颇为炫酷，眼睛里早冒出了崇拜的火星。想到家里那两个待字闺中的女儿，她早已有些心猿意马了。

“情况是这样的。”冯啸辰不知道何春梅的心思，他正色道，“辰宇公司位于东山地区的桐川县，交通有些不便，与省里的联系有些困难，所以他们希望在新岭建一个联络处，负责采购、销售以及其他的一些事务。陈姐是他们选中的联络处主任，负责联络处的日常管理和运营工作。租咱们杨桥街道的这处房产，就是准备作为联络处的办公地点。”

“原来是这样啊，那太好了！”何春梅满面春风地说道，她随即又用嗔怪的语气对陈抒涵说道，“陈主任，你看，前两天我问你情况，你还说你是一个个体户，原来是向我保密呢……”

“陈姐的确是个个体户。”冯啸辰道，“她原来在琴山路开了一家个体餐馆，德国来的佩曼先生路过新岭的时候，偶然吃过陈姐做的菜，非常喜欢，所以便指定陈姐担任联络处的主任，并要求陈姐办好联络处的招待食堂，以便日后德方其他人员到南江来工作的时候，可以有一个良好的休息和就餐环境。”

“这样也行？”何春梅都听傻了，一个个体户，就因为做菜好吃，被外商看中了，直接被任命为联络处主任，而且还特别交代要办好食堂，这算是哪个国家版本的灰姑娘啊？

“这么说，陈主任说的要办餐厅，不是对外营业的，而是联络处内部使用的？”何春梅问道。

冯啸辰道：“当然不是仅限于内部。何主任，你要知道，人家德国企业是非常讲究经济效益的，一个食堂如果仅仅是对内服务，平时没有人到新岭出差的时候，不就闲置起来了吗？佩曼先生的意思是，这个食堂平时可以对外服务，不求赚多少钱，只要能够把联络处的房租和人员开销应付下来就可以了，这样公司就没有额外的负担。所以，我今天来，是特地想和何主任商量一下，我们是不是可以以联络处食堂的名义对外营业。”

第一百一十七章

陈抒涵坐在旁边，听着冯啸辰满嘴跑火车地忽悠，真是又好气又好笑。几分钟时间，自己就成了什么中德合资企业的驻省联络处主任，弄得原来一口一个“小陈”叫她的何春梅也迅速改了口，称呼起她的官衔来了。

冯啸辰却是有预谋在先的，早在陈抒涵跟他说私人雇工不能超过八个人的时候，他就在琢磨着如何打破这个限制。要说起来，这个规定完全就是瞎胡闹，再过几年，等中央推出“关于经济体制改革的决定”，所有这些人为的禁锢都被会打破，届时再看这条规定就会觉得荒唐可笑了。

冯啸辰没有时间去等待，他要抢在全民经商的风潮来临之前，先奠定自己的经济基础，所以就必须想办法绕过这些条条框框。他想到，既然个人不能雇工，那么打着合资企业的旗号，是不是就不受这些限制了呢？一家合资企业到底能够从事什么样的经营，在国家的文件上并没有详细规定，相信地方上的官员也弄不清楚。

在政策不清的情况下，官员们作决策的依据就是看当事人的身份了。国家并没有说私人雇工多少是合适的，地方官员们便采取了最严格的标准，超出这个标准就予以打击。而国家也同样没有说合资企业能做什么以及不能做什么，这时候，地方官员就会按照最宽松的条件，甚至睁一只眼、闭一只眼，以免被人说是破坏了引进外资的重要国策。

想明白了这一点，冯啸辰自然便把佩曼的身份又拉出来用了一回，如果佩曼知道自己被冯啸辰以一鱼两吃、三吃直至N吃的方式消费了无数次，恐怕连吐血的心都有了。

“你们的联络处食堂要对外营业……这个倒也是有过先例了。”何春梅道，“只要你们公司允许，卫生方面没什么问题，街办是不会干涉的。对了，按照规定，从事餐饮活动的单位，每个月需要按照营业面积缴纳卫生费……”

“这个没问题，你们到时候算出来就可以了，辰宇公司是一家规范经营的公司，在这些方面是不会有问题的。”冯啸辰很干脆地回答道。

卫生费没多少钱，何春梅好不容易鼓起勇气提出一个要求，自己如果再给驳回去，未免太不给面子了。其实以联络处食堂的名义办餐馆，本身是打政策擦边球的事情，只是许多单位都这样做，属于民不举、官不究的范畴。何春梅能够不干涉，就已经很不容易了，区区几块钱的卫生费算得上什么。

接下来的事情就很好说了，何春梅答应马上组织人把小楼清理出来，不影响联络处入住，同时还承诺街道未来会把联络处的安全保卫工作纳入重点，确保合资企业经营的安全。陈抒涵则以联络处主任的名义表示未来街办如果有什么接待业务，“联络处食堂”可以给予费用八折的优惠。冯啸辰则更是很慷慨地表示以后会对杨桥街道的一些公益事业给予适当的赞助。

小楼的租金也一并谈妥了，参照过去地质队租楼的费用执行，每年2400元，五年不变。第一期的租期确定为五年时间，因为陈抒涵这边肯定要对小楼进行一些改造，如果租期太短，改造的投入就很难收回来。

从街办出来，陈抒涵和冯啸辰向着那幢他们即将租下来的小楼走去。陈抒涵只觉得脑子晕乎乎的，都不知道眼前的一切是真是假。这么一幢楼，以后就是自己开的餐厅了，她从来都没有想过会拥有这么大的一个舞台，心里有几分激动，又有几分忐忑。

“啸辰，我们真的要把餐厅开得这么大吗？”来到小楼前，看着面前的建筑物，陈抒涵喃喃地对冯啸辰问道。

这是一幢两层高的青砖建筑，外观古朴厚重。楼的四周栽着一圈绿化树，时值初春，树枝上已经吐出了新芽，能够想象得出夏日里那蔽日的浓荫。楼门前有一大块空地，是原来那个地质队联络处的停车场，未来如果生意火爆，这里可以成为一个顾客们的等候区。还有，如果有人要在这家餐厅办婚宴，接新娘的小汽车也可以停在门口，还能留出放鞭炮的空间……陈抒涵想象着餐厅开张后的盛况，不禁有些痴了。

冯啸辰看着陈抒涵的样子，笑道：“姐，这么一幢小楼算啥，以后你肯定会经营比这大得多的餐馆的。”

“又胡说了！”陈抒涵瞪了冯啸辰一眼斥道，说完，她又偏着头问冯啸辰道，“啸辰，你说咱们这样做，不犯法吧？”

“犯什么法？”冯啸辰不以为然地说道，“劳动致富，怎么就犯法了？”

“可何主任跟我说，我们这样做是搞资本主义呢。”陈抒涵道。前几天何春梅可没少给她上政治课，弄得她心里七上八下的，不知道自己犯了多大的错误。

冯啸辰笑道：“我们是为人民服务，怎么会是资本主义呢？”

“可是，我们要把餐馆做大，就要雇更多的人，这不就成了剥削了吗？”陈抒涵继续说道，她倒不是故意要和冯啸辰抬杠，实在是这些问题困扰她很久了，加上何春梅这几天对她的吓唬，让她心里有了些阴影。

冯啸辰反问道：“你觉得，你雇的这些人，比如曾文霞，她是希望被你剥削呢，还是不希望被你剥削呢？”

“当然不希望被我剥削。”陈抒涵没有想明白冯啸辰话里的玄机，想当然地回答道，“有谁愿意被剥削的？”

“那她怎么还到春风饭店去工作？”冯啸辰道。

“因为……”陈抒涵一下子哑了。

是啊，自己叫曾文霞到春风饭店工作的时候，对方可真是欣喜若狂的，哪有一点担心即将被人剥削的凄凉感觉？厂里还有多少女孩子眼红她的好运气，天天缠着陈抒涵要求把她们也招进去。

春节后，陈抒涵又在厂里的子弟中招了四个人，让曾文霞当领班，那些新招进来的小年轻一个个也都是喜笑颜开的，他们的父母见了自己都是再三感谢，丝毫不以孩子受到了剥削为耻。还有一些没有被选中的年轻人，他们的父母见了自己一脸埋怨的样子，像是吃了多大的亏一般。

莫非这些人都盼着有人剥削他们？这和自己多少年来受过的教育完全不是一回事啊。

冯啸辰没有去给陈抒涵解释什么，观念这种东西，不是那么容易就可以改变的，还是让事实来说话就好了。反正陈抒涵不管心里怎么想，行动上都是非常积极的，看她望着这座小楼时那副痴痴的样子，就知道她的心里其实是有一个成为大资本家的梦想的。

“现在凌宇就在辰宇公司那边，有什么事情，你可以和他联系，或者和公司的中方经理杨海帆联系也可以。关于你的情况，我已经向杨海帆说过，他知道怎么处理。”冯啸辰向陈抒涵交代道。

“那我们还要不要打招牌呢？”陈抒涵问道。

“当然要打。”冯啸辰道，“门口挂两块牌子，一块是‘中德合资辰宇金属制品有限公司驻新岭联络处’，另一块就是‘春风酒楼’，有人问起来，你就说这是德方经理的意思，德国人都是喜欢搞多种经营的。”

“那会不会穿帮啊？”陈抒涵有些不踏实。冯啸辰刚才拿佩曼的旗号来吓唬何春梅，陈抒涵就已经觉得有些不合适了，正想提醒冯啸辰不要把话说漏了，万一人家德商听说了这件事，出来否认，可就麻烦了。

冯啸辰嘻嘻一笑，道：“姐，你就不用担心了，那个德国人佩曼是听我指挥的，我叫他向东，他不敢向西，我叫他追狗，他不敢撵鸡。你尽管拿他当挡箭牌，他不敢龇牙的。”

“你就吹吧！”陈抒涵恶狠狠地又瞪了冯啸辰一眼，今天冯啸辰说的大话实在是太多了，表现也太惊艳了，哪里还像当年那个在知青点总被别人欺负的小屁孩子。可陈抒涵又必须承认，冯啸辰的能耐的确是超出了她的想象，从最早让她开饭馆，到现在陪着外商去办合资企业，又能够从合资企业拿到介绍信来证明春风酒楼的身份，这都不是一个普通人能够办到的。

“租楼的钱，回头我拿给你。”冯啸辰道，“你抓紧时间把钱交上，然后就该开始装修，准备营业了。”

“饭馆那边还有钱呢。”陈抒涵提醒道。

冯啸辰道：“我知道，不过这家新酒楼要好好装修一下，你那边的钱就用在装修上吧，千万不要太节省。”

“可是，你哪还有钱？总不能又找你爸妈要钱吧？”陈抒涵道。

冯啸辰嘿嘿一笑，道：“这个你就别管了，我现在还有一些赚钱的办法。你尽快让酒楼能够赚到钱，以后说不定我就要指望着酒楼的收入来办大事了。”

“你放心吧，啸辰，只要政策不变，我一定能让酒楼赚到大钱的。”陈抒涵信誓旦旦地说道，全然忘记了刚才自己还在担心什么姓资姓社的问题。

第一百一十八章

南江工学院。

二十世纪五十年代建造的仿苏式主楼坐东朝西，正对着学院大门。楼前立着一尊高大的伟人像，威严地扬着手向每一位路过的师生致意。冯啸辰骑着自行车从伟人身边经过，来到楼前，锁好车，大踏步地走进了楼门。他的年龄和学校里的学生相仿，穿着也没什么异样，楼里的门卫只是瞥了他一眼，没有上前盘问，把他当成本校的学生了。

冯啸辰在楼梯口的各单位房间号标牌上找到自己要去的地方，径直上了二楼，来到走廊东头一间挂着“机械系主任办公室”字样的房间门前，抬手敲响了房门。

“进来!”屋里传出一个雄浑有力的声音。

冯啸辰推门进去，见屋子不大，靠门的一侧摆着两个已经掉了漆皮的书柜，另一侧摆着一张同样陈旧的人造革沙发，靠窗的那边并排摆着两张办公桌，桌上都堆着各种书报文件，一位半大老头正戴着老花镜坐在一张办公桌前，侧头看着进门来的冯啸辰。

“你找我?”那老头问道。

“您是夏主任吗?”冯啸辰问道，前来南江工学院之前，他是做过功课的，知道机械系的系主任名叫夏玉林，是个机械专家。冯啸辰也曾结合自己前世的记忆回忆了一下，好像并没有关于这个夏玉林的什么印象。看他现在的年龄，估计过几年就该退休了，到冯啸辰工作的那个年代，也的确不会有关于他的什么信息了。

老头正是夏玉林，他把冯啸辰当成了机械系的学生，不禁感觉有些恼火。所有学生入学之后都接受过新生入学教育，每年的入学教育都是由他主讲的，学生没有理由不认识他。此外，他还给一年级的新生讲过机械概论这样的基础课，那可是整整一学期的课程，学生怎么还会问他是不是夏主任呢？

“你是哪个专业的，多少级？”夏玉林沉着脸问道。

“夏主任，您误会了，我不是咱们机械系的学生。”冯啸辰道。

夏玉林这才释然，点点头道：“哦，那我是弄错了，你是哪个系的，找我有什么事？”

冯啸辰笑道：“夏主任，我不是工学院的学生，我是国家经委冶金局的工作人员，这是我的工作证，请您过目。”说着，他拿出在冶金局的工作证，递到了夏玉林的面前。在何春梅那里，他拿的是林北重机的工作证，主要是想用副处长的衔去吓唬对方。而在夏玉林这里，他拿的就是冶金局的工作证，对于高校老师来说，国家部委的含金量是远远高于企业的。

“哦，你是国家经委的干部？”夏玉林果然重视了起来，他接过工作证看了一眼，连忙站起身，脸上绽出了笑容，给冯啸辰让着座，说道，“原来是冯同志，快请坐，快请坐。”

“不客气。”冯啸辰在沙发上坐下，随即又赶紧挪了一下屁股，因为他感觉到自己正坐在一个弹簧上，中间只隔着一层薄薄的人造革，也不知道啥时候这弹簧就蹦出来了。

时下国家虽然反复宣称重视教育、重视科学，但无奈财政拮据，能够拨到学校的经费是非常有限的，夏玉林这个机械系主任的办公室里，用的也都是十几二十年前的旧家具，唯一显得比较新的，就是头顶上那个模样古怪的吊扇。因为还没到夏天，吊扇的叶子都已经摘下来了，用报纸包着，捆在风机旁边。

因为是国家经委的干部到来，夏玉林不便继续坐在自己的位置上说话，他搬来一把椅子，坐在冯啸辰的对面，然后熟练地摸出了一个烟盒，向冯啸辰示意了一下。冯啸辰近来已经开始戒烟了，只有在与他人打交道需要用香烟联络感情的时候，才抽上一支。在夏玉林面前，他不用做这样的虚套，因此便摆摆手，谢绝了夏玉林的好意。

夏玉林见冯啸辰不抽烟，便把烟盒收了起来，然后问道："冯同志，你找我有事吗？""有点事情。"冯啸辰道，"事情是这样的，冶金局年初派出了一个代表团赴德国考察，联系了一家德国的轴承制造企业，在南江省投资建厂，这件事不知道您是否听说过。"

"我听说过，好像这家厂子是建在东山地区吧？"夏玉林答道。菲洛公司在南江投资的事情是南江近期的头号新闻，但凡经常看报、听收音机的人，无不听说过。因为新建的合资企业是做轴承生产的，夏玉林作为一名机械专家，对这件事的关注又比常人更多一些。

"我就是负责在这个项目中与德方进行联络的人。"冯啸辰道。

"是吗？这么说，你精通德语？"夏玉林问道。

冯啸辰点点头，"懂一点点吧，不过肯定不如夏主任您的德语水平。"

"哪里哪里。"夏玉林谦虚道，"我对德语只是略有接触，我们系里倒是有几位老师是精通德语的，最近冶金厅那边要从德国引进轧钢机，需要借用一些德语人才，还专门来和他们联系过呢。"

"哦？"冯啸辰一愣，心里叫了句糟糕。他倒真是忘了这件事，南江省懂德语的人本来也没多少，冶金厅要引进德国热轧机，肯定是需要大批德语翻译人才的，工学院这边懂德语的老师，没准都被乔子远一网打尽了吧？

"这几位老师，都被冶金厅借走了吗？"冯啸辰担心地问道。

"差不多都去了。"夏玉林说道，"这是省里的大事，我们的老师还是非常顾大局的。"

"可惜……"冯啸辰叹了一声。

夏玉林奇怪道："怎么，你不是国家经委冶金局的吗，和冶金厅这边也应当有些联系吧？我还以为你也是来谈这件事的。"

冯啸辰道："这件事我知道，年初我们冶金局去德国就是谈热轧机的事情的，当时冶金厅的乔厅长也去了，我给他当过翻译。不过，我今天来找夏主任，是想从机械系借几位老师到菲洛公司与桐川县建的合资企业去帮助做一些资料翻译的工作，和热轧机的事情没有什么关系。”

“是这样啊……”夏玉林道，“我们这里德语比较好的老师，基本上都被借走了，除了……”

“除了什么？”冯啸辰敏感地抓住了夏玉林话里的破绽。

夏玉林尴尬地笑了笑，说道：“我们这里有一位闫百通老师，德语是最好的，冶金厅本来想请他去，结果好说歹说，他就是不肯去。现在系里懂德语的，就剩下他了。”

“他为什么不肯去？”冯啸辰问道。

夏玉林叹道：“本位主义呗，个人成名成家的思想太重，说什么到冶金厅去做翻译工作没有价值，是浪费时间，系里做了很长时间的工作，也没能做通。唉，现在都提倡尊重人才，我们也不好太勉强他。”

冯啸辰想了想，问道：“这位闫老师，是搞哪方面研究的。”

夏玉林道：“倒是巧了，他就是搞轴承的，在轴承领域还算小有名气。你看，前两天他还在英国的《机械工程师杂志》上发表了一篇文章呢。”说着，他从自己桌上翻出了一本杂志，翻开一页，递到冯啸辰的手上，还专门用手指着作者的名字，说道：“这就是闫百通的名字。”

“滑动轴承油膜动态系数的近似测定方法……”冯啸辰接过杂志，看了看标题，念道。

“冯同志还懂英语？”夏玉林吃了一惊，旋即又掩饰地笑道，“你看我真是糊涂了，你是冶金局的翻译嘛，怎么会不懂英语呢。不过，也的确是够让人佩服的，你的年龄估计不到二十五岁吧，又懂德语，还懂英语，了不起，了不起。”

冯啸辰没有去纠正夏玉林对他年龄的猜测，他把闫百通的那篇文章快速地翻看了一下，心里大致有数了。闫百通这篇文章，讲的是如何利用较为简单的实验设备，对轴承油膜的八个动态系统进行测定，其中列出了一大堆矩阵方程，颇显出作者的一些数学功力。

冯啸辰知道，这篇文章中说的“简单设备”，其实应当叫作“简陋设备”，这是科学家们在缺乏先进实验设备的情况下所想出来的权宜之计。

英国这家杂志之所以能够发表这篇文章，或许是看中了其中数学推导中所包含的精彩思想，这种测试方法本身并没有太大的价值，因为拥有良好设备的研究者根本就不需要采用如此麻烦而且粗糙的手段。

“闫老师平时主要是在干什么?”冯啸辰看完全文，合上杂志，向夏玉林问道。

在冯啸辰心里，已经打定主意要把这个闫百通撬到桐川去。精通德语，而且还是一个轴承专家，这种人正是他所需要的，他岂能白白放过。至于说乔子远都没能把闫百通借走，那是因为乔子远开不出更高的条件，不能打动闫百通。冯啸辰相信，所谓本位主义、去冶金厅工作没有价值，不过是因为条件不够而已。

俗话说得好，没有什么是一顿撸串搞不定的，如果有，那就两顿!

第一百一十九章

听到冯啸辰的问话，夏玉林愣了一下才反应过来。刚才那会，看到冯啸辰一页一页地翻看着闫百通的论文，嘴里还念念有词，夏玉林已经呆住了。在夏玉林的心目中，冯啸辰只是一个翻译而已，年纪轻轻能够掌握两门外语，已经是很不错的事情了，根本不可能再有什么除语言之外的专业知识。夏玉林甚至是有些看不起冯啸辰的，这也是知识分子的通病了，总是喜欢用自己的长处去比别人的短处，然后从中找到自尊。

可冯啸辰的表现却出乎夏玉林的预料。他能够认出论文标题上的专业词汇也就罢了，毕竟他刚刚陪着一家德国轴承公司到南江来投资，想必也是做过专业词汇方面的功课的。问题在于，论文中那些鬼画符一般的公式他居然也能看得甘之如饴，这就完全不科学了。要知道，这篇文章差不多有三分之二的篇幅都是在进行数学推导，里面是一大堆一大堆的矩阵方程，还有什么 α、β、θ、ω 之类的字母符号，连夏玉林自己看着都觉眼晕，这个小翻译是怎么看下去的呢？

莫非他只是在装，其实一个字也没看懂？

夏玉林自然不便去问这个问题，他哼哈了两句，从尴尬中恢复过来，然后说道："老闫嘛，成天除了上课，就是待在实验室，也没啥其他的爱好。"

"他发表这种国际期刊上的文章很多吗？"冯啸辰扬了扬手上的杂志，问道。

"不多。"夏玉林道，"发国外的文章很不容易，而且还很花钱。投稿的邮费什么的，就不用说了，国外的杂志还要收什么版面费，真是奇怪的事情。咱们在国内刊物上发文章，是有稿费拿的，国外不但不给稿费，还要反过来找我们收钱，你说这算什么事？老闫发表这篇文章，听说交了15英镑的版面费，15英镑，啧啧啧，你算算，换成人民币是多少钱。”

“这钱……学校不能给报销吗？”冯啸辰诧异地问道。

夏玉林大摇其头，“这个怎么可能报销呢？老师拿稿费的时候，也不会说要上交给学校吧？发表文章是能够出名的事，有些老师还是愿意自己掏腰包的。不过，老闫发表这篇文章的版面费，所用的外汇倒是我去给他申请的，要不他哪换得到外汇。”

“实在是太艰苦了。”冯啸辰假惺惺地说道，他心里对于撬动闫百通又多了一份信心，最起码，自己手里有外汇，承诺帮他报销未来十年所有国际杂志的版面费也是可以的。如果闫百通真如夏玉林说的那样，一心只想成名成家，这个条件对他是有吸引力的。

“夏主任，闫老师现在在学校吗？如果方便的话，你能不能带我去见见他。”冯啸辰问道。

“你想请他到你们那里去帮忙？”夏玉林问道。

冯啸辰道：“是啊，怎么，学校里不允许吗？”

夏玉林连忙摇头，“当然不是。你们这家合资公司是省里非常重视的企业，我们有义务为这样的企业提供服务的。我只是觉得，要请老闫去你们那里，恐怕不太容易。冶金厅的面子他都不给，你们国家经委的面子虽然大一些，但他也可能会拒绝的。”

冯啸辰笑道：“夏主任，您放心吧，我不会拿经委的大帽子去压他。对于闫老师这样的学者，我们讲究的是晓之以理、动之以情、诱之以……呃呃，我是说，我会好好和他谈谈的。”

“是啊是啊，是得好好谈谈，我想老闫也是明事理的人。”夏玉林干笑着应道。冯啸辰那句“诱之以利”虽然没说完，但夏玉林也听懂了。学校里也有一些老师受外面单位的聘请去做一些事，名义上是支援生产一线，其实看中的是别人给的那点补贴。冯啸辰看来是打算拿钱来砸闫百通了，只是不知道合资企业开出的价码会有多高……夏玉林在心里暗暗地盘算着。

收拾好桌上的文件，夏玉林陪着冯啸辰出了办公室，前往工学院的实验楼。果不出夏玉林的猜测，当他们走进闫百通的实验室，看到他正趴在实验桌上，摆弄着面前一大堆乱七八糟的设备，不知道在忙个什么项目。在旁边帮忙的学生已经看到了夏玉林，并喊了声“夏主任”，闫百通却似乎啥也没听见，连头都没抬一下。

“老闫！”夏玉林走到闫百通的身后，喊了一声，抬手便欲去拍闫百通的肩膀。

冯啸辰一把拉住了夏玉林，笑着轻声说道：“夏主任，别急，等闫老师弄完吧。”

“谁知道他这个实验得做多久……”夏玉林嘟囔道，却也没再去打扰闫百通。学生给他们俩搬来了凳子，让他们坐在一旁，然后又回去帮着闫百通测数据。冯啸辰饶有兴趣地看着师生几个忙碌的样子，笑而不语。过了约摸十几分钟，闫百通停下了手上的操作，对几个学生吩咐道：“这几个值都记下来了吧？你们推算一下油膜厚度，看看和理论值是不是相符。”说罢，他摘下戴在手上的袖套，转过身来，走到夏玉林面前，笑呵呵地说道：“夏大主任，您怎么亲自到实验室来了？”

“去！讽刺谁呢！”夏玉林站起在来，没好气地斥了一句，随后又转过头对同样已经站起来的冯啸辰笑着说道，“这个老闫，是批评我脱离科研工作呢。想当年我也是天天泡实验室的人，这两年当了系主任，忙不完的工作，实验室就来得少了，你看看，他就得理不饶人了。”看到夏玉林对冯啸辰说话，而且话里还带着几分客气，闫百通好奇地看了看冯啸辰，然后对夏玉林问道：“老夏，这位是……”

“老闫，我给你介绍一下，这位是国家经委的冯啸辰同志，是专门来找你联系工作的。我可跟你说，冯同志谈的工作是咱们省里的重要工作，你可不许冲人家犯别扭。”夏玉林欲盖弥彰地交代道。闫百通做出一副惊讶的样子，说道：“哎呦，原来是经委的领导，失敬失敬。在这谈事太闹腾了，要不咱们回系里谈去吧。”他的表情略微显得有点夸张，可以看出：国家经委这顶帽子对于他来说还是有些威慑力的，但冯啸辰的年轻又冲淡了这种效果。在摸清楚冯啸辰的身份和来意之前，闫百通想用这样的方法既表现出对经委的尊重，同时也为下一步变脸留出了台阶。

这是一个小知识分子自以为是的狡黠，对于冯啸辰这种在机关里浸淫多年的人来说，就是很拙劣的伎俩了。冯啸辰没有去揭穿闫百通的心思，在他看来，闫百通能够有这种变通的态度，倒是一件好事，真的碰上一个迂腐不堪的理工宅，还不那么好说话呢。

“闫老师，我和夏主任就是刚从系里来的，咱们也不用再麻烦跑回去了，就在这谈吧。”冯啸辰用手指了一下闫百通的实验台，说道，“闫老师刚才是在做油膜厚度测量吧？我听说浦江 704 所有一种 QS22 油膜厚度测量仪，量程较大，精度和线性范围都不错，你怎么不用这种设备呢？”

“呃……”闫百通脸上露出奇怪的表情，心说这小年轻真是从部委出来的，说话也没个谱。我哪里不知道专用的油膜测量仪效果更好，可我得有这种设备啊。你问这话，不就是何不食肉糜的现代版吗？

“冯同志，你可能不太了解我们的情况。我们整个工学院的科研经费有限，每年分配给我们购买实验设备的额度很少，你刚才说的那个什么 QS22，我们目前还没有，所以老闫就只能带着学生因陋就简做实验了。”夏玉林讷讷地解释道。

“你们没有 QS22，那其他的油膜测量仪呢？我记得临安自动化仪器厂也出过一种，好像叫作 ZZF61，你们不会也没有吧？还有美国 Kaman 公司的那款，本特利内华达出的那款……你们都没有？这怎么可能呢？”冯啸辰像个傻瓜似的报着设备型号，眼睛里露出迷惘的神色，似乎不能理解为什么对方单位竟然没有这样的设备。

夏玉林和闫百通面面相觑，其中又尤以闫百通的表情最为复杂。冯啸辰说的这些设备型号，闫百通都是听说过的，也一直心痒痒地想有机会用一用。他倒没想过自己的实验室里能够有一台两台的，这在他看来是一种遥不可及的奢望。可就算是借人家的用用，这个愿望他都不曾实现。京城、浦江等地的几家知名高校倒是有这种设备的，可人家凭什么让他用呢？

“冯同志，咱们还是说正事吧……”夏玉林听不下去了，小心翼翼地提醒道，“你不是说，找闫老师有事要谈吗？”

第一百二十章

“我找闫老师的正事，就是关于设备的事啊。”冯啸辰眨着一双天真纯洁的大眼睛，对夏玉林说道。

“什么意思？”夏玉林和闫百通同时诧异地问道。闫百通是从一开始就不知道冯啸辰的来意，听到这话觉得无法理解。夏玉林却是和冯啸辰聊过的，知道他只是来借德语翻译，却不知道他为什么会突然改口。

“怎么，有什么问题吗？”冯啸辰反问道，“我们那里有全套的轴承实验设备，像什么油膜测试仪、非接触式涡流传感器、光点矢量瓦特表、测振仪、相位计、示波器，放在那里都没人会用，还不如请闫老师这样的专家去用呢。”

闫百通听得眼睛都瞪圆了，冲着冯啸辰焦急地问道：“什么什么，你们有非接触式涡流传感器？是什么型号的？”

“型号记不太清楚了，刚从德国那边运回来，还没来得及拆封呢。”冯啸辰轻描淡写地说道。他倒真没说谎，辰宇公司现在还没有腾出地方来建实验室，所以从德国运回来的实验设备都还堆在库房里，冯啸辰只知道有这些东西，具体型号之类就不清楚了。

闫百通道：“你是说，你们经委从德国进口了一批实验设备？是帮哪个研究所进口的？”

“不是研究所，就是我们自己用的。”冯啸辰道，他好像这个时候才想起来没有做过自我介绍，于是说道，“对了，闫老师，我刚才忘了说了，我虽然是国家经委的干部，但这一段时间受单位派遣，在帮助一家德国公司办理在南江建设合资企业的事情。我刚才说的那些设备，就是从德国那边的实验室拆过来的，这家德国公司原来也是做轴承的，名叫菲洛公司，不知道闫老师听说过没有？”

“我听说过的。”闫百通点点头，菲洛公司不是什么大公司，但因为是专业生产轴承的企业，所以闫百通有所耳闻，他说道，“这家公司在油膜滑动轴承方面有一些技术积累，我看过他们的一些资料。”

“那就太好了。”冯啸辰道，“菲洛公司前一段时间调整了自己的经营战略，把研发和生产部门都迁到中国来了，在咱们省的东山地区建了一家合资企业，实验室的所有设备都已经到位。闫老师如果有什么需要做的实验，找不到合适设备的时候，完全可以到那边去做。”

“你说的是真的？”闫百通激动地问道，冯啸辰说的这些设备，都是一个搞轴承研究的学者最需要的实验条件。如果这些设备是从菲洛公司的实验室里拆过来的，那么档次、精度等等绝对是没有问题的，会比国内那些高校、研究所里的设备好得多，更不用说与南江工学院这种压根连设备都没有的单位比了。如果能够到那里的实验室去做实验，自己的很多设想都可以有机会验证，这是何等美妙的事情。至于说从新岭到东山地区要坐大半天的长途汽车，这个困难是不在闫百通考虑范围之内的。当时的人长途跋涉去其他单位做实验是很普通的事情，困难的地方在于人家是否同意接待你，你自己吃点苦头算个啥？

可是……

“小冯同志，你们为什么会允许我去做实验呢？”闫百通想到了一个重要的问题。咱俩不熟啊，你为什么要给我这么大的好处呢？

冯啸辰马上摆出一副正义感十足的样子，说道：“闫老师，您这个问题太不应该了。给您这样杰出的学者创造一点实验条件，有什么不对呢？德商那边的工作由我去做就好了，我提出来的要求，他肯定会同意的。”

“可是……这太不好意思了吧，我这不是占你们便宜了吗？”闫百通还是无法接受。冯啸辰的表情看上去无疑是极其真诚的，话也说得冠冕堂皇，可这样凭空接受别人的好处，对于闫百通来说有些不适应，他总觉得自己应当有所表示才对。

冯啸辰摆摆手道：“闫老师，您别这样说。前人不是说过吗，科学是没有国界的，更何况咱们还是在同一个国家里呢？”

“可这句话还有一句呢，科学家是有祖国的……”闫白通下意识地纠正道。这句话放在眼下来说，那就是科学家是单位的，工学院的科学家，凭什么去用菲洛公司的设备？

夏玉林倒是听出点名堂来了，他在旁边插话道：“冯同志，老闫的意思是说，他毕竟不是你们单位的人，这样平白无故用你们的设备总不太合适，要不，让他帮你们做点什么，这样他心里也踏实一点吧。”

“对啊对啊，我也是这个意思。”闫百通跟着说道，丝毫没有感觉出自己正被人诱入了一个陷阱。

冯啸辰心中偷笑，这个夏玉林可真是够识趣的，这一出双簧跟他配合得如此默契，不知道的人还以为他们事先排练过呢。听到闫百通也说话了，冯啸辰装出一副苦恼的样子，挠了挠头皮，说道：“如果闫老师实在觉得不好意思，要不这样吧，您去东山的时候，除了做实验之外，抽点时间帮我们的合资公司翻译一些资料，其实也就是一些轴承生产的工艺文件啥的，原文是德语的，工人们看不懂，您帮忙给翻译成汉语。”

“这个完全没有问题。”闫百通拍着胸脯保证道。

“还有一些机床和其他设备的使用手册，也是德语的，如果您能帮忙翻译一下……”冯啸辰又道。

“包在我身上。”闫百通不假思索地回答道。

“另外就是从菲洛公司运过来的有些机床是数控机床，没人会用……”

“我们的学生学过一些数控机床的操作，我带几个学生过去，摸索一下，原理应当都是差不多的。”

“那么能不能顺便培训一下我们的工人呢？”

“这都是小事情……咦？我怎么觉得不对啊。”闫百通突然停住了，眼睛在眼镜片后面快速地转动着，一会看看夏玉林，一会又看看冯啸辰，似乎想从他们脸上找出一点什么答案来。

“没什么不对啊，这不都是顺手的事情吗？”冯啸辰笑呵呵地说道。能把老先生蒙到现在，已经是很成功了，指望这位仁兄一辈子都反应不过来，未免太小瞧一个专家的智商和情商了。双方能不能长期合作，靠的是利益，而不是欺骗，冯啸辰从一开始就没打算骗闫百通，只是等着他自己明白过来而已。

“老夏，你这个叛徒！”闫百通冲着夏玉林骂了一句，“是不是你给这位小冯出的坏主意，想骗我上当？”

夏玉林的老脸一下子就红了，他可没有冯啸辰那么厚的脸皮，搞阴谋被人戳穿让他觉得颇为尴尬。他讷讷地说道：“我没说什么呀？刚才这些，不都是你自己答应的吗？”

“我不是被这小子给蒙了吗？”闫百通指着冯啸辰没好气地说道。这一回，他连“小冯同志”都不叫了，直接就是一句“小子”。以他的岁数和资历，称冯啸辰一句“小子”倒也不算过分，冯啸辰自然也不会因为这个而恼火。

“闫老师，我怎么就蒙您了？”冯啸辰脸不红、心不跳，理直气壮地反驳道，“我一直说是愿意给您提供实验条件，菲洛公司实验室里的设备，随便您用，材料、水电什么的，我都不收您的钱。您做实验出了成果，也是归您个人的，您可以发论文写专著，如果在国外发论文需要版面费，我们公司可以全额赞助，这样的条件，您还说我蒙您，让我上哪讲理去？”冯啸辰每说一项，闫百通的眼睛就变得更亮了几分。等冯啸辰全部说完，闫百通的眼睛已经快要放出绿光来了，与一头见了猎物的狼没啥区别。他已经听出来了，冯啸辰需要他去帮忙，要做的事情还挺多，但冯啸辰开出来的条件也是非常诱人的。设备、材料加上发表论文的版面费，有了这些，他就可以做出一大批成果并且公之于众，在国际轴承学界赢得偌大的名气。至于说帮合资企业做些资料翻译和人员培训，虽然不是他喜欢干的事，但天下没有免费的午餐，他想要获得冯啸辰给的好处，自然是要有所付出的。

“我要有完全的实验自主权。”闫百通开始谈条件了。

“没问题，只要不把设备弄坏，您做什么都行。”冯啸辰满口答应。

“每天我需要有六个小时的时间用于做实验。”

“可以，不过我希望您还有另外六个小时用于为公司工作。”

“这个我可以接受，只要你们能给我提供一间宿舍。”

“可以给您安排一间带卫生间的客房，二十四小时热水供应，一日三餐可以根据您的口味点菜，另外还有夜宵。”冯啸辰笑呵呵地说道，只要闫百通答应去桐川帮忙，他不吝惜给老先生提供良好的服务，老先生吃饱睡好，才能多干活呀。

“这个倒不必了，我不是去享受的。”

闫百通说道，脸上的笑容却明显变得灿烂多了。

第一百二十一章

看看时间已到中午，冯啸辰热情地邀请夏玉林和闫百通二人出去吃饭。夏玉林以下午还有一个会议为由谢绝了，闫百通因为想从冯啸辰这里了解更多的情况，便愉快地答应了下来。

工学院旁边没有什么吃饭的地方，闫百通自告奋勇地说可以带冯啸辰去找一家不错的馆子，那里菜做得好，价钱不贵，而且服务员的服务态度极好，在周围已经小有名气。冯啸辰不明就里，跟着他骑着车走了十几分钟，来到了他说的那家馆子门前，抬眼一看，不禁笑倒。原来，闫百通说的地方居然正是陈抒涵开的春风饭馆。

“小冯，你看，就是这家馆子，别看是家个体户，里面搞得很干净，菜做得很有特色，尤其是有一道菜，叫作土匪猪肝，那是我老家的名菜，想不到这里的厨师能够做得这么地道。”闫百通像是炫耀什么似的向冯啸辰介绍道。

冯啸辰笑道：“那好啊，一会咱们就点这道土匪猪肝，尝一尝闫老师老家的名菜。”

两个人进了饭馆，上来招呼的是陈抒涵新招的一名服务员，并不认识冯啸辰，却对闫百通颇为熟悉。她笑吟吟地把二人带到靠窗的一张桌子边坐下，问道：“闫老师，又有领导请您吃饭了？这回点几个啥菜？”

“这是京城来的领导，我陪他来吃个饭。”闫百通对那服务员说罢，又转回头向冯啸辰解释道，“小冯，你可别误会了，我就是来吃过三四次饭，不是常来。前几次都是因为过来帮柴油机解决点轴承技术方面的问题，厂里的领导请客，吃的是工作餐。对了，这位小姑娘叫邱彩英，我们一般都叫她小邱，她记性很好的，谁来过一次她就记着了。”

冯啸辰看看邱彩英，笑着说道："哦，好啊，那我也叫你小邱吧，我叫冯啸辰，以后咱们也算是认识了。我今天请闫老师吃饭，让你们经理多炒几个拿手菜出来，尤其是那个革命猪肝……"

"嗯嗯，我知道了，还要什么菜……咦？"邱彩英正往点菜单上记着菜名，忽然愣住了，瞪圆了双眼看着冯啸辰，一副欲言又止的样子。冯啸辰这个名字，她可是听现在当着领班的曾义霞说起过的，那不就是本店的幕后老板吗？

冯啸辰报出名字的目的，也就是要向邱彩英透出这个信息，见邱彩英露出惊愕的样子，他使了个眼色，示意对方不要说穿，然后吩咐道："你跟你们经理说，照四菜一汤的标准，再来瓶酒，要你们店里最好的。"

"好的！"邱彩英不再多问，转身便飞跑着向后厨去了。

看着邱彩英离开，闫百通恍然道："咦，小冯，你藏得挺深的，原来你也来这里吃过，要不怎么会知道他们店里的土匪猪肝改名叫革命猪肝的？"

冯啸辰笑道："我也没想到闫老师说的店就是这家。对了，咱们还是说说轴承的事情吧……"

"对对，说正事。"闫百通道，"刚才，你说这家辰宇公司拥有菲洛公司的全部技术专利，同时还可以使用几个油膜轴承专利池里的技术，那么菲洛公司有没有允许辰宇公司在国内对这些技术进行再开发呢？"

"毫无问题。"冯啸辰道，"菲洛公司对辰宇公司的授权是充分的，辰宇公司可以说是拥有菲洛公司的全部知识产权，所有在菲洛公司专利基础上开发出来的新专利以及各种应用，都是合法的。"

"这可太好了！"闫百通兴奋地说道，"小冯，我跟你说，我脑子里想过好几十项油膜轴承的新技术，就是苦于找不到可以实践的地方。国内有些轴承企业抱残守缺，不愿意搞产品升级换代，还有一些呢，技术实力又太弱，根本搞不了。这家辰宇公司如果有技术，又愿意开发新技术，我完全可以把我这些想法都贡献出来。"

冯啸辰问道："您是说，免费贡献出来吗？"

闫百通道："当然是免费，我总不能找你们要钱吧？"

"为什么不能？"冯啸辰奇怪道。

"这……"闫百通被问哑了，想了想才回答道，"我本来就没打算要钱啊。我这些想法都是自己想出来的，也没花什么成本，怎么能要钱呢？再说，你答应过我可以用你们的设备，还能给我提供材料，我就是说几个想法，怎么能再找你们要钱呢？"

"您这些想法，如果真的有价值，能够转化为生产中的实用技术，那可就是技术专利了，使用您的专利是要付费的呀。"冯啸辰继续说道。

闫百通道："咱们是社会主义国家，哪能讲什么专利，这不是资本主义那一套吗？比如说吧，他们这家柴油机厂就经常来找我帮着搞搞技术革新啥的，我帮他们改进过很多产品设计，哪有要钱的事情？最多就是吃几顿饭的事。"

"这可不一样。"冯啸辰道，"我们这家辰宇公司是合资企业，本来就是资本主义性质的，所以按资本主义那一套也是正常的。这样吧，闫老师，我做个主，在咱们原来商定的条件之下，我们再补充一点。您如果有什么好的技术，可以交给公司，由公司去欧洲申请专利。未来通过专利获得的收益，公司和您按照各自的贡献分成。如果是您独立开发出来的技术，双方按七三分成，您得七，公司得三；如果是您利用公司的资源开发出来的技术，就是倒三七，您得三，公司得七。您看如何？"

"这可万万不行。"闫百通正色道，"你答应我可以用公司实验室的条件做实验，这就已经是很照顾我了，我怎么能再要钱？再说了，我去你们那里帮忙做点翻译和培训工作，这都是合法的。如果从你们那里拿钱，还有什么七三分成，这就是犯错误了。学校如果知道了，是要处分的。"

"是这样啊？"冯啸辰回过味来了，现在还没到全面放开的时候，学校里的老师或者科研院所的研究人员在外面的企业兼职赚钱，仍然属于非法行为，据说有些地方还有因此而被判刑的。闫百通有这样的顾虑情有可原，冯啸辰也犯不着让他去冒这个风险。

"那就这样处理吧。"冯啸辰道，"您贡献的技术，公司会给您记一笔账，啥时候政策允许分红了，您再从公司拿分红。在此之前，您在国外发表论文需要交版面费，如果您打算去国外参加学术活动，所需要的费用都可以从这些分红款中列支，算是公司的赞助，这个不算违规吧？”

赞助一词，具体是什么时候发明出来的已不可考证，但在那个年代里的确是使用得最为频繁的。一家企业愿意为老师出国赞助路费，这是合情合法的事情，别人只有羡慕嫉妒恨，而无法挑出错来。

闫百通绝对不是迂腐的人，相反，他属于比较精明的那种人。他拒绝去冶金厅帮忙，是因为冶金厅无法给他所需要的东西，同时他也不怕得罪冶金厅。冯啸辰没有跟他讲什么大道理，而是直接拿出利益来与他交换，这很对他的胃口。冯啸辰最后说的赞助他出国参加学术活动的建议，更是让他怦然心动。

“小冯，我怎么觉得你好像能做这家公司的主啊？”闫百通看着冯啸辰说道，这么多的条件，冯啸辰连个磕绊都不打就向他开出来了，难道就不用回去向领导请示一下吗？

冯啸辰笑笑，说道：“闫老师，您放心，我答应的事情，公司肯定不会反悔的，只是具体的细节到时候再确定一下而已。公司和您的合作是一种双赢的选择，您能为公司创造多少财富，公司就会给您相应的回报。”正说到这，就见后厨的门帘一挑，陈抒涵和邱彩英一前一后地走出来了。二人每人端着两盘菜，一直走到冯啸辰这桌跟前，把菜摆在他们桌上。陈抒涵笑着对冯啸辰说道：“啸辰，到店里来吃饭也不跟我说一声，不是彩英机灵，我都不知道是你来了呢。”

冯啸辰也笑道：“姐，我这不是没来得及吗？我给你介绍一下，这位是工学院的闫教授，轴承专家。他对你们店的菜特别推崇，是专程带我来开眼界的。我觉得，像闫教授这样的顾客，你们应当给他发一张贵宾白金卡了。”

第一百二十二章

“什么叫贵宾白金卡？”陈抒涵有点懵。

冯啸辰道：“就是对贵宾的一种优惠手段啊。比如说，你们可以做几种不同等级卡。最低一级是银卡，凭卡吃饭可以打九折；然后是金卡，八折；再就是白金卡，可以打七折。像闫老师这种大学者，就可以享受白金卡待遇。”

“咦，这真是一个好办法呢！”陈抒涵恍然大悟。她虽然从来没有见过这种贵宾卡是什么样子，但开了小半年饭馆，对于如何笼络顾客却是有一些心得的。其实，冯啸辰说的这种模式，她也早就实践过。有些经常来吃饭的小青工，她便会隔三岔五地给免掉个零头之类，虽然也就是两三毛钱的让利，却能够让这些人在同伴面前显得颇有面子，以后就更愿意到这里来吃饭了。

冯啸辰说的贵宾卡制度，其实是把打折当成了一种固定的待遇予以体现出来。陈抒涵在一瞬间就已经把应当发卡的对象梳理出来了：老街坊邻居和经常来的顾客，可以发个银卡，享受九折待遇；厂里的领导以及有些大单位里负责接待工作的办公室主任之类，可以发张金卡；至于对饭店有直接管辖权的工商、卫生等部门，可以奉上一张白金卡，让出三成的费用，比逢年过节送礼的效果还要好得多。

贵宾卡发出去，肯定会有互相借用的情况，但这是无所谓的，甚至还是她所希望的。借出卡的人，会因此而感到自豪，从而会经常向周围的人宣传这家饭馆。借卡来消费的，则是饭馆的新顾客，是饭馆需要去开拓的对象。至于说能够借到金卡、白金卡的，恐怕身份也得与持卡人相当，才会有这样的面子，饭馆对这些人优惠一些，绝对是利多弊少的。

这个冯啸辰，真是一张嘴就是金点子，太让人服气了。

听到冯啸辰与陈抒涵一问一答，闫百通的眼睛也鼓起来了，惊奇地问道："小冯，你和陈经理认识啊？"

冯啸辰笑道："闫老师，忘了跟您介绍了，这是我陈姐。我当知青的时候，和陈姐是同一个知青点的，那时候陈姐特别照顾我，跟我亲姐一样。"

"原来你也是南江人？"闫百通道。他刚见冯啸辰的时候，夏玉林就介绍说冯啸辰是京城来的，弄得闫百通还以为冯啸辰是京城人，却没想到他居然也是南江人。

陈抒涵拿来了一瓶酒，亲自打开盖，给他们俩分别倒上，然后说了声"不打搅"便回去做菜去了。冯啸辰与闫百通开始吃菜喝酒，聊得越来越热乎。

冯啸辰与陈抒涵的对话，让闫百通对冯啸辰有了新的认识。他敏感地意识到，这二人之间的关系绝不仅仅是在同一个知青点里亲如姐弟那么简单，这家名叫春风饭馆的个体馆子，或许与冯啸辰有着利益上的瓜葛。

再进一步，如果冯啸辰是这样一个能人，那么所谓的辰宇公司……咦，这家公司为什么会叫辰宇公司呢，冯啸辰的名字里，恰好就有这样一个"辰"字，难道这仅仅是巧合吗？

想到这里，闫百通的心开始活动起来了，眼前这个小年轻可真不是一个寻常人啊，那家打着合资企业旗号的辰宇公司，也必然有一些不足为外人道的秘密。既然如此，那么冯啸辰答应的条件，就不会是信口开河的，而是有着特定的深意。

这顿饭足足吃了两个小时，二人在饭桌上敲定了许多合作细节。闫百通答应马上就带几个研究生前往桐川，开始工作。他那几个研究生的德语水平不算太好，但翻译一些机床上的工艺文件还是可以办到的。此外，机械系的学生都是学过机床操作的，数控机床方面也比其他人懂得多一些，他们可以与辰宇公司的老师傅们共同研究那批德国机床的使用方法。学生们负责看德文版的操作手册，老师傅们负责琢磨机床操作方面的问题，大家互相学习，可以做到相得益彰。

至于闫百通自己，则可以把精力集中于消化菲洛公司的内部技术资料，开发新的轴承技术。他在理论上的造诣很深，实践方面略有些欠缺。但辰宇公司还有一位技术大牛，那就是原来在浦江市双岗轴承厂工作过三十多年的陈晋群，这位老先生的实践经验是没说的，与闫百通联手，估计也有双剑合璧的效果。

基于双方合作而取得的收益，在闫百通不能参与分红的情况下，先留在公司的账上，闫百通可以随时支取，用于改善自己的科研条件以及生活条件。比如说，回新岭之后，闫百通可以随时到辰宇公司联络处的“食堂”去享用革命猪肝之类的美味菜肴，费用是全免的，他只要记账即可。冯啸辰已经看出来了，老闫是个典型的吃货，只是碍于工资有限，平时少有能够出来打牙祭的机会而已。

一顿饭吃得宾主尽欢，冯啸辰骑着车，陪闫百通回到工学院，在校门口亲切地握手道别。下一步，闫百通会再与杨海帆联系，然后带上学生前往桐川，这些事就不需要冯啸辰再插手了，杨海帆能够处理得很好的。

办完在南江的事情，冯啸辰启程返京。他这一趟在南江耽搁的时间可不少，前后将近两个月了。最近几次给罗翔飞打长途电话的时候，他已经能够明显感觉到罗翔飞有些不悦的情绪。此前罗翔飞的确说过给他放一个无限期的长假，让他处理好合资企业的事，可无限期不意味着没有限期啊……呃，好吧，人家的意思是说这个无限期只是随便说说的，你还真的打算赖在南江不回去了？

这可不是冯啸辰以小人之心度君子之腹了，当他回到京城，连脸都没洗就跑去向罗翔飞报到时，罗翔飞劈头来的就是这样一句：“嗬嗬，回来了，我还以为你真的想赖在南江不回来了呢！”

“罗局长，我错了。”冯啸辰低眉顺眼地做着检讨。

“哦，你还知道错了，哪错了？”罗翔飞没好气地问道。

冯啸辰道：“我滥用了领导对我的信任，领导叫我不要有什么顾虑，尽管把事情办好再回来，我没理解到领导只是跟我客气，还给当真了……”

“打住！”罗翔飞被冯啸辰给气乐了，“你这是在做检讨吗？我怎么听着你像是在批评我说话不算数啊？”

“有吗？”冯啸辰装糊涂，“我真的是觉得自己错了呀。”

“算了，别装样子了！”罗翔飞训了冯啸辰一句，然后放缓了口气，问道，“菲洛公司的合资企业，现在怎么样了？”

冯啸辰道：“架子已经搭起来了，但还需要再磨合一下。从菲洛公司运回来的资料都是德文的，现在公司特别缺德文翻译。”

“唉，现在到处都缺人才，也不仅仅是缺德语人才。”罗翔飞漫无边际地感慨道。

冯啸辰解释道：“我所以回来晚了，就是因为在帮他们联系德语翻译的事情，耽误了一些时间。”

“现在问题解决了吗？”罗翔飞问道。

冯啸辰点点头，“暂时在南江工学院找到了几个人，能够应付一下。”

罗翔飞道：“那就好，他们那边最终还是要靠自己去发展，不能总是指望你去帮忙。你毕竟还是我们冶金局的人，有本职工作要做的。”

“我明白，我明白。”冯啸辰忙不迭地说道。如果不是公司初创需要他多费些力气，他也不会在南江待这么长时间。冶金局这个平台对于他来说是非常重要的，他不能随便放弃这里的机会。幸好罗翔飞是个通情达理的领导，对他又格外偏袒，换成一个别的领导，恐怕早就叫他滚蛋了。

“你在南江的时候，我怕分你的心，所以也没催你回来。现在既然你已经回来了，就得把心思放到冶金局的工作上来。其他同志现在都非常忙，咱们的人手很缺乏，你也要发挥一点作用。”罗翔飞说道。

罗翔飞的这番话说得很委婉，但熟悉罗翔飞风格的冯啸辰还是听出了其中的意味，他小心翼翼地问道：“罗局长，是不是局里又碰上什么麻烦事，局党组准备派我去蹚地雷阵了？”

“你把局党组看成什么了！”罗翔飞怒道，骂完，他又尴尬地笑了笑，说道，“也不是什么地雷阵，而是你分内的工作，我觉得派其他人去不一定能够做好。”

冯啸辰苦笑道：“罗局长，有什么任务您就直说吧，我知道自己命苦，就是专门干这种脏活累活的。你放心，不管局里让我去干什么，我都毫无怨言。”

罗翔飞笑道：“没有那么严重，只是冷水矿那边新建的石材厂出了点变故，把报告打到冶金局来了，我正打算派个人过去了解一下情况。常处长有其他的事情，走不开，你如果不回来，我就准备安排矿山处的小卢去了。既然你回来了，干脆就由你跑一趟吧，毕竟这件事也是你一手推动的嘛。”

第一百二十三章

这件事，说来话长——

在冯啸辰忙着组建辰宇公司的那段时间里，冷水矿方面也没闲着。冯舒怡陪着格拉尼建材公司的阿尔坎、丹皮尔二人去了冷水矿，提取了矿山开采出来的花岗岩进行检验，证实这里的花岗岩品质良好，达到了欧洲市场上一流石材的水平。同时，冷水矿周边花岗岩的储量也让阿尔坎他们颇为心动，当即就确定了与冷水矿进行长期合作的意向。

按照协议，格拉尼公司每年将从冷水矿进口 2000 立方米的装饰石材。冷水矿需要将这些石材加工为 20 毫米厚度的板材，进行打磨、抛光、雕刻等处理，然后通过海运发往德国。石材按离岸价进行结算，每立方米的价格是 950 美元，相当于 1600 元人民币的样子，比冯啸辰此前的估计还要高出了一成多。能谈下这么高的价格，当然也得益于冯舒怡在私下里做的工作，在帮助冯啸辰这方面，冯舒怡可谓是不遗余力的。

潘才山带着冷水矿的一干领导认真地做过计算，按 2000 立方米的出口量计算，每年的产值就是 190 万美元，约合 320 万人民币。生产过程中涉及到的设备损耗、水电、运输等成本不超过 30%，也就是大约 100 万人民币左右。1000 名待业青年从事生产，按每人每月 40 元的高工资计算，全年也就是 50 万元左右。全部算下来，冷水矿一年还能净赚 170 万元以上的利润。

由于石材厂是大集体企业，不是国有制，所以利润大部分是可以留在冷水矿的。无论是用于给职工发福利，还是留着盖房子、买车子，财政部门都无话可说。

除此之外，一年 190 万美元的创汇，在临河省也算是一个极大的工作亮点。这几年国家对出口创汇看得极重，能够创汇的企业在省里说话的底气都要比别人足得多。

冯舒怡他们谈完石材的事情，就离开中国返回德国去了。在她临行之前，冯立和冯飞都带着各自的老婆到了一趟京城，与这位从未谋面的弟媳妇见了一面，托她给远在德国的母亲和三弟捎去不少礼物，这事也不必细说了。

阿尔坎他们回到德国之后，迅速把盖过章的合同寄了过来，石材出口的协议正式生效。潘才山一点都不敢耽搁，马上因陋就简地搭起了工棚，购置了设备，让待业青年们开始进行石材生产。

宁默这些人在家里待了好几年，盼一个工作机会都已经盼得眼睛发绿了，如今有了工作，一个个都如打了鸡血一般亢奋，采石头、运石头、切割、打磨、雕花等等，干得有声有色，石材的日产量几乎翻着番地往上涨。潘才山测算过，照这样的生产速度，每年 2000 立方米的生产任务用不了半年就能够完成了。

就在潘才山琢磨着是不是可以再去找一家代理商，以便在日本或者美国开辟出一个新市场的时候，一记闷棍从天而降。当地供电局一纸通知发到了冷水矿，说冷水矿近期用电量过高，已经超出全矿的用电指标，必须停工限产，否则别说生产用电，连家属区的生活用电都得中断供应。

供电局的通知可不是什么一纸空文。通知下来之后，石材厂便遭遇了频繁的停电。原来每天可以三班倒，干满 24 小时，现在连 8 小时的开工都无法保证。在生产处的统计图上，代表着石材日产量的曲线像是断了线的风筝一样，一个劲地向下栽。

面对这种情况，潘才山岂能坐得住。他先是让副矿长严福生去找地区供电局交涉，随后又联系上省电力局，请求增加供电指标。与电力部门协商未果后，潘才山索性直接出马，找到省经委、省计委、省外贸局等单位，请他们出面协调用电问题。也不知道是石材厂一年近 200 万美元的出口创汇起了作用，还是潘才山个人的面子起了作用，这几家单位都挺配合，专门找省电力局开了一次协调会，为冷水矿的石材厂又协调了几万度电过来。

但石材加工简直就是一只电老虎，追加的几万度电撑不到一个月的时间就已经告罄了。潘才山再去找电力局，人家把手一摊，说时下整个国家都严重缺电，临河省更是用电紧张大省。比你们那个大集体所有制的厂子重要百倍的企业都有拉闸限电的情况，如果我们对你们网开一面，那么其他企业找到我们头上怎么办？你们想要增加供电也可以，去找北方电管局要指标，让他们从外省调些电过来给你们用，反正本省的电是绝对不够的，难不成要我们把省城的照明用电掐了，保你们这家小工厂？

经委、计委等单位在这个时候也不再吭声了，出口创汇当然是一件好事，但你开了一只电老虎来创汇，让我们怎么办？那年代电力指标都是按省分配的，省里这么多单位，手心手背都是肉，经委和计委也没法过于偏袒冷水矿。

潘才山到各个部门去求爷爷告奶奶地化缘，省电力局最终又给了几千度电，但反复叮嘱潘才山，这些电只能用于冷水矿的主业生产以及家属生活，如果挪作石材厂的用电，那后半年就通知家家户户备几箱蜡烛照明吧。

省里的途径已经走不通了，潘才山又找到了冶金局，让冶金局帮忙想办法。这个时候，自卸车的工业试验已经在冷水矿展开了，冷水矿对这件事给予了积极的配合。潘才山以此为理由，说冷水矿接受自卸车工业试验的前提就是帮助安置待业青年，冶金局出的主意不错，石材厂也建起来了，但现在因为停电而无法生产，相当于冶金局的事情还没做完，不能放任不管。

潘才山这个理由当然是站不住脚的，冶金局帮你出了主意，而且还动用内部的关系帮你们找到了欧洲的代理商，甚至协议中的交易价格都多亏了冶金局私下运作，否则冷水矿还不定把石材贱卖成什么样子了。冶金局做了这么多工作，你们自己连生产用电的问题都解决不了，还能怨谁？

潘才山当然也不是不知道自己理亏，但现在他已经走投无路了，可不就是逮谁赖谁吗？120 吨自卸车现在还在冷水矿跑着呢，如果冶金局不能帮冷水矿把这个困难解决掉，冷水矿找个什么茬让自卸车试验中断，也是可以办到的。考虑到找一个做工业试验的矿山是如此麻烦，对于潘才山的耍赖，罗翔飞也只能捏着鼻子接受了。

冶金局向国家经委请示，由经委派了一名处长陪着潘才山跑了两趟电力部，商讨给冷水矿石材厂增加电力供应的问题。电力部那边也是颇显为难，因为临河省电力局已经放了话，省里的电是绝对不够用的，要给石材厂加强供电，除非能够从邻省调电过来。

涉及跨省调电，电力部就得十分慎重了。接待他们的是电力部的一位副处长，他向潘才山他们诉说着自己的苦衷：倒不是说电力部没有向各省电力局打招呼的权力，而是一旦打了招呼，难免就会落一个“厚此薄彼”的责难。邻省的电力部门就会说了，凭什么给临河省调电啊，他们搞出口创汇，又没有一分钱落到我们省里，我们有什么理由给他们供电呢？

对于电力部的这种顾虑，非但经委的那名处长很理解，潘才山也同样很理解。人家都说到这个程度了，他再唧唧歪歪就显得太不懂事了。他与经委的处长对视一眼，无奈地站起身准备告辞，电力部的那位副处长却似乎是自言自语地嘀咕了一句，“其实吧，这件事也不是完全没有办法……”

“你说什么，有什么办法？”潘才山扑到对方面前，几乎像是要掐着对方的脖子让他把办法说出来。

副处长笑道：“你们冷水矿旁边就是平河电厂，平河电厂发的电，占着北方电管局的两成，随便指头缝里漏出一点，就够你们那个什么石材厂用了。你们为什么不去找他们商量商量呢？”

一语点醒梦中人，潘才山恍然大悟，激动地谢过那副处长之后，便返回冶金局去了。他再次找到罗翔飞，只提出了一个要求：把上次那个小冯借给他用几天，除此之外，不再需要冶金局做任何事情了。

“他借我有什么用？”冯啸辰听罗翔飞讲完这一大段缘由，丈二和尚摸不着脑袋地问道。罗翔飞说的那个什么平河电厂，是北方的一家大电厂，冯啸辰在前一世是接触过的，但在这一世却没有任何交情。潘才山要到平河电厂去拉关系，为什么指名道姓要他冯啸辰参加呢？

罗翔飞笑道：“这就叫能者多劳了。平河电厂和冷水矿是两个系统，互相没有什么关系，冷水矿凭空去和平河电厂联系业务，十有八九是要吃闭门羹的。老潘说了，你小冯有鬼点子，连他老潘都中了你的道，如果有你出场，这件事肯定能成。”

第一百二十四章

原来不是因为常敏工作忙，或者别人不了解情况，而是老潘直接点了自己的名。

听完罗翔飞的介绍，冯啸辰第一个想法就是老潘对他过去干的事情耿耿于怀，这是找着机会要给自己上眼药呢。再进一步想，他又觉得不太可能，毕竟石材出口的事情是冯舒怡在那边牵线，老潘就算是对冯啸辰有意见，也不敢拿他开刀。万一得罪了他，他在冯舒怡那边歪歪嘴，石材厂的前途可就黯淡了。

想明白了这一点，冯啸辰心里就踏实了，知道潘才山不会拿他怎么样，或许是真的看中了他的才华，才想借他去帮忙。不过，在潘才山看来，他的才华主要是有一些鬼点子，这可不是一个好名声。

不管冯啸辰愿不愿意，去冷水矿的事情已经定下来了。潘才山提出的要求并不算苛刻，仅仅是借一个临时工去帮忙，冶金局如果不答应，就说不过去了。至于冯啸辰自己的想法，罗翔飞或许会考虑一下，冶金局党组是不屑于考虑的，在组织面前，你就是一块砖，把一块砖放到什么地方去，还需要征求砖的意见吗？

鉴于冯啸辰刚从南江回来，一路辛苦，罗翔飞给他放了两天假，让他休息休息，然后再出发去临河省。冯啸辰把从家里带来的土特产留给罗翔飞，然后便进城找孟凡泽去了。

孟凡泽没有待在农业部的办公室，而是待在林北重机的采购站，吴锡民专门给孟凡泽收拾了一间屋子出来，照着部长办公室的标准配齐了桌椅沙发等，只是房间的面积比孟凡泽在农业部的办公室略小一些，这也是没办法的事情，因为采购站实在也找不出大房间了。

“回来了？你这一趟回南江，呆了有两个月吧？”孟凡泽坐在油漆锃亮的大写字台后面，对冯啸辰问道。他脸上带着慈祥的笑容，但冯啸辰却能看出那笑容有些牵强，显得没什么神气。

“将近两个月时间吧。”冯啸辰回答道，“企业新建，头绪很杂，很多事情都需要协调。原来桐川农机厂的底子太差，我们从浦江聘了一些退休的老工人过去搭台子。还有从德国运回来的设备和国内的不太一样，有些技术文件需要请人翻译，也费了一些周章。”

“我早就说了，给你在煤炭系统找一家实力强一点的企业和德方合资，你非要自己另起炉灶，现在知道麻烦了吧？”孟凡泽说道。

冯啸辰道：“一开始或许麻烦一点，但后面就省事了。桐川农机厂的底子差，正好没有负担，完全是一张白纸，可以任凭我们画画。如果是一家实力雄厚的老企业，各种关系的牵扯会比现在的事情麻烦得多。”

孟凡泽点点头，道：“说得也是。我们当年搞‘一五’计划的时候，也是这样说的，一张白纸好画画。唉，那时候我还不到四十岁，也像你一样，血气方刚，做事不怕累，字典里就没有‘困难’这两个字……唉，一转眼就是三十年了。”

说到这里的时候，孟凡泽脸上露出一些落寞的神色，但只是一瞬间，他就把这种情绪给压下去了，转而笑着说道：“既然架子已经搭起来了，就好好干，把企业做大做强。你们搞的油膜轴承，我后面专门找人了解过了，的确是咱们国家技术非常薄弱的产品，希望你们能够尽快地做出好产品，填补国内空白。”

“我明白，我们会好好干的。”冯啸辰说道。关于辰宇公司的真实背景，他与孟凡泽保持了一种心照不宣的默契，其实孟凡泽已经能够猜出这家企业就是一家不折不扣的国内企业，只是披了一张合资的皮而已。也正因为此，他才会对冯啸辰说出这么一番勉励的话。

“现在还有什么困难没有？”孟凡泽又问道。

冯啸辰道：“有一些，不过我们自己能够克服。那边的中方厂长杨海帆是个很有能力的管理人才，另外还有一批做事很踏实的老工人和老工程师，寻常的一些困难，他们应当有办法克服的。”

孟凡泽道：“那好，如果有什么解决不了的困难，可以到这里来找我，我还是有一些老关系的，可以帮帮你们。”

“您是说……您以后就在这里办公了？”冯啸辰一愣，似乎感觉到了一些什么。

他从冶金局出来的时候，给孟凡泽的办公室打了电话，却没人接。再把电话打到农业部办公厅，办公厅那边给了他林北重机采购站的电话，说孟部长这些天在采购站视察工作。冯啸辰当时也没多想，直接就到了采购站，见孟凡泽在这里弄了一间办公室，才觉得不对劲。虽然孟凡泽第一次接见他的时候，就是在这个采购站，但却并没有专门的办公室，而是在吴锡民的办公室里与他谈话的，堂堂一个副部长，跑到下属企业的采购站来弄一间办公室，本身就很奇怪。

孟凡泽淡淡一笑，说道：“什么办公，我只是在这里办办‘私’而已。上个月，组织上已经找我谈过话了，让我退居二线，担任部里的顾问委员会副主任。我想，既然已经不在现职上，就不必去干扰年轻同志的工作了，所以就让小冷给我在这里安排了一个房间出来，平时也就是会会客，聊聊天，算不上是办公。”

新中国的干部，多数都是从战争年代走过来的。建国之初，许多部委里的司长、处长也就是三四十岁的年龄，正是年富力强的岁数，不存在新老更替的压力。到六十年代，这些干部尚未进入老龄，便遭遇了“运动”，纷纷被“打倒”，在“五七”干校里度过了若干年的光阴。“运动”结束的时候，这些干部已经是六十岁上下，处于一个很尴尬的年龄。如果按照普通工作人员的标准，让他们退休，似乎有些不近人情，毕竟他们是因为“运动”的原因而耽误了若干年的好时光。此外，“运动”结束后的国家面临着一系列的工作，也需要他们这些富于管理经验与魄力的老领导在各个岗位上掌舵。因此，像孟凡泽这样的老干部便继续留在了领导岗位上，这对于改革开放初期稳定各项工作都发挥了重要的作用。

可是，自然规律是不容改变的，这些上了年纪的老人无论是精力还是体力都无法与年轻时相比，有些部委里的部长、副部长加起来有十几个人，能够坚持上班的连三分之一都不到，开一次部党组全会都要派车去医院里接人，所谓“拄着拐棍”“抱着枕头”来开会的现象，并不仅仅是一句政治笑话。这里说的枕头，其实是氧气袋，有些老领导开着会还得时不时地吸吸氧，工作效率就可想而知了。

中央领导意识到了这种情况，开始有步骤地让一部分老同志退居二线，并在各个部门设置了诸如顾问委员会、调研委员会之类的机构，让这些退下来的老同志“发挥余热”。老同志们对于这种安排的态度各不相同，有些认为这是卸磨杀驴，情绪非常不满；也有一些人则认为这是理所应当的事情，自己年龄大了，就应当为年轻人让路，能够心平气和地接受这种调整。

孟凡泽是一个有全局感的老领导，对于让他退居二线这件事情，他没有任何的怨言。但对于部里让他担任顾问委员会副主任这件事，他只是一笑置之，觉得不在其位则不谋其政，既然退下来了，就没必要成天待在部里。新提拔上来接替他职务的副部长，原来是他的下属，如果他在部里出现，这位新的副部长必然是十分为难的。逢事不去向老部长请示，显得不够谦虚，而如果事事请示，那自己岂不成了一个废物?

想到这些，孟凡泽便决定轻易不去部里了，除非是要听重要文件传达，或者有其他一些必须要他去的事情，他才会在部里露露面。部里给他也留了办公室，但他只是锁在那里，没有使用。

不去部里上班，并不意味着孟凡泽就能够在家里待得住。多年养成的习惯让他觉得没有一点事情做就浑身难受。他让采购站给自己准备了一间办公室，没事就到这里来看看资料，或者约一些门生故旧聊一聊。名义上说这只是一个退休老人的闲聊，但聊天的内容又无不是关系到国家经济发展方面的。

孟凡泽当了这么多年的领导，接触过和照应过的人很多。知道他退下来之后，有些人便会专程过来看望一下他，陪他聊聊天，排遣一下心结。一开始，孟凡泽还没觉得什么，但慢慢就有些不喜欢这样的聊天了。大家都是有工作的，可以说是在百忙之中抽时间来看他这个退休老头，他又有什么理由留着人家在这里谈笑风生呢？

刚退休下来的领导干部，不管心胸有多么豁达，在人情冷暖方面都是非常敏感的。孟凡泽不想让人说自己是个不识趣的老头，于是渐渐地便不再与旧日的部下联系，人家说要上门来拜访他，他也往往是婉言谢绝。

第一百二十五章

冯啸辰和孟凡泽联系，说要来向他汇报工作的时候，孟凡泽是非常高兴的。与那些身居要职的部下相比，冯啸辰只是个羽翼未丰的小年轻，仍然需要孟凡泽的照顾。即便孟凡泽已经退居二线，无法给其他人提供什么帮助，但给冯啸辰遮遮风、挡挡雨，孟凡泽自忖还是能够办到的。

有这样一种人，他们生活的全部追求就是能够对别人有用，他们赚钱的目的是让别人衣食无忧，他们无惧刀剑，只为了把别人呵护在他们的臂膀之下。他们辛勤工作，任劳任怨，守护着别人的成长。有一天，别人对他们说：我们长大了，不需要你们了，你们可以休息了。这时候，他们会茫然失措，感觉生活失去了所有的意义，他们浑身的气力会在瞬间消失得无影无踪，他们那挺拔如山的后背会蓦然弯成长弓……这种人，叫作父亲。

孟凡泽就是一个这样的人。他在位置上的时候，似乎有着用不完的精力，每天处理无数的公文，为下属企业解决各种各样的困难，感到其乐无穷。但组织通知他退居二线，不再需要去负责什么具体事务的时候，他的精神突然就垮了，觉得自己在这个世界上完全成了个废人。

前些日子过来看望他的人，很多都是由他亲手提拔起来的中青年干部。但他还在台上的时候，他觉得自己能够荫护这些人，能够对他们有用，那时候，这些人到部里来找他聊天，他可以以一个长辈和领导的身份，询问他们的工作情况，对他们的成绩给予表扬，对他们的失误提出批评，他非常享受这样的谈话。但当他离开了这个职位之后，再与这些部下聊天，忽然就失去了自信。自己的表扬对于部下不再有什么意义，而自己的批评或许会被别人视为不识时务。别人向他汇报工作情况，不再是一种义务，更像是对他的施舍，而像孟凡泽这种强势了一辈子的人，怎么愿意去接受施舍？

冯啸辰的情况与这些人完全不同，他是一个新人，几乎毫无根基，孟凡泽随随便便一个电话，就能够帮他解决掉一些看似无解的难题。比如辰宇公司的登记和注册，如果没有孟凡泽帮忙，冯啸辰起码要多等两三个月的时间。在冯啸辰面前，孟凡泽能够找到自己存在的意义，这使得他对冯啸辰的到来感到十分愉快。

这就像一个拿两百块钱退休金的老人，在自己那个月薪过万的儿子面前找不到存在感，但他却能给五岁的孙子买几个糖果，在孙子的笑颜中找回自己的尊严。

以冯啸辰现在的年龄，恐怕是无法理解孟凡泽的心理的，但他有着两世的见识，实在太清楚孟凡泽现在的苦闷了。

“孟部长，您就打算在这里浪费光阴了？”冯啸辰用手指了指四面的墙壁，笑呵呵地说道。他这话，在孟凡泽听来，纯粹就是哪壶不开提哪壶，知道自己现在退下来正闲得发慌，他居然还如此调侃自己，实在是可恶到了极致。

“你在这胡说八道什么，我有什么光阴可浪费的，我就是一个退休老头罢了。”孟凡泽气呼呼地说道。还别说，他这一生气，便把心里的不痛快给忘记了，有个人上门来刺激刺激他，惹起他的斗志，也算是一种娱乐了。

冯啸辰似乎没感觉到孟凡泽的不快，依然笑着说道：“孟部长，中央不是提倡老干部要发挥余热吗？我看你待在这屋子里，也发挥不出什么余热来呀。”

孟凡泽没好气地斥道：“余热是说炉灰的，我还没变成炉灰呢。”

“孟部长，我有件麻烦事，想求您出山帮帮忙，您乐意吗？”冯啸辰问道。

“你能有什么事情？还用得着我‘出山’？”孟凡泽不屑地说道。

冯啸辰正色道：“孟部长，我这可不是小事情，这是我们经委的张主任交代的事情，罗局长为这事还专门找过我，让我限期解决。”

“这么严重？”孟凡泽来了点情绪，问道，“是什么事情，老张还要让你这么个小年轻去办，别人就办不了吗？”

冯啸辰道：“别人能不能办到，我不太清楚，但这件事也困扰我们经委好长时间了，一直都没有解决。”

“你是说，你能解决？”孟凡泽问道。

冯啸辰笑道：“这就得看您愿不愿意帮忙了。”

“呵呵，还和我有关呢？说说看，是什么事情。我可事先声明，如果是太麻烦的事，我可不管，你们经委的能耐大得很，用不着我这个退休老头去发挥什么余热。”孟凡泽假装事不关己，其实心里已经有些活动了。

冯啸辰道：“我们经委有两百多名职工子弟，目前处于待业状态，无法安置。经委领导听说我在冷水矿帮他们安置了上千名待业青年，所以让罗局长来找我，叫我想想办法，把经委这两百多人也给安置下去。”

“哈，原来是这事啊，活该！”孟凡泽幸灾乐祸地说道，安置待业青年的难度有多大，他是清楚的，煤炭系统里每家企业都有这方面的困难，煤炭部也有一些子弟面临着安置问题，部党组为这事也开过不止一次会了。听说经委的领导把这件事交给冯啸辰，孟凡泽就觉得好笑。

笑过之后，孟凡泽才想起冯啸辰之前的话，不由纳闷地问道：“小冯，你说的这件事，和我有什么关系？”

“当然有关系。”冯啸辰理直气壮地说道，“如果您愿意帮忙，我就能够把他们全安置了，甚至能给你们煤炭部也安置上几十个人。如果您不愿意帮忙，我就没办法了，只能跟罗局长说另请高明。”

“我还有这个本事？”孟凡泽诧异道，他认真想了一遍，想不出自己有何德何能，可以帮冯啸辰解决这么一个难题，或者说是为经委解决这么一个难题。想到冯啸辰在冷水矿搞的是一个石材厂，难道他想利用自己在煤炭系统的关系，去开发点什么煤矸石工艺品之类的？

“这件事我跟您谈过的。”冯啸辰道，“我打算创办一家企业管理咨询公司，连名字都起好了，就叫作经纬企业咨询顾问公司，专门负责为全国的企业提供质量管理认证服务。公司的组织经营都不是问题，最关键的是需要有一位懂得全面质量管理同时还德高望重的首席顾问……”

“质量管理认证!”孟凡泽的眼睛里闪出了光彩，他的确记得，去年冯啸辰从新民液压工具厂回来的时候，与他谈过这样一个设想，说要成立一个质量咨询机构，为企业提供有偿的质量咨询服务。冯啸辰当时还专门说过，如果孟凡泽退居二线了，可以去当这家机构的负责人。

那时候，孟凡泽根本没考虑过退休后的工作安排问题，对于冯啸辰的这个想法，他也是嗤之以鼻，认为为企业提供有偿服务是一条邪路，还批评了冯啸辰几句。时隔半年，冯啸辰又提起了这件事，这一回，孟凡泽的想法已经大不相同了，他隐隐觉得，这似乎是一件值得去做的事情，而且的确能够发挥他的“余热”。

“我们目前推行的全面质量管理工作，还是非常粗陋的。空话套话太多，具体落到实处的地方很少。不同企业在开展这项工作的时候标准不一，有些做得还算不错，有些则甚至张冠李戴，搞出了一些四不像的东西。更不必说还有一部分企业因为重视不够，或者缺乏必要的人才，这项工作还停留在口头上，完全没有启动。”冯啸辰说道。

“那你的想法是什么?”孟凡泽问道。

冯啸辰道：“我觉得，有关全面质量管理的宣传已经足够了，下一阶段应当开始抓落实。落实的一个表现就是要进行全面质量管理的认证工作，各地区、各行业要提出自己的认证计划，比如说，在五年内保证所有的大型企业完成认证，80%的中型企业和50%的小型企业完成认证。唯有如此，才能改变目前这种光说不练的格局，使全面质量管理工作真正开展起来。”

“你说的认证，是指什么?”孟凡泽继续问道。搞工业的人，对于认证这个概念是并不陌生的，企业会有各种各样的认证，什么锅炉生产资质认证、建筑施工认证、高压电器认证啥的，这些东西孟凡泽都接触过。可全面质量管理认证指的是什么，他就有些不明白了。

“要实现全面质量管理，就需要有一套相应的管理体系，它是根据企业的特点，选择包括设计、生产、检验、销售、使用全过程的若干要素组合而成，并予以制度化、标准化，成为企业内部质量工作的要求和活动程序。所谓全面质量管理认证，也可以叫作质量管理体系认证，就是确定企业是否建立起了符合标准的质量管理体系。如果建立了，就颁发证书，通过认证。如果没有建立，那就帮助他们建立起来。”

冯啸辰不慌不忙，侃侃而谈。坐在他对面的孟凡泽眼睛里分明出现了久违的神采。

第一百二十六章

后世的企业管理人员，恐怕没有不知道 ISO9000 这个词的。ISO9000 认证一度成为企业管理界最时尚的概念，一家企业没有通过认证，简直都不好意思跟人说自己是现代企业。

其实，早有二十世纪九十年代初，欧共体就已经把 ISO9000 当成了质量管理和质量保证的标准，并提出到 1992 年时，任何非欧共体的厂商必须首先具备 ISO9000 证书，才有资格进入欧共体市场。中国曾经提出过一套等效采用 ISO9000 的国家质量标准，但因为仅仅是参照而不是同步，二者在许多方面还存在着较大的差异，最终并没有得到普遍的认可，中国企业仍然是以申请 ISO9000 认证为自己的目标。

ISO9000 认证对于一家企业的真正意义并不在于取得一个证书，而在于认证过程中所培养起来的质量管理理念、知识和能力等等。一次认证的过程，就是对企业管理各环节进行全面梳理的过程，能够发现企业中存在的各种缺陷，规范各项管理行为，提高全体员工的质量管理水平，从而使企业的能力跃上一个新的台阶。

ISO9000 标准的提出和正式公布，还要等待几年，但冯啸辰决定把这套方法提前一步引入到国内来。他倒没打算去侵犯国际标准化组织的版权，毕竟这套东西人家已经搞了多年，许多概念都是他们提出来的，以冯啸辰一个人的本事，不足以去挑战一个组织。

他要做的，仅仅是借鉴这一套思路和方法，在中国提前推行质量管理体系认证工作。人家起个名字叫 ISO9000，他完全可以起个名字叫 FXC8888。他深谙这套体系的精髓，推广起来没什么难度。未来等 ISO 组织推出 9000 系列的时候，他不去告 ISO 侵权也就罢了。

在后世的中国，有无数的管理咨询公司是专门帮助企业做 ISO9000 认证的。这些公司会派人进入企业，为企业做各种管理诊断，为企业量身定制各种管理规章，对企业员工进行培训，帮助他们编制各种表格，以便通过认证机构的检查。

对于企业来说，这些管理咨询公司所做的工作是他们所不了解的，那些管理咨询师、培训师等等都是专业人才。而如果站在管理咨询公司这边来看，就知道所谓咨询、培训，也不过就是一些熟练工种而已，只要懂得相应的套路，掌握这些方法并不困难。一个培训师的能力，与一个熟练的瓦匠没什么区别，用卖油翁的话来说，“但手熟耳”。

冯啸辰很早就琢磨过这件事情，但具体如何操作，还有一些疑虑。孟凡泽退居二线，经委需要解决待业青年就业问题，这两件事凑到一处，就给冯啸辰创造出了一个机会。他决定要成立一家管理咨询公司，让孟凡泽来当首席顾问，把那些待业青年都塞进去当管理咨询师，再派往各家企业去做质量认证咨询工作，可谓是一举多得。

现有的行政体系中无法增加一个这样的机构，只有把它放在体制之外，才是合适的。以公司的形式建立这家机构，并不占用国家的编制，也不存在干部任命之类的问题，能够避免各种扯皮现象。

然而，作为一家体制外的公司，如果没有一定的背景，要想在全国范围内做企业管理咨询，几乎是不可能的。尤其是那些国有大中型企业，谁会愿意请一家体制外的公司来对自己的整个管理体系说长道短？但如果这家公司是由国家经委支持的，它的成员都是经委子弟，其地位就大不相同了。全面质量管理是由经委发文推行的，如果要做质量体系认证，权力也无疑是在经委的手里。企业要想通过认证，必须请咨询公司来帮助做各种前期工作，一家由经委子弟组成的咨询公司意味着什么，哪家企业掂量不出来呢？

如果再有人担心这家咨询公司的动机是图财骗钱，那么冯啸辰还有一个保障，那就是作为首席顾问的孟凡泽。孟老爷子在整个工业圈子里的声望是无人怀疑的，他在背后撑着，还有谁会觉得这家公司有问题呢？

至于说这些待业青年能不能成为合格的咨询师，冯啸辰也并不担心。他了解过了，这些经委子弟大多是京城重点高中毕业，文化功底不差。他们跟着父母一辈耳濡目染，多少也都有点管理背景。这些人经过一段时间的培训，当好一个咨询师没什么困难，其中实在有些天资愚笨的，就当个跑腿打杂的勤务人员好了。

冯啸辰把自己的想法简单说了几句，孟凡泽就听明白了。他敏感地意识到，这是一件非常值得去做的事情。与各个系统以往推行过的产品质量认证一样，质量管理体系认证也是一个能力培养的过程，对企业是绝对有利的。从去年以来，国家经委和各个工业部委都在努力地推进全面质量管理工作，但始终找不到一个好的抓手。

冯啸辰在新民液压工具厂搞的那套质量管理材料，孟凡泽让人印刷了一大批，发给了下属的企业，让他们作为模版去搞好本企业的质量管理。但半年过去，大多数的企业还停留在“学习学习”或者“研究研究”的阶段。上面问起来，他们就说生产任务忙，抽不出时间。如果催得紧了，他们也就是找人从冯啸辰的小册子里摘抄几段应付一下，根本没有落到实处。

冯啸辰提出的质量体系认证，相当于给了企业一个硬指标，同时也是一个可以看得见、摸得着的实实在在的指标。如果再结合经委的一些手段，企业将不得不启动这项工作，而且每一步如何做、做得好坏，都可以用认证标准来衡量，不怕企业应付了事。

最重要的是，在这件事情中，孟凡泽的作用是不可替代的。冯啸辰请他去当首席顾问，绝对不是对一个退休老干部的怜悯，而是因为几乎没有其他人可以担此重任。换成其他一个不懂业务的老干部，恐怕根本不知道该如何做事；而如果是一个年轻的业务干部，又恐怕缺乏足够的威信去让下面的企业接受。孟凡泽兼具声望和能力，实在是担任这家咨询公司首席顾问的最佳人选。

想到自己退居二线之后还能出任这样一个不可或缺的角色，孟凡泽打心眼里往外冒着热情。

“关于质量认证体系的构成，我已经写了一个文件，未来可以请一些企业的领导和高校的专家们来进一步完善。认证体系形成后，我们要对所有的咨询师、培训师进行集中培训，用三至六个月的时间，让他们掌握质量认证的基本方法，然后再在实践中逐步提高，用一至两年的时间把自己培养成质量管理的专家。在前期，我们可以找一些合作性较好、有一定质量管理基础的企业作为试点，检验我们的质量体系是否合理，我们的咨询模式是否合格，在实践中磨合我们的队伍。等到我们的咨询模式基本成型之后，就可以将咨询师分成若干个小组，深入各地企业开展认证咨询工作，帮助企业建立质量管理体系。全国有几十万家企业，即便是大中型企业，也有上万家之多，我们要在几年内完成大多数企业的质量管理体系认证工作，需要数以千计的咨询师。我们目前可以用经委的待业青年，再加上煤炭部的待业青年，未来还可以从高校毕业生中吸纳人才，培养出一支出类拔萃的质量认证队伍。”冯啸辰向孟凡泽说道。

“好！这个想法太好了！”孟凡泽轻轻一拍桌子，脸上绽出了明朗的笑容，“小冯啊，你这个脑子是怎么长的，居然能想出这么好的办法。光是一个点子还不够，连怎么做，分几个步骤，你都想好了，你说你像是一个二十岁的小年轻吗？”

“呵呵，我也是瞎想，请孟部长批评。”冯啸辰假装低调地说道。

“没什么可批评的。”孟凡泽道，“这件事值得一做，不过具体如何做，不是我能够说了算的。要成立咨询公司，主体肯定是你们经委，你不是把名字都起好了吗，叫什么‘经纬咨询’，那就得让张主任去拍板了。你不用怕，这件事由我去向张主任说，如果能够办成，功劳是你的。”

第一百二十七章

孟凡泽对此事非常重视，这是他能否继续工作的一个关键，他自然不会怠慢。送走冯啸辰之后，他马上和经委的领导通了电话，简单说了一下这个意见，并特别指出这是为解决经委两百多待业青年而提出的一个举措。

经委领导也都是富有工作经验的人，一听孟凡泽的介绍，便意识到了这件事的意义。强制推行质量管理体系认证，是促使各企业加快开展全面质量管理工作的一个抓手。通过把质量管理体系建设标准化，能够帮助那些知识水平不够的企业领导人迅速掌握全面质量管理思想的核心，使这项工作真正得以落实。

相比之下，所谓安置经委的待业青年，反而成了这件事的副产品，不值一提。但是，冯啸辰给出的理由也是非常充分的，如果这家公司不是由这些经委子弟组成的，在开展工作时难免会遇到种种障碍，经委子弟这块招牌，能够起到其他人所无法达到的作用。

筹建咨询公司的事情紧锣密鼓地展开了。公司作为经委的三产，属于集体所有制性质，这也是当时的政策允许的。经委办公厅的一位处长担任了公司总经理，孟凡泽则被聘请为公司的名誉总经理兼首席顾问。经委从各部门抽调了十几名有经验的副处级、正科级干部担任公司的各部门负责人，再往下就是经委系统内的两百多名待业青年，同时还吸纳了其他一些部委里的部分待业人员，总人数达到了三百余人，算是一个规模很大的公司了。

按照冯啸辰提出的方案，公司成立之后，马上开展了内部职工的全面培训，让未来准备担任咨询师、培训师的那些人员掌握企业管理的基本知识，尤其是全面质量管理方面的理论和方法。

经委在这方面的人才和知识储备是十分丰富的。为了推广全面质量管理，经委从各高校和社科院等单位聘请了大量的专家作为顾问，此时正好让他们去给待业青年们讲授这方面的知识。

冯啸辰在南江的那些日子里，抽时间整理了一套质量认证的指导文件，这一次无偿地提供给了孟凡泽，孟凡泽又把它转给了那些高校专家。专家们看到指导文件，都叹为观止，声称这是有史以来最全面、最系统也最具有可操作性的指导文件，其水平甚至超过了开展全面质量管理工作比中国早出二十年的西方国家。

在这套指导文件的基础上，专家们编制了中国版本的质量认证标准，撰写了相关教材。而那些接受培训的待业青年们也成为中国第一批具备质量认证能力的咨询师。

这些事情都是在冯啸辰与孟凡泽谈话后几个月内发生的事情。作为始作俑者的冯啸辰，却在谈话之后的第三天就收拾起行李，北上前往冷水矿去了，那边的供电难题还在等着他去破局呢。

“王处长，好久没见！”在冷水矿区，与潘才山等一干矿山领导见过之后，冯啸辰来到临时设置的自卸车工业试验办公室，找到王伟龙，笑呵呵地招呼道。

自从自卸车工业试验开始之后，王伟龙就住在冷水矿，一方面指导工业试验，一方面协调罗冶与冷水矿之间的关系。两个月下来，他显得黑瘦了许多，精神头倒是极好，估计是工业试验比较顺利吧。

“小冯，好久没见了，怎么样，南江的事情顺利吗？”王伟龙握着冯啸辰的手，热情地问道。

“一切都挺好的。目前那边有二十多个浦江来的老师傅先顶着，等业务稳定下来，再请你们罗丘这边的师傅过去。”冯啸辰说道。此前王伟龙帮他在罗丘那边也物色了一批退休老师傅，只是目前辰宇公司的业务还没有开始，用不了太多人，因此这些人并没有过去，而是在罗丘那边等着冯啸辰的招呼。

两个人又寒暄了几句，王伟龙这才问起冯啸辰的来意。冯啸辰把石材厂遭遇停电的事情向他一说，王伟龙哈哈大笑起来，道："小冯，你可不知道，现在你的大名在冷水矿是家喻户晓，连潘矿长的名气都没有你大。尤其是上次你婶子到这里来转了一圈，一开始大家还不知道，后来听说她是你的婶子，都惊傻了。"

"这真叫好事不出门，坏事传千里啊。"冯啸辰自嘲地说道。其实他在冷水矿的名声绝对是美名，谁不说他足智多谋，连国外的事情都知道，一出手就是一个金点子，让全矿的待业青年都找到了工作。在上个月，因为还没受到停电的影响，石材厂生产出了第一批出口石材，已经发运到德国去了。第一批货款也已收到，待业青年们都拿到了工资，大家口口相传的都是冯啸辰的名字。

"王哥，这次潘矿长专门点名让我去协调平河电厂的事情，你知道是怎么回事吗?"冯啸辰又向王伟龙求证道。王伟龙道："这件事情，我倒是有所耳闻。平河电厂是一家国家重点火电厂，是二十世纪五十年代利用苏联技术建立起来的，初期只有两台机组，这二十多年不断增加，到目前已经拥有了十几台机组，是北方电管局的重要支柱电厂。前几年，他们还从日本的九林公司引进了四台 25 万千瓦的发电机组，实力非常雄厚，连临河省政府的账都不买。""现在谁手里有电，谁就是大爷啊。"冯啸辰笑着评论道。

中国的电力供应长期以来都处于供不应求的状况，除了一些极端重要的军用设施和省一级的政府部门之外，其他任何单位都遭遇过拉闸限电的经历。尤其是到汛期，各地抽水排涝需要使用大量的电力，工厂和居民区停电就更是家常便饭的事情。

电力部门捏着大家的生产和生活用电，随便找一个理由就可以拉你的闸，所以各单位只能拍着哄着，希望电力部门能够给自己一些照顾。久而久之，就惯出了"电老虎"这样的恶名，地方电力局都敢和当地政府叫板。

平河电厂是一家国家级大电厂，虽然坐落在临河省，但却是受电力部直辖的，发出来的电归周围的几个省使用。在电量分配方面，原则上说权力在北方电管局手里，但平河电厂的话语权甚至比电管局还大，一言不合，它就敢以检修为名，停下三两台机组，让电管局欲哭无泪。

电厂内部的生产管理具有很强的专业性，上级部门也不敢随便发号施令。人家说机组要检修，你敢不允许吗？如果照你的命令继续生产，机组出了重大事故，责任由谁负呢？

没办法，电管局也罢，电力部也罢，只是顺着电厂的毛捋，不会直接和电厂发生冲突。当然，电厂方面做事也是有分寸的，上级机关让你一步，你可不能得寸进尺，把领导逼进墙角。毕竟电厂的厂长也是组织任命的干部，把事情做得太绝，真以为组织上不会一纸调令让你坐冷板凳去？

这种微妙的平衡原则，但凡是体制内的官员，都会有所了解，只是了解的程度不同而已。王伟龙觉得自己比冯啸辰年龄大，应当有更多的经验，殊不知前一世的冯啸辰是专门干这种部门间协调工作的，经他手弹劾过的干部比冶金局现有的编制还多，他岂能不懂这些奥妙。

“冷水矿和平河电厂以往的关系如何？”冯啸辰最关心的是这个问题。

王伟龙摇摇头道：“关系很平淡。两家单位分属不同的系统，业务上也没什么交叉。冷水矿过去是以采矿为主，采矿用的是炸药，挖掘和运输靠的是汽油，用电的数量很少，涉及不到平河电厂的业务。至于平河电厂，人家也不需要铁矿石。所以这两家单位虽然离得不远，但却基本没有怎么走动过。”

“那么最近一段呢，潘矿长他们联系过没有？”冯啸辰又问道。

王伟龙道：“这个我就不清楚了，我在这边主要是搞工业试验的事情，他们和平河电厂联系的事，我也只是偶尔听说了一句，我甚至都不知道他们会把你老弟请出来呢。”

第一百二十八章

“我们和平河电厂联系过了。”在矿长办公室里，潘才山这样向冯啸辰说道。

“结果怎么样?”冯啸辰问道。“对方很客气，还请老严他们吃了顿饭，上了好几条平河里的大鲤鱼。”潘才山苦笑着说道。冯啸辰便知道答案了，对方的反应，用一个俗语来说，就是“十动然拒”，也就是十分感动，然后便拒绝了。都是大型国企，冷水矿派出了一个副矿长去联系，对方自然不会太失礼，一顿好饭是肯定要招待的。但潘才山特别强调这顿好饭，就说明冷水矿除了一顿饭之外，没有再拿到其他的好处。人家与你非亲非故，凭什么帮你解决用电指标呢?

“他们没有提出什么要求吗?”冯啸辰又问道。

潘才山叹了口气，道：“如果提了要求就好了，问题是，他们什么要求都没有，这我们就是狗啃刺猬，无从下口了。”

“那咱们矿长有没有主动去分析过他们有什么样的困难?”冯啸辰道。

潘才山道：“我们开过两次会，大家琢磨了几点，也都站不住脚。平河电厂是个大电厂，求着他们办事的企业不知道有多少，他们有什么困难，也都一下子解决了，哪轮得到咱们这么一个矿山去帮忙。”

要求人办事，总得付出点代价，这一点潘才山是非常明白的。矿里的领导们出过一些招，比如给对方送一些土特产品，招收几个电厂里的子弟到冷水矿来就业，或者在电厂要建宿舍楼的时候，由矿山这边以赞助的名义送一些建材过去。这样的招数对于依川县城的那些单位，比如学校、医院、供电所之类，还有点作用，但对于平河电厂来说，就是一些毛毛雨了，连人家的衣角都沾不湿。可如果要出手再大一些，又不合适。矿山的财产都是国家的，花个三千五千的可以算在招待费里报销，一下子花出去好几万，就不好交代了。再说，真要付出这么大的代价，石材厂还有必要开下去吗？

“这么说，咱们是一点办法都没有了？”冯啸辰问道。

潘才山笑道：“也不能说是一点办法都没有，这不，你来了嘛，我们就看到希望了。”

“潘矿长，您不是跟我开玩笑吧，我只是冶金局的一个借调干部，你们出面都解决不了的问题，我有什么办法？”冯啸辰半真半假地说道。

临来临河省之前，他也琢磨过平河电厂的事情，但却找不出什么头绪。他也非常清楚，如果没有什么能够与对方交换的条件，要说服对方给自己调电，几乎是不可能的。平河电厂在电量分配方面的确有话语权，但这种话语权不是拿来做慈善的，人家给你调几万度电，必须从你手上换到一些东西，否则就亏了。而且最重要的是，一旦开了这个先例，以后大家都来找你要开口子，你答应还是不答应？

那么，平河电厂的软肋到底在哪呢？

“我们是真的不知道啊。”面对冯啸辰提出的疑问，潘才山苦恼地说道，“正因为如此，矿党委开会的时候，大家都推举你去找平河电厂交涉。大家觉得，你最大的能耐就是能够无中生有，从找不到希望的地方发现希望。你看，我们原来觉得冶金局没什么地方能够要挟我们，结果你搞了那么一出，就把我们都给将住了。”

“这个……纯属巧合，纯属巧合。”冯啸辰摆着手说道，潘才山说的这些，实在算不上表扬了，更像是一种指责。

潘才山笑道：“小冯，你不要有心理压力。上次的事情，我们一开始的确对你有些意见，但你帮我们出了主意，又帮我们联系了海外代理商，一下子解决了上千人的就业问题，相当于解决了好几百个家庭的后顾之忧，我们感谢你还来不及呢。上次你们走得匆忙，我们矿上也没给你好好安排一下，这次我专门从罗局长那里把你要过来，最主要的目的就是想好好地款待款待你，我们这里的风景还是挺美的。”

“电厂那边的事情，你有时间就去看看，实在没时间就先放放。我们也已经等了这么多天了，再等几天也无妨。关键是先休息好，玩好，年轻人嘛，总是喜欢玩的。”潘才山说得特别仗义，可潜台词却是很明确的：电厂的事情你可以先放放，但放完了之后还得去。所谓款待、旅游之类的福利，都是建立在你能够帮我们解决这个困难的基础上的。

冯啸辰无奈了，他点点头道：“这样吧，潘矿长，先找个人给我介绍一下平河电厂的情况，明天我就过去看看，矿上找个人陪我一块去。至于说能不能发现什么机会，我可不敢保证。”

“你明天就去？真的不用再休息两天吗？我们这里的小孤山林场风景很不错的。”潘才山还在做着努力。

冯啸辰坚决地摇摇头，“这个不急，先安排去电厂的事情吧。”

“嗯，也好，办完事情一身轻松，玩起来也痛快一点。”潘才山像是被冯啸辰说服了，但他随后的一句话则让冯啸辰差点要崩溃，“我已经安排好了，明天让我们矿上的保卫处长宋维东陪你去，车也已经派好了。”

哎，你刚才不还说让我去什么小孤山林场玩嘛，这会又说早就安排好了，人和人之间还能不能有点起码的信任啊！冯啸辰在心里嘀咕着，脸上却是露着笑意。他想了想，说道：“这样好不好，宋处长跟我一起去，但他先别出面，省得引起电厂那边的警惕。从矿山再找个其他人陪着我，我就假装是去旅游的，顺便看看电厂的情况，然后再决定下一步的行动，潘矿长觉得如何？”

“就依你的，你说吧，要谁陪你？”

冯啸辰笑着说道：“要不，还是让宁默陪我吧，我和他比较投缘。还有，他块头大，万一电厂那边不待见我们，要放狗追我们，他还能挡挡。”

“噗！”潘才山差点把一口茶水喷到了桌上，这个冯啸辰可太损了，说话就没个正形。可也就是这样的人，才能够独辟蹊径，找到解决方案。他不假思索地应道，“没问题，我就让胖子跟你一起去。不过，如果是他去，得换个大点的车……”

“换大点的车”当然只是一句笑话，冷水矿的大车不少，载重三五十吨的运输车就有几十辆，但这不是用来运宁默这种胖子的，他们也不可能坐着一辆载重卡车去平河电厂。

第二天一早，宋维东带着一辆吉普车来到了招待所的楼下，接冯啸辰出发。宋维东坐了副驾驶的位置，在当年那就属于首长专座了，从来都是官最大的人才有资格坐的。冯啸辰拉开后排车门，发现宁默已经坐在里面了，一个人占了将近两个人的位置。见到冯啸辰，宁默颇为亲热，招呼着冯啸辰上车之后，便开始掏烟，而且掏出来的还是大前门。“哥们，抽烟，这可是我自己挣的钱买的，别人我都没舍得给，哥们你得抽这烟，没有你，我现在还在家里蹲着呢。”宁默一边往冯啸辰的手里塞着烟，一边大大咧咧地说道。

宋维东吩咐司机开车，然后回过头来对宁默说道：“胖子，又背着你爸偷偷买烟抽了，不怕我回去告你的状？”

“老宋，你这就不够朋友了，来来来，你也抽一根，我给你点上还不成？”宁默笑着给宋维东递了支烟，还掏出一个金属打火机帮他打着了火。

宋维东的岁数和宁默的父亲一样大，从辈分上算，宁默也得称他一句叔叔，可宁默偏偏就只叫他老宋，弄得他也没辙。像宁默这样的半大孩子，总觉得自己已经长大了，可以与长辈平起平坐了，除了不敢跟父母称兄道弟之外，把矿上的其他工作人员一概都当成了平等的同事。宋维东也知道这些年轻人的坏毛病，他的儿子在这方面并不比宁默做得更好，所以也没理由斥责宁默。他抽了一口宁默给他的烟，然后才对冯啸辰说道：“小冯，潘矿长交代过了，我们这次去平河，一切听你的安排。你需要我做什么，直接说话就是了，我一切行动听指挥。”

冯啸辰笑道：“宋处长这样说，我可就诚惶诚恐了，我哪敢指挥您啊！我们这次去平河，主要是了解一下电厂的基本情况，看看有什么可以抓住的机会。到了那里之后，您先不要声张，让我和胖子去探探路就好了。”

“好咧，我就照你说的办。”宋维东爽快地答应道。

第一百二十九章

平河是一条河的名字，平河电厂就坐落于平河岸边，并因此而得名。

二十世纪五十年代，平河电厂初建的时候，电厂周围只是一片荒滩。电厂建立之后，周围又开辟了几个国营农场，人气逐渐旺起来，并形成了一个集镇，人称电厂镇。电厂镇并不是一级行政区划，这里的管理都是由电厂负责的，连派出所都是建在电厂里面。

冯啸辰一行坐着吉普车，首先来到了电厂镇。他和宁默下了车，交代宋维东和司机找个地方待着，然后二人便晃晃荡荡地在镇上逛起来了，像两个头一回进城的乡下孩子一样，看什么都觉得新鲜。

“冰棒多少钱一根？来两根。”

“这母鸡卖吗？什么，不是母鸡，是公鸡？公鸡长这么大的冠子干什么？”

“大爷，棋下得不错啊，我陪您下一盘怎么样？”

“哥们，让我打两杆，这局算我们掏钱了……”

卖冰棒的大婶、下棋的老头、打台球的小年轻，都被他们搭讪过。刚下车的时候冯啸辰就到路边的小店买了四盒大前门，不一会工夫就散得一干二净了。买烟的钱是向潘才山申请过的，潘才山给冯啸辰授了权，不管花多少钱，一律可以回去报销。潘才山当然也知道，冯啸辰绝不可能开张假发票回去骗冷水矿的钱，人家的婶子是德国人，没准给过他多少万马克的零花钱呢，他才不屑于去贪公家的那点小便宜。

“兄弟，没啥收获啊，咱们还得转到啥时候去？”在镇上来回转了几大圈，宁默开始叫苦了。一个人能够成为胖子，绝对不会是无缘无故的，每一个胖子的头顶上都贴着“好逸恶劳”四个大字。宁默一早被宋维东叫起来，让他陪着冯啸辰来电厂镇，宁默还觉得是个好差事，谁曾想却是在这里丈量土地。他只觉得小腿都快要累细了，冯啸辰依然没有停下来的意思。

“怎么会没收获呢？电厂的厂长叫肖建川，在厂里说一不二，可就是有点怕老婆。党委书记是个女的，叫宋志娟，是个热心肠的大妈，可管不了生产上的事情。厂里没什么待业青年，前几年有的安置到县里去了，有的安置在农场，收入待遇都不错。电厂正准备新建宿舍楼，好像没什么麻烦……这不都是咱们的收获吗？”冯啸辰笑着对宁默说道。

宁默道：“这些东西随便找个人问问也都知道了，咱们就没问出什么有用的东西来啊。”

冯啸辰摇摇头道：“你怎么知道这些信息没用呢？”

宁默反问道：“那你说说看，有什么用？”

冯啸辰道：“暂时我还说不出来，不过我坚信这些信息是会有用的。”

宁默耸了耸肩膀，说道：“我可看不出来。兄弟，要不咱们就先到这吧，该去找个馆子吃中午饭了。”

“也罢。”冯啸辰道，他也觉得有点饿了，同时也有些累了。别看他刚才对宁默说得那么自信，其实心里也有些沮丧。刚才接触了不少电厂的职工以及职工家属，从他们介绍的情况来看，电厂的日子过得很滋润，没有什么烦心的事情。没有事情，就意味着冯啸辰没法趁虚而入。如果凭空去找电厂谈判，冯啸辰自忖没有这么大的面子，估计连一顿饭都蹭不着。

两个人走进了一家写着“为民餐厅”的小饭馆，从门脸来看，应当是一家私人开的饭馆，装饰上就远远不及陈抒涵开的春风饭店了。进了门，二人发现饭馆的生意还真不错，六七张桌子都已经坐满了人。看来，电厂职工的收入都挺高的，能够有这么多人在外面吃饭。

“两位吃点啥？”一个胖大婶走上前来，笑吟吟地招呼着冯啸辰和宁默二人。

“有地方坐吗？”冯啸辰用手指了指屋子里那些人，问道。

“有！”胖大婶毫不犹豫地说道，“那边两个马上就吃完了，你们先点菜，然后在旁边马扎上坐会，等你们的菜炒出来，那俩就该走了。”

“嗯，那行吧，我们就等着了。”冯啸辰应了一声，随即接过胖大婶递上来的菜单，挑了两个能下饭的菜，又要了四大碗米饭，算下来也就是三块多钱。他掏出钱付给胖大婶，宁默在旁边说了句，“你给我们开张发票，我们要回去报销的。”

“我们是个体户，没有发票，不过我可以给你开个收据，一样能报销的。”胖大婶说着，便从兜里掏出一个收据本，翻开一页，熟练地夹上复写纸，就开始给他们开收据了，“你们是哪个单位的？”

“冷水铁矿。”冯啸辰道，他看到这本收据都已经快要用完了，便笑着问道，“大婶，在你们这里公款吃饭的人还挺多的嘛，你都开了这么多收据了？”

胖大婶笑道：“这算啥，等到七八月份的时候，来吃饭的外地人才多呢，全都是公家的人，吃饭都要开收据的。我还跟你说，这些人点菜可比你俩大方，有酒有菜的，一顿饭怎么不得吃个二三十块钱。”

“他们都是干部嘛，我们俩就是两个普通工人，哪敢这么奢侈。”冯啸辰笑着说道。

胖大婶点着头，道：“普通工人好，单位上派你们来出个差，能给你们报销吃饭的钱就不错了，也不是说国家的钱就能够随便乱用的，是不是这个理？”

冯啸辰觉得这胖大婶挺有意思，有意与她多聊几句，便问道：“大婶，你刚才说，七八月份来吃饭的人多，这是为什么呀？”

“都是来要电的啊。”胖大婶似乎觉得冯啸辰的问题太幼稚了，她解释道，“七八月份咱们北方是汛期，用电量大，各地都缺电，哪个地方不派几拨人来要电啊？要电这种事情，又不是一下子就能够要到的，那些人住在这电厂镇，可不就得到我这里来吃饭吗？”

“哦，那你是电厂的人吗？”冯啸辰问道。

胖大婶道：“我不是电厂的，我是旁边农场的家属。不过，我老头子的弟弟在电厂工作，电厂的那点事我也知道。对了，你俩不是来要电的吧？看你们这岁数也不像啊。”

冯啸辰诧异道：“要电和岁数有什么关系吗？”

“当然有关系。”胖大婶道，“一看你俩的岁数，就是在单位上无职无权的吧？对了，你刚才不也说了吗，你们就是普通工人。你们两个无职无权的人跑到电厂去，人家才不会搭理你们呢。”

“原来是这样。”冯啸辰道，“那如果我们矿上想弄点电，该怎么做呢？”

“让你们领导来啊，你们是……哦，冷水矿的，那恐怕有点麻烦，你们那里也没啥东西啊。”胖大婶认认真真地替冯啸辰他们发起愁来了。

冯啸辰已经听出胖大婶话里的潜台词，这么多来要电的人，都是必须要拿出一点什么东西和电厂做交换的，如果像冷水矿这样只能出产铁矿石的单位，那就属于“有点麻烦”的，因为电厂实在是用不上铁矿石。胖大婶介绍的另一个情况也非常有用，那就是平日里到电厂来要电的人还真不少，尤其是在七八月份供电紧张的时候。

这会已经是六月份了，很快就会到用电高峰，那时候向电厂要电，恐怕就更困难了吧？

正在琢磨着，忽听脚步声响，胖大婶已经撇开他俩，迎接新客人去了。冯啸辰无意间抬头看了一眼，不由一怔，只见进来的是四个人，都穿着工装，却是两种制式。其中两人穿的是电厂的蓝布工作服，此前冯啸辰他们在电厂镇的街上已经见过无数回了。另外两个人穿的则是一种黄色的工作服，款式非常时尚，面料看上去也非常好。再看穿黄色工作服的这两个人，都梳着一丝不苟的小分头，脸上显得十分光鲜，分明就不是时下中国人的模样。

果然，冯啸辰侧耳一听，便听到有一位穿着蓝布工作服的电厂职工正在向那两名穿黄色工作服的人员说着日语：“武藤先生，阿部先生，里边请。”

“是日本人。”宁默也听出来了。日语的发音还是很有特点的，他虽然一个字也听不懂，但并不妨碍他知道这是日语。冷水矿有不少进口的挖掘机和运输车，经常会有一些外国人过来帮助做培训或者维修，所以冷水矿的职工和家属对于外国人都不觉得有什么稀罕。

电厂镇这个地方估计也是如此，经常有些外国人出没，所以那位胖大婶也丝毫没有好奇的样子，而是和领头的两个中国人交谈了几句，就把他们领到后院去了，那里应当是有两个雅间的。

“前几年，平河电厂买了日本人的发电机，花了好几个亿呢，这两个日本人肯定是来修发电机的。”宁默向冯啸辰介绍道。平河电厂离冷水矿不远，电厂引进日本发电机组的事情在当时是一个很轰动的事件，宁默自然也有所耳闻。

“日本人的发电机?”冯啸辰眉头一皱，他似乎是想起了一件什么事情。

第一百三十章

“大婶，你们这里怎么还有日本人啊。”等胖大婶从后院回来之后，冯啸辰装出好奇的样子，向她问道。

胖大婶不以为然说道：“日本人有什么奇怪的，前几年电厂刚买了日本的发电机时，来了好多日本人帮着安装呢，这两年倒是来得少了。”

“哦，那刚才这两个日本人也是来安装发电机的吗?”冯啸辰道。

胖大婶道：“他们是来修发电机的，好像是电厂进口的发电机坏了，请了这两个日本人来。刚才陪他们的，就是电厂的李科长和田科长。”胖大婶打开了话匣子，也就事无巨细都向冯啸辰他们说出来了。开饭馆的人一般也都是消息比较灵通的，他们在当地的人脉比较多，又是成天和顾客混在一起，掌握的信息自然比冯啸辰他们刚才东一鳞西一爪打听到的要多得多。

据胖大婶说，那个李科长叫李力，是电厂的生产技术科科长；田科长叫田高峰，是生技科的副科长。两个日本人的名字她就不清楚了，只知道他们是从日本过来，住在电厂镇上的招待所里。他们吃饭一般都是在电厂的小食堂吃，但偶尔也会由中方人员陪同到镇上的饭馆来吃。

电厂请这两个日本人过来，是因为电厂进口的日本发电机出了故障，这两个人就是日本那边生产厂家的人。不过，看起来好像修电机的事情有点麻烦，两个日本人在电厂镇已经待了快一个月了，中方的陪同人员一开始表现得还挺热情，后来就有些冷淡，甚至好像还带着些脾气，双方应当是出现了某些分歧。

“田处长一向是个好脾气的人啊，可这些天也急得长了一嘴的泡，点菜的时候专门交代不要放胡椒。小日本最坏了，听说是他们的机器坏了，他们还不承认，要电厂出钱呢。电厂不同意，就这样僵着了。”胖大婶喋喋不休地嘟囔道。

“发电机坏了，是怎么坏了？”冯啸辰追问道。

“这我就不懂了，电厂的事情，我怎么会懂。”胖大婶不无遗憾地说道，似乎觉得自己不能给出答案是一件比较可惜的事情。

这时候，冯啸辰他们点的菜已经炒好端上来了，饭馆里也走了几个客人，给他们腾出了一张桌子。胖大婶向冯啸辰他们说了句“慢吃”，便忙着照应其他客人去了。

宁默早就饿了，见饭菜都端上来，二话不说就狼吞虎咽地开吃，一边吃还一边向冯啸辰招呼着：“兄弟，吃啊，你别说，这么个小饭馆，菜还炒得挺好……”

冯啸辰端起碗，往嘴里扒着米饭，脑子里却在拼命地回忆着有关平河电厂的事情。他隐隐记得平河电厂与日本发电机之间有过一件什么事，一下子却想不起来了。

“胖子，你记得平河电厂用的日本发电机是哪家公司的吗？”冯啸辰向宁默问道。

“不记得。”宁默干脆地回答道，日本的那些牌子对宁默来说都是一样的，他根本就分不清楚。

冯啸辰拍着脑袋：“我听罗冶的王处长跟我讲过一回，是东岛，还是九林……我怎么有点记串了。”

“好像是有个九字吧。”宁默含含糊糊地说道。

“是九林吗？”冯啸辰问道。

宁默摇摇头，“我不太记得，就是好像听说过一个九字。”

“那就是九林了，日本生产发电设备的也就是这几家……”冯啸辰默默地应道，同时在心里思索着，到底是一件什么事情呢？

宁默吃完一大碗饭，正待去拿第二碗，看到冯啸辰在发呆，不由笑着说道：“你想不起来，可以打个电话问下严矿长，他前一段时间来过电厂，跟电厂的人聊过的，说不定他会知道。”

“这倒是个主意。”冯啸辰点点头，他迅速地吃了几口饭，然后把碗一推，说道，“胖子，你把剩下的饭菜都吃了，我出去打电话。”

“你急啥，吃了饭再去吧。”宁默说道。

冯啸辰摆摆手，示意自己不吃了，然后便匆匆出了饭馆，来到街头的一个公用电话摊子前，要通了冷水矿严福生的电话：“喂，严矿长吗，我是小冯。我问您一件事，您上次到电厂来的时候，有没有听说他们的发电机出故障的事情？什么，你听说过，这个情况你怎么没告诉我呢？”

电话那头的严福生好生诧异，“小冯，你问这件事干什么，莫非你还能帮他们修发电机？”

冯啸辰笑道：“这怎么可能，别说我不会修，就算我会修，这种进口设备，人家也不敢让我上手啊。我是想确认一下，电厂的发电机是日本哪家公司的，是东岛的还是九林的？”

“是九林的。”严福生确定地说道，“是九林的250兆瓦发电机组，当年引进的时候，轰动了整个临河省的。”

“九林250兆瓦机组……”冯啸辰脑子里那些陈年的记忆开始被激活了，但还缺乏一个重要的环节，他想了想，说道，“严矿长，咱们冷水矿能不能找到一份日本地图，最好是日语版本的。”

“日语版本的日本地图？让我想想，嗯，还真有。”严福生道，“我记得上次我们去日本考察，办公室的小王在日本买过一份地图。对了，小冯，你要日本地图干什么？”

“严矿长，你能不能让人把这份日本地图给我送过来，我现在就要。我需要确认一件事情。如果这件事情确认了，我们有可能可以给电厂送一份大礼，到时候再和他们谈供电的事情就好办了。”冯啸辰说道。

听说是和供电有关的事情，严福生一点都不敢耽搁，马上回答道：“没问题，我马上让办公室的人把地图找出来给你送去。”

遇到这种利益攸关的事情，冷水矿的干部们还是非常高效的。冯啸辰放下电话之后还不到一个小时，冷水矿的一辆吉普车就已经开到了电厂镇，给他送来了一份日本地图，车上下来的还有满脸紧张之色的严福生。

“小冯，你说你有办法给电厂送一份大礼，不会就是这份日本地图吧？”严福生问道。

“当然不是。”冯啸辰道，他接过地图，仔细地查找着上面的地名，好一会儿，一个地名跳进了他的眼帘，他用手猛地拍了一下地图，脱口而出，“没错了，就是这里，千贺县，千贺电厂！”

“什么千贺电厂？”严福生被吓了一跳，问道。

冯啸辰道：“我刚才想起了一件事，不过想不起具体的地名了。现在我已经能够确定了，这个地名就是千贺。严矿长，你能不能和电厂联系一下，我们去和他们谈谈。”

“谈什么？”严福生问道。“谈供电指标啊。”冯啸辰道。

严福生又道：“怎么谈，还有，你说的千贺电厂，和供电指标有什么关系？”冯啸辰笑道：“这事说起来有点复杂，你不是电厂的人，我一句话跟你也解释不清楚。大致的情况就是平河电厂的九林发电机组出现故障了，请了日方的人过来维修，但日方的人有点不配合，平河电厂现在正焦头烂额。而我可以说服日方的人马上开始工作，这就和日本的这家千贺电厂有关系了。”

“原来是这样。”严福生听了个大概齐，虽然不清楚冯啸辰打算如何说服日方的维修人员，但也知道，如果冯啸辰说的是真的，那么平河电厂就会因此而欠下他们一个人情。有了人情，再谈后面的事情就有切入口了。

当然，这个人情值多少钱，还得看到底能够帮平河电厂解决多大的困难。严福生不了解发电设备的事情，冯啸辰也表示跟他解释不清，所以他也就不问了。他琢磨着，就算是冯啸辰的主意不能奏效，至少可以给电厂留下一个印象，那就是冷水矿的人是在帮他们想办法的，至少态度可嘉嘛。

“好，我现在就和电厂联系，看看能联系上谁。”严福生说道。上一次严福生来平河电厂，联系的是电厂的一位名叫胡书会的副厂长，还给他送了不少土特产。这一次，严福生又给胡书会打了电话，胡书会听说是严福生，在电话里就流露出了不耐烦的意思。看在曾经收过的那些土特产的份上，他没有马上挂断严福生的电话，而是拖着长腔说自己目前工作很忙，如果严福生要找他闲聊，最好是改一个其他的时间，比如五年后或者十年后之类，届时他一定会奉陪。但如果严福生是要谈供电指标的事情，那就不好意思了，这是绝对不可能的事情。

“其实，我给胡厂长打这个电话，并不是为了我们矿的事情。”严福生在冯啸辰的示意下说道。“不是为了你们矿的事情，那是为了什么？”胡书会不经意地问道。

“我们这里有一位工程师，听说你们的进口电机出了点故障？他说他可能知道故障的原因。”严福生说道。“什么，你们怎么知道我们的进口电机出了故障？还有，你说的那位工程师，他怎么会知道是什么原因？”胡书会的声音果然有点变了，带着几分狐疑，同时还带着几分期待。

冯啸辰从严福生的手里接过电话，平静地说道：“胡厂长，我想问一句，你们的电机故障，是不是因为司太立合金片的问题？”

第一百三十一章

半小时后，严福生和冯啸辰、宁默三人已经坐在平河电厂的小会议室里了，坐在他们对面的，有平河电厂的生产副厂长、总工程师葛家明，分管检修工作的副总工程师赵书平，刚刚闻讯赶回来的生产技术科正副科长李力和田高峰。至于严福生最早联系的副厂长胡书会，因为是分管后勤工作的，在这里反而坐在了一个角落里。

听胡书会报告说有一位冷水矿来的工程师声称知道如何解决进口发电机组的故障问题，葛家明喜出望外，二话不说就让他马上通知对方到电厂来会商。一见面，葛家明错把严福生当成了那位工程师，寒暄了两句才知道弄错了。待看到冯啸辰那一副年轻的脸庞时，葛家明差点就要发脾气了：这个胡书会有没有搞错，整了半天给自己整来这么一个年轻人，还自称是工程师。看他那岁数，估计念大学都还没毕业吧，居然就敢跑到电厂来大放厥词。

冯啸辰说的司太立合金是一种耐磨损和耐腐蚀的金属材料，常被用于制造适应各种恶劣工况的工业部件。发电机组中的汽轮机叶片常年工作于高温水蒸气环境中，受蒸汽冲刷和水蚀的影响都非常严重，为了提高叶片的使用寿命，往往需要在叶片上焊接司太立防蚀片予以保护。

平河电厂从九林公司进口的这四台250兆瓦发电机组便采用了这样的工艺，在低压末级叶片上焊接了司太立硬质合金，作为防水蚀材料。在对其中一台机组的一次大修中，电厂的技术人员发现汽轮机侧许多末级叶片的合金片出现了不同程度的损伤，有一些是在表面上发现了裂纹，还有一些则干脆就出现了剥离现象，如果不及时补救，就有脱落的危险。汽轮机是高速运转的设备，合金片在汽轮机中发生脱落是十分严重的问题，会造成内部机件的损坏。即便不说脱落的危险，防水蚀合金片出现裂纹也会导致叶片母材因失去保护而受到腐蚀，影响使用寿命。

面对这种情况，电厂方面当然无法淡定，于是紧急联系九林公司，请他们派出技术人员到电厂来协助解决。九林公司派出了两名技术人员，正是冯啸辰他们今天在饭馆见过的那两位，一个叫武藤秀夫，一个叫阿部岳。两名日本技术人员带着一堆检测设备来到平河电厂，对已经拆开的那台汽轮机进行检查，最后确认裂纹的确存在，其中有一些裂纹已经延伸到了与母材焊接的熔合线上，情况是比较严重的。

然而，在处理这些裂纹和剥离现象的方案上，双方发生了分歧。日方坚决表示，出现这种情况的原因在于中方使用不当，提出了诸如启停过于频繁、水质不好之类的理由，要求维修费用完全由中方负担，而且还开出了一个天价。平河电厂方面当然也不是软柿子，他们表示自己都是按照正常的规范操作的，没有超出九林公司的要求，在这种情况下叶片出现问题，显然是对方的产品质量不过关。他们要求九林公司必须无偿帮助修复这些缺陷，还要支付一定的停工损失。

双方立场迥异，自然是谈不拢的，维修的问题就这样耽搁下来了。九林公司那边倒不着急，反正对他们也没什么影响。平河电厂可受不了了，一台机组停在那里无法恢复使用，还有其他的机组也存在着隐患，不知道什么时候就会发生停机事故。

葛家明作为总工程师，是面临压力最大的。他集中了全厂的技术人员，还通过电力部请来了几位专家，共同对叶片进行会诊，试图找出证据来证明责任在于日方。可问题在于，国内过去生产的汽轮机叶片工艺与九林公司的工艺大不相同，同样是司太立合金片的焊接，九林公司用的是氩弧焊工艺，而国内普遍采用的是钎焊工艺，二者不是一回事，国内的经验没法照搬过来。

正在与日方僵持之间，突然听说有人懂得司太立合金片的事情，还自告奋勇上门来帮忙，葛家明岂有不欢喜的道理。他现在的心态就属于典型的病急乱投医，虽然也不敢相信会有天上掉馅饼的机会，但听到这种消息还是要试一试。可谁曾想，胡书会介绍过来的这帮人实在是太不靠谱，一个老的，两个少的，老的那个是个挖矿出身的大老粗，啥技术也不懂，自称工程师的却是一个下巴上毛都没长几根的小年轻。

“是你跟胡厂长说你知道司太立合金片的事情，你是怎么知道的?”葛家明没好气地对冯啸辰问道。人都已经来了，而且其中还有一位是冷水矿的副矿长，葛家明也不便直接翻脸，只能耐着性子跟对方周旋几句。他已经想好了，随便说几句，等对方开始胡说八道的时候，他就抬腿离开，至少也算是给了对方机会，对方也没啥可说了。

冯啸辰摇摇头，道：“其实我并不知道。我只是听人说平河电厂引进的机组出了一些故障，猜想应当是司太立合金片出了问题。”

“猜想?”葛家明冷笑道，“你光听说一句发电机组出了故障，就会猜到司太立合金片上，也真是神了。你知道发电机组有多少种故障吗?”

“我不知道。”冯啸辰道，“不过，如果是九林公司的机组出了问题，十有八九是这方面的问题。”

“为什么?”葛家明有些狐疑地问道。以他这样丰富的经验，他都不可能一下子就想到合金片的问题上去，毕竟发电机组可能发生故障的地方是极多的，这种司太立合金片大范围出现裂纹的情况，他反而是第一次见识。可如果要说冯啸辰是胡说八道，他又偏偏说准了，这一次的事情的确就是合金片的问题。

冯啸辰道：“九林公司的 250 兆瓦发电机组是很成熟的技术，在以往的使用中并没有出现过什么严重的问题。平河电厂的这四台机组投产才四年时间，这个时候出现故障的概率是很小的。但我却听说平河电厂请来了两位日本技师，而且在平河待了很长的时间，推测起来，也只能合金片的事情会有如此麻烦了。”

“可是……你是怎么推测出来的呢?”副总工赵书平着急地问道，冯啸辰说的理由，实在是很不充分啊。九林公司的 250 兆瓦机组质量稳定，这是众所周知的事情。可为什么出现故障就一定会是合金片的问题呢? 过去也没听说过合金片会有什么问题呀。

大家都在盯着冯啸辰，想听他的解释，冯啸辰却是微微一笑，把头转向了严福生。严福生则冲众人尴尬地笑着，同样不吭声，和大家打起了哑谜。

“老胡，冷水矿的几位同志，是什么意思？”葛家明急了，向坐在一边打酱油的胡书会问道。

胡书会苦笑了一声，说道：“老葛，你是知道的，前几天严矿长来过一趟咱们厂，想请咱们厂帮忙给协调一些供电指标，然后……咱们不是指标比较紧张嘛……”

“供电指标？”葛家明皱了皱眉头，想了想，对严福生说道，“严矿长，你们想要供电指标，这事好商量。现在我们厂火烧眉毛的事情就是这台机组的维修问题，不瞒你们各位，刚才这位小冯同志说的的确是实情，我们现在机组出的问题就是在合金片上。只是我不明白，小冯同志怎么一下子就想到这上头去了呢？”

严福生呵呵笑着对冯啸辰道：“小冯，你给葛厂长说说吧，别卖关子了。”

“我可没卖关子。”冯啸辰掩饰地笑了笑，说道。他刚才这番做作，还真就是在等电厂方面放话。自己是来讨供电指标的，不是来做慈善的。他用几句话吊起葛家明他们的胃口，就是要让葛家明答应和他们做一笔交易。他把合金片的事情告诉葛家明，而葛家明则要替他们解决一些供电指标，如果对方不愿意交换，那他就宁可不吱声了。

对方会不会不交换呢？冯啸辰心里很笃定，知道对方是不可能放弃的。二十世纪八十年代初平河电厂与九林公司之间的这场纠纷，在当时没什么人知道，但到了后世就陆续有人披露出来，说了不少其中的细节，冯啸辰也是因此而知道的。他明白，现在这个时候正是平河电厂最纠结的时候，厂里一度已经打算向日方屈服，通过支付维修费来换取日方尽快帮助完成维修工作。葛家明他们已经是在做最后的努力，如果这些努力再没有成效，他们就只能低头了。

在这种时候，冯啸辰故弄玄虚地向他们透出一点口风，他们能不当成救命稻草拼命地抱住吗?

“葛厂长，我刚才只是不太确信我的猜测对不对，所以不便多说。既然您说了问题的确是在合金片上，那就证明我的猜测没错。其实我能猜到这点，并没有什么特别的原因，就是因为我看过一则资料，去年日本千贺电厂的一台九林发电机组发生了严重的事故，起因就是司太立合金片的剥离。在维修时，技术人员还发现了大量的合金片裂纹，九林公司因此而做出了大量的赔偿。”冯啸辰娓娓道来。葛家明、赵书平等人的眼睛都已经瞪得滚圆滚圆了。

第一百三十二章

“你怎么知道日本千贺电厂发生了事故？”葛家明盯着冯啸辰，眼珠子都快爆出来了。如果冯啸辰说的情况属实，那平河电厂就有十足的理由找九林公司索赔了。你说我们操作不当、水质不当，那么千贺电厂的情况又如何解释？既然千贺电厂能够得到赔偿，平河电厂有什么理由得不到赔偿？

千贺电厂使用的发电机组是九林公司的，这一点葛家明、赵书平他们都知道。此前九林公司的技术人员到平河来安装设备的时候，曾经向他们吹嘘过这件事。日本的电机厂商不止九林一家，冯啸辰能够说出千贺电厂用的是九林的设备，说明他至少是了解一些情况的，不完全是信口开河。可问题在于，千贺电厂的电机出了故障，他们这伙专业搞电力的都不知道，这个年轻得可笑的所谓工程师怎么会知道呢？

“我是在杂志上看到的。”冯啸辰镇定地说道。

“哪份杂志？”葛家明逼问道。

冯啸辰摇摇头，“我也想不起来了，应当是一份日本的期刊吧。我去年受我们领导的指派，查过一段时间的资料，当时看过的期刊很多，一下子也想不起是哪一份了。主要是我又不是搞电力的，看到这样的内容也不会特地去记住。”

“你不是搞电力的，那你是做什么的？”赵书平诧异道，听冯啸辰说到电机的事情头头是道，他还真以为冯啸辰是干这行的呢。

“他是经委冶金局的干部。”严福生替冯啸辰回答了。

“省经委？”赵书平问道。他其实更想问是不是地区经委或者县经委的干部，不过听到后面还缀着一个冶金局的名头，料想也不会是下头的经委，只能是省经委吧。

“国家经委。”严福生得意地说道。

“国家经委！”电厂的一干人都惊得掉了一地的眼镜片。先前他们还真没把冯啸辰放在眼里，以为他就是哪个学校里的大学生，或者哪个研究所新分来的年轻人，是严福生请来当个随从的，没想到此人居然是国家经委的干部。虽然听严福生对他的称呼里并没有带上官衔，显然不是什么有级别的干部，但人家好歹也是国家经委下来的。

有了这样一层认识，葛家明对冯啸辰又多了几分重视。他问道：“冯同志，你刚才说，你看的是日本的期刊，莫非你懂日语？”

“略懂一些吧。”冯啸辰说道，“不过日本的那些地名也够古怪的，我也是刚才请严矿长找了一份日本的地图来查了一下，才想起千贺这个地名的。那份期刊上说的就是位于千贺的一家电厂，我也不知道它的真实名字。”

“的确是千贺电厂。”葛家明答道，他皱着眉头，继续说道，“冯同志，你说的这条信息对我们非常重要，可也就是因为重要，所以我们还得再谨慎一点。据我们了解，千贺电厂使用的设备的确是九林的机组，但具体到有没有发生过事故，以及事故的原因是不是因为司太立合金片的问题，我们还得再确认一下。否则如果我们向日方提出这个问题，真实的情况却不是如此，我们就被动了。”

“对啊，冯同志，你能不能想办法把那份期刊找到，我们看看到底是怎么回事。”赵书平也在一旁帮着腔。

冯啸辰在心中叫苦，千贺电厂的事情，其实他是从几十年后的回忆录中看到的，现在是不是有报道，他还真不敢说。这个时候让他去找那份子虚乌有的期刊，他上哪找去？不过，他既然把这件事提出来，自然是想好了应对的招数的，他笑着说道：“葛厂长，赵总工，我去年看的期刊很多，要一下子把那份期刊找出来，恐怕不太容易。我觉得咱们能不能双管齐下，一方面你们多安排几个人去查一下资料，看看能不能找到那篇文章，对了，我觉得类似的文章应当不会只有一篇的。另一方面，在找到资料之前，咱们可以先诈一下那两个日本人，说不定就诈成功了呢？”

“诈？”葛家明瞪着眼睛，“怎么诈，这种事也能诈？”

赵书平却是嘴角一动，说道：“我觉得……小冯的主意可以试试。”

“怎么试？”葛家明还是有些不踏实，他是个技术宅，平时做事讲究一丝不苟，坑蒙拐骗这种事情，他还真没啥经验。赵书平做事要更活络一些，冯啸辰一说要使诈，他就觉得有门，反正现在也是僵着，有枣没枣不妨先打两竿子，万一那俩日本人不经诈，就把实话说出来了呢？

“老胡，老李，你们觉得呢？”葛家明有些吃不准，又对其他几人问道。胡书会支持先诈一诈，不过他又表示自己不懂技术，说了不算。李力大摇其头，说这一段和武藤、阿部等人虽然有意见上的分歧，但并没有伤及中日友谊，现在存心欺骗外宾，万一穿帮了，国际影响不好。田高峰则是站在李力的对立面上，说这俩日本人也不地道，骗就骗了，他们还能翻天不成？

葛家明把大家的意见都听了一遍，倒是下了决心，说道：“也好，咱们就试一试。不过，咱们也不是什么使诈，老李你的担心是不必要的，咱们只是向他们了解一下千贺电厂的情况而已，也算是正常的技术交流吧。这件事……老赵，恐怕得你来说，我怕我说不好。”最后一句，却是葛家明自己胆怯了，这个老实人还真是不太懂诈人的方法。

“说倒是没问题，可是，找个什么理由呢？”赵书平直接就开始琢磨策略了。

“是啊，咱们好端端的，突然说起千贺电厂的事情，对方如果问我们怎么知道的，我们怎么说呢？”田高峰也有些苦恼。

想想看，上午平河电厂的人还在和两个日本人就自己的那几台机组打嘴皮官司，一转眼就说自己知道千贺电厂的事，人家能不起疑心吗？要提千贺电厂这事，得有个由头才行。

“咦，咱们怎么把小冯同志给忘了？”赵书平无意间眼角的余光扫到冯啸辰，忽然灵机一动，“咱们就说小冯同志是从电力部过来的，是他把这件事告诉我们的。对了，小冯，你也直接参加我们与日方的会谈，到时候你就把这些话说出来，好好地唬一下他们。你不用紧张，日本人也是人，咱们不用怕他们的。”

听到赵书平如此交代，严福生差点笑出声来了，他说道：“赵总工，你放心吧，小冯经历过的场面多着呢，这种场合他肯定不会怯场的。”冯啸辰知道严福生说的是什么意思，在严福生看来，冯啸辰当初在冷水矿使诈坑了潘才山一行，面对着潘才山的滔天怒火，冯啸辰都能够从容淡定，两个日本技术员能算得了什么。他笑了笑，说道：“赵总工如果信得过我，那我就客串一下电力部的官员吧，只是我算个什么职务合适呢？”

“说是电力部的人员不太合适。”葛家明冷静地说道，“这件事有些行险，万一有什么不妥的地方，咱们擅自使用电力部的旗号，到时候不好交代。我倒是觉得，请小冯同志客串一下是可以的，最好以哪个企业的名义，比如说，用林北重机的名义怎么样？”

“林北重机？”这回轮到冯啸辰啼笑皆非了，怎么转了一圈，转回林北重机去了呢？

葛家明以为冯啸辰不知道林北重机是什么意思，便解释道：“林北重机就是北宁省的林北重型机械厂，是煤炭部的一家直属企业。”

“这个我知道啊。”冯啸辰道，“可是，为什么要用他们的名义呢？”

葛家明道：“我跟他们的人比较熟，我们厂用的碎煤机就是他们生产的，这几天他们的技术人员就在我们这里帮着检修设备。用他们的名义，万一有什么问题，我们可以推到他们那里去。因为不是一个系统的，部里也不好去追究。”

“……”冯啸辰服了，看不出来，老葛还够阴的，亏自己先前还觉得他是个谦谦君子。他的意思是说，让冯啸辰冒充林北重机的人去和日本人说千贺电厂的事。万一说错了，平河电厂这边可以说是林北重机的人胡说八道，不代表平河电厂的意思。因为林北重机是煤炭部的企业，电力部这边轻易也不会去跨部谴责，这件事就算糊弄过去了。如果找一家电力系统内的企业来甩锅，人家是会找电力部告状的。

“这样也好，反正我也是林北重机的生产处副处长，到时候赵总工就这样介绍我好了。”冯啸辰说道。

“副处长……呃，高了点，还是说得保守一点吧。”赵书平好心好意地提醒道。

冯啸辰叹了口气，从怀里掏出一个工作证，顺着桌面向赵书平推了过去，说道：“赵总工，我不是瞎编，我真的是林北重机的生产处副处长，这是我的工作证，如假包换……”

只听“哗啦”一声，严福生坐的凳子不知怎么就翻倒了，老爷子躺在地上，目瞪口呆。

第一百三十三章

武藤秀夫是日本九林公司的一名销售主管，与他一道来平河电厂的阿部岳则是一名技术专家。他俩此行的任务就是到平河电厂来检测那台司太立合金出现裂纹的汽轮机，与中方协商维修方案。一旦方案确定，他们再通知公司从日本派出技术工人携带设备来进行维修作业。

出发之前，九林公司的一名高层专门找他俩面谈了一次，向他们交代了与中方谈判的原则，那就是务必要一口咬定设备出现问题的原因在于中方的不当，日方在这件事情里没有任何的责任。

说实在话，对于高层提出的这个要求，武藤秀夫和阿部岳都是有些忐忑的。自家的事情自家知道，司太立合金片出现裂纹和剥离的现象在此前已经发生过几回，公司的技术部门正在对这个问题进行紧张的研判，基本的结论是叶片形状存在一定的设计缺陷，同时司太立防蚀片的焊接工艺也有一定的问题。在明知是自己有问题的情况下，非要把责任推到对方身上，这样的要求未免太过强人所难了。但不管心里怎么想，公司的要求他们是不敢违背的。到平河电厂之后，他们马上与电厂的技术人员一道开始对汽轮机进行检测，发现司太立合金片的裂纹和剥离现象十分严重，大多数的裂纹都发生在叶片根部应力较大的地方，如果不能及时修复，会对电机产生严重的影响。

中方技术人员的态度是非常客气的，他们向武藤秀夫和阿部岳陈述了自己的要求，即希望日方迅速地派出技术工人来进行维修，至于所需的费用，理所当然应当是由日方承担的，毕竟这不是人为的损坏，设备也远没有达到疲劳破损的时候。

武藤秀夫按照公司的吩咐，对中方的要求予以了拒绝。他和阿部岳道强词夺理地把责任推到中方那边，声称九林公司的产品是非常成熟的，绝对没有什么问题。照他们的说法：九林的机组在日本的许多电厂应用，从来没有出现过类似的问题，为什么到了中国就出现问题了呢？

阿部岳翻看了平河电厂的生产记录，发现这台汽轮机过去一年中有频繁启停的现象，于是便把出现问题的原因归结于此，说平河电厂这样使用汽轮机是不对的。

最初，武藤秀夫和阿部岳只是本着尽人事、听天命的心态去与中方争辩，他们觉得自己提出来的这些理由是很难站住脚的，中方只要拿出一些依据，就可以把他们驳倒。他们也存了最终与中方妥协的心思，准备接受一个双方各退一步的结果，即中方承担一部分费用，日方承担另外一部分费用，这也是公司给他们的底线。

谁曾想，在他们把这些观点说出来之后，却意外地发现中方居然找不出理由来反驳他们，尤其是当阿部岳说出一些专业概念之后，对方就完全懵了。比如说有关铸钢材料的 SR 裂纹敏感性问题，在日本的材料学界是比较普通的一个知识，而对诸如葛家明、赵书平这些平河电厂的技术专家们却显得颇为陌生，他们完全无法应对。

注意到这一点之后，武藤秀夫和阿部岳的胆子便大了起来，他们开始意识到中日之间存在着技术上的代差，平河电厂的技术人员对于九林公司的技术有着一种本能的崇拜，即便是阿部岳在胡说八道，对方也会信以为真，并被这种压根就不存在的理由所吓倒。

中国北方的汛期即将到来，平河电厂的领导层急于要修复这台发电机，以便应付未来的用电高峰。葛家明等人与武藤秀夫他们谈判的时候，不经意间便流露出了这种着急的心态，而这种心态又马上被武藤秀夫他们抓住，用于要挟中方屈服。

在前几天的会商中，武藤秀夫已经能够明显地感觉到中方的态度在软化，他们已经在打听维修电机所需要的花费，估计是准备承受这笔费用了。武藤秀夫不会放过这个机会，他向中方报出了一个天价，每名从日本过来的维修工人时薪都是上万日元，维修时使用的焊丝、焊剂等消耗材料也都是照着最高报价来说的。

面对着这样狮子大开口的要价，中方人员的反应可想而知。不过，即便是心里带着无数的不满，中国人还是非常客气地对待着他们，每天陪他们吃饭，给他们安排娱乐活动等等，据说是出于所谓的什么“外事政策”。武藤秀夫觉得自己真的很喜欢中国这个国家，人傻，好欺负，而且还喜欢充面子，实在是全球最可爱的顾客了。

今天，中方再次通知他们去商量维修的事情，电厂生技科的科长李力开着一辆吉普车从电厂镇上的招待所把他们带到了电厂的办公楼前。在过去大半个月的时间里，中方每次也都是这样派车来接他们的，而且还屡屡向他们道歉，说车子不太好，请他们不要见怪。

武藤秀夫和阿部岳下了车，向司机鞠躬道谢，然后在李力的陪同下，走进了办公楼，前往位于三楼的会议室。上楼梯的时候，武藤秀夫微笑着向李力说道：“李先生，关于我们提出的维修方案，你们有没有什么新的意见？如果没有新的意见，我想咱们还是尽快开始工作吧，我和阿部桑在中国也待了很长时间了，这样的工作效率，在我们日本是会受到批评的。”

“惭愧，我们和日本相比还有很多欠缺，需要向你们好好学习。”李力用日语回答道。

一行人走进会议室，武藤秀夫扫了一眼参会的人员，不禁愣了一下。会议室里的大多数人都是他认识的，比如赵书平、田高峰，还有一些其他的技术人员。他唯一不认识的，是一个二十岁出头的小年轻，看起来挺精神的样子。平常开会，当然也经常会有一些武藤秀夫不认识的人出席，这不算什么奇怪的事。但这一回却有些不同，因为那个他不认识的年轻人居然是坐在会议桌正中位置的，旁边是电厂的副总工赵书平。也就是说，这个年轻人并不是平常那些前来旁听或者提供一些旁证材料的普通技术员，而是一个足以与赵书平平起平坐的重要人物。

谈判都到这个程度了，电厂还有什么自己没见过的重要人物呢？武藤秀夫在心里纳闷。

“武藤先生，今天我们还是继续讨论一下有关汽轮机故障责任的问题吧。”在武藤秀夫和阿部岳坐下之后，赵书平先开腔了，他说道，“有前几次的讨论中，我们已经向贵公司提出了我们的理由，我们是按照正常的操作规范进行操作的，并不存在人为的操作失误。武藤先生和阿部先生和我们一道检查过叶片的情况，你们也承认叶片上并不存在人为造成的损伤，也就是说，叶片司太立防蚀片的裂纹问题，是设备本身的问题，应当由贵公司负责维修，这是你们的售后责任。”

田高峰担任着会场上的翻译工作，他把赵书平的话译给了武藤秀夫二人。武藤秀夫皱了皱眉头，说道：“赵先生，这个问题我们过去不是已经达成共识了吗？九林公司在发电设备制造方面的技术是居于全球领先水平的，我们生产的汽轮机在正常使用的情况下，不可能出现如贵厂这样的情况。现在贵厂使用的汽轮机出现了如此大面积的防蚀片裂纹，显然是由于你们的使用不当造成的，这一点我的同事也已经反复给你们介绍过了。”

“是吗？武藤先生刚才是说，贵公司的汽轮机在正常使用的情况下不会出现防蚀片裂纹的情况？”坐在赵书平身边的冯啸辰开口了，一张嘴就是流利的日语，非但让武藤秀夫吓了一跳，连电厂这边的众人都颇感意外。在这之前，冯啸辰已经说过自己懂一些日语，否则也不可能看懂日方的期刊。但大家万万没有想到他的口语居然如此熟练，比李力和田高峰那硬邦邦的日语听起来悦耳多了。

武藤秀夫不清楚冯啸辰的用意，他字斟句酌地说道：“在正常使用的情况下，个别的裂纹当然是不可避免的，毕竟汽轮机是在高温高湿的环境中工作的，没有什么金属材料能够保证百分之百的坚固。我的意思是说，如果没有操作上的失误，这样大面积的裂纹是不可能出现的。”

“你说的操作失误，是指什么呢？”冯啸辰平静地问道。

武藤秀夫道：“这个我们就不清楚了，我想平河电厂的各位同仁应当认真检查一下你们的操作规程，看看有没有什么不合理的地方。我想，中国的同行们或许对于这种现代化的设备还不够熟悉，出现一些使用上的失误也是可以理解的。”

冯啸辰笑了，他说道：“我能不能这样理解，武藤先生的意思是说，如果是日本的同行使用这些设备，就不会出现这种情况了。”

“很抱歉，我认为的确是这样的。”武藤秀夫说道，同时脸上露出了一些矜持之色。在以往的谈判中，葛家明、赵书平等人都会在他的这副矜持神色面前感到自惭，从而不敢再说下去了。冯啸辰却似乎没有注意到武藤秀夫的神情，他笑着说道：“武藤先生，冒昧地问一句，如果照你刚才所说，那么千贺电厂的事情该如何解释呢?”

第一百三十四章

千贺电厂！

冯啸辰平平淡淡吐出来的一个词，听到武藤秀夫和阿部岳的耳朵里却如同雷鸣一般，让他们忍不住哆嗦了一下。

在会谈之前，赵书平与冯啸辰商定的策略是先套对方的话，到适当的时候再以半真半假的态度提出千贺电厂的事情。如果对方的确有软，那么这样提出来就会让对方感到紧张。而如果千贺电厂的事情原本并不存在，也不会给对方落下把柄。

可没料想，冯啸辰根本没用这套策略，而是直截了当地把千贺电厂的事捅了出来。赵书平不懂日语，全仗着田高峰给他翻译。没等田高峰译完，他就已经看到了武藤秀夫和阿部岳那慌乱的神情，不禁心中一喜：莫非这个小冯说的事情的确是真的？

冯啸辰是没有任何心理负担的，因为千贺电厂这件事在历史上是实实在在发生过的，他只是没法拽着葛家明等人穿过时空隧道去看看后世的文献而已。葛家明他们不知道这件事，并不意味着武藤秀夫他们也不知道。日本人做生意很奸诈，但骨子里还是有点一根筋的二愣子劲头，在谎言没被戳穿的时候，他们或许还能装腔作势，但只要他捅破这层窗户纸，这两个日本人就得认栽了。

果然，听到冯啸辰说出千贺电厂的名字，武藤秀夫和阿部岳一下子就傻眼了。他们一直以来最担心的就是中国人知道这件事，因为这件事一旦说出来，他们就没理由指责中方操作不当了。如果平河电厂的汽轮机问题是因为操作不当，那么千贺电厂也是操作不当吗？如果一家公司制造的设备会让中国和日本的用户都“操作不当”，责任是在用户身上，还是在厂家身上呢？

“千贺电厂的情况……和贵厂是完全不同的……”阿部岳下意识地辩解道。

“是吗，有什么不同？”冯啸辰笑吟吟地问道。

“是……”阿部岳哑了，是啊，二者有什么不同，他该如何回答呢？

武藤秀夫也经历了一个短暂的错愕，作为一名销售主管的本能让他醒悟过来，不能顺着对方的话头说下去，这样会让对方把自己的底都探出来。他现在需要做的，是先试探一下对方到底知道多少，以便决定该如何圆场。想到此，他向冯啸辰说道：“这位先生，你刚才提到千贺电厂，我不太明白，你想说明什么问题呢？”

冯啸辰岂会让他套进去，他用手一指阿部岳，说道：“武藤先生，你应当问问你的同事，他说千贺电厂的情况与平河电厂不同，那么是不是可以先向我们介绍一下千贺电厂是怎么回事呢？”

“千贺电厂……其实也没什么。”阿部岳知道自己说错话了，实在是因为做贼心虚，让冯啸辰一句话就把底给捅漏了。他支吾着想把此前的话咽回去，可坐在对面的赵书平等人哪能给他这个机会。

“阿部先生，刚才冯处长说的千贺电厂的事情，你是不是可以向我们介绍一下？”赵书平说道。

“是啊，阿部先生，我们希望贵方能够坦诚地向我们介绍一下情况。”李力也发话了，正是墙倒众人推的时候，他也不能落后。

“千贺电厂的情况，和平河电厂是完全不同的。”武藤秀夫咬了咬牙，决定要搅浑水了，“千贺电厂一贯使用的都是我们九林公司的发电机组，他们对我们的产品非常满意。去年千贺电厂对几台前期的机组进行了翻修，我们也派出了技术人员前往协助，并且对一些因为老化而磨损的叶片进行了更换，这其中并不涉及产品质量方面的问题。”

“是吗？那贵公司向千贺电厂进行赔偿的事情，又如何解释呢？”冯啸辰继续问道。

“那不是赔偿，而是……不不，我是说，我们并没有向千贺公司进行过赔偿，你们听到的消息应当是一种误传。”武藤秀夫硬着头皮说道。

“啪！”

只听得一声脆响，冯啸辰在桌子上猛地拍了一掌，把一屋子人都吓了一跳。其中又尤其以武藤秀夫和阿部岳吓得最为厉害。来中国快一个月的时间，他们还从来没有见过中国人在他们面前发脾气，连偶尔有人说了几句重话，旁边的人都会马上予以制止，然后再向他俩道歉，让他们不要介意。如今冯啸辰在他们面前猛拍桌子，他们岂有不惶恐之理。

“武藤先生，阿部先生，我们敬重你们是国外友人，对你们的狡辩一再忍让，换来的却是你们这种毫无商业道德的表现。你们说千贺电厂没有出现问题，你们也没有向千贺电厂进行过赔偿，那么好，你们俩敢不敢在这份会议纪要上签字，对你们说的话负责！”冯啸辰站起身来，脸色黑得吓人，厉声喝问道。

李力坐在冯啸辰的另一侧，冯啸辰拍桌子的时候，李力就是一震，现在见冯啸辰站起来，忍不住就想伸手拉他坐下，顺便再给他讲讲外事纪律的事情。冯啸辰哪会搭理这套，感觉到李力的手在拽他的袖子，他猛地一甩，把李力的手甩开，然后顺势用手指着武藤秀夫和阿部岳二人，说道：“你们如果敢签字，我们明天就派人到日本去起诉九林公司产品质量低下，欺骗用户，敲诈勒索。我们手上有确凿的证据，我相信日本的法律是会保护消费者利益的，九林公司将会因此而承担巨大的经济损失和声誉损失！”

“不不不，冯处长先生，事情完全没有达到这个程度！”武藤秀夫一下子就急了，连忙站起来，一边向冯啸辰鞠躬，一边拼命地解释道，“我们是合作伙伴，我们之间完全没有必要通过法律手段来解决分歧。防蚀片的事情并不是一件很麻烦的事情，不错，正如冯处长先生所说，在千贺电厂的电机里，也出现过少量……呃，我是说，出现了一些防蚀片剥离的现象，这是因为他们的发电机组也存在频繁启停的情况，这和平河电厂的情况是一致的。”

“你刚才说两家电厂的情况不一样？”冯啸辰没有坐下，而是用冷冷的目光看着武藤秀夫，说道。

“我刚才说的情况，的确有一些不太准确，我就此向各位道歉。”到了这个时候，武藤秀夫也只能低头了。他不知道冯啸辰到底掌握了多少有关千贺电厂的事情，但冯啸辰对他们的威胁是实实在在的。如果双方再谈不拢，而平河电厂采取到日本去起诉九林公司的手段，那么对九林公司来说是极其不利的。

有千贺电厂的案例在前，九林公司在诉讼中无法把责任推到平河电厂身上，所以诉讼的结果是可想而知的。日本企业界也并非铁板一块，东岛、上川等公司都有进军中国市场的愿望，在这种时候绝对是会落井下石的。

九林公司的发电机组一向声誉不错，正如武藤秀夫吹嘘的，在正常使用的情况下，是不会出现防蚀片大面积开裂现象的。但千贺电厂的事情给了九林公司一记闷棍，据公司的技术部分析，这是因为千贺电厂的发电机频繁启停，使末级叶片经常受到启停带来的冲击，从而使防蚀片的耐用寿命大为缩短。原因虽然找到了，但这个原因却是不能推到用户身上的。从设计角度来说，火力发电机的确是不宜频繁启停的，但电网的用电需求早晚不一样，白天用电量大，深夜用电量小，因此必然会有一些机组出于调峰的需要而每日启停。九林公司当然不能说自己的机组不支持每日启停的操作。如果他们敢这样说，用户就会毫不犹豫地抛弃他们。

现在九林公司的策略，就是先把千贺电厂的事情捂住，哪怕是向千贺电厂支付高额的赔偿金，就权当是花钱封口了。然后，公司再抓紧时间解决频繁启停机组的防蚀片设计，以便未来不再出现类似情况。

如果平河电厂跑到日本去起诉九林公司，那就意味着九林公司发电机组的这个设计缺陷将会被公之于众，给九林公司带来的损失将远远高于帮助平河电厂维修这些缺陷的成本，这是公司所无法接受的。

此外，冯啸辰让武藤秀夫他们在谈判纪要上签字，这就是要坐实他俩欺骗客户的罪名，这份谈判纪要会使九林公司在法庭上面临更多的被动。而一旦如此，公司会放过他们两个吗？

看到武藤秀夫服软了，赵书平拍了拍冯啸辰的手，让他坐下，然后用严肃的口吻向武藤秀夫和阿部岳说道：“武藤先生，阿部先生，今天的事情，我希望只是一个不太令人愉快的插曲，只要两位先生能够端正态度，及时纠正不恰当的行为，我们可以既往不咎。事情已经非常明显，防蚀片裂纹的事情，是由于贵公司设计上的缺陷，我们希望贵公司能够对此进行补救，我们还是非常信任九林公司的技术的。至于因为双方意见分歧导致的误工损失，我们可以做一些让步，不要求贵公司完全赔偿，不过，这将取决于你们维修的速度。”

第一百三十五章

谈判终于在亲切友好的气氛中结束，宾主双方互相握手道别。两个日本人如往常一样向每个人鞠躬致意，只不过大家注意到他们弯腰的角度比前几日要大了几分。电厂的众人也如往常一样笑脸作答，但这一次他们的笑容是发自内心的，笑得那样灿烂喜庆。

按照中方一向秉承的与人为善的原则，赵书平同意对于此前造成的误工不追究日方的责任，日方应当立即派遣技术工人到中国来维修汽轮机组，对所有出现裂纹和剥离的司太立合金片依据损坏情况进行更换或者补焊。目前还在运行的另外三台九林机组也将在用电淡季启动大修，届时日方将全力配合对合金片的检测和修复。

武藤秀夫他们则声称从中日友好的大局出发，愿意为中方无偿修复出现问题的机组，包括目前尚未启动大修的另外几台机组。维修工人的所有花费都由九林公司负担，不需要麻烦中方。此外，出于一切为客户着想的原则，他们会以最快速度派出工人，绝不会耽误平河电厂的旺季生产任务。

双方都没有再提责任的事情，似乎这已经不是一个值得讨论的话题。

田高峰负责陪同两名日本人返回宾馆，并安排他们的晚餐。众人把他们送出办公楼，看着吉普车开走，这才齐齐地回头，呼啦一下把冯啸辰给围住了：

“冯处长，太感谢了！”

“冯处长不愧是中央来的，比我们不知道高到哪去了！”

“我最佩服冯处长的，就是刚才会上拍的那一下桌子，我早就想冲这帮小鬼子拍桌子，还是不如冯处长有底气啊！”

“你就拉倒吧，在日本人面前点头哈腰的，搁在当年，你就是个汉奸。”

“你比我强到哪去了，冯处长来之前，你不也不敢说话吗？”

“我有什么办法，厂里有纪律……”

众人鸡一嘴鸭一嘴的，对冯啸辰的那份崇拜真如滚滚黄河，滔滔不绝了。一直躲着没敢去参加会谈的葛家明听到消息，也喜滋滋地跑出来，拍着冯啸辰的肩膀赞道：“小冯处长，你真是了不起啊，三两句话就把我们的难题给解决了。如果不是你给我们指点迷津，我们这一次还不定要吃多大的亏呢，那帮小鬼子，可真敢漫天要价啊。”

“葛总工，小冯处长刚才可不仅仅是三两句话的事情，他是拍案而起，对着那两个小日本大声喝道：你们有种的敢签字吗！我去日本起诉你们！这一喝，把两个小日本可给吓傻了……”李力在旁边添油加醋地描述道。

冯啸辰笑道：“鲁莽了，刚才我太鲁莽了，实在是不好意思啊。”

“我倒觉得，小冯处长鲁莽得恰到好处。”赵书平道，“你那几句话，说得太痛快了，我们早就该这样说了，唉……”

这一声“唉”可是意味深长，包括葛家明在内，众人都有些尴尬了。明明是对方胡搅蛮缠，自己作为花钱的一方，居然还忍气吞声，也实在是窝囊。看看人家冯啸辰，一张嘴就敢直斥对方是敲诈勒索，还说要去日本的法院起诉对方，结果那个什么牛烘烘的武藤不就怂了吗？连解释再道歉的，看着就让人解气。

如果当时拍案而起的不是这个外面来的小冯处长，而是平河电厂自己的领导，那该多好，日后出去吹牛时，那可是一份真材实料的谈资啊。

可话又说回来，如果不是这个小冯处长，谁敢这样对外宾说话呢？就算是到了现在，让他们去向外宾再撂几句狠话，他们心里也得打鼓，万一上面追究他们不尊重外宾的责任，可怎么办？

冯啸辰看看众人，笑着说道：“其实吧，国际贸易和国内贸易没什么区别。国外的公司都是讲究用户是上帝的，咱们花钱买他们的东西，是看得起他们，他们应当为我们提供服务，否则以后我们就不买他们的东西了。日本的技术的确比我们强，我们需要他们的设备，但这并不意味着我们就要低三下四地求他们。九林公司也是有竞争对手的，东岛、上川这些公司都对九林虎视眈眈的，想抢他们的市场份额。此外，美国、西德、法国、意大利这些国家的发电设备技术也都很强，九林公司如果敢把咱们惹急了，以后咱们整个国家都拒买他们的产品，他们可就死定了。从这个意义上说，他们本质上是怕我们的。”

“小冯处长说得太好了。唉，不愧是国家经委的干部，看问题的角度就是比我们这些山沟里的土包子高明得多啊。”赵书平感慨道。

冯啸辰摆摆手，以示谦虚，接着又说道：“另外还有一点，就是日本的民族性，我们也得了解。日本这个民族，一向是欺软怕硬的。你对他服软，他就骑到你的头上来；你对他强硬，他反而会服你。美国当年向日本扔了两颗原子弹，现在你看，日本人把美国当成了亲爹。”

李力哈哈大笑，道：“太形象了，小冯处长，你说得太形象了。没错，以后咱们对日本人就是不能客气，好好敲打敲打，他们没准就老实了。”

“各位，你们就在这里围着小冯处长，不太合适吧？小食堂已经准备好饭菜了，小冯处长，还有严矿长、宋处长、小宁他们为咱们厂立下这么大的功劳，咱们怎么不得来个一醉方休？”胡书会走上前，笑呵呵地向众人说道，他身边跟着严福生、宋维东、宁默等冷水矿来的人。听说冯啸辰又成功地把日本人给收拾了，严福生的老脸笑得像朵花一般，他知道供电指标的问题已经是十拿九稳了。

小食堂摆开了一张直径三米的大圆桌，桌上摆着十几个一尺多的大海碗，里面放着鸡鸭鱼肉等菜。电厂也算是重工业企业，作风比较粗犷，吃饭上的也都是硬菜，喝的则是当地产的烧酒，起码都是六十几度。

电厂的厂长肖建川因为在省里开会，没能来陪冯啸辰一行吃饭，不过在葛家明通过电话向他报告了谈判情况之后，他连说了七八个“好”字，然后下令要求在厂里的领导必须全部出来作陪，务必要让冯啸辰这个首席功臣吃好喝好。

冯啸辰略有些酒量，但也架不住电厂党政两套班子加上各科室负责人的轮番上阵。宁默和宋维东二人主动出来帮他挡酒，电厂众人碍于冯啸辰的身份，也不便真的把他灌倒，意思到了之后，便与冷水矿的几位捉对厮杀起来，场面颇为壮观。

喝到七八成醉，众人的舌头都已经开始不听使唤时，严福生端着酒杯来到了葛家明的身边，借着酒劲说道：“葛总工，我再敬你一杯。我们矿山上的人不会说话，意思都在酒里。关于我们想要点用电指标的事情，还得麻烦葛总工帮忙，我先干了，你随意就好。”说着，他便举杯欲饮。葛家明哪会让他这样把酒喝下去，连忙伸手拦住，说道：“严矿长，你说这话就是打我们平河电厂的脸了。说句实在话，我们电厂也有电厂的难处，给谁多少电，那不是我们能说了算的，我们充其量也就有点建议权而已。不过，谁的面子我们都可以不给，你们冶金系统的人情，我们算是欠下了，再不给你们面子，那可就不是人了。严矿长你说说看，你们想要多少指标，等肖厂长回来，我们商量一下，看看怎么跟北方电管局说这事。”

严福生道：“我们要的也不多，一年 30 万度足够了。具体的情况，我已经向胡厂长介绍过了，主要是因为我们有上千待业青年，要给他们找点事情做，所以开了一个石材厂，用电指标就有些不够了。”

“30 万度啊……”葛家明皱起了眉头，显出为难的样子。

30 万度电，对于整个北方电管局来说，实在不是一个大数字。以平河电厂在电管局的地位，提出给哪个关系户增加 30 万度电，带着“帽子”把指标转给临河省电力局，是完全能够做到的。以冯啸辰帮他们解决的难题相比，用 30 万度电来还人情也不算太多，一台 25 万千瓦机组多趴窝一天，少发的电也得有几百万度了。

话虽这样说，葛家明却不能马上答应，甚至最终还得和严福生讨价还价一番，把指标压一点，比如压成一年 28 万度，这样才能够显得出人情的价值，以免对方觉得自己的指标来得太容易，同时也避免以后有其他单位提出类似的要求。

“葛总工，刚才我一直有一个问题没有弄明白，想向您请教一下，不知道可不可以？”正在葛家明假意沉吟之际，冯啸辰笑呵呵地走了过来，似乎有要打岔的意思。

第一百三十六章

“什么问题?”葛家明问道。

冯啸辰道：“听日本人说，咱们的机组所以出现这么大范围的防蚀片裂纹，主要是因为机组反复启停所致，这一点赵总工也证实了。我听说火电机组是比较忌讳反复启停的，为什么咱们会有这种情况发生呢?”

“你就问这个?”葛家明有些懵了，这都是哪跟哪的事儿啊，刚才不是还在说用电指标的事情吗？莫非你和老严不是一伙的?

严福生也傻眼了，他正想趁着酒劲找葛家明把用电指标的事情落实下来，葛家明的话都已经说到一半了，冯啸辰这是来搅的什么局啊？就算你喜欢钻研业务，石材你也懂点，发电你也懂点，甚至还莫名其妙地挂着一个林北重机副处长的头衔，你不会换个时间来找葛家明讨论吗?

冯啸辰却如不知道他俩的心思，依然笑嘻嘻地，对葛家明道：“我对电力系统的情况不太了解，所以想向葛总工请教一下。”

“哦哦，请教倒不敢当。”葛家明收起了自己的狐疑，既然冯啸辰要问，他就说说好了，反正也不是什么秘密，“小冯处长说得很对，机组反复启停的确是电厂的大忌，这一启一停浪费多少能耗就不去说了，最关键的是对汽轮机和电机的损害。蒸汽压力骤增骤减，对叶片、阀门等等都会有损伤，正常情况下，我们是要竭力避免这种情况发生的。可光我们这样想是没用的，用户用电可不会考虑我们的想法。白天工人上班生产，用电量大，我们需要开足马力发电。晚上工人下班，用电量少，我们就不得不关掉一些发电机，这叫作调峰。因为电是不能储存的，如果发出来的电用不完，就会白白浪费。如果我们这个电网里有几个大型水电站，利用水电站来进行调峰，当然是最好的，因为水轮机的启停比汽轮机启停要容易得多，损害也不会这么大。可我们北方电管局就没有大型水电站，只能靠汽轮机启停来实现调峰。”

葛家明说的情况，在当年是十分普遍的。由于电网被分割成若干个部分，水电和火电之间很难进行协调，这也就是后来国家要倾注重金建设全国统一大电网的原因之一。三峡工程的其中一个重要作用，就是成为全国电网的一个重要调峰电站，三峡位于中国腹地，距离华南、华东、西北几大电网的距离都在经济送电半径之内，同时装机容量又极其庞大，所以能够发挥良好的调峰作用。在后世，为了给供电不稳定的风电、太阳能电站调峰，人们还要建设抽水蓄能电站，在用电低谷的时候用多余的电能把水抽到高处，等用电高峰时，再放水发电，实现调峰的作用。

在二十世纪八十年代初，国家还没有这样的力量来整合电网以及建设抽水蓄能电站，发电机组的频繁启停就在所难免了。其实，这种情况也并非只在中国存在，冯啸辰说的那家日本的千贺电厂，也是因为调峰缘故而出现机组的每日启停。九林公司事先没有预见到机组会在这样的条件下运行，设计时没有留出余量，才导致了千贺电厂以及平河电厂的这种情况。

冯啸辰其实是懂得这个道理的，他所以要装傻，只是为了把葛家明的话引出来。听到葛家明的解释，他呵呵笑着说道：“这就奇怪了，一方面是严矿长他们因为缺电而无法生产，另一方面葛总工又说你们发的电用不完，这是什么道理？”

“这是因为……”葛家明正想再解释一句，忽然察觉到冯啸辰的话里充满了玄机，他心念一动，问道，“冯处长的意思是说，冷水矿可以错峰用电？”

“错峰用电有什么好处吗？”冯啸辰反问道。

“如果冷水矿可以考虑错峰用电，我们可以让电管局给你们批 60 万度。”葛家明毫不犹豫地说道。

所谓错峰用电，就是在用电高峰的时候不用电，等到别人下班不用电了，你才开始用，这样就避免了与其他人抢电，同时还能够提高低谷时候的用电负荷。如果有比较多的单位能够选择错峰用电，平河电厂也就不需要在晚间关闭一部分电机了。

可以这样说，冷水矿如果愿意选择错峰用电，则非但不是给平河添麻烦，反而是在帮平河电厂削峰填谷，是一件葛家明乐于见到的事情。所以冯啸辰一问，他便爽快地把原来准备答应的 30 万度电一下子提高到了 60 万度。

其实，许多国家都有鼓励错峰用电的措施，比如规定晚上零点之后到天亮之前的电价比白天低，从而吸引高耗能产业把生产时间调整到晚上。当然，即便是如此，许多企业还是不会选择错峰用电这种方式，因为这意味着工人要上夜班，夜班的工资标准是会比白天要高一些的。

冯啸辰可不会被葛家明的慷慨所蒙蔽，他摇摇头道："错峰用电本来就没什么压力，对电网反而还有好处，你们仅仅是给冷水矿增加用电指标，这可不是合作的态度哦。"

葛家明笑道："小冯处长，听你这意思，我们还得给冷水矿发奖金喽?"

冯啸辰道："发不发奖金倒是无所谓，最起码，电价方面应当打个折扣吧?"

"这个我们还真做不了主。"葛家明老老实实地说道，"其实，我们向电力部提出过这个意思，希望能够采取差别电价。白天贵一点，晚上便宜一点，引导企业转到后半夜去生产。可要这样做，就需要给企业另装一块电表，白天走一条线，晚上走另一条线，否则就没办法区分了。电力部那边也有这样的想法，但具体到如何操作，就有些困难了。"

"那如果冷水矿的石材厂可以单独走一条线，白天拉闸，后半夜才合闸，是不是就可以享受差别电价了呢?"冯啸辰问道。

葛家明苦着脸，说道："小冯处长，这件事真的不是我们能说了算了，实在不行，你去找电力部商量商量，如果部里同意，我们没啥意见，反正电费也不是归我们收。不过，如果冷水矿同意只在后半夜生产，我们的确可以帮他们协调更多的用电指标。后半夜的电本来就是多余的，能有人用，我们还巴不得呢。"

“严矿长，你看呢？”冯啸辰把头转向了严福生，问道。

严福生听着他俩的交谈，心里对冯啸辰的佩服又多了几分。30万度电的要求，他是壮着胆子提出来的，本身还做好让葛家明砍上一刀的准备。要知道，他们一直求到省计委和省经委那里，省电力局也才给了他们三万度电，他这一下子提出要30万度，平河电厂就算是冲着冯啸辰的面子不好意思不给，砍一刀减掉一半总是可以的吧？此外，用电这件事不是一锤子买卖，今年要到了30万度，明年又怎么办呢？冯啸辰帮了电厂一个忙，人家还一次人情就罢了，还能年年都还人情？可冯啸辰居然想出了错峰用电这样的高招，一下子就找到了葛家明的软肋，让他毫不犹豫地把30万度的指标又翻了一番。

错峰用电就是在后半夜用电，一天大概能用上六个小时的样子。如果冷水矿能够添几台设备，一天干满六个小时也足够完成出口任务了。至于说后半夜上班，对于冷水矿来说就算不上什么了，采场的工人连轴转也是常态，这些待业青年都是大姑娘、小伙子，年纪轻轻，也没什么家庭拖累，上个夜班有什么不行的？

如果真的能够弄到一年60万度的指标，那么石材厂除了完成德国的订单之外，完全还有余力去开拓日本、美国等国家的市场，这是多么可喜的事情？

听到冯啸辰征求自己的意见，严福生上前一步，爽快地说道：“没问题，如果葛总工能够帮我们要到60万度的指标，我们就把生产挪到后半夜好了，总不能给葛总工添麻烦嘛。”

“麻烦的话，倒是不必说了。”葛家明想了想，又说道，“要不这样吧，我先做个主，给你们争取15万度的白天用电指标，再争取60万度的后半夜用电指标，你们可以把用电量大的生产挪到后半夜去，白天的生产也还可以照旧进行，冯处长，严矿长，你们看如何？”

“那当然好了！”严福生喜出望外，有15万度的白天指标，只要省着点用，足够用上一年了。正如葛家明建议的，把耗电多的生产挪到晚上去，用那60万度的后半夜指标。这样一来，白天的生产也不会耽误，晚上则可以多安排一些人，加大点强度，这是何其美妙的事情啊。

他当然清楚，葛家明没有如一开始说的那样，让他们只用夜间指标，而是另外给了 15 万度的白天指标，完全是看在冯啸辰的面子上。

这个小冯，唉，冷水矿又欠下他一份人情了。严福生在心里无奈地想到。

第一百三十七章

这场酒宴以冷水矿的所有人全部躺倒而告结束，冯啸辰因为被当成上级领导，没有被灌太多的酒，总算是保持了一些清醒，没有出丑。

众人在电厂镇住了一宿，第二天又由李力陪着吃过了早餐，这才启程返回冷水矿。在此之前，葛家明已经通过电话向厂长肖建川通报了冷水矿方面的请示，肖建川完全同意葛家明答应的条件，让葛家明给北方电管局打电话联系此事。在严福生他们回到冷水矿时，依川供电所的电话也打过来了，通知他们省电力局已经给他们追加了供电指标，冷水矿石材厂不再受到限电的威胁了。

“哈哈哈哈，我就知道，小冯出马，一个顶俩。我们这么多人都没有办成的事情，小冯一去就办成了，实在是了不起啊。”在矿部办公楼前，潘才山拉着冯啸辰的手，热情地说道。如果说此前他对冯啸辰还有些积怨没有化开，说话有些半心半意，现在他已经是完全服气了，从前的事情在他心里已经是一笔勾销。

他不这样想也不行，冯啸辰表现出来的能量，已经超出潘才山的想象了。如此年轻的一个干部，能够轻而易举地把冷水矿一干领导都逼到墙角去，不得不答应接受自卸车工业试验，如今他又是凭着几句话，折服了九林公司请来的日本人，帮平河电厂解决了这么一个大难题。把有如此本事的人当成敌人，绝对是一种愚蠢的行为，他更愿意化敌为友，从此把冯啸辰待为上宾。

冯啸辰能够感觉得到潘才山态度上的转变，他呵呵笑道：“潘矿长，你太过奖了，其实这一次的事情的确是个巧合，我恰好看到过日本那边的一则资料，正好捅到九林公司的软肋上了。如果没有这则资料，我只怕也是一筹莫展的。”

严福生在旁边说道：“小冯处长，你就别谦虚了。你看到了资料的确是一个巧合，但我听赵总工说了，你在当时可是对着那些日本人拍了桌子的，啪啪啪几句狠话一撂，当即把几个日本人吓得尿了裤子，啥条件都答应了。换成其他人，谁能有你这样的气魄？”

“等等，老严，你刚才叫小冯什么？”潘才山一下子没回过味来，怎么回事，这个小冯还是个处长？难道因为上次的事情，他被冶金局提拔成处长了？

严福生道：“潘矿长，咱们都被小冯处长给蒙了。他到冶金局之前，是林北重机的生产处副处长呢，和罗冶的王处长一样，都是借调过来的干部。”

有关冯啸辰在林北重机的任职，平河电厂还专门去找正在厂里帮助维修卸煤机的林北重机的工人了解了一下，结果人家还真知道这件事，说的确有这么一位副处长，还曾经和他们厂的副总工彭海洋一块出过差，彭海洋回来之后对他赞不绝口。

有了林北重机内部职工的背书，平河电厂的干部们对冯啸辰的身份就不再怀疑了。严福生也是听胡书会说了这方面的情况，才知道这位他一向认为只是个小人物的冯啸辰居然和他的级别一样，这可让他跌破了眼镜。

当然，关于冯啸辰这个副处长是怎么当上的，严福生一直都没有弄明白。在他想象中，冯啸辰应当是先在林北重机任职，然后才被冶金局借调上来，这就和王伟龙的情况一模一样了。

听到严福生的介绍，潘才山也是大为惊讶，啧啧连声道：“原来是这样的，哎呀呀，真是……真是年轻有为啊！”

“只是机缘巧合罢了。”冯啸辰也不过多解释，只是摆着手，做出一副低调的样子。

依潘才山的意思，冯啸辰立下如此功劳，中午理应安排一顿丰盛的大餐予以酬谢，接下来则是请他到周围游玩几天，等他要回京城的时候，再送上一份丰厚的礼物，这就是一个圆满的安排了。对此，冯啸辰给予了婉拒，他表示头天在电厂喝得太多，现在还是头晕脑涨的状态，中午不宜再大吃大喝了。他向潘才山提出，自己想到采场去看看自卸车试验，请矿部给他安排一辆小车过去。

“难怪小冯年纪轻轻就能够当上处长，这种工作精神就值得我们学习。”潘才山赞道，“也罢，庆功宴就安排在晚上吧，到时候我把矿上的领导都叫上，请罗冶的王处长也一块过来，咱们喝个痛快。”冯啸辰只觉得无语，不过也知道这是推辞不掉的事情。企业里表示感谢的方式就是吃饭喝酒，他也只能是入乡随俗。

潘才山叫来了一辆吉普车，让司机送冯啸辰去采场。冯啸辰从自己先前坐回来的吉普车上拎下来一个沉甸甸的竹篮子，又抓出来两只绑上了翅膀的老母鸡，就要往车上放，潘才山在一旁看着，感到大惑不解。

“小冯，你这是怎么回事？”潘才山问道。

冯啸辰笑道：“早上离开电厂镇的时候，宋处长说电厂镇这边的肉和鸡蛋都比较便宜，他和严矿长都买了一点带回来。我也顺便买了一些，还买了两只鸡，准备去犒劳犒劳罗冶的同志们。我前两天刚来的时候和王处长聊了一下，他说罗冶的同志们都住在采场旁边的工棚里，生活很艰苦。”

“该死该死！”潘才山拍着自己的脑袋，旋即又转头向着严福生说道，“老严，我前一段时间忙着矿务局下来检查的事情，没顾上过问罗冶那些同志们的生活，你怎么也不去安排一下？弄得小冯处长大老远过来，还惦记着给他们带肉带鸡去犒劳，你让咱们冷水矿的脸往哪放？”

“哎呀，真的，怨我，都怨我！”严福生也像是刚刚发现自己犯了大错一样，连声地做着检讨。

前两天冯啸辰一到冷水矿，就去见了王伟龙，也谈到了工业试验的事情。据王伟龙说，为了提高工作效率，及时发现工业试验中出现的问题并予以解决，从罗冶派来的那十几个人没有选择住在矿部，而是在采场附近借了几间冷水矿的工棚住着，白天跟着车跑来跑去，记录试验数据，晚上则要去检查车辆的情况，处理一些试验过程中暴露出来的问题，工作非常辛苦。除了工作压力之外，他们的生活条件也是非常艰苦的。他们自己支了个炉灶做饭，由于没有时间去依川市区采购，他们往往是买一回菜就吃上一个星期，大多数时候都是清水煮面条，再配上一些从中原省带来的辣椒酱。王伟龙因为要负责双方的协调工作，经常会往来于采场和矿部，有时候可以给他们带一些好吃的东西过去，但以当年的物资供应状况，王伟龙也弄不到太多的东西，只能说是聊胜于无。

冯啸辰到电厂镇的时候，就存着在回程的时候给罗冶试验团队带点肉、蛋的想法。今天早上，他跟着严福生、宋维东到农贸市场转了一圈，自掏腰包买了 20 斤黑市猪肉，20 斤鸡蛋和两只老母鸡，还专门买了一个篮子装着。

严福生他们当时还有些纳闷，不知道冯啸辰为什么要买这些东西。他明明是在冷水矿出差，不可能自己开伙做饭，即便是要自己做饭，也消化不掉这么多的东西。而如果说是想买了带回京城，似乎也太不必要了，电厂镇的东西再便宜，也没到需要千里迢迢带回京城的地步吧？

到现在，严福生才明白，原来冯啸辰买这些东西是送给罗冶的那些人吃的。罗冶的一干人在冷水矿待了两个月时间，冷水矿算是主人，没能照顾好客人的生活，还要让冯啸辰去给他们买东西，这实在是有点说不过去了。

当然，如果冯啸辰没有给冷水矿帮忙，他这样做，潘才山他们也就睁一只眼、闭一只眼，假装没看见了。但现在这种情况，潘才山还能显得漫不经心吗？想想看，冯啸辰这次来冷水矿，完全就是来给冷水矿帮忙的，冷水矿欠着他一个人情。冯啸辰自己掏钱给罗冶的人买肉买鸡，就是表明了一种态度，即工业试验是冶金局的事情，所以罗冶这些人的生活是冶金局所关心的。冷水矿照顾一下罗冶的试验团队几乎就是捎带手的事情，却没有做到，还要让冶金局的人跑过来慰问，冷水矿将来还有脸去冶金局找人帮忙吗？

“老严，你去交代后勤，让他们专门安排两个人负责罗冶试验团队的生活，要保证他们一日三餐能吃上热的，每天都要有肉有蛋，支出就从矿部的接待经费里报销，明白吗？”潘才山大声地向严福生交代道。

“好的，我马上就去安排。”严福生也响亮地应道。

天天有肉有蛋，摊到每个人头上也就是一块钱的事情。罗冶的团队总共才十几个人，冷水矿拿出一千块钱来，就足够让他们吃上一两个月。冯啸辰帮冷水矿挣到的钱，可是几百、几千个一千块钱，潘才山能不慷慨吗？

第一百三十八章

严福生陪着冯啸辰来到了位于采场的罗冶团队住的工棚，远远地便看到了如一座小山般的自卸车正停在工棚旁边，七八个穿着罗冶工作服的人员正围着自卸车在忙碌着。

听到吉普车开过来的声音，自卸车旁边的一个人放下手里的工具，向吉普车迎了过去。冯啸辰坐在车里看到，过来的这人正是王伟龙。

“王处长，忙着呢！”吉普车停在旁边，冯啸辰从车上跳下来，向王伟龙打着招呼。

“小冯，你怎么来了？”王伟龙有些诧异，他随即又看到了从吉普车另一侧下来的严福生，连忙上前招呼道，“严矿长，你也来了，怎么，电厂那边的事情办妥了？”

“办妥了，办妥了。”严福生笑呵呵地说着，准备伸手去和王伟龙握手。

王伟龙举起巴掌摆了摆，笑着说道：“咱们就别握手了，我手上全是油泥。”

“怎么，又在修理了？”严福生倒不觉得奇怪，做工业试验的设备就是这样，三天两头出问题，经常需要进行现场维修。这些问题，有的是最初设计时考虑欠周，一到实践环节就暴露出了缺陷；还有些就是质量上不过关，只能临时补救。这台自卸车到冷水矿来开展工业试验至今，大大小小的修理已经不下百次了，有时候配件坏了，还要从原厂派人送过来。俗话说失败是成功之母，一台设备的定型是要经历无数挫折的。

王伟龙瞟了一眼自卸车，说道：“唉，还是老毛病，轮边减速器的一个齿轮断了，我们正在修理呢。对了，严矿长，你怎么来了。”

“王处长，我是来向大家做检讨的。”严福生说道。

“检讨？”王伟龙愣了一下，他想不起冷水矿有什么地方对不起自己的，这“检讨”二字从何而来的？一般来说，一位领导向你做检讨，要么是此前做错了什么，要不就是打算要做一件错事，事先来道歉。既然王伟龙想不起严福生此前做错了什么，那岂不就意味着严福生要做出什么对他们不利的事情了？

“严矿长，瞧你说的，我们到冷水矿来做工业试验，给你们添了这么多麻烦，应当是我们向你们做检讨才是啊。”王伟龙僵硬地笑着，向严福生说道。

严福生正色道：“王处长，我是诚心诚意来做检讨的。要不是小冯处长提醒我们，我们这个错误还要犯得更严重。你们罗冶的同志们到冷水矿来，一心扑在工作上，生活条件这么艰苦，我们一直都没有发现，直到小冯处长提出来，我们才醒悟过来，实在是太不应该了。”

“小冯？”王伟龙狐疑地看了一眼站在旁边的冯啸辰，心道这位老兄又放什么炮了，不会把潘才山他们又得罪了一回吧？

他正想说点什么打圆场的话，就听严福生冲着众人大声地宣布道：“各位罗冶的同志们，我代表我们矿的潘矿长，为过去两个月内没能照顾好大家的生活，向你们表示诚挚的道歉。潘矿长已经向后勤下了指示，要求他们派出两个专人负责你们的伙食，保证你们每天有肉有蛋，有新鲜蔬菜。考虑到你们中间可能有一些同志是南方人，习惯于吃大米，矿部会专门向依川粮食局申请一部分大米指标，保证你们中间的南方同志能够吃上大米饭。还有，所有这些费用，全部由我们冷水矿承担，不需要你们花一分钱！”

王伟龙和他们交谈的时候，其他那些罗冶的工人和技术人员也都已经停下手里的工作，站在不远处看着他们。此时听到严福生宣布这样一个消息，大家先是一阵错愕，都不敢相信竟有这样的好事，随即才齐齐地喊了起来：

“太好了，太感谢你们了！”

“冷水矿的领导真是太好了，我们太感动了！”

“谢谢严矿长关心，谢谢潘矿长！”

“……”

王伟龙也是满脸惊喜之色，他也顾不上手里有没有油泥，一把抓住严福生的手，拼命地摇着，说道：“严矿长，这这这……这真是太感谢你们了，我代表罗冶的全体同志，感谢你们的支持。”

严福生笑容可掬，指着冯啸辰说道：“王处长，你别感谢我，这还是小冯处长提起来的。你们还不知道吧，小冯处长这回到平河电厂去，帮助平河电厂打败了日本人，解决了他们设备维修的问题，还帮我们冷水矿要到了75万度的用电指标。回来的时候，他专门在电厂镇买了肉、鸡蛋，还有两只老母鸡，说是要来犒劳你们的。潘才山了解到这个情况，才发现我们工作上的不足，所以马上作出了安排。”

“小冯……”王伟龙走到冯啸辰面前，伸出手去。

冯啸辰嘻嘻笑道：“老王，你这一双油手，就别再祸害我了。肉、蛋和鸡都在车上，你让你们负责伙食的同志拿去做吧，咱们今天中午加个餐，怎么样？”

“你啊，真是让我怎么说才好呢！”王伟龙百感交集，他回过头，冲着一个二十来岁的女孩子喊道，“小徐，你和小郭两个人到吉普车上去把冯处长给咱们买的东西拿下来。鸡先杀一只，中午好好做几个菜，咱们借花献佛，招待一下严矿长和冯处长。”

“好咧！”那姑娘带着一个小伙跑到车边，把肉、蛋和鸡都拎了下来。看到篮子里猪肉和鸡蛋有那么多，姑娘夸张地尖叫起来，“哇，过年了！咱们可算能够好好吃上一顿了！”

“瞧这些小年轻高兴的。”王伟龙笑着斥骂了一句，然后对冯啸辰和严福生道，“严矿长、小冯，咱们到屋里聊吧，一会跟大家一块吃饭。”

“我就不在这吃饭了，这都是小冯处长买的东西，我吃着有愧。改天我再专门带着鱼、肉来请大家。”严福生摆着手，向吉普车走去。他猜想冯啸辰可能有什么话要和王伟龙他们聊，也可能要听取一下罗冶试验团队对于冷水矿配合工作的意见，他在这里就不太合适了。

王伟龙也没勉强，把严福生一直送到车上，看着吉普车离开，他才回过头来，看着冯啸辰，说道：“小冯，真是太感谢你了。这些东西花了多少钱，我拿给你。”

冯啸辰道：“老王，你就别跟我客气了，这是我送给大家的一点心意。”

“心意我们领了，让你出钱就不合适了。”王伟龙坚持说道，“这么多的东西，只怕得花五六十块钱吧，这样的钱，我怎么能让你出呢？”

冯啸辰道：“这是我应该出的，你们工作这么辛苦，我这就算是替罗局长他们来慰问大家吧。如果王处长觉得过意不去，回京城以后给我做个证，我找罗局长报销去。”

“唉，小冯，你真是……”王伟龙不好说什么了。买这些肉、蛋的钱，找罗翔飞报销肯定是不可能的，听冯啸辰这个意思，也绝对不会收他们的钱。再说，王伟龙也还真拿不出钱来给冯啸辰。这些东西是冯啸辰自作主张买的，如果让大家分摊着掏钱，大家恐怕会有别的想法，而如果让王伟龙一个人掏钱给冯啸辰，他又的确掏不出。想来想去，他也只能替大家接受冯啸辰的这片好意了，他知道冯啸辰找到了在德国的海外关系，还在国外卖出了专利，五六十块钱对于冯啸辰来说，应当也不算一回事了。冯啸辰既然想在罗冶的团队面前做一个人情，王伟龙也只能成全他了。

“大家都过来吧，我给大家介绍一下。”王伟龙向众人招招手，有几位在工棚里休息的罗冶职工也跑了出来，站在王伟龙和冯啸辰二人的对面。

“这位是和我一样借调到冶金局工作的冯啸辰同志，他还有一个身份，就是林北重机的生产处副处长。大家看到小郭和小徐手里拎的这些肉和鸡没有？这就是冯处长自己掏腰包买来慰劳大家的。我刚才跟他说，要给他钱，他坚决不同意。现在，让咱们以热烈的掌声，向冯处长表示感谢！”王伟龙向众人说道。

“哗！”

掌声响了起来，声音还挺大，显示出众人对冯啸辰的这番好意颇为感动。大家都是居家过日子的人，一眼就能够看出这么肉、蛋和老母鸡起码得五六十块钱。几乎所有的人都不相信这是冯啸辰自己掏钱买的，估计是冶金局或者别的什么部门给了一笔费用，让冯啸辰来慰问他们。不过，不管是不是冯啸辰出的钱，冲着这些东西，大家也得鼓鼓掌了。

冯啸辰也跟着拍了拍掌，以表示对大家的谢意。他扫视了一下这群人，发现大多数人脸上的笑容都是非常真诚的，也有两三个面有鄙夷之色，拍掌的动作也是慢吞吞的，显然是对他有些不屑。虽然他猜不透这几个人是什么心态，但也不必在乎了。

“好了，小徐，小郭，你们去做饭。老陈，你带着大家继续干活，我陪冯处长到屋里去坐坐。”王伟龙向众人吩咐着。

冯啸辰笑着说道：“王处长，大家都在干活，咱们也别去坐着了。要不，我也跟着你们看看，学习学习？”

第一百三十九章

王伟龙对冯啸辰的性格颇为了解，当下也就不再和他客气，而是把他领到了自卸车旁边，给他介绍众人正在处理的故障。

故障是出在右侧后方的电动轮上，是电动轮中的轮边减速器齿轮发生了断齿。

电动轮车的工作原理是用柴油机发电，然后把电力传送到每个轮子上。轮子里有一套电动机和相应的传动装置，能够带动轮子旋转，驱动车辆前进。电动轮车的动力是通过电能传送的，结构比机械传动的车辆要简单得多，维护起来也更为容易。由于车轮中的电动机工作状态的控制比较简单，可以随着坡度、载荷、车速等的变化而随时改变，因此发动机的效率更高。此外，在牵引和制动等方面，电动轮车也有机械传动无法比拟的优点。电动轮内部的驱动系统包括电动机和轮边减速器，后者的作用是将电动机的动力减速增扭传递到轮毂，驱动车轮转动。对于 120 吨电动轮自卸车来说，由于自重大，加之矿区路况复杂，轮边减速器的齿轮机构一直处于高温、高脉动载荷以及润滑较差的工作环境下，非常容易损坏。这一次王伟龙他们正在处理的，就是轮边减速器的故障。

“是行星轮的轮齿折断，算上这一次，这样的故障总共已经发生过七次了。”王伟龙说道。

“原因找着了吗？”冯啸辰随口问道。

“正在找呢。”王伟龙道，“你看到那个有点白头发的没有，他是我们厂的工程师，叫陈邦鹏，就是专门搞减速器的。其实他岁数和我差不多，就是为了琢磨这个减速器的事情，这两年生生把头发给熬白了。”

“钦佩。”冯啸辰说道。他认出这位陈邦鹏正是刚才不乐意鼓掌的那几个人之一，估计是因为有些技术，所以不喜欢趋炎附势。对于这种纯粹的技术宅，冯啸辰一向是不太在意他们的态度的，他知道这些人眼里只有专业技术，其他的都不喜欢。要和这些人做朋友也很容易，那就是在技术上折服他们，否则你在他们眼里就只是一个路人甲了。

“陈工，还没找出原因吗?”冯啸辰走上前，蹲在陈邦鹏的旁边，跟着他一起观察那个折断的轮齿。

陈邦鹏扭头看了冯啸辰一眼，哼了一声，道：“冯处长经验丰富，要不给我们讲讲，这个轮齿为什么会断?”

“老陈！你怎么能这样说话呢！”王伟龙在旁边脸上有些挂不住了，陈邦鹏这话明显是在挑衅。人家冯啸辰刚刚给送了肉和蛋来，你不表示感动也就罢了，还这样阴阳怪气地说话，实在有些不识好歹。

陈邦鹏对冯啸辰的态度也是缘于一股莫名的邪火。其实，自从发现减速器一而再、再而三地断齿，陈邦鹏的脾气就变得很坏了，跟团队里的自己人也时不时要发发飚，只是大家都习惯于他的脾气，没有和他计较而已。

刚才严福生陪着冯啸辰过来，如此高调地宣扬冯啸辰的功劳，让处于郁闷之中的陈邦鹏更觉不爽。严福生和王伟龙都声称冯啸辰是自掏腰包给大家买了肉、蛋和鸡，这一点陈邦鹏是绝对不相信的，他觉得冯啸辰肯定是拿着公款在作自己的秀，再加上听说冯啸辰年纪轻轻就是一个副处长，就更让陈邦鹏觉得不屑了：这个副处长肯定是成天这样作秀挣来的，老子最看不惯的就是这种靠着吹牛拍马升上去的官了，一副少年得志的猖狂模样，我呸!

当着众人的面，陈邦鹏当然不能直接把这种情绪说出来，甚至在大家鼓掌时，他也不便特立独行地不鼓掌，所以只能敷衍着应付两下。他想着自己不去招惹冯啸辰也就罢了，却没想到冯啸辰还假惺惺地跑过来问他断齿是什么原因，他觉得如果不好好地呛冯啸辰两句，简直都对不起自己那满腹经纶。

“老王，我这是虚心向冯处长请教啊。”陈邦鹏皮笑肉不笑地说道，

“冯处长这么年轻就身居要职，肯定是学识渊博，技术精通。刚才严矿长不是说冯处长还帮人家电厂解决了维修问题吗，咱们现在也遇上难题了，请冯处长帮帮忙，也是可以的嘛。”

“老陈！小冯是我的朋友，你别为难他。”王伟龙说道，说罢，他又准备向冯啸辰说两句打圆场的话，却不料冯啸辰抬手拦住了他。

“我看，这个齿轮应当是疲劳折断吧。”冯啸辰用手指着断齿的地方，对陈邦鹏说道。

“你怎么看出来的？”陈邦鹏冷冷地问道。

冯啸辰道：“很简单啊，这旁边有好几道微裂纹，断口旁边有扭曲的痕迹，显然不是因为突然冲击超载导致的过载折断，而是因为过高的交变应力重复作用，导致疲劳裂纹不断扩展，最终超过极限应力，才导致了折断。”

“嗯。”陈邦鹏轻轻应了一声，随即又说道，“的确是很简单的道理，我们也早就看出来了。”

“疲劳折断的原因有很多：传动过载、材料不当、齿轮精度过低、设计载荷不足、轮齿接触不良，还有机加工粗糙度过高，或者热处理产生的微裂纹和残余应力影响，陈工觉得主要是哪种原因呢？”冯啸辰继续说道。既然已经开口了，他就索性显摆显摆吧。

冯啸辰苦哈哈地买了一堆肉、蛋跑来慰问大家，根本目的还是想在罗冶的职工中混个脸熟，让大家对他有些好印象。罗冶是装备制造的重点企业，在未来几十年中，冯啸辰肯定还要不断与这家企业打交道，现在结点善缘绝对是有好处的。可谁知道，遇上这么一个不给面子的陈邦鹏，没准还把他的好心当成了驴肝肺，冯啸辰就不得不和他掰扯掰扯了。今天如果不把陈邦鹏的嚣张气焰打下去，他花的这几十块钱就算是扔到水里去了，罗冶的这些人会很快把他忘记，甚至受到陈邦鹏的感染，对他心存鄙夷。要打击陈邦鹏的气焰，总得有点干货，这一点冯啸辰是明白的。电动轮自卸车这种东西，冯啸辰前一世也接触过，作为一名机械专业的博士，理解一些这样的知识没有什么困难，他还真不信自己会让陈邦鹏给看扁了。

果然，听到冯啸辰像相声里报菜名那样列出各种疲劳折断的原因，陈邦鹏的脸一下子就变了颜色，一半是惊讶，一半是担心。惊讶自不必说，他根本就没想到冯啸辰能够把一个问题说得如此专业，换成他自己，二十岁的时候是绝对没有这份造诣的。担心之处，就是他隐隐觉得自己有可能要被打脸了，本来还想拿技术羞辱一下对方，结果对方根本不是菜鸟，自己刚才那番做作反而成了笑话。

“冯处长觉得是什么原因呢？”陈邦鹏反问道。

冯啸辰笑道：“陈工这是在考我吧？那好，我就试着回答一下吧。我看了一下咱们的加工水平，觉得应当不是加工方面的缺陷，罗冶的机加工能力还是足以让人佩服的。材料方面，的确有改进的余地，不过现在也是远水解不了近渴。我觉得，最大的原因应当是设计载荷估计不足。听说这个减速器是陈工设计的，不知道当初设计时候应力方程的参数是怎么设定的，做有限元分析的时候网格尺寸是如何选择的。”

“有限元分析……”陈邦鹏傻眼了。有限元这个东西他倒是听说过，也知道是用来做应力计算的好工具，可问题在于，他从来也没有用过啊。早先，国外的专业期刊上就经常提到有限元分析的概念，近几年，国内一些学者也开始使用有限元分析计算诸如水坝、压力容器、电场之类的复杂结构。陈邦鹏也曾动过心思，想好好地学一下这个工具，以便用于自己的研究工作。

可无奈周围找不到懂这项技术的老师，学术期刊上倒有些介绍，但都语焉不详，尤其是很难和他的专业结合起来，加上自卸车的研制工作十分紧张，他只能把学习这种方法的计划往后推了又推，始终也没能捡起来。

如今，冯啸辰直接问他这套齿轮系统是如何计算出来的，还专门提到有限元分析中的网格划分问题，让他可如何作答呢？明着说自己不会做有限元吗？这话怎么说得出口。诚然，当时全国上下会用有限元方法的人也没多少，他陈邦鹏不会并不算什么丢人的事情。问题在于，他刚刚还在冯啸辰面前装得牛烘烘的，现在让他坦承自己不会这东西，岂不是扇了自己的脸？

“怎么，小冯，你懂有限元分析？”王伟龙在一旁有些惊喜地问道，他和陈邦鹏一样，也是搞技术的，自然知道有限元分析的妙处，也同样苦于找不到一个老师能够学习学习。听冯啸辰说起有限元，他一下子就想到，这个无所不能的小冯没准还真懂这玩艺。至于说为什么他会懂，那就没法解释了，反正冯啸辰身上那些没法解释的事情也不是一件两件了，再多一件也不算个啥。

“你懂有限元分析？”陈邦鹏看着冯啸辰，脱口而出道，“我可不信！”

第一百四十章

“这是太阳轮，这是大行星轮。太阳轮的齿数是 17 个，行星轮是 80 个，假定法向模数是 8，中心距 388……我们按不同精度来划分网格，非啮合区域划得粗一点，啮合区域细化，设结点位移矩阵为 U，有限元的应变和应力矩阵如下……”

冯啸辰拿过一叠空白的检修登记表格，就这样蹲在地上，在表格背面的空白处娴熟地写着有限元分析的方程式，一边写还一边给陈邦鹏做着解释。

后世学机械的学生，有限元分析是最基础的功课了，如果对着一台机器还写不出有限元分析的模型，真该怀疑他的毕业证是不是充话费送的了。考虑到目前国内没有什么专业的有限元分析软件，所有的计算过程都需要通过分析人员自己编程去解决，冯啸辰把分析模型进行了高度简化，把三维简化成了二维，又加进了若干约束条件。

饶是如此，他列出来的方程也比陈邦鹏过去用的计算模型要精确得多，照着这样一组方程计算出来，将能够有效地解决齿轮载荷不匹配的问题。

在冯啸辰写这些方程的时候，王伟龙、陈邦鹏以及另外几名技术人员都围过来了，他们或蹲或站，都在目不转睛地看着冯啸辰笔下的式子和符号。这些人中，除陈邦鹏之外都不是研究齿轮的，但涉及车架结构、车箱结构之类的问题，同样需要用上这套应力分析的方法，所以大家都屏着呼吸，生怕打扰了冯啸辰，同时拼命地消化着冯啸辰写的这些方程里所包含的深意。

“大致的分析框架就是如此，具体到网格的划分，陈工可以再斟酌一下。划得越细当然分析效果越好，但计算量也会呈几何级数地增长，我担心你们厂里的计算机无法负担。还有这个接触应力方程，陈工可以再调整一下，我是外行，方程的设定可能不太确切。”冯啸辰写完所有的方程式，站起身来，把一沓表格递到陈邦鹏手里，微微笑着说道。

“原来是这样……哎呀，果然是太了不起了！”陈邦鹏接过那沓纸，来回地翻看着，越看越是兴奋，脸上哪里还有什么不服气的神色。换成古代的风俗，他这会都打算对冯啸辰纳头便拜了。

冯啸辰写的那些方程，有一些并不准确，比如齿轮的同心条件、重合度条件之类，在陈邦鹏这个齿轮专家的眼里显得非常不专业。但陈邦鹏看到的并不是这些东西，他关注的是冯啸辰所介绍的这套分析方法，包括如何划分有限元，如何设置应变矩阵、刚度矩阵之类，这都是他从前一直没有弄明白的地方。

听冯啸辰从头到尾介绍了一遍，陈邦鹏有一种恍然大悟的感觉，原来有限元就是这么一回事，以他的智慧完全能够依葫芦画瓢地构造出一套符合实际情况的方程式，用于解决齿轮设计中存在的那些问题。至于说具体的算法，就更难不住陈邦鹏了。罗冶是一家大厂，前两年也已经添置了好几台计算机，陈邦鹏以及技术处的不少人都自学了 ALGOL60 这样的算法语法，能够熟练地编制程序，把纸面上的算法转化为计算机的算法。

“太好了，真是太好了！”陈邦鹏连声地说道，他转头看看冯啸辰，面有尴尬之色，讷讷地说道，“冯处长，刚才……唉，啥都不说了，一会吃饭的时候，我自罚三杯，向冯处长赔罪。”

冯啸辰笑道：“陈工言重了，什么罪不罪的，你们可都是 120 吨自卸车研制的英雄，我崇拜你们还来不及呢。还有，大家就别叫我冯处长了，如果真把我当成朋友，那就像王哥那样，称我一句小冯就好。”

“这……”陈邦鹏看看王伟龙，不知道该不该听冯啸辰的。

王伟龙笑着说道：“大家都不用客气，小冯在我们冶金局是出了名的热心肠。大家还记得薛莉带孩子去京城看病的事情吧，小冯看到他们娘俩天天挤公共汽车太辛苦，硬是卖自己的面子帮着我们在前门那边借到了一间房子住。从那件事开始，我就认小冯是我最好的小兄弟了。大家都像我一样，把小冯当成自己的朋友，称他一句小冯就好了。”

他这样一说，众人都笑了起来，走上前亲亲热热地向冯啸辰打着招呼：

“小冯，真是了不起啊！”

“小冯，今年二十几了？你这一身本事都是上哪学来的，把我们都给镇了！”

“哈哈，把我们镇了算什么，连陈工都被镇了吧？陈工，服不服啊！”

“陈工服不服我不知道，反正我是服了。哎呀呀，你说小冯这才二十出头吧，比我家老大也大不了几岁，可能耐这么大。”

“能耐大是一方面，最难得的是谦虚，这可就太难得了……”

冯啸辰冲众人一一点头，笑着表示自谦。这时候，先前去做饭的那位小徐和小郭都跑过来了，通知大家饭菜已备好，可以入席。众人便簇拥着冯啸辰，来到了临时搭起的饭桌前，非要让他在主座的位置上坐下。

说是饭桌，其实只是一块运输自卸车的时候用过的三合板，底下垫着矿石，便成了罗冶团队平时吃饭的桌子。坐的椅子倒是货真价实的，都是罗冶团队自己带来的帆布折叠椅，据王伟龙介绍，这都是罗冶自己做的，就是为了进行野外作业的时候使用。

采场上昼夜温差大，为了抵御夜间的寒冷，冷水矿的矿工们都习惯于在工棚里存一些白酒。罗冶的团队入乡随俗，也备有不少白酒，此时正好拿出来欢迎冯啸辰。

王伟龙是这一干人的领导，他率先站起来，端起酒杯向冯啸辰敬酒，并对众人说道：“大家有所不知吧？冷水矿所以能够接受咱们的工业试验，全是因为小冯的一个金点子。大家注意到采场那边那个石材厂吗？那就是小冯一手帮助冷水矿建立起来的。没有这个石材厂，冷水矿估计到现在也不会接受我们。我提议，大家一齐举杯，向小冯表示衷心的感谢！”

“谢谢小冯！”

众人一齐端起酒杯，向冯啸辰举了起来。冯啸辰赶紧起身，高高举起酒杯，说了几句客套的话，然后与大家共饮了第一杯。

接着，王伟龙又介绍了冯啸辰去平河电厂谈判的事情，为大家买肉买蛋的事情，还有刚才教众人有限元分析的事情，每介绍一桩，便要再提议共饮一杯。等他好不容易介绍完，冯啸辰觉得自己都快要被放倒了。

王伟龙坐下之后，陈邦鹏站了起来，他同样端着酒杯，对冯啸辰道："小冯老师，我不称你为小冯处长，但我要尊称你一句小冯老师。你刚才给我们讲解有限元分析，讲得实在是太好了。我在书上看了很多遍都没有看懂的东西，听你一说就明白了，你就是我陈邦鹏的授业恩师。老实说，刚才我看你年轻，对你还有些看不起，现在证明我完全错了，这杯酒，你就不用喝了，算我自罚赔罪，好不好？"

"陈工可别这样说，你让我无地自容了。"冯啸辰起身说道，"什么老师不老师的，我也就是偶尔学了一点皮毛而已，刚才在大家面前献丑了。120吨自卸车是咱们国家自力更生搞出来的大型装备，罗冶的各位师傅们功不可没。这样吧，这杯酒算我敬大家的，大家一起干了，如何？"

陈邦鹏拍着冯啸辰的肩膀笑道："哈哈，小冯真是太谦虚了，你那一点皮毛，可超过我们这么多人了。也罢，既然小冯这么客气，大家就一起干吧！"陈邦鹏敬过酒，其他人也陆陆续续地开始敬酒，说的也无非是崇拜或者感谢之类的话。冯啸辰没敢杯杯见底，找了些理由每次只喝一小口，这才没有被放倒在地。

敬酒的仪式过后，大家开始吃菜。冯啸辰买来的那些肉、蛋被用上了一半，再加上一只四斤来重的大母鸡，这一桌子菜显得十分丰盛。众人都是素了好几个礼拜的，好不容易逮着一个开荤的机会，个个都是狼吞虎咽，吃相极其难看。冯啸辰有心不和大家抢食，奈何王伟龙直接给他夹了个鸡腿，陈邦鹏又给他舀了满满一大勺红烧肉，把他面前的海碗堆得尖尖的，他也只能跟着大吃起来。

把桌上的菜扫荡了个七七八八之后，大家重新端起了酒杯，开始三三两两地边喝酒边聊闲天，王伟龙和陈邦鹏坐在冯啸辰两边，谈话的对象自然是选择了冯啸辰。

陈邦鹏问道："小冯，你刚才看过咱们的自卸车了，你说说看，这车怎么样？"

"非常了不起。"冯啸辰应道。

"是吗？你觉得哪些地方了不起呢？"陈邦鹏问道。

冯啸辰道："在非常简陋的技术条件下，主要依靠咱们中国自己的力量，完成了这样具有领先意义的重大装备的研制，打破了此类装备长期依赖进口的局面，无论是考虑经济效益，还是从振兴民族精神的角度，都是一个了不起的成就。"

陈邦鹏闻言大笑道："哈哈哈哈，果然是经委来的，总结得很有高度，说得我们这些人都不好意思了。"

冯啸辰陪着微笑，看着陈邦鹏，一直到陈邦鹏笑停了，他才缓缓地说道：

"但是……"

第一百四十一章

王伟龙原本用筷子夹着一块肉正准备往嘴里送，听到冯啸辰说出“但是”二字，他便把筷子放下了，看着冯啸辰，等着听他的下文。

“恕我直言，咱们这台自卸车的问题还非常多。我刚才看过了咱们的试验记录，上面记录的内容实在是让人乐观不起来：车架的钢材不过关，试验中出现了严重的裂纹现象，只能在现场进行焊接修复；电机座铸造工艺不成熟，不得不在后期进行人工修正；油气悬架的密封件质量不行，两个月时间有三处出现漏油现象；柴油机采用的是外购件，与车辆不匹配……”冯啸辰掰着手指历数着自卸车存在的问题，身边的王伟龙和陈邦鹏一开始还笑眯眯地听着，偶尔还点点头表示赞同，听到后面，两个人的脸色就有些尴尬了。

“小冯，你说的这些情况都是存在的。不过嘛，工业试验哪有不出问题的道理，如果没有这些问题，我们何必还要做工业试验呢，直接生产就好了。”陈邦鹏打断了冯啸辰的话，对他说道。鉴于此前冯啸辰向他露了一手，让他心服口服，陈邦鹏说话的态度还是非常委婉的，没有表现出勃然大怒的样子。

王伟龙也是呵呵笑道：“小冯，你也太苛求了，出现这些问题太正常了，想当初我们搞 45 吨自卸车的时候，问题比这个多得多呢，现在 45 吨车不也已经定型了吗？”

冯啸辰也笑着说道：“是啊，45 吨自卸车定型了，可问题都解决了吗？120 吨自卸车暴露出来的问题，有多少是 45 吨车的时候就已经存在的？等到下一步我们再开发 220 吨自卸车的时候，这些问题能不能解决呢？”

“这……”王伟龙和陈邦鹏傻眼了，这个问题实在是太尖锐了，让他们没法回答啊。120 吨自卸车里暴露出来的问题，还真有一多半都是 45 吨车的时候留下来的，这么多年了，愣是没啥起色。

比如说，研制 45 吨自卸车的时候，就已经出现过电机座铸造工艺的问题了，后来厂里搞了一套土办法，算是把这个问题给解决了，为此厂里还给相应的人员发了奖金。从那时候到现在，45 吨自卸车造了上百台，每一台的电机座都是用这样的土办法解决的，大家也没觉得有什么不妥。到研制 120 吨自卸车的时候，毛病就出来了，45 吨车的土办法没法移植到 120 吨车上来。因为当初的土办法就是拔苗助长的方法，刚刚能够解决 45 吨的问题，等到车辆的载重吨位提高，电机的体积和载荷都进一步提高的时候，这个土办法就无能为力了，只能重新再开发出一套新的土办法。

王伟龙、陈邦鹏他们都是搞技术的，哪里不知道技术需要严谨的态度，这种土办法只能是应付一时，不能一直应付下去。可问题在于，车辆一旦通过工业试验，技术就定型了，从上到下的领导都认为没有什么问题，可以投入批量生产。这时候，领导不会再给你拨经费，也不会给你时间去做进一步的研究，而是会催促你赶紧进入下一个项目。这样一来，原来只打算是先应付一下的技术，这一直用下去了。

王伟龙把 45 吨自卸车拿出来作为证据，其实是自己给自己刨了个坑，反而成了冯啸辰的话柄。45 吨自卸车的问题真的没有解决啊，而且连什么时候能够解决，都是一个无法回答的问题。

“小冯，你这个问题……唉，实在是没办法啊。”王伟龙叹道。

陈邦鹏也明白了冯啸辰的意思，他跟着长叹了一声，说道：“小冯这个问题，真是太尖锐了，说得我们都无地自容了。”

冯啸辰道：“王处长，陈工，我刚才看咱们的试验记录的时候，就在思考这个问题。工业试验的目的是暴露出问题，而我们的解决方案不应当是头疼医头、脚疼医脚，而是要找出问题的根源，从根本上去解决它，这样才能使得我们的产品研发具有可持续的特征。”

“话是这样说，其实我们也都知道应当这样。”王伟龙道，“就比如说电机座铸造的问题，我和老陈都知道现在用的钢种不合理，需要开发出一种新的铸造钢材。可造车的时间紧、任务重，哪有工夫让我们先去开发钢材，然后再来搞铸造？这次的电机座是我们和中原钢铁厂共同搞出来的，我们希望中原钢铁厂能够花一些工夫把钢材问题解决掉。”

“解决了吗？”冯啸辰问道。

王伟龙苦笑道：“他们倒是答应立一个项目来搞，不过嘛……”

他没有说下去，潜台词大家也都能听明白了。

120吨自卸车到目前为止只造了一台，未来打算造多少还是一个未知数，中原钢铁厂当然不会为了这一台车单独去开发一种钢材。再说，自卸车是罗冶的事情，中原钢铁厂只是协作厂，自然也不会有积极性去解决钢材的问题。工业试验中如果电机座不出现问题，那就皆大欢喜，这件事算是过去了。如果出现了问题，大家再想办法，比如这里加个垫片、那里补个焊点之类的，总之是能够对付过去的。至于说以后怎么办，古人不是说了吗，车到山前必有路，人还能让尿憋死？

陈邦鹏抿了一口酒，说道：“这个真没办法，咱们这么多年就是这样过来的，除非是把整个科研生产体制都改过来。”

“怎么改？”冯啸辰问道。

陈邦鹏愣了一下，然后自嘲地笑道：“我也只是随便说说，我哪知道该怎么改。我是觉得，我们应当有一些长远眼光，定一些大目标。比如说自卸车这个事情，看起来是我们罗冶一家的事，但其中涉及的很多技术，对于其他企业也是有用的，这就不能让我们罗冶一家来研制，而是应当由国家统一安排研究，研究好的技术再交给各家企业用于生产。就说刚才老王说的电机座钢材，如果能够开发出来，很多地方都能够用上，这就相当于填补了一项国内空白。可这件事如果让我们罗冶来做，我们真的不擅长。让中钢去做呢，他们又没有积极性。”

王伟龙也说道：“老陈说得对，这种事情，就应当是由国家统一来安排的。小冯，你知道吗，咱们罗局长就一直有这样的观点，认为应当把全国的重大装备研发归口到一个单位来管理，避免各自为战。”

“罗局长有这样的观点？”冯啸辰好奇地问道，他记得此前与罗翔飞就重大装备研制的问题作过一些讨论，罗翔飞还说打算让他去参加机械部、煤炭部组织的一个专项攻关小组，只是后来不知为什么又不了了之了。关于把重大装备研发归口管理的事情，他真没听罗翔飞说起过。

王伟龙道：“这一段时间你一直在南江，没听说这事也是正常。据说，罗局长提出这个想法，还是受你的启发呢。”

“是吗？这大概是以讹传讹吧。”冯啸辰说道。

把重大装备研发归口统一管理，在历史上是真实出现的事情，只不过比现在这个时间要晚上了几年。正是因为注意到重大装备研发中各自为战的局限性，国家成立了“重大装备办公室”，负责协调重大装备的研发工作。冯啸辰在前一世就是这个办公室里的战略处处长。他深知这种统一协调的优越性，在与孟凡泽、罗翔飞接触的过程中，不时旁敲侧击地提出过这样的建议，罗翔飞说自己的想法是受到冯啸辰启发，也并不奇怪。

“如果能够纳入统一管理，那可就太好了。”陈邦鹏说道，“咱们罗冶研发这辆自卸车，自己人怎么辛苦都好说，可一涉及部门协调的事情，就费老鼻子劲了。人家愿意帮忙还好，人家如果不愿意帮忙，咱们是一点办法都没有。就说这工业试验的事情，就拖了两年多，咱们和冷水矿还是同一个系统的，都这么困难，如果是跨系统的协调，简直就难上天了。”

“唉，跨系统协调，谈何容易啊。”王伟龙道，“老陈，我过去在罗冶的时候，也不知道这里面的奥妙。到了京城，参加了一些部门的协调会，才知道什么叫牵一发动全身。各个部委都有自己的想法，经委名义上是个综合协调部门，最终还是要看各家单位的脸色。”

“是啊，这就是体制问题啊！”陈邦鹏发起了漫无边际的牢骚。这两年国家在学术思想上有所放开，许多学者都喜欢大谈体制问题，连带着社会上的人也学会了这个词，遇到解决不了的问题，就往体制上扯。中央其实是乐于见到这种议论的，因为高层一直在酝酿进行更大规模的经济体制改革，民间的舆论也是重要的思想准备。

“这就是领导们操心的事情了，来来来，咱们干一个。”王伟龙举起酒杯，呵呵笑着向大家发出了倡议。

第一百四十二章

关于轮边减速器维修的方案很快确定下来了，先用备用的齿轮替换掉损坏的齿轮，继续进行工业试验。陈邦鹏则连夜坐火车返回罗冶，准备按冯啸辰介绍的方法，构造一个有限元分析模型，在此基础上重新设计一套减速器，再带回来更换。后面这些工作，陈邦鹏已经不需要冯啸辰再指点什么了，以他的学识和经验完全能够办到。

冯啸辰在冷水矿又待了几天，陪着罗冶的团队一起做自卸车工业试验，有时也到石材厂去转转，看看生产情况。石材厂的生产已经全面恢复，按照与供电所达成的协议，石材厂尽量将耗电较多的生产活动安排在后半夜。对此，待业青年们也没什么怨言。大家自从拿到第一个月的工资之后，就扬眉吐气了，冯啸辰更是成了众人心目中的偶像。

带着冷水矿送的好烟好酒等礼物，冯啸辰登上了返程的火车。以他的级别是没有资格报销卧铺票的，但冷水矿哪会再让他坐硬座回京，潘才山大手一挥，厂部办公室便把卧铺票给冯啸辰买来了。

冯啸辰的铺位是在中铺。他的下铺是一位中年妇女，正盘腿坐在铺位上打毛衣，与对面的另外一位妇女聊着家常。冯啸辰不便坐到她们的铺位上，放好行李之后，便爬到自己铺上去了。中铺的位子不算很高，一个成年人盘腿坐着得稍稍蜷着点身子。冯啸辰坐下来，拿出一个硬皮笔记本，开始写自己的一些心得，准备回去之后和罗翔飞、孟凡泽等人谈一谈装备研制协调的事情。

“小兄弟，刚上车的？来一根吧？”对面铺位传来一个声音。冯啸辰抬头一看，只见刚才还在蒙头睡觉的一个壮年汉子已经坐了起来，像他一样盘着腿，手里拿着一盒香烟，向他做出一个让烟的手势。

“不抽了，谢谢老哥。”冯啸辰笑着摆了摆手。他现在习惯于少抽烟，尤其是在火车车厢里，下铺还有两位女士，抽烟似乎是不太礼貌的事情。

壮年汉子却没这样的觉悟，他见冯啸辰拒绝，也不强求，自顾自地掏出一支烟点上，美美地抽了一口，然后肆无忌惮地把一股烟雾喷在空中。事实上，当年也没有二手烟污染这样的说法。女性都习惯了周围的男士们吞云吐雾，实在忍不住了抗议一声，那也得是关系比较密切的情况，否则别人根本就不理会。

“出差呢？”壮汉问道。

“嗯，出差。”冯啸辰答道。

“刚才这站是依川吧？怎么，你是冷水矿的？”壮汉似乎对地理颇为熟悉，铁路沿线这些大单位居然都能说得出来。

冯啸辰见对方一副努力要搭讪的样子，只得把本子收起来，然后笑着应道：“我是到冷水矿来办事的，现在回京城去。”

“哦，你是在京城工作的，哪个单位的？”壮汉又问道。

“我是林北重机驻京采购站的。”冯啸辰说了个半真半假的身份，经委这个身份有些敏感，他不便随时挂在嘴上。说完自己的身份，他又反问道，“老哥，你呢，也是出差吗？”

“是啊，出差。”壮汉说道，“和老弟你一样，也是干采购的，苦差事。”

在大家手里都没有智能手机可供娱乐的年代里，坐火车唯一的消遣就是和邻座聊天打牌。常年出差的人，都练成了一张铁嘴，与后世的出租车司机差不了多少。

那年代骗子还不多，大家对于自己的姓名、年龄、单位等身份信息都不避讳。冯啸辰与那壮汉聊了一会，就把壮汉的身份打听清楚了。此人名叫张和平，是建国那年出生的，父母期待天下太平，于是给他起名叫和平。他现在是京城一家物资贸易公司的采购员，成天天南地北地跑，自称一年起码有一百八十天是在火车上过夜的。

“张哥的公司是做什么业务的，和我们的业务有交叉吗？”冯啸辰问道。

“什么都做。”张和平道，“天上飞的，地上跑的，水里游的，我们都做。”

“我明白了。”冯啸辰装出一副恍然的样子。

“你明白了？”张和平诧异道，“你明白什么了？”

冯啸辰笑道：“张哥肯定是京城动物园的吧？除了动物园，我想不出哪个部门会涉猎这么广了。”

“动物园？哈哈哈哈，老弟，你真是太幽默了！”张和平愣了一下便哈哈大笑起来，也不知道他的笑点为什么会这么低。其实，他自己说的那话本身就有些问题，明显是不想让人知道他的工作性质。冯啸辰不过是顺着他的话胡扯一句，想着对方既然不肯说，他也没必要去追问了。

张和平笑完，解释道：“老弟，我刚才是开玩笑了。其实我们单位就是给别人打打杂的。比如说民航飞机上用的毛毯缺货了，我们就去帮他们采购一批，这不就是天上飞的吗？还有远洋货轮上少个救生圈，也来找我们，这不就是水里游的吗？说穿了，我们就是一个物资供应站，像马三立相声里说的那种千货公司的性质。”

“知道知道，就是那个‘今派你，到东北，火速买猴五十个’，老哥就是那个买猴的。”冯啸辰笑着打趣道。

“没错没错，不瞒老弟说，我还真买过猴。”张和平道。

“这不还是动物园吗？”冯啸辰笑道。

正聊着，只听得“吱”的一声，火车突然减速了，随即便缓缓地停了下来。广播里传来了一个声音：“旅客同志们，现在是临时停车，请您耐心等候。”

张和平趴在窗口向外看了看，没看出什么迹象，便嘟囔道：“娘的，又临时停车了！这鬼天气，一停车还不得热死！”

“是怎么回事？”冯啸辰随口问道。

张和平摇头道：“谁知道，可能是前面的车误点了，车站没腾出来。也可能是老乡的牛过铁道，把路堵了。你不经常坐火车不知道，像我这种成天以火车为家的人，见多了。没事，没准停个几分钟又开了呢。”

张和平的预言这一回却是失败了，火车停了足有快一个小时，依然没有要动弹的意思。此时正是六月天，太阳晒得车厢如蒸笼一般，头顶上的电风扇转得飞快，吹出来的风却也是热的。冯啸辰隔着窗户往外看去，发现前面硬座车厢已经有人耐不住高温从车窗跳下车，跑到路边的树荫下站着去了，看这阵势，火车是打算在这里待上一阵了了。

张和平从中铺下来，站在走廊上，把身子探出了车窗，向前面看去。看了一会，他转回头来，对冯啸辰说道：“不对劲，看起来好像是出啥事了。”

“出啥事了？”冯啸辰也下来了，学着张和平的样子把头探出车窗，果然见到前方远处的路边有人在来回跑动，好像是在处理什么棘手的事情。

“我去看看。”张和平说道。

“下车去看？”冯啸辰奇怪地问道。

“是啊，看看热闹去。”张和平道，看冯啸辰一副不理解的样子，他又笑道，“在这待着也是待着，不如去看看热闹。我们这种常年在外面跑的，就得学会给自己找乐子，要不出差可太烦人了。”

冯啸辰不放心地问道：“你下车去，火车开走了怎么办？”

张和平满不在乎地说道：“放心吧，前面堵着呢，火车怎么开走？再说了，下面这么多人，如果火车要开走，列车员还能不招呼大家上车？到时候再跑回来就是了。”

“是这样啊？那我也去看看。”冯啸辰说道。

他也是少年心性，加上车里也实在热得难受，还不如跟张和平下车去看看热闹。他从铺位上把自己的小挎包拿上，里面有钱和工作证之类的东西是不能弄丢的，随后便跟着张和平一道，顺着窗口跳下了火车。

到了车下，冯啸辰才发现非但有不少乘客已经下了车，连车头的火车司机都已经下来了，正站在路边的荫凉处抽烟闲聊。他与张和平向前走去，走到火车司机身边时，张和平扔了几支烟过去，然后自来熟地问道：“几位师傅，前面怎么啦？”

“出事故了。”司机接过张和平给的烟，随手夹在耳朵上，说道，“一趟拉大件的专列出事故了，把一条道堵了，听说一时半会通不了车。估计铁路局得调运行图了，咱们得返回前面那站，再走边上这条线过去。好家伙，这一趟起码得误点十个小时。”

“这么严重？我们过去看看没事吧？”张和平又问道。

司机摆摆手，无所谓地说道：“去吧去吧，别待太久就行。我们这边正在等调度的命令呢，如果要走，我们会拉汽笛，你们赶紧跑回来就成了。”

“走，过去看看。”张和平向冯啸辰说道。

第一百四十三章

两个人顺着路边向前走了两三里路，果然见到有一列火车正停在前面的路轨上。这列火车由八九列车辆组成，其中有三列是卧铺车，两列是棚车，中间老长一截的是一列形状古怪的车辆。车辆两头有两个巨型的钳子，中间夹着一个大烟囱状的铁疙瘩。冯啸辰认得出，这个铁疙瘩正是发电机组中的电机定子，看这个头，应当是60万千瓦机组的部件。而这列古怪的车辆，就是铁路上专门用于运输大件的车辆，名叫钳夹车。

在那电机定子的两边，十几个穿着蓝布工装的工人正在忙着用枕木固定那个定子，一个个忙得汗流浃背，却没人停下来。在车下，另外一批工人正在从棚车上往下搬枕木和各种工具，送到钳夹车旁边，供车上的工人使用。

路两旁，另外还有二十来人的样子，有的穿着如车上工人一样的工装，有的穿着白衬衫，还有人穿着中山装，另外还有两个穿铁路制服的和两个穿军装的。这些人忙活的事情也各不相同，有人在指挥车上车下的工人干活，有人凑在一起紧张地商量着什么，站在最外侧的是穿铁路制服和穿军装的那几个人，他们正与对面另外几个穿白衬衫和中山装的人进行着激烈的争吵。

“必须马上把定子卸下来!”一个穿铁路制服的男子大声地喊道。

“这绝对不行!”一个穿白衬衫的壮年人用同样大的声音回答道，“这么重的定子，如果卸下来，怎么再装上去？这荒山野岭的，吊车根本就开不进来!”

“这我管不着，你们的定子超重了，我们还没追究你们的责任呢!”铁路制服男说道。

“我们定子只有 325 吨，出厂前是称过的。是你们的钳夹车质量不行，出了这样的事故，我们要追究你们的责任！”一个穿中山装的半大老头回击道。

铁路制服男道：“到底是多重，现在争也没用，你们必须先把道路腾出来，已经有四十多列火车被耽误了，京龙线堵塞一小时，影响多大你们知道吗？！”

白衬衫道：“一个定子价值多少你们知道吗？如果在这里卸下来，这个定子就废了，你能负得起责任吗？”

“铁路是要承担战备任务的，如果因为你们影响了战备列车的通行，你们负得起责任吗？”一名军装汉子也加入了战群。

“别拿战备吓唬我们，我们也承担过战备任务，我们厂同样有驻厂军代表！”

“铁道部的命令马上就会下来，到时候你们卸也得卸，不卸也得卸。”

“我们已经派人去给部长打电话了，我们部长会和你们部长谈！”

“……”

听那边吵得热闹，张和平和冯啸辰没敢直接上前打扰，而是在旁边找了一位正在抽烟的中年人打听。那中年人自称是龙山电机厂的工程师，是跟着押车的技术人员，刚才他已经在车上忙了一通，此时跑下来抽支烟喘口气，听到张和平和冯啸辰打听，他也没隐瞒，便把情况说了一遍。

如冯啸辰判断的那样，车上装的正是一台 60 万千瓦发电机组的定子，是由龙山电机厂生产出来，准备运往和州电厂的。铁路部门派出了这辆专用的钳夹车运送这个 325 吨重的大家伙，龙山电机厂与机械部、电力部等单位组织了一个联合押车小组，跟车押送，保障运输的安全。

专列从龙山市发出，一路都很顺利，途经这个名叫大营的地段时，一位押车员突然发现，钳夹车上的定子一头已经看不见了，而另一头却从那侧的钳子口凸了出来。押车员紧急叫停列车，众人来到钳夹车前检查，不禁吓出了一身冷汗。

原来，钳夹车一端的液压杆支臂不知什么时候松动了，足足十厘米厚的钢板居然撕开了一道大口子，定子在惯性作用下向前顶撞，后端则快要从另一只钳夹上脱落出来。如果不是发现及时，定子撞开钳夹，从车辆上滚落下来，那可就是天大的事故。三百多吨的一个铁疙瘩，滚动起来可谓是摧枯拉朽，几层高的楼房都能轻松地碾平。

带队负责人马上安排随车的搬运工从棚车上卸下枕木、撬棍等物品，把定子固定起来，防止它在钳夹车上滑动，同时派人跑步前往附近的居民点，找长途电话向机械部、电力部和龙山电机厂报告，请他们指示救援方案。

专列这一停下，一条铁路线就被堵了个严实，后面的火车全都停下了，冯啸辰他们坐的车就是其中一列。铁路分局和铁路军代表处的人员都赶过来了，铁路局的专员也在往大营这个地方赶。

铁路分局来的是一位名叫田兴的副局长，也就是刚才冯啸辰他们看到的那位铁路制服男，他一来就要求押运小组马上把定子卸到路边去，让钳夹车开走，腾出道路，恢复通行。

穿白衬衫的那位是电力部的一个处长，名叫商敬伦，他坚决不同意卸下定子。他的理由也是非常充分的，三百多吨的定子，一旦从车上卸下来，没有大型吊车是不可能再装回车上去的。而大营这个地方是山区，大型吊车根本开不进来，这就意味着这个定子只能扔在这个地方当个铁疙瘩用了。

中山装老头是机械部的一名副司长，名叫李国兴，是个搞技术出身的干部。他不如商敬伦那样会吵架，但气势却比商敬伦要高出几分，他严肃地警告田兴等人，谁敢把定子从车上卸下去，就要负全部责任，届时机械部会与他们闹个不死不休。

此刻京城里的电力部和机械部还不知道出了这么大的娄子，而铁道部刚刚接到通知，正忙着调整运行图，利用复线铁路的另一条线先疏散一部分列车，同时严令当地铁路局马上去解决此事。

“王工，你们现在打算怎么办?”张和平对那中年人问道，刚才他已经问过中年人的名字，知道他叫王波。

王波回头看看正在忙碌的工人们，叹了口气道："还能怎么办，先拖着吧，等联系上机械部，让机械部和铁道部说好，然后我们这边再定救援方案。关键还是得把钳夹车的支臂修好，把定子固定住，拉到一个大站去再说。"

"修复这个什么支臂，估计得多长时间？"张和平又问道，看来这位采购员还真是个爱看热闹的家伙，碰上点事便要刨根问底。

王波摇摇头，道："不好说，一天或者三五天都有可能。"

冯啸辰笑道："千万别是三五天，我可不想在这呆三五天时间。"

王波白了他一眼，似乎是觉得他在这个时候还能笑出来是件没心没肺的事情，不过，鉴于大家不熟，王波也不便骂他，只是说道："我们也不想，电厂的工期紧得很，这里耽误了，以后就得赶进度，也是麻烦。可修复一个支臂哪是那么容易的事情，你没看到我们好几个工程师都在那里商量方案吗？"

"我能去看看吗？"冯啸辰问道。

"你去看什么？"王波没好气地说道，"这可不是看热闹的地方。"

冯啸辰再次掏出那本林北重机的工作证，递到王波面前，说道："王工，你看下，这是我的工作证。我是林北重机的生产处副处长，我也懂一些机械技术，或许能够帮你们一块出点主意啥的。"

"生产处副处长？"王波接过工作证，狐疑地看了看，又看了冯啸辰一眼，然后点点头道，"好吧，那你们跟我过去吧。"

在往钳夹车方向走的时候，张和平扭头看了冯啸辰一眼，低声说道："小冯，看不出，你这么年轻，居然还是个副处长，你刚才不还说你是个采购员吗？"

"我说了吗？"冯啸辰装傻道，"我只是说我在采购站工作，没说是采购员啊。"

"嗯，倒也是。"张和平点点头，其实认为冯啸辰是采购员，这是张和平自己脑补出来的印象，他觉得冯啸辰这么年轻，肯定不会是管理干部，却没想到对方居然还是个副处长。他向前面的钳夹车努了努嘴，问道，

“怎么，小冯处长，你有办法修好它?”

冯啸辰摇摇头道：“这哪知道，不过机械的东西大致都是相通的，我过去看看，没准能够给他们支点招呢。”

说话间，他们已经来到了车下那几个人的身边。王波给他们介绍了一下，那几个人分别是龙山电机厂的副总工全建才、生产处处长欧桂生、机械部机械研究院工程师王志华，接着，王波又把冯啸辰和张和平介绍给了他们几个。

“副处长?”欧桂生诧异地看了看冯啸辰，道，“林北重机我去过，生产处，你们那个处长姓贺，叫贺什么来着……”

“您是说祝其华处长吧?”冯啸辰道，“他姓祝，祝贺的祝，不是祝贺的贺。”

“哦，对对对，我总记得是祝贺两个字，给记串了。”欧桂生拍着脑袋，尴尬地说道。他倒不是故意说错，实在是把祝贺二字给记颠倒了。因为自己闹了个乌龙，他也就不好意思再盘问冯啸辰了，而是直入主题，问道，“怎么，冯处长，你对于我们的抢修方案有什么好的建议吗?”

第一百四十四章

“我能看看钢板撕裂的地方吗?”冯啸辰问道。

“冯处长请看吧。”全建才说道。

几个人一起来到钳夹车旁，察看液压杆支臂钢板撕裂的地方。冯啸辰仔细地观察着断口的色泽、金属扭曲和拉伸情况，又伸手摸了摸各处，然后对全建才等人说道：“这是高强度可焊结构钢，屈服强度应当是在500兆帕以上，如果咱们的定子重量是325吨，按照现有的夹装方式以及列车运行速度，理论上钢板是不会出现过载撕裂的。”

“这也是我们拿不准的地方。”全建才道。他刚才对冯啸辰还有些不信任，觉得这个副处长即便懂一点技术，恐怕也就能达到皮毛，没什么参考价值。待听到冯啸辰说出这样一番话，他不禁对冯啸辰高看了几眼，说话的态度也变得更为平等了。

“我们判断，这部分支臂钢板可能事先就有缺陷，可能是锻造之后的热处理出了问题，有很大的残余应力。定子在运输过程中反复挤压这个部件，导致金属疲劳，从而出现了撕裂现象。”王志华说道。

冯啸辰问道：“另一侧的情况怎么样?”

“我们看过了，钢板没有出现变形，表面也没有微开裂，应当是没有问题的。”全建才道。

冯啸辰道：“既然如此，我觉得撕裂部分完全可以进行焊接修复，再在旁边加焊几条加强筋，分散应力，至少可以保证定子运输到最近的大站之前不发生再次的撕裂和松动。现在咱们不该这样坐等，而是要马上开始进行修复。”

全建才看看硕大无比的定子，说道：“我们可能还需要做一个受力分析，看看在车速保持40公里的情况下，液压杆支臂会受到多大的冲击力，焊接修复是否能够保证强度要求。如果钳夹车的设计上存在问题，受力分布不合理，就算焊好了，很快也会重新开裂的。”

“我赞成这个意见。”冯啸辰道。

“那么，冯处长，你能够做这种受力分析吗？”全建才又问道。

冯啸辰道：“我能够做一部分，但不能确保正确性，如果有个人帮我把下关会更好。”

“这没问题，我可以给你把关。”全建才道，他用手指了一下王志华和欧桂生，道，“王工和欧处长都不是搞力学的，刚才我说做个受力分析，他们说他们爱莫能助。现在好了，如果冯处长能够做一部分，那我就有信心了。”

“现在的问题是，铁路部门能够给我们多少时间。”欧桂生提醒道，“现在李司长和商处长他们正在和铁路部门的人争执呢。”

“咱们过去问问吧。”冯啸辰提议道。

“也罢，过去问问。”欧桂生道。

全建才和王志华两个人没有过去，而是留在钳夹车旁边，拿出卷尺开始做测量，为后续的受力分析做准备。冯啸辰跟着欧桂生来到那一干正在吵架的人身边，欧桂生对机械部那位叫李国兴的副司长喊道：“李司长，有一位林北重机的同志说想问问有关修复方案方面的问题。”

众人正吵得难解难分，见欧桂生上前打岔，便都停了下来，借机休息一下自己的嗓子，同时也是再整理一下自己的思路，以便再战。李国兴扭头看了一眼，见欧桂生带来的人年轻异常，心里便起了不悦之意，没好气地问道：“你说的林北重机的同志就是他吗？他是干什么的？”

“是李司长吧？我自我介绍一下，我是国家经委冶金局的干部，同时也是林北重机的生产处副处长，我叫冯啸辰。”冯啸辰说道，他也知道自己的年龄是硬伤，因此而遭到的歧视可不止一次两次了。

“副处长？怎么会有这么年轻的副处长？”李国兴嘟囔道。

“林北重机？你说你叫什么？”电力部那位叫商敬伦的处长看着冯啸

辰，问道。

“我叫冯啸辰。”冯啸辰道。

“冯啸辰？你是不是那个去过平河电厂的冯啸辰？”商敬伦问道。

冯啸辰愣了一下，随即点点头道：“没错，我刚从平河电厂回来。”

“原来是你啊！”商敬伦脸上露出惊喜交加的神色，“我听平河电厂的老葛说了，说就是你说服了九林公司的那两名检测人员，逼着他们承认电机的司太立合金片剥落是质量问题，为他们省下了一大笔维修费用。你怎么会在这里呢？”

“什么，平河电厂那件事是你办成的？”欧桂生也吃惊地问道。

平河电厂是电力部下属的企业，九林电机防蚀片剥落的事情，因为牵涉较大，所以电力部方面也都知道。平河电厂此前还向电力部打了报告，提出如果日方坚持说责任在中方，是否可以先接受这个结果，支付一笔费用先保证电机迅速修复。冯啸辰帮着他们挫败了武藤秀夫一行之后，平河电厂专门向电力部又作了一次汇报，其中还特别提到了来自于林北重机的冯啸辰在此事中发挥的重要作用。

商敬伦就是分管电机生产的处长，对于这方面的信息自然更为关注。冯啸辰与日本人打交道的时候，商敬伦正在龙山电机厂组织 60 万千瓦定子的装车，听到这个消息之后，觉得十分高兴，也向欧桂生等人作过介绍。他们万万没有想到的是，居然在这个地方碰上了冯啸辰这个功臣。

“小冯处长，你刚才说什么，你想问关于修复方案的问题？”商敬伦把话头引回了正题，田兴等人还站在他们对面等着继续争执呢，现在也不是他与冯啸辰讨论八卦的时候。不过，因为知道冯啸辰在平河电厂的作为，商敬伦对冯啸辰的态度明显客气了许多，连李国兴也不便再发难了。

冯啸辰道：“是的，商处长，李司长，我想打听一下，现在咱们的处理方案是什么。”

“当然是马上把定子卸车，把钳夹车开走，恢复京龙线的全线通车。”田兴抢着说道。

“这是不可能的，谁敢动车上的定子，他就是民族罪人！”李国兴也不示弱，大声地喊道。

“二位，二位，你们先别急。”冯啸辰赶紧抬手制止住双方，然后赔着笑脸对田兴问道，“您是田局长吧？现在京龙线受阻已经是事实，我冒昧地问一句，你们能够容忍的最长阻塞时间是多少？”

“能够容忍？我们一分钟都不能容忍！”田兴怒气冲冲地说道。

冯啸辰微微一笑，道：“田局长，这种没用的话就别说了，你们刚才吵架的时间都不止半小时了，我敢保证，如果你们双方达不成共识，起码还要再吵一个小时，所以说一分钟都不能容忍是没有意义的。”

“呃……”田兴一下子被噎住了，他说一分钟都不容忍，当然只是表明一种态度。事实上，面对着机械部、电力部这些人的强硬态度，他岂止是一分钟，就是一个小时，甚至十个小时，也只能忍下去。且不说他们这边总共只来了四个人，加上开火车的几个司机、司炉等，也不是龙山电机厂这么多人的对手。就算龙山电机厂的人全部让开，田兴也没有胆量去把那个定子从钳夹车上推下去。正如李国兴警告过的，谁敢把定子卸车，这个责任可是很难背得起来的。

“冯处长，你的意思是什么？”一名穿军装的军代表发话了，他听出了冯啸辰的话里有一些深意，觉得不妨让这个年轻人说完再作计较。

冯啸辰道：“刚才全总工、欧处长、王工和我已经商量过了，我们觉得可以通过焊接的方法对开裂的支臂进行修复，确保定子在运输到下一个大站之前不会发生位移或者倾覆。但我们需要有一些时间，所以我想问问各位领导，你们最多能够给我们多少时间来完成这项修复任务？”

“你们能做现场修复？”田兴不敢相信地问道，“你们有几成把握？”

冯啸辰坦率地说道：“我们只有五成把握，不过完全可以一试。”

“利用现有的人手吗？”李国兴问道。

冯啸辰摇摇头道：“我刚才问过全总工了，他说这次押送定子到和州电厂去，没有考虑到焊接安装的事情，所以押车的只有搬运工，没有焊工。我刚才已经让人到后面那趟列车上去询问是不是有优秀焊工，如果能够找到三个优秀焊工，再如果能够在周围找到电焊设备，我们有五成的把握能够把支臂修好。”

“五成的把握，倒是值得一试。”李国兴说道，“我们原来的想法是让龙山电机厂马上派人带设备过来，但他们坐火车再转汽车，赶到这里起码也需要两天时间。”

“这是我们绝对不能接受的！”田兴断然说道，接着，他又转向冯啸辰，问道，“冯处长，照你们的修复方案，需要多少时间？”

冯啸辰道：“这取决于能不能找到电焊工和电焊设备，如果能够找到，我们最多只需要十二小时就可以完成修复。对了，现场的用电供应，也要保证。”

“十二小时？”田兴和那军代表对视了一眼，然后咬了咬牙，说道，“如果只是十二小时，我暂时可以答应你们，你们马上就开始进行修复。不过，我丑话说在前面，如果十二小时过去你们还不能解决问题，我只能要求你们把定子卸车。还有，如果铁道部下达了命令，要求清理线路，我们也得照办。”

第一百四十五章

答应给冯啸辰十二个小时的修复时间，也是田兴的无奈之举。他也看出来了，如果真的强迫龙山电机厂方面把定子卸下来，那么无论如何也是不可能再重新装回车上去的。他不知道一个定子值多少钱，但这么一个三百多吨的东西，绝对是价值不菲的。押车的人又有机械部的副司长，又有电力部的处长，来头都不小，这也是他这个铁路分局的副局长扛不住的。与其僵持不下，还不如给对方一点时间，让他们试试能不能修复液压杆支臂，皆大欢喜地解决这个问题。

至于说铁路线能不能堵塞十二个小时，田兴只能继续向铁道部请示，铁道部那边也得分析、斟酌，一来一去恐怕十二个小时也过去了。

对于冯啸辰提出的这个方案，李国兴和商敬伦也毫无意见。他们刚才与田兴争吵，也是因为心里没底，不知道修复起来需要多长时间，只能先硬着头皮死撑。现在冯啸辰给出了一个时间限额，说十二小时能够修复完成，不管这个保证是不是可靠，至少让他们看到了一线希望。

在李国兴和商敬伦的心里，还有一个不足为外人道的心理，那就是先拖过十二小时再说。十二小时的时间，已经足够他们把消息汇报给各自的部里了。机械部和电力部都不会可能允许定子被卸到半路上，肯定会与铁道部协商解决，届时就算钳夹车还没有修复，田兴也不会再找他们的麻烦了。

双方不再争吵，而是迅速转入了合作状态。田兴答应马上去帮龙山电机厂借电焊机，顺便找找附近的工厂里有没有高级焊工。要焊这样的部件，可不是那种二把刀的初级焊工能够干得了的，需要有水平比较高的焊工。这一带周边都不是什么重要工业区，田兴还真没把握马上找到几个高水平焊工。

田兴等人是坐着吉普车来的，但到了山外就只能换成拖拉机才来到了事故现场。现在他们仍然是坐着来时坐的拖拉机离开，那带着一串“突突突”的引擎声扬长而去的场景颇有一些喜感。

“冯处长，今天的事可多亏你了！”

“难怪冯处长这么年轻就能够当上处长，果然有大智大勇，让我们这些老家伙都望尘莫及啊。”

看着田兴他们离开，商敬伦和李国兴都松了口气，不约而同地转过身，向冯啸辰发出感慨和赞叹。

商敬伦是个搞管理的干部，对技术不太了解，出了这么大的事情，他也不知道该如何处理才好，所以只能和田兴硬扛，拖延时间，等待上级的指示。

李国兴倒是懂技术，他在第一时间就认为应当组织抢修，把支臂钢板重新焊接起来。但他过去做过的项目都是在各种条件都完全具备的大型企业中完成的，时间也比较充裕，遇到这种应急抢险的场合，他就不知所措了。冯啸辰敢作出十二小时抢修完毕的承诺，在李国兴看来，却是没有三五天完不成这项任务。

想想看，要从龙山电机厂调焊机过来，再组织焊工，还要讨论焊接方案，经领导拍板认可，大家还要吃喝拉撒睡，这得多少时间？铁路线的确是一刻都不能堵塞的，李国兴怎么敢提出占用几天时间来完成抢修工作？

一个是有点魄力但心里没底，一个是心里有点底却缺乏魄力，至于全建才、欧桂生等人，就更是因为现场有部委领导而不敢擅专，于是这件事就弄得含含糊糊，啥都定不下来了。

冯啸辰一到场，也不在乎自己人微言轻，直接就拉着全建才等人讨论抢修方案，有了点眉目之后，马上向田兴他们进行协商，提出十二小时的修复时限。这样一来，僵持的局面顿时改观，大家由互相扯皮变成了联合抢修，可谓是化腐朽为神奇。

商敬伦、李国兴都是明白人，他们知道冯啸辰的做法是对的。不管怎么样，先开始干活再说，十二小时完不成，可以再拖延几小时。拖延了几小时还干不完，可以再拖延，总之，只要做起来，就有希望。而这样吵吵嚷嚷没个主意，浪费了时间，铁路部门可就没那么好说话了。

“冯处长，现在咱们该怎么做，你有什么考虑?”商敬伦问道。

冯啸辰道：“现在时间很紧，咱们必须兵分几路。首先，需要派人到附近去找电焊机和焊条，接通电缆，保证现场用电。这件事虽然田局长他们已经去办了，咱们也必须有一个备份，宁滥勿缺。”

“我马上安排!”欧桂生在旁边应道。

“其次，我们必须要讨论一个抢修方案。我一会就过去和全总工一起对钳夹车和定子做受力分析，听说欧处长和机械部的王工都不是做这方面工作的，我们最好还能找到其他懂行的人一起参加，人多力量大，同时也避免我和全总工两个人思维上有局限，出现什么致命的漏洞。”

“这个我也可以参加。”李国兴自告奋勇道，看冯啸辰有些疑惑的样子，他又赶紧解释道，“我原来就是机械研究院的，是搞力学出身的，后来才调到部里当副司长。其实我刚才也已经看过钳夹车的情况了，我的判断和小冯处长一样，认为通过焊接是可以修复的，只是一时也拿不准……唉，说到底，还是顾虑太多了。”说到此处，他自责地摇了摇头。

商敬伦赶紧说道：“哪里哪里，李司长做事谨慎，这种作风是我们年轻人应该学习的。”

冯啸辰也说道：“是啊，李司长考虑得很周全，我们的确是需要万分谨慎。所以我觉得要多找几个专家来会商一下，避免出错。毕竟是几百吨的东西，出一点差错都不得了。”

李国兴知道二人是在给他开解，不过心里也轻松了一些，他皱着眉头说道：“要找专家，就得从京城派过来，光是坐飞机再转汽车，最后还得找辆拖拉机开进这山里来，恐怕十二小时就不够用了。”

“李司长不用担心，我给你们找到专家了。”一个声音在众人背后响起来，冯啸辰回头一看，说话的正是张和平，在他的身后，还带着十几个人，男女老少都有，大家还拎着各自的行李，连冯啸辰自己的行李也在张和平的手里提着呢。

“老张，这都是你找来的人？”冯啸辰又惊又喜地问道。

刚才冯啸辰过来与田兴他们协商抢修事宜的时候，张和平也没闲着。他照着冯啸辰的吩咐，跑步回到他们坐的那趟列车上，让广播员向全列车广播找人，征集力学专家、金属材料专家和高级铆工、焊工。他把前面的事故描述成国家财产正在面临重大威胁，需要大家发扬风格，积极参与设备抢修工作。当年的人觉悟可真是没说的，广播刚播了两遍，各车厢都有人起身向广播室走，纷纷报出自己的身份，申请参加抢修。张和平对来人做了一些简单的甄别，把那些徒有热情而没有什么技术的人好言劝退，最后留下来的还有十几个，于是便带着他们赶过来了。

旅客列车是不可能在路上一直耽搁的，铁道部门很快就会下达新的运行计划，让冯啸辰他们乘坐的火车退回前面的车站，再转到对面的轨道上通过堵点。这些参与抢修的乘客，肯定无法再坐回这趟列车了，所以张和平让他们都带上自己的行李，并信誓旦旦地承诺在抢修完成之后会给他们改签车票，就近乘坐后面的列车前往各自目的地。

这一点张和平是有充分把握的，铁路分局的副局长就在现场，改签几张车票，再让通过的列车在这里临时停车搭几个人算得了什么事情呢？他甚至相信，如果抢修工作能够顺利完成，铁路部门论功行赏，给大家改签个免费的卧铺也不在话下。至于冯啸辰的行李，则是冯啸辰专门交代张和平替他拿过来的。不管别人怎么样，冯啸辰肯定是要在这里待着了。

“这位是西北大学力学系的包教授，这位是江城钢铁厂的曹副总工，这位是铁道兵的范工……”张和平如数家珍地向众人介绍着他带来的一干专家。

商敬伦和李国兴赶紧上前与专家们一一握手表示感谢，专家们则一边说着客气话，一边还用狐疑的目光看着张和平，心里都在想着，自己这些人刚才也就是向这位张采购说了一遍名字、职务啥的，亏他居然能够记得一字不漏，这家伙不去当特务真是屈才了。

第一百四十六章

冯啸辰对张和平也是充满了好奇。这位采购员也真是太热心了，或者说是太喜欢凑热闹了。先前下车跑大老远来看事故现场，还能够解释成八卦之心，再往后忙前忙后地操持着找专家和技术工人，可就是热情过分了。当然，如果对比冯啸辰自己的作为，好像张和平的表现也不算太扎眼，就不兴采购员里出一两个雷锋？

包教授、曹副总工等人也都是在各自圈子里有点小名气的，与李国兴、商敬伦他们聊了几句，就发现了互相都认识的一些人，然后三言两语就算是熟识了。大家没敢耽搁，赶紧来到钳夹车前，与全建才、王志华他们会合，开始分析支臂的受力情况，在此基础上商定抢修方案。

有这些更专业的人出手，冯啸辰反而闲下来了。不过，大家已经隐隐把他当成了主心骨，凡事都要拉着他一块商量，再没有人会把他当成一个可有可无的小年轻了。

“刚才我们已经粗略地计算了一下，用焊接的方法来修复支臂是完全可行的。如果不出意外的话，修复后的钳夹车甚至可以把定子一直运送到和州电厂去，等把定子卸车了再进行彻底的大修，更换掉这副损坏的支臂。”李国兴来到冯啸辰身边，喜滋滋地向他报告着成果。那位西北大学力学系的包教授是一位力学权威，他在现场直接做了一个应力模型，拉着众人推算了半天，得出的结论是钳夹车完全能够承受得起定子的冲击。江城钢铁厂的曹副总工则从金属材料学的角度，分析了支臂钢板断裂的原因，认为这只是一次偶然的事故，大致是与钢板锻造时的缺陷有关，至于具体是什么缺陷，就只能等待使用探伤设备来检测了。

众人还在现场确定了抢修的方案，即在支臂的断裂处进行焊接，再在其他几处补焊上一些加强筋。不过，考虑到支臂承受的压力超乎寻常，焊接工艺方面的问题也要有所考虑。

这会工夫，离开现场去找设备的田兴等人也回来了，带着几辆从周围公社借来的拖拉机，拖斗里装着几台电焊机，还有氧气瓶、乙炔发生器等气焊设备。他还带来了几名电工，拖着长长的电缆线，不知道是从哪个单位拉来的。那两名铁路军代表则在旁边找到了一个部队，拉来了一根应急电话线，这样一来，现场的人就可以直接打电话与各自的领导进行联系了。

机械部、电力部终于得到了消息，他们紧急前往铁道部，商讨应急事宜。经过讨论，铁道部同意给予四十八小时的抢修时间，如果在指定时间内无法修复钳夹车，那么就只能把定子卸掉，以便把钳夹车开走，恢复京龙线的运行秩序。

三部委还同意马上组成一个联合调查组，赶赴现场调查事故原因，确定责任方。铁道部方面怀疑龙山电机厂隐瞒了定子的真实重量，导致钳夹车液压杆支臂受力超过负荷，造成支臂损坏。而机械部与电力部方面则坚称定子的重量是没有问题的，问题出在铁路部门的运输车辆存在质量隐患。

当然，所有这些扯皮的事情就只能以后再说了，抢修才是重中之重。

李国兴通过军队的应急电话线，把大家商量出来的抢修方案向机械部作了汇报。机械部那边又组织专家进行了商讨，最后同意先按现场确定的方案进行修复，同时派出专家组携带探伤设备等前去支援。不过，专家组最快也得到第二天才能赶到现场，这边只能是先开始工作了。

“李师傅，你看咱们该怎么干。”冯啸辰陪着一名前来帮忙的老工人爬到了钳夹车上，开始商讨焊接方案。这位老工人名叫李青山，是松江省通原锅炉厂的八级铆工。专家们有研究力学的，有研究金属材料的，当然更多是研究机械的，他们能够计算出受力情况，并认为通过焊接的方式可以修复受损部件。但具体到该如何进行操作，还得听听这些铆工和电焊工的意见。

铆工也叫冷作工，或者叫钣金工，是专门从事金属结构生产的工种。虽然叫作铆工，但他们的技术并不仅限于铆接作业，还包括焊接、螺栓连接等方式，兼具了电焊工、钳工等多方面的技能。其实，电焊也可以叫作热铆，所以有“铆焊不分家”的说法。

铆工不是一个简单的操作工，而是金属结构生产中的指挥者。他们要负责按照图纸进行放样、下料，然后再组织其他工种进行安装作业。在工厂里有句老话，叫作“铆工要老，焊工要小”，意思是说铆工需要有丰富的经验，年龄越大，越有价值；而焊工需要体力好、眼力好、细心，所以越年轻越能干。当然，后一句话并不是说焊工就不需要技术积累，只是说在同等技术水平下，年轻焊工比年龄大的焊工更有优势而已。

这一回，李青山是带着三名徒弟前往京城去参加几部委组织的电焊工大比武的，正好坐上了这趟列车。听说前面发生了事故，需要招募优秀焊工去参加抢修，李青山便带着徒弟们跟张和平一块过来了。

“哎呀，怎么会裂得这么厉害。”李青山蹲在裂口前，看着断裂开的钢板，啧啧连声。

“是啊，这么厚的钢板都被撕裂了，这东西得有多重啊！”另外一名跟着爬到钳夹车上来的电焊工也咂舌道。他叫王建国，自称是山北省一家机械厂的工人，今年二十六岁，却已经是五级焊工，在山北省机械系统里小有名气。说来也巧，他此次也是去京城参加电焊工比武的，听到列车广播里的通知，便跑来帮忙了。

“听说是300多吨重呢，随便颠一下的力气都不小。”李青山道。

“不过也没关系，重新焊上就是了。上次我们省里体育馆的大梁开裂了，就是我去给焊的，现在一点事都没有。我就因为这个得了个省里的青年突击手。”王建国略带着几分炫耀地说道。

冯啸辰看了王建国一眼，问道：“王师傅，以你的看法，咱们该怎么焊？”

王建国用手比划着，说道：“从这到这，开两个坡口，用506号焊条焊上。然后竖着在两边各开四条纵贯槽，嵌进钢筋，再做封焊。上次我焊我们省体育馆的大梁，就是这么干的，把省工学院的好几个教授都给镇了。”

短短一会工夫，他已经把焊体育馆大梁这件事给说了两遍，估计这是他这辈子干过的最辉煌的事情了。冯啸辰听着他炫耀，心里有点不痛快，却又说不出是什么理由。细想一下，焊接体育馆大梁这种事情，能够落到他这个才二十六岁的青工头上，也说明了他是真有几把刷子的，就算拿出来吹牛，别人也不能说啥。

“李师傅，你的看法呢？”冯啸辰又转向李青山，问道。

李青山微微皱着眉，说道：“小王说的这种方法，我们叫作埋筋铆接，倒的确是个不错的办法。不过我总觉得这个裂口的地方有点不对。”

“怎么不对了？”没等冯啸辰开口，王建国先抢着发问了。他刚刚说了个好主意，李青山却来了个“不过”，这让王建国颇有些不悦。

李青山没有太在意王建国的态度，而是用手指着裂口对冯啸辰与王建国说道：“冯处长，王师傅，你们来看，这个裂口是左右裂开的，但裂开的地方并不是一条整齐的缝，而是互相岔开的。我琢磨着，火车开动的时候，一动一停，这个力气是向后和向前的，而不是向左和向右的。如果照王师傅说的，在裂口两边埋上加强筋，防的是左右的力气，而不是前后的力气，我担心这样补焊上去之后，起不到太大的作用。”

李青山先前称王建国为小王，被他呛了一句之后，便改口称他王师傅了，这其中的味道冯啸辰是能够感觉得到的，至于王建国有没有感觉，就不好说了。不过，李青山提出的这个问题，倒是让冯啸辰觉得有些道理。

在定子运输过程中，液压杆支臂受到的力量是顺着列车方向的，虽然钢板撕裂的口呈左右方向，也就是垂直于受力的方向，但并不意味着是一个垂直的力撕开了钢板。王建国提出的方案是用八根钢筋把裂口两端的钢板连接起来，明显是选错了强化的方向。

“李师傅，我觉得你是过分担心了。”王建国道，“我焊我们省体育馆大梁的时候，也有个专家说受力方向不对，可别的专家就没这个意见。事后证明，这样焊是没问题的。八根钢筋埋进去，能拉住多大的力，你肯定想不出来?”

“这本来也不是想出来的，而是算出来的。”冯啸辰冷冷地回了王建国一句。

李青山看了冯啸辰一眼，似乎是与冯啸辰心有戚戚。不过，他倒没有跟王建国计较，而是转头向着车下喊了一声，“晓迪，你上来看看，这个地方我有些看不准。”

第一百四十七章

听着王建国蹲在车上对自己的师傅夸夸其谈，通原锅炉厂十八岁的女焊工杜晓迪在车下早就气得俏脸生晕了。她是李青山带着去京城参加电焊工比武的三个徒弟之一，另外两位都是男工，岁数也更大一些，算是杜晓迪的师兄。

刚才大家从客车那边一路走过来的时候，这个王建国就凑在他们几个人身边高谈阔论，显摆自己多么有能耐，还“晓迪”长“晓迪”短地跟她搭讪，一会说请她去山北省骑马，一会说有机会可以教她几手电焊的绝招，三句话里头倒有两句说的就是体育馆大梁那点屁事。

冯啸辰没有听到前面的话，不知道那个体育馆大梁是怎么回事。杜晓迪、李青山他们却早就知道了，那其实就是一根普通的钢梁，承重也就是几十吨的样子。至于说全省只挑中了王建国去焊这根钢梁，一方面是王建国的确有点技术，并非浪得虚名，另一方面则是因为山北省本身只是个农牧业为主的省，全省的省、地、县几级下属工业企业的数量还不如通原市一个市的企业多。王建国在山北省能够牛烘烘地觉得老子天下第一，实在就是因为山中无老虎的缘故。

王建国在杜晓迪一行面前卖弄才华的原因，杜晓迪以及她的师兄高黎谦、刘雄心里都如明镜一般，那就是因为杜晓迪长得漂亮可人，这个王建国肯定是动了不轨之心。就在刚才，高黎谦和刘雄二人站在车下，斜眼看着王建国，低声议论着要把这小子切成几块才比较解恨，他们甚至都已经商量好了是用剪板机还是直接做气割，唯一不确定的就是他脸皮这么厚，用寻常的设备到底能不能切开。

听到师傅召唤，杜晓迪连忙上前，轻盈地纵身一跃，便跳上了钳夹车。

王建国见美人上来，心里乐开了花，连忙让出一个位置，想让杜晓迪蹲到他身边。杜晓迪哪会愿意和他凑在一起，直接就挤到李青山和冯啸辰中间去了，却没想到这样一来正好与王建国变成了面对面。对方那两束贼溜溜的目光简直就黏在她脸上了，让她觉得像是被滴了一泡鸟粪一般的恶心。

“晓迪，你看看，这个裂口的样子像不像跃马河大桥的那次？”李青山没有注意到王建国的表现，他用手指着裂口，对杜晓迪说道。

杜晓迪忙里偷闲地瞪了对面的王建国一眼，然后从身上背的一个工具包里取出一个放大镜，凑上前去仔细看了看裂口的部件，点点头说道：“我觉得挺像的，您看，这里就是蔡教授说的那种片状结构。”

“什么意思？”冯啸辰问道。

杜晓迪扭头看了冯啸辰一眼，又回头看看李青山，不知道该不该向冯啸辰解释。李青山说道：“冯处长是技术专家，你把上次的情况跟他讲讲，让他帮忙确定一下。我不太记得蔡教授说的那些，你记性好，就说一说吧。”

“嗯，好的。”杜晓迪对自己的师傅显然颇为尊重，她转回头来，用手指着那个裂口，对冯啸辰说道，“冯处长，你看一下这个裂口上金属的断裂情况，能不能看出有纵向的条理状裂纹？这种开裂，叫作层状撕裂，也就是这块钢板其实是一层一层叠起来的，后面这个定子向前一冲，就把钢板给撕成了好几层，因为每一层都没有原来那么厚，吃不住力，所以就会断开，变成现在这个样子。”

“晓迪，你这就是乱说了吧？这明明就是一块整钢好不好，哪有一层一层的？”王建国说道。众人都没有搭理他，冯啸辰接过杜晓迪手里的放大镜，仔细辨认了一番，点点头道：“倒是有点这个感觉，我觉得还是请曹总工上来看看，他是金属材料专家，肯定更懂这个。”

冯啸辰说的曹工是指江城钢铁厂的副总工曹广山，刚才他已经在车上对裂口进行了目测鉴定，判断可能是存在着锻造时候的缺陷。听到冯啸辰喊他，他顺着车边的铁梯子上了车，来到开裂的支臂跟前。

这么小的一块地方，要想蹲下更多的人就很困难了。冯啸辰向王建国递过去一个示意的眼神，王建国愣了一下，终于还是不情不愿地站起了身，把位置让给了曹广山。刚才冯啸辰向大家都作过自我介绍，王建国知道他是个大企业里的副处长，心里多少有些怯意。他可以不把李青山这样的八级工前辈放在眼里，却不敢招惹冯啸辰这种权贵，这也算是一种民不与官斗的表现吧。

“你说这里是层状撕裂？我倒是听说过这个说法，不过还真没具体见过呢。小师傅，这个概念你是听谁说的？”曹广山用放大镜看过裂口之后，对杜晓迪问道。

杜晓迪道：“是京城工业大学的蔡教授说的，我也不懂。”

“蔡教授？蔡兴泉教授吗？”曹广山问道。

“是的，就是他。”杜晓迪道。

“你认识他？”曹广山诧异地问道。这位蔡兴泉教授在金属材料领域里面赫赫有名，曹广山与他打过几次交道，也说不上熟识，但对他的才学是颇为仰慕的。现在听说眼前这个小姑娘居然也知道蔡兴泉，他不免有些奇怪。

李青山在旁边说道：“去年，我们省有一座跃马河特大桥出现了险情，也是钢梁开裂了，是我带着晓迪他们几个去参加抢修的。当时省里请来了蔡教授做分析，那个层状撕裂就是他说的。”

“原来是这样，我知道这件事。”曹广山脸上有些惊喜的表情，说道，“跃马河特大桥抢险的事情，在我们行业里可是很传奇的一件事情啊。用焊接的方法修复重载桥梁的钢结构，算是一个创举。对了，我还记得当时负责钢梁焊接的就是一位不到二十岁的女工，莫非就是你？”说到这，他看着杜晓迪，眼神里充满了赞赏之争。

刚才还在侃侃而谈的杜晓迪一下子忸怩起来，脸上也掠过了一抹红晕，她低着头说道：“本来省里是请我师傅去焊的，可是桥下那个空间太小，我师傅还有我两个师哥都钻不进去，只有我能钻进去，所以就让我去了。”

“了不起，了不起！重载桥梁，听说还是仰焊，你这么一个小姑娘……啧啧，李师傅，你这真是名师出高徒啊！”曹广山连声地赞道。

外行看热闹，内行看门道，一件事有多大的难度，外行人可能看不出来，但圈里的人都是心知肚明的。曹广山没有亲自参加跃马河特大桥的抢险，不过他听一些业内的同行说起过一些技术细节，能够想象得出其中的难度。

冯啸辰忍不住扭头看了一眼王建国，见他脸上的肌肉已经有些僵了，刚才还灼热如火盯着杜晓迪看的眼神一下子变得黯淡无光。

啥叫当面打脸，这就叫当面打脸啊！

曹广山感叹完，又回到了原题上，他问道："蔡教授有没有详细说过，这个层状撕裂是怎么回事？"

杜晓迪道："他说过了。听他说，这种层状撕裂在过去很少有人研究，因为它发生的情况比其他裂纹要少得多。他说国际焊接学会从二十世纪七十年代初开始做过实例调查，到去年为止只统计出了二十二例。他说出现这种情况的原因是铸造钢锭里混有气泡或者其他杂质，轧钢的时候会把这些气泡或者杂质压成条状，导致材料里出现夹层。这样轧出来的钢材看上去是一整块，其实里面是一层一层的结构。"

曹广山本身就是搞钢材的，一听就明白了是怎么回事。杜晓迪的叙述有些不太准确，估计是没太听懂蔡兴泉的解释，也可能是蔡兴泉解释的时候故意说得比较通俗。曹广山结合自己的知识一分析就知道其中的原理了，他连连点头道："有道理，有道理，从裂纹的形状来看，的确符合这种层状撕裂的情况。那么，小杜，上次跃马河大桥的情况也是如此吗？"

"就是这样的。"杜晓迪回答道。

"也就是说，你们上次的修复方案，完全可以用在这一次上？"曹广山又说道。

铁路桥梁的受力不会比现在这个液压杆支臂更小，而且火车高速通过时所产生的震动也比钳夹车以四十公里时速平稳运行时的震动要大得多。此外，跃马河大桥的修复是要长期使用的，而这一次钳夹车的修复只需要应付未来几百公里的运输就足够。如果上一次的修复方案是可行的，那么这一次依葫芦画瓢应当是毫无问题的。

第一百四十八章

杜晓迪提供的信息给了曹广山以新的启示，他重新开始研究钢板撕裂的情况，同时还通过长途电话联系上了蔡兴泉向他请教了有关的技术。蔡兴泉听说李青山和杜晓迪他们在现场，连声说这几个人都是可以信任的，尤其是对杜晓迪，他一口一个“小丫头”地叫得亲热，不知道的还以为杜晓迪是他的什么晚辈亲戚呢。

王建国先前提出的建议被大家无情地忽略了，曹广山结合蔡兴泉的指点，又与李青山、杜晓迪等人再三商议，提出了一套可靠的焊接方案，包括用电动砂轮在焊缝附近开出两道应力槽，再用乙炔焰对焊点进行预热，然后趁热进行焊接，在焊接结束之后还要用小锤敲击钢板以释放应力等等。

这一套工艺冯啸辰也弄不懂，不过他还是一直跟在众人旁边，给大家做一些拾遗补缺的工作。曹广山的专业并不是焊接，他说的有些东西与李青山、杜晓迪他们对不上，此时便需要冯啸辰在中间进行协调，用双方都能够理解的语言来帮助他们互相明白对方的意思。

方案商议妥当之后，李国兴再次用电话向部里进行了汇报。机械部和电力部组织的几十名专家就守在机械部的会议室里，接到电话之后，大家进行了紧急磋商，一致认为这已经是现场能够做到的最好方案了，于是由一名副部长向现场下达了开始修复的命令。

经过这一番周折，天色已经暗下来了，冯啸辰他们原先乘坐的火车也已经照着调整后的运行图绕过事故地点开走了。李青山带着一干徒弟和另外几名其他企业的电焊工开始挑灯夜战，围着钢板断裂点轮番上阵。不过，打主力的还是杜晓迪，她身材比较娇小，能够挤到工件中间去进行焊接，其他那些男工倒是能够钻进去，但再想施展手脚就很不方便了。此外，照李青山的说法，他的这三个得意高徒中间，还要数杜晓迪技术最为精湛，换成其他人，他还不敢放心呢。

“你看这丫头，天生就是一个烧电焊的。”李青山站在车下，看着杜晓迪的焊枪下不时迸出的焊花，自豪地对冯啸辰说道。

冯啸辰笑道：“我看这小丫头岁数不大嘛，有二十没有？”

“还不到呢，今年也就是刚满十八岁。”李青山道。

“才十八岁？”冯啸辰有些惊讶，这丫头不会也是个穿越者吧，如果不是从后世带来的技术，怎么可能这么年轻就练出了这样的本事。

李青山道：“她爹就是我的徒弟，先前是电焊工，后来也干了铆工，那技术，在我们全厂也是数一数二的。可惜，一次事故，他的一只手废了，啥也干不了啦。那时候这丫头才十四岁，就顶她爹的班进了厂，跟我学徒。人家都说是虎父无犬子，她这是虎父无犬女。甭管多难的技术，她一看就懂，试一次就会。小高和小刘他们两个，都是十八岁进厂的，跟我也学了六七年，愣是被这小丫头给比下去了。去年跃马河特大桥抢险，我带他们三个去的，蔡教授对她特别喜欢，非要认她做干闺女。大桥钢梁焊接，别人钻不进去，就是她能钻进去，所以最后主要是由她负责焊出来的。铁道部的专家带着探伤仪去测的，所有的焊缝全都是一级。”

“看来这个世界上的确是有天才的。”冯啸辰喃喃地说道。

李青山笑道：　“小冯处长，我觉得你也是天才啊，你今年有二十几了？”

“刚过二十岁。”冯啸辰说道。

“刚过二十岁？真了不起。”李青山道，“刚过二十岁就是处长了。林北重机我知道，技术也是顶呱呱的，没两下子的人，不可能在林北重机当上副处长。就说咱们刚才讨论焊接方案吧，我觉得你就挺专业的，虽然不是干焊接这行的，可啥事情你一听就明白，这可真不简单呢。”

“李师傅过奖了，其实我跟你们学了很多。”冯啸辰说道。

田兴收到铁道部的指示，得知部里给了四十八小时的抢修时限，同时还给他下达了全力配合抢修工作的命令，他不敢怠慢，带着几个人忙前忙后地给大家找各种工具、耗材，还让路过的火车在这里临时停车，送来了热饭热菜。

这一场抢修一直干到了深夜。随着最后一条焊缝完成，李国兴宣布，抢修工作圆满结束，现场顿时响起了雷鸣般的掌声。李国兴、商敬伦、田兴、欧桂生等人与参加抢修工作的专家和工人们一一握手致谢，连钻进卧铺车厢里睡了一大觉出来的张和平也享受到了被热情感谢的待遇。不过，要说起来，张和平也的确功不可没，不是他跑回去请来了包教授、曹广山、李青山等人，光凭龙山电机厂的这一干人，恐怕是没法完成这项工作的。

焊接工作完成了，但效果如何，还需要等待机械部的专家携带探伤仪过来检测，只有在确保焊缝没有问题的情况下，才能发车起运。然而，意想不到的情况发生了，专家们乘坐的飞机遇到恶劣天气影响，无法在距离抢修现场最近的机场降落，而是备降到了七百公里外的另外一个机场。从那个机场到抢修现场，没有直达的列车，如果考虑换车等因素，专家们赶到起码也是二十四小时之后的事情了。

“这真是什么事都赶上了!”田兴闻听这个消息，急得直跺脚。抢修工作到目前为止也只花了十二个小时，恰好在冯啸辰向他承诺的时间范围内，远远提前于铁道部允许的时限。机械部的专家们如果能够按预先说好的时间赶到，那么这列钳夹车就有希望在明天一早启动，从而使道路阻塞的时间下降到二十四小时之内，这将是一个非常完美的结果。

铁道部说是允许有四十八小时的抢修时间，但这是建立在停运了一大批货运列车的基础上的。可以说，每耽误一小时，就是数以十万计的运输损失。如果田兴能够在二十四小时之内恢复线路运行，无论是对整个路网的畅通，还是田兴本人的政绩，都将有极大的裨益。可谁曾想，一场远在数百里开外的恶劣天气把田兴的如意算盘给打乱了。

见此情形，冯啸辰悄悄地把李青山拉到一边，低声问道：“李师傅，对于焊接的质量，你有没有把握?”

李青山沉吟了片刻，答道：“我能有八成的把握。”

“如果是这样，那么咱们不做探伤检测，直接开车，你觉得有问题吗？”冯啸辰又问道。

李青山这回不敢随便吭声了，他想了一会，才说道：“事关重大，这件事还是请领导们做主吧。”

冯啸辰道：“现在的情况是，带着探伤仪的专家至少要过一天一夜才能赶过来，万一中间再出点什么事情，没准还要耽误。京龙线的意义您也是清楚的，一条线堵上了，整个北方路网就完全乱套了，一个小时就是几十万甚至可能是上百万的损失。如果我们有足够的把握，再有一定的预案，能够让列车开走，就可以避免这些损失。”

“是这样？”李青山又想了一下，郑重地点点头道，“我可以打这个包票，我们焊的焊缝，不会有大问题。如果要开车，我可以待在那个支臂旁边，随时观察焊点的情况。如果发现情况不对，就马上停车，绝对不会出现什么危险。”

“如果是这样，那就太好了。”冯啸辰道，“我们一块去和李司长他们说说。”

李国兴、商敬伦等人听完冯啸辰和李青山说的方案，都有些挠头了。不经过探伤检测就开车，这是存在着一定风险的。万一焊缝质量存在问题，支臂再次撕裂，导致定子滚落，压坏了两边的花花草草，这个责任由谁来承担呢？可如果说为了稳妥起见，大家就傻傻地在这里再等上一天一夜，而探伤的结果可能不会有什么问题，这未免也太不把铁路的利益放在眼里了。更何况，龙山电机厂这边也希望早点开车，以便早日把定子运到和州电厂，减少后续安排时候的时间压力。

“我觉得，我们不必等待探伤仪。李师傅是富有经验的，现场其他的电焊工师傅也都有一定经验，大家对于焊接质量的判断应当是比较可靠的。此外，我们也可以做好一些应变手段，用枕木把定子固定好，这样即使是支臂再次开裂，只要能够及时停车，也能够保证定子不会滚下车架。还有，李师傅说他可以随车押送，随时观察焊缝的情况，在焊缝开裂之前就叫停列车，这样一来，我们基本上是没有风险的。”冯啸辰向众人说道。

“大家的意见呢?”李国兴看着众人问道。

“我原则上支持!”

“我觉得可以试试!”

“赌一下吧，我觉得靠谱……”

众人纷纷表态。李国兴听完众人的意见，想了一会，说道：“好吧，我再向部里请示一下，看看部里的决心如何。”

第一百四十九章

“呜!”

一声汽笛，在大营路段停了十几个小时的钳夹车终于缓缓地起动了。铁路两旁，包教授、曹广山、李青山、张和平等人向着火车频频挥手。而在钳夹车上，那个刚刚修复好的支臂旁边，立着两个年轻的身影，也在向车下的人挥动着手臂。

机械部的领导在听取了李国兴的汇报之后，批准了他们冒险发车的方案。当然，作出这个决定也并非完全是草率的。在此之前，机械部已经与通原锅炉厂取得了联系，确认李青山、杜晓迪等人都是非常优秀的焊工，他们焊出来的工件在平时几乎是可以免检的。如果在这次焊接中没有出现什么意外情况，则可以有很大的把握相信他们的焊接质量。

机械部方面同意立即发车，很大程度上是考虑到铁路部门的要求。综合蔡兴泉、曹广山等人的汇报，这一次的钳夹车事故，已经基本可以归结为铁路方面的责任了。当然，钳夹车钢板的轧制缺陷是不是应当再追溯为钢厂的责任，又另当别论。所以，本次事故造成的断路损失，自然就是应当由铁路部门来承担的。但机械部、电力部并不会因此而不考虑铁道部的感受，在明明能够提前解除线路阻塞的情况下，他们花上一天一夜去等待做一次探伤检测，未免太不通情理。

部委之间是不可能得理不饶人的，相反，大家还应当互相照顾，以便日后能够开展更多的合作。想想看，运完这次大定子，以后还有没有其他的大件要运呢？如果这一次把双方的关系弄得太僵，以后铁路部门随便在哪刁难一下，就足够让机械、电力这些部门欲哭无泪了。

李国兴汇报说他们已经制订了一个几乎是万全的运输方案，即便在运输过程中焊接点再次出现问题，他们也能够及时提出预警，充其量就是换个地方再停一次车而已。有了这样的把握，机械部便下了决心，同意钳夹车开动，并电告负责探伤的专家组抓紧时间携带探伤设备到离钳夹车最近的铁路大站去等待，准备补做探伤检测。

一开始，李青山主动表示愿意待在钳夹车上监视焊点的状况，但后来这个任务却落到了杜晓迪的身上。杜晓迪告诉李国兴、冯啸辰他们，说李青山年事已高，腰和腿过去都受过伤，一到阴雨天气就会发作，不能受风。而待在钳夹车上监视焊点是露天作业，而且还是在开动着的火车上，即便是速度不快，持续地这样吹风也是不行的。

听说这个情况，李国兴、冯啸辰等人也就不敢再让李青山上车了，于是这项工作就交给了杜晓迪。高黎谦和刘雄二人倒也有意替师傅效劳，不愿意让小师妹去吃这个苦。无奈李青山觉得他俩的技术还不过关，又不如杜晓迪那样心细。如果让他们去押车，恐怕不一定能够及时判断出焊接部件内部的结构变化，有可能会贻误时机。

与三百多吨的大定子为伴，可不是开玩笑的事情，一旦出点疏漏，后果就会不堪设想。虽说杜晓迪是个女孩子，并不适合承担这样辛苦的工作，但实在是没有其他人能够代替她了。

确定了马上发车之后，接下来就是安排大家的行程。龙山电机厂的各位以及商敬伦、李国兴他们自然是照常返回钳夹车上加挂的客车车厢，随车出发。包教授这些人则由田兴帮助改签了车票，坐后面的火车继续自己的行程。田兴承诺会让后面的几趟列车在这里临时停靠，让大家上车。正如张和平向大家承诺的那样，田兴给所有的人都免费升格了座位，让他们在后续的行程中能够享受到卧铺待遇。

冯啸辰主动提出留下，陪杜晓迪一同守在钳夹车上。欧桂生等人哪会让他待在车厢外，纷纷表示自己可以在外面陪杜晓迪一同看守焊好的支臂，冯处长最好还是等后面的客车回京，或者到加挂的卧铺车厢去休息。冯啸辰呵呵一笑，提出了一个问题：如果在运输过程中真的出现了险情，有谁比他更适合作现场决策？

他的原话当然说得比这要委婉一些，但却是一个致命的问题：欧桂生懂一些技术，但遇到大事绝对没有做主的胆量；李国兴有权做主，可他的岁数和职位都比冯啸辰更不适合呆在车厢外面；至于商敬伦，倒是年富力强，无奈他真的不懂机械，到时候稍一犹豫，可能就会错过抢险的机会。

通过这一次抢险，大家都已经承认，冯啸辰属于有胆有识，他精通技术、头脑清楚，而且敢于担当，这是其他人所无法达到的。

最后，大家只能同意由冯啸辰和杜晓迪两个人呆在钳夹车上，杜晓迪负责监视焊接情况，冯啸辰的任务则是陪着杜晓迪，同时在出现问题的时候作出决策。

“冯处长，辛苦你了！小杜师傅，辛苦了！”所有的人在向冯啸辰、杜晓迪二人道过辛苦之后，便钻进卧铺车厢去了。冯啸辰再次检查了定子的固定情况，然后向车头发出了开车信号。

火车离开灯火通明的抢修现场，钻进了沉沉的夜幕之中。山里的风迎着火车吹过来，最开始还让人觉得有几分凉爽，但旋即就变得越来越冷了。冯啸辰和杜晓迪二人用安全带把自己固定在钳夹车上，裹着军大衣，在这六月的夜晚，居然还感觉到了刺骨的寒意。

“小杜，怎么样，没事吧？”冯啸辰看着坐在自己对面的杜晓迪，没事找事地问道。

呆在这钳夹车上，危险和寒冷是一方面，最关键是实在太无聊了。头顶上挂着一盏灯，照着他们身边的钳型梁、导向梁、液压杆等傻大黑粗的金属部件，以及路轨下有限的几米范围，再远处就是黑漆漆一片，看不到任何风景。

杜晓迪脖子上挂了个听诊器，正把听筒按在支臂钢板上，监听着钢板里的声音。如果焊点出现破损，或者钢板里出现新的裂纹，那么钢结构上就会发出一些特定的声音。杜晓迪就是用这样的办法，来监视结构有没有问题，从而保证能够在险情发生之前发出预警。

听到冯啸辰向自己发问，杜晓迪抬起头来，看了冯啸辰一眼，说道：“冯处长，没什么变化。”

“你需要一直这样听着吗?”冯啸辰问道。

杜晓迪道:“这倒不用,隔一会听一下就可以了。”

“你这身本事,是跟谁学的?”冯啸辰又问道。

杜晓迪略有一些腼腆,应道:“我哪有什么本事,这都是跟我师傅学的。还有,小时候我爸也教过我一些。干得多了,就熟练了。”

“你还说没什么本事,我看刚才那个在山北省焊过体育馆大梁的王师傅对你都佩服得五体投地呢。”冯啸辰故意说道,这种送上门来的背锅侠,不充分利用一下实在是太可惜了。

果然,听冯啸辰说起王建国和他的体育馆大梁,杜晓迪那强装严肃的脸一下子就绷不住了,扑哧一声笑了出来。这一笑,如山花盛开、群芳吐艳,冯啸辰只觉得周围那些冰冷的钢铁也都温暖了起来,自己如置身于春天那万物生长的原野中一般。

也许是见到冯啸辰那一瞬间的失神,杜晓迪连忙抬手去捂自己的嘴,同时把脸撇向一边,再不敢与冯啸辰对视了。

“他就是个爱吹牛的家伙。不过,我师傅说,他的技术也还是挺不错的呢。”杜晓迪轻声细语地说道。

“比你还差一大截吧?”冯啸辰心猿意马,随口说道。

杜晓迪道:“唔,可能做的工作不一样吧。听他自己说,他们那个厂子是个普通的机械厂,也没什么复杂的工作要求。我们是搞工业锅炉的,都是压力容器,对焊接质量要求很高,如果技术不过硬,是不能上岗的。”

“是啊,刚才我可见识过了,我们请来的这么多电焊工,就属你们几个技术最好。不过,李师傅可说了,你是他最得意的徒弟,比你那两个师兄要强得多。”

“我师傅是夸我呢。”杜晓迪的声音愈发地小了,似乎是觉得不好意思。在咣当咣当的车轮声中,冯啸辰几乎都听不清她在说什么。

“对了,晓迪,你们这次是去京城参加电焊工大比武的。比武如果得了名次,会有什么奖励吗?”冯啸辰问道,也不知道是故意还是无意,他把对杜晓迪的称呼改成了更为亲昵的一种。

第一百五十章

“会有奖状的。”杜晓迪应道。

“就这个?”冯啸辰道。不过，转念一想，除了这个还能有啥？充其量就是一人发一个大茶缸，上面写着一个斗大的“奖”字，或者几条毛巾、一个热水瓶之类的，这个年代的奖励不外乎如此了。

搁在四十年后，如果是这种全国性的技工大比武，优胜者得几万块钱奖金也不算稀罕事。

没等冯啸辰感慨完，杜晓迪把头埋得低低地，又补充了一句，“还有，前二十名……能够到日本去学习一年。”

“去日本学习一年!”冯啸辰被惊住了，这可是一个意想不到的大奖励啊，看来组织这次大比武的几家部委还真有点魄力，也算是一种改革思维吧。

二十世纪八十年代初是中国全面学习西方的年代，各地区、各部门派往国外的考察团数不胜数。这其中，当然不排除一种猎奇和攀比的心理，考察只是一个幌子，出国去看看，顺便买点洋货，可能是大多数考察团更重要的目的。不过，不管动机如何，这些考察团在客观上的确促进了中国向西方学习的进程，哪怕是一些诸如“赴德国考察三两事”之类的花絮性文章，也为封闭多年的国人打开了一扇看世界的窗户。

几部委联合举办电焊工大比武，同时把排名在前二十位的优胜者派往日本学习一年，这绝对是一个大手笔，对于提高全国工业行业的技术水平是有极大帮助的。能够进入前二十名的人，肯定都是技术功底扎实，同时悟性超群的，他们到日本去待上一年，必然能够带回先进的操作技术和工业生产理念，其影响不仅仅限于电焊这一项技术，而是会外溢到各个生产环节。

如果不仅仅是电焊工比武这样做，其他工种也这样做，那么几百名、几千名在发达工业国家受过培训的技术工人回到各自的单位去，就能够成为几百颗、几千颗现代工业的种子，会生根发芽，长成一片茂密的森林。

“这么说，你们是冲着去日本学习这个机会才到京城去的?”冯啸辰问道。

杜晓迪的脸比刚才更热了，她小声说道：“也不是啦，我师傅说，这算是为厂争光。不过，如果能够去日本学习，也挺好的，听说日本的电焊技术比咱们强得多呢……”

“这是不容怀疑的。”冯啸辰道，“日本人的技术也不是天上掉下来的，而是博采众长，从整个西方世界学习而来的。咱们国家脱离世界潮流的时间太长了，国外很多东西我们都不了解。你如果能够到日本去待上一年，应当是能够大开眼界的。”

“我也是这样想的。”杜晓迪的窘迫感少了一些。她的确是有这样一个强烈的愿望，希望能够有机会去见识一下国外的电焊技术达到了什么样的高度，只是这样一种愿望不便于公开说出来，否则容易受到别人的批判。现在既然已经说开，她也就不再遮掩了，而是好奇地向冯啸辰问道：“冯处长，你去过日本吗?”

“嗯……”冯啸辰本能地点了点头，但随即又连忙摇了摇头。前一世的他当然是去过日本的，甚至说是个日本通都不为过，但这一世的他还真的没去过。他掩饰着回答道，“我没有去过，不过因为工作的关系，和日本人打交道挺多的。就在几天前，我还在平河电厂和两个日本人干了一仗呢。”

“干仗?”小姑娘的眼睛瞪得滚圆，也顾不上害羞了，只是盯着冯啸辰，等着他解释怎么会有和外宾干仗这样的事情。

冯啸辰笑道：“当然不是打架了，只是谈判而已。”

接着，他便把平河电厂的事情向杜晓迪说了一通，其中难免有些自吹自擂之处，换来的自然是小姑娘那因崇拜而泛滥成灾的秋波。听完冯啸辰讲的事情，杜晓迪附和着说道：“日本人真是太坏了，我师傅就特别恨日本人，他说日本人没一个好东西，中国就不该和日本友好。”

“这个……”冯啸辰迟疑了一下，然后说道，“这话也有些偏激了。在国家间，没有永恒的朋友，也没有永恒的敌人。日本和中国作为亚洲的两个强国，一山容不下二虎，互相之间肯定是利益冲突的。但就当前来说，日本要寻求在国际上的话语权，中国需要引进日本的技术来实现自己的现代化，因此两个国家之间是有合作空间的。这些年，咱们引进的日本设备和技术不少，也有一些日本专家到中国来帮助中国搞现代化建设，对此我们应当是持欢迎和合作的态度的。另外，国家是国家，个人是个人。日本这个国家是值得我们去警惕的，但日本百姓中间还是有很多不错的人。你如果有机会去日本学习，有可能会在那里认识很多很好的日本师傅，他们会真心实意地把自己的技术传授给你，你觉得他们是好人还是坏人呢？”

“如果能真心实意教我技术，当然是好人。”杜晓迪答道。

“这就对了。如果有机会去学习，千万不要因为民族仇恨而产生逆反心理，这就有悖于国家送你们出去学习的初衷了。”冯啸辰像个领导一样地叮嘱着。在他想来，杜晓迪这么好的技术，在比赛中拿到一个名次应当是很有希望的，届时就能够得到出国学习的机会。如果在学习中带上了情绪，那就可惜了这个机会了。

“我懂了。”杜晓迪拼命地点着头，说道，“冯处长，你放心吧，我不会辜负你的期望的。”

“呃……”冯啸辰一下子被噎住了，说好了撩妹的，怎么改成领导对青工作报告了？还什么辜负领导的期望，我有这么面目可憎吗？

“晓迪……其实，你不用这样跟我说话的，我比你大不了两岁，你也不用叫我冯处长，你叫我的名字就好了。”冯啸辰支支吾吾地说道。

杜晓迪扑哧一笑，把眼睛转向外面黑乎乎的原野，像是自言自语地说道：“人家都不知道你叫啥名字，怎么叫吗……”

“我没跟你说过吗？”冯啸辰一愣，才想起来连自我介绍都没做过。人家光知道你是个什么冯处长，叫什么名字，在哪个单位当处长，“微信号”

“手机号”啥都不知道呢！

“我叫冯啸辰，冯是两点水加个马字，啸是口字旁加个严肃的肃字，辰嘛，就是早晨的晨去掉一个日字……我在国家经委冶金局工作，电话是28局5431……”冯啸辰如背相声贯口一般的说道。

“我记不住这么多……”杜晓迪绷着脸说道，眼睛仍然看着外面，嘴唇却在微微翕动着。如果让唇语专家去解读，能够读出她念的是一串数字：28局5431。

火车在黑暗中匀速前行，天亮时分，到达了一个大站，调度员把火车引导着开进一条岔道停靠下来。李国兴、商敬伦等人从卧铺车上跳下来，一路小跑来到钳夹车旁，正见冯啸辰、杜晓迪二人解开身上的安全带，从钳夹车上艰难地爬了下来。商敬伦和李国兴大步上前扶住了冯啸辰，杜晓迪则是由全建才、欧桂生他们搀扶下来的。

坐在冰冷的钢结构上，吹了一宿的夜风，饶是冯啸辰、杜晓迪二人都还年轻，此时也已经觉得筋骨僵硬了。大家把他们扶进卧铺车，让他们吃了两碗热腾腾的面汤，两个人才算是缓过来了。

“真不容易啊，昨天晚上车上很冷吧，你们受苦了！”李国兴看着两个人被风吹得干涩的脸，连声地说道。

“没事，夜风吹着，还挺凉快的。”冯啸辰笑着说道。

“唉，这也就是年轻啊，如果是我这把岁数，这会儿早瘫了。”李国兴叹道，接着他又转头向杜晓迪问道，“小杜师傅，你这一路监视过来，焊接点没什么问题吧？”

“完全没问题！”杜晓迪答道。

“太好了，李师傅和小杜师傅的技术真是太了不起了！”李国兴道。

冯啸辰问道：“李司长，咱们在这里打算停多久？”

李国兴道：“估计要停上十二个小时。刚才你们吃面的时候，我到站长那里给部里打了个电话，部里说负责探伤的专家已经坐上了火车，不过赶到这里估计也得到晚上了。现在线路已经腾出来，我们也不用赶时间了，就在这里等着做完探伤再作下一步的决定。”

“哎呀，那……”杜晓迪说了半句话，连忙用手挡着嘴，不再说下去了。

冯啸辰却是明白了杜晓迪的意思，他说道：“晓迪要赶到京城去参加电焊工比武，比武的时间是明天。如果我们等上十二个小时再走，只怕就来不及了。”

李国兴摆摆手道：“不用你们再等了。部里已经联系了绥山造船厂，让他们派三名有经验的电焊工赶过来，如果发现焊接方面有问题，他们就可以处理了。做完探伤之后，就不再需要有人守着钳夹梁了。你俩都辛苦了，一会有路过的客车，你们就抓紧时间回京城去吧。”

第一百五十一章

再挽留冯啸辰和杜晓迪二人，不说他俩乐意不乐意，李国兴、商敬伦等人也得觉得脸上无光了。这俩人都与60万千瓦定子没有一毛钱的关系，纯粹是来帮忙的。结果一个晚上大家都待在暖暖和和的卧铺车里睡大觉，让人家两个外人在钳夹车上守着，这事怎么说都没面子。

现在最困难的时候已经过去了，钳夹车停在岔道上，不影响正线通行，停上十天半月也不会有什么妨碍，而部里派出的专家和电焊工也正在向这边赶，冯啸辰和杜晓迪二人的任务已经完成，也该让人家赶回京城去了。

李国兴、商敬伦、欧桂生代表各自的单位向冯啸辰和杜晓迪表示了感谢，都承诺事后会以单位的名义向他俩的单位发送感谢信、表扬信以及给他俩的奖金。

冯啸辰现在已经进入视金钱为粪土的境界，对此自然是无动于衷。当然，这也是因为他知道各单位给的奖金不会有多高的额度，撑死了每人一百块钱而已，够干嘛用的?

杜晓迪则是小脸憋得通红，一边口是心非地说着不要不要，心里却在盘算着：有奖金，会不会有三十块啊，如果有三十块的话，我就在京城给爸妈买点啥回去……

二人在钳夹车加挂的卧铺车上休息了一个来小时，然后登上了一列开往京城的过路车。也不知道李国兴他们做了什么安排，居然给二人签了两张软卧车票。要知道，处长出差都没资格坐软卧的，软卧车的乘务员直到今天还保持着管乘客叫“首长”的传统。

冯啸辰原以为回京的这一程能够和杜晓迪再加深点感情，谁料想一句话说错，让两个人的关系一下子降到了冰点。

那是在他们刚上车的时候。走进软卧包厢，看到奢华的内部装饰，杜晓迪都有些诚惶诚恐了，待到发现包厢是有门的，而门里只有她和冯啸辰二人，她不禁有些忐忑地问道："这一间，就咱们两个人吗？"

冯啸辰也是被风吹昏了头，没过脑子便说了一句真心话，"恐怕没这样的好事吧！"

"你……"杜晓迪顿时羞恼交加：这怎么就成了好事了？你心里都在想啥歪点子呢！真是的！就在她犹豫着要不要去找列车员换个铺位的时候，包厢里又进来了一对老夫妇，是某单位的退休老领导，果然应验了冯啸辰说的"没这样的好事"的说法。不过，杜晓迪心里已经对冯啸辰生出了戒心，开车之后便借口累了，一路蒙着头睡到了京城，对冯啸辰的搭讪也是爱理不理的。

车到京城，冯啸辰与杜晓迪并排走出出站口，迎面就碰上了前来接站的刘雄。冯啸辰想献殷勤送杜晓迪去比赛地点的想法也落空了，只能把二人送到公交车站，看着他们上车离开，然后才自己上了另一趟公交车，返回冶金局去。

公交车上，看到杜晓迪一脸郁郁的样子，刘雄诧异地问道："怎么，你和冯处长闹意见了？""有什么意见好闹的，我是个小工人，他是个处长，闹得上吗？"杜晓迪没好气地说道。

刘雄嘟囔道："我倒觉得冯处长这人还不错，对了，师傅对他看法也挺好的，说他没什么架子，还年轻……""什么没架子，哼！"杜晓迪哼了一声，没再说啥，眼睛看向了窗外。

刘雄不明就里，加上对冯啸辰也没什么感觉，于是也就不再提这件事了。在他想来，这个什么冯处长也就是一个路人甲的角色吧，正如杜晓迪说的，他们是小工人，冯啸辰是大处长，根本就不搭界嘛。

他没有注意到，小师妹看似不说话，嘴里却在不住地轻轻念着一个数字：28局5431……

"我们的大英雄回来了！"冶金局局长办公室里，罗翔飞笑呵呵地这样向冯啸辰打着招呼，他觉得自己好像已经有好几次这样对冯啸辰说话了，这个小年轻，每次外出都能够给自己带来一些惊喜。

“平河电厂的事情我已经听说了，大营抢险的事情，我也听说了。好家伙，昨天一天，机械部、电力部、铁道部、龙山电机厂，一个接一个给我打电话，都是要求表扬和奖励你的。咱们经委的张主任也接到表扬电话了，还专门问我，打算怎么奖励你呢。”罗翔飞说道。

“我给领导添麻烦了。”冯啸辰自觉地做着检讨，领导被电话骚扰了，起因是他在外面自作主张干了一堆好事，他能不做个检讨吗？

“见义勇为，这是好事。”罗翔飞招呼冯啸辰坐下来，接着说道，“机械部的安东辉司长给我打电话的时候，把现场的情况都说了。当时他们还有一位副司长在现场，还有电力部的一位处长在现场，大家都有些拿不定主意，反而是你替他们拿了主意。安司长说，你有大智大勇啊。”

冯啸辰笑道：“安司长这话，到底是夸我还是批评我呢？我真听不出来啊。”

罗翔飞却没有把冯啸辰的话当成玩笑，他非常认真地说道：“主要还是夸吧，在这种紧急的时候，还是需要有人有担当的。”这个评价，算是给冯啸辰的作为作了一个结论。大营抢修，冯啸辰算是越俎代庖，做了很多李国兴、商敬伦他们应该做的事，而他无论是身份、级别还是年龄，都并不适合于出这个风头。对于他的这种举动，罗翔飞可以认为他是敢想敢干，也可以认为他太出风头，而后者对一名国家机关干部来说是非常负面的评价。

其实细想起来，李国兴、商敬伦他们并不是能力比冯啸辰差，他们所以犹豫迟疑，非要等部里的指示，仅仅是因为习惯于追求稳重。许多领导并不希望自己的手下过于张狂，稳重一点，哪怕因此而错失时机，在领导眼里也是可以接受的。

罗翔飞是个开拓精神很强的领导，他把冯啸辰带到京城来，也正是看中冯啸辰的闯劲。这一次在大营现场组织抢险，别人或许会觉得冯啸辰表现太过，但罗翔飞是非常欣赏的。

“安司长还跟我说，想把你调到他那里去工作呢，你有什么想法？”罗翔飞问道。

冯啸辰把罗翔飞的话当成了一句调侃，随口回答道：“我生是冶金局的人，死……呃，现在说这个还太早吧，我怎么可能离开冶金局呢。”

罗翔飞看着冯啸辰，缓缓地说道：“如果冶金局不存在了呢？你打算去什么地方？”

“什么意思？”冯啸辰一愣，他看到罗翔飞的脸上一片平静，显然不是在说笑，不禁肃然地问道，“罗局长，冶金局为什么会不存在了？”

罗翔飞道：“国家决定调整经委的工作范围，经委的工作将主要以宏观协调和政策指导为主，不直接参与企业的管理工作。经委的各个职能局将会分拆出去，冶金局的业务将会和冶金部合并，只保留部分职能，归入新的工交财贸局。原冶金局的人员将根据工作需要和自己的选择进行分流，一部分转到冶金部去，一部分留在经委，另外还会有一部分人转到其他部委去。安司长向我要人，就是因为听说了这件事，他说如果你没有什么好的去处，可以到他那里去。你不是顶着一个林北重机生产处副处长的虚衔吗，他表示一两年之内可以帮你把这个副处长变成实职。”

冯啸辰拿着林北重机的工作证到处唬人，罗翔飞是不可能不知道的。别人弄不清楚冯啸辰的真实来历，以为他这个副处长是真的，而罗翔飞却知道这不过就是冷柄国看在孟凡泽的面子上，给他授的一个虚衔。部委里一个副处长可不是那么容易来的，尤其是冯啸辰刚满二十岁，哪那么容易坐上这个位置。安东辉估计也是因为大营抢险这件事对冯啸辰产生了好感，才敢放出话来，说一两年之内让他能够当上一个真正的副处长。

听完罗翔飞的解释，冯啸辰心里有些乱。冶金局建制取消，是他早有预见的，后世的经委并没有这样直接管理具体业务的部门。不过，他没想到调整会来得这么快，他还没有做好去一个新部门工作的心理准备。他想了想，问道：“罗局长，那你会到什么地方去呢？”

罗翔飞笑笑，说道：“现在先谈你的去向吧。”

冯啸辰道：“我已经想好了，罗局长去哪，我就去哪。”

“是吗？”罗翔飞道，“我有可能会去一个冷门部门，做一些后勤服务方面的工作，你也愿意？”

冯啸辰坚定地点点头道：“没问题，我说了，罗局长去哪，我就去哪。”

罗翔飞又道：“这样不合适，你很有能力，如果有一个更好的平台，应当能够做成一些大事业，跟着我走，未免太可惜了。”

冯啸辰道：“我是罗局长带到京城来的，自然是跟着罗局长走，这没什么可惜的。如果罗局长当初没有带我出来，我现在还在南江冶金厅扫地呢，这不是更可惜吗？再说，我相信组织上肯定不会让罗局长去什么冷门部门，跟着罗局长，绝对不会无事可做的。”

第一百五十二章

冯啸辰的后一句话才是他真心的想法。罗翔飞声称自己会被调到一个冷门单位去，搞搞后勤服务啥的，冯啸辰是不相信的。罗翔飞的能力在系统内是公认的，又没有得罪过什么人，有什么理由会被贬到冷门单位去呢？时下正值改革之初，各级领导都憋着一股劲，要大干快上，在这种时候，实在不可能把罗翔飞这样一个干部闲置起来。

冯啸辰当然不是离不开罗翔飞。以他的能力，去了其他的部委，也同样能够脱颖而出。不过，他毕竟在罗翔飞手下干了这么长时间，互相都比较了解，而罗翔飞对他也是充分地放权。换一个地方，还能不能碰到这么好说话的领导，就不一定了。

冯啸辰现在羽翼还不丰满，仍然需要一个人在上面罩着自己，在关键时候帮自己遮风挡雨，此时离开罗翔飞是非常不明智的选择。

有了这些考虑，冯啸辰才会如此坚定地表示要跟在罗翔飞的身边。

他知道，如果自己只是一味地表忠心，罗翔飞反而会怀疑他的真诚。于是他索性把自己对罗翔飞的判断也说了出来，言下之意是说自己并非愚忠，而是看好罗翔飞的前途，所以才愿意把自己绑在罗翔飞的战车上。这一点，他想骗罗翔飞也骗不过去，还不如坦率地说出来更好。

罗翔飞听完冯啸辰的话，并不觉得意外，只是微微一笑，说道："你对我倒是挺有信心的嘛。"

"我应当没有猜错吧？"冯啸辰问道。

罗翔飞点点头，道："你的确猜对了，我要去的地方不是一个冷门部门，但也不算什么炙手可热的地方，充其量只能说是风口浪尖，不知道前面是鲜花还是荆棘。"

冯啸辰道："这么严重？是一个什么部门呢？"

罗翔飞道："这几年，国家启动了很多重大的技术装备研发项目，每个项目都要牵涉许多部门，相互协调的难度很大。鉴于此，根据一些领导同志的建议，国家将专门成立一个重大技术装备协调小组，专门管理重大装备的研发工作。小组由中央的领导同志担任组长和副组长，小组下设办公室，办公地点就放在经委。经委的张主任担任重大装备办公室主任，我担任副主任，主持日常工作，级别仍然为正司局级。这个办公室马上就要成立并开展工作，我甚至连冶金局业务的交接都没有时间。"

"国家重大装备办公室……"冯啸辰默默地念着这个名称，心潮起伏。

在真实的历史上，国家重装办的成立要比现在这个时间点推迟两年时间，而后世的冯啸辰，恰恰就是这个机构里的一名处长。来到这个平行时空里，他的确想过自己是否还能重操旧业，却没想到会这么快就梦想成真了。

"领导同志的气魄非常大，重装办所协调的装备项目，都是瞄准国际最高水平，瞄准我们国家在二十一世纪全面振兴的关键设备。领导同志提出的目标是，用十年的时间把这些装备中最核心的技术真正掌握在自己手里，为此需要动员全国工业系统最优秀的人才和资源，集全国之力，打造咱们国家的拳头产业。"

罗翔飞说着，脸上泛起了微微的红晕。他一直都在工业系统里工作，对于重大装备研制有着强烈的愿望。如今，国家启动了规模如此宏大的装备研制工程，而他居然有幸成为这项工程的组织者，这份激动是难以言表的。

"小冯，你能想得出国家列出的重大装备有哪些吗？"罗翔飞兴奋地问道，他是急于要和人分享这份幸福的感觉，而冯啸辰无疑是最合适的人选。

冯啸辰的心也早已怦怦地跳了起来。他当然知道二十世纪八十年代启动的那一批重大装备的名录，在后世他进入重装办的时候，这些重大装备的研制工作已经圆满完成，几乎每一种装备的研制过程都是一部恢宏的史诗。想到自己居然有机会成为这段辉煌历史的见证者与参与者，冯啸辰内心的激动之情完全不亚于罗翔飞。

他稍稍平定了一下心绪，深吸了一口气，说道："我能够想象得出，咱们国家目前最需要解决的重大装备莫过于这些：千万吨级露天矿成套设备，大型火电站成套设备，大型水利枢纽工程及大型水电成套设备，大型核电站成套设备，超高压输变电设备，煤炭运输重载列车及大型港口成套设备，大型冶金设备，大型乙烯成套装置，大型化肥设备，大型煤化工成套设备，海上石油成套设备……"

"没错，正是这样！"罗翔飞眼睛里闪着光彩，"小冯，我没看错人，你的眼光的确非常敏锐，能够抓住我们国家当前最重要的技术装备发展方向。重装办就是需要你这样有战略眼光的干部，怎么样，有没有兴趣到我这里来，咱们共同干一番大事业？"

"罗局长，我已经说了，不管您去哪，我就去哪。"冯啸辰说道。

"哈哈，这就对了！"罗翔飞笑道，"老实说，就算你想去别的地方，我也不会放你走的。整个冶金局，我第一个想带走的人就是你。我已经向张主任提出来了，调你到重装办来，正式编制，副处级待遇。这可不是你拿着到处招摇撞骗的那个副处长，而是由经委正式下文批准的副处长哦。"

"这……这是不是不太合规矩啊？"

冯啸辰真的惶恐了。林北重机的那个副处长头衔，其实只是虚张声势的。冷柄国给他任命的时候就不太正规，事后只是没有收回而已，真正要计较起来，其实就是名不正言不顺的一个职务。可罗翔飞现在答应他的，却是由经委正式下文批准的副处长，这就不是开玩笑的事情了。

二十岁的副处长，在全国还能找出几个？冯啸辰真是不敢想象了。难道罗翔飞为了拉他去重装办，竟然付出了这样大的努力？就算罗翔飞有这个意向，一个副处级干部的任命也是需要经委批准的吧？经委领导为什么会对他如此信任呢？

似乎是看出了冯啸辰的心思，罗翔飞笑道："你放心，这可不是我去替你争来的。要说起来，这是你自己挣来的级别。你在新民液压工具厂搞的那套全面质量管理体系，受到了经委领导的表扬。你在冷水矿帮助他们解决待业青年就业问题，在委里也获得了好评。再往后，你提议成立经纬咨询公司，解决了经委系统子弟的安置问题，同时还为在全国推广全面质量管理工作提供了很好的思路，当时委里就有一些领导表示你的能力完全可以达到一位处长的水平了。接下来，平河电厂的事情，电力部那边对你评价很高。而大营抢修钳夹车的事情，起到了最后板上钉钉的效果。通过这件事，委里领导认为，你有能力，有头脑，而且有担当，能够协调这么多部门的工作，人才难得。正好重装办的事情出来，委里就有领导说，你冯啸辰就是专门为这种跨部门协调的工作而生的，不让你去重装办，还有谁更合适呢？”

“这……实在是过奖了。”冯啸辰诚惶诚恐地说道。

罗翔飞不这样历数一下，冯啸辰还真想不出自己这大半年时间居然干了这么多轰轰烈烈的事情。前面那些事，或许还只能解释为他的知识比别人更多一些，或者有些小聪明。但这次在大营主持钳夹车抢修的事情，却是尽显了他的组织、协调能力。能够在一干司级、处级干部都束手无策的情况下挑起一副担子，出色地完成这样复杂的工作，这份能力和担当就足够一个处长的标准了。

这两天，机械部、电力部、铁道部等部委都给经委打来了电话，从各自的角度对冯啸辰的工作给予肯定，这是让经委领导下决心破格提拔冯啸辰为副处级干部的最终原因。

要说起来，经委领导作出这种判断是完全有道理的。冯啸辰所以能够在这次抢修中做得如此得心应手，在于他前一世就是专门干这种工作的。重装办主持的重大装备研制动辄涉及数百家单位的协作，包括各大部委、重点企业，甚至还有军工系统等等。要把这么多单位的力量拧到一块，没有一定的魄力和工作技巧是办不到的。冯啸辰正是在这样的工作环境中磨炼出来的，区区一个钳夹车抢修的工作，对他来说并没有什么难度。

“张主任是重装办的主任，但他的主要精力是放在经委的全局工作上的，不可能事无巨细地处理重装办的工作。所以，重装办的日常工作，是由我来负责的。除了张主任之外，重装办目前只有我和你两个人，你就暂时充当我的秘书吧。你放心，我不会一直把你留在手边的，等重装办的架子搭起来之后，你还要去独当一面的。”罗翔飞对冯啸辰说道。

第一百五十三章

政府开展一项工作的组织方式是这样的：首先成立一个某某工作领导小组，小组的组长一般由政府的领导担任，副组长是政府里的副职，小组的成员则是相关部门的负责人。这样一个领导小组有时候可以多达数十人，它的职责主要是确定大政方针，作为领导这项工作的最高权力机构。具体的事情，要由一个叫作“领导小组办公室”的部门来承担，这个办公室一般会落在某个部委或者厅局。办公室主任由这个部委或厅局的负责人担任，但他同样是不做具体工作的，只是挂一个名，在关键时候出来亮亮相。真正做工作的，是办公室的副主任，以及副主任之下的一干工作人员。

有人总结过这种制度，说看一个工作小组的名单要从后往前看，越是名字排在后面的那些人，其实是干活最多的，越往前则越虚。当然，也不能说组长、副组长之类的领导就不起作用，他们是整项工作的定海神针，如果没有他们在上面镇着，后面那些人员根本就无法开展工作。

罗翔飞现在的职务，就是重大技术装备领导工作小组办公室的副主任，换句话说，就是实际上全面负责这项工作的官员。排名在他前面的人，他是指望不上的，目前他选中的第一个下属，就是冯啸辰。

“田秘书不跟您一起去重装办吗？”冯啸辰好奇地问道。

罗翔飞摇摇头道：“他给我当秘书的时间也不短了，我再把他留在身边，就影响他的发展了。这次冶金局裁撤，部分人员要划归到冶金部去。我和冶金部那边已经谈好，让小田到一个做实务的处室当个副处长，好好磨砺一下。”

给领导当秘书是一个晋升的好途径，但如果当一辈子秘书，那就废了。一般情况下，领导过一段时间就要把秘书安排出去任职，给他们一个发展的机会。田文健已经是三十多岁了，现在放出去任一个副处长，有罗翔飞的面子在，只要他工作上不出什么纰漏，两三年时间提一个处长是很自然的事情。再往后的前途，就看他自己的能力了。

把田文健安排出去之后，罗翔飞身边就没有秘书了。他也的确想过让冯啸辰来给自己当秘书，但转念一想，冯啸辰是那种能够独当一面的人，当秘书太过于屈才了。带着这样的想法，他决定在办公室初创的时候，先让冯啸辰客串一下秘书的角色，等到办公室建立起来之后，他再正式找一个秘书，然后让冯啸辰去冲锋陷阵。

“我们当前的工作是：搭架子。我这些天有一些考虑，就等着你回来和你一起商量呢。”罗翔飞对冯啸辰说道。罗翔飞早就料到冯啸辰会愿意接受这份工作的，因为他能感觉得到冯啸辰是一个想做大事的人，重装办的这个位置非常适合他，更何况还有一个实职的副处长位置在等着他。其实成立重装办这件事，罗翔飞也早就知道，上次没有和冯啸辰谈，是因为他还要派冯啸辰去帮冷水矿解决用电指标的事情，顺便也再考验一下冯啸辰的能力。冯啸辰把这件事办得很漂亮，回程的路上还顺手又干了件漂亮活，这就坚定了罗翔飞重用冯啸辰的决心。

重装办是一个常设机构，但固定的人员编制并不多，大多数的工作还要放在各部委去做，重装办只是起到一个居中协调的作用。临到有事的时候，重装办要负责召集相关部门的人员来开会，或者组织临时的工作小组去解决这些特定问题。按照经委的安排，重装办在罗翔飞之下设立四个处：一是综合处，负责全面工作；二是规划处，专注于研究技术装备的发展趋势，从事重大技术装备项目的规划立项，选型定点；三是协作处，负责与各部委、各地区、各企业进行联络，处理项目执行过程中的各种问题；四是行政处，负责办公室的日常行政工作。

冯啸辰的位置，被安排在了综合处，这也是为了发挥他知识全面、执行能力超群的长处。综合处在一定程度上算是罗翔飞的直属部队，罗翔飞的意图将主要通过综合处来得到贯彻落实。把冯啸辰放在这里，罗翔飞就可以随便用他去处理各种棘手的事务了。

“咱们办公室的人手，都是由您负责挑选的吗？”冯啸辰问道。

罗翔飞摇摇头道：“不完全是，不过我有一定的选择权和建议权。重装办是由经委负责组建，其他各部委提供配合的，所以有些干部会由各部委推荐过来，我们也不便拒绝。当然，我们如果有中意的人手，也可以向各部委提出来。前几天张主任召集各部委领导开协调会的时候，大家都已经表了态，声称要人给人，要东西给东西，总之，就是全力支持重装办的成立。”

“哈哈，那咱们是不是先从各部委借几十台计算机过来，提前实现咱们的信息化。”冯啸辰笑着建议道。这年代计算机可是稀罕物件，如果能够趁这个机会弄几台计算机过来，也是一件挺美的事情。

罗翔飞笑道：“这未免太强人所难了，各部委也没几台计算机，哪会让咱们借走。他们说是要人给人，要东西给东西，真到向他们伸手的时候，麻烦的事情还多着呢。”

“原来如此。”冯啸辰假意地叹了口气。其实他也知道这种会议上的表态都是要打一个很大折扣的，也不能说别人就不会配合，只是你要十样东西，人家可能只会给你两三样，这就已经算是非常给面子了。

“罗局长，啊不，是不是以后该称您罗主任了？”冯啸辰改了口，说道，“咱们该干什么，您吩咐就行了，跑腿打杂这种事情，我来办。”

罗翔飞道：“现在有这样几件事。首先，委里已经给我们安排好了办公地点，需要有人去拾掇出来。我已经问过刘燕萍了，想请她到重装办来担任行政处处长，她已经答应了，只等委里任命。等她过来，收拾办公室的事情可以交给她去做，她在这方面是非常有经验的。第二件事，就是我了解到几个比较合适的人，想把他们调过来，但事先需要征求他们的意见。这件事只能由我去办，你的资格不够，由你去联系他们，不一定能成，同时对他们也不够尊重。不过，你可以陪我一起去，必要的时候可以帮帮腔。”

“没问题。”冯啸辰道。这的确是他无法替代的工作，罗翔飞要聘请的人员肯定是各个处的处长、副处长之类，由冯啸辰这个副处长出面去请肯定是不合适的。

罗翔飞接着说道："去之前，需要先和他们联系一下，找一个他们比较方便的时间。另外就是需要从委里借一辆车，再安排一个司机。冶金局面临裁撤，用车的地方很多，我不打算和其他同志抢，所以只能借用委里的车。用车是归行政事务局负责的，你和他们联系一下看看如何安排。"

"明白。"冯啸辰应答如流。

"还有，你有时间写一个重装办的工作计划，等到人员基本到位之后，我们集思广益讨论一下，确定咱们的工作步骤和工作方法，尽快开始进入状态。"罗翔飞又交代道。

"好的，我会抓紧时间写出来的，有了初稿之后，再请您过目。"冯啸辰道。

罗翔飞说完这些事情，笑眯眯地看着冯啸辰，感慨道："你看多快啊，去年你还在南江冶金厅帮着搬图纸，如今已经是一个得力的干部了。好好努力吧，用主席的话说，世界是我们，也是你们的，但归根结底还是你们的。我今年也已经五十六岁了，就算干到六十五岁，也只有九年不到的时间，而重大装备研发的工作，是要长期、持久开展下去的，这个平台，我只是一个搭建者，未来真正在台上唱戏的，是你们这些年轻人啊。"

"罗主任可别这样说，您还年富力强呢，在您任上，一定能够做出一番辉煌的事业。"冯啸辰乖巧地恭维道。

"好，借你吉言，祝咱们重装办旗开得胜。"罗翔飞意气风发地说道。

罗翔飞的自信也感染了冯啸辰，让他有一种飘飘悠悠的感觉。这种感觉一直持续到冯啸辰来到经委行政事务局，替罗翔飞联系派车事宜的时候，才被兜头一瓢冷水给浇醒了。

"罗局长要派车，怎么找到我们这里来了？"行政事务局车管处处长林基明拿着冯啸辰递上的介绍信，拖着长腔说道，"你们冶金局不是有小车班吗，我们行政事务局的小车是为主任服务的，派给你们用，不太合适啊。”

“冶金局马上要进行裁撤，小车班的工作也正在进行调整，很快就会交回给行政事务局统一管理。罗局长让我找行政事务局来安排小车，也是为了后面工作的连续性，这也是符合规定的吧？”冯啸辰耐着性子说道。

第一百五十四章

冶金局是有两辆小车的，罗翔飞目前还没有卸去冶金局局长的职务，按道理的确可以使用这两辆车。但一来他已经确定要去重装办了，用冶金局的资源来干重装办的工作，有些不太合适。其次就是冶金局裁撤在即，其他的局领导和下面的干部也都需要用车去办一些事情，罗翔飞不想与他们争，所以才派冯啸辰来找经委的行政事务局借车。

行政事务局是负责整个经委行政后勤事务的，车队也归他们管。在以往，经委的车队除了为经委领导服务之外，在其他部门用车困难的时候，也可以借用，这是有明文规定的。罗翔飞奉经委的指示单独出来成立一个新的部门，新部门内没有汽车，找行政事务局提供是理所应当的事情。可机关里的事，不是光靠一个“理”字就能够解决的。负责具体事务的部门如果想刁难一下谁，可以找到无数的理由。

眼下，林基明就是想刁难一下冯啸辰，确切地说，他是想给罗翔飞一点难堪。

林基明与罗翔飞的恩怨由来已久。那是在几年前，林基明找人联系，想调到冶金局去担任一个实务处室的处长。他的想法也很明确，那就是管后勤虽然能够有些好处，但发展前途不大，如果能够到实务处室去，干出一点成绩，就有提拔的机会。冶金局党组开会讨论了这件事，好几位局领导都认为林基明这个人没有什么实践工作经验，到实务处室工作恐难胜任，于是把这件事给否决掉了。

当时在冶金局党组会上投了反对票的一位局领导，见着林基明时矢口否认自己投的是反对票，而是说此事未成的原因完全在时任副局长的罗翔飞身上。他把罗翔飞对林基明的批评之词扭曲扩大，演绎成罗翔飞一个人说服了全体局领导，让大家都不同意林基明的调动请求。

也就是自那时候起，林基明便把罗翔飞恨进了骨头里。平时冶金局没有什么事情需要与行政事务局发生瓜葛，即便是偶尔有些联系，作为局级干部的罗翔飞与仅仅是处级干部的林基明也碰不到一块，所以林基明找不到出气的机会。如今，罗翔飞成了落毛的凤凰，他那个重装办到底能不能办起来，以及未来前景如何，都还是未知数，而他又恰恰求到了林基明的头上，林基明岂有不借机发难之理。

说起来也挺冤的，罗翔飞根本就不记得当年的事情，而且他当年也并没有对林基明说太多的坏话，说他是无端中枪也不为过。

“按规定，我们当然应当给罗局长派车，但是你看，我们这里申请派车的单子有多少，各单位排队已经排到了八月份，罗局长能等吗?”林基明用手拍了拍桌上的用车登记本，对冯啸辰说道。

冯啸辰道：“林处长，成立重装办的事情，是委里张主任亲自抓的，上级领导也非常重视，这件事刻不容缓。罗局长要跑的那些地方，相互距离很远，如果坐公交车，肯定会耽误时间。你这里申请用车的很多，我们能够理解，但罗局长这件事，是不是可以特事特办呢?”

“这个我恐怕做不了主。”林基明说道。

“那么，谁能够做主呢?”冯啸辰逼问道。

林基明冷冷一笑，道：“这个我恐怕不合适跟你说吧?你回去问问罗局长，他自然知道谁能够做主的。”

话说到这个程度，冯啸辰也是没辙了。自己这个副处长还没有走马上任，就算是上任了，也没资格训斥眼前这个处长。对方是拿着规章制度来跟自己为难，自己想发作也找不着由头，只能是忍了。

君子报仇，十年不晚，总有一天自己会把这颗软钉子拔下来给林基明按回去的!

冯啸辰带着满腹愤懑，回到了冶金局，向罗翔飞交令。罗翔飞听罢，无奈地摇了摇头，道：“这就叫阎王好见，小鬼难求，我也不知道什么地方得罪这位林大处长了，这分明就是挟私报复嘛。”

“咱们是不是可以请委领导说句话，敲打敲打他。”冯啸辰问道。

罗翔飞道：“算了，不值得。他说得对，冶金局本身有车，我再到委里去借车也不合适。”

“那我让刘主任给咱们派车？”冯啸辰又问道。

罗翔飞道：“不用了，委里的其他领导还要用车，咱们辛苦一点，就坐公共汽车好了。其实公共汽车也挺方便的，我还有月票呢。”

“算了吧，您不嫌丢人，我还嫌呢。”冯啸辰没好气地回答道，“您好歹也是一个正局级干部好不好，而且是办公事，不是私事，还坐公共汽车？”

罗翔飞把脸一沉，道：“小冯，你怎么会有这种思想？谁规定一个正局级干部出去办事就一定要坐小车的？艰苦朴素的作风并没有过时！”

“别别别，您别给我讲这些道理。”冯啸辰高举免战牌，说道，“我不是说您不能坐公共汽车，而是说您这回出去是为了招兵买马，您觉得让您未来的部下看到您是坐着公共汽车去的，会对他们有积极的效果吗？”

“怎么会不积极呢？”罗翔飞反驳道，不过语气上已经有点软了，他隐隐猜出了冯啸辰的意思。

冯啸辰道：“水至清则无鱼，现在也不是一味讲奉献的年代了。就算您不能承诺给别人多少经济利益，至少应当让您的新部下看到自己的前途吧？一个刚成立的部门，口口声声说是上级领导亲切关怀下成立起来的，结果一把手出门连辆车都没有，人家能相信这个机构有前途吗？”

“净是歪理！”罗翔飞骂了一声，心里却接受了冯啸辰的这个说法。坐公交车对他来说是无所谓的，他也不会觉得丢人，但在别人眼里就有不同的解读了，最起码会对未来的重装办产生出几分歧视。在一个部门草创之初，树立下属的信心是十分重要的。换句话说，有一辆小车不仅仅是给他罗翔飞撑门面，更重要的是帮重装办撑门面。

“那你说怎么办？”罗翔飞问道。

冯啸辰看着罗翔飞，久久不作声。罗翔飞被他看毛了，问道：“你倒是说话呀，光看着我干什么？”

冯啸辰提醒道：“罗局长，您在经委借不到车，难道就不能找家下属企业借一辆车？现在都时兴这么干，您不会是说您借不着车吧？”

罗翔飞哭笑不得，这个属下说话也太直率了，简直就没把自己当成领导。不过这也是他喜欢冯啸辰的地方，说话不用拐弯抹角，有什么问题都能够挑到明处，有助于他发现问题。真要像田文健那样唯唯诺诺，心里想十分，嘴里只说三分，罗翔飞也是不乐意的。

“找一家下属企业借辆车，也不是不可以，虽然我马上就要离开冶金局，这么多年的面子还是有的。不过，要借车就得连司机一块借，有些事情让他们参与太多也不合适。”罗翔飞缓缓地说道。后面这个理由，多少有点牵强，其实本质上还是因为他不想麻烦下属企业。

冯啸辰夸张地叹了口气，说道：“既然是这样，那这件事只能包在我身上了，我去帮您弄一辆车来，怎么样？”

“你可不能做违反原则的事情。”罗翔飞叮嘱道。

“您就放心吧，我有节操的。”冯啸辰大言不惭地说道。

在京城，冯啸辰能够找的人除了罗翔飞，也就剩下孟凡泽了。不过，孟凡泽本人并没有车，也不可能帮他在煤炭部要车，冯啸辰盯上的是林北重机采购站的车子。在前几次去采购站的时候，冯啸辰就已经打听到，那里有一辆多余的吉普车，有时候冷柄国自己带着司机进京，就是开那辆车的，平时则放在那里闲置。

冯啸辰给孟凡泽打了一个电话，老爷子现在正在忙着筹备经纬咨询公司的事情，兴致正浓。听到冯啸辰如此这般地说完自己的要求，他二话不说，便让冯啸辰直接到采购站去，说自己稍后就会给冷柄国打电话借车，而且借车的名义还是孟凡泽自己要用。

冯啸辰坐着公交车来到采购站，采购站主任吴锡民和司机邢本才已经等在那里了，那辆备用的吉普车也已经擦得干干净净，轮毂之类的地方还有水迹，显然是刚刚洗了不久。

“冯处长，又来检查我们的工作了？”看到冯啸辰走过来，吴锡民大步上前，握着冯啸辰的手，热情地说道。

刚才这会儿，他已经接到了冷柄国从林北市打过来的电话，通知他把吉普车准备好，交给冯啸辰使用，时间不限。冷柄国在电话里还特别提到，冯啸辰现在已经是经委正式任命的副处长，不是林北重机的那个生产处副处长了。

吴锡民当然能够分辨出这两种副处长有什么区别，前者是正规军，后者是游击队，那能是一回事吗？在以往，冯啸辰到采购站来的时候，吴锡民对他也是热情有加，但这一回的热情却是发自于内心的，他明白，这个年轻人的前途绝对是让自己仰视的。

第一百五十五章

“吴主任，麻烦你了。”冯啸辰与吴锡民握过手，呵呵笑着说道。

“不麻烦，不麻烦，听说，是孟部长要用车？”吴锡民一边把冯啸辰往采购站里带，一边随口问道。

冯啸辰走进采购站，站在吉普车前，轻轻拍了拍引擎盖，说道：“是孟部长的一位老部下，在京城要办点事情，没个车不太方便，所以……”

“我明白，我明白。”吴锡民连连点头，随后向冯啸辰身后看了一眼，诧异道，“冯处长，冷厂长在电话里说，不需要给你配司机，你怎么没带司机来啊？要不，我让小邢先跟你把车开过去吧，如果那边真的没司机，让小邢在那开几天也可以。”

“这倒不必了。”冯啸辰道，“我就是司机，这些天，孟部长安排我为那位领导服务。”

“你会开车？”吴锡民惊讶道，“过去怎么没听你说起过？”

“呃……我在当知青的时候，跟知青点的司机学过，不过没机会参加考试，所以没有驾驶证。”冯啸辰道。

“这可有点麻烦了。”吴锡民道，“这辆车可以借给你，证照是齐全的，加油本也在车里，可如果你没有驾驶证，让警察查出来，就不太合适了。到时候只怕他们还要追究我们采购站的责任。当然了，我们担点责任也无妨，主要是怕耽误了孟部长那位老部下的工作，是不是？”

关于这个问题，冯啸辰早有预料。前一世的他是会开车的，不但会开小轿车，而且也开过大卡车。到了这一世，他一直没有得到开车的机会，手早就痒痒了。这回在行政事务局没有借到车，他就存了到别处借一辆车过来开的心思，方向盘掌握在自己手上，行事要方便得多，如果有什么事情要和罗翔飞在车上谈，也不用避讳身边有个驾驶员。没有驾照是影响他开车的唯一障碍，但当年通过关系办个驾照的难度比后世要小得多。当时许多单位的司机都是自己培养的，先跟着老司机练习，学到一定程度之后去参加一个路考就能够拿到本了。冯啸辰的想法，就是让林北重机的采购站给他出具一个参加过汽车驾驶培训的证明，然后他再凭证明去弄驾照。

“吴主任，我开车的技术已经非常熟练了，如果你不信，可以让邢师傅考一考我。如果觉得合格的话，你们采购站有没有什么关系，能够帮忙在公安局给我弄一张驾照。”冯啸辰问道。

“这可有难度。”吴锡民把头摇得像拨浪鼓一般，“我们没有办过这样的业务，交通队那边我们也不认识人，这个难度太大了。”

“哦，那实在不行，我问问孟部长有没有渠道吧。”冯啸辰只能退而求其次了，为一张驾照的事情再去烦一次孟凡泽，实在有些不值得。可他在京城也认识不了几个人，不求孟凡泽还能求谁？指望一身正气的罗翔飞去干这种事情，难度恐怕比冯啸辰伪造一张驾照的难度还要大。

邢本才在旁边说道：“冯处长，如果你只是暂时开一开车，可以先去申请一个白本，也就是练习执照。这个执照有一些驾驶上的限制，但真被警察发现了，也不会处理得太严。等过一段时间，你再去考个路考，把白本换成红本，就可以了。”

“申请一个白本难不难？”冯啸辰问道。

“这个倒不难，拿着单位介绍信，到交通队去办个手续就可以了。”邢本才道。

“那么，吴主任，你看我是不是现在就回单位去开介绍信去？”冯啸辰向吴锡民问道。

他的这个问题本身就不合理，他如果想回单位去，是用不着向吴锡民请示的。吴锡民当然知道冯啸辰的意思，他叹了口气，说道：“冯处长这是吃定我了，好吧好吧，那我就从采购站给你开个介绍信吧，一会让小邢开车陪你去交通队吧。”

“这样也好，那就麻烦吴主任了。”冯啸辰说道。

“这是我应该做的。”吴锡民习惯成自然地说道，说完又在心里苦笑：这怎么就成了我应该做的了，这明明是你讹上我了好不好。

邢本才开着那辆吉普车，载着冯啸辰出了采购站。离开吴锡民的视线之后，看看前面一段路上行人不多，冯啸辰对邢本才说道：“邢哥，你相信我的技术吗？要不，我开一段给你看看吧。”

“冯处长，你真的会开车？”邢本才有些不确定地问道。

冯啸辰道：“过去开得挺多的，这一年多没摸了，手有点生，你在旁边指点一下，应该没问题的。”

“嗯嗯，那你就试试吧。”邢本才把车靠在路边，让冯啸辰上了驾驶座，自己则坐上了副座。当年的交规没那么严格，遇到无证驾驶的事情，只要不出事，警察一般也是睁只眼、闭只眼过去的。原因也很简单，那就是汽车很少，不是随便什么人都能够弄到一辆车开出来的，既然人家能把车开出来，估计就是会开一点。也正因为此，邢本才才敢把车交给冯啸辰去试开。

冯啸辰上了驾驶座，并不急于启动，而是先试了试离合器、刹车、油门各自的位置，推了推方向盘，又认真研究了一下档位，这才扭动钥匙发动了引擎。这种老式的吉普车在后世也仍在使用，冯啸辰在驾校学车的时候，开的就是这种老式吉普，所以对它的操纵并不陌生。他用一档缓缓起步，走顺了之后才切到二档。他的方向盘把得很稳，丝毫没有新手司机那种上路“画龙”的生涩感，邢本才坐在旁边，心里踏实了，知道冯啸辰的确不是吹牛。开了一程之后，冯啸辰的操作就变得熟练起来，档位之间的切换如行云流水般顺畅，让邢本才都觉得好生震撼。

“冯处长真是个人才，这车开得比很多老司机都不差了。”邢本才赞道。

冯啸辰笑道：“邢哥夸奖我了，还有，你叫我小冯就好，咱们兄弟之间还动不动就称官衔，太生分了。”

“那多不合适，万一让冷厂长听到，该批我了。”邢本才道，说完，又觉得似乎是驳了冯啸辰的面子，于是赔着笑解释道，“其实叫什么无所谓，冯处长跟我老邢不见外，我就把你当成自己的老弟了。”

“也罢，随你吧。”冯啸辰说道。

邢本才用手指点着道路，冯啸辰把车开到了区交通队的门前，找了个空地停下来。他那几把倒车入位的操作同样做得娴熟之至，邢本才拼命点头，表示冯啸辰应当赶紧去联系路考，很快就能拿到一个正式的驾驶证，也就是俗称的“红本”。

两个人下了车，往交通队里走，刚走到门口，正遇上另一个人也往门里走。看到冯啸辰，那人一把把他拉住，笑着说道：“咦，这不是冯处长吗，你什么时候回来的？”

冯啸辰抬眼一看，不禁也笑了起来，此人居然是他在火车上遇到的那位万能采购员张和平。他站住脚，和张和平握了一下手，说道：“我是前天回来的，把钳夹车送到前面的大站，我就和小杜坐火车回来了。”

“嗯嗯，那姑娘不错，挺漂亮的。”张和平没头没脑地说了一句，见冯啸辰有些窘的样子，连忙又笑着岔开话头，问道，“你怎么到交通队来了，刚才开车进来停在那边的就是你吗？”

“是啊，我来申请一个练习执照。”冯啸辰道。

张和平诧异道：“你刚开始学车？我刚才看到你开车进来了，开得很熟练啊。”

冯啸辰做出一个无奈的表情，道：“我是自学成才，一直没有正式学车。现在事到临头，只能临时抱佛脚，先申请一个练习执照应付一下，回头再约路考的事情。”

张和平道：“这还不容易吗，我跟交通队的老彭很熟，你们跟我一块进去吧，我让他给你安排一次单独的路考，如果你能通过，最快明天你就能拿到驾照了。”

“不会吧？”冯啸辰目瞪口呆了，“张哥，你的路子这么广？”

“哈哈，干我们这行的，不就是靠关系广一点吗？”张和平笑道，“你没听人说，车船店脚牙，无罪也该杀。我们当采购员的，就是古代的牙行，就是帮人牵线搭桥的。走吧走吧，都别跟我客气了。”

二人半推半就地被张和平拉进了交通队，没有往办理练习驾照的科室去，而是径直上了楼，来到一间挂着“副队长”字样牌子的办公室门外。张和平告诉冯啸辰，他说的老彭名叫彭刚，是区交通队的副队长。不等冯啸辰说点什么，张和平便敲响了房门。

“谁啊，进来!”屋里传出一个中气十足的声音。

张和平大大咧咧地推开了门，喊道：“老彭啊，又在养膘呢!”

“哟，是老张啊，稀客稀客，哪阵风把你吹来了!”看到张和平进来，正坐在办公桌前写着什么东西的一个胖子哈哈笑着站了起来，迎着张和平走过去，不容分说就给了他一个熊抱。

第一百五十六章

两个壮年男人亲热了好一会，彭刚才把张和平放开，用手指着站在门口的冯啸辰和邢本才，对张和平问道：“老张，这是你朋友？”

“我给你介绍一下。”张和平走到冯啸辰身边，郑重其事地向彭刚介绍道，“这是林北重型机械厂的生产处副处长，小冯，冯啸辰。这位是……”

“我是冯处长的司机，彭队长叫我小邢就可以了。”邢本才赶紧谦恭地做着自我介绍。当司机的，难免要和交通队打交道，有这么个机会结识一个交通队的副队长，对于邢本才来说也是非常有价值的。如果彭刚不介意，邢本才甚至打算过几天从采购站拎点北宁省的特产过来“走动走动”，相信吴锡民是会支持的。

“哦哦，冯处长，邢师傅，二位请坐吧。老张，你就自己找地方坐下吧，反正你也没把自己当作外人。”彭刚同样对于冯啸辰的年轻感到惊奇，他快速地与张和平交换了一个眼色，然后招呼着几人坐下。

寒暄了几句之后，张和平把冯啸辰想考个驾照的事情向彭刚说了一遍，彭刚二话不说，抄起桌上的电话便叫来了一名警员，对他吩咐道：“小刘，你带这位冯处长去试试车，一次把所有的科目都考了。如果合格的话，给他发一个临时的执照，冯处长有急用的。”

说罢，他又扭回头，向冯啸辰抱歉地说道：“冯处长，有一点我得先说明一下，开车这种事情可不能随便，咱们也得按照严格要求来考，这也是对你的安全负责，是不是？如果你能够通过考试，那么我马上可以给你发个临时的执照，你先用着，回头再来补正式的。如果万一没考好的话……”

“那我就申请领个练习执照，回去再练一段时间。彭队长这样严格要求是对的，我完全没意见。”冯啸辰表态道。

“那好那好，你们要不要喝点水？如果不用，那就快去快回吧，晚上我做东，请冯处长和邢师傅吃饭。”彭刚说道。

冯啸辰向彭刚和张和平道了谢，便与邢本才和那位小刘警官一道出了门。小刘警官不知道冯啸辰是什么来头，听彭刚喊他处长，又见彭刚语气颇为客气，便把他当成了领导，话里话外不无恭敬。

看到几个人离开，彭刚走过去关上房门，给张和平递了支烟，然后笑着问道：“老张，你这是搞什么鬼，这个小冯处长，莫非是你们的人？”

张和平当然不是什么采购员，他所在的那家所谓物资贸易公司，倒是真实存在的，但那只是一个幌子而已。张和平的真实身份是国家安全部门的一名处长，以采购员的身份作为掩护，从事的是神秘战线上的工作。

彭刚曾经是张和平的战友，因为受伤而退出了现役，被安排在交通队当了一名副队长，平日里与安全部门也有着密切的联系。张和平这次正是过来找他的，倒也没什么重要的事情，只是例行交流一些情况而已，没想到遇上了冯啸辰这么一件事。

“这小年轻不是我们的人，他在国家经委工作，我也是这次回来的时候，在火车上跟他有过一面之缘。”张和平解释道。

“嘀嘀，一面之缘，你就帮他找我开后门，你是不是把我这里的后门看得太不值钱了？”彭刚半开玩笑地说道。

张和平道：“你听我说完嘛。最开始，我也就是在火车上跟他随便聊聊，交个朋友。当时他还没有透露自己的身份，只说自己在林北重机驻京城采购站工作，没错，就是刚才那位邢司机工作的地方。我看他年纪小，还真的就相信了。”

“哈哈，你这只老狐狸也有看走眼的时候呢。”彭刚幸灾乐祸地揶揄道。

张和平摇摇头，自嘲道：“唉，真的老了，判断力下降了。后来，我们遇到了一起突发事故……”接着，他便把钳夹车抢修的事情向彭刚作了一个介绍，听得彭刚也不禁一愣一愣的，被这个年轻人的魅力和精干给镇住了。

“不错啊，能够在一团乱麻中间迅速理清头绪，抓住主要问题，而且敢于拍板，这哪是一个二十岁的小年轻干得出来的事情。”彭刚评论道。

“对啊！”张和平道，“我也是因为这一点，才觉得这年轻人不简单。有头脑，有能力，有担当，有魄力，能够符合这种条件的年轻人，实在是太少了。”

彭刚笑道：“可不是吗，咱们局这么多年，也就出过你老张这么一个怪胎，能够和这位小冯处长相媲美。”

“你找收拾是不是！”张和平笑着威胁道。他当年加入组织的时候只有十八岁，便表现出了非凡的能力，屡次受到总部领导的嘉奖，被誉为他们局最有前途的年轻人。彭刚是他的战友，与他是前后脚加入组织的，对他过去的辉煌颇为了解。听张和平不惜溢美之辞夸奖冯啸辰，彭刚自然地想到了十几年前的张和平，于是便把两个人一起夸了一遍。

“正好碰上了，我看他开车还挺熟练的，听说是过去在知青点的时候学过。反正是一个便宜人情，还不如先卖给他，也算是搭上一条线了。”张和平解释着自己的行为。

“你要卖人情，干吗找我开后门？”彭刚道，“你在局里给他办一个内部驾驶证，不是更容易吗，而且还是那种闯了红灯都不用罚款的证件，他岂不是更感谢你？”

张和平笑道：“他还不知道我的身份呢，只知道我是个采购员，充其量就是门路多一点，比如认识你这位交通队的大队长。”

“怎么，你是打算把他吸收进组织里去？”彭刚又问道。

张和平摇摇头，道：“不急吧，还得观察一下。此外，以他的能力，在经委那边发展，肯定是前途无量的，把他吸收到组织里来，有些耽误他了。现在国家提出以经济建设为中心，咱们系统也提出要把单纯保卫国家领土安全转到兼顾国家的经济和技术安全，像他这样的人才，留在经济部门，对国家更有利。”

“明白了。”彭刚点点头，“既然是这样，那我这个人情就卖得彻底一点，待会等他们回来，我做东，请他们吃饭。你呢，就算便宜你了，给你一个做陪的机会。我想，他也不会觉得有什么不合适，毕竟他是一个年轻处长，我这个小警察想巴结巴结他也是情理之中的嘛。”

张和平道：“如果是这样，你不妨安排得好一点，找一家高档点的馆子。”

“屁，这是我自掏腰包请客好不好，你以为我们公安部门像你们那样，吃喝拉撒全能找国家报销的?”彭刚怒斥道。

张和平道：“彭副队长，我可警告你，造谣是要有证据的，你凭什么说我们吃喝拉撒全能报销?”

彭刚抓住了张和平的语病，笑道：“造谣还需要证据吗?”

“没证据你造什么谣?”张和平反驳道，不等彭刚说什么，他又补充道，“我让你找一家好的馆子，是我猜测小冯会主动去付账。这个人别看年轻，城府很深，不会不懂得如何处理这样的事情的。你彭胖子平时也没啥油水吧，空有一个草包肚子，这回可以好好开开洋荤了。”

张和平没有猜错。冯啸辰跟着小刘警官出去考试，开着车在路上转了几圈，技术娴熟，没有出什么纰漏，小刘警官当即给了他一个合格的成绩，帮他办了一张临时的驾驶执照，然后便把他带回到彭刚这里来了。听说彭刚要请大家吃饭，冯啸辰二话不说就答应下来，但提出了一个条件，那就是应当由他来结账，理由却不是因为张和平、彭刚帮了他的忙，而是说张、彭二位加上邢本才都是他的老大哥，他做小弟的理应孝敬大家。

因为还有外人参加，邢本才自然不便驳冯啸辰的面子，只是讷讷地说了几句客气话，就跟着众人一块走了。张和平和彭刚则连推辞都没有，便接受了冯啸辰的邀请，加上小刘警官一道，前往交通队附近的一家档次不错的饭馆大吃了一顿。

点菜的时候，冯啸辰表现得颇为豪爽，这一点也赢得了张和平和彭刚的好感。他们倒没想到冯啸辰有海外关系，只是觉得冯啸辰是个单身汉，又有一定的级别，手里比较宽裕也是正常的。请客吃饭的态度也是能够反映出人品的，大手大脚固然不足取，但如果过于抠抠缩缩，也会让人鄙视。

饭桌上众人只聊感情，觥筹交错之后，便纷纷称兄道弟起来。彭刚拍着邢本才的肩膀，声称以后在本区的地面上有点啥违章之类的事情，尽管来找他帮忙。邢本才则向彭刚和张和平表示，有啥事情需要林北重机出面帮忙的，他可以居中协调。张和平给冯啸辰留了个电话，说好以后保持联系。冯啸辰顺便也向大家说起了自己工作调整的事情，并声称日后肯定会有不少事情要麻烦众人。

大家尽欢而散，彭刚叫来几名手下，分别把邢本才和张和平送回各自的住处，冯啸辰则坐着那辆林北重机的吉普车，由一名警察开着车送回了冶金局大院。

第一百五十七章

第二天一上班，冯啸辰便来到了罗翔飞的办公室，给他开门的依然是田文健。二人一见面，都有些不自然的感觉，冯啸辰先反应过来，笑着说道：“田秘书，以后该叫你田处长了，恭喜恭喜啊。”

田文健也挤出一个笑容，说道：“瞧你说的，小冯你的副处长任命也快下来了吧？真不简单，我像你这个年纪的时候，还刚参加工作呢。”

“田处长，我听说冶金部那边是点名要你去的，人家是求贤若渴啊。”

“唉，其实我更希望在罗局长身边多接受几年指导，小冯，我真羡慕你啊，能够跟罗局长到新部门去，肯定是前途无量。”

“那是罗局长对我不放心，不像田处长这样已经出师了，可以独当一面了……”

两个人互相恭维了几句，田文健指了指屋里，说道：“罗局长已经到了，你进去吧。唉，真惭愧，有些事情应当是我去办的，可罗局长让我先到冶金部那边去报道，这边的事情只好辛苦你了。”

“这是应该的。改天我去冶金部叨扰田处长，啊不，估计那时候田处长已经是田司长了，别到时候不认识我这个小兵了……”

“小冯……唉唉，我真说不过你，那就承你吉言了。”田文健被冯啸辰一通好话忽悠得晕头转向，又不知道如何回应才好，只能傻笑着把冯啸辰让进了办公室。去冶金部而不是跟着罗翔飞去重装办，这是罗翔飞和田文健商量过的结果，田文健在口头上当然是表示过要跟着罗翔飞走的，但他内心却是希望换一个部门，以便自己大显身手。

在原来的领导手下工作，既有好处，也有坏处，取决于领导的风格。如果碰上那些喜欢搞裙带关系的领导，那么你作为领导的心腹，可能会有更多的升迁机会。但如果碰上不徇私情的领导，关系越熟，领导对你的要求就越严格，甚至在你与他人做出同样成绩的情况下，领导也会把他人抬得更高，有意地压低你的表现。

罗翔飞就是后面那一类领导。田文健知道，如果自己跟着罗翔飞到重装办去当个副处长，那么必然会成为干活最多、受夸奖最少的那个。与其如此，他还不如到冶金部去。这些年他跟在罗翔飞身边，在冶金系统里也积累了不少人脉，冶金部有几位领导对他看法不错，过去之后的前途应当是比较光明的。虽然有着这样的心态，但看到冯啸辰上蹿下跳在为罗翔飞跑腿，田文健还是有一种酸溜溜的感觉，这或许就是人们说的“斯德哥尔摩综合征”吧。

冯啸辰没心思去体谅田文健的心理，他走进罗翔飞的办公室，向罗翔飞报告道：“罗主任，我已经弄到车了，咱们今天是不是就可以出门去拜访那几位了。”

“效率挺高的嘛！”罗翔飞惊讶道。

冯啸辰笑道：“其实也简单，我找了孟部长帮忙，从林北重机的驻京采购站借了一辆车。我跟他们说，是孟部长的一位老部下要用车，我记得您当初也说过孟部长是您的老领导的。”

“哈哈，孟部长的确是我的老领导，他间接地领导过我。”罗翔飞说道，接着又问道，“那么司机呢，也是林北重机派的吗？”

冯啸辰从兜里掏出那张新鲜出炉的临时执照，说道：“我给罗主任当司机怎么样？您可别嫌我技术差，我可以保证行车安全。”

“完全可以啊！小冯，我真有点好奇，这个世界上到底有什么事情是你小冯不会的。”罗翔飞半开玩笑地说道。对于冯啸辰会开车这一点，他还真没有觉得太惊奇，在他看来，冯啸辰这种头脑灵活、敢想敢干的年轻人，找机会偷偷学会开车也是很正常的事情了。

冯啸辰用罗翔飞办公室里的电话与罗翔飞先前相中的几个人联系了一下，约定了上门去拜访的时间。这几个人中，有的与罗翔飞原来就很熟悉，听说罗翔飞要去拜访，都是带着诚惶诚恐的态度表示了欢迎；有些还声称如果罗局长工作忙，他们可以到冶金局来接受指示。还有几位则与罗翔飞不熟，听到冯啸辰提出的要求，他们都有些丈二和尚摸不着头脑，只是迷迷糊糊地表示自己有时间，随时欢迎领导前去视察。

冯啸辰约上的第一个人，是化工部下属化工设计院的一名研究室主任，名叫吴仕灿。冯啸辰向他说起冶金局和罗翔飞的名字时，他有些愕然，表示自己与罗局长确有过一面之缘，但不知罗局长找他有什么公干。冯啸辰当然不会在电话里细说这件事，这也是他和罗翔飞商议过的。招兵买马这种事情，还是当面谈比较合适，万一在电话里说不清楚，对方直接就拒绝了，再想说服对方就要费更多口舌了。

“罗主任，这个吴仕灿说他跟您不熟，您怎么就相中他了？”在前往化工设计院的路上，冯啸辰一边开着车，一边对坐在副驾位置上的罗翔飞问道。

“他跟我的确不熟，不过我对他很了解。”罗翔飞微笑着说道，“我听过他的两次报告，后来还专门让小田帮我调查过他的情况。他是留苏的大学生，学的是化学工程，回国后一直在化工设计院工作。他参与过东方红炼油厂的设计，后来还参加了国家计委组织的 11 万吨乙烯成套设备开发，这个项目最终没有成功，但培养了一批化工设备方面的人才。吴仕灿这个人很爱钻研，他精通俄语、英语和日语，对于国际化工装备技术的前沿非常了解，眼界很开阔。他在经委组织的一次会议上作过一个关于发展大化工产业的报告，其中不但讲到化工设备的研发规律，还由此引申到整个重大装备产业的研发规律，这样一个人才，正好适合做咱们重装办的规划处长。”

“您说的是什么时候的事情？”冯啸辰问道。

“应该是四年前吧。”罗翔飞回忆道，“那时候大家都在谈论如何从国外买一个现代化进来，吴仕灿却提出，光靠买设备是建不成现代化的，中国必须形成自己的装备制造能力。他还提出了一个装备制造三步走的战略，和中央领导同志最近提出的重大装备研发思路是完全吻合的。”

“是吗？那我有些迫不及待想见见这位牛人了。”冯啸辰说道。

吉普车径直开进化工设计院的院子里，冯啸辰随便找人打听了一下，便问到了吴仕灿的办公室所在。他领着罗翔飞进了办公楼，找到问好的那个房间，敲了敲房门。

“谁啊，请进！”屋里的人喊道。

冯啸辰推开了门，然后侧过身子，请罗翔飞先进门，自己则跟在罗翔飞的身后也走了进去。

这是研究室的主任办公室，屋里只有一个人。看到罗翔飞和冯啸辰进门，那人连忙起身，辨认了一下，便急步上前，伸出双手，说道：“是罗局长吧？我是吴仕灿，真不好意思，还让您亲自上门来，快请坐吧。”

罗翔飞和吴仕灿握了手，又向他介绍了一下冯啸辰，不过没有提冯啸辰的副处长头衔，只说是自己的临时秘书兼临时司机。吴仕灿没有因为这两个“临时”而低看冯啸辰，他与冯啸辰也握了手，然后招呼着二人坐下，又手忙脚乱地去拿热水瓶，准备给二人倒水。

“吴主任，我来吧，您和罗主任谈。”冯啸辰伸手去抢吴仕灿手里的热水瓶，吴仕灿谦让了一下，也就把热水瓶交给冯啸辰了，自己则在罗翔飞对面坐下，搓着手似乎想说几句寒暄的话，又不知从何说起。

“吴主任，你大概不记得我了吧？”罗翔飞先开口了，说道：“1977年，你在经委作过一个关于大化工产业发展的报告，讲得非常精彩。会后我还专门向你请教过几个问题，你还有印象吗？”

“有印象，有印象。”吴仕灿道，“罗局长……呃，你现在是罗主任吗？对不起啊，我不太关注经委的人事变化。对了，当时你问过我关于煤炭液化技术方面的问题，很惭愧，我没有回答好。回来之后我专门查阅了一些资料，写了一个综述寄给你，你还给我回了信。”

罗翔飞道：“你那个综述写得非常好，现在还放在我的办公室抽屉里呢。你在综述中说到的甲醇制取烯烃问题，我曾经向好几位专家请教过，他们都认为你提出的技术路线是最有可操作性的，极具前瞻性。”

“哪里哪里，我也只是综合国外的一些研究成果，才提出了这样的思路，纸上谈兵而已。”吴仕灿脸上有些泛红，他摆摆手，岔开这个话题，问道，“罗主任，你今天到我这里来，是有什么技术上的问题需要我们提供支持吗？”

罗翔飞笑道：“可以这样说吧。其实我今天过来，就是想来和你聊聊甲醇制取烯烃技术的，你刚才说那只是纸上谈兵，那么你有没有兴趣把纸上谈兵变成真正的沙场演兵呢？”

“什么意思？”吴仕灿愣住了，心里隐隐涌起了一丝期待。

第一百五十八章

“国家准备成立一个重大装备办公室，专门负责组织、协调重大装备的研制开发工作。我已经被任命为重装办的副主任，主持重装办的工作。今天前来拜访吴主任，是想问问你，是否有兴趣到重装办来，把你从前说的纸上谈兵的那些重大装备变成现实。”罗翔飞用诚恳的语气向吴仕灿说道。

“重大装备办公室？”吴仕灿大感意外，他看了看罗翔飞，又看看冯啸辰，觉得对方不像是开玩笑的样子，这才小心翼翼地问道，“可我是搞化工的，和重大装备有什么关系？”

罗翔飞道：“大型乙烯成套装置，大型化肥成套装置，包括煤炭化工成套装置，都是我们准备搞的重大装备，怎么会和你没有关系呢？”

“可我是一个搞技术的人啊，不懂你们行政机关的工作。”吴仕灿讷讷地说道。

罗翔飞笑了，问道：“老吴，你觉得我们行政机关应当是怎么工作的？”

吴仕灿想了想，说道：“不外乎就是开开会，发发通知，搞搞动员什么的，像我们化工部就是这样。你们这些工作，我实在是做不来啊。”

罗翔飞道：“你误会了，我来请你出山，不是让你去开会发通知的，我看中的是你对国际技术前沿的敏感性，想请你到我们那里去主持规划处的工作。规划处的任务是从事装备技术的前瞻性研究，提出切实可行的装备发展规划，用于指导重大装备的选项定点。这项工作是需要有一定技术眼光的，你说的那些只会开开会、发发通知的人，是干不了这项工作的。”

“前瞻性研究？”吴仕灿陷入了沉思，好一会，他才勉强地笑了笑，说道，“罗主任，这个我恐怕难以从命。我还是比较喜欢设计院的这些工作，你说的大型乙烯装置、大型化肥装置，最终还是要落到我们设计院来搞设计的，我觉得在这里更能够发挥我的价值。”

“这……”罗翔飞无语了。碰上这种技术宅，还真让他有些不知所措。显然，在吴仕灿看来，做管理工作不如做科研工作更有价值，要改变这种观念，还真不是一两句话就能够办到的。

“吴老师，您说得太好了。”冯啸辰在旁边说话了。此言一出，罗翔飞和吴仕灿都愣住了：你是哪边的啊，你难道不是应当站在罗翔飞一边帮着劝说吴仕灿的吗，怎么反过来帮吴仕灿说话了？

冯啸辰似乎没有感觉到两个人的诧异，而是继续说道：“吴老师，您知道吗，我从小就特别崇拜科学家，恨不得自己也能成为一个科学家。可惜上中学的时候，我的数理化学得太差了，所以现在只能干点抄抄写写，跑腿打杂的工作，根本没法和吴老师您所从事的工作相比。”

听到冯啸辰自贬，罗翔飞不吭声了。冯啸辰的数理化功底如何，罗翔飞是心里有数的，在这种情况下，冯啸辰非要自称自己只会抄抄写写，想必是有什么深意吧。罗翔飞一时猜不透冯啸辰的策略，于是索性一言不发，等着冯啸辰去发挥。

吴仕灿却有些窘了，虽然他并不怀疑冯啸辰的话，但人家如此谦虚，自己总不能没什么表示。他摆着手说道：“哪里哪里，冯秘书太自谦了，其实嘛……你们做的工作也是很有意义的。俗话说，火车跑得快，全靠头来带，你们就是我们这些科研人员的带头人，没有你们这些领导部门，我们也不知道该做些什么工作呢。”

“吴老师太客气了，像您这样的大科学家，才是真正的火车头呢，我们这些做行政工作的，就是为你们服务的。对了，吴老师，其实我们重装办已经拟定了一些化工设备发展方面的计划，到时候恐怕还得请您大力支持呢。”冯啸辰说道。

“应该的，应该的。”吴仕灿应道，“只要你们提出要求，我们这边一定会努力去完成的。”

“是吗？那可太好了。”冯啸辰一点也不客气，直接顺着吴仕灿的话头说道，“我们眼下就有一个比较紧要的项目，趁着今天见到吴老师的机会，想听听您的意见，看看您有没有时间来主持这个项目。”

“什么紧要项目？”吴仕灿认真地问道。

“是这样的，在我们的规划中，有一项就是大型合成氨成套装备。我们准备召集国内几家大型化工设备企业，再加上几家重点科研院所，投入三年时间，突破大型科柏·托切克气化炉的制造技术难关，以后咱们的国产合成氨装置，就可以用上自己的气化炉了。为此，我们准备向计委申请2000万的资金……”冯啸辰侃侃而谈，说得跟真的似的。

“你等等！”吴仕灿脸色微变，不等冯啸辰说完，便打断了他的话。他把头转向罗翔飞，问道，“罗主任，刚才冯秘书说的这个，是真的？”

罗翔飞当然知道冯啸辰是在信口雌黄，重装办还没有正式成立，哪有什么急着要做的项目。大型合成氨的确是未来重装办要组织攻关的项目之一，前期的一些基础工作也已经铺开，但没听说什么申请2000万资金，还有什么三年突破之类的。不过，既然冯啸辰一本正经地说出来了，显然是有他的用意的，罗翔飞与冯啸辰也不是第一天合作了，自然不会去戳穿他的谎言。听到吴仕灿向他求证，罗翔飞只是微微点了一下头，道：“这件事主要是小冯在负责，具体细节还是以小冯说的为准吧。”

“这……这这这这，这简直就是胡闹嘛！”吴仕灿磕磕巴巴地说了几个“这”字，最后终于忍不住，暴跳起来了。

“怎么啦，吴老师，您别激动。我哪里说错了，您指出来就是。”冯啸辰装作惶恐的样子说道。

“哪里说错了？从一开始就错了！”吴仕灿大声吼道。他平日里也并不擅长与人沟通，这时气迷心窍，就更不知道委婉为何物了。

“吴主任，你别激动，慢慢说。”罗翔飞也开口了。

听到罗翔飞的劝解，吴仕灿不好意思再发火了，他喘了几口粗气，然后对罗翔飞说道：“罗主任，我想问问，小冯同志刚才说的这个方案，到底是谁制订的，制订这个方案的人，缺乏最起码的化工常识。制订这样的方案，简直就是对国家的犯罪！”

“这话怎讲？”罗翔飞心平气和地问道。能够让眼前这个老实人发这么大的脾气，倒也是一件不容易的事情，罗翔飞隐隐猜出了冯啸辰的用意，不禁在心里暗中感叹他的急智。

吴仕灿无知无觉，只顾自己说道：“罗主任，我知道你是一位冶金技术专家，但化工方面的技术，您可能不太了解。至于冯秘书……唉，我还是说你们这个方案的事情吧。刚才冯秘书说，准备花几年的时间，用2000万的资金去突破科柏·托切克炉的技术难关，而且还说以后咱们的大型合成氨装置都使用这种炉型，这是一个完全错误的方向。”

“不会吧，吴老师，我听说这种KT炉是非常先进的技术，美国、德国的化肥厂都是用这种气化炉的，而我们国家在这方面与国外的差距很大，正应该迎头赶上的。”冯啸辰用委屈的口吻反驳道。

“是谁跟你说KT炉非常先进的？”吴仕灿不客气地问道。

“书上是这样写的啊。”冯啸辰道，“我们自己也查过资料的。”

“是什么时候的书？书上又是怎么写的？”吴仕灿继续问道。

冯啸辰把手一摊，道：“这个我就不清楚了，您知道的，我在这方面不太懂。”

“不太懂你们就敢立项？”吴仕灿道，“我告诉你，KT炉的确曾经是非常先进的，但它是1949年就已经投入工业化应用的炉型，你说的什么美国、德国的化肥厂，肯定都是五六十年代建起来的，现在新建的化肥厂绝对不会再用这样的炉型。KT炉和鲁奇炉、温克勒炉等等，都属于第一代煤气化技术，它们的特点是气化能力低，煤气中含有焦油、轻油等杂质，对环境污染严重，在国外是已经被淘汰的技术了。目前国外正在开发和使用的是第二代煤气化技术，包括了德士古气化法、砚壳·科柏法、西尔伯格·奥托法、高温温克勒法等等，有三四十种之多。你们连国际前沿技术都没掌握，就盲目立项，投入这么多的人力、物力，最后开发出来的是早就过时的技术，你们说说看，这是不是对国家的犯罪！”

他越说越激动，也顾不上考虑对方是客人，而且罗翔飞的级别还比他高，岁数也比他大不少。刚才冯啸辰向他说的技术思路在他看来实在是太荒唐了，想到数以千万计的资金会因此而白白浪费，他就难以控制住自己的情绪。

罗翔飞和冯啸辰二人都不吭声，只是静静地听着，脸上也没什么表情。吴仕灿滔滔不绝地讲了一大通，发现罗翔飞和冯啸辰都没反应，不禁有些奇怪。他向二人脸上看了一眼，心中一凛，突然明白过来了。

第一百五十九章

“你们……这是在套我的话？”吴仕灿试探着问道。

作为一名科学家，吴仕灿的情商或许不怎么高，但智商是足够高的。初听冯啸辰说出一个那么荒谬的方案，他气急败坏，也顾不上去想这其中是否有陷阱。及至发泄了一通，怒气稍稍平息了一些，再看罗翔飞、冯啸辰二人丝毫没有吃惊的表情，他顿时就反应过来了：对方根本就不是那么糊涂，这个所谓的方案完全就是对方对自己使的激将法。

“老吴啊，你现在应当意识到了吧？行政管理工作并不是可有可无的，它的重要性丝毫不亚于科研、生产活动。一个错误的决策，可能会导致无数人力、物力、财力的浪费，会把咱们国家的技术发展引向歧路，同时还会浪费掉宝贵的时间。时不我待，我们国家要在本世纪末实现四个现代化，还能有多少时间去走弯路、交学费呢？”看到吴仕灿明白了冯啸辰的用意，罗翔飞语重心长地对吴仕灿说道。

“这……”这回轮到吴仕灿不知道该说什么好了。是啊，自己很看不起机关里的工作，觉得这些工作不需要什么技术含量，仅仅是开开会、发发通知而已。可机关里发出来的通知，就会成为许多单位以及许多像他一样的学者工作的方向，一旦这个方向选错了，那么无数的人力、物力都将虚掷。

罗翔飞是一个睿智的领导，他轻易不会犯这样大的错误。即便是那个看似口无遮拦、不够稳重的小冯，其实也是颇有内秀，他绝对不像他自己声称的那样不懂数理化。他能够在仓促之间找到 KT 炉这样一个例子来说服自己，就显示他对于化工技术前沿是心中有数的。可无论是罗翔飞，还是冯啸辰，都毕竟不是专业人士。作为行政官僚，他们不可能彻底掌握技术动态，如果没有人为他们做好智囊，为他们在技术上把好关，他们是完全可能会做出错误决策的。

那么，这个为重装办做技术把关的人，这个罗翔飞的智囊，会是自己吗？

吴仕灿一时有些茫然了。

“老吴，你应该很清楚，我们非常需要你的头脑和你的眼光。重装办的决策关系到国家装备建设的成败，没有专业人员作为支持，我们将是步履维艰的。”罗翔飞说道。

吴仕灿道：“可是……我也仅仅是了解化工设备的情况，对于其他的，比如冶金装备，我就不太了解了。重装办这么重要的地方，我怕我不能胜任啊。”

罗翔飞道：“没有人能够了解所有的技术。不了解的地方，我们可以再去请教专家，可以组织专业队伍去进行研究。但是，所有这些工作，都需要有一个有技术背景、懂得技术发展规律的人来主持。你有过参与重大装备研制的经验，你对于国际装备前沿一直都保持着关注，这恰恰就是我们所需要的人才。所以，老吴，不要再犹豫了，到我们这里来吧，这里比设计院更需要你的眼光和智慧。”

“罗主任太抬举我了。”吴仕灿苦笑着说道，罗翔飞的话说得很真诚，让他无法推脱，他说道，“罗主任的意思我已经明白了。罗主任对我的信任也让我非常感动。不过，我毕竟做了这么多年的化学工程研究，要让我放弃现在的专业，改行去做规划，我真有些下不了决心啊。”

罗翔飞道：“老吴，你的心情我完全可以理解。建国的时候，我在部队里当团长，我觉得我这一辈子都应当是与枪炮为伴的。可是，仗已经打完了，国家需要大量的干部去接收城市，需要把工作重心转入经济建设。党一声召唤，我就脱下军装，转业到了地方，一直干到今天。在国家的需要面前，个人的爱好、理想算得了什么呢？”

“我明白了！”吴仕灿重重地点了一下头，说道，“既然罗主任信得过我，那我就接受这份工作。罗主任说得对，这是国家的需要，我义不容辞。罗主任，能不能给我几天时间，让我和设计院的同事做一个交接。此外，到时候可能还得麻烦重装办给设计院发一个调令，以便我办理各种手续。”

“没问题，这件事小冯会和你联系的。至于设计院这边，我会向化工部提出请求，化工部应当会支持的。”罗翔飞说道。

冯啸辰向吴仕灿呵呵笑道：“吴老师，刚才我说的话都是瞎编的，您可别介意。”

“我谢谢你，小冯，不是你的启发，我还沉溺在这小资产阶级的自我情调里呢。以后到了重装办，你可得多多帮助我。”吴仕灿诚恳地说道。他是一个豁达的人，虽然知道刚才冯啸辰是在骗他，但心里却一点也不怨恨。冯啸辰举的这个例子，让他幡然醒悟，认识到了自己思想的局限性，相当于在面前打开了一扇新的窗户。从这个意义上说，他的确是应当要感谢冯啸辰的。

“吴老师，您这话可就折煞我了。”冯啸辰连忙摆手道，“您是前辈，我哪敢对您有什么启发。等您到了重装办之后，我还得向您多多请教技术上的问题呢。”

“好啊，那咱们就互相帮助，各取所需吧。”吴仕灿笑着说道。

三个人又说了几句闲话，罗翔飞婉拒了吴仕灿要留他们在食堂吃饭的邀请，带着冯啸辰离开了。吴仕灿把他们送下楼，看着他们坐上吉普车走远，这才转身返回自己的办公室，抄起电话叫来了自己正在指导的一名研究生。

“吴老师，有什么事吗？”研究生进了门，恭恭敬敬地向吴仕灿问道。

“小黄，上次咱们俩合作的那篇文章，你写好了吗？”吴仕灿问道。

“已经快了，还差几个实验数据就可以完成了。”研究生道。

吴仕灿道：“你抓紧时间把实验做完，然后把论文写好，交给我看看。另外，这篇文章投稿的时候，你署名为第一作者，我为第二作者。”

研究生连忙说道：“这怎么能行，吴老师，这篇文章的思想都是您的，我只是做了些实验而已。您上次不是说，您需要这篇文章吗？”

吴仕灿淡淡一笑，道：“我已经不需要这篇文章了，你更需要它。对了，小黄，我那套制图工具，你不是一直都很眼馋吗，现在送给你了。”说着，他拉开抽屉取出一个精美的盒子，递到了研究生的面前。那盒子里装着一套不锈钢的圆规、鸭嘴笔等绘图仪器，这是作为一名化学工程专业的技术人员所必备的工具。

研究生的眼睛里露出了骇然之色。他知道，这套制图工具是吴仕灿几年前出国时花了不少的价钱买下的，平时一直视若珍宝，连摸都舍不得让别人多摸一下。如今，他居然就这样把它送给了自己，这其中透露出来的信息让人心惊。他怯怯地问道：“吴老师，您怎么啦？您这是……”

“我可能要调动工作了，以后也许就再也用不上它们了。”吴仕灿站起身来，把那盒制图工具塞到研究生的手里，然后拍了拍他的肩膀，说道，“你是我最得意的学生，好好努力吧，希望你能够把我的事业继承下去。”

研究生带着复杂的心情离开了。吴仕灿关上门，坐回到自己的座位上，发了好一阵的愣，突然抬起手捂着脸，泪水无声地从指缝中渗了出来。

“小冯，今天你的表现不错，也亏你能够想到这样一个办法，否则我还真不知道该怎么说服老吴呢。”在返程的吉普车上，罗翔飞笑着对冯啸辰表扬道。

“其实我觉得吴主任还是深明大义的，即使我不编这样一个故事，而是由您耐心地跟他讲道理，他也会做出正确选择的。”冯啸辰道。

“作出这样一个选择不容易啊。”罗翔飞感慨地说道，“当初部队让我转业到地方去工作，脱下军衣那几天，我像是被抽掉了魂一样，整个人都变成了行尸走肉。你要知道，一个人一直都钟爱着的一份事业，突然之间就要放弃了，这种心情是非常痛苦的。”

“还好，我没有过这样的经历。”冯啸辰嘻嘻笑着说道。其实，他在刚刚穿越到这个时空来的时候，又何尝不是这样失落呢？在前一世，他有事业，有地位，前途无量，突然间就变成了一个只能帮人搬搬图纸、扫扫地的临时工，那种身份上的落差也是难以接受的。

幸好，他遇上了慧眼独具的罗翔飞，给了他一个如此广阔的平台。如今，他又回到了重装办，回到他所熟悉的岗位上，这简直就是命运的奇迹。

正往前走着，罗翔飞用手指了一下，说道：“前面那个路口，向右转，永新胡同你知道吗？”

“我知道啊。”冯啸辰回答道。

罗翔飞道：“咱们到永新胡同去，经委给咱们安排的办公场地就在那里。刘燕萍今天已经带人去收拾了，咱们正好顺路去看一下，也看看他们有没有什么需要咱们帮忙的事情。”

“明白！”冯啸辰说着，方向盘一转，便向永新胡同的方向开去了。

第一百六十章

水新胡同位于西城，从胡同里出来便是京城的二环路，但胡同里却比较冷清，有点闹中取静的意思。罗翔飞指挥着冯啸辰把车开进胡同，来到一个小院子跟前。冯啸辰按了按喇叭，便有人跑出来打开了院门，让冯啸辰把车开了进去，停在院子的一角。

院子不算很大，东西北三个方向各有一排平房，南边是院门，院门两侧还各有一个小房间，看来有点像四合院的格局，只是规模略大一些。院子中间是一片平地，铺着水泥，有几个露着土的地方种着七八棵树，树下有可以停车的地方，还有两张乒乓球台子，一看就是那种比较标准的单位用房。

据罗翔飞介绍，这个院子曾经是经委下属的一个单位的所在，后来这个单位撤销了，院子便空了出来，现在正好转给重装办使用。这个院子里，领导办公室、会议室、处室办公室、财务室、库房以及水房、卫生间等都是现成的，办公家具也很齐全，只是稍微有些破旧了。

罗翔飞他们到达的时候，刘燕萍正带着刚组建起来的行政处的一干人马在打扫卫生。地上、墙上都能看到一些水迹，院子中间还堆了两堆垃圾，里面有陈腐的树叶、发黄的纸张以及一些石灰块等等。

“罗主任来了？小冯处长也来了？啧啧啧，原来小冯还会开车呢，真看不出来。”刘燕萍迎上前来，笑呵呵地向他们打着招呼。她没有像平日那样穿着漂亮的衣服，而是换了一身旧工装，也不知道是从哪个单位顺来的，头上还戴着一顶有帽檐的工作帽，估计是怕灰尘落到头发上不好清理。她的脸上沾了一些脏东西，额头上还残留着汗渍，显然是刚刚身先士卒地干了不少活。在冶金局的时候，冯啸辰很少看到刘燕萍这副模样，现在才知道这位平日里看起来乍乍呼呼，只会围着领导转的中年妇女原来也有吃苦耐劳的一面，也难怪罗翔飞会把她带到新单位来。

“刘主任辛苦了。”冯啸辰喊着她的旧头衔。按照新头衔，她应当被称为刘处长了，虽然级别是一样的，但主任这个称呼总让人有些不明觉厉的高大感。

“小刘辛苦了。”罗翔飞也笑着问候道，对刘燕萍的这种表现，他还是挺满意的。

刘燕萍嘻嘻笑着，说道：“不辛苦，当初咱们冶金局刚搬家的时候，我们不也是这样干过来的吗，那时候罗主任还亲自带着我们收拾屋子呢。对了，罗主任，我给您介绍一下，这是小郑，郑语馨，委里郑主任家的丫头，挺能干的，歌唱得也好听，刚才一边干活还一边给我们唱呢；这是小宋，宋文华，大学生，是机械部推荐过来的，听说笔头子特别利索，以后咱们办公室的稿子就有人写了；这是谈会计，谈泓玮，财政部派过来的，担任咱们的会计；这是小王，王雪，委里财会处的，您也认识是吧？她还是当出纳。还有老薛，喂，老薛，罗主任来了，你还不下来！”

她每介绍完一个，就有一个人过来向罗翔飞和冯啸辰笑着点头招呼，等她说到最后一句话时，却是把头抬起来，冲着屋顶上喊的。

“来了来了！”屋顶上传来一个洪亮的声音，紧接着，一个穿着工作服、五十岁上下的男子从屋顶探出头来，笑呵呵地对着下面的罗翔飞招了招手，喊道，“罗主任，我老薛又来给你当兵了。”

“哈哈，老薛还是不减当年勇啊，怎么都爬到房上去了？”罗翔飞笑着向屋顶上那人招呼道，看起来与此人颇为熟悉。

刘燕萍见冯啸辰一脸茫然的样子，便小声地向他介绍开了：屋顶上这人，名叫薛暮苍，今年正好是五十岁，是个工人出身。早在二十世纪六十年代初，他就因为能干而被下去视察工作的经委领导看中，从下面的工厂提上来，到经委办公厅的后勤处当了一名保管员。他为人忠厚，却并不木讷，别人有什么困难的时候，他都是任劳任怨地去帮忙，因此在经委内外都有极好的人缘。他文化程度不高，但极具悟性，不管什么新的办公设备，他摆弄几下就能熟悉操作。他最著名的一点就是他是一名神级修理工，无论是电器、家具，还是房屋、水管，就没有他不会修的东西。据说在下放的时候，干校的拖拉机坏了，请附近农机站的技术员来修都没有修好，他用两根自行车辐条加上一包伤湿止疼膏就给捣鼓好了，弄得其他部委的下放干部都知道了他的大名。

这一回，罗翔飞专门从经委把他请过来，担任行政处的副处长，实则就是整个重装办的大管家了。薛暮苍过去也与罗翔飞搭过班子，听到招呼马上就来了。

说话间，薛暮苍已经顺着梯子下来了，他走到罗翔飞面前，笑着解释道："这些屋子闲得太久了，有点漏雨，现在不赶紧修修，等到七八月份一下雨，屋里就可以养鱼了。"

罗翔飞向他伸出一只手，要与他握手。薛暮苍摆了摆手，示意自己手上很脏。罗翔飞也没强求，收回手去，对薛暮苍说道："老薛，我请你过来，可不是让你来当勤杂工的。你现在也一把岁数了，这种上房的事情以后得交给年轻人干。"

"哈哈，没事，上个房梁而已，我还没老到这个程度呢。"薛暮苍道，他用手一指行政处的众人，说道，"你看看，刘处长，小郑，小王，都是女同志；谈会计岁数也不算小了，其实都该叫老谈了；剩下就是小宋……"

看上去文文弱弱的宋文华赶紧上前，做着自我检讨："罗主任，我检讨。我过去在家里只干过农活，泥瓦工干不好。刚才我也上去了，可惜只能给薛处长添乱，后来薛处长就把我赶下来了。"

薛暮苍摆摆手道："添乱倒说不上，不过你是真的不会干这种活。这也难怪，刘处长说你是个笔杆子，写文章是一把好手，那就不能干这种粗活，这叫术业有专攻。"

"不是，我是……"宋文华支吾着，不知道该如何说才好了。他是农家出身，因为能写点文章，被所在公社的领导看中，调去当了秘书，后来又由公社推荐上了大学，是个工农兵大学生。毕业之后，他被分配到机械部工作，这一回被派到重装办来担任文书工作。

宋文华擅长写稿子，但并不擅长说话，胆子也比较小。新到一个单位，就闹出这种副处长在房顶上干活，自己却在下面待着的事情，还被主管的副主任抓了个现行，这让他好不慌张，生怕在领导面前落下个坏印象。

罗翔飞却没在意，他拍拍宋文华的肩膀，说道："各有所长，干不了也正常。不过你的身子骨也太弱了一点，以后除了写材料之外，还得多干点体力活，身体是革命的本钱嘛。"

"是是，谢谢罗主任的勉励。"宋文华连声应道，心里算是稍稍安定了一些。

冯啸辰笑着上前，对薛暮苍说道："薛处长，以后有这种事情，您就叫上我一份吧。我当过知青，修房这种活也干过，不过肯定不如您水平高而已。"

"好说好说。"薛暮苍笑道，"你是咱们办的司机吧，叫什么名字啊？看你挺年轻的，今年有二十没有？"

他刚才在屋顶上看到冯啸辰开车载罗翔飞进来，便有些先入为主了。那年代还不时兴干部自己开车，能开车的人必定就是司机，而司机则应当归行政处管。他在心里还纳闷呢，刘燕萍介绍行政处人员的时候，好像没说有这位小司机啊。

刘燕萍见薛暮苍摆了乌龙，连忙上前介绍，道："老薛，你这可看走眼了，他是咱们综合处的副处长，冯啸辰，小冯。原来也在我们冶金局工作的。"

"你就是冯啸辰？"薛暮苍的眼睛瞪得老大，也顾不上手脏不脏，一把就攥住了冯啸辰的手，脸上的表情既是兴奋，又带着几分崇拜，"哎呀，我真是有眼不识泰山，原来你就是大家说的那个小冯啊。你看看，我真是老糊涂了。也难怪，我光听人说冶金局有个冯啸辰，可没想到有这么年轻呢！"

"薛处长太客气了，我算什么泰山，您才是泰山呢。"冯啸辰不明就里，一边和薛暮苍握着手，一边笑着谦虚道。

薛暮苍热情不减，拉着冯啸辰的手一点都不松开，嘴里说道：“你还不知道吧，就是因为你，我家那个丫头才不用天天在家里蹲着了。就这几天，她只要一回家，就是念叨你的名字。听说你也要来重装办，我老伴还跟我说，啥时候请你到家去吃顿饭呢。”

“呃……”冯啸辰傻眼了。这是什么节奏，你家丫头不在家里待了，还天天念叨我的名字，我啥时候有这么一个粉丝了？

旁边的众人也都被薛暮苍的话给说懵了，联想到冯啸辰刚才说薛暮苍是他的什么泰山，大家都把狐疑的目光投在了这两个人的身上。

老薛这是在相女婿吗？什么情节这么狗血啊！

第一百六十一章

“嗨！你们想啥呢！”薛暮苍从众人的目光中悟到自己说话出了纰漏，不禁恼火地斥了一声，随即解释道，“我是说，冯处长出的那个主意，让咱们经委成立一个经纬企业咨询公司，把咱们委里的子弟都安置进去了，我家小琴才不用再在家里待着了。他们现在天天都在上课培训，用的教材就是冯处长编的。我也看过，编得确实好，我也在企业干过几年，觉得上面写的那些措施真的很有用，冯处长绝对是有大才能的人。”

“你瞧你老薛，说话说一半，我们还以为……”刘燕萍没有再说下去，捂着嘴嘻嘻笑着，其潜台词是每个人都能听懂的。

冯啸辰只好赶紧打岔，对薛暮苍说道：“薛处长，您太客气了。经纬咨询公司是张主任和孟部长一手创办起来的，我也就是敲了一下边鼓而已。您也千万别叫我冯处长，就像刘主任那样称我一句小冯就好了，我这个副处长是虚的，不算数的。”

“怎么会不算数呢？”薛暮苍瞪着眼睛道，“整个经委，谁不知道你小冯的大名？不过也好，以后我就叫你小冯吧。有什么事情，你就跟我老薛说，我老薛还有点老面子，办点小事还能办到。”

薛暮苍这话就相当于是要罩着冯啸辰的意思了。以冯啸辰年仅二十岁就当上副处长的资历来说，他未来的发展前途绝对是比薛暮苍要大得多的。但至少到目前为止，他的根基还无法与薛暮苍比，在机关里做事，职位是一方面，人脉也是非常重要的，而在后一项上面，薛暮苍的确拥有罩着冯啸辰的实力。他能够对冯啸辰这样说话，就说明没把冯啸辰当成外人，换成一个矫情点的年轻干部，恐怕是不太乐意接受薛暮苍这番话的。冯啸辰不是那种矫情的人，他知道薛暮苍是出于一片好意，这其中当然还包括对自己解决了他女儿就业问题的感谢……呃，是不是还有一点点想把自己招成上门女婿的期望呢？冯啸辰就不敢往下想了。

不管怎么说，能够得到薛暮苍的友谊，对于冯啸辰是很有好处的。薛暮苍在经委的老人中间很有人缘，如果知道冯啸辰与薛暮苍的关系好，这些老人对冯啸辰的看法就会有所改观了。要知道，冯啸辰年仅二十岁就被任命为副处长，想不招人妒忌是不可能的。

大家又说笑了几句，刘燕萍招呼众人继续干活，自己则领着罗翔飞往早已收拾出来的副主任办公室走去了。冯啸辰迟疑了一下，见薛暮苍没有跟过去，而是准备继续上房修瓦的样子，便也打算脱掉外衣，跟着去干活。罗翔飞走了几步，发现冯啸辰没跟上来，便回头喊了一句："小冯，你也过来吧。"

冯啸辰无奈，只得向薛暮苍笑了笑，说了声："薛处长，只好先继续辛苦你了，我去去就来。"

"去吧去吧，罗主任那边肯定有事情让你做的，修房这种事，轮不到你。"薛暮苍毫不介意地说道。

冯啸辰跑了几步，跟上罗翔飞和刘燕萍，走进了罗翔飞的新办公室。这间屋子原来就是这个单位的领导办公室，屋里有老式的大沙发，还有"两头沉"的那种大办公桌以及书柜、椅子等其他家具。刘燕萍带人过来之后，第一件事就是把这间屋子拾掇出来，非但把门窗和家具擦拭得干干净净，连热水瓶、茶杯、烟灰缸之类的东西都已经配齐了。只等正式搬家的时候，再把罗翔飞在冶金局的那些书报、文件之类搬过来。

罗翔飞对于这间办公室也颇为满意，他拍了拍办公桌的桌面，又摸了摸书柜的玻璃，点了点头，然后便当仁不让地在办公椅上坐了下来，对刘燕萍和冯啸辰招呼道："你们也都坐吧。"

冯啸辰没有坐沙发，而是找了张靠背椅坐下了。刘燕萍则走到罗翔飞跟前，从兜里掏出一张纸，展开之后递到了罗翔飞的面前，说道："罗主任，这是委里发来的一个名单，是委里为咱们办公室配的干部，还有一些是从外部委抽调过来的，您看一看。张主任说了，如果有您觉得不满意的人，可以向委里提出来，委里再重新安排。”

她说的张主任是指经委主管工作的大主任张克艰，他同时也兼任着重装办的主任，是重装办名义上的一把手。不过，以张克艰的身份，自然不可能参与重装办的日常工作，永新胡同这边的事情，是由罗翔飞来负责的。

“综合处处长谢皓亚，就是张主任的那个秘书小谢吧？”罗翔飞看着名单，向刘燕萍问道。听到综合处三个字，冯啸辰的耳朵也立了起来，这就是他未来的顶头上司了，原来竟然是张主任的秘书。

刘燕萍点点头道：“没错，就是那个小谢。张主任说，也到让他下来锻炼锻炼的时候了。对了，张主任还特别交代过，谢处长来了之后，就和他没有任何关系了，您觉得谢处长工作上有什么问题，尽管批评处理就是，不需要考虑张主任的面子。”

“张主任一向不徇私情，这一点整个经委都是知道的。”罗翔飞平静地说道。

关于让自己的秘书到重装办来当处长的事情，张克艰此前已经向罗翔飞打过招呼，罗翔飞刚才只是再确认一下名字而已。这个谢皓亚，罗翔飞也算是比较熟的，知道他行事稳重，颇有一些能力，当一个处长是没有问题的。

让谢皓亚当综合处的处长，利弊皆有。有利的地方自然是能够强化重装办与经委的关系，关键时候能够上达天听。至于不利的地方，也有一些，首先是罗翔飞不太方便对他过于严格，即便是张克艰放了话，说不需要考虑他的面子，罗翔飞也不能不掂量一下；其次则是谢皓亚一直是当秘书的，而秘书的普遍特点是稳重有余、开拓不足。重装办是一个跨部门协调的机构，对工作人员的开拓性要求非常高，罗翔飞有些担心谢皓亚能不能担当起这样的工作。

实在不行，就只能指望这个冯啸辰了，罗翔飞在心里盘算着。他把冯啸辰放到综合处当副处长，其实就存着这样的打算。未来谢皓亚主内，冯啸辰主外，或者说得直白一点，冯啸辰负责闯祸，谢皓亚负责给他善后，倒也不失为一种好的配合。

“协作处的处长徐晓娟，是石油部过来的，今年四十二岁，原来在油田工作过，对企业的情况非常熟悉，听说工作作风非常泼辣，有点像咱们矿山处的常处长。”刘燕萍继续介绍道。

“呵呵，好啊，我还正打算找一个像常处长这样的人来主持协作处呢。”罗翔飞淡淡地笑着说道。

重装办的架子，当然不能交给罗翔飞一个人去搭建，这样容易出现用人唯亲，形成独立王国。经委给了罗翔飞一定的用人权，但其他的一些岗位，尤其是处长、副处长这些岗位，是要由经委以及其他一些部委推荐干部来充实的。协作处处长这个职务，罗翔飞原来打算让常敏来担任，结果经委把常敏安排去了地质部，另外从石油部调了一位铁娘子过来替换，也算是符合罗翔飞的要求了。

接着，刘燕萍又向罗翔飞介绍了其他的几位副处长，包括综合处副处长冷飞云，规划处副处长钟启帆、张鹤，协作处副处长李超、王根基，这些人分别来自于不同的部委，推荐他们过来的那些部委对他们的评语也都不乏溢美之词，当然，实际是什么情况，就只有天知道了。

副处长之下，还有几个下级工作人员的名字，不过数量不多。上级给重装办的编制是三十人，有一些位置是罗翔飞要求预先留出来的，经委也没给擅自补齐，只有在罗翔飞招不到中意的人的时候，才会由经委再安排人进来。

“委里说，这些人如果您没意见，就可以发调令了。如果您有意见，可以再调整。”刘燕萍汇报完情况之后，对罗翔飞说道。

罗翔飞点点头，道：“好的，我知道了。这样吧，我再想一个晚上，明天再给委里答复。”

“那好，您还有什么事情吗？”刘燕萍问道。

罗翔飞摇摇头道：“目前没啥事了，你先忙吧。”

刘燕萍出去了，出门的时候还非常体贴地关上了罗翔飞办公室的房门。她知道冯啸辰是罗翔飞的心腹，罗翔飞让她先离开，留下冯啸辰，自然是要商量一些事情。她倒也不会吃冯啸辰的醋，她是管行政的干部，冯啸辰是个做业务的干部，两边工作性质不同，也不可能互相取代。

当然，还有一点就是冯啸辰在德国给刘燕萍留下的印象的确不错，她是把冯啸辰当成一个很懂事的后生晚辈来看待的。

“小冯，对于刚才刘处长说的这个名单，你有什么看法吗？”看到刘燕萍离开之后，罗翔飞向冯啸辰问道。

第一百六十二章

冯啸辰道：“说不上有什么看法，我对部委的情况不熟悉，刚才你们说的这些人，我一个都不认识，也不好评价。”

罗翔飞道：“不需要你说对具体某个人的印象，我只想听听你对于这种安排有什么看法。”

冯啸辰想了想，说道：“我想，各部委把这些人推荐过来，不外乎这样几种情况吧。第一，他们的确非常优秀，各部委为了支持重装办的工作，把最优秀的人才推荐过来了。”

“嗯。”罗翔飞不置可否地点了点头。

冯啸辰笑了笑，接着说道：“第二，各部委为了能够在重装办未来的决策中获得一定的话语权，因此推荐了有能力的人过来。”

罗翔飞笑道：“这和你说的第一种情况有什么区别吗？”

冯啸辰道：“有。第一种情况下，各部委派过来的人是对重装办负责的，他们有能力，能够把重装办的工作做好。第二种情况下，这些人是对原来派出的部委负责的，他们来重装办的主要目的就是维护原部委的利益。甚至可能会是这种情况，即原来的部委给了他们一些承诺，他们在重装办工作一段时间之后，能够回原部委去，获得一个更好的安排。”

罗翔飞又点了点头，道：“你接着说吧。”

冯啸辰知道罗翔飞是赞同他的意见的，便也不再解释，而是继续说道：“第三种情况，这个人有能力，原部委不想放，但他自己想到重装办来，看中的是重装办的发展前途。”

“嗯。”罗翔飞又应了一声。

“最后一种情况，各部委利用这个机会甩包袱，把能力差或者刺头的人送礼送到这里来。”冯啸辰冷笑着说道。

“前三种情况，我都不担心。有能力而没带目的的，当然是我们最欢迎的，咱们见过的吴仕灿就是这种情况，我请来的老薛也是这种情况；有能力而带着目的来的，问题也不大，我们本来也是要维护各行业利益的，有人帮着争一争，有助于我们做出正确的决断；想到重装办来镀金，或者做点事业的，我们欢迎，重装办能够给他们机会。我唯一担心的，就是你说的最后一种情况。”罗翔飞总结道。显然，他对于冯啸辰分析的这四种情况是比较赞同的，他现在不清楚的，就是最后那种情况到底是不是存在，这些被各部委甩包袱甩出来的人，数量上又有多少。他倒不怕无能的人，大不了就是放在一边养着就是了，他也不怕刺头，当了这么多年的领导，什么样的刺头没有见过呢？问题在于，重装办刚刚成立，事情千头万绪，他实在不想把精力浪费在这些无谓的摩擦上。

“小冯，我专门让你来听刘主任的汇报，就是想让你有心理准备。咱们未来的人员会是鱼龙混杂的，我希望你不要受到一些不必要的干扰，把精力集中在工作上。重装办成立之后，要尽快地把工作铺开，把从前分散在各部委的重大装备研发工作接过来，梳理清楚，这才是我们工作的重中之重，你明白吗？”罗翔飞说道。

“我明白。”冯啸辰是真的明白了。罗翔飞目前能信任的人，也就是他冯啸辰了。吴仕灿倒也是一个能干的人，但他能不能适应新的岗位，还是一个未知数，说不定还要罗翔飞花精力去帮助他调整心态。未来几个月之内，重装办能不能有所建树，很大程度上取决于冯啸辰的努力，罗翔飞这是担心冯啸辰陷入到一些办公室政治中去，难以自拔。

“罗主任，您放心吧，我知道该怎么做。”冯啸辰说道，“前两天您说的重装办的工作计划，我正在写，有一些初步的考虑。如果顺利的话，我保证重装办能够在前三个月就有一些看得见的成绩，不会让上级领导失望的。”

“那就太好了！”罗翔飞欣喜地说道，“头三脚踢好了，后面就好办了。你只管大胆地去想，具体协调的事情，我可以去办，总之，我给你们当好后勤就是了。”

“您这叫运筹帷幄，我们这些当兵的负责去冲锋陷阵。”冯啸辰恭维地说道。

说完这些，两个人又闲聊了一些其他的事情，包括未来几天继续去联系另外几位人才的事。就在此时，刘燕萍敲门进来了，对冯啸辰说道：“小冯，外面有人找你。”

“找我？”冯啸辰一愣，怎么会有人找到这来了呢？

刘燕萍似乎看出了冯啸辰的诧异，解释道：“是个外地来的年轻人。他是先把电话打到冶金局那边去的，局里值班的同志打电话过来联系了我，知道你在这边，就让他直接找到这来了。”

“哦。”冯啸辰应了一声，看看罗翔飞，用请示的口吻问道，“罗主任，我……”

“你去吧，我这边没事了。”罗翔飞道。

“好的。”冯啸辰答应着，跟刘燕萍出了罗翔飞的办公室，来到院子里一看，不由得一惊。前来找他的，居然是通原锅炉厂的电焊工刘雄。

“刘师傅，你怎么来了，是出什么事了吗？”冯啸辰走上前去，略有些不安地问道。

冯啸辰和刘雄算不上熟人。在大营抢修的时候，他们俩聊过几句，冯啸辰还给刘雄递过烟，也就算是认识了而已。他与刘雄第二次见面，是在京城火车站，刘雄是去接杜晓迪的，当时和冯啸辰也没说啥，冯啸辰甚至能够感觉得到他对自己有一点淡淡的敌意，理由自然是不用解释的。

刘雄、杜晓迪一行是到京城来参加电焊工大比武的，按时间来算，这场比赛应当已经结束了。他们或许是在京城再逗留一两天，逛逛街，看看名胜之类。如果说杜晓迪跑到冶金局来找冯啸辰，冯啸辰还能理解，毕竟俩人有在一起吹了一宿夜风的交情，这个刘雄跑来找他，只有一种解释，那就是他们遇到麻烦了，而且应当是与杜晓迪有关的麻烦，否则至少杜晓迪是会陪刘雄一块来的。

“冯……冯处长，真不好意思，我不知道你在忙着……”不知道是不是刚才刘燕萍吓唬了刘雄一番，刘雄见到冯啸辰的时候，居然有些紧张，说话也有些磕巴了。

“刘师傅，别客气，是不是出什么事了？”冯啸辰问道。

刘雄点点头，又赶紧摇摇头，说道：“其实也不是什么事情……就是我和小高都觉得这事太不公平了。我们在京城又不认识什么人，所以想来求求冯处长，看看你能不能帮忙出出面。”

“不公平？什么事情不公平？”冯啸辰心里踏实了一点，不是什么人身安全上的事情就无所谓了，他四下看了看，指了指摆在树底下的两个石头凳子，说道，“你坐下说吧，别着急。”刘雄依言在石凳子上坐下，冯啸辰坐在他的旁边，刘雄讷讷地讲述了起来。

正如冯啸辰估计的那样，电焊工大比武在昨天就已经结束了。来自于全国各地的电焊工们参加了包括理论考试以及实际操作在内的若干项测试，决出了名次。比赛结果一公布，高黎谦、刘雄他们就无法淡定了。

高黎谦进入了前二十名，刘雄稍逊一筹，只排在三十多名，这都是他们有所预料的，刘雄也没啥不满，毕竟他原本就是李青山的几个年轻徒弟中技术最差的那个。让他们无法接受的是杜晓迪的名次，堪堪就在第二十一名上，无缘于这一次出国培训的机会。

“小杜的技术比小高要好，这一点我们都知道的，我师傅也是这样说的。可小高都进了前二十名，小杜却没有进，这太不公平了！”刘雄急赤白脸地说道。

“怎么，是裁判做了手脚吗？”冯啸辰皱着眉头问道，杜晓迪的技术如何他是见识过的。全国电焊工比武的水平怎么样他不清楚。如果高黎谦没有入榜，冯啸辰可以把这解释成强中更有强中手，杜晓迪的水平无法与其他企业的优秀工人相比，落榜也是能够理解的。可技术不如她的高黎谦上榜了，她却落在二十名之外，这就值得推敲了。

刘雄道：“裁判倒是挺公平的。只是小杜在第一天的仰焊比赛里，出了两条二级焊缝，影响了成绩，后面再追就追不上了。”

“……”冯啸辰无语了。裁判没作弊，是她自己出了两条二级焊缝，你还说什么公平不公平？比赛这种事情本来也有临场发挥的成分，你平时技术好，临场发挥不好，似乎也怨不了别人吧？

心里是这样想，冯啸辰还是有点替杜晓迪觉得可惜。他想起曹广山说过，跃马河大桥抢修那一次，杜晓迪做的就是仰焊，所有的焊缝都是一级。在那种恶劣条件下都能够焊出一级焊缝的电焊工，在比赛里出了两条二级焊缝，这个失误也实在是太遗憾了。

“小杜的技术一点问题都没有，过去在厂子里的时候，她闭着眼睛都不会烧出二级焊缝来。这一次她为什么会烧出两条二级焊缝，别人不知道，你冯处长还不知道吗？”刘雄看出了冯啸辰的心思，愤愤不平地质问道。

第一百六十三章

我为什么会知道？冯啸辰被刘雄的话给说懵了。

我真的没对小姑娘做什么伤天害理的事情啊，她自己比赛的时候不认真，出了差错，为什么要赖到我身上呢？冯啸辰只觉得自己比窦娥还冤。

“刘师傅，我对这个电焊不太了解，你刚才说小杜没发挥好是什么原因，我还真的不太清楚……”冯啸辰心虚地回答道，同时用眼角的余光瞟着正在旁边做大扫除的同事们，生怕他们听到只言片语，回头再传出一点自己的八卦来。

刘雄似乎也觉得指责冯啸辰有些不妥，于是换了缓和一点的口气，说道：“冯处长没干过电焊，可能真的不太了解。仰焊就是人在下面，对着上面的结构进行焊接。这种焊接很考验技术，最主要的是，它还特别费体力。我们在厂子里的时候，如果要做长时间的仰焊，提前两三天就要休息好，不能做太重的体力劳动，否则焊接的时候就没有体力了。可是，小杜前一天在大营焊了那么久的支撑臂，又在钳夹车上熬了一个晚上，再来参加比赛，能发挥得好吗？”

“原来是这么回事！”冯啸辰这回听明白了，心里也是一凛。

大营抢修，杜晓迪是出力最多的，这也算不上什么。但后来在钳夹车上值守却是一桩辛苦活，看起来不累，但其实是钝刀子割肉，慢慢地消耗你的体力。在钳夹车上，冯啸辰比杜晓迪干的活少，只是坐在那里陪着杜晓迪而已，杜晓迪则需要不时拿着听诊器听一听结构里的声音，一个晚上都没有停手。

普通人在卧铺车上睡一个晚上，下车后都会觉得有些疲惫。冯啸辰和杜晓迪二人是坐在冰冷的钢结构上吹着夜风，这样一个晚上下来，铁人也受不了。冯啸辰记得，第二天早上停车之后，他是由商敬伦和李国兴给搀下来的。并非他有那么娇情，实在是腰腿酸软，根本就站立不稳了。折腾了这样一个晚上，转身就去参加电焊工比武，而且还是对体力要求非常高的仰焊，杜晓迪出现一些技术上的走样，就完全可以理解了。在这种情况下，她还能够考出第二十一名的成绩，足见其实力之强。

“你们可以向比赛组委会说明这个情况吧？”冯啸辰道，“大营抢修是公事，这次大比武好像就是机械部组织的，你们跟组委会说明情况，他们应当会给予照顾的。”

“我们也是这样想的啊！”刘雄算是找着知音了，他拍着大腿说道，“看到成绩公布出来，我和小高马上就去找组委会了，向他们说明了情况，要求重新给小杜安排一次补赛。”

“他们说什么了？”冯啸辰问。

刘雄道：“他们先前不知道大营的事情，因为定子那件事不是他们部门管的。不过后来他们打电话问了部里的人，确认了这件事。”

“然后呢？”

“然后他们也说非常可惜，不过没有办法。”刘雄说道。

“为什么没办法，重新安排一次考试是很容易的啊。小杜休息了这两天，应当也恢复了吧？”冯啸辰没有细想，随口问道。

刘雄道：“我们说了，只要重新安排考试，小杜但凡焊出一条二级焊缝，不但她的名次不要了，连小高的名次我们都可以放弃，这是小高自己向组委会提出的。”

“呃……”冯啸辰再次无语，这两位师兄对自己的小师妹也真是够……情有独钟的，居然下了这么大的赌注。不过，听刘雄那意思，对方应当是拒绝了……

其实这种发狠的话对于组委会来说是没什么意义的。就算杜晓迪真的没焊好，他们也不可能以此为理由剥夺高黎谦的名次，毕竟这不是小孩子过家家的事情。

“他们就是不同意！”刘雄果然这样说道。

冯啸辰想了一下，倒也明白了，他说道："我倒是能够理解组委会的考虑。如果给小杜安排了补考，而她的补考成绩又进入了前二十名，那就意味着要把别人挤下去。不管把谁挤下去，恐怕对方都要觉得不公平了。"

"没错，他们就是这样说的！"刘雄道，"和冯处长你说的一个字都不差。"

这就是下属和领导之间思维方式上的差异了。刘雄他们看到的是杜晓迪落榜了，非常可惜，而且他们还有足够的理由要求主办方安排补考。可从主办方的角度来说，补考就意味着对其他参赛者的不公平，会惹出新的麻烦。

"李师傅是怎么说的？"冯啸辰问道。在他想来，刘雄是个年轻人，恐怕理解不了组委会的苦衷，李青山阅历更丰富，想必应当能够接受这个结果吧。

刘雄道："我师傅倒是没提补赛的事情，他就是觉得后悔，说那天不该让小杜去守夜，应当他去守就好了。小高和我也都参加了那天的焊接抢修，但休息了一天就缓过来了。小杜如果不在那辆车上守一个晚上，也不至于累成那个样子。比赛的时候，我看到小杜的手都在发抖……"说到这里，他的眼睛里居然都有些泪花了。这位仁兄当电焊工不太合格，倒是个专业的情种。

冯啸辰也就明白李青山的态度了，他说道："看来李师傅也能理解这一点，安排补考，再把别人挤掉，恐怕是不行的。"

"我师傅就是这样说的。"刘雄承认道，接着又说道，"后来小高提出来，说可以把他的名额让给小杜。"

"小杜恐怕不同意吧？"冯啸辰猜测道。

"没错，她死都不同意。"刘雄说道。

是个好姑娘啊，冯啸辰在心里感慨着。在钳夹车上，冯啸辰和杜晓迪聊过去日本培训的事情，他能感觉得出来，杜晓迪对于这次培训的机会是非常向往的。那年代里想出国去逛逛的人很多，但杜晓迪想的却不是去看花花世界，而是想去学最先进的焊接技术。这样一个天资聪颖、勤奋好学的小丫头，却因为做好事而失去了一个难得的学习机会，说起来的确让人唏嘘。

“那你今天过来找我，是什么打算呢？”冯啸辰问道。

刘雄刚才说话还挺顺溜，被冯啸辰这一问，又结巴了。他小心翼翼地看了一下冯啸辰的脸色，然后低声说道：“我想问问冯处长，有没有什么关系，能够跟组委会那边的人说一说，比如把名额增加到二十一个，这样小杜就能够去日本了。”

“增加名额？”冯啸辰心念一动，这倒是一个不错的主意啊。

机械部说比赛的前二十名能够有机会去日本培训，这个数字其实并不是经过精确测算出来的，就是随便凑一个整数而已。其实安排十九个或者二十一个，也都是可以的，但搞活动肯定要凑个整，否则大家就该觉得奇怪了，还以为有什么猫腻。

现在出了这样一档子事，让机械部把二十个名额变成二十一个，其实也不困难。道理是现成的，人家杜晓迪是为了你们机械部的事情才累得技术发挥失常的，你们不该有所补偿吗？杜晓迪的技术并不比前面二十个人差，把她补进名单也不算徇私。谁如果不服，可以拉出来比比嘛。

“对了，你是怎么找到我这里来的？”冯啸辰想好了方案，正在琢磨着该通过什么渠道去与机械部那边联系，嘴里顺口问道。

听到冯啸辰的这个问题，刘雄的脸腾地一下就红了，那表情比刚才要尴尬了十分不止。好一会，他才讷讷地说道：“嗯，其实吧，我也是瞎蒙的……这两天，小杜没事就念叨一个电话号码，我听了几次就记住了。我知道小杜在京城没什么亲戚，也不认识什么人，她念叨的电话肯定只有你的了。后来我试着一拨，问他们那边有没有一位叫冯啸辰的处长，他们说有，我估计就是你了。”

“这个……”现在轮到冯啸辰尴尬了，杜晓迪你能不能不要这么逗啊，我告诉你一个电话号码，你记在纸上不行吗，哪有没事就在嘴上念叨的，而且还被身边这个别有用心的师兄听了个真切。知道的说我这个上级领导关心企业女青工，不知道的还觉得我怎样呢……

“呵呵，这个小杜，还真是……”冯啸辰前言不搭后语地说道，“我告诉她一个电话号码，是说万一她在京城有啥事，也好联系一下，其实我们真的没啥的……要不，刘师傅你稍坐一会，我去向我们领导汇报一下这件事，看看我们领导能不能帮忙联系一下机械部那边。”冯啸辰说着便逃开了，这种事情，是越抹越黑的。其实自己和杜晓迪真的没啥，嗯嗯，好吧，他承认杜晓迪的确是个挺漂亮的姑娘，性格也挺好，人品也挺好，智商也挺高……可这和他冯啸辰真没啥关系啊！

看着冯啸辰跑开，刘雄在心里叹了口气。自己这个师妹，和眼前这个年轻的副处长之间，到底有没有啥事呢？或者是像师傅说的那样，有缘千里来相会，无缘对面难相逢，一切随缘吧。

第一百六十四章

少男少女凑在一起，总是容易引发一些话题的。冯啸辰和杜晓迪两个人在钳夹车上共同度过了一个美妙的晚上，不惹人说闲话倒反而奇怪了。

冯啸辰有一点搞错了，他以为刘雄、高黎谦他们都对自己的小师妹有意思，因此对他有些醋意。其实高黎谦是已经结了婚的人，刘雄也有了对象，只差办喜事而已。他们俩对杜晓迪的感情，更像是两个成年的哥哥对自家小妹的感情，看到一切年轻的雄性生物靠近，他们都会本能地提高警惕。

关于杜晓迪和冯啸辰的关系，最初刘雄和高黎谦也就是当个玩笑来说，而且也没敢当着杜晓迪的面说。在刘雄看来，冯啸辰和杜晓迪也就是一种普通的工作关系，冯啸辰是个领导，杜晓迪是个电焊工，两个人根本谈不上有什么交集。如果冯啸辰要和杜晓迪交往，估计“玩玩”的成分会更多一些，这也就是刘雄对冯啸辰略有些敌意的原因。高黎谦则是另外的观点，他觉得冯啸辰年纪轻轻就当了副处长，人长得帅气，和大家一起干活的时候也不摆什么架子，实在是很难得的一个青年才俊，只有这样的人才能配得上杜晓迪。这一回刘雄来找冯啸辰帮忙，也是高黎谦在背后怂恿的，其中也有给二人创造一点新机会的念头。

刘雄把自己的担心向李青山说过一回，李青山的态度是静观其变。他兼具刘雄和高黎谦两边的想法，既觉得冯啸辰这人不错，又担心杜晓迪与他的身份相差太远。不过，李青山倒没什么担心的感觉，他认为，杜晓迪人在通原，冯啸辰在京城，如果二人没什么想法，估计以后想再见面都难，现在说什么合适不合适都太早了。如果二人真的有缘分，那就再说了，八字还没一撇呢。

冯啸辰哪知道自己已经被别人算计了好几天，他让刘雄自己坐一会，然后便来到了罗翔飞的办公室。他也没绕什么弯子，直接把杜晓迪的事情向罗翔飞说了一遍，罗翔飞听罢，也是不胜感慨。

“可惜了，这么好的一个同志，我们不应当让她受委屈的。”罗翔飞说道。

“是啊，我也是这样想的。”冯啸辰道，“当时那种情况，她是完全可以不用出来帮忙的。就算是帮着做完了电焊，她起码可以不用再做后面守车的事情。铁道部给的抢修时间是二十四小时，我们就算在现场等着机械部的专家去检验，也是来得及的。她这样做，完全是为了帮铁道部节省时间，结果却耽误了自己的事情。”

“电焊工比武这事，是机械部组织的？”罗翔飞问道。

冯啸辰道：“是几个部委联合搞的，不过应当是机械部牵的头，他们应当能够做主。”

罗翔飞道：“如果是机械部，应当是职工培训司在搞，他们那边的人我不熟，不知道该和谁联系。另外，这件事最好还是私下里联系为宜，如果以咱们重装办的名义去联系，影响不太好。”

“我明白。”冯啸辰道，“我打算以我私人的名义去和他们联系，毕竟大营抢修的事情我也参加了。如果说不服他们，我就只能找当时那位李司长，还有电力部、铁道部的同志一起去说。总之，当时是我们请小杜他们帮忙的，这件事我们有义务负责。”

罗翔飞想了想，突然笑了，说道：“这件事，你可以先去找机械部的安东辉司长，电机定子是他们司的事情，前两天就是他亲自打电话给我，让我对你表示感谢的。不过，你也别光自己去，否则怕你说不上话。你请老薛陪你一起去，他和安司长有点交情。”

“您是说薛处长吗？”冯啸辰问道，“他和安司长的关系很好吗？”

罗翔飞道：“他和安司长是棋友，你说关系好不好？不过，安司长最早认识老薛，却不是因为下棋的缘故，而是老薛帮过安司长一个忙。”

“是什么忙，我能问问吗？”冯啸辰的好奇心被勾起来了。刚才和薛暮苍打了个照面，他对薛暮苍的印象也很好。听说薛暮苍还帮过机械部一位司长的忙，他忍不住想打听一下，也便于对这个人有更多的认识。

罗翔飞道："那是好几年前的事情了。有一次经委组织了一个全国性的机电成果展览，机械部也送了一些成果去。结果在领导快要来视察的时候，出了个岔子。"

"什么岔子？"冯啸辰问。

罗翔飞道："机械部展出的一台制冷压缩机，试机的时候还好端端的，就在领导快来的时候，突然就出现了很大的噪音，嗡嗡响，吵得人耳朵都生疼。你想想看，如果领导来到你的展区面前，你这台机器这么吵，领导会怎么想？"

冯啸辰咂舌道："那肯定是砸锅了，实在不行，就只能停机了吧？"

罗翔飞道："是啊，当时机械部这边负责的就是老安，他脸都急白了。好几个工程师在那里试车，一会开一会关，始终解决不了问题。停机倒也可以，可万一到时候领导说要开机看看效果，让老安怎么解释呢？"

冯啸辰道："那最后是怎么办的？"

罗翔飞笑道："这时候老薛走过来了，他趴到机器上听了一会，然后抬起脚在壳子上踹了一脚，你猜怎么样？"

"没声了？"冯啸辰当然能猜出结果来。他铺垫了这么久，可不就是想说老薛一脚定乾坤吗？

"没错，正是这样。"罗翔飞道，他的眼睛里闪着异样的光芒，似乎是在回忆当时薛暮苍的风采。

冯啸辰想了一下，说道："我估计，压缩机出现噪音的原因是存在共振吧。老薛这一脚，把外壳的形状踹歪了，共振就消除了。"

曾有过一个传奇故事，说某个深山古寺里有一座大钟，夜半三更的时候会无缘无故地响起来，众僧皆以为是闹鬼了。后来有一位贤人路过，用锉刀在大钟上锉了几下，大钟就不再无故发出声音了。究其原因，就是大钟与远处的另外一座钟存在着相同的振动频率，远处那座钟敲响的时候，这个古寺里的钟发生同频共振，于是也响了起来。贤人做的事情，就把改变大钟的振动频率，使其不再发生共振。

罗翔飞说的这件事，想必也是因为压缩机的外壳与里面的电机等运转部件发生了共振，没有经验的工程师的确会感到抓狂，因为这些部件之间并没有摩擦、碰撞，根本没有理由会有噪音。薛暮苍踹那一脚，正是破坏了外壳的共振，这样就把噪音给消除掉了。当然，这话说起来简单，实际要做到就不那么容易了。首先，你要能够判断出原因；其次，你要能够恰到好处地踹出那惊艳的一脚，即要造成结构的改变，又不能踹出一个明显的大坑，让人看着像是次品一般。

如果换成冯啸辰来做这件事，他可能会选择把外壳拆开，用锉刀在里面锉几条缝来达到这个效果。薛暮苍不用这种更保险的办法，而是直接用脚去踹，实在是艺高人胆大。

“经过这件事，安司长对老薛那通佩服，就别提了。后来听说老薛会下棋，两个人就成了棋友。就算工作挺忙，两个人一个月也得见上一两回，下下棋、喝喝酒啥的。你让老薛出面陪你去，效果应当会很好的。”罗翔飞说道。

“我明白了，我这就请老薛去帮忙。”冯啸辰说着，兴冲冲地出了门，找薛暮苍去了。

罗翔飞让冯啸辰找薛暮苍帮忙，除了自己不便出面的因素之外，还有一点就是希望冯啸辰和薛暮苍能够尽快地熟悉起来。要想让别人成为你的朋友，最好的办法就是去求别人帮忙。别人帮了你的忙，你欠下一个人情，别人就容易把你当成自己人了。

罗翔飞想让冯啸辰在重装办发挥更大的作用，不能不考虑那些从其他部委调过来的干部们的想法。如果有人忌妒冯啸辰在罗翔飞那里的地位，或者是不忿他的年轻，要给他使点绊子，那么薛暮苍这个盟友对于冯啸辰的重要性就体现出来了。罗翔飞有十足的把握相信薛暮苍会在整个重装办形成威望，他出面给冯啸辰撑腰，远比罗翔飞直接出手要合适得多。

薛暮苍这会已经把屋顶上的事情干完，下了梯子，正端了一盆水在洗手。冯啸辰把刘雄拉过去，向薛暮苍如此这般地说了一番，薛暮苍瞪圆眼睛说道：“还有这样的事情？人家小姑娘是见义勇为，机械部这帮人是怎么想的！”

“是啊是啊，薛处长，我也是觉得他们做得太过分了。”冯啸辰就着他的话头说道，“我是这样考虑的，不能挤掉别人的名额，这一点我们可以理解。但你应该给小杜同志追加一个名额吧？二十个名额和二十一个名额，能差多少？把每个人的置衣费扣下十美元来，也够凑出一个名额的钱吧？”

“你说得对。”薛暮苍道，“现在你们打算怎么做？要我帮什么忙，尽管说。”

第一百六十五章

“这件事，不好办啊。”机械部培训司负责电焊工大比武活动的副司长丁海生对找上门来的冯啸辰和薛暮苍二人说道。在他俩旁边，坐着机电司的司长安东辉，有关杜晓迪的事迹，安东辉刚才已经向丁海生说了一遍，现在就等丁海生答复了。

薛暮苍和冯啸辰他们是坐着冯啸辰开的吉普车到机械部来的。到了楼下之后，刘雄因为是当事人，加上级别也不够，冯啸辰便没有带他上楼，而是让他待在吉普车里等着。薛暮苍带着冯啸辰先去了机电司，找到司长安东辉，说完情况之后，安东辉便把他们带到培训司来了。

“丁司长，我觉得这件事情你们是可以说句话的。毕竟小杜同志是参加抢险耗费了体力，所以才在后面的比赛中出现了一些瑕疵。你们完全可以给她单独安排一次测试，如果她能够在仰焊中拿到更好的成绩，就说明她的水平是足够的，你们也不需要挤掉其他参赛者的名额，直接给她增加一个名额就可以了。这件事情即便是放在公开场合说，也是能够说得过去的嘛。”冯啸辰说道。

换到别的时候，冯啸辰这样一个年轻的副处长在丁海生面前指手画脚，丁海生肯定是要感到不悦的。但这一回他没有办法，安东辉把冯啸辰带过来的时候，口口声声说冯啸辰帮了机械部的大忙，是有功之臣，又说李国兴对冯啸辰也颇为赞赏。有两个司级干部给冯啸辰背书，丁海生也就不能太小觑他了。

“冯处长，小杜同志的事迹，的确是非常感人的，从我们培训司的态度来说，也希望选拔这种德才兼备的工人送出去培训。但是，二十个名额是早就确定好的，也上了部长办公会，突然要改成二十一个，如果部长问起来，我们如何解释呢?”丁海生耐心地向冯啸辰说着自己的道理。

冯啸辰看看安东辉，问道：“这件事，安司长这边到时候能不能向部长他们解释一下?”

安东辉皱了皱眉头，说道：“如果是关于大营抢险的事情，我们司倒是可以作一个解释。事实上，有关冯处长和小杜同志，还有李青山师傅等人见义勇为的事迹，我们已经向部长作了报告。对了，部里还给你们特批了奖金，　会我会让下面的同志带你们去领出来。其他同志的标准是每人一百元，冯处长和杜晓迪师傅是每人两百元，主要是表彰你们后来守在钳夹车上的辛苦……嗯，我是想说，大营抢险涉及的有关人员，部里是不会忘记的。但抢险这件事情是不是可以和大比武的事情联系到一起，就不好说了，毕竟培训的事情不是我们司负责的。如果是丁司长这边提出来，可能会更好一些。”

丁海生顺着他的话头说道：“对啊，最关键就是这是两件不同的事情，虽然之间也有联系，但到部长那里，恐怕说不太清楚。万一部长不认同这种处理，就不太好了。”

安东辉和丁海生的这些话，冯啸辰多少能够听明白。他们的意思是说，抢修是抢修，比武是比武。杜晓迪在抢修的事情上有功，部里会发出表扬，而且还批了两百块钱的奖金，这可是一个很大的数目了。奖金发完，这件事就算是结束了，再要扯到大比武上去，就不合适了。总不能说你干过一件好事，所以什么事情都要受照顾，赏罚都是有度的，用一个去日本的培训名额来作为奖励，这个要求太高了。

“可是，如果咱们这样做，未免太寒了工人师傅的心了。”冯啸辰无奈地说道。同时在心里盘算着，是不是该去找商敬伦、欧桂生这些人说说话，或许会更好说一点。可惜不是在后世，否则找个记者发篇稿子，再雇几个水军炒作一下，冠以一两个夸张的标题，引来舆论大哗，不愁部长们不低头。

“安司长，丁司长，如果不以抢险这件事的名义来提，是不是更好一点?”薛暮苍在旁边说话了。

“不以抢险的名义？什么意思？”安东辉诧异地问道。如果不是因为抢险的事情，又有什么理由要去特别照顾一个第二十一名的选手呢？

薛暮苍不慌不忙地说道：“这个姑娘技术上是没问题的，这一点两位司长也都承认吧？”

“承认。”安东辉和丁海生同时答道。人家都说了可以再参加补考，而且信心满满，估计技术上应当是没问题的吧。二十一名和二十名之间，也差不出多少，在这个问题上较真是没什么必要的。

“她没有取得好成绩的原因，是因为参加了抢险，而且这件事还和咱们机械部有关系。咱们请人家帮了忙，最后还害得人家失去了一个本来应该得到的出国培训机会，咱们有点对不起人家，我想这一点你们两位司长也同意吧？”

两个司长这回的回答没有那么痛快了，安东辉“嗯”了一声，没有明确表态，丁海生则假装没听完，做出一个等着薛暮苍继续说下去的样子。

薛暮苍道：“这件事既然两位司长都觉得对不起这个小姑娘，那么再追加一个名额让她去培训，其实也是可以的，只是还需要有一个名义，好向部长汇报，是不是？”

他口口声声都说两位司长，这就相当于把丁海生给绑架进来了。安东辉自然不会驳薛暮苍的面子，所以薛暮苍说什么，他至少是不会直接反驳的。安东辉不吭声，丁海生自然也不好单独出来反对，毕竟人家说的是“两位司长”，他只是其中一位啊。

于是，丁海生继续保持着沉默，安东辉则是向薛暮苍努了努嘴，说道：“老薛，有什么主意你就直说吧，丁司长也不是外人，不用这样拐弯抹角的。”

我怎么就不是外人了？丁海生在心里嘀咕着，嘴上却得顺着安东辉的话说：“是啊是啊，薛处长，我和安司长也是多年的老朋友了，有什么好主意，你就贡献出来吧。”

薛暮苍笑道：“我在想，既然两个司长都同意给她增加一个名额，而现在又不方便以这个名义向部长提出来，我们可以换一个名义啊。比如说，如果有企业赞助一个名额呢，是不是就可以了？”

“赞助？”丁海生一愣，“哪家企业赞助？”

安东辉则是沉了一下，然后说道：“这倒是一个不错的主意，老丁，如果你们的大比武得到了社会的关注，有企业愿意提供支持，赞助你们增加一个出国培训的名额，那么你们去向部长汇报的时候，就不但不是麻烦，反而算是成绩了。”

丁海生这会也反应过来了，是啊，原来说好是二十个名额，现在有企业赞助，追加一个名额，部领导怎么会有意见呢？非但不会有意见，而且还会觉得培训司工作得力，大比武赢得了广泛的赞誉，以至于有企业主动上门来提供支持，这是大大的成绩啊。

只是，找谁来赞助呢？

薛暮苍见丁海生的态度在松动，便把头转向了冯啸辰，问道：“小冯，你有办法联系到赞助的企业吗？”

其实，薛暮苍在提出找企业赞助这个点子的时候，就已经想好了两家企业。一家是龙山电机厂，因为大营抢修的事情，是在帮龙山电机厂做事，他们来为杜晓迪的事情埋单，是说得过去的。至于另一家，那就是通原锅炉厂，毕竟杜晓迪是他们的职工，出国培训对他们有好处，他们出点钱也是可以的。

不管是龙山电机厂，还是通原锅炉厂，要拿出一些钱来做赞助都不困难，毕竟也是肉烂在锅里的事情。通原锅炉厂能够拿得出钱，但他们没有资格派人去国外接受培训，换一个方式，声称是赞助电焊工比武，出的钱用来送自己人出国，算是一种变通的方法，没准他们是会答应的。不过，不管是联系哪一家，都得是冯啸辰出面才合适。尤其是龙山电机厂，人家是欠着冯啸辰一个人情的。薛暮苍也考虑过了，如果冯啸辰觉得找这两家企业不方便，那他再去想点别的办法。他在经委工作这么多年，结下的善缘不少，找一两家企业化化缘，做一件好事，倒也是可以的。

冯啸辰听到薛暮苍出的主意，想的却是另外一个方案。他没有回答薛暮苍的问题，而是向丁海生问道：“丁司长，如果可以找企业赞助的话，您觉得赞助费需要多少呢?”

丁海生想了一下，说道：“薛处长说的这个办法，倒也可行，有一个名目，我们要向部长解释就容易一些了。至于说赞助费嘛，象征性地表示一下就可以，并不一定要把一个人出国的费用全包下来，这些费用我们挤一挤还是可以挤出来的。我觉得……嗯，2000 块钱左右，相当于提供了机票吧。”

冯啸辰松了口气，说道：“如果是 2000 块钱，倒是不难。对了，丁司长，赞助不一定要是国内企业吧，如果是国外企业赞助，是不是也可以?”

“你说什么？国外企业赞助!”丁海生眼睛瞪得滚圆，看着冯啸辰的神情分明就不一样了。

第一百六十六章

听薛春苍提出可以找企业赞助的时候，冯啸辰便准备自己来出这笔钱了。

上次婶子冯舒怡来中国，冯啸辰托她又带了几份图纸回德国去。前些天，他已经收到冯舒怡写来的信，说那几份图纸又卖了几十万马克，目前存在德国，他随时可以调用。

冯啸辰卖出去的这些技术，到了后世其实一文不值，这都是一些过渡性的小革新，当下能够给企业创造出一些收益，但很快就会被新的技术所取代。对于那些划时代的技术，冯啸辰是不会随便拿出来卖掉的，当然，他也没法卖，因为这样的技术不是靠一个人画画图纸就能够实现的，冯啸辰了解的只是一些核心的理念，需要有一个完整的科研团队和一套工业体系才能将其变为现实。

冯啸辰卖技术的目的，在于为辰宇公司积累一些资金。公司要开发新产品，需要大量的前期投入，这些钱只能由他来提供。他打算未来再向国外卖一些小发明创造，怎么也得攒个几百万在手里，才能做到游刃有余。

作为一个身家过百万的人，出点钱赞助一个自己颇有好感的姑娘，也是应有之义。他唯一担心的就是丁海生狮子大开口，说要个三万五万的，这样他就觉得有些不值得了。现在听说只需要 2000 块钱就够，他也不禁松了口气。

不过，他肯定不能以自己的名义来出钱，否则就要掀起轩然大波了。他也不方便使用辰宇公司的名义，因为公司还有 30%的股权是在桐川县手里的，他虽然有决策权，但花这样的冤枉钱总得有个解释吧？

他考虑的方案，是以德国菲洛公司的名义来做这项赞助，这家公司是他可以说了算的，而且国内的人也无从考证它的决策依据。唯一让冯啸辰拿不准的，就是机械部是否愿意接受一笔来自于国外的赞助费，这会不会触犯了什么敏感神经。

“是这样的，丁司长。”冯啸辰在脑海里组织着自己的语言，对丁海生说道，“今年年初，我去西德出差，接触过一家德国企业。它的领导人非常喜欢中国文化，也一直致力于中德友好，我听说他曾经资助过在德国的中国留学生。后来，这家公司还在中国投资建立了一家合资企业，当时我受冶金局的派遣，去给他们做过一段时间的翻译工作。我想，如果请这家公司来为电焊工比武提供赞助，他们应当是会同意的。您刚才说赞助费大概是 2000 块钱人民币，也就是相当于 2500 马克的样子吧？这对于德国企业来说，不算是一个很大的数目。就是不知道咱们机械部能不能接受国外企业的支持。”

“当然没问题！”丁海生脱口而出，说完才发现自己不够淡定，于是赶紧换了一副比较温和的口气，说道，“如果连国外企业都能够为我们提供支持，那说明我们的活动办出了影响，这是一件好事啊。至于金额嘛，不一定需要很多，哪怕是 2000 马克，也足够了，这主要就是一个意义，咱们也不缺这点钱嘛，对不对？”

“呃……”冯啸辰这才发现自己想岔了，他担心的是人家愿不愿意接受外企的赞助，可人家却是把外企赞助当成一种荣耀。想想也是，现在正值全面开放的时候，“外国”这两个字就代表着先进、正确、潮流。你找一家龙山电机厂来赞助，人家没准会觉得你是来瞎凑热闹，但如果是菲洛公司来赞助，那就绝对不会有人说个不字。“连外国人都如何如何”，这是时下用来证明一件事正确或者错误的重要依据，别看一些领导嘴上还不时蹦出“崇洋媚外”这个词，但你如果不崇洋、不媚外，领导还不乐意呢。

“如果丁司长觉得这个方案可行，我可以马上和德方联系。他们现在派了一名专员在南江省负责合资企业的事情，2000 马克的决策，他是完全可以作主的。”冯啸辰说道。

“那好，你赶紧和他们联系吧。”丁海生说道。电焊工比武已经结束，明天就要召开颁奖会，所以有关出国培训之类的事情，必须马上定下来。冯啸辰不敢耽搁，他让安东辉在部里给他找了一部长途电话，直接要通了远在南江的辰宇公司，专门找佩曼说话。佩曼对自己的老板自然是言听计从的，他马上用公司的传真机给机械部发来了一份声明，声称菲洛公司对于中国机械部举办的电焊工大比武非常赞赏，愿意赞助 2000 马克，用于资助一个追加的名额到日本去培训。

拿到这份佩曼签名的传真件，丁海生马上去找了分管培训工作的副部长，向他汇报此事。丁海生把汇报的重点放在德国菲洛公司赞助电焊工大比武这件事上，对于需要追加一个名额的事情，则当成了一个不重要的条件。

果然，听说有德国企业对电焊工大比武的事情表示赞赏，副部长十分高兴，表示这件事可以写成一个简报，报送有关领导，未来还可以写到总结材料里去作为一个亮点。至于说德方要求把这笔钱用于资助一个追加的名额，副部长只问了一下丁海生经费方面的情况，知道不需要再增加经费时，便爽快地答应了。

“好了，这事已经定下了。”丁海生从副部长那里回来时满面春风，对冯啸辰和薛暮苍他们说话的态度都客气了许多。一开始，人家是来求他帮忙，可到现在，事情却成了人家送给他一个政绩，他怎么也得给别人一个好脸吧？像冯啸辰这种一个电话就能够让德国企业给中国政府提供赞助的能人，他还不得赶紧哄着点？

“太感谢丁司长了。看让您一直忙到下班了，要不咱们到外面随便吃点？”冯啸辰热情地邀请道。

丁海生推辞道：“今天就不麻烦冯处长了，我晚上还约了人谈工作上的一些事情，是事先说好的。否则的话，我们怎么也得做东请冯处长和薛处长吃顿便饭的。”

冯啸辰也不知道丁海生说的是真是假，不过对方那拒绝的意思是很明显的，他也就不强求了，只是装出遗憾的样子，说道："哎呀，丁司长真是太敬业了，晚上还要工作，真是值得我们学习。那好吧，我们今天也不耽误丁司长的时间了，改天再来向丁司长致谢。"

离开培训司，冯啸辰和薛暮苍随着安东辉回到了机电司。冯啸辰再次表示要请安东辉吃饭，以示感谢，安东辉摆摆手道："小冯，你请我吃饭，我可不敢当，应该是我请你吃饭才对。大营抢修的事情，老李在电话里都跟我说了，当时如果不是你在现场主持，这件事我们会很被动的。刚才咱们不是把那个叫杜晓迪的女同志出国培训的事情办好了吗，我提议，咱们一块到他们住的招待所去，我代表机电司请你们全体参加了大营抢修的有功人员吃饭，向你们表示感谢，你看如何？还有，老薛，你也得去，你就算是我们这边的人。"

"哈哈，安司长请我吃饭，我哪敢推脱啊。"薛暮苍笑着说道，他转头对冯啸辰道，"小冯，我觉得安司长这个安排不错，那几位通原锅炉厂的师傅做了不少工作，咱们请他们吃顿饭是应该的。"

"那我就恭敬不如从命了。"冯啸辰应道，他想起刘雄还在楼下眼巴巴地等着他们的消息。估计那个杜晓迪现在也在以泪洗面，早点让她知道这个好消息，也省得小姑娘伤心了。这样一想，他也觉得大家一块到杜晓迪他们住的招待所去吃饭是个不错的主意。

安东辉问了一句冯啸辰他们是怎么来的，听说是冯啸辰自己开车，安东辉又表示了一番惊讶。最后，大家商定冯啸辰还是开自己的吉普车，带着刘雄一道。薛暮苍则与安东辉坐部里的小轿车过去。

电焊工们住的招待所离机械部并不远，冯啸辰开着车花了十分钟不到就开到了。在路上，他与刘雄已经对好了口径，或者更直接地说，他向刘雄编了一套口径，成功地骗过了这个年轻焊工。

吉普车开到招待所门前，刘雄指着楼上对冯啸辰说道："到了，我们就住这个招待所，师傅和我们两个住在二楼，小杜在三楼。对了，咱们是先去跟小杜说这件事，还是先去见我师傅？"

冯啸辰道："当然是先去见李师傅。哎呀，你这一说我才想起来，刚才路上我都忘去买点水果和糕点啥的，这空着手去见李师傅，真不太合适。”

“有什么不合适的，你可是帮了我们大忙了，我们感谢你还来不及呢。”刘雄说着，便拽着冯啸辰走进了招待所的大门。

第一百六十七章

电焊工们住的是四个人的房间，李青山住的那间除了他和两个男徒弟之外，还有一位外省的选手，据说比赛结束之后就跑到亲戚家住去了，要等明天开总结表彰会的时候才回来。

刘雄带着冯啸辰回到房间时，李青山和高黎谦两人正坐在床上下着象棋。见他们二人进来，高黎谦没觉得有什么意外，李青山却是有些诧异，因为他事先并不知道刘雄去找冯啸辰的事情。

“咦，是冯处长来了，你怎么会和刘雄在一块？”李青山起身招呼着，同时奇怪地向冯啸辰问道。

“师傅，是我去找了冯处长。”刘雄解释道。

李青山一愣，随即就反应过来了，“你去找冯处长说小杜的事情了？你事先怎么不跟我说一句，冯处长这么忙……”

“李师傅，您别怪他。”冯啸辰拦住了李青山，道，“李师傅，这件事你们早就该跟我说的，你们是见义勇为做好事，怎么能让你们反而受委屈呢。”

“唉唉，瞧冯处长说的。”李青山搓着手，不知该怎么说才好，“抢修那事，是我们应该做的，算不上什么见义勇为。不过，小杜这孩子真是可惜了，她真的挺有出息的，如果能到日本去学习一下，对她很有好处。”

“师傅，小高，告诉你们一个好消息，这件事已经解决了。”刘雄像献宝一样地向师傅和师兄炫耀道。

“什么，解决了？”高黎谦瞪大了眼睛，“是冯处长帮了忙吗？”

冯啸辰摇摇头道：“我可没帮什么忙，是组委会给你们发的通知写得太含糊了。其实，这一次本来就是有二十一个培训名额的，小杜是第二十一名，正好轮到她。”

“什么？有二十一个名额，这不可能啊！”高黎谦大声说道。

李青山却是用怀疑的目光看着冯啸辰，他觉得冯啸辰不会凭空跑到这里来对他们说一句假话，但也不相信所谓原本就有二十一个名额的说法，他在等冯啸辰给出一个解释。

冯啸辰笑道：“是这样的，机械部这次组织电焊工大比武，挑选优胜者去日本学习，名额数是二十加一。其中二十个，也就是你们在通知上看到的，那是由国家出钱资助的。另外还有一个，是一家国外企业资助的，不占国家的名额。两者加起来，就正好是二十一个名额了。”

“国外资助的？”高黎谦像是听一个神话一样，不过他的脸上马上就绽出了笑容。城里人的套路深，他这个外地来的工人弄不明白，但既然冯啸辰言之凿凿说有二十一个名额，那就十有八九是真实的了。

“师傅，我去把小杜叫下来，让冯处长亲口把这个好消息告诉她。”高黎谦说道。

“好好，你们俩一块去吧，小杜今天一天都不开心呢。”李青山说道。

高黎谦和刘雄二人出了房间，飞奔着向楼上跑去，楼道里回响着他们急骤的脚步声。听到徒弟们走远，李青山关上房门，看着冯啸辰，说道：“冯处长，我知道，这件事肯定是你帮的忙，不过，到底是怎么回事，你能跟我说说吗？你帮小杜争取了一个名额，这事不会对你有什么妨碍吧？”

冯啸辰暗叹一声，自己的谎言能够轻松地骗过刘雄，却躲不过李青山这双鹰眼。他笑了笑，说道：“其实也不是我帮的忙。机械部那边对于大营抢修的事情非常重视，听说小杜因为抢修影响了体力，导致比赛成绩不好，他们也觉得非常遗憾。后来我们大家一起商量了一个办法，那就是找到一家企业提供赞助，再以这个名义申请追加一个名额。一开始我们也是抱着试试看的想法，后来居然办成了，部长已经同意追加名额，机械部的安司长马上就会过来，请你们一起吃饭，到时候他会正式通知你们这个消息的。”

“你说的这家国外企业，是不是你帮忙介绍的？”李青山追问道。

冯啸辰只能承认，说道：“我只是帮忙牵了一下线，具体的事情，他们是和部里的领导谈的。”

李青山点点头，道：“晓迪这孩子，人品好，又聪明，又能吃苦，我就说嘛，她这辈子肯定会有贵人相助的。”

“……”冯啸辰无语了，李青山说的这个贵人是指自己吗？

这时候，安东辉和薛暮苍也已经到了。他们在楼下服务台查到了李青山住的房间，便径直上来。跟在安东辉身边的，还有一位三十岁上下的年轻人，看着挺精干利索的样子。安东辉介绍说这是给他开车过来的司机，姓冷。

李青山招呼着众人在屋里坐下，又准备去给他们倒水。冯啸辰哪里肯让李青山去干这些活，正打算自己去拿热水瓶，却见那个姓冷的司机已经眼疾手快地把水给大家都倒上了。

众人边等杜晓迪他们几个，边聊着天。安东辉先代表机械部向李青山表示了感谢，又对杜晓迪落榜的事情表示了歉意，然后说经过大家的努力，已经给她增补了一个名额，断然不会让英雄流汗又流泪的。在说到这个名额的来历时，安东辉用了一些春秋笔法，既承认了冯啸辰在这件事情里的作用，又强调了机械部方面打破常规、克服困难的努力。李青山事先向冯啸辰问过情况，再结合安东辉的介绍，基本上把整个过程猜了个八九不离十。当着安东辉的面，李青山没有对冯啸辰多说什么，只是反复感谢部里领导对他们的关心，说了不少歌功颂德的好话。

等了好长一会，门外终于传来了脚步声。紧接着，房门被推开，高黎谦、刘雄先后走了进来，最后进来的是显得有些怯生生的杜晓迪。看到冯啸辰在座，杜晓迪的眼眸跳动了一下，然后便赶紧转向了李青山。“师傅，你找我？”杜晓迪问道。

“晓迪，过来过来，我给你介绍一下，这是机械部的安司长，他是专门来看你的。”李青山把杜晓迪喊到面前，郑重地把安东辉介绍给了她。

“安……安司长。”杜晓迪有些惊着了，结结巴巴地喊道。要说起来，杜晓迪还真不算是没见过官员的人。通原锅炉厂是一家国家重点企业，经常有一些省里、部里的领导去视察，杜晓迪有时候也会被安排去给领导们做电焊表演。跃马河特大桥抢修那次，铁道部也去了一名副司长和两名处长，杜晓迪和他们也是打过交道的。这一次在大营抢修，她见的领导有李国兴、商敬伦等人，他们对她的态度都非常和蔼可亲。可是，这些与领导的接触都是在工作的时候，从来没有一名司长会专门跑到招待所来和她交谈。刚才师傅已经说了，这个安司长是专门来找她的，她何德何能，怎么能劳动一名司长的大驾呢？

刚才两位师兄上楼去找她的时候，她正在屋里发呆。见二人来找她，却又不说是什么事情，她还有些生气，以为他俩是来打岔安慰她的。待到二人越说越真，说到师傅那个房间去就知道了，必有惊喜，杜晓迪才知道这不是玩笑，于是赶紧梳洗打扮一番，跟着俩人下楼来了。

她万万没有想到，冯啸辰居然会出现在这里，而另外还有一名司长，他们找自己有什么事情呢？

“是小杜同志吧？”安东辉站起身来，向杜晓迪说道，“我叫安东辉，是机械部机电司的司长。我今天专程到这里来，首先是来向你表示道歉的。因为帮我们抢修钳夹车的事情，影响了你参加电焊工大比武的成绩，我们对此深感歉意。”

杜晓迪连忙摆手，道：“不不，安司长，您千万别这样说，是我自己没发挥好，不能怪你们的。”安东辉没有接她的话，而是继续说道：“第二件事呢，就是要向你作一个解释。这一次电焊工大比武，选择前往日本参加焊接培训的名额，并非过去给你们的通知上写的二十人，而是二十加一人。这多余出来的一个名额，是我们机械部为了表彰你的成绩，而特地联系了企业提供赞助而增加的。所以，小杜同志，祝贺你获得了前往日本参加培训的资格。”

“啊！”杜晓迪瞪大了眼睛，一阵狂喜从内心深处涌上来，一天来的郁闷顿时就烟消云散了。这一刻，她有一种放声大笑的冲动，想大喊大叫着表达自己的喜悦，可又觉得在这个场合不应当过于张扬，于是只能拼命地绷着脸，不让自己的笑容暴露出来。

冯啸辰在旁边看不下去了，善意地提醒道：“咳咳，小杜，想笑你就笑吧，这是一件开心的事情嘛。”

杜晓迪早就忍不住了，被冯啸辰这样一说，不由得“扑哧”一声便笑了出来，俏脸一下子就变成了一朵盛开的鲜花。她的脸蓦然变得通红，连忙抬手捂着嘴，侧过身去，不好意思让别人看到她那喜不自禁的神情。

第一百六十八章

不管杜晓迪拿起焊枪的时候显得如何稳重老练，她毕竟也就是一个十八岁的女孩子而已，还不到能够喜怒不形于色的境界。像冯啸辰那样年纪轻轻就老气横秋的，只有穿越者才能做到。

在听说自己落榜的时候，杜晓迪的泪水就在眼圈里转来转去，总算是怕太丢人，才没有当众哭出来。背着人的时候，她已经是偷偷抹过好几回眼泪了。她当然知道自己失误的原因在于那天的钳夹车抢修，可她真的没法让自己觉得后悔，因为如果时间能够倒退，让她回到原来那个时间点上，她仍然是会作出这种选择的。她说不出什么大道理，就觉得这是自己的责任，一个工人，一个优秀的电焊工，在这个时候怎么能够想着独善其身呢？

刘雄和高黎谦去找主办方说理，杜晓迪是知道的，心里隐隐藏着一丝希望，觉得主办方也有可能会考虑到这个特殊情况，对她网开一面。她倒不是说非要去日本培训不可，只是自己的成绩擦着边，而原因也是显而易见的，错过这次机会真的是太可惜了。如果她这次不是获得第二十一名，而是第一百名或者更差的成绩，那她也就认命了，技不如人，还有什么话说呢？

刘雄他们的交涉失败了，高黎谦提出要把自己的名额让给她，杜晓迪当然不会接受，这有悖于她做人的原则。再往后，她就不知道两个师兄去做什么了，可能他们也死心了，准备接受这个结果。

杜晓迪难受了一天，也慢慢缓过来了。她想起父亲和师傅都喜欢说点宿命的话，也许这就是她的命，命中没有的东西，她又何必去强求呢？

再后来，她的思维就转到了另外的方面，开始犹豫着要不要去拨一下那个她早已烂熟于心的电话号码：28局5431。她知道自己不该去拨这个电话，因为她和那个年轻的处长并没有什么要说的话，也许人家工作很忙，也许人家早就忘了大营的那一夜风吹。

可无论她如何告诫自己不要去想这件事，那个电话号码却不停地在她脑子里重复地播放着，引诱着她下楼去找电话。

要不，就拨一个电话吧，嗯，就是汇报一下成绩，再说一下要回通原去的事情，这也无所谓嘛，一个声音在脑子里对她说道。

不行！你凭什么去给人家打电话？他是你的什么人啊，和你有关系吗？你给人家打电话，不是招人家笑话你吗？另一个声音严厉地斥责着她。

她能够清晰地记得那个年轻处长在钳夹车上跟她聊过的每一句话，他是那样博学，那样睿智，很复杂的事情在他嘴里都能解释得清清楚楚。她是在工厂里出生，工厂里长大的，周围生活着的都是工人以及工人出身的领导们。这些师傅们有着高超的手艺，能够生产出精美的设备，但他们没有他那样的见识，没有他那样的斯文。

她还记得后来坐客车返回京城的时候，年轻处长在软卧车厢里说了一句让她觉得羞恼的话，她于是下决心不再理他了。那一路，年轻处长和她搭讪过好几回，她都只是还以一个冷漠的回答。可今天想起来，那也许只是他的无心之语，也可能是有别的什么意思。

他怎么可能会说这种轻浮的话呢？他又不是厂子里那些没文化的青工。没错，他一定是想说一个别的意思，只是自己文化程度不高，理解不了，以至于错怪他了。

杜晓迪啊杜晓迪，回去以后要多看书，实在不行就去报个电视大学之类的，好好学一些文化，要不你连跟人家对话的资格都没有了……可是，上了电视大学，自己就有跟人家对话的资格吗？就算勉强有了资格，还会有机会吗？

刘雄和高黎谦到楼上去找她的时候，杜晓迪就正坐在床上患得患失地想着心思。她没想到，自己跟着两位师兄下楼来了之后，竟然在师傅的屋里见到了“他”。那一刻，她就已经想笑了，什么名次，什么去日本培训，都无所谓了，他居然来找自己了，这是一件多么令人开心的事情啊。

随后的变故，让她更是目不暇接了。机械部的一位司长亲口告诉她，他们为她争取到了一个新的名额，这算不算是双喜临门呢？今天是个什么好日子，为什么这么多的快乐会同时来到自己的身上。

忍住，晓迪，忍住，千万不能让别人觉得你不稳重……杜晓迪在心里严厉地要求着自己，可冯啸辰一句话，让她的防线全部崩溃了。她一下子笑出声来，十八岁的少女那如花的笑靥让整个屋子都沐浴在暖阳之中。

“瞧把这孩子高兴的。”李青山也呵呵地笑了起来，他今天也为这个小徒弟的事情郁闷了许久，光尼古丁都吸了好几斤，这回总算是轻松下来了。

“唉，我们来晚了。”安东辉自责地说道。

“对不起，安司长……冯处长。”杜晓迪控制住了自己的情绪，不好意思地向安东辉道着歉，迟疑了一下之后，又转头向冯啸辰也说了一句。她原本不好意思当着众人的面与冯啸辰打招呼，但又担心冷落了冯啸辰会让对方误会自己还在记恨软卧车里那件事。她不知道冯啸辰是为什么跑到这里来的，但对方既然来了，自己如果再错过这个修复关系的机会，又得后悔好一阵了。

安东辉道：“小杜同志，这件事情你还得好好地感谢一下冯处长，还有这位薛处长。是他们俩专程赶到机械部去向我们说了这件事，我们才知道犯了错误。否则，我们可能就真的要对不起你这位大功臣了。”

“是吗？”杜晓迪有些惊讶，她扭头看了看冯啸辰，又看了看两位师兄，忽然明白过来事情的原委了，她把目光对着冯啸辰，眼睛里秋波荡漾，轻轻地说了一句，“谢谢你，冯处长。”

“不用客气，不用客气。”冯啸辰感觉自己被小姑娘的眼神电了一下，浑身都有些酥麻的感觉，他连连摆手，又指着薛暮苍说道，“这件事情是薛处长出力最多，你还是谢他吧。”

“不用不用，我原来也是工厂里的，如果不出来的话，现在也能带个小杜这样出色的徒弟了。李师傅，我真羡慕你啊，收了这么好的徒弟。”薛暮苍哈哈笑着说道。

李青山听薛暮苍说到自己头上，连忙客气了一句，又问道：“怎么，薛处长也是当工人出身的？”

“钳工，离开工厂的时候已经是四级工了，那会才三十岁不到呢。”薛暮苍自豪地说道。

“了不起。钳工好啊，车工一把刀，钳工一双眼，在厂子里都是顶呱呱的工种啊。”李青山恭维了一句。

“大家别急，我还有一件事没说呢，这可是跟各位都有关系的事情。”安东辉乐呵呵地开口了，他看来挺享受这种不断从口袋里往外拿宝贝亮瞎别人双眼的感觉。

大家都静了下来等着安东辉说话。安东辉向那冷姓司机做了个手势，冷司机走上前，从手里夹着的公文包里拿出一沓信封，递到安东辉的手上，然后又抽出一张纸，放在了屋里仅有的一张桌子上。

安东辉郑重地说道：“为表彰各位师傅积极参加钳夹车抢修的功劳，机械部党组决定，对参加抢修工作的技术人员和工人师傅提出通报嘉奖，嘉奖令会发到你们所在的单位。另外，部党组还特批给大家一笔奖金。在现场的各位同志中，参与了钳夹车抢修工作的李青山师傅、高黎谦师傅、刘雄师傅、杜晓迪师傅、冯啸辰副处长，每人奖金一百元；负责看守钳夹车的杜晓迪师傅、冯啸辰副处长，每人奖金一百元。现在，就请各位功臣签字领奖吧。”

“啊！”

这一回，李青山和三个徒弟一齐都瞪圆眼睛了，脸上也都绽开了笑容。他们早就猜想过这次抢修应当会有一些奖金的，上次参加跃马河特大桥抢修，最后每人也都拿到了十几块钱的奖金。他们还在私下里偷偷讨论过奖金的额度，以及会由哪个单位来给他们发奖金。不过，他们最大胆的猜想，也仅限于每人三十元的水平，万万没有想到，机械部出手竟然如此大方，每人给了一百块钱。杜晓迪因为看守钳夹车，居然拿到了两百元。

俗话说见钱眼开，这虽然有些贬义，但却是人的自然反应。李青山的工资高，一个月有将近两百块钱，面对一百块钱的奖金多少还能有些淡定。但像高黎谦、刘雄这种小青工，工资才六十多块钱，而且一个是刚结婚，另一个正准备结婚，都是严重缺钱的时候，见到一百块钱的外快，岂有不眉开眼笑之理。

这其中，又数杜晓迪最为兴奋，她的工资最低，家境也比师傅和师兄差，这一下子拿到两百块钱，简直就要欢喜得晕过去了。刚才谁说是双喜临门来着，这么会工夫又增加了一喜。师傅总说自己前十几年命苦，但终归会遇到贵人，从此守得云开见月明。

自己的贵人，难道就是旁边这位明眉皓目、一笑起来还有两个浅浅酒窝的小处长吗？杜晓迪只觉得自己的心都乱了。

第一百六十九章

没人对奖金表示拒绝，这毕竟是国家的钱，不是安东辉私人掏出来的，不拿白不拿，拿了还是一种荣耀。

签字领完钱之后，安东辉趁热打铁，邀请众人出去吃饭。几个徒弟不敢答应，都看着李青山，李青山也是见过大世面的，见状便哈哈一笑，说安司长有这样的美意，大家不去就未免太不给安司长面子了。于是刘雄、高黎谦才轻松下来，说着“同去同去”，便一窝蜂地簇拥着安东辉、冯啸辰等人出了招待所。

安东辉选定的饭馆离杜晓迪他们住的招待所不远，不过大家还是分别上了冯啸辰和安东辉的车，坐车前往那家饭馆。李青山被薛暮苍拽上了安东辉的小轿车，他的三个徒弟则坐上了冯啸辰的车。看到是冯啸辰亲自开车，三个人都惊讶了一番，随即高黎谦和刘雄便心照不宣地把杜晓迪推到了副驾驶座的位置上，还严厉地禁止她推辞。

好在总共也就是几步路远，没等高、刘二人整出什么幺蛾子，车就已经开到地方了。杜晓迪逃也似的跳下了车，在夜色中也没人能够看出她的脸蛋已经有些微红。

一行人在大堂里找了一张大桌子坐下。安东辉接着李青山坐了上席，薛暮苍坐在李青山的一侧。安东辉那一侧坐的是冯啸辰和那位冷司机，杜晓迪等三个青工就只能坐在下首位置了。

冷司机估计是经常陪着安东辉出来的，也不等安东辉吩咐，便叫过服务员，点了酒菜。因为他和冯啸辰二人都要开车，所以又点了一壶茶，说明是他俩喝的。

四冷八热的菜品很快就送上来了，另外还有两瓶白酒。冷司机打算去给大家倒酒，高黎谦和刘雄赶紧抢过酒瓶子，做起了服务生。那年代对酒后驾车管得并不严，所以高黎谦专门问了问冷司机和冯啸辰二人是否喝酒，结果二人都是颇为自律的人，同时摆手表示不喝，高黎谦也就不便强求了。作为桌上唯一的女性，杜晓迪受到了一些特殊的照顾，那就是她面前的酒杯没有倒满，而是只倒了半杯，也就是一两白酒的样子吧。

安东辉致了一个简短而高调的敬酒辞，随后大家便开动了。各种互相敬酒的环节自不必细说，诸如“感谢”“荣幸”“有缘”之类的酒桌套话被大家说了个遍。李青山一行都是北方来的，酒量颇佳；安东辉和薛暮苍二人也是没事就会小酌几杯的人，放开了喝每人至少也是八两以上的量。杜晓迪也不知道是真的不擅长喝酒，还是故作淑女，但面前那半杯酒也是换了好几轮，起码下去三四两的光景了。

先前上的两瓶白酒喝完之后，冷司机让服务员又上了两瓶。大家都有些微醺，喝酒的速度放慢了一些，开始边吃菜边聊起了闲天。安东辉、薛暮苍和李青山三人岁数最大，凑成了一堆；三个小青工没资格和领导们搭讪，于是自己凑在一起小声嘀咕；冯啸辰两边都靠不上，只能和冷司机聊了起来。

“冯处长，初次见面，以后多关照。”冷司机端着茶杯对冯啸辰做出一个敬酒的姿态。

“互相关照，互相关照。”冯啸辰客气地应着，和冷司机对碰了一下茶杯，各自抿了一口茶。喝酒的规矩是碰完就干，而喝茶就没这规矩了，碰杯也就是一个形式而已，一口闷下去二两茶水算不上什么豪爽，更像是在犯傻。

“听说冯处长在技术上很有造诣，是哪个学校毕业的？”冷司机颇有些八卦精神，向冯啸辰打听道。

冯啸辰道：“我哪有什么造诣，其实我就是个初中生，初中毕业以后就当知青去了。”

“是吗？”冷司机有些诧异，“我听李司长说，刚刚这次大营抢修，你还帮着他计算支撑臂的受力呢，他对你的水平非常欣赏。”

“呃……这个嘛，我算是稍微有点家学吧。”冯啸辰败了，这机械部有点邪门啊，一个司机居然都如此关心时事。

冷司机道：“我是当兵出身的，也就是个高中文化，而且那些年你也知道的，高中读了就像没读一样，稍微懂一点数理化，还是在部队里学的。以后还要请冯处长多多指导。”

“好说，好说。”冯啸辰敷衍着，心里总觉得哪里有些不对。

“对了，冯处长，我向你正式做一个自我介绍，我叫冷飞云。”冷司机郑重其事地说道。

“冷飞云？”冯啸辰脑子里一个念头一闪，啊，这不就是刘燕萍给罗翔飞的那个名单上的人吗？综合处副处长，和自己同一处室，同一级别，铁杆的同僚啊！

“原来是冷处长啊，唉，我还真以为你是安司长的司机呢。”冯啸辰拍着脑门抱歉地说道。

安东辉在那头和李青山聊天，却也没错过冯啸辰他们这边的谈话。听到冷飞云自报了山门，他转过头来，呵呵笑着对冯啸辰道：“小冷是我们司水电处的副处长，这次成立重装办，经委要求我们派出精兵强将去充实重装办的队伍，我们就把小冷派过去了。小冷是从部队转业下来的，非常勤奋好学，能打硬仗，以后和小冯处长搭班子，你们可得互相帮助啊。”

“安司长，你太不够意思了，这件事一直瞒到这会才告诉我。”冯啸辰用抱怨的口吻说道，他岁数小，有卖萌的资本。

安东辉笑道：“这不是一直都没机会吗？小冷现在正在等你们重装办的调令，也算是重装办的人了。今天你和老薛都过来了，我就带他过来认认新同事。如果不是这个由头，我还请不到小冷来给我当司机呢。”

“安司长，瞧您说的，您需要司机，随时招呼一声就行了。”冷飞云赶紧表着忠心。

安东辉对冯啸辰说道：“你不知道吧，小冷过去在部队的时候，是给大区司令员开过车的，我能够让小冷给我开一回车，那是何等荣幸啊。”

冷飞云更窘了，摸着头皮道：“安司长，您要批评我就直说吧，您这样说……唉，要不我敬您一杯酒吧。”说着，他便去拿桌上的酒瓶子，又拿了一个塑料酒杯，倒上了满满的一杯酒，足有二两的样子了，然后恭恭敬敬地走到安东辉面前，说道：“安司长，我敬您这杯。小冷不管走到哪里去，都是您安司长的兵，您有什么事情，可以随时吩咐。”

安东辉也站起来，端着喝过半杯的酒，说道：“重装办是个有前途的地方，司里把你派过去，是给你一个充分施展才华的地方。到了那边要好好干，不要给机电司丢脸，明白吗？”

“小冷明白，您就放心吧！”冷飞云答应一声，仰头把二两酒一口喝干。安东辉陪他喝了半杯酒，然后拍拍他的肩膀，示意他可以回自己座位去了。

俩人这一番表现，冯啸辰和薛暮苍都看在眼里，互相交换了一个会意的眼神。这里能够琢磨出来的味道很多：冷飞云在表忠心，安东辉在托孤，同时也在传达一个意思，那就是冷飞云并不是他们甩出来的锅，而是他们非常器重的人，你们可别欺负他是生人……

这顿饭吃得皆大欢喜，散席的时候，薛暮苍和李青山已经老哥老弟地称呼开了。冷飞云和冯啸辰之间也不再互称官衔，而是分别叫起了小冯和小冷。冷飞云的岁数比冯啸辰大七八岁，但在机关里都属于小字辈，冯啸辰如果称他一句“老冷”，只怕会被老罗、老薛、老刘之类的老字辈们鄙视的。

出了饭馆的门，冯啸辰主动提出送李青山他们一行回招待所，冷飞云则直接送安东辉和薛暮苍回各自的家。冷飞云刚才一口闷了二两白酒，但没有一点喝过酒的样子，开车是绝对没问题的。

返回招待所这一路的时间依然很短，没等大家说点什么就已经到了。冯啸辰停住车，打算下来与众人寒暄几句，李青山早已下了车，按着他的车门，死活不让他下来，这也是一种客气的表现了。冯啸辰的力气没李青山大，只能眼巴巴地看着杜晓迪跟在高黎谦、刘雄二人身后走进了招待所。他仿佛看到杜晓迪在进门之前还回头向他这边望了一眼，不等他有所表示，她便消失在门里了。

“有机会上我们通原去玩!”走在最后的李青山向冯啸辰发着廉价的邀请。

“一定一定，李师傅有时间来京城的话，一定联系我。”冯啸辰也说着万能的套话。

“小杜，你怎么也进来了?”高、刘二人进了招待所，才发现杜晓迪也跟进来了，不禁诧异地问道。

“怎么?”杜晓迪也不知道是真糊涂还是装糊涂，向两位师兄反问道。

“呃……我和小刘本来是想给你们创造个机会的。”高黎谦说道。

“什么机会？哼，我听不懂!”杜晓迪撂下一句话，便飞跑着先上楼去了。

“唉，这就叫有缘无分啊。”高黎谦向刘雄发着莫名的感慨。

“这个小冯处长，倒是挺不错的……唉，可惜了。”刘雄也摇摇头，随即又喜形于色地拉着高黎谦道，“小高，我前天在商店里看到一件红毛衣，特别漂亮，就是贵了点。现在发了奖金，你说我去买了送给小王好不好?”

第一百七十章

李青山一行在京城又逗留了两天，逛了逛一些开放的景点，在什么东安市场之类的地方买了点稀罕商品，然后便启程返回通原去了。临行前，杜晓迪犹豫再三，给冯啸辰的新办公地点打了个电话，想道声别，结果接电话的人说冯啸辰陪着主任出门了，让她晚些时候再打。杜晓迪好不容易才鼓起勇气打了这么一个电话，哪里经得起再折腾一次，这事也就作罢了。

出国培训的事情，倒是正式确定下来了，高黎谦和杜晓迪都获得了资格。国家会统一为这些人举办一个出国前的培训，内容包括基础日语和相关的外事政策，具体的培训时间和地点都要再等一段时间才会通知。

这些天，冯啸辰干的事情就是开着车陪罗翔飞到处跑，有时候是去物色能够拉到重装办来的人手，有时候则是去一些相关的部委拜门，告诉他们重装办成立的消息，请他们未来多多配合。

一个部门的成立，不是那么容易的事。光是各种人员调动工作，就办了一个多月时间，这还是在各级领导声称“特事特办”的前提下才完成的。至 8 月中旬，重大装备办公室终于把自己装备起来了，四个处室的人员全部到位。具体构成如下：

重装办主任张克艰，目前主要负责经委工作，在重装办只是挂名，不参加具体工作。副主任罗翔飞，负责日常事务。

综合处：处长谢皓亚，副处长冯啸辰、冷飞云，工作人员吴浦、周梦诗、顾施健、赵静凯；

规划处：处长吴仕灿，副处长钟启帆、张鹤，工作人员黄明、陈默、张翰匀、胡月鸿；

协作处：处长徐晓娟，副处长李超、王根基，工作人员费树理、韦成、马保英、王尚飞；

行政处：处长刘燕萍，副处长薛暮苍，工作人员郑语馨、宋文华、谈泓玮、王雪。

在所有人员都到位之后，冯啸辰就不再客串罗翔飞秘书的角色了，罗翔飞挑选了文笔不错的宋文华给自己当秘书，宋文华的优点和缺点都是比较沉默寡言，不擅长与人打交道。不过罗翔飞也并不希望自己的秘书过于活络，能够帮着整理整理资料、跑跑腿之类的就足够了，真到需要去与人沟通的时候，他还是可以随时把冯啸辰拉过来当差的。

张克艰亲自来到永新胡同，参加了重装办的第一次全体大会，向全体工作人员发表了一番热情洋溢的讲话，把重装办成立的意义提到了关系“四化”是否按期实现的高度。他的这篇讲话稿是前任秘书谢皓亚写的，应当算是谢皓亚为他做的最后一次服务吧。

张克艰并没有刻意透露自己与谢皓亚之间的关系，不过至少在处级干部中间，没人不知道这一层关系。即便是吴仕灿这种搞科研出身的人，对于人事关系也是有几分敏感性的，像这种重要的信息，他岂能不知。

全体大会结束之后，张克艰离开了永新胡同。罗翔飞让下面的工作人员各回各自的办公室去工作，留下了全体中层干部，开始讨论重装办的工作安排：“目前国家交付给咱们重装办统一协调管理的重大装备项目，一共是十一项，包括大型露天矿成套设备，大型火电成套设备，大型水电成套设备，大型核电成套设备，超高压输变电设备，大型港口成套设备，大型冶金成套设备，大型乙烯成套设备，大型化肥成套设备，大型煤化工成套设备，海上石油成套设备。未来根据国家建设的需要，还会再增加其他的项目。有关新的重大装备立项的问题，老吴，就看你们规划处的了。”罗翔飞说到这里，向吴仕灿做了个手势。

吴仕灿连忙表态：“罗主任，您放心吧，我已经和启帆、张鹤他们两个讨论过了，马上会成立一个专家委员会，对未来的装备发展趋势进行全面论证，提出一个面向2020年的重大装备研发规划。”

“很好。”罗翔飞表扬道，“我们的确要有这种下棋看五步的态度，当前的重大装备研发，是为了未来更多的重大装备研发，如果没有一个长远的规划，就容易出现短视的问题，这一点，老吴，启帆、小张，你们几个要努力了。”这一回，他是冲着规划处的几名处长、副处长一起说的，几个人点头不迭。

说完规划，罗翔飞又继续说道：“这十一项重大装备的研发工作，最早的可以追溯到几年前，像火电装备中的60万千瓦机组，咱们早在六十年代就已经立项了，也取得了一些成果。各部委都已经针对各自承担的重大装备成立了专项工作领导小组，有些小组本身也是跨部门成立的，与咱们重装办的性质比较类似。那么，咱们重装办与这些专项工作小组的分工体现在哪里呢？我考虑，应当是在跨专项的工作协调上。比如说，大型火电机组的研发，涉及大型工业锅炉的研发问题，而大化肥、大乙烯、煤化工等，也同样存在着大型工业锅炉的建造问题，这几个专项中的问题是否可以合并起来，统一解决？我认为，这就是我们重装办需要去协调的事情，让分散在各个专项、各个部门中的力量能够整合起来，不要自己搞重复建设。”

“这个问题我们协作处可以负责去协调。”徐晓娟插话道，她是一位四十来岁的女干部，剪着短发，看起来颇为精干的样子，说话速度很快，的确有点像原来冶金局的常敏。与常敏不同的是，她是技术干部出身，不像常敏是纯粹工人出身。常敏到下面企业去检查工作的时候，可以和企业里的干部、工人打成一片，偶尔说点“荤”一点的段子，也能应对自如。而徐晓娟则恰恰相反，谁敢拿这种事情跟她调笑，铁定是会被她收拾得灰头土脸的。

“协作处需要去协调这些事，综合处也可以做，另外规划处也要参与，因为有些技术研发，也是涉及长远规划的。”罗翔飞说道。

“明白！”被点到名的谢皓亚和吴仕灿同时回答道。

“还有一个方面的任务，就是跨部门的协调工作。”罗翔飞又说道，“举个最近的例子来说吧，前一段时间龙山电机厂生产的和州电厂60万千瓦发电机定子，在运输过程中出现了钳夹车故障，阻塞了京龙铁路。这时候机械部、电力部和铁道部之间就进行了良好的合作，共同排除了险情。类似于这样的跨部门协调，从前是由各部委自己去完成的，而且往往是临时抱佛脚，事到临头才去进行联系，事后又缺乏必要的善后工作，造成一些不必要的麻烦和损失。未来，咱们重装办应当发挥协调职能，帮助承担重大装备任务的企业、部委等处理这种跨部门的突发事件。为了做到这一点，我们需要事先和各个部委以及地方建立起良好的合作关系，形成一个通畅的联络机制。”

“这是不是像外国电影里那种热线电话啊？”协作处副处长王根基说道。看到大家都把目光投向他，他呵呵一笑，说道，“大家不知道吧，里根和勃列日涅夫之间就有一部热线电话，有点什么事情，从桌上抓起电话就能说话，‘哈罗，是勃列日涅夫吗，你们的潜艇怎么跑到加勒比海来了，麻溜地快滚开，要不我把它击沉了’……”他说得绘声绘色，就像自己当时正坐在里根办公室里听着一般。众人都不吭声，各怀心思。冯啸辰和冷飞云互相交换了一个眼色，都觉得这家伙有些嚣张了。那年代大家还不太时兴开这样的玩笑，最关键的是这是在一个新部门，大家互相并不了解，即便要开个玩笑活跃一下气氛，也是要斟酌一下的。王根基这个玩笑显得过于高调了，似乎是在炫耀自己的见识，这在机关里是比较犯忌讳的。

罗翔飞静静地听王根基说完，淡淡地笑了笑，说道：“差不多是小王说的这个意思吧，咱们倒不至于随便抓起一个电话就能够找到对方的负责人，至少要保证能够在最短的时间内和对方取得联系，而且能够形成互相的信任关系。这方面的工作，小谢，你们处要多花一些心思。”

“明白，罗主任。”谢皓亚说道，说罢，他又笑着指了指冯啸辰，道，“罗主任说的那件事，我听说当时就是小冯协调下来的吧？小冯和很多部委领导的关系都非常熟，罗主任把小冯这样一员得力干将放到我们综合处，我这个处长的压力就小了。”

第一百七十一章

“谢处长夸奖我了。”冯啸辰摆出一副可怜样，说道，“60 万千瓦定子运输的那件事，也是机缘巧合，正好让我碰上了。说什么居中协调，完全是往我脸上贴金了。其实我做的唯一贡献，就是陪着一位电焊工师傅在钳夹车上吹了一个晚上的风，其他的我就没干啥了。”

薛暮苍在旁边笑着补充道：“这个我可以证明。不过小冯处长，你还有一个重要情况没有向大家说明，这可不太合适。”

“什么情况？”冯啸辰一下子没反应过来。

“陪着冯处长在钳夹车上吹风的，是一位很年轻的女电焊工，而且长得非常漂亮哦。”薛暮苍哈哈笑着，向众人爆出了一个猛料。

“哈哈哈哈，原来如此！”吴仕灿先笑了起来。他当初是被冯啸辰用激将法给激到重装办来的，这些天在重装办上班，与冯啸辰关系处得不错。遇到关于冯啸辰的笑话，他自然要凑个趣。

王根基是那种没心没肺的人，也跟着起哄道：“唉，我怎么就没碰上过这么好的事情呢？如果让我碰上了，我也乐意吹一宿夜风的。”

其余众人也都跟着笑了起来。像罗翔飞、徐晓娟这些人自恃身份，不好附和什么，不过也觉得挺有趣的。至于钟启帆、张鹤这些人，与冯啸辰没那么熟，不好闹得太夸张，只是笑一笑，捧个场而已。

冯啸辰装出狼狈的样子，陪着大家讪笑不已，趁着大家没注意的时候，向薛暮苍递过去一个感激的眼神。谢皓亚前面那番话，不管是有意还是无意，对冯啸辰都是不利的。他提冯啸辰的事迹，又说冯啸辰和很多部委领导很熟，再说冯啸辰在综合处能够减少他这个处长的压力，这就相当于把冯啸辰架在火上烤了。

都是中层干部，互相都不摸底的情况下，说一个人本事大，是容易给他拉来仇恨的。综合处并不只有冯啸辰一个副处长，谢皓亚只提冯啸辰而不提冷飞云，这让冷飞云又会如何想呢？

当然，冯啸辰倒不用担心冷飞云对他有什么看法，这段时间冷飞云总缠着他学技术，私底下不时以“冯老师”相称，半开玩笑，但也有半分是认真的。谢皓亚说冯啸辰有本事，冷飞云心里是没有什么疙瘩的。

薛暮苍这一打岔，就把谢皓亚的话给化解开了。大家关注的重点转到了冯啸辰和所谓漂亮女焊工的一夜风流上面，会觉得他其实也就是一个小年轻而已，没什么太值得重视的。

罗翔飞其实也觉出了谢皓亚的话有些不妥，正打算说点什么来打个圆场，被冯啸辰和薛暮苍一唱一和抢了先，也省得他费心机了。他看看众人笑得差不多了，便说道：“和各部委联络的事情，还是小谢你多跑一跑，你这方面的资源比小冯多。小冯和小冷的长处可能还是在和企业打交道这方面。我听说小冷在机械部的时候，跟着部长做过很长时间一段的基层调研，在这方面经验也应当是比较丰富的。”

“我跑过一些基层，不过技术方面的事情还不太了解，需要向大家学习。”冷飞云应道。

“大家都需要互相学习。”罗翔飞就着冷飞云的话头说了一句，然后又回到正题，说道，“当下我们最迫切的任务有两项。一是168吨电动轮自卸车的技术引进，这是千万吨级露天矿成套设备的一部分，这个项目我们已经有一些基础，罗丘冶金机械厂在此前已经研制成功了120吨自卸车，目前正在进行工业试验。如何将已有的基础与技术引进结合起来，需要我们进行考虑。第二是南江钢铁厂的1780毫米热轧机引进项目，我方承担的设备制造任务是14000吨，由四家主力企业承担主要部分，其余部分涉及二十多家配套厂。这个项目是大型冶金装备研发的首个项目，前面还走过一些弯路，现在需要重新进行协调。我的想法是，由综合处和协作处各派出一些人员，组成两个协调组，分别负责这两个项目的协调工作，你们的意见如何？”

罗翔飞问大家的意见，大家还能说什么？领导已经把任务说得这么明确了，下属要做的，不就是自告奋勇接受任务吗？

谢皓亚看看众人，先举起手，说道：“我负责一项吧。电动轮自卸车这个项目我过去了解过，要不我就负责这一项，罗主任觉得可以吗？”

罗翔飞摇摇头道：“小谢，你是处长，负责全面工作就好，这两个项目，让小冷和小冯各挑一项吧。晓娟处长，你们处的安排也是如此，你这个处长负责全面工作，让根基和李超各负责一项，和综合处这边搭班子。”

冷飞云拍了拍冯啸辰的手，说道：“小冯，你看咱们俩怎么分工？”

冯啸辰笑道：“我听你的，你挑剩下的给我就行。”

冷飞云摇摇头道：“还是你先挑吧，我不太懂这些。”

冯啸辰想了想，对罗翔飞说道：“罗主任，如果是这样，我选热轧机项目吧，因为这个项目的技术引进工作我也参加了，有些情况比较熟悉。看协作处这边的王处长和李处长谁选热轧机项目，到时候我给他当副手就好了。”

“我来吧。”王根基当仁不让地说道，“我和小冯处长搭班子，谁当组长，谁当副组长，由罗主任定吧。”以王根基的本意，他是想直接就着冯啸辰的话头，说自己来当这个分项的组长，反正冯啸辰也说了自己愿意当副手的。但他好歹也是当了几年干部的，虽然为人嚣张了一点，但起码的过场还是要走一走的，所以才假装大度地说让罗翔飞去定组长和副组长。

罗翔飞看了看王根基，说道：“小王，你是从水利部过来的，对于冶金设备，你过去接触过没有？”

“过去读中学的时候，到京西钢铁厂去参观过，也算有些接触吧。”王根基答道。原来是个京二代，冯啸辰在心里暗暗嘀咕了一声，难怪说话这样大大咧咧的。

罗翔飞皱了皱眉，说道：“如果是这样的话，那么你们俩最好还是以小冯为组长，你当副组长。小冯参加过 1780 热轧机的引进谈判，对于轧机的情况比较熟悉，和技术转让方的西德企业也比较熟悉。小王你的长处在于年龄比小冯大一些，经验更丰富，关键时候负责把把关，你看怎么样？”

“哦……”王根基哦了一声，有些失落的感觉。罗翔飞的理由倒也是足够充分的，冯啸辰对于热轧机的了解远非他能比，作为专项小组的组长也是理所应当。他原来只想到冯啸辰年纪小，领导不一定放心，因此这个组长非自己莫属。早知道是这样，他还不如和冷飞云去搭班子。

冯啸辰和王根基都作出了选择，剩下的就是冷飞云和协作处的李超二人了，他们愉快地接受了168吨自卸车的项目协调工作。冷飞云自称自己不懂技术，而李超是地质部过来的，懂一些技术，因此被确定为组长，冷飞云为副组长。

与王根基想当组长却没当上不同，李超是不想当组长，却被罗翔飞强按着当上了组长。李超知道，这种临时工作小组的组长和副组长其实也没啥可争的，大家都是单位里的副处长，谁也不比谁高一头。当个组长意味着要比别人多说很多话，事情没办好的时候要背黑锅，当然你也有甩锅给下属的权力，不过再甩也甩不到副手的身上。照着李超自己的想法，当个副手其实更幸福，想说话的时候可以随便说，不想说话的时候有组长在前面戳着。出了成绩，有组长一份，自然也有副组长一份。有锅需要背的时候，组长有义务背，组员也有义务背，唯独副组长是可以不用背的，何乐而不为呢？

唉，早知如此，刚才就应当抢着和冯啸辰去搭班子。那小年轻颇受罗翔飞的器重，估计也没多少城府，自己哄上几句，对方可不就连北都找不着了？现在和这个冷飞云搭班，实在没啥好处，他总是自称当兵的出身，还说什么能打硬仗。咱们是下去检查工作的，你打什么硬仗，纯粹没事找事嘛！心里怎么嘀咕，脸上还是得摆出一副光荣而兴奋的样子，李超响亮地接受了罗翔飞的委派，随后则是向大家点头致意，嘴里说着希望大家多多支持之类的话。

罗翔飞接着又安排了一些其他的工作，最后问大家还有什么其他事情的时候，众人都摇头表示没事，刘燕萍却站起来说道：“今天是咱们的第一次中层干部会，要不，咱们一起唱个歌吧！”

冯啸辰被雷了个不轻，看看众人，却发现大家虽然略有些尴尬，但并不算特别震惊，没准过去在各自单位上也是这样唱过歌的。考虑到众人的年龄迥异，时下的流行歌曲不一定适合于罗翔飞这样的老一辈，刘燕萍便选了一首老歌，率先起头唱了起来：

“团结就是力量……预备唱！”

“团结就是力量，这力量是铁，这力量是钢，比铁还硬，比钢还强……”

会议室里歌声嘹亮，让分散在各个办公室里的工作人员都纷纷侧目，暗想重装办真是一个有力量的地方。

第一百七十二章

“热烈欢迎国家重装办冯处长、王处长一行到我厂指导工作!”秦州重型机械厂厂部大楼的门楣上挂着通红的条幅，上面写着欢迎词句。为了表示冯、王二位处长的排名不分先后，秦重的厂办秘书还特地把冯处长和王处长的名字写成了上下排列的格式，却没想过把冯处长写在王处长上面和写在前面到底能有多大的区别。

虽然对这个多此一举的厂办秘书带着点怨气，王根基还是保持了一名上级领导应有的风度，跟在冯啸辰的身边，与前来欢迎他们的一干秦重领导依次握手，说着一些不着边际的问候语。

与他们俩一道到秦重来的，还有综合处的周梦诗和协作处的费树理。前者是一位二十五岁的姑娘，也是工农兵大学生出身，学机械专业的，不过毕业之后就直接进了机关，没有太多一线的工作经验。后者则已经是三十五岁了，是小组里岁数最大的，性格随和，任何时候都是笑嘻嘻的，与王根基关系颇为不错，在冯啸辰面前也是点头哈腰，让冯啸辰都觉得有些过意不去。

南江钢铁厂引进的1780毫米热轧机，经过近半年的谈判，最终花落联邦德国的冶金装备制造巨头克林兹。具体的方案是由克林兹公司作为总包商，负责轧机的主体设计和主机制造，德国的另外十几家企业作为配套商，分别提供各种辅助机械。各家公司都需要向中方提供全部的制造图纸，并将一部分部件交给中方指定的企业生产，德方还有义务为这些中方企业提供技术上的支持。

整个引进贯彻了“联合设计、合作制造”的原则，德方企业拥有的专利，一部分采取免费转让的方式，一部分采取有偿转让的方式，还有一部分则是采取许可证制造的方式让渡给中方。最后一种是指中方掌握了这些技术之后，可以向德方购买制造许可证，并按许可证所许可的数量进行生产和销售。

德方那边的事情确定下来之后，接着就是要落实国内的承接单位。在此前的经委冶金局安排下，由冶金部、机械部等部委组织了几十家国内企业负责承接德方的任务，以及受让德方转出的专利技术。其中，最主要的厂家有两家，分别是秦州重型机械厂和浦海重型机械厂。罗翔飞交给冯啸辰这个小组的任务，就是到秦重和浦重去落实受让技术的事项。

出发之前，冯啸辰带着小组成员做了不少功课，对秦重的基本情况也算是有所了解了，他挨个与秦重的领导们握着手，笑呵呵地打着招呼：

“宋书记，您好您好，罗主任托我给您带好呢……”

“贡厂长，久仰大名，一直没有见过您，这次我们来秦重学习，还请贡厂长多多指导呢！

“卢大姐，早就听说您是工人的知心大姐，我现在还是个单身汉呢，卢大姐什么时候也关心关心我的生活吧。

“邬厂长，听说您前一段时间住院了，现在身体已经全部康复了吧？哎呀，我们这些小字辈还需要邬厂长给我们传帮带呢……”

党委书记宋洪生，厂长贡振兴，党委副书记卢佩丽，副厂长邬三林、王金荣，总工程师胥文良，党办主任胡丽娟，厂办主任万克俭，还有若干职能处室的负责人，秦重差不多是把全套班子都拉出来接待冯啸辰他们了，这让冯啸辰、王根基都有些受宠若惊的感觉。说是说京官出巡，见官大三分，秦重可是一家正厅级的企业，宋洪生、贡振兴都是和罗翔飞一个级别的，能够屈尊来欢迎两个副处长，实在就是冲着他们一行背后的那个金字招牌而来的。

重大装备领导小组的负责人是国家的领导人，小组的名单上有二十多家部委的一把手，这个来头可是非同小可的。重装办是领导小组的执行机构，具有上达天听的身份，下面的企业一时还摸不清这个单位的性质和工作作风，采取一些谨慎的态度，无疑是更明智的。

欢迎仪式之后便是一个简单的见面会，冯啸辰代表工作组介绍了重装办的情况以及他们一行前往秦重的工作目的，其中当然不免要用到“学习”“观摩”之类的谦词。宋洪生和贡振兴分别代表党、政两套班子对工作组的到来表示了欢迎，希望工作组能够对自己的工作给予指导，帮助自己提高认识水平，做好本次引进技术的消化吸收工作。

总之，宾主双方的第一次见面是亲切而友好的，六十出头的宋洪生和快到六十的贡振兴对于重装办这两位年龄只有自己二分之一和三分之一的副处长表现出了充分的善意。

双方的随员们都进行了自我介绍和自我谦虚之后，见面会圆满结束，宾主移步厂办小食堂。

“冯处长，今年有三十岁没有?”宋洪生和冯啸辰对碰了几杯之后，开始聊起了家常。他早就觉得冯啸辰年轻异常，却又不便往太小的岁数上猜，因为这容易让被问的人觉得对方在小瞧自己，从而产生出不悦，于是便打了点富余量，询问冯啸辰有没有到三十岁。

“还差一点。”冯啸辰笑着应道，年龄是他的硬伤，能够不说的时候，还是尽量不说为好。

“宋书记，您可看走眼了。咱们小冯处长今年才刚满二十岁，是实实在在的年轻有为啊。”王根基在旁边笑呵呵地曝光了。

“刚满二十岁?”宋洪生和坐在旁边的贡振兴都惊住了，他们注意到了冯啸辰的年轻，却没料到会年轻到这个程度。一个刚满二十岁的实职副处长，而且在重装办发来的函上，还写着本次工作组由冯啸辰担任组长，王根基只是副组长，这可是破天荒的事情了。

“惭愧，惭愧。”冯啸辰赶紧装低调，说道，“实在是机缘巧合，其实这一次我是跟着王处长来锻炼的，王处长才是我们工作组的灵魂。”

“小冯处长，你可别这样说，我是跟着你来学习的。”王根基回应道。

宋洪生感慨道：“唉，跟小冯、小王一比，我才知道自己真的是老了。看来，中央对于干部队伍年轻化的决心是非常大的，像小冯这样刚满二十岁的年轻同志，就能够被提拔起来，独当一面，这样的魄力，只有在战争年代里才能看到啊。”

“是啊，我们都该让贤了。”贡振兴也附和道。

冯啸辰笑道：“两位领导这就是批评我们了。其实出来之前，我们罗主任就向我们交代过，说我和小王都太年轻，没有经验，到了企业之后，要虚心向企业里的老同志们学习，把这次工作当成一次难得的学习机会。”

“冯处长太客气了。”坐在下首位置上的总工程师胥文良插话道，“你们是上级领导，是钦差大臣，对中央的精神肯定理解得比我们更透彻，所以你们下到我们企业里来，肯定是来给我们做指导的，应当虚心学习的是我们才对。”

他的话说得很低调，但冯啸辰却从这番话里听出了一些其他的味道，心里不禁咯噔了一声。他笑了笑，对胥文良说道：“胥总工就别笑话我们了，我们算什么上级领导，只是机关里跑跑腿、给领导送送文件的小兵而已。我们这次到企业来，也不是来做指导的，而是来向胥总工这样的一线专家学习的。”

“学习我可不敢当。”胥文良道，“只不过，刚才冯处长在见面会上说这次的技术引进和技术消化对于促进中国冶金机械行业的发展有着重要的意义，要求我们尽全力掌握德方转让的技术，我有些不是很明白，能不能再向冯处长和王处长指教一下。”

胥文良一张嘴，贡振兴就知道他要说什么了，赶紧出声制止道：“老胥，我知道你对于技术引进的一些问题有自己的观点，不过现在是吃饭的时间，就别谈你那些专业的事情了。再说了，你都搞了三十多年的冶金装备，人家王处长、冯处长的岁数都没有你的工龄长，你这样难为他们，合适吗？”

呃……这叫什么话？冯啸辰给噎住了。贡振兴这话，听起来是在替他和王根基开脱，让胥文良不要刁难他们。但话里话外透出来的意思，却是说冯、王二人没资格回答胥文良的问题，你们的年龄还没有人家的工龄长，这里有你们嘚瑟的地方吗？

王根基为人张狂，但智商并不低，或者说是不算太低，冯啸辰听出了贡振兴话里带的刺，他就更能够听出来了。他原本正端着酒杯，准备找谁敬敬酒的，听到胥文良和贡振兴这话，他把酒杯放了下来，看着胥文良，冷冷地说道：“胥总工，引进和消化吸收国外先进技术，是中央作出的重要决定，我和小冯都是没资格去质疑的。胥总工对这项政策有什么不同的意见，我们可以带回去，提交给重大装备领导小组的领导们去讨论，我想他们对于来自基层的意见，应当是会非常重视的。”

第一百七十三章

秦重对于这一次引进 1780 毫米轧机的事情有着很深的怨念，这一点早在冯啸辰还在南江省冶金厅搬图纸的时候，就已经知道了。

南江钢铁厂准备上一条 1780 毫米轧机生产线，这是国家作出的决策。消息传出后，浦重和秦重都向国家经委提出过请示，希望能够由他们来承担这条生产线的制造，或者至少是作为牵头企业来承担这项工作。

在南江钢铁厂之前，国内已经建造过两条同等规模的热轧生产线，承担这两条生产线建造任务的，就是秦重和浦重这两家企业。再往前算，二十世纪五十年代中国从苏联引进热轧机和冷轧机制造技术，秦重和浦重就是技术的受让方。后来国内建造的热轧和冷轧生产线，基本上都是他们两家牵头搞出来的。

二十世纪五十年代，苏联援助中国建设的是 1100 毫米的轧钢生产线，中国企业在此基础上进行革新创造，先后造出了 700 毫米极薄带钢轧机、4200 毫米厚板轧机以及 1580、1760 等规格的普通板材轧机，所有这些创新中间，都有秦重和浦重这两家企业的贡献，这也是他们一直引以为傲的事情。

七十年代中期，中国从日本和德国引进了一套 1700 毫米热轧机和 1700 毫米冷轧机，开启了从西方国家进口冶金设备的先河。到南钢筹建 1780 毫米热轧机的时候，国家经委冶金局便拒绝了秦重和浦重的要求，转向日本进行引进。后来因为发现日本企业玩弄花招，把一些不必要的东西揉进设备里捆绑销售，国家决定选择西德作为设备进口国，并有了罗翔飞他们的德国之行，并最终敲定由德国克林兹公司提供这项技术。

一条热轧生产线的投资高达几亿美元，换成人民币就是十几亿之多，哪家企业对这块大蛋糕都是垂涎欲滴的。以秦重原来的想法，即便自己不能独自吞下这块蛋糕，而是要和浦重等其他企业一起来分，落到自己盘子里的，也得有几亿人民币。谁料想，国家却选择了引进技术，只让他们在国际总包商的名下承接一些边边角角的制造工作，这怎能不让秦重的领导们心生怨念。

冯啸辰他们在出发之前，就已经知道秦重对于这次引进工作的不满，而这种不满也直接影响到了承接技术转移的积极性。罗翔飞派他们前往秦重来做协调工作，就是希望他们能够化解这种不满情绪，让秦重的干部职工精神饱满地投入到消化吸收引进技术的工作中来。

以冯啸辰原来的预计，秦重方面应当不会这样直接地提出自己的意见，而是会在具体的工作中表现出一些冷淡情绪。谁料想，就在这欢迎酒宴上，胥文良居然就直接开始发难了。

既然事先就知道了秦重的态度，冯啸辰当然不可能没有做什么准备。但他是打算结合设计和生产等环节去和秦重的领导、工程师们讲道理的，没打算在饭桌上来掰扯这件事。饭桌上不是一个能够谈技术的地方，要扯起来就只能是互相放嘴炮，而这对于冯啸辰来说是很不利的。

王根基在这个时候挺身而出，倒是替冯啸辰吸引了火力。冯啸辰不知道王根基打算说什么，不过，有他搅搅局也好，实在不行，自己再出来打圆场吧。想到这里，他也就笑而不语了，只是端起酒杯向宋洪生和贡振兴示意了一下，然后慢慢地抿着杯子里的酒，等着胥文良说话。

胥文良今年五十多岁，是解放前的大学毕业生，秦重建立的时候，他就是厂里的工程师，算是秦重的元老级人物。他曾经主持过好几条国产热轧生产线的设计工作，七十年代中期江城的1700毫米热轧机引进之后，他曾到江城钢铁厂去考察过，还向机械部提交过一份“关于测绘仿制进口1700毫米热轧机”的报告，可惜未获批准。回到秦重之后，他组织了全厂的技术力量进行国产1700毫米热轧机的技术攻关，也取得了不少成果，这也是秦重有底气向国家经委提出由自己来承建南江钢铁厂热轧机项目的原因。南钢的热轧机最终花落西德，最为郁闷的就莫过于胥文良了。

前一段时间，接到国家要求秦重承接克林兹公司转包任务的通知之后，胥文良就一直在酝酿着给上级写一份“万言书”，准备有理有据地对这件事提出自己的意见，或者更直接地说，是打算痛斥上级有关部门的崇洋媚外思想。他的万言书还没有写完，就听说新成立的重装办要派人下来视察工作，这可是瞌睡碰上了枕头。他把万言书里的有关观点进行了凝练，打算用来向重装办开火。

依他的想法，如果他的这一番痛斥能够让重装办的领导幡然醒悟，从而改变错误的决策思路，回到自力更生的正确道路上来，那就是最好的。即便达不到这个效果，至少也能让他们在未来做事的时候多一些顾忌吧。

让胥文良泄气的是，重装办派来的工作小组，居然清一色都是年轻人，岁数最大的那个看起来也就是三十出头，而且还只是一个普通工作人员而已。工作小组的组长是个年轻得令人发指的小屁孩子，属于那种泡在蜜罐里长大的人，根本不可能理解他们这些经历过山河破碎，又经历过白手起家的老一辈的心情。跟这样一些小年轻谈什么自力更生，他们能听得懂吗？

可箭在弦上，不得不发，胥文良憋了那么久的一股劲，如果不在这里泄出来，只怕会把老爷子自己憋出个好歹来。他也顾不上自己的岁数够当对方的爹，话里带着刺地便开始进攻了。

“引进和消化吸收国外先进技术，我们从来都是举双手赞成的。五十年代，我们就引进了苏联的先进技术，搞了 156 项重点工程，当时宋书记、贡厂长、王厂长他们，还有我，都是亲身参加了技术引进的。三十年过去了，到现在这 156 项重点工程还是咱们国家的重要支柱，我们这些人，怎么可能会反对技术引进的政策呢？”

胥文良一上来便是摆起了老资格，他也的确有这个老资格。毕竟他们这些人在工地上挖土的时候，冯啸辰连液体状态都还不存在，王根基岁数大一点，勉强当时也是挖过土的，当然只是在幼儿园的沙坑里挖土。

“既然是这样，那么胥总工有什么不理解的地方呢？”王根基问道。

胥文良道：“五十年代，我们国家是一穷二白，那个时候引进技术是为了建立完整的工业体系，是完全没有问题的。可是，经过三十年的建设，我们现在已经有了一个完整的体系，所有的工业产品我们都已经能够生产，好吧，我也承认我们的技术相比西方国家还有一些落后，但这也并不是追赶不上的。在这种情况下，我们还要一而再、再而三地从国外引进设备。江城的1700毫米轧机，我们引进进来了。随后又是浦江钢铁厂的全套设备，从高炉到轧机，甚至连运煤的小车都是买进来的，这我就不明白了，我们搞了三十多年的社会主义建设，连个小推车都不会造吗？”

冯啸辰坐在旁边实在是无语了，胥文良说的所谓小推车，可不是工地上运砖的那种小车，而是高炉给料用的料斗，你说成小车倒也不算错。严格地说，这种料斗的技术含量没多高，自己造也不是不行，问题在于，成套设备的引进，很难分得这样清楚，你非要拿着一个螺丝钉说自己也能生产，所以不该引进这架飞机，这个道理怎么听都像是歪理吧？

“浦江钢铁厂引进，到了南江钢铁厂，又是引进，这又算个什么道理呢？如果国家觉得造不如买、买不如租，那么索性把我们秦重解散了，大家都在头上戴顶汉奸帽，到十里洋场当买办就是了。”胥文良直接就给上纲上线了。

“胥总工，你这话就不对了。”王根基把脸沉下来了。作为一名在部委里工作的官员，他的政治敏感是非常强的。胥文良说的“造不如买、买不如租”，在当年是有着鲜明的政治色彩的，听到这样的话，王根基不可能再继续保持淡定。

其实，“造不如买”这句话，最早出现的时候是有其特定语境的。一个企业也罢，一个国家也罢，在某一个特定历史时期不可能自己去制造所有的设备，有所为、有所不为，这才是正确的决策思路。在一时没有技术力量制造，或者来不及制造的情况下，通过购买一些设备来提高自己的装备水平，本无可厚非。但在政治运动频发的年代里，任何一句话都可能被人抓住把柄，然后提高到政治高度，忽略掉一切语境，最终成为某个人的罪证。这样的事情过去发生过很多，如今也依然经常发生。

七十年代中期，国家进行过一次大规模的技术引进，史称“四三工程”。七十年代后期，有被称为“洋跃进”的新一轮大规模引进。进入八十年代之后，技术引进更是成为常态。伴随着这些经济决策的推行，“造不如买、买不如租”这句话也就经常出现在类似于胥文良这样的老一代嘴里了。

第一百七十四章

“老胥，说重了，国家没有说过这样的话。”宋洪生出来劝解了，他是党委书记，这种时候是要坚持一点政治正确的。不过，他说话的语气非常随和，让人感觉他也就是不得不说这么一句，至于内心是否赞成胥文良的说法，就另当别论了。

“国家是没这样说，我相信中央的领导同志不会得这样的软骨病，但下面的一些人是怎么样的，我就不知道了。有些人出了一趟国，回来以后口口声声都是国外如何如何，我看这些人就是骨头里缺钙，该吃点钙片补一补了。”胥文良梗着脖子说道。

“老胥就这个脾气，小冯处长别跟他计较。”贡振兴在冯啸辰旁边解释道，同时偷眼看着这位年轻处长，想看看他有什么表现。

冯啸辰笑了笑，小声回答道：“没关系，有什么意见，说开了更好。”

“是啊是啊，对于上级的想法，我们也是有一些不理解的，老胥的意见，反映了不少同志的想法。”贡振兴道。

冯啸辰自然不会去追问胥文良的话是否也反映了贡振兴的想法，贡振兴这样说，暗示的意味已经非常足了。他没有继续深入这个话题，而是伸筷子夹了一口菜，在嘴里嚼着，让人觉得他不是一个工作小组的组长，而是一个来打牙祭的闲人。

王根基与胥文良的交锋还在继续，他冷笑着说道：“胥总工，你说国家的政策是造不如买，既然如此，我们为什么还要想方设法让德国人向咱们转让技术，还请你们秦重分包一部分制造任务？这不就恰恰反映出国家希望自己掌握这些制造技术吗？我们这次奉主任的安排到秦重来，就是来考察秦重消化吸收国外先进技术的措施的，你们对于吸收这些技术，有什么具体的想法没有？”

“消化吸收这些垃圾技术？”胥文良面露鄙夷之色，“两台板坯夹钳吊，一套卷取机，几块导板，加上七八个轴承座，这都是我们二十年前就已经掌握的技术，我们还需要德国鬼子来教我们怎么做吗？”

“……”

王根基一下子就被噎住了，他真的不懂冶金机械啊，胥文良说的这些设备和部件，都是由克林兹转包给秦重制造的，这一点王根基是知道的，出发前就已经在资料上看过。可要说这些技术是不是秦重在二十年前就已经掌握的，他可就真不清楚了，胥文良这样一说，他都不知道从何反驳起为好。

“如果我没记错的话，秦重承接的板坯夹钳起重机，是两台65吨42米跨度的起重机，没错吧？”冯啸辰淡淡地插了一句话，他的眼睛却没看着胥文良，而是盯在面前的一盘红烧大鲤鱼，研究着如何从鲤鱼的脸上撕一小块嫩肉下来。

“嗯。”胥文良从鼻子里哼了一声出来。

“秦重过去生产过类似的板坯起重机，是40米跨度的，主、副板厚度是12毫米，上、下盖板厚度是22毫米。而这一次的设计要求是主副板8毫米，上下板16毫米，我想请教一下胥总工，咱们有没有什么具体的措施能够达到这样的设计要求。”冯啸辰终于把那块鱼脸肉剔下来了，他把肉塞进嘴里，然后抬起头，笑眯眯地看着胥文良，问道。

“我承认，我们的技术还达不到。”胥文良吐了一口粗气，沉声说道。他是搞技术的人，自己有什么短处，他是非常清楚的，冯啸辰提出的这个问题非常尖锐，由不得他强词夺理，他只能承认。

冯啸辰却没打算放过他，而是继续追问道：“为什么达不到呢？”

“钢材品质不行。”胥文良应道。

“为什么不考虑使用进口钢材呢？”冯啸辰又道。

胥文良又喘了一口粗气，真是郁闷啊，这个小屁孩看着蔫不拉叽的，提出来的问题却都是针针见血，专往人家身上最疼的地方扎。

这种夹钳起重机，最大的难度就是主梁跨度大，这要求制造主梁的材料具有较高的强度。以往因为国产钢材的强度不够，秦重只能通过增加板材厚度的方法来解决，但这样一来，又会增加起重机的自身重量，对于厂房设计、电机功率等提出了更高的要求。

秦重也考虑过换用进口的高强度钢板来制造主梁，可紧接着就出现了一个新问题，那就是进口钢材的成分与国产钢材不同，用秦重现有的焊接工艺进行焊接时，会出现难以焊透的情况，接缝处的强度无法保证。

要解决一个问题，就滋生出十个新的问题，这就是秦重以及许多其他国内企业都面临的问题。解决不了的情况下，就只能是先用别的办法应付过去，等着未来有时间再来解决。久而久之，积累下来的问题越来越多，而新的任务又越逼越紧，胥文良早就已经有一种无助的感觉了。

“进口钢板我们也试过，不过焊接问题一时解决不了。”贡振兴替胥文良回答了，他是厂长，对于技术方面的事情也是懂一些的。

冯啸辰轻轻点了点头，又夹了一块红烧肉塞进嘴里，慢条斯理地说道：“嗯嗯，那就慢慢再解决吧，反正时间有得是。”这句话可就是损透了，还让秦重的一干人等没法反驳。你们说要自己搞革新，可以啊，我不是同意你们慢慢解决了吗？你们还要我怎么办？可后一句“时间有得是”，味道就不那么好了，其潜台词就是你们自己玩，国家建设可等不起。中央领导同志在各种场合说的都是“时不我待”“快马加鞭”之类的话，你来个“时间有得是”，不是打秦重这些人的脸吗？

王根基却是兴奋了起来，他第一次感觉到冯啸辰居然是如此可爱。几个问题就把胥文良噎得只差吐血了，如果没有冯啸辰出来救场，今天被扔在地上任人踩踏的就是他王根基的脸了。

“冯处长说得对，时间有得是。胥总工，给你们二十年时间，解决掉这个夹钳起重机的难题，够不够？”王根基用关切的口吻向胥文良说道。

“啪！”胥文良忍无可忍，一巴掌拍在了面前的桌子上，把自己的酒杯都震倒了，酒水洒了一桌子。

“老胥！”宋洪生赶紧出言劝止，他可知道，这位老先生技术上牛气，脾气也是数得上号的牛气，别说是对王根基、冯啸辰这种小年轻，就是冲着宋洪生、贡振兴他们，老胥拍桌子发脾气的时候也不计其数了。刚才冯啸辰那几句话的确是把胥文良给问狠了，让他憋了一肚子气，还找不到撒气的地方。现在王根基这样说，他岂有不发飙的道理。

“老宋，你别劝我！”胥文良甩下一句，然后瞪圆了眼睛对着冯啸辰和王根基二人，大声说道，“不就是钳夹吊吗？你们敢不敢跟我立个军令状，两个月之内，我把进口钢材的焊接难关解决掉。如果解决不掉，我甘愿辞职，从此不再干冶金这行。如果我解决掉了，你们就把那个丧权辱国的引进合同撕毁，让我们秦重来搞这条热轧生产线！”

“胥总工，你这个算盘也太精了吧？”王根基岂是会上当的人，他撇了撇嘴，说道，“你拿你的职位来换国家的引进合同，你把国家合同当成什么了？”

“那好，我也不用你们撕毁这个合同，如果我办到了，你们就给我滚……给我离开秦重，不要在这里指手画脚，这总是可以的吧？”胥文良道，他原本想说让工作小组滚回京城去，话到嘴边，终于还是换了一个比较和缓的说法。毕竟也是奔六的人了，也知道不能随便地口无遮拦。

王根基不敢赌了，他不知道胥文良有没有这样的本事，同时也知道自己没权力答应这个赌注。他们到秦重来，是受罗翔飞的指派，没有罗翔飞发话，他们哪能自己就滚回去。他装模作样地哼了一声，以示自己不和胥文良一般计较，同时把目光投向了冯啸辰，等着冯啸辰再次出来发威。

冯啸辰放下了筷子，看着胥文良，足足看了有一分钟时间，看得胥文良都有些心里发毛，同时酝酿起来的那点情绪也消减了七八分，这时候，冯啸辰才开口了：“胥总工，我不用跟你赌，我相信你能赢。”

“……”一桌子人都有些意外，胥文良如果发个狠，用两个月时间解决一个焊接工艺问题，的确是有七八成把握的，这一点胥文良自己知道，贡振兴等人也知道。宋洪生是做政治工作的，不太懂技术，但对此也并不担心。可他们没想到冯啸辰会如此，面对着胥文良咄咄逼人的挑战，他居然直接就认输了。

其实冯啸辰是有其他办法来应对的，比如说讲讲大道理，说不能把国家大事当成儿戏之类，这就把这个赌约给否定掉了，工作小组也不至于丢面子。现在这种方式，虽然够得上是光明磊落，但工作小组尤其是王根基的面子，可就栽了，冯啸辰刚才那一番逼问的效果，也被胥文良给化解掉了。

难道这个年轻的工作组长真的是外强中干，不敢直面挑战吗？

第一百七十五章

冯啸辰似乎是没有注意到大家投向他的异样目光，而是平静地继续说道：“其实，主梁腹板的焊接工艺也没多难。我看过咱们秦重的材料，咱们传统上是用二氧化碳气体保护焊，做单面焊双面成形，再加火焰矫正，但这种方法用于进口钢材的焊接效果并不明显，秦重一直在探索通过调整焊丝牌号以及改变电流、焊速等方法来解决这个问题，但至今没有突破。”

“你说得没错。”胥文良道，“难道冯处长有更好的办法吗？”

“当然有。”冯啸辰毫不客气地回答道，“用低频脉冲氩弧焊的效果会明显优于二氧化碳保护焊，对于8毫米板，采用V型坡口，对于16毫米板，用U型坡口，通过改变脉冲电流、维弧电流、电压、频率、氩气流量等，完全可以焊出理想的双面成形效果。”

“低频脉冲氩弧焊？”胥文良瞪大了眼睛，他当然不是不懂这项技术，只是没想到可以拿到这个场合来使用。在他的潜意识里，觉得氩弧焊的成本太高，不值得用来焊这样的部件，所以一直在二氧化碳保护焊的圈子里转来转去，却找不出一条路径。经冯啸辰这样一点拨，他突然发现，这是一个非常好的主意。至于说成本的问题，实在是自己想多了，钢材厚度减少了几毫米，这其中省下来的成本都够他去买一台新的氩弧焊机了，氩气再贵，能比钢材贵吗？

“哎呀，冯处长，你真是一语点醒梦中人……见笑了，见笑了，我做了三十多年技术，见识居然还不如……”胥文良有些语无伦次了，说到最后的时候，他有些不好意思了。刚才贡振兴还在拿人家的年龄说事，说什么人家的年龄不如胥文良的工龄，现在人家可以反击了，你的工龄长有什么用，谁知道你这么多年的大馒头是不是让狗给吃了？

“冯处长不愧是中央来的，技术水平真是让我们服气啊。”贡振兴半是恭维半是真心地说道。人家可不是光知道一两个名词就跑过来指手画脚的，什么V型坡口、U型坡口，人家都说得头头是道，你想不服气都难。

冯啸辰却没有就此罢休，而是继续说道：“胥总工，你觉得，是我一句话帮你解决掉这个技术难题好，还是你花两个月时间自己去摸索好？”

“这……”胥文良不好回答了。他的确有不同的答案，但人家刚刚给了他指点，他如果说人家的指点不好，岂不显得太不合时宜了？也许人家会认为他是死要面子，明明被人教训了，还要说自己是对的。

冯啸辰却替他说出来了，“胥总工，我知道您的意思。您是想说，有人指点固然是好事，但自己摸索也是有必要的，因为纸上得来终觉浅，只有自己尝试过的事情，才能真正理解，是这样吗？”

“其实我是有一点这样的意思。”胥文良讷讷地回答道。

“你这就是强词夺理！”王根基不屑地说道。

“我……”胥文良被王根基给说窘了，他有心说自己并非强词夺理，而是有一些道理的，却又说不出口。

冯啸辰向王根基摆了摆手，示意他不要再去刺激胥文良，然后说道：“胥总工这个想法的确是有道理的。咱们不能光是搞拿来主义，而是既要知其然，又要知其所以然。有些技术，我们付出一些时间和金钱作为学费，是非常有必要的。从这个意义上说，自己去试验，也是一个必要的过程。”

“冯处长说得对。”胥文良低声应道，同时用眼角的余光瞥了一下王根基，生怕这个浑小子又出来打脸。冯啸辰冷静得让人窒息，王根基嚣张得让人讨厌，这双雄联手，还真让秦重的一干老头招架不住。

冯啸辰道：“自力更生和引进技术从来都不是相互矛盾的。一味地强调其中一个方面，都是偏执。我们过去只知道自力更生，结果弄成了闭关锁国，从156项之后，几乎没有再从国外引进任何的先进技术，及至前些年打开国门时，发现人家已经跑得不见踪影了，这就是一个教训。时下，国家提出要引进技术，社会上也的确出现了一些盲目崇洋的倾向，觉得我们过去做的一切都应当抛弃，直接从国外买一个现代化进来，这种思想无疑也是错误的。如果没有自己的东西，完全靠引进，最终我们的工业命脉就会掐在别人的手上，我们永远也不可能成为一个真正的工业强国。我们应当做的，是一手引进，一手自主创新，师夷长技以制夷，这才能够迎头赶上。各位领导认为，是不是这个道理？”

“小冯处长说得太好了！”宋洪生首先赞道。他已经感觉出来了，这个冯处长肚子里是有点货色的，而且是有备而来，胥文良虽然是个技术高手，但以无心对有心，是玩不过冯啸辰的。不管冯啸辰说的话是不是有道理，至少眼下秦重方面是不能再斗下去了，否则就是自取其辱。

贡振兴也点了点头，道：“冯处长的话，真是太有道理了。毕竟是领导，对于中央精神的理解，比我们强得太多了。”

胥文良觉得有些委屈，自己明明是想好了一肚子道理的，怎么让这个小年轻三两句话就给带到沟里去了。自己啥时候说过要搞闭关锁国了？我们不也考虑了使用进口钢材来做起重机的主梁吗？还有，接受你冯啸辰的一个建议，用氩弧焊代替二氧化碳保护焊，与自力更生也并不矛盾啊，你不也是中国人吗？

看着老头一脸纠结的样子，冯啸辰心中好笑。有关技术引进和自主创新之间的争论，在后世的互联网上说得太多了，还有不少学者也加入到论战中去，发表了各种各样见仁见智的观点。前一世的冯啸辰参加过不少这样的研讨会，听过各方的意见，胥文良能想到什么，冯啸辰早就一清二楚了。

“哈哈，还是贡厂长刚才说得对，吃饭的时候，别聊这些技术问题，影响了胃口。咱们西北省的羊肉果然是一绝，这盘葱爆羊肉，一点膻味都没有，我刚才可是吃了大半盘子呢。来来来，王处长，你也尝尝。”冯啸辰用筷子指着餐盘，对王根基说道。

“对对对，吃菜，吃菜。”贡振兴赶紧附和道，冯啸辰能够岔开这个话题，他正求之不得。他们对上级的意见，当然不会因为冯啸辰这几句话就改变的，这其中除了能够冠冕堂皇说出来的大道理之外，还有许多基于秦重自身利益的小道理，这是需要在后面与工作小组慢慢扯的。现在因为胥文良被人抓住了技术上的痛腿，秦重方面处于下风，高挂免战牌才是正道。

宋洪生也向坐在下首的党办主任胡丽娟郑重其事地交代道：“小胡啊，你记住了，冯处长喜欢吃咱们西北省的羊肉，以后多给他安排一点，要让上面来的领导在咱们秦州吃好、休息好，这样才能保证工作好。”

“多谢宋书记的关心。”冯啸辰嘻嘻笑着，又给自己夹了一筷子羊肉，鼓起腮帮子猛嚼起来，那副馋样，让人看着就觉食指大动。胥文良败下阵来，这顿欢迎宴上就没人再敢弄什么幺蛾子了。卢佩丽、王金荣、邬三林以及一干下面的中层干部纷纷过来给工作小组的成员敬酒，大家把酒言欢，气氛一下子又回归了和谐。

宴会结束，卢佩丽和邬三林把工作小组一行送到了厂招待所住下，给每人都开了一个单间，又过问了诸如有没有热水、拖鞋之类的生活细节问题，这才离开。

把卢佩丽他们送走，王根基等人不约而同地来到了冯啸辰的房间，让正准备洗个澡好好睡一觉的冯啸辰吃了一惊。“你们怎么都不去休息，跑我这干吗来了？”冯啸辰诧异道。在火车上的时候，他就已经交代过了，今天初到，大家先休息，等明天再开小会安排工作。这一干手下刚才也没少喝酒，怎么就忙着来听他这个组长的指示了？

“冯处长，你太了不起了！”周梦诗第一个发言了，姑娘的眼睛里闪着崇拜的光芒，几乎是把这个比自己还小五岁的年轻处长当成偶像了。

刚才那会，她与费树理是坐在另外一桌的，开始还没注意冯啸辰他们这桌在聊什么，及至听到胥文良拍桌子，他们才被吓了一跳。再一细听，正听到冯啸辰在用技术打胥文良的脸，他们这桌上那些秦重的中层干部都被臊得不行，原本对他们俩还有些怠慢的意思，这一来也都毕恭毕敬起来了，让他们二人赚够了面子。

“是啊是啊，冯处长真是太了不起了，我们跟着冯处长出来，真是太幸运了。”费树理用他特有的恭维腔说道。他也不知道是不是练过美声，连夸人都有点胸腔共鸣的味道，让人不由联想到“发自肺腑”这样的成语。

第一百七十六章

“大家就别再给我灌迷魂汤了。”冯啸辰无奈地笑道，“其实我也就是在出发之前查了一些资料，找到了他们的一些破绽。也幸亏胥总工他们没有深究下去，否则我也该露馅了。”

“就算露馅，也比我们强多了。”周梦诗道，“冯处长，我原来还觉得进了机关就不用再学技术了，看起来，我还真是想错了。回去我就打算把大学时用的课本都找出来，重新回炉，好好学一学。”

费树理也道：“是啊是啊，我现在才发现有技术太重要了，难怪国家要提干部队伍年轻化、知识化，像冯处长……对了，还有王处长这种人才，才能够符合这个要求啊。”也亏他有急智，在恭维冯啸辰的时候，没有忘记站在一边面有窘迫之色的王根基，否则王根基的脸色就该变得更难看了。

“这些话都不必说了。”冯啸辰摆摆手，拦住了两位下属进一步奉承的话，说道，“今天的情形，大家都看到了，秦重的领导层对于引进技术这件事是有一些意见的。这一次引进的技术与秦重原来的技术储备有一些冲突，他们不愿意接受，也是情有可原的。大家今天先好好休息，明天开始，咱们要深入到秦重的生产环节中去，做好政策宣传工作，帮助他们加深对技术引进问题的理解。”

“明白!”周梦诗和费树理齐声应道。

打发走了这二位，冯啸辰请王根基坐下，然后笑吟吟地问道：“王处长，你怎么也不去休息，这一路坐火车过来，也挺累的吧?”

王根基叹了口气，然后说道：“小冯，今天多亏你了，要不我就真让老胥他们给挤兑惨了。没说的，就冲今天这件事情，老哥我欠你个人情。”

冯啸辰从来没有听王根基说过这样客气的话，在他印象中，王根基一直都是非常跋扈、非常高调的，看来今天在饭桌上的确是受了点刺激。细想想，好像人家也没怎么挤兑王根基，王根基反应如此强烈，只能说有些人的心理天生就是比别人更脆弱的。

鉴于大家是同僚，冯啸辰也不好评价什么，只是笑着说道："王处长，说这些就见外了。咱们是一块来的，他们挤兑你，那就是挤兑咱们整个工作小组，我回应他们几句也是应该的，说不上是什么人情。"

"那另当别论。"王根基道。他从兜里摸出一盒烟来，先抽出一支叼在自己嘴里，又把烟盒向冯啸辰示意了一下。冯啸辰摆摆手，表示自己不抽烟。王根基也没勉强，他收起烟盒，按着打火机给自己点上了烟，深吸一口，吐出一股烟雾，摆足了一个四九城大爷的谱，这才在烟雾的笼罩之下慢悠悠地说道，"小冯啊，说句实在话，我原来真的有点看不上你，觉得你太年轻，既没资历，也没背景，纯粹就是靠着和罗主任的关系，再加上给经委出过几个馊点子，就平步青云，当上了个副处长。我好歹也是上过大学的，我家的老爹嘛，大小也算是个领导，结果我到现在也才混了个副处，和你平起平坐，实在是让人气不顺啊。"

"呃，王处长继续……"冯啸辰无语了，人家把话说得这么透，自己还真不知道该说啥好。他早已听人说过这个王根基是个官二代，他老爹据说是个挺大的官，具体是哪位领导，自己就不清楚了。姓王的领导挺多，而且听说高层还有个习惯，就是让自家的孩子姓别人的姓，目的是为了避嫌。这样一来，能够给王根基当爹的人选，就更是不计其数了……

王根基到重装办之后口无遮拦，对谁都是一副满不在乎的样子，估计也是源于这样的家庭背景。不过，倒是难得他会当着自己的面把这话说出来。

冯啸辰能够被提拔为副处长，与他干过的几件漂亮活有关，这一点重装办的人都知道。这几件事的共同特点，都是在别人束手无策的情况下，冯啸辰突发奇想，靠着一个点子解决了问题。事后想来，冯啸辰的这些点子似乎也不算是什么很了不起的想法，充其量是多看了几本书，或者道听途说知道了某件事。很多人都觉得如果是自己遇到同样的事情，没准也能像冯啸辰那样想出好办法来。王根基说冯啸辰是凭着几个馊主意才上位的，大致就是源于这样的观点。

王根基并不在意自己的话会惹冯啸辰不高兴，他又吐了口烟，继续说道："我老爹成天跟我说，贫贱出才子，富贵出纨绔。在他的眼里，我就是那个纨绔子弟，是不堪造就的。"

"你爸的看法……呵呵，也有几分道理吧。"冯啸辰索性附和了一声。他看出来了，这个王根基是受了刺激想找虐，如果一味地安抚他，恐怕他还要没完没了，不如顺着他的意，来个实话实说。

王根基没想到冯啸辰会这样说，愣了一下，便哈哈大笑起来，说道："爽快，爽快，你这个朋友，我认了。以后你别叫我什么王处长，我这个王处长在你面前也就是让人打脸的主。你如果不介意，喊我一句老王就行了。"

"这样也好，你叫我小冯，我叫你老王，省得大家生分了。"冯啸辰笑呵呵地接受了王根基的建议。刘燕萍不是教育过他们了吗，团结就是力量，不管冯啸辰喜欢不喜欢王根基这个人，他都是要和王根基搭伙干活的，大家关系处得熟络一点，也有助于工作的开展。

王根基脸上泛出了红光，显然是觉得认了冯啸辰这个朋友是一件挺开心的事情。他说道："你还别说，你今天在饭桌上露那一手，真是绝了。别说把什么老贡、老宋、老胥他们给镇了，连我都给镇了。出来之前我了解过，老胥可是行业里的大拿，愣是让你几句话给说得没脾气了，那叫一个哑口无言啊。我原来不相信这天底下有人才，今天这一看，让我服气了。你就是那种贫贱人家出来的才子，我就像我老爹说的那样就是个纨绔。"

你的确就是个纨绔，不过倒也是一个挺可爱的纨绔，冯啸辰在心里想着，嘴里却说道："老王你也不必这样妄自菲薄吧，你的水平还是很高的，只是冶金机械这方面的东西你不懂而已。"

"我决定了，以后好好向你学。"王根基信誓旦旦地说道，"我的人生理想就是，有朝一日也能像你那样，在饭桌上把这帮老家伙抽得找不着北。”

“这个也太暴力了吧？”冯啸辰道，“老王，咱们是来做协调的，不是来打脸的。像今天这种冲突，以后要尽量避免。也好在贡厂长他们还是有些涵养的，否则今天这个局面会有些难以收场啊。”

“我知道，我知道。”王根基连声道，“我这个人就是嘴太贫，因为这张嘴惹的事不少，要不也不会被人挤到这个鸟不拉屎的重装办来。呃呃，我就是随便说说哈，其实我觉得重装办这个地方还是挺不错的，挺适合我。这么说吧，从今往后，我就听你调遣了。你不是组长吗，我是副组长，服从你的指挥是应该的。你叫我往东，我就往东；你让我往西，我就往西，绝无二话。”

冯啸辰也不知道王根基的承诺到底能够持续多久，他笑道：“这倒不必。组长、副组长的，也就是一个分工而已。罗主任派咱俩带队，就是希望有些事情咱俩能够商量着来。我年纪轻，阅历不够，有些事情如果做得莽撞了，老王你还得给我把把关。”

王根基一拍胸脯，道：“没问题，到时候我给你打眼色就是了。”

“……”冯啸辰再次无语了，刚才还说听我调遣，好像是唯我马首是瞻的意思，我这才客气了一句，你就当仁不让地开始拍胸脯了，还说什么给我打眼色，咱们这是谁听谁的呀？

不过，王根基这个态度，倒的确是够真诚的，冯啸辰能够感觉得到。官二代也有官二代的好处，那就是一般不太喜欢玩心眼，有啥说啥。如果你觉得他们是缺心眼或者情商太低，那就错了，干部家庭出来的孩子，成天耳濡目染，政治智慧都差不到哪去。他们不玩心眼的原因，只有三个字，那就是：不需要。

“老王，下一步咱们还有很多工作要做。我们要做通秦重领导和职工的思想工作，让他们心悦诚服地接受分包给他们的任务，同时圆满地完成受让德方专利技术的工作。我想，咱们先不要着急发号施令，还是多和他们聊一聊，看看他们的生产情况，了解一下大家的心理，然后再针对性地采取措施。如果操之过急，没准反而会坏事。”冯啸辰说道。

王根基点点头，道：“你想得很周全。唉，我真是有点纳闷，你也就是个才二十岁的人，做事怎么会这么稳重，像个老头一样。换成我，少年得志，还不嘚瑟起来。”

“我和你不一样，因为你是个纨绔嘛。”冯啸辰不客气地顶了一句，王根基说他少年得志，他回敬一句纨绔，也算是扯平了。既然王根基喜欢直来直去，那他也就不用太避讳什么了。

“没错没错，你说得太对了。”王根基果然一点都不生气，他说道，“老罗安排你当组长是对的，这老头眼睛太毒了，一眼就看出我不是个东西。这么着吧，后面这些天的活，全由你说了算。如果有需要得罪人的事情，你就让我出面，我替你去挡子弹。”

“那就多谢老王了。”冯啸辰笑呵呵地接受了王根基的好意。

第一百七十七章

王根基的示好，对冯啸辰来说是个意外之喜。他此前一直都担心自己和王根基没法相处，前面和企业里的人斗智斗勇，后面还要提防王根基给自己拆台。没想到一顿欢迎宴，就让王根基对自己心悦诚服了，再加上周梦诗、费树理这两个下属也表示了对自己的佩服之意，至少内部的团结问题暂时可以不用操心了。

第二天一早，副厂长邬三林和厂办主任万克俭一同来到招待所，接冯啸辰一行去食堂吃早饭。在未来这段时间里，邬三林是负责陪同工作小组考察的，宋洪生、贡振兴他们这种党政一把手不可能成天陪着客人转来转去。

在食堂里等着冯啸辰他们的，还有总工程师胥文良。见到冯啸辰进来，胥文良连忙站起身，迎上前去，大声地说道："小冯处长，成功了，成功了！"

冯啸辰一愣，旋即反应过来，不由惊讶地问道："胥总工，你们不会是连夜开工做试验了吧？"

胥文良满面喜色地说道："技痒难耐啊。昨天你在饭桌上那么一说，我当时就想扔下筷子去车间找人做试验了。你们去招待所以后，我召集了几个搞焊接工艺的工程师，还有我们厂里最好的电焊工，到车间干了一宿。正像你说的那样，换成低频脉冲氩弧焊，效果非常明显。我们试验了几种开坡口的方式，又调整了电流电压，最后找到了最好的办法。我们可以宣布，夹钳吊主梁的关键技术问题，已经被我们攻克了！"

"恭喜恭喜。"冯啸辰向胥文良拱拱手，笑着说道。

"功劳是小冯处长的！"胥文良说道，他用一双苍老的手拉着冯啸辰的胳膊，感慨万千，絮絮叨叨地说道，“哎呀，真是年轻有为，一句话就解决了困扰我们大半年的技术难题，我早上还跟邬厂长说呢，冯处长在机关里工作太浪费人才了，应当到我们企业一线来，起码能当个副总工。”

“老胥，你还让不让冯处长吃饭了？”邬三林在旁边笑着提醒道，“你有什么话，坐下说不行吗？再说了，人家冯处长是国家重装办的干部，到咱们企业里来工作才叫浪费呢，在咱们企业里能有什么前途？”

“是是是，我糊涂了，我糊涂了。”胥文良才觉得自己的话有漏洞，连忙改口，接着又拉着冯啸辰在自己的座位旁边坐下，还非常殷勤地拿起冯啸辰面前的碗，帮他盛了一碗玉米面粥，弄得冯啸辰好生窘迫。

“胥总工，我自己来就行了。您是长辈，您给我盛粥，可是折煞我了。”冯啸辰伸出双手接过粥碗，对胥文良说道。

此时，王根基他们几位也已经分别在餐桌边坐下了，早有食堂的工作人员上前来替大家盛好了粥。众人看着胥文良对冯啸辰的奉承，都暗暗咂舌，这么一个大厂的总工程师，按级别算也相当于副厅了，加上岁数也比冯啸辰大出将近两倍，却发自内心地帮冯啸辰盛粥，冯啸辰昨天那几句话的分量得有多重啊。

胥文良却并不觉得自己这个举动有什么不妥，他把粥交给冯啸辰之后，又从盘子里拿了一个包子，硬往冯啸辰手里塞，一边塞一边还说着：“你尝尝这包子，茴香馅的，特别香，我就爱吃这口……”

“呃……胥总工，我想换个糖馅的包子行吗？”冯啸辰哭笑不得，他天生就不喜欢吃茴香，不带这样硬逼着人家吃茴香馅的好不好？

好不容易把胥文良的热情给应付过去了，众人开始吃饭，同时说着一些诸如天气之类的闲话。胥文良坐在冯啸辰身边，唏里呼噜地喝了一碗粥，然后看着冯啸辰，讷讷地开口说道：“小冯处长，夹钳吊焊接这个事情你说得对。不过，昨天你说的引进技术的事情，我还是有点不同看法，也不知道合适不合适。”

对面的王根基闻听此言，眼睛又立起来了，正待说点什么，却见冯啸辰向他微微摇了一下头，王根基想起自己向冯啸辰的承诺，只得悻悻然地又低下头，把一腔辩论的热情都发泄到面前的一个咸鸭蛋身上去了。

“胥总工，您有什么看法，尽管说出来。这会儿说不完，等会儿我们一块到车间去，还可以边走边说。罗主任派我们到秦重来，就是来听大家的意见的，重装办做事情，也需要大家配合，大家如果不能充分理解重装办的意图，后面的事情是做不好的。”冯啸辰平静地向胥文良说道。

指望靠一个焊接的小点子就说服秦重一干人放弃原来的想法，是过于美好的幻想了，冯啸辰不会如此天真。好歹他已经用技术证明了自己的实力，让胥文良在向他提出意见的时候带着几分怯意，这就已经足够了。冯啸辰先前最担心的是秦重的人不和他讲理，现在看来，这个问题已经解决了。

“昨天我和王处长打赌，说我只要两个月的时间，就能够解决夹钳吊焊接的问题。结果，冯处长一句话，帮我们找对了思路，我们只花了一个晚上就把这个问题解决了。照这样的路子，咱们如果能够集思广益，多找到一些像冯处长这样懂行的人，那么 1780 毫米热轧机的技术障碍，我们总是能够克服的，冯处长说对不对？”胥文良说道。

冯啸辰笑着点点头，道：“这是肯定的。外国人也是人，他们能够想到的办法，咱们也能想到。如果我们集全国之力，克服这些技术障碍倒也不是问题。”

“那就是了。”胥文良道，“既然如此，咱们为什么要花费昂贵的外汇从国外引进这套设备呢？”

“很简单，我们没有时间等。”冯啸辰说道。

“这并不会耽误太多的时间啊。”胥文良道，他从放在身边的手提包里拿出一沓纸，并到冯啸辰的手上，说道，“你看，昨天晚上我安排技术处的工程师去试验氩弧焊，我自己在旁边拉了一个单子，这是我觉得咱们依靠国内力量建造 1780 毫米热轧机需要克服的技术难题，每一项我都做了一个估计。依我的计算，如果由我们秦重，加上浦江市的浦海重机，再联合几家大学，解决这些技术难题大概也就需要三年左右的时间。当然啦，国家在这方面也需要给我们一些支持，比如资金上的支持，还有就是引进一些必要的试验装备，还有一些高精度机床之类。算起来，比全盘引进一套热轧机所需要的费用还是要少得多的。”

冯啸辰接过那沓纸，认真地看了起来。不得不说，老胥不愧是行业大牛，对于问题的判断非常准确，他不但列出了国内制造大型热轧机所面临的技术难题，还分析了哪些单位有能力解决这些难题，有些地方甚至还标出了具体的人名，说某某人在某个领域颇有建树，如果请他来主持某项工作，必能旗开得胜。

当然，作为一名后世的重装办官员，冯啸辰能够从这张单子里看到的东西，还要更多一些。他看出了胥文良在这番设计中包含着的私心，这个私心倒不是说老爷子自己想从中捞到多少名或者多少利，而是站在秦重的立场上，选择这样的策略将是非常有利的。

“怎么样，冯处长，你觉得这些想法可行吗？”胥文良见冯啸辰看完单子之后默不作声，心中有些惴惴，忍不住问了一句。

他列这个单子，也是被冯啸辰给逼出来的，原来觉得重装办这帮人不懂技术，他随便说几句就能够让对方哑口无言。昨天见识了冯啸辰的技术水平，他知道如果没有充足的准备，要想和冯啸辰辩论是非常困难的。他熬了一个晚上拉出这样一个单子，就是想让冯啸辰知道他是经过深思熟虑的，他所提出来的建议，是完全站得住脚的。

冯啸辰只是笑笑，说道：“胥总工写得非常好……对了，大家也传看一下吧。”

说罢，他把那沓纸隔着桌子递给了王根基。王根基接过去，一目十行地看了一遍，虽然对很多东西都不明就里，但也不得不承认胥文良这一回的工作做得颇为扎实，其中的论据还是很有说服力的。王根基看完，又把材料递给费树理和周梦诗看了看，最后才传回到冯啸辰的手里。

“胥总工，这份材料，是不是可以留给我们，让我们好好学习学习。”冯啸辰用征询的语气对胥文良问道。

“完全可以。”胥文良道，“学习的话就不要说了，这只是我的一家之言，希望能够对上级领导的决策有一些帮助。”

“那好，我就先收下了。”

冯啸辰把材料收进自己的公文包里，然后看看桌上的众人，问道：“大家都吃饱了吗？”

“吃饱了！”王根基带着两个下属齐声应道。

“那好，多谢万主任安排的丰盛的早餐，邬厂长、胥总工，要不咱们就直接到车间去吧，边看边聊，一直听说秦重是咱们国家重型装备的摇篮，我们想开开眼界呢。”冯啸辰说道。

第一百七十八章

“这是齿轮车间，拥有国内最先进的滚齿机、插齿机……”

“这是龙门加工车间，拥有从西德和日本进口的大型龙门铣镗床，能够镗 1200 毫米的深孔……”

“这位是伍惠民师傅，全国劳动模范，主席亲自接见过的……”

在邬三林和胥文良的陪同下，冯啸辰一行走进秦重的生产区，开始逐个车间进行考察。邬三林如数家珍地向冯啸辰他们介绍着秦重的情况，语气中不无炫耀之意。

作为一家国家重点企业，秦重的厂区大得像一座城市，大大小小的车间多达数十个，从头走到尾，即便中间不停留，也得花上个把小时。万克俭安排了一辆中巴车，拉着冯啸辰等人一个车间一个车间地往下走。冯啸辰显得非常认真，每到一个车间，必定要带着众人进去细细察看，还不时要拉着正在做操作的工人问上几句什么。从每个车间出来之后，他又要与邬三林或者胥文良讨论一下车间的生产技术等问题，有些东西是他不太懂的，胥文良便非常耐心地为他讲解。这一通考察，足足花了三天时间，包括冯啸辰在内，工作小组的每一个人都感觉到大开眼界，对于国内的装备制造水平又有了一些新的认识。

“看起来，秦重还是有点名堂的，要不也没有底气敢和上级叫板。”在冯啸辰的房间里，王根基叼着烟卷，感慨地对众人说道。

这是工作小组每天晚上的例行会议，大家要把自己在考察中看到和想到的事情与同事们进行交流，同时探讨秦重目前存在的问题。

“按照胥总工的说法，秦重的确是能够独立承担一条热轧生产线的制造工作的，咱们过去决定从西德引进，是不是真的有些轻率了？”费树理附和道，他过去也是一直在部委工作，虽然也曾到企业里考察过，但像秦重这样实力雄厚的企业，他还是第一次参观，那些极具工业之美的重型加工机械给了他很大的震撼，让他觉得重工业也不过就是如此了。周梦诗却是不屑地撇着嘴，说道："秦重的这些设备都太老了。我甚至看到了二十年代从英国进口的机床，不更新这些设备，咱们根本就搞不出现代化的产品。"

"他们不也有这几年从日本、西德进口的数控机床吗，你没听胥总工说，这些设备在国内企业里都算是领先的。"费树理反驳道。

周梦诗道："光是国内领先有什么用，你们去看看人家日本的工厂，清一色都是数控机床，还有工业机器人呢。"

"咱们不能和人家日本比。"费树理道。

"怎么就不能比？如果不能比，咱们还要搞现代化干什么？"

"现代化不是还得到本世纪末吗，现在才刚到 1981 年呢，急个啥？"

"冯处长说了，咱们就是得瞄准国际先进水平……"

"只是瞄准罢了……"

两个人你一句我一句，不觉就抬起杠来了。王根基看了看冯啸辰，然后咳嗽一声，道："老费，小周，你俩跑题了。咱们现在要讨论的，是秦重对于承接克林兹外包业务有什么顾虑，大家这些天看下来，有什么想法没有？"

听到王根基发话，周梦诗和费树理都不敢再争了，费树理看了看冯啸辰，又看了看王根基，说道："冯处长，王处长，我倒是有一些看法，可以说说吗？"

"当然可以。"冯啸辰笑道，"老费，咱们这里没什么处长非处长的，大家都是同事。咱们这一行人里，你的年龄最大，经验最丰富，你的看法肯定是非常有道理的。"

"冯处长太谦虚了。"费树理道，他清了清嗓子，然后说道，"按照冯处长的安排，这几天我和小周除了跟着邬厂长他们去参观车间之外，还利用其他时间接触了一些秦重的工人和技术员，还有一些位置低一点的基层干部，了解了一下他们的心态。依我看来，秦重这一次对于引进技术的问题兴趣不大，主要有两个原因。”

“你说说看，是哪两个原因。”冯啸辰道。

“第一，感觉自己被小看了。”费树理伸出一个手指头，说道，“正如咱们这些天看到的，秦重的技术实力雄厚，六十年代就仿照苏联援建的鞍钢热轧机制造过国产的1000 毫米热轧机，在用户那边的反响非常好……”

“这只是他们自己说的。我看过材料，秦重制造的那台 1000 毫米热轧机，轧辊的使用寿命只有国外水平的三分之一，有些重要的备件还要依赖进口，如果使用国产备件，无故障工作时间起码要短一半。”周梦诗说道，她是学机械出身的，对于技术上的事情懂得更多一些，说话也更能说到点子上。

“是啊是啊，咱们都知道这一点。”费树理道，“可是他们自己觉得自己的技术还是很牛气的。他们仿造出 1000 毫米轧机的时候，正是中苏论战的时候，政治意义非常大，贡厂长和胥总工都因此而获得了中央领导的接见，秦重厂部会议室墙上那张大照片，就是当时拍的。”

“嗯，你继续说。”冯啸辰点点头道。

“对对，我继续。”费树理也意识到自己跑题了，他接着说道，“秦重一直觉得自己的技术水平很高，能够承担热轧线的整体设计和主机制造，但这次的合作却是安排他们制造一些辅机和个别主机部件，他们对此感觉受到了轻视。”

“我觉得不仅仅是感觉受到轻视的问题，而且是担心以后会被进一步的地边缘化。”王根基插话道，“我老爹过去是当军长的，他说他下面的那些师团长，一到打仗的时候就要争主攻任务，因为能打主攻的就是主力部队，以后分配资源的时候都会更受重视。一个团如果一直都是打助攻，或者打佯攻，团长到师部、军部开会的时候，都没脸和别人打招呼。”

“说得有道理。”冯啸辰赞道。这一层关系他也已经意识到了，看起来，在部委里待过的人，没几个是窝囊废，一点起码的眼力还是具备的。

“秦重这一次向咱们重装办表示不满，其实是为了以后讨价还价。因为这一次的引进合同已经签了，秦重和浦重作为主要的技术受让方，也是定下来的事情，不可能改变。他们这样闹，就是为了体现出自己的价值。”王根基评论道。

周梦诗道：“我看他们简单就是无理取闹，他们的技术在国内的确是排得上号的，但和人家克林兹相比，能比得了吗？技术上不行，就该谦虚一点，好好向人家学习，成天这样牛烘烘地窝里横，有用吗？”

“宁为鸡头，不做凤尾，秦重的想法就是如此吧。”冯啸辰评论了一句，然后又向费树理示意了一下，说道，“老费，你继续说，还有第二点原因呢？”

“第二点原因，那就是这次的分包协议中，留给秦重的利润太低了，他们觉得划不来。”费树理道，他原来是做预算出身的，对于财务方面的事情更为了解，他说道，“一般来说，这种大型成套设备都是主机的利润高，辅机的利润低，国外的情况更是如此。这一次我们采取的是由克林兹作为总包，所有的分包商都是和克林兹进行结算的，克林兹给分包商留下的利润非常低。而以往，咱们如果采取中外合作的方式，都是由国内的公司作为总包，各企业从国内公司那里分包，利润相对就高一些了。”

冯啸辰道：“这一次的情况不同，咱们的目的不仅仅是引进一套设备，还要通过这个项目学习国外的项目管理经验。把合同交给克林兹作为总包，我们就能够学到克林兹组织这种大型项目的方式。”

“这一点我们都知道啊，秦重方面其实也知道，只是这件事与他们无关，所以他们并不在乎国家得到多少，而是斤斤计较于他们自己能够得到多少。”费树理道。

“这就是本位主义！”王根基直接就上纲上线了，“像老贡、老胥他们这些人，都得送去好好学习学习啥叫全国一盘棋思想，如果全国的企业都像他们这样只顾自己，不顾全局，咱们就别搞什么重装办了。”

“其实吧，秦重在这一次也不能说没得到什么东西。”周梦诗道，“他们的利润看起来很低，但西德那边转让给他们的技术专利，价值可不止这点利润。如果花钱引进这些专利，恐怕三倍、五倍的利润都不够用的。”

“这是问题的关键啊。”冯啸辰叹道，“这个项目，国家本身就是赔钱在引进技术。如果我们不把专利转让作为条件，引进的价格起码可以减少几千万美元。奉重没看到这些技术的价值，而是一味地盯着分包合同的利润，所以才会如此抵触。”

“老胥也不懂这个吗？”王根基问道。

冯啸辰摇摇头道：“胥总工倒也不能说是不懂，但他自己的想法太多，干扰了他的理性判断。”

第一百七十九章

引进技术，消化吸收，再在此基础上形成自己的能力，这需要几十年的时间。在冯啸辰生活过的年代里，中国已经走过了全面引进的阶段，具备了独立设计及制造具有全球领先水平技术装备的能力。然而，从胥文良来说，他看不到这么远的事情，也等不了这么长时间。他今年已经是快六十岁的人了，再干上几年就会退休，他的理想就是在自己退休之前，能够主持一个大型热轧机项目。从克林兹引进的技术具有什么潜在价值，对他来说又有什么意义呢？甘为人梯这句话，并不是对任何人都适用的。

“老贡和老宋的想法，和老胥差不多，都是急着要见成果，没有耐心去等待消化进口技术。”王根基总结道。

“唉，人不为己，天诛地灭啊。”费树理发着不着边际的感慨。

“冯处长，咱们得把这种情况反映上去，不能纵容他们的这种心理。”周梦诗愤愤不平地说道。

冯啸辰道：“反映上去很容易，随便写个报告就行了。可是罗主任派咱们来，就是让咱们解决问题的，而不是要我们把问题推给上级部门。没准罗主任他们早就知道这些情况，而且也做了一些工作，只是没有发挥作用。咱们既然到了现场，就需要动动脑子，看看怎么能够解决这些问题，让秦重的干部职工心情愉快地接受这项工作。”

“这个难！”费树理道。

“可以考虑给他们讲讲道理，让他们理解国家的意图。不过，我是没有这个水平的，还得靠冯处长和王处长来做这项工作了。”周梦诗说道。

王根基不屑地说道：“讲道理是讲不通的。你没看那个老胥吗，用了小冯的主意，搞了那个什么低频脉冲焊，结果还过来说他们有能力解决所有的技术问题，我看这就是老不要脸。对于这种老不要脸的人，我觉得没什么可说的，直接换人，让他们回去养老就好了。”

“换成什么人？”冯啸辰笑着问道，自从接受了王根基的投诚之后，他再看王根基的跋扈，似乎也没觉得那么讨厌了，相反还感到有几分霸气。这种不换思想就换人的提法，到九十年代之后是比较流行的，在时下就算是莽撞和冲动了。

王根基道：“换成年轻人啊，比如像小冯处长你这样的，二十啷当岁，思想开放，目光远大，又懂技术，我就不信整个秦重挑不出一个这样的人来。”

“冯处长，刚才王处长说的那种人，我倒是听说过一个。”周梦诗说道，“我听说，当初贡厂长和胥总工他们向国家要求自己来承担南江钢铁厂1780热轧机的制造任务时，就有一位工程师是唱反调的，为了这事，他还挨了个处分呢。”

“有这事？我怎么没听说过？”冯啸辰好奇地问道。

“这不是冯处长教我们要深入群众吗，所以我就打听到了。”周梦诗得意地说道。

这一次到秦重，冯啸辰用上了上次在冷水矿的经验，搞了一明一暗两条线。明面上的线就是跟着邬三林、胥文良他们去车间、科室视察，还召开了几次干部、职工的座谈会，听取大家的意见。暗地里的那条线，就是要求大家利用空余时间去和秦重的职工交朋友，了解一些在正式场合里听不到的消息。

冯啸辰因为自己是工作组的组长，一举一动都比较惹眼，所以在接触秦重职工方面做得比较谨慎，力图不让邬三林他们感到不悦。但周梦诗、费树理就没有这样的顾虑了，他们借口在厂里散步，躲开邬三林他们的眼线，着实接触了一些人，也听到了不少厂里的内幕消息。

当然，倒不是说邬三林他们想看住工作组的四个人有什么困难，而是他们根本就没有这种防范意识。他们又没有做什么违法乱纪的事情，根本不用怕工作组听到什么风声，所以即便是知道周梦诗他们在走访职工，也只是当成一种作秀的表现，不会特别在意的。

“技术处有一位工程师，名叫崔永峰，据说还是胥总工一手带出来的。两年前秦重向冶金部提出要求承建南江钢铁厂轧机工程时，他站在胥总工的对立面上，为此还被胥总工怒斥过一次。”周梦诗说道。

“他为什么站在胥总工的对立面上？”冯啸辰问道。

周梦诗道：“他认为秦重原来搞的热轧机没有前途，继续沿着这条路走下去是不会有好结果的。他认为秦重应当与国外厂商合作，在合作中学习新的技术。”

“这不就是咱们的观点吗？”费树理道，“这个崔永峰有点水平啊。”

冯啸辰却是皱皱眉，问道：“小周，你有没有打听过，这个崔永峰的水平到底怎么样？他说秦重的热轧机没有前途，到底是信口开河，还是有依据的。”

“应当是有依据的。”周梦诗说道。

“理由呢？”冯啸辰逼问道。

周梦诗道：“我在秦重新认识的那个女孩子，是技术处新来的技术员，是给崔永峰当助手的，她对崔永峰特别崇拜，说崔永峰的技术水平比胥总工还高。她还特别为崔永峰打抱不平，认为秦重对崔永峰不够重视。”

“这姑娘不会是和崔永峰有点啥名堂吧？”王根基笑着说道。

周梦诗嘻嘻笑道：“王处长真是善解人意，我也是这样看的。那女孩子名叫吴丹丹，长得挺漂亮的，我也觉得她是对崔永峰有点那啥。”

“情人眼里出西施，光听她的一面之辞，不能说明什么。”冯啸辰道。

“冯处长不想去见见这个人吗？没准咱们解决秦重问题的钥匙就在这个崔永峰的身上呢。”周梦诗提醒道。

“这倒也是一个主意。”冯啸辰道，“至少他对胥文良他们有不同意见，听听这些意见，或许对我们会有些启发。小周，你有办法联系上这个崔永峰吗？”

“找吴丹丹啊，她巴不得咱们去找崔永峰呢。”周梦诗说道。

“老王，你觉得呢？”冯啸辰向王根基问道。

王根基打了个哈欠，说道：“我也觉得去见见他也好，不过，咱们别都去了，回头再把人给吓着。小冯，你和小周两个人去就行，我和老费再在厂里转转，看看能不能再找到其他有这样想法的人。”

“也好，那咱们就分头行动吧。”冯啸辰说道。

吴丹丹是个单身职工，住在厂里的单身宿舍。周梦诗领着冯啸辰到了单身宿舍楼下，让冯啸辰等着，自己上楼去转了一小会，便把吴丹丹带下来了。正如周梦诗说的，吴丹丹长得挺漂亮，身材高高挑挑的，五官端正，扎着两条麻花辫，看起来挺俏皮的样子。见到冯啸辰，吴丹丹热情地打着招呼：“冯处长，您好！”

“小吴，你好。”冯啸辰应道。

“听周姐说，您要去见崔工？”吴丹丹问道。

冯啸辰反问道：“不是你向小周提议让我们去见他的吗？”

吴丹丹并不否认，点点头道：“我是这样跟周姐说的，我觉得你们成天围着胥总工、邬厂长他们，根本就听不到秦重职工的心声，他们都老了，根本就没有进取心。现在国家说干部队伍要年轻化，我觉得我们厂就是年轻化不足，到处暮气沉沉的，根本就不是人待的地方。”

冯啸辰笑了，这个小丫头还真有点风风火火的劲头，和胥文良、邬三林他们的风格的确差别太大了。秦重是五十年代建立起来的企业，厂子里的工人大多数都是五六十年代招收进来的，七十年代进厂的年轻职工不多，而且也不掌握话语权，所以吴丹丹说厂子里暮气沉沉，还真有几分道理。

“这么说，这个厂子里也就是你和崔工两个人有进取心了？”冯啸辰故意地逗着吴丹丹，这姑娘的岁数比冯啸辰还要大三四岁，但冯啸辰觉得自己的心智比她要成熟得多，完全具备逗一逗她的资格。

吴丹丹没有觉得冯啸辰的话有什么不对，其实，在她心目中，是觉得冯啸辰要比自己大的，至于脸相看起来年轻，或许是人家京城的干部擅长保养吧。一个副处长，怎么也得有个三十岁吧，自己在对方面前扮扮嫩，倚小卖小也是可以的吧。

“当然不是只有我们两个才有进取心，其实，厂子里有进取心的人多得很，就是你们没接触到而已。”吴丹丹噘着嘴说道。

第一百八十章

“小吴，你怎么来了?”工程师崔永峰拉开自家的家门，看到站在面前的助手吴丹丹，诧异地问道。

这是在秦重家属区的一幢筒子楼里，绕过楼道里处处摆放着的煤球炉、搁物架、自行车等，冯啸辰一行来到了崔永峰的门前。

一路上，吴丹丹已经向冯啸辰介绍了崔永峰的情况，他是 1968 年大学毕业分配到秦重来工作的，今年三十五岁，已婚，有两个孩子。他的夫人是他的大学同学，毕业时却分到了距离秦州有几百公里远的另外一个城市。两口子两地分居了十几年时间，两个孩子也是一边一个，崔永峰带着大女儿在秦州，他的夫人则带着小儿子在外地。

因为算是单职工，厂里给崔永峰分配的住房只有一间，就是在这个黑乎乎的筒子楼里，他带女儿两个人过日子。

吴丹丹是去年才分到厂里来的，在技术处给崔永峰当助手，也算是师徒名分吧。因为发现自己的师傅不会打理家务，经常因为家务事弄得狼狈不堪，所以吴丹丹没事就会跑过来帮他们父女俩洗洗衣服、做点好吃的，这也就是周梦诗觉得她对崔永峰有点意思的原因吧。

“崔老师，我给你带了两个客人来。”吴丹丹朝旁边侧了侧身子，让出跟在自己身后的冯啸辰和周梦诗，对崔永峰说道。

“是冯处长?”崔永峰认出了冯啸辰。前天冯啸辰随着胥文良去过技术处，与技术处的工程师们见过面。工程师的人数很多，胥文良只向冯啸辰介绍了几位副总工级别的人物，像崔永峰这种二线的工程师就不在介绍之列了。不过，崔永峰自然是能够认得出冯啸辰的。

“我闲着没事，想来找崔工聊聊，可以吗?”冯啸辰笑着问道。

“当然可以，快请进吧。”崔永峰大感意外，但还赶紧邀请冯啸辰他们进门，同时还抱歉地说道，“真不好意思，我爱人不在这边，家里乱得很……”

吴丹丹还真是没把自己当外人，她跟在冯啸辰他们身后进了门，然后便主动招呼着他们坐下，又忙着帮崔永峰收拾屋子。崔永峰的女儿小名叫妞妞，似乎跟吴丹丹也挺熟，看到吴丹丹来，她兴奋地一边喊着姐姐，一边像跟屁虫一样帮着吴丹丹干活，让崔永峰站在旁边都有些尴尬的样子。

“崔工这里的生活条件真的很简陋啊。”冯啸辰坐在一张掉了漆的靠背椅上，环顾着屋子里的陈设，感慨地说道。

“是啊，稍微简陋了一点。”崔永峰应道。

“有什么办法，崔老师得罪了厂领导，原来说好给徐老师办调动的事情也黄了。”吴丹丹在一旁打抱不平地说道。

“小吴，别乱说，徐敏那边是一时办不下来，林北重机那边不同意她调动。”崔永峰向徒弟解释道。从他俩的对话来看，这个徐敏应当就是指崔永峰的夫人了，冯啸辰没想到的是，他夫人居然是在林北重机。

崔永峰住的屋子没多大，家具也没几件，也就是书和图纸多一点，归置起来并不难。吴丹丹带着妞妞三下五除二就让整个屋子改变了模样，有了待客的地方，还不知从哪变出了两杯茶水。崔永峰也在冯啸辰和周梦诗对面坐了下来，至于吴丹丹，则带着妞妞坐在床边上摆起了扑克牌，显然是不想让妞妞打搅大人们的谈话。

“冯处长怎么会有空到我这来？”寒暄了几句之后，崔永峰向冯啸辰问道。凭他的聪明，当然能够猜出冯啸辰来找他的原因，不过，这总得冯啸辰自己提出来才行，他不宜主动去谈与热轧机引进相关的事情。

冯啸辰也不想绕弯子，直截了当地说道：“我们来秦重好几天了，也接触了一些秦重的同志。听人说，崔工对于引进克林兹技术的事情有一些自己的看法，我们想听一听。”

崔永峰迟疑了一下，说道：“的确，在引进克林兹技术这件事情上，我的确有一些不同的看法，因此也和背总工他们有过一些争执，这件事厂里有不少同志都是知道的。”

“具体是什么样的不同看法呢？”冯啸辰问道。

崔永峰道：“贡厂长和胥总工一直认为，我们秦重有能力承担南江钢铁厂的1780毫米热轧机，只要在我们过去做过的热轧机基础上再进行一些技术改进，就可以达到国家的要求，但我却认为，这样做即便能够成功，也是不足取的。”

“为什么？”冯啸辰道。

崔永峰道：“因为我们的技术已经过时了，靠吃苏联技术的余量走不了太远。未来的世界肯定是西方技术一枝独秀，苏联的技术模式必然会被淘汰。”

“你这样说太武断了吧？苏联的技术至少到目前为止比咱们国家还是要强得多的，你为什么会认为它会被淘汰呢？”冯啸辰故意问道。

崔永峰道：“事实上，苏联在技术发展方面已经是捉襟见肘了，他们也就是比咱们国家的技术强一些，与西方国家相比，苏联在大多数工业领域都处于技术上的劣势。咱们既然是要学习国际先进技术，为什么不跟强的学，而是要跟弱的学呢？”

“因为咱们国家的工业体系就是照着苏联模式建起来的，学习苏联技术要比学习西方技术更容易。”冯啸辰反驳道。

崔永峰道：“人无远虑，必有近忧。我们现在继续沿用苏联模式，看起来是比较省事，原有的技术规范都不用修改，实施起来更为方便。在能够保证投入的情况下，出成果也更为容易。这就是胥总工他们的观点。”

冯啸辰笑道：“我也是这个观点啊，咱们要只争朝夕，当然是早出成果比晚出成果更好了。”

崔永峰冷笑道：“出完这一批成果之后呢？我给冯处长举个例子，我们过去造热轧机，不太讲究配管设置，基本上是什么地方有一条缝就把管子塞进去，用这样的办法，也能把热轧机造出来。但随着热轧机自动化水平的提高，管子的数量越来越多，最后就变成了一堆乱麻。不但制造的时候麻烦，维护的时候也同样麻烦。这样的设计规范如果不改变，等到以后，光是配管的问题我们就无法解决了。”所谓配管，是指设备中用来传递压缩空气、润滑油、液压油等气体、液体的管子的配置。现代大型设备中使用的各种管道多如牛毛，在西方国家，管道的设置已经成为一个专门的专业，而在中国的制造企业中，对于这个问题的研究几乎是空白。就像崔永峰说的那样，工程师基本上就是哪有一条缝就把管子插过去，至于管子乱不乱，好不好维护，就不去考虑了。

冯啸辰当然是懂得这个道理的，听崔永峰一说，他微微地点点头，道：“你说得有理。有关这个问题，你有没有和胥总工他们聊过？”

“当然聊过。”崔永峰道，说到这里，他脸上有些黯然，说道，“胥总工一方面觉得我说的话有理，但另一方面又告诉我说，我们还是发展中国家，不能事事都和发达国家比。有些东西就得先将就一下，国家需要装备，不能等我们把这些技术都研究好了再去生产。”

“这话也有道理啊。”冯啸辰笑道，他现在是左右互搏，既支持崔永峰的观点，又支持胥文良的观点，他想看看崔永峰到底有什么道理能够驳倒胥文良。

崔永峰摇摇头，道：“其实，我也知道胥总工的心思。早在我给他当学生的时候，他就跟我说过，他一定要亲手设计一条中国人自己的宽幅热轧生产线。冯处长可能不知道吧，这条生产线的图纸，胥总工在十多年前就已经画出来了，这些年进行过无数次的修改。他一直都在等待一个机会，那就是能够把这张图纸变成现实。”

“结果我们从克林兹引进技术，胥总工的愿望落空了。”冯啸辰说道。

“正是如此。”崔永峰道。

“难怪……”冯啸辰微微点了点头，他没想到胥文良还有这样的执念，他都有些不知道该说什么好了。

崔永峰看到冯啸辰的表情，苦笑了一声，说道：“其实，依我的观点，胥总工的这套图纸没有能够变成现实，对于胥总工来说也许是个遗憾，但对于咱们国家来说，或许就是另一码事了。”

“什么意思？”冯啸辰问道。

崔永峰道："我看过这套图纸，甚至可以这样说吧，其中有些图纸就是我帮着胥总工画的，我对它们非常熟悉。过去，我们和西方国家接触得少，我还觉得胥总工的这些设计是巧夺天工。等到开放了之后，我看了一些国外的资料，才感觉到，这套图纸已经严重过时了，从整体设计理念到一些具体零部件的设计都远远落后于西方。如果照着这套图纸去制造一条生产线，那将是国家财产的巨大浪费。"

冯啸辰哑然失笑，说道："胥总工现在一定非常后悔收了你这样一个学生，你简直就是存心给他拆台的。"

"或许是吧。"崔永峰自嘲地笑道，"我的确是一个不肖弟子。"

第一百八十一章

“那么，崔工觉得我们的工作该如何开展呢?”冯啸辰开始诚心诚意地发问了。和崔永峰聊了几句，他感觉崔永峰肚子里是有货的，至少在别人都不重视配管问题的情况下，他能够以配管为例来证明国内设计理念上的缺陷，这就说明他有一些独到的见解。冯啸辰很想知道，自己面对的难题在崔永峰看来有什么破解之道。

崔永峰想了一下，正色道：“我希望国家能够给胥总工一个机会，让他能够实现他的夙愿。”

“什么!”冯啸辰和周梦诗同时都脱口而出，这都啥事啊，你说了半天，怎么又绕回来了?

“崔工，你没说错吧?”周梦诗忍不住发问了，“你刚才不是说胥总工的设计不行吗，怎么现在又说希望我们帮他实现他的夙愿了?”

“胥总工是一位杰出的冶金机械工程师，他为国家工作了三十多年，此生最大的理想就能够自己亲自设计一条轧钢生产线，并看到这条生产线的投产。他今年是五十六岁，离退休已经没有多少时间了，如果错过了机会，他将抱憾终生。而我……作为他的学生，也同样会抱憾终生。”崔永峰看着冯啸辰，诚恳地说道。

冯啸辰在心里盘算了一下，点了点头，道：“你继续说下去吧。”他明白，崔永峰既然在此前明确说出了胥文良设计的图纸存在的缺陷，那么肯定不会要求冯啸辰他们照着这套图纸去帮助胥文良实现梦想，这就意味着崔永峰还有其他的想法，冯啸辰需要让他把话说完。

果然，崔永峰说道：“当然，我不是说要按照胥总工原来设计的图纸去建造一条生产线，因为我说过，那套图纸已经过时了，没有竞争力了。

我希望国家能够给他一个机会，让他重新设计一条具有国际先进水平的生产线。如果胥总工有机会重新设计一条生产线，我愿意继续给他当助手。”

说到这里，他正视着冯啸辰，目光中闪烁着异样的神情。

“你是一个好学生。”冯啸辰缓缓地说道，“胥总工有你这样一个学生，是他的幸福。但是，国家没有时间等他。南钢这条生产线必须马上开工建设，而我们也只能在这条生产线的建设过程中去学习设计思路，胥总工恐怕等不及了。”

“不会的，只要国家有这个想法，那么肯定是能够做到的。”崔永峰说道。

“怎么做？”冯啸辰问道。

“我知道咱们国家目前没有能力同时开工建设两条生产线，但我们可以把目光投向亚非拉的其他国家，这些国家也是需要建轧钢厂的，以往他们也曾与我们联系过。如果咱们一边引进克林兹的技术建设南江钢铁厂的轧钢线，一边用引进来的技术为其他发展中国家设计一条新的生产线，那么不就是两全其美了吗？”崔永峰抛出了他思考已久的方案。

“亚非拉国家？”冯啸辰被崔永峰的设想惊住了。这的确是一个出乎他意料的答案，但却是能够让秦重的事情得以破局的一个好选择。冯啸辰甚至感觉到，借鉴这个设想，重装办的很多工作都能够打开新的思路，许多目前困扰重装办的难题都有了新的破解方法。

崔永峰继续说道：“亚非拉的很多国家都有发展工业的需求，因为他们的工业水平比咱们要低得多，经济实力也比咱们国家要弱得多。西方大企业的设备，对于他们来说既显得过于昂贵，又有些超出了他们的需求。如果我们能够进入这个市场，那么既可以获得宝贵的外汇，又能够用他们的市场来验证我们的技术，这就是我说的两全其美。”

“崔工，我觉得你说的两全其美，应当换一个解释吧？”周梦诗在旁边插话道，“如果我们真的能够在这些国家找到市场，那么既满足了胥总工想在有生之年设计一条生产线的梦想，又能够让你们秦重获得足够的利润，让贡厂长他们有积极性去接受引进技术，是不是这样？”

崔永峰的心思被周梦诗一语道破，不禁有些尴尬。他支吾着说道：“我刚才说的是对国家的好处，周同志说的是对我们厂子这个集体的好处，其实并不矛盾嘛。咱们不是一直都说国家、集体和个人的利益要互相协调吗?”

冯啸辰没有在意他们俩的争执，他想了想，问道：“崔工，你觉得我们有可能在亚非拉市场上拿到订单吗?”

“能!”崔永峰斩钉截铁地回答道，“我看过资料，尼日利亚、委内瑞拉、阿根廷、巴勒斯坦、印度尼西亚这些国家都有新建或者更新冶金设备的计划，也正在国际市场上寻求供货商，如果我们的装备性能可以达到西方设备的80%以上，成本比他们低30%以上，那么这些国家有很大的可能性会选择从中国获得这些装备。”

“你说的这两个百分比，能够达到吗?”冯啸辰问道。

崔永峰道：“成本方面，问题不大，我们的材料成本没有什么优势，但人工成本比德国、日本都要低得多。轧机制造里的工时费成本占比很大，尤其是最终安装的阶段，消耗人工特别多，我们可以在这些环节把成本降下来。至于设备性能方面，按照原来的设计，肯定是不行的，这就要求我们必须以最快的速度消化吸收克林兹转让的技术，按照国际一流的水准来进行重新设计。”

冯啸辰笑道：“这样一来，胥总工就会从抵制吸收克林兹技术，转向全力支持吸收克林兹技术，而我们重装办的工作，也会因此而得到极大的推进。”

崔永峰也笑了：“这是当然，如果这个方案不能让上级领导满意，我想也是推行不下去的。”

说到这个程度，余下的事情冯啸辰自己就能够想明白了，而且是不是能够在亚非拉这些地方找到市场，也不是现在就能够商量出来的，需要再去了解。不过，以冯啸辰前一世的经验，他知道崔永峰的这个想法是非常靠谱的，中国的装备技术和西方国家比的确差着一大截，但是针对非洲的黑叔叔们，那是足够的。这些年，非洲一些国家的民族意识正在升起，不少国家的领导人也都提出了要搞工业革命的口号，虽然这些口号也不一定都能够实现，不过既然有口号，就有机会。如果能够推动中国装备向其他发展中国家出口，那么一是可以获得外汇收入，用于弥补从西方进口设备的付出；二是能够培养中国自己的队伍，就如崔永峰说的，是用人家的市场来验证我们自己的技术。在这一点上，冯啸辰对崔永峰还是挺佩服的，在这样一个年代，能够说出在人家的市场上验证自己技术这种离经叛道的话的确很不容易了，当时的主流的思想是要把最好的东西拿给亚非拉兄弟，而不是拿人家来练手。

崔永峰还有一点没有说到，那就是囿于他的历史局限性了。冯啸辰是明白的，到二十一世纪之后，最重要的既不是人才，也不是技术，而是市场，谁能够占有市场，谁就能够占有未来。在后世，中国是直到九十年代末期才开始大规模进军非洲市场的，这一世，如果能够提前布局，效果应当会更好吧。这一层意义，冯啸辰也没必要向崔永峰挑明，只要这件事对秦重有好处，能够让秦重的干部职工接受，就足够了。至于这件事对国家有什么意义，这是罗翔飞需要考虑的问题。

“这个想法，你没有向胥总工和贡厂长他们说起过吗？”冯啸辰最后问道。

崔永峰摇摇头道：“我没有来得及和他们谈这个问题，而且，要开拓国外市场，也不是我们秦重有权力去做的事情，需要国家来下决心。我如果把这个想法说给贡厂长他们听，他们只会觉得我好高骛远。事实上，他们现在已经是觉得我好高骛远了。”说到最后一句话的时候，他苦笑了一下，显然是这件事给他带来了很大的困扰。冯啸辰抬起头，看了看正在哄着妞妞睡觉的吴丹丹，正遇到吴丹丹向他投来一束期待的目光。冯啸辰笑了笑，对崔永峰说道：“其实，你是胥总工的好学生，小吴也是你的好学生啊。对了，刚才小吴说你爱人调动的事情受到了一些干扰，是因为你向厂里提意见的缘故吗？”

“不是的，是小吴误会了。”崔永峰赶紧解释道，“厂里照顾我和我爱人两地分居的问题，和林北重机那边协调了好几次，不过林北重机那边也有一些困难，所以暂时不同意我爱人调出，这件事情就耽搁下来了。在这方面，厂里还是做了很多工作的。”

“原来是这样。”冯啸辰点点头，“好吧，崔工，感谢你今天给我们的启发，我会尝试着和胥总工去谈一谈你的这个设想。至于你爱人调动的事情，我来帮你想想办法吧。”

“真的？那可太感谢冯处长了！”崔永峰喜出望外地说道。

第一百八十二章

冯啸辰与崔永峰见面的事情，果然没有引起秦重领导们的注意。在此之后，冯啸辰继续在秦重考察，逐项落实分包生产和技术引进的问题。尽管对于这个项目的安排存着许多不满，秦重的一干领导还是郑重其事地做出了保证，声称会组织精兵强将完成从克林兹公司分包过来的生产任务，会尽最大的努力消化吸收国外的先进技术。至于什么叫精兵强将，什么是最大的努力，那就是见仁见智的事情了。

在此期间，王根基与周梦诗一道回了一趟京城，几天后又回来了。这当然也不是什么奇怪的事情，宋洪生、贡振兴他们都没把这事放在心上。

王根基从京城回来之后的一天晚上，胥文良在自己家的书房里迎来了两位客人，他们正是重装办工作小组的冯啸辰和王根基。作为厂里的总工程师，胥文良住着一套在当年很罕见的两百多平米的大四居，其中光是书房就有四十多平米。书房正中摆着一张大号的绘图桌，桌上有带伸缩杆的台灯。靠墙的位置全是文件柜，摆满了书籍、图纸，俨然就是一个大办公室。

“两位请坐吧，家里很乱，让你们见笑了。”胥文良招呼着冯啸辰和王根基二人坐下，自己也在一张藤制的圈手椅上坐下来。

他说家里很乱，其实只是谦词，相比崔永峰的蜗居，胥文良的家堪称是豪宅了。以当年的标准，他家当然没有什么豪华的装修，但地面也是水磨石的，墙面下半截刷着浅蓝色的油漆，上半截则是雪白的石灰，书房的窗户上挂着两层窗帘，一层是厚实的布帘，一层是轻薄的纱帘。

换成其他人，第一次走进胥文良的家，估计都会大惊小怪，再奉上无数的恭维之语。只可惜冯啸辰是有后世阅历的，而王根基作为一名官二代，眼界也颇高，所以对于胥文良家的这套装饰，都只是平淡地夸了两句，没有流露出什么艳羡的神色，让胥文良略微有些失望。

“胥总工，我们在秦重的学习快结束了，这半个多月的时间，我们学到了不少东西，感谢胥总工这段时间对我们的教诲。”冯啸辰微笑着，说着非常套路化的官话。

“小冯处长太客气了。”胥文良也说着外交辞令，“你们是上级领导，到我们秦重是来视察工作的。你们对我们厂的工作提出了很多很好的批评意见，对于我们厂的发展很有帮助，我们应当向你们表示感谢才是。”

“哈哈，那就算是互相学习吧。”冯啸辰也没有纠缠这个问题，他话锋一转，说道，“胥总工，这次引进克林兹技术，厂里没有安排您来主持，实在是非常遗憾啊。我听说主要的原因是您向厂里打了报告，申请退休。我记得您今年好像才五十六岁吧，离退休年龄还早，为什么要申请退休呢?”

胥文良微微一笑，道：“岁数大了，浑身都是毛病。我腰不太好，别说画图，就是看图纸看久了都受不了。还有就是眼睛也不行了，老花眼加散光。我跟贡厂长和邬厂长都说了，这个项目就别让我负责了，也到该让年轻同志上来的时候了。我们这些老家伙，该让贤了。”

冯啸辰道：“胥总工可别这样说，我看您还是年富力强呢。这次秦重引进克林兹技术，没有您这位老将出马担纲，我们还真担心秦重能不能按时按质完成分包的任务。”

“完全没有问题。”胥文良道，“技术处的老李、老董，经验都很丰富。老李当了十二年的副总工，老董提副总工也好几年了。这次我们秦重承担的也不是什么太复杂的部件，他俩足够拿下来了。”

胥文良说的老李、老董是秦重的两名副总工，一个叫李建和，一个叫董金喜，这些天冯啸辰与他们也都接触过。从经验上，这两位的确算是不错，不过要论起对技术的领悟能力，他们与胥文良还差着不少，而且也远远不及只是普通工程师的崔永峰。

秦重方面口头上承诺会认真对待热轧机的分包任务，但在实际作出安排的时候，却让人颇为失望。技术方面的负责人，安排的是李建和和董金喜二人。冯啸辰向邬三林提出质疑时，邬三林解释说胥文良已经向厂里打了退休报告，申请提前退休，所以不便安排他负责这个需要耗时好几年的项目。

除了技术队伍薄弱之外，工人和设备方面的安排也同样不尽人意。交给工作小组审阅的工作计划写得花团锦簇，但对秦重情况已经有所了解的冯啸辰却能够看出其中有诸多不实之词。厂里技术水平最高的一批工人都被排除在这个项目之外，安排使用的设备也多是较为老旧的那一批，近几年新添置的进口设备尽管也列在设备清单之中，但具体安排的工时却是少之又少，完全就是走走过场而已。

关于后面这一点，邬三林也有解释，那就是秦重还有其他的生产任务，也都非常重要，比如某某水电站使用的大型水轮机、某某煤矿的大型带式输送机等，这些都是国家重点工程使用的装备，不可忽视。

如果冯啸辰他们没有进行过实地考察，这样的一份报告或许就可以把他们给糊弄过去了。但经过这段时间的考察，再看这份报告，就能够明显地感觉到秦重方面对于热轧机项目的轻视，甚至是抵触。

所谓上有政策、下有对策，说的就是这种情况。秦重从一开始就对这个项目的安排存有不满情绪，但国家已经把这件事情定下来了，引进协议已经签订，相关的工作已经展开，所以他们再反对也没用，只能采取这种方法来消极抵制。包括胥文良申请退休的事情，也是这种抵制态度的表现，所谓“申请退休”，并不是真的马上就要退休。申请之后还有审批的阶段，一来二去，拖上十年八年也未可知，但冯啸辰他们却就没有理由非要让胥文良去挑大梁了。

关于这一点，冯啸辰、王根基都能看得透，秦重方面也知道他们是能够看透的。这种伎俩叫作阳谋：我就是这样做了，你还没办法。只要我不是明确地反对上级的指示，上级也不至于因为这么一点事情就大动干戈。

在胥文良看来，冯啸辰和王根基二人来找他的目的，肯定就是想打打感情牌，甚至可能是打打利益牌，劝说他出山来主持这个项目。胥文良也想好了，尽量拒绝他们的要求，实在拗不过的话，也可以给他们一个面子，但到时候出工不出力，他们也没啥话讲。以胥文良的看法，冯啸辰他们需要的，也就是胥文良挂个名而已，这样他们就好回去交代了。

正这样想着，冯啸辰又开口了，让胥文良觉得意外的是，冯啸辰居然略过了有关他退休的事情，而是说起了另外一个话题：“胥总工，我听说您在十几年前就已经设计过一套1700毫米热轧机的图纸，能够让我们观摩一下吗？”

“你怎么知道我画的那套图纸？”胥文良有些诧异。

冯啸辰笑道：“我也是偶然听人说起的。胥总工也知道，我原来曾经在南江省冶金厅工作过，后来又去了国家经委冶金局，所以对于热轧机的技术挺感兴趣的。听说您画过这样一套图纸，我还真想看一看呢。”

“呵呵，那都是十几年前的事情了。”胥文良笑了笑，又说道，“好吧，既然冯处长想看，那我就献丑了。冯处长也是技术专家，我还想听听冯处长的意见呢。”说着，他站起身，走到一个书柜前，拉开柜门，从里面抱出了一大捆图纸。冯啸辰和王根基连忙上前，帮着胥文良把图纸抱到了桌子上，然后又与胥文良一道，把图纸一张一张摊开，用镇纸压在那张大号的绘图桌上。

“这就是一台轧机的图纸？怎么会这么多？”王根基看着这一堆图纸，不觉有些眼晕。那图纸上画得密密麻麻的，又是线条又是符号，不懂行的人看来简直与天书相仿了。

冯啸辰笑道：“老王，这还只是一个总体设计图呢。如果要具体到各个部件，全部画出来可以装满几辆卡车。一套轧机好几万吨重，图纸画出来也得好几吨。”

胥文良翘了翘大拇指，说道：“小冯处长懂行。”

冯啸辰装出一副委屈的样子，说道：“我哪是懂行，只是因为我亲手搬过这些图纸。我在南江冶金厅的时候，经委是打算从日本引进这套设备的，谈判都已经到快要完成的时候了，日方把图纸都送了过来，那些图纸就有几吨。”

“这件事我知道，当时我们申请过去观看这些图纸，后来因为谈判失败了，日方把图纸又运走了，我们才没去成。”胥文良说道。

“哈哈，您如果当时去了南江，没准咱们还能见面呢。”冯啸辰笑笑，接着，他用手指了指图纸，说道，“胥总工，能麻烦您给我讲解一下吗？”

第一百八十三章

“这是主轧线，包括板坯库、加热炉区、粗轧区、精轧区、卷取区、钢卷运输区。从连铸机或初轧机送来的板坯，先经过检验清理，然后送入加热炉，出炉之后进行高压水除鳞……”胥文良指着图纸上的图形向冯啸辰和王根基二人侃侃而谈，眉宇间神采飞扬，全然没有了刚才刻意装出来的那份暮气。什么腰疼，什么老花眼加散光，到这一刻都不存在了，他的手臂在图纸上飞舞着，手指点到的地方，冯啸辰甚至都感觉自己能够听到重金属的铿锵声响。

“太精彩了，简直就是一件艺术品。”胥文良全部介绍完毕之后，冯啸辰拍了拍巴掌，感慨地说道。他这话虽然有几分恭维的意思，但也并非全无诚意。以冯啸辰的眼光，可以看出胥文良在这套图纸上花费了不少的心血，很多地方的设计都有独到之处，对比国外此前使用的苏联设备，的确有了非常明显的优化。

“这样一套设备，造价是多少？”王根基在旁边问道。

胥文良道：“全套设备粗算下来，8亿左右的人民币。按汇率来算，差不多是5亿美元，比进口德国设备的价格要高出50%。但事实上，咱们现在虽然规定1美元换1.7元人民币，而实际上的换汇成本都不止5元人民币了，照这个比例来计算，咱们自己制造这套设备，比进口就便宜多了。”

“才8亿人民币，的确是非常便宜了。”王根基点了点头，他原来不太懂冶金装备，但这些天恶补了一番，也算有点常识了。

南江钢铁厂引进的克林兹热轧机，合同金额是3.2亿美元，其中包含着德方转让一部分技术的费用。如果不含引进技术，价格还能再低一些。

按照当时国内的汇率来说，3.2亿美元仅相当于5亿多人民币，比胥文良说的8亿要少。但事实上，这个汇率只是一个一厢情愿的规定，在国内的黑市上，1美元差不多能换到10元人民币。国家的出口商品都是压价销售的，卖出去之后国家还要给出口企业补贴，才能保证他们的利润。如果计算综合的换汇成本，1美元换成5元人民币都算是低估了。这样一算，8亿元人民币也就合1.6亿美元的样子，当然算是便宜的。

“当然，我这个设计的确有些落后了。”胥文良把话又往回缩了一步，说道，“现在国外的新型轧机已经用上了液压弯辊和连续板型控制技术，也就是CVC技术，我们在这方面还比较欠缺。另外，轧件自动宽度控制技术也是一个短板，这方面克林兹公司是比较擅长的。还有全液压卷取机、摆式飞剪、切头长度最佳化控制，这些技术我们都没有掌握，这是需要向国外学习的。”

“您说的是设计方面，工艺上的问题其实也很多吧？”冯啸辰提醒道。

“工艺方面，的确有很多问题。”胥文良道，“上次你说到的低频脉冲氩弧焊工艺，就是一个例子。这算是比较简单的技术。我们的技术瓶颈，主要是在大型零件的精密加工，高精度、硬齿面和特殊齿形的齿轮加工，还有辊道表面耐磨合金喷焊等，和西方国家的差距都比较大，这一点我们是承认的。”

“既然如此，那么秦重为什么对引进克林兹技术如此抵触呢？”冯啸辰尖锐地问道。

“抵触？”胥文良愣了一下，旋即淡淡地笑道，“你是说我不担任项目技术负责人的事情吗？这也不能说是抵触吧，充其量是我个人对这件事稍微有点……消极。”

“就因为我们没有接受您这份图纸？”冯啸辰指了指那堆图纸，问道。

胥文良用手抚着图纸，悠悠地说道：“我知道我不该这样想，个人还是应当服从于国家的。可是，我不甘心啊。小冯，小王，你们还年轻，不能理解我们这一代人的心情。我从最早学习冶金机械制造开始，就梦想能够亲手设计一条具有国际领先水平的轧机生产线。你们现在看到的只是一堆图纸，可它们对于我来说，简直比我的生命还宝贵。”

这番话，冯啸辰在崔永峰那里已经听过一次了，此时从胥文良嘴里说出来，让冯啸辰又多了几分唏嘘。他沉默了片刻，问道：“胥总工，如果我们现在取消与克林兹的合作，转而使用您这套图纸来建设南钢的热轧机，您愿意吗？”

“这个假设……没什么意义吧？”胥文良说道。

“既然您也知道是一个假设，那就不妨假设一下吧。”冯啸辰微笑道。

胥文良想了一下，说道：“如果真是这样，我会觉得此生无憾了。你们放心，我不是因循守旧的人，我会把最新的技术都融合进去的。”

冯啸辰摇摇头道：“我倒不这样想。”

“什么意思？”胥文良诧异地问道。

冯啸辰道：“我觉得，如果真的用您这套图纸去建造南钢的 1780 毫米轧机，即使是再加上一些新技术，您最终得到的也不会是流芳百世，而会是抱憾终生。”

“为什么？”胥文良瞪大了眼睛。

冯啸辰用手指着图纸，说道：“据我了解，目前国外正在开发一系列的热轧新技术。首先，热装、直接热装和直接轧制的思想已经得到了广泛接受，其优点在于节能、减少板坯库库存、有利于加速连铸坯的周转。其次，日本正在研制板坯定宽侧压装置，其思想是靠模块步进动作，对板坯侧面进行连续、不间断的施加压力以达到侧压减宽，这样有助于提高头部、尾部和断面的轧制质量。在精轧之前，可以考虑采用中间带坯边部加热，有助于提高和改善带钢横断面温度分布和金相组织，防止边部裂纹的出现。在板形控制方面，如果采用上下两对轧辊相互交叉的设计，能够简化工作辊的形状曲线，同时提高带钢凸部的控制精度……”冯啸辰也懒得藏拙了，把后世出现过的轧机设计思想和盘托出。讲到交叉轧辊设计之类复杂的地方，他索性抄起一支画图铅笔，在空白纸上给胥文良画起了示意图。

胥文良一开始没太大感觉，听了两句，脸上就变色了。他毕竟是在轧机上浸淫了多年的人，对于轧机技术的感悟远远胜过冯啸辰。冯啸辰是从一个装备研发管理者的角度来看待这些技术的，他只知道这些技术比当前使用的技术要更先进，但其中的奥妙，他也只能说出三两分来。

胥文良却不同，冯啸辰一说，他就明白这项技术意味着什么。冯啸辰画的示意图有些并不准确，原理上也不能完全说明白，但胥文良却能够体会出这种设计思想的高深之处。

冯啸辰滔滔不绝地讲了十几项，胥文良越听越是心惊，等到冯啸辰说完的时候，胥文良已经有些面如死灰的样子了。

“胥总工……胥总工……”冯啸辰看着呆若木鸡的胥文良，轻轻地唤了两声。

“嗯？”胥文良如梦方醒，他看了看冯啸辰，又低头看了看冯啸辰画的那些图，然后颓然地退后一步，重重地坐回了他的藤椅上。“垃圾啊，全是垃圾！”胥文良喃喃地说道。

“你说什么！”王根基把眼立起来了，“胥总工，你这话是什么意思！”

“不不不，王处长，你误会了！”胥文良这才意识到自己的话让人产生误解了，他用手指了指冯啸辰的那些图，又指了指自己那堆图纸，说道，“听完冯处长说的这些，我才知道，我花十几年时间画的图，全是垃圾！如果照着我这个设计去做，设备不等投产，就已经落伍了。到那一天，正如冯处长说的，我将会抱憾终生的。”

“呃……”王根基愣住了，他转头看看冯啸辰，问道，“小冯，你说啥了？怎么把胥总工刺激成这样？”

“胥总工，您言重了。”冯啸辰把自己的椅子拉过来，坐到胥文良的身边，说道，“胥总工，我只是想告诉您，冶金技术一日千里，如果我们不能睁开眼睛看世界，不去学习国外的先进技术，而是一味抱残守缺，那么最终就会被别人甩得远远的。但是，您的这套图纸，并不能算是非常落后的，只是需要在这个基础上加以改进，采用一些国外引进的技术，也可以采用一些我们自己独创的新技术。我刚才说的那些，在国际上也算是比较超前的，如果胥总工不介意，您尽可用到轧机的设计里去。”

“你是说，国家真的打算用自己的技术来建南钢的轧机？”胥文良问道。这一回，他没有特别激动的表现，刚才冯啸辰给他的打击实在是太大了，他明白，即便是国家真的打算让秦重来负责南钢的这条生产线，他也没有勇气把自己的设计拿出去，因为他对这个设计已经失望了。

他曾经有着那样强烈的愿望，希望把自己设计的图纸变成现实。他也做好了心理准备，愿意采用一些国际先进技术来修改自己的设计，在他原来的想法里，这些国际先进技术也不过如此而已。然而，听完冯啸辰给他讲的那一串概念，他终于明白，自己已经被时代甩出很远了。

第一百八十四章

“引进克林兹技术的事情，已经不容更改了。”冯啸辰摇摇头说道，“另外，如果我们不学习克林兹的技术，我刚才说的那些设计，我们也不可能实现。包括您前面说的部件制造工艺方面的问题，如果不能解决，那么再好的设计也是枉然，是不是这样？”

“你说的有理。”胥文良点头道，“我们的确需要先学习，再发展。可惜啊，我明白这一点太晚了，如果能够早十年……”

“其实，可能也不算是太晚。”冯啸辰笑呵呵地说道。

“不算太晚，什么意思？”胥文良觉得有些奇怪。

王根基轻咳了一声，把胥文良的注意力吸引到了自己的身上。他今天跟冯啸辰到胥文良这里来，前面这半场光看冯啸辰表演了，虽然极其精彩，却没有他什么事，现在终于轮到他粉墨登场了。

“非洲的阿瓦雷共和国，最近在推进自己的工业革命。外贸部和阿瓦雷驻华使馆的商务参赞进行了接触，他们表示有意请中国帮助他们建设一条轧钢生产线。”王根基用尽可能平静的语气向胥文良说道。为了说这几句话，王根基可是好好地练了一阵子的。他原本就是一个喜欢装牛的人，在与冯啸辰接触之后，他发现冯啸辰在这方面的本领比他高到不知哪里去了。他平时装牛靠的是虚张声势，话未出口先摆出一副张扬的表情，结果经常是装牛不成反类犬。在观察了冯啸辰的表现之后，王根基悟到，最牛的装，是淡淡的装，越是显得轻描淡写，就越能让人觉得你厉害。

这一回，王根基按冯啸辰的安排，带着周梦诗赶回京城，利用他老爹的关系，联络了几个亚非拉发展中国家的大使馆，向他们了解是否有建设热轧生产线的意向。崔永峰通过一些资料分析出来的信息果然有效，在王根基联系的这几个国家中，果然有一个名叫阿瓦雷的国家表示了希望中国帮助他们建设一条热轧生产线的愿望。

短短几天时间里，双方自然不可能达成一个正式的合作意向，但这个消息依然是非常宝贵的。外贸部已经把情况向机械部和冶金部进行了通报，而王根基则将此事向罗翔飞作了报告。在王根基返回秦州的时候，一个由重装办牵头，机械部、冶金部、外贸部参加的联合工作小组已经组成，正在与阿瓦雷大使馆进行进一步的磋商。

“我们已经了解过了，阿瓦雷共和国希望建造的是一条1700毫米的热轧生产线，设计产能在80万吨左右。他们希望能够借此摆脱对进口钢材的依赖，真正实现自己的独立自主。阿瓦雷最早曾经试图从欧洲获得这条生产线，但欧洲厂商开出的价格过高，让他们难以承受。所以在听说中国方面能够提供价格更为便宜的同类设备时，他们非常感兴趣。”王根基继续说道。

胥文良被这个消息吸引住了，他认真地问道：“王处长，这是什么时候的消息，我怎么一点都没听说过？”

王根基道：“这就是几天前的消息。不瞒胥总工，我回京城，就是为这事去的，幸不辱使命啊。”王根基拽了一句古文，本想用以显示自己谈笑风生的气度，可惜胥文良的注意力根本就不在这上面，王根基也算是甩媚眼给瞎子看了。胥文良琢磨了一下，试探着向冯啸辰问道：“冯处长，难道阿瓦雷这件事，是你们主动促成的？”

“主要是王处长的功劳。”冯啸辰指了指王根基。到亚非拉国家去找市场这个点子，是崔永峰出的，他还通过分析自己看过的资料，给了冯啸辰和王根基一些提示，表示某几个国家可能是比较有希望的。不过，能够在这么快的时间内和阿瓦雷取得联系，的确多亏了王根基的强大靠山，换成冯啸辰自己去办这事，恐怕是没那么容易的。

“原来是这样。”胥文良感慨万千。

“胥总工，我是这样考虑的。”冯啸辰道，“南江钢铁厂的热轧机引进项目，是不容更改的。我们和国外的技术差距太大，如果不通过引进的方法，我们无法一步跨越这些差距。但是，您上次说的也很对，我们需要有自主技术，引进技术的目的是为了发展我们自己的技术。而要想掌握这些技术，就不能只是跟在外国人后面亦步亦趋，而是要自己去实践。阿瓦雷共和国有意发展钢铁工业，需要建设轧钢生产线，这对于我们来说是一个机会。如果能够拿下这条生产线，我们就有了一个实践引进技术的平台。胥总工，你有没有勇气去接受这个挑战？”

“我……”胥文良一时竟有些怯了。如果这是一条国内的生产线，他是敢于去承接下来的。但事关国际关系，想到自己设计的装备居然要出口到国外去，他有了些惶恐的感觉。

冯啸辰看出了胥文良的想法，他笑了笑，说道：“胥总工，非洲的用户也同样是用户，您不会觉得您设计的生产线连非洲的技术都达不到吧？”

“我倒不是这样想的。”胥文良道，“我是担心万一技术水平不够高，让人笑话，丢的是咱们中国人的脸。”

王根基满不在乎地说道：“这个完全可以不用担心。非洲兄弟对于中国人的技术还是比较信任的，咱们在非洲帮他们修过铁路，他们知道我们也是一个工业强国。最关键的是，欧洲人开的价钱太高，尤其是涉及设备安装、调试方面的费用，简直就是坑人。听说中国人能够提供同样的设备，他们高兴还来不及呢。就算咱们的技术比欧洲人差一点点，他们也是能够接受的。”

冯啸辰则是另一番说辞：“胥总工，我是这样想的。第一，我们的确具有设计和制造轧钢生产线的能力，虽然技术上并不领先，但也是够用的，完全能够满足阿瓦雷的需求。第二，我们要尽最大的努力把这条生产线设计好，制造好，要按照国际最高水平去设计和建造。通过引进克林兹的技术，我们能够缩短与西方国家在技术上的差距，再加上我们特有的成本优势，拿下这条生产线是非常有把握的。”

“这……”胥文良有些动心了。这就是所谓失之东隅，收之桑榆，他原本以为自己错过了南江钢铁厂的这个项目，此生已经没有希望亲手去建造一条轧钢生产线了。谁料想突然从天上掉下来一个机会，虽然只是年产

80万吨的一条生产线，但毕竟也是一个完整的项目。刚才冯啸辰向他讲了一大堆轧机设计上的新理念，说得他心痒难耐，只恨没有机会去实际验证一下。现在有了阿瓦雷这个项目，他就可以把这些理念贯彻进去，做出一个足以让自己满意的设计。的确，冯啸辰说的很多想法目前还仅仅是一个想法而已，要落实到设计上，需要做许多的理论论证和试验，这将是非常艰苦的工作。但这也是老天给他的最后一次机会，如果错过了，他就真的要抱憾终生了。

“冯处长，要想接下阿瓦雷的生产线，靠我目前这个设计，是万万不行的。我们必须要把一些新的设计思想融汇进去，拿出一个全新的设计，这样才能打动阿瓦雷政府。你刚才说的那些，都是非常好的想法，如果能够把这些想法在生产线设计中实现出来，那么我们即使不依靠成本优势，也有与西方企业一争高低的实力。我现在唯一担心的，就是我的精力不够。要推翻原有的设计，重新拿出一个新的设计来，需要付出的努力是非常多的。”胥文良坦率地说道。

冯啸辰试探着问道：“那么，如果请李总工和董总工一起参加呢？您作为总设计师，在主要的技术环节把关，让他们作为副总设计师，主持日常的设计工作，这样行不行？”

“他们俩的知识结构有些老化了，我担心他们难以理解现代的设计思想。”胥文良说道。

“那您有什么建议呢？”冯啸辰又问道。

胥文良迟疑了一下，说道：“在整个秦重，最有能力完成这项设计的，只有我过去的学生，崔永峰。”

“崔永峰？”冯啸辰愣了一下。其实，在他的心里，也是觉得崔永峰是最合适的人选。因为在与崔永峰的交谈中，他能够感觉得到崔永峰一直都在跟踪国际冶金技术的前沿，同时又有非常全面的视角，是最适合给胥文良作为助手的。但冯啸辰也知道，因为反对秦重承接南江钢铁厂设备的事情，胥文良与崔永峰已经产生了嫌隙，崔永峰在厂里也遭受了冷遇。他万万没有想到，胥文良居然会在他的面前提起崔永峰这个名字。

“崔永峰是我的学生。”胥文良并不知道冯啸辰已经与崔永峰接触过，他向冯啸辰介绍着崔永峰其人，“他是西北大学冶金系毕业的，分到秦重之后，便给我当助手。他的专业功底非常扎实，而且眼界开阔，富有全局感。在我设计这套轧机图纸的时候，他出的力气是最多的。可惜……”

“可惜什么？”冯啸辰明知故问。

胥文良叹了口气，说道：“永峰比我们大家看得都更远，因此也就难以被人理解。今天想来，我真是错怪永峰了。他反对我们厂请求承建南江钢铁厂轧机的方案，为这事，我对他说了一些重话……”

第一百八十五章

还是师生之间心意相通，胥文良声称崔永峰是他最好的学生，而崔永峰则准确地把住了胥文良的脉，向冯啸辰献上巧计，果然让胥文良就范了。

第二天一上班，胥文良便向宋洪生和贡振兴报告了有关阿瓦雷项目的事情，果然引起了宋洪生他们的关注。如果冯啸辰、王根基所说的阿瓦雷项目是真的，而这个项目又能够落到秦重的头上，那么其对于秦重的意义又远大于南钢的轧机。

天下之事，熙熙攘攘皆为名利。胥文良求的是青史留名，宋洪生和贡振兴想要的就更多，既想要秦重的利润，又想要承接海外大型项目的政绩，阿瓦雷项目恰恰能够满足大家所有的愿望。

秦州重型机械厂党委扩大会议开了一整天，形成了一系列的决议：

首先，由贡振兴、胥文良负责，成立克林兹分包业务项目领导小组，组织全厂的精兵强将，消化吸收克林兹转让的技术，保质、保量、按时地完成这一重要任务。在此之前，秦重已经向重装办的工作小组作出过同样的一个承诺，并提交了工作方案，其中也同样说到了组织精兵强将这样的话。但这一回，秦重列出来的名单与上回有了明显的不同，那些比金子还贵的七级车工、八级钳工之类的宝贝，都赫然出现在了名单上面。技术负责人也由差强人意的副总工程师李建和、董金喜变成了总工程师胥文良。

其次，就是针对阿瓦雷的轧机项目，组成了前期工作团队，同样由贡振兴、胥文良负责。这个前期团队的任务就是根据阿瓦雷的需要，完成1700毫米轧机的总体设计，以便在未来的竞标中能够脱颖而出，获得阿瓦雷的订单。冯啸辰向贡振兴作了保证，即便是阿瓦雷这个项目未能成功，重装办也会继续推进国产热轧机的出口工作，拉美的巴西、阿根廷、墨西哥等国家都有较为发达的钢铁工业，存在着新建或者更新热轧机的可能性。只要秦重的设计能够独树一帜，而且价格上具有足够的优势，拿到一个进口订单是迟早的事情。

胥文良的热情已经被全面调动起来了，他承诺将会全心全意地学习克林兹的技术，并将其融合在新轧机的设计上。他还表示，不管阿瓦雷轧机项目是否能够谈成，他都会努力地完成这条新轧机生产线的设计，给自己的技术生涯画上一个圆满的句号。

冯啸辰在一个合适的机会向胥文良透露了事情的真相，告诉他其实是崔永峰提出了在国外寻找市场的建议，并说崔永峰提出这个建议的目的就在于希望让老师有一个实现夙愿的机会。胥文良懊悔之余，买了一大堆零食和几件价格不菲的玩具，亲自前往崔永峰住的筒子楼，以看望崔永峰的女儿妞妞为名，向昔日的学生道歉，并正式邀请崔永峰担任自己的助手，帮助自己完成阿瓦雷轧机的设计工作。师徒俩在经过了短暂的尴尬之后，便恢复了往日的和睦与默契，畅谈起了新轧机的设计思路。

那一天，为了打击胥文良的自信心，冯啸辰把自己记得的后世的轧机设计理念和盘托出，着着实实地给胥文良来了一次头脑风暴。胥文良缓过劲来之后，可没打算放过冯啸辰，他与崔永峰一道，把冯啸辰按在技术处的制图室里，把冯啸辰肚子里那些超前十几年的知识问了个底儿掉。冯啸辰前一世负责过冶金装备的研制工作，参加过不少技术论证会。要说到每一项具体的技术细节，他当然不可能都弄清楚，也不可能都记得，但那些新颖的设计思想，他是可以信口说出的。有个别特殊的设计，他甚至还能够画出一个简图，而这样的简图交到冶金专家手里，人家一眼就能够看出其中的奥妙，并迅速地将其变成设计图纸。

前一段时间，为了给辰宇公司做原始积累，冯啸辰把自己记得的一些小发明画成图纸，卖给了西德的厂商。但涉及重大创新的内容，他并没有拿去变现，一是出于大义的考虑，觉得自己好不容易穿越一次，有点好东西总得留在自己的国家里，发挥点利国利民的作用；二则是这种革命性的技术创新一旦被披露出来，会非常惹眼，如果让人发现他把这样的技术卖到了国外，按当时的政治氛围，他是要承受极大风险的。这一回，在胥文良和崔永峰面前，冯啸辰没有再保留，而是把能够讲的技术都讲出来了。有些后世的技术先进到了当时的技术水平根本无法支撑的程度，他如果说出来，恐怕会被胥文良他们看成疯子，冯啸辰自然不会提起。他说出来的，都是基于国内的技术水平所能够做到的，有一些技术目前正在诸如西门子、日立之类的国际巨头的实验室里酝酿，冯啸辰可没打算对他们留情。

“这几项技术，我估计国外也还没有搞出来，咱们必须要先申请专利，否则一旦我们的设计方案提出来，国外这些企业肯定会抢注专利，打我们一个措手不及。”冯啸辰在讲解完毕之后，郑重其事地对胥文良和崔永峰说道。

当年，中国的整体技术水平落后于西方，鲜有需要担心别人抢注专利的技术，所以从中央部委到下面的企业，对于专利申请的事情都不太关心。当时国内还没有出台专利法，要申请专利只能是到国外去。而在国外申请专利的程序又是大多数企业都不了解的，这也导致了许多技术很难得到专利的保护。当然，平心而论，当年国内企业不在乎保护自己的专利，也同样不在乎保护别人的专利。购买国外的设备回来仿造是非常普遍的做法，从中央到地方都没觉得这样做有什么不妥。一些人认为，既然我们在肆无忌惮地仿造国外拥有专利的设备，那我们再去国外申请专利又有什么意义呢？人家会愿意保护我们的专利吗？

冯啸辰却是能够看得更远的。他知道，国家迟早是要融入国际社会的，对知识产权的保护将会日益增强。现在我们不太重视别人的专利，也不在乎别人剽窃我们的专利。但等到有朝一日我们打算尊重别人专利的时候，如果自己手上没有专利，那么非但无法保护自己的技术，甚至还得为自己发明的技术去向国外交专利费，这将是极其窝囊的事情。

胥文良和崔永峰都不是没有见识的人，一听冯啸辰的话，他们便明白了其中的关节。崔永峰郑重地点点头道：“冯处长提醒得对，这些思想，对于轧机设计将是非常具有革命性的，其价值无法估量。如果国外那些大型冶金企业了解到这些思想，哪怕只是听到只言片语，他们都会抢先把这种设计注册成专利，到时候我们就没法使用了。”

“永峰，你要千万注意，冯处长说的这些思想，一个字都不能泄露出去。”胥文良叮嘱道。崔永峰道：“我明白，胥总工，您放心吧。我是这样考虑的，我们要尽快把冯处长说的这些想法进行验证，然后按照专利申请的规范要求，写成申请文件，请外贸部门帮助我们在国外申请专利，然后我们才可以拿出来使用。”

“这些专利，如果公布出去，全球的冶金领域都要轰动了！”胥文良感慨万千地说道。崔永峰道：“岂止是轰动啊，我觉得简直就是一场地震了。我预感到，西门子、日立，还有克林兹、三立制钢所等等，都要疯了，他们将不得不来向我们购买这些专利，否则他们新设计的轧机就将是过时的。”说到这里，崔永峰把目光投向了冯啸辰，讷讷地问道：“冯处长……我能不能问一下，你说的这些想法，都是从哪来的？有一些想法，和我在学术杂志上看到的有些相似，但那些杂志上说的绝对没有你那么透彻。还有另外一些想法，干脆就是全新的，别说我，就连胥总工这样的老冶金专家，都不曾想到过，你是怎么会想到的？”

“是啊，小冯处长，这也是我想问的问题。你提出的这些思想，任何人只要能够提出一项，就能够在冶金行业中被称为权威或者泰斗了，而你却是一口气就讲了十几项，这么丰富的思想，完全不可能出自于一个人身上……尤其是像你这样年轻的一个干部。”胥文良也说道。他的技术痴又犯了，也不顾这话说得有些唐突。

“这个……说起来可能算是一点点家学渊源吧。”冯啸辰无奈地说道。他当然知道自己说的东西太逆天了，但要让他把这些先知先觉的思想都束之高阁，他又觉得可惜，这毕竟都是穿越者的福利啊。

“怎么，冯处长的父母也是搞冶金的？”胥文良随口问道。

冯啸辰摇摇头道：“我父母不是搞冶金的，不过我爷爷是搞冶金的，他叫冯维仁。”

第一百八十六章

“冯老！”胥文良一下子就被惊倒了，“冯老是我的老师啊，原来……原来你就是冯老的孙子！”

“难怪，难怪……”崔永峰也喃喃地说道。他虽然不曾见过冯维仁，但也是听胥文良念叨过很多次这个名字的。

冯维仁当然并不是胥文良的老师，但在秦重初建时，冯维仁到秦重来做过技术顾问，那时候胥文良就如十几年前的崔永峰一样，还是一个青涩的小技术员，在冯维仁这种技术大牛面前是执弟子礼的。说得更难听一些，他当年如果自称是冯维仁的学生，人家都会觉得他是在往自己脸上贴金。当然，今天的胥文良已经有称冯维仁为老师的资格了，他好歹也是国内顶尖的轧机设计专家，而冯维仁因为在“运动”期间受了些冲击，销声匿迹了一段时间，名气反倒不如胥文良更大了。

冯啸辰亮出的这个身份，彻底打消了胥文良、崔永峰师徒对他的疑虑。他们甚至觉得，冯啸辰说的这些轧机设计思想，或许是冯维仁留下的，只是假冯啸辰之口说出来而已。不过，冯啸辰并没有承认这一点，他含糊地表示这些思想都是在他在继承冯维仁一些原始想法的基础上自己琢磨出来的，他本人拥有这些思想的知识产权。

冯啸辰不得不这样说的原因在于冯维仁有三个儿子以及三个孙子和一个孙女，如果这些思想是冯维仁留下的，那么冯啸辰就没有权利独自占有。他在德国卖技术获得了收入，现在把一些技术思想教给胥文良和崔永峰，未来在名和利方面都会有所收获，如果知识产权不清晰，后面的隐患是非常大的。

至此，冯啸辰一行的秦重之行算是取得了圆满成功。罗翔飞原来担心的就是秦重对于引进克林兹技术没有积极性，而现在秦重的积极性已经被调动起来了，如果未来真的能够拿下阿瓦雷的轧机项目，还算是一个意外的收获。

到了离开那天，秦重派了一辆中巴车，由邬三林、万克俭陪同，把冯啸辰一行送到了秦州火车站。

火车离开秦州，冯啸辰交代王根基负责把周梦诗和费树理二人带回重装办去交令，自己则在中途的北宁省下了车，换车前往林北市。他还有一件事情没有办完，那就是他承诺的帮崔永峰联系爱人调动的问题。

与胥文良把事情说开之后，冯啸辰专门打听了有关崔永峰的爱人徐敏调动的事情。一问才知道，吴丹丹在这个问题上有些误会厂里了。虽然崔永峰反对厂里关于南钢轧机的事情惹恼了贡振兴和胥文良，但胥文良并没有拿这个徒弟的家事来为难，反而在宋洪生、贡振兴他们面前说了不少好话，希望厂里能够花点力气，帮崔永峰解决夫妻两地分居的问题。关于这个情况，崔永峰也是知道的。

徐敏调回秦州工作的事情，其实是卡在林北重机那边了。冯啸辰自以为自己有孟凡泽撑腰，冷柄国对他看法也不错，只要他打一个电话给林北重机，就能把这事摆平。谁曾想，他在秦州给冷柄国打通电话之后，冷柄国却没有马上答应给徐敏办调动的事情，只是表示这其中还有一些困难，需要再研究研究。在电话里，冷柄国还请冯啸辰方便时到林北去走走，名义上说是请他吃饭，其潜台词却是要谈一谈的意思了。

冷柄国说到这个程度，冯啸辰当然也只能专程去跑一趟了。林北重机也承担着国家的重大装备研制工作，属于重装办联络的企业之一，冯啸辰去看一看，沟通一下感情，也是有必要的。冯啸辰此前打着人家的旗号干了不少事情，有些事也已经传到冷柄国耳朵里去了，他如果不上门去向冷柄国作个解释，也不太合适。

“冯处长，一路辛苦了。”在林北市火车站，冷柄国的秘书孙民热情地迎向从火车上走下来的冯啸辰，与他热情握手，然后给他介绍一同前来接他的厂办主任江国良，又陪着他一同坐进了厂里派来的小轿车的后排。江国良坐在前面的副座上，指挥着驾驶员开动了车辆。

冯啸辰在京城的时候曾经见过孙民，也聊过天，算是比较熟悉的。与江国良他是第一次见面，不过江国良对他却并不陌生，见面握手的时候显得非常热情的样子。

“辛苦江主任和孙秘书了，其实厂里派个车过来就行了，用不着二位亲自跑一趟的。”冯啸辰坐在车里客气地说道。

“冯处长太客气了，这都是我们应该做的。”孙民替江国良回答道，“冷厂长对冯处长非常欣赏，听说冯处长过来，专门安排了厂里最好的小车来接，还交代我一定要和江主任一起来，要保证冯处长的安全，掉一根毫毛都要唯我是问。”

冯啸辰笑道：“不至于吧，冷厂长这是把我当成出土文物了，像我这皮糙肉厚的，还能被拔掉什么毫毛吗？”

他当然也知道，这是冷柄国向他做出的一个热情表示。按照常理，他这个级别的干部到林北重机来视察工作，厂里派出一名办公室副主任到车站迎接就足够了，稍微热情一点的话，由主任亲自来也不是不可以。但孙民跟着过来，就显得过于隆重了，孙民的级别不及江国良高，但他是冷柄国的秘书，代表的是冷柄国的面子。

冯啸辰是由于受到孟凡泽的青睐才进入了冷柄国的视野，出于对孟凡泽的尊重，冷柄国给冯啸辰授了一个生产处副处长的虚衔。经过在新民液压工具厂的事情，冷柄国对冯啸辰的确产生了几分欣赏，但也仅仅是欣赏而已，他的级别比冯啸辰高得多，谈不上需要对冯啸辰如何恭维。但冯啸辰进了重装办，而且被正式任命为副处长，这在冷柄国的眼里就不一样了。重装办管着全国的重大装备研制工作，手里掌握着不少权力，随便松松指缝，或者紧紧指缝，给林北重机都会带来不同的影响。在这种情况下，冷柄国必须要把与冯啸辰的关系在原来的基础上再提升一步，让冯啸辰成为林北重机在重装办的一个靠山。出于这样的考虑，他派孙民去火车站接冯啸辰，就是应有之义了。

“哈哈，欢迎小冯处长回娘家来！”在厂长办公室里，冷柄国亲自从办公桌后面绕出来，拉着冯啸辰的手，用夸张的口气致着欢迎辞。他用上了“娘家”这样一个说法，坐实了冯啸辰与林北重机之间的关系，让冯啸辰只能傻笑着认了。“你个小冯，很给我们林北重机长脸啊。”招呼着冯啸辰在沙发上坐下之后，冷柄国坐在另一张沙发上，笑呵呵地对冯啸辰说道，“你在平河电厂的事情，我已经听说了。当时你打的旗号就是林北重机的副处长，电力部的一位司长专门给我打电话了，说让我把你转送给他们。我当时就明确拒绝了，我说现在到处都在争人才，像小冯这样优秀的人才，我们才舍不得送出去呢！”

“呵呵，不好意思啊，冷厂长，没经过您的允许，我就冒用了咱们厂的名义。当时的情况下，我如果不这样说，他们恐怕不相信我。”冯啸辰摆出一副检讨的样子说道。

冷柄国义正辞严地说道：“什么叫冒用，你本来就是咱们林北重机的人嘛！你现在去了重装办，但林北重机永远都是你的娘家。我在厂务会上都已经说过了，这个生产处副处长的位子，就是你小冯的。不管什么时候，你小冯都是咱们厂的优秀干部。”

第一百八十七章

这是讹上我了！冯啸辰在心里只觉得又好气又好笑，但他嘴里还没法反驳，因为他当初的确扯过人家林北重机的虎皮，出来混，总是要还的。

“哈哈，听冷厂长这样说，我心里暖洋洋的啊。虽然我这也是第一次到林重来，但我觉得自己好像是上一辈子就来过很多次一样。”冯啸辰半真半假地说道。如果把他的上一辈子理解成穿越之前，他这话还真没说错。当然，后世的林北重机已经不是现在这个样子，办公楼、车间什么的都已经翻建了，包括冷柄国、孙民这些人也都已经退休的退休、升迁的升迁，没几个还在的。

冷柄国想不到穿越这样的事情，他把冯啸辰的话当成了一种客套，笑着说道：“小冯可真会说话。既然把林重当成娘家，以后就经常过来走动走动吧。京城过来也不算太麻烦，请一两天假，到这里来休息休息，还是可以的。”

说过一些没营养的口水话，冷柄国终于把话题引到了冯啸辰关心的事情上，他说道：“小冯，上次你说的徐工调动的事情，我问过技术处了，技术处那边觉得有点难度啊。”他说的徐工，也就是崔永峰的夫人徐敏了。当年这两口子大学毕业，一个分到了秦重，一个分到了林北重机，这么多年过来，都成了厂里的技术骨干。冯啸辰听崔永峰说起过，徐敏是搞探伤的工程师，在林重算是探伤这方面的头号专家，林重一直不肯放人，也是因为这个原因。

“冷厂长，我知道咱们有难度，徐工这样的人才，搁在哪个厂肯定都是舍不得放的。可她和秦重的崔工两地分居都十几年了，孩子都已经上学了，一个没爹，一个没娘，实在是太可怜了。”冯啸辰打着感情牌。

两地分居这种事情，对于今天的人已经有些陌生了，在当年则是很常见的。现在的人即便是两地分居，一年下来起码也能见上十几次，坐上飞机、高铁，几个小时就能见上面，所以也不会觉得有多苦。而在当年，交通条件不行，交通费也是一笔沉重的负担，两口子一年也就能见上一面。

冷柄国点点头道："这个情况我也知道，其实我们也向秦重提出过，希望能够把徐工的爱人调到我们这里来，同样可以解决两地分居的问题，但他们那边也不同意啊。"

"这个……"冯啸辰被噎住了。冷柄国这个道理明明是歪理，还真让人没法反驳。要解决两地分居问题，徐敏调到秦重去是一种选择，崔永峰调到林重来同样是一种选择。秦州和林北这两个城市，也差不了多少，甚至林北还比秦州要发达一些，为什么不能让崔永峰调过来呢？

当然，其中的原因冯啸辰是知道的，冷柄国也知道，崔永峰是搞冶金设备的，到林重来根本没有用武之地，只能换一个专业，以他现在的年龄，半路出家去搞矿山机械，基本上就是废了。徐敏搞的是探伤，在林重能发挥作用，去了秦重也同样有用，所以让徐敏调动，更为合理。还有一个理由，那就是徐敏的发展前途不如崔永峰大，这一点他们两口子是有共识的。离开自己工作了十几年的岗位，换一个新单位重新发展，肯定是会有损失的。与其牺牲掉崔永峰的前途，不如牺牲徐敏的前途，这就是这两口子做出的选择。冷柄国当然也清楚这一点，但他却要装傻，自然就是为了和冯啸辰谈谈价钱了。

个人利益服从集体利益，这是一句老话。当你代表集体利益，比如冷柄国这样，那么这句话对你来说自然是非常有利的，你可以举着它号令一切。但如果你代表的是个人利益，如崔永峰和徐敏这种，那就悲催了。为了集体利益，你们小家庭的利益就得靠边站。

在冷柄国看来，徐敏是林北重机的私有财产，只要林重不乐意，任何人都无权把她"拿走"。在此前，冷柄国还说过电力部向他讨要冯啸辰，而他则坚决不给，在说这话的时候，他同样把冯啸辰定义成了林重的固定资产，不经他这个厂子批准，别人是无权染指的。

“冷厂长，这次重装办交给秦重的任务非常重，他们要消化吸收从西德引进的 1780 毫米热轧机技术，形成咱们自己的宽幅热轧机设计和制造能力，崔工是他们那边的骨干，可以说是这项引进工作的核心人员，如果把他调出来，这项工作就要泡汤了。”冯啸辰不打算和冷柄国兜圈子，直接把崔永峰的重要性点了出来。这本是心照不宣的事情，冷柄国也在等着冯啸辰说这句话，冯啸辰又何必隐瞒呢。

果然，听到冯啸辰这样说，冷柄国的眉毛一下子皱成了一个疙瘩，用手敲着沙发的扶手，说道：“是这样啊？那可难办了。徐工也是我们这边的骨干人才，关系着我们研制 25 立米挖掘机的项目成败。如果把她调走了，我们厂在探伤这方面可就垮了……”

“是啊，人才难得啊。”冯啸辰应道，“现在两边都有难处，我们罗主任说过，重装办就是帮着企业搞协调、做服务的，就崔工和徐工两口子这件事，冷厂长有什么好办法没有，说出来大家一起商量商量吧。”

冷柄国这才说道：“秦重消化吸收国外先进技术，这是大事，我们的确不能为了林重的利益而耽误国家的大事。徐工在我们林重非常重要，但为了支持重装办的工作，我们再舍不得，也只能放人，总不能让人家小两口总这样分着吧？小冯你还没结婚，不理解这里面的事情，到我们这把子年纪就明白了，让人家小两口两地分居，太不近人情了。”

“是啊是啊。”冯啸辰连连点头，你说我不懂，那我就不懂吧，不过，你装得再正义，狐狸尾巴总是要露出来的。

“但是……”冷柄国话锋一转，“1780 毫米热轧机是国家重点项目，我们正在搞的 25 立米挖掘机也同样是国家重点项目，也是在重装办挂了号的，手心手背都是肉，重装办总不能厚此薄彼，对我们的困难不闻不问吧？”

“这怎么可能呢？”冯啸辰笑道，“林重有什么困难，我们当然也会尽心尽力去帮助协调解决的。冷厂长有什么要求，就尽管提出来吧，我会回去向罗主任汇报的。”

“我们也有一个想要的人才希望能调过来，办了好几年都没办成，重装办这边能不能帮我们去联系一下？”冷柄国说道。冷柄国说的这个人，名叫杨胜利，是一名电机专家，在凌北省的一家企业工作，他的妻子则是林重的职工。林北重机搞大型矿用挖掘机正好需要这样的电机专家，便希望能够把他调动过来，打的当然也是解决两地分居这样的旗号。而凌北那家企业对杨胜利也非常看重，不愿意放他走，而是希望林重能把杨胜利的妻子调过去。

杨胜利是北宁省人，从个人意愿上说，是更希望调回北宁省工作的，所以对于把妻子调到凌北省去工作兴趣不大，只是一味地向自己的单位打报告，希望单位放人，让自己能够调到林重去。这样一来，凌北那家单位对杨胜利也产生了怨念，不予重用不说，还在调动的问题上故意刁难，林重发了几次商调函，对方都置之不理，整件事僵在那里已经好几年了。

“对方是什么单位，这么牛？”冯啸辰问道。

“一家小单位，省属的一家小电机厂，五百人都不到。”冷柄国不屑地说道。

五百人不到的省属企业，充其量也就是家处级单位，甚至有可能连处级都不到。如果是北宁省的企业，冷柄国找找省里的关系，稍稍施加点压力，对方就得乖乖放人了。可跨着一个省，冷柄国就没这么大的本事了，人家上面有省厅，遇到这种事情总是要护短的。倒不是说没法谈，而是如果要谈，冷柄国就得拿出东西和对方去交换，正如冷柄国现在就在拿杨胜利的事情和冯啸辰交换徐敏一样。

你想要我手上的徐敏，可以啊，你帮我把杨胜利弄过来，等价交换，童叟无欺……冷柄国找不出什么东西去和凌北省做交易，但他攥着一个徐敏，让重装办出头去帮他协调。重装办管的事情多，没准凌北省也有什么事情要求重装办出面的，届时就会愿意把杨胜利装到点心匣子里当个礼品送出去。

这不就是后世的“三角债”吗？冯啸辰郁闷地想到。老子这里是重大装备办公室，不是居委会，凭什么管你们这些夫妻两地分居的家务事啊？

第一百八十八章

“咱们是重装办，不是居委会，你怎么会揽下一堆这样的事情？”在重装办主任办公室里，罗翔飞皱着眉头，对刚刚从林北重机回来的冯啸辰说道。正如冯啸辰想过的那样，罗翔飞也是在第一时间就觉得这种夫妻两地分居的事情与重装办的业务没啥关系，对冯啸辰揽回这样一桩事颇有些不悦。

“我倒觉得，这是一件值得我们关心的事情。”冯啸辰道，“我们是组织重大装备技术攻关的，而要完成攻关必须依靠广大的干部职工。咱们一方面要让别人干活，另一方面却不去关心他们的日常生活，怎么能够让人家死心塌地地为我们工作呢？就说崔永峰吧，他专业水平很高，头脑很清楚，在消化吸收克林兹技术的问题上，他是个很关键的人物。可这样一个人，因为夫妻两地分居，生活很艰苦，大量的时间都耗在家务事上。最严重的是，有个姑娘因为同情他的境遇，经常去帮他收拾家务，我们都担心天长日久会有一些感情上的变故，到时候就麻烦了。”

“怎么还会这有种乱七八糟的事情？”罗翔飞不满地斥道，在那个年代，第三者插足这种事是非常严重的错误，以罗翔飞的思想，是极其看不惯的。

冯啸辰淡淡地笑道：“人非草木，这种事情也是难免的。就算崔永峰不出轨，他和爱人长期分居，夫妻感情也会受到影响的。罗主任真的愿意看到这些为国家努力工作的人才家庭不幸福吗？”

罗翔飞啧了一声，说道：“这是没办法的事情。在条件许可的情况下，我们当然是希望不要出现这种两地分居的事情，其实这样的苦衷我们这些人也是体会过的。可我们也必须承认，这种情况还是比较普遍的，林北重机不愿意放徐敏离开，也有他们的道理，总不能为了他们夫妻团圆，就影响到工作吧？”

“您的意思是说，为了工作，就该牺牲他们的家庭幸福？”冯啸辰反问道。

“也不能这样说……”罗翔飞也有些纠结了，尽管有“舍小家为大家”这样的说法，但这只是口号而已。现在不比战争年代，也不比刚建国的时候。那时候国家一穷二白，要求大家作出一些牺牲是必要的，也是能够被广泛接受的。建国已经三十多年，还要让人无条件地牺牲个人利益，既不必要，也无可能，罗翔飞也是有丰富的基础工作经验的，岂能不知道这点。

“好吧，这个杨胜利的事情，我来给凌北省打个电话……”罗翔飞决定屈服了。这件事对他来说实在不算是很大的事，他反而是因为事情太小，才不愿意去管。堂堂重装办的副主任，专门打个电话给省里，要求帮忙解决一个工程师的调动问题，太小题大做了。现在既然冯啸辰坚持认为这件事该管，那么他去管一管也无妨，何必为这么点小事伤了这个得力手下的积极性呢？

谁料想，冯啸辰闻听此言，却是摇了摇头，说道：“罗主任，您弄错了，我想说的，不仅仅是崔永峰和杨胜利两个人的事情。”

“什么意思？”罗翔飞问道。

冯啸辰道：“我在想，全国的企业里，像崔永峰、杨胜利这样的情况，到底还有多少？即便不说是所有的企业，光是咱们重装办联络的那些重点装备制造企业，这样的事情恐怕也得是数以百计的吧？咱们是不是利用这个机会，把这些问题都集中地解决掉。”

“你疯了！这不是没事找事吗？”罗翔飞这回可真没好气了，直接训斥道。你说崔永峰是热轧机技术引进的关键人物，帮他解决一下家庭生活问题，解除后顾之忧，也就罢了。要让徐敏调动，就需要解决杨胜利调动的问题，罗翔飞卖卖面子，也能办到。可那些八竿子打不着的人，关你啥事？同情心也不能泛滥成这个样子吧？正如你冯啸辰自己说的，这种情况起码也是数以百计。如果统统都要解决，重装办这一年恐怕都不用干别的事情了。

冯啸辰认真地说道：“我不是一时心血来潮，而是经过深思熟虑的。首先，我认为两地分居这种事情是不人道的，这些职工都是为国家辛勤工作了很多年的，他们有权利要求过上正常的生活，我们不应当让他们流汗又流泪。”

“嗯。”罗翔飞应了一声，不作评论。

“其次，重装办刚刚成立，我们需要做一些事情来让下面的企业对我们产生归属感，这样未来涉及跨部门协调的时候，我们就有一定的话语权了。为企业职工谋福利，是最容易产生效果的，如果咱们抓住这样一个问题，切实地帮助一部分职工解决两地分居的问题，未来我们向这些企业提出工作要求的时候，他们就会有更多的积极性来予以配合。”冯啸辰说道。

“这……”罗翔飞有些犹豫了。冯啸辰提出的这个思路，还真有些可取之处。重装办成立之后，罗翔飞给不少企业的领导打过电话，以求联络感情。他能够感觉得到，这些承担重大装备研制任务的企业对重装办的态度，可以用“敬而远之”这样一个词来描述。大家在明面上都说重装办的成立非常及时，自己愿意服从重装办的协调，还有什么齐心协力、实现“四化”之类的套话。但在私下里，各家企业都是持观望态度的，不知道重装办能够给他们带来什么好处，又会有什么坏处。在很多企业眼里，重装办的成立就是让他们又多了一个“婆婆”。本来有省里、部里管着，三天两头都是检查、考核之类，让人不胜其烦。现在又凭空出来一个重装办，来头还非常不小，大家首先感觉到的就是麻烦。

如果在这个时候，重装办能够独辟蹊径，帮企业解决一些现实的困难，尤其是惠及到普通的干部职工身上，则效果就大不相同了。这些企业会发现重装办这个机构还是有点用处的，未来重装办要求他们做什么事情的时候，他们就会多一些积极性了。至于那些在重装办的帮助下解决了两地分居问题的职工，必然也会因此而对重装办心存感念，这样就相当于重装办在各家企业里都埋下了一些自己人，这对于开展工作也是很有好处的。

罗翔飞甚至还想到，届时他可以让手下的干部分别负责自己对口的企业，让那些企业欠下他们的人情，这样等未来这些干部到企业去联系工作时，企业也就不好不给他们面子了。

要说做这件事的最大毛病，就是名不正、言不顺，罗翔飞甚至能够想到，如果自己把这件事情上报到经委去，经委的第一反应肯定也是一头雾水，然后则是狠狠地斥责他一番，说他不务正业，干了一些居委会大妈才关心的事情。

“名义的问题，其实很好办。”冯啸辰看出了罗翔飞的心思，笑着说道。

“怎么好办了？”罗翔飞问道。

冯啸辰道：“咱们先把崔永峰这件事办成，然后写成一个工作简报，发到各家装备企业，要求各企业切实关心职工的生活问题。我估计，各家企业收到这样的工作简报之后，都会主动和咱们联系，要求咱们帮助他们解决同样的困难。届时我们就可以把各企业的要求汇总起来，再提交经委领导讨论。这种自下而上反映过来的意见，经委领导肯定不会无视的。”

“你确信这些企业会主动和咱们联系，反应情况？”罗翔飞有些不敢相信地问道。

“您觉得呢？”冯啸辰诡秘地一笑，反问道。

“……”罗翔飞认输了，他看出了冯啸辰的用意，那就是如果下面那些企业没有注意到这件事情，冯啸辰会安排人去暗示他们，甚至可能是直接向他们授意。只要下面的企业提交了请求，重装办就有理由把这件事当成一项工作来开展了。

“你这个脑子啊，真不知道是怎么长的，成天想些这样的鬼点子。”罗翔飞哭笑不得地说道。

“这么说，您同意了？”冯啸辰道。

罗翔飞点点头，“同意了，就这么办吧。你说得对，咱们有义务关心自己的职工生活，不能让他们流了汗还要流泪。杨胜利的事情，我马上给凌北省打电话，请他们帮助解决，等到杨胜利和徐敏两个人调动成功之后，我让小宋写个简报。不过，这件事情你就不要分心去管了，我觉得，交给刘燕萍去管更为合适。”

“罗主任圣明!”冯啸辰向罗翔飞打了个千，说道。

“尽搞这种名堂!”罗翔飞斥了一句，说道，“这件事情也不是能够一蹴而就的。有些企业能够通过互通有无的办法来解决人员调动的问题，但有些企业就一定正好拥有可以和别人交换的人才，届时如何保障他们的利益，也是一件很麻烦的事。你的才能不应当浪费在这种事情上，重装办还有很多更重要的工作，你要担当起来。”

第一百八十九章

“敏，真想不到，你的调动会办得这么快！”

“是啊，真像做梦一样，永峰，这几年你一个人带妞妞，又当爹又当妈，真是苦了你了。”

“你不也一样？一个人带着壮壮，又当妈又当爹的，也辛苦了。”

“这件事能办成，真得感谢小冯处长，如果不是他去我们厂找冷厂长，还不知道啥时候能办成呢。”

……

类似于这样的对话，在许多个家庭里进行着。重装办成立之后推出的第一个大动作，让所有人都吃了一惊，他们一没有发布什么十年规划，二没有组织什么会战，而是大张旗鼓地统计各家重点装备制造企业的职工两地分居问题，然后协调不同地区的政府、企业予以解决。

对于单独的某个家庭，以及其夫妻双方所在的企业来说，解决一方的调动问题难如登天。因为这其中需要涉及一方的企业是否愿意放人，而另一方是否愿意接收，此外还有户口迁入方面的障碍，一拖十几年的情况十分普遍。重装办采取的是一个协调的方法，他们在充分统计了各家企业存在的职工两地分居情况之后，推动双方或者多方的协商，让甲企业的张三调动到乙企业，乙企业的李四调动到丙企业，丙企业的王五再调动到甲企业，最终实现了一种多赢的结果。

其实，大多数企业的领导也都不是存心要为难自己的职工，下属有生活困难，对于工作以及企业氛围都存在不利影响，在可能的情况下，领导们也是愿意帮着职工解决这些困难问题的。此前的障碍，主要是在跨地区、跨部门的协调存在难度，有重装办这样一个上级单位出手，多方说和，解决起来就容易得多了。

当然，重装办毕竟不是居委会，罗翔飞也不会越俎代庖地去解决全国所有的两地分居问题，他把自己所关注的范围严格限制在重点装备企业的范围内，只有涉及装备企业的职工家属在非装备企业工作的，才跨出这个范围去做一些额外的协调。

粗粗统计下来，全国几百家能排得上号的装备企业里，存在两地分居问题的家庭有上千个之多，几乎每家企业都能找出几个。罗翔飞从电子部挖来的计算机高手吴浦专门做了一个数据库，又设计了一套算法，从各种错综复杂的关系中寻找出能够配对调动的人员，然后生成一个交换人员的方案，发送给所涉及的企业，让他们去相互协调。

当然，并不是所有这些协调都能够达到预期效果，有时候某些企业想要的人与能够配对成功的人在专业上不匹配，或者某个希望调出的人处于一个重要的岗位，必须等待有人代替才能放走，这时候就需要进行更广泛的撒网。对于这样的情况，那些困难家庭也是能够理解的，毕竟事情已经得到了上级单位的关注，解决困难的希望又多了几分。

还要说的一点是，存在两地分居问题的，多半是企业里有一定地位的职工，要么是管理干部，要么是技术人员，要么是高级技术工人，他们或者是因为大学毕业分配到不同单位，或者是为了支援重点建设而调动到外地的单位，这样才出现了两地分居的问题。一个普通工人一般是不太可能在相隔几百、几千公里的异地找到配偶的。

正因为这样，所以重装办的这项举措，受益的对象往往都是各企业里的重要人物，在企业里是拥有一定话语权的。一时间，重装办便成了各企业都关注的一家上级单位，重装办的干部到企业里去联系工作的时候，除了企业的接待之外，往往还会受到一些职工的私人宴请，毫无疑问，这些请客的职工都是在重装办解决两地分居举措中受益的那些人。

这件事办得轰轰烈烈，功德无量，但热闹是属于刘燕萍和薛暮苍他们的，冯啸辰只是一个倡议者，无缘亲自去操刀。他从秦重回来之后，便被吴仕灿生拉硬拽地拖去讨论规划处新拟定的重大装备发展规划去了。

“咱们重装办目前所主持的十一项重大装备，预计在八十年代末至九十年代中期完成，届时我们将形成一个良好的装备制造能力基础。在此基础上，我们考虑了面向二十一世纪前叶的装备发展思路，大致涉及这样六个产业方面：

“第一，高端装备制造产业，其中包括数控机床、机器人、航空航天装备、轨道交通装备、海洋工程装备；

“第二，能源产业，包括火电、水电、核电、太阳能、风能、潮汐能、生物质能源；

“第三，新材料产业，包括新型功能材料，如稀土材料、发光材料、催化材料等等；先进结构材料，包括高强度轻型合金材料、工程塑料等；高性能复合材料，这个就更多了，比如树脂基复合材料、碳碳复合材料等等；

“第四，生物产业；第五，信息技术产业；第六，节能环保产业……”

会议室里，规划处副处长张鹤指着幻灯片，对参会的众人侃侃而谈。这是一次规划处的内部会议，除了规划处自己的人，就只有冯啸辰一个是外人了。请冯啸辰来参会是吴仕灿个人的意见，前一段时间，吴仕灿和冯啸辰私底下交流很多，他对冯啸辰的技术眼光极为欣赏。

“我们目前所列出的，大致就是这些，围绕着这六个重点产业方向，我们拟定了二十项重大工程，详细的目录都已经在资料上了，请大家发表意见。”张鹤最后这样说道。

看到张鹤结束介绍，回到自己的座位上，吴仕灿笑着对冯啸辰说道：“小冯，这些内容，都是我们规划处的同志们这些天工作的成果，可以毫不夸张地说，这份规划最起码已经是十易其稿了。关于规划中提出的重大装备目标，我们处里也是有不同意见的。小钟属于保守派，认为规划的目标太大了，难以实现；小张属于激进派，认为目标还可以再远大一些。至于我自己嘛，属于妥协派。小冯，你在前期也为我们的规划提出过不少意见，不过这段时间你在外地出差，没有参加我们后面的讨论，这份规划你也应当是第一次看到，所以，请你先发表一下意见吧。”

“各位都是专业人士，我是属于冲锋陷阵、专门跑一线的，对于规划是个门外汉，让我先发言，真是赶鸭子上架了。”冯啸辰笑呵呵地表示着谦虚，这也属于是套话了。人家请你提意见，你不先声明自己是外行，上来就装专家范，是很容易拉仇恨的。

听到冯啸辰的话，被吴仕灿指名为保守派的副处长钟启帆嘿嘿笑着，说道：“冯处长太谦虚了，谁不知道你是咱们重装办的技术专家啊。我们这些人，多半都只了解自己从前从事过的专业，对于这种全面的规划，还是第一次接触。就拿我来说吧，我原来是在电子部工作的，对于电子、信息这方面的事情，了解得多一些，对于吴处长搞的化工，还有张处长搞的航空工业，我就都不懂了。冯处长是个通才，听说是天上的事情知道一半，地上的事情全知，所以，请冯处长从全局上帮我们做一些指导吧。”

钟启帆这话半真半假，倒也不能说有什么敌意。冯啸辰此前与钟启帆也接触过，知道他是一个比较典型的崇洋派，言必称国外如何如何，经常用的一句口头禅就是“咱们中国不行”。因为冯啸辰能够说好几国外语，钟启帆对冯啸辰还是颇为欣赏的，此外是不是还有一些嫉妒，就不好说了。

冯啸辰向钟启帆笑了笑，说道：“钟处长这是把我往火上架呢，我哪是什么通才，充其量算是个通译吧，大家都知道的，我过去在冶金局就是当翻译的，稍微看过一些国外资料，能够拽几个名词而已。对了，张处长，你刚才说我们这是面向二十一世纪前叶的规划，这个前叶具体界定到哪年呢？”

张鹤扶了扶眼镜，说道：“这个不太好预测，我们初步考虑是到2030年前后完成所列出的所有技术装备，当然，这是一个逐步的过程，有一些装备有希望在2010年左右就完成。”

“我对这个规划是持保留意见的。”钟启帆打断了张鹤的话，说道，“比如说吧，规划中提出，到2020年前后，实现家家拥有计算机的目标，这简直就是天方夜谭。到那个时候，中国按三亿个家庭计算吧，一家一台计算机，就是三亿台，这得多少钱？谁来制造这些计算机？还有，一个普通工人，家里要计算机干什么？按照这样的规划来指导咱们的装备建设，完全就是误入歧途。”

第一百九十章

“钟处长的意见我不太赞成。”规划处的工作人员张翰匀说道，“去年，美国出版了一本书，叫《第三次浪潮》，书中提出，代表农业社会的第一次浪潮过去，代表工业社会的第二次浪潮也即将过去，未来人类将进入第三次浪潮，也就是知识社会，或者叫信息社会。在信息社会里，人们将主要通过计算机进行工作，那时候家家户户拥有计算机并不是什么问题。”

“可是，家家户户要计算机干什么？老张，你家里需要计算机吗？”钟启帆说道。“我……我当然不需要。”张翰匀犹豫了一下，回答道。

钟启帆又转向众人，说道：“那么，谁需要计算机呢？”工作人员黄明答道：“钟处长，你这个问法本身就不对。老张说的《第三次浪潮》那本书，我在杂志上看过一些梗概，人家说的是未来的情况，而我们做的规划也是面向 2020 年的。我们现在家里不需要计算机，不意味着未来也不需要，对不对？”

“我说的就是未来啊。”钟启帆抬杠道，“我过去就是搞计算机的，对于计算机的用途，我还是有一定发言权的。计算机是用来做科学计算的，放到科学院肯定是用的，但放到各家各户，干什么？大家都想想，给你家里放一台计算机，你用得上吗？”

“用处还是挺大的吧？”冯啸辰笑呵呵地说话了。作为一名穿越者，看八十年代初的人谈论信息社会，真是一件郁闷的事情，明明是后世的常识问题，在今天居然会被当成是异端邪说。

张翰匀说的《第三次浪潮》这本书，1980 年在美国出版，当即就引起了轰动。不过，这本书最大的贡献在于对信息社会的阐释，其中涉及技术方面的内容并不多，而是专注于讨论在信息时代可能出现的社会变化，比如多样化、个性化、小型化的倾向等等。在书中讲到的分散式办公，其实就是后世实际出现的 SOHO 一族。自我服务、自己动手的概念，则与 DIY、3D 打印技术等有着一些关联。书里说到传统媒体的衰落、小型化媒体的出现以及信息碎片化等问题，与自媒体时代的很多特征颇为吻合。

限于当年的技术水平，作者阿尔夫·托夫勒并没有预见到移动互联技术带来的强大影响，对于互联网、云计算、大数据之类的概念都未能提及，这也证明老托不是一个穿越者，只是一个预言家而已。

《第三次浪潮》在中国国内引起广泛关注是在 1984 年出版了中文版之后，一段时间里几乎不谈第三次浪潮就不好意思跟人打招呼，正如后世你不说说工业 4.0 或者 3D 打印之类的，都不敢说自己懂工业。重装办的这些工作人员都属于思想比较前沿的，所以现在就已经在谈论第三次浪潮的概念了，但他们无论如何前卫，也想象不出未来的信息社会会是什么样子。

“我举个例子说吧。”冯啸辰决定给大家做做科普，他不打算去抢托夫勒的饭碗，但对重装办的同事们说点后世的概念，还是可以的，至少让大家有一些前瞻的眼光，不至于犯一些过于保守的错误，“咱们现在每天都要来单位上班，讨论一个问题，然后写成文件。如果计算机技术得到充分发展，我们就可以通过网络技术把计算机连接起来，然后各自待在自己家里，在计算上进行讨论，再把写好的文件通过计算机传递到其他同事那里去。这样一来，不就是家家户户都需要计算机了吗？”冯啸辰说道。

“这种计算机网络在国外已经有了，美国军方在 1968 年建立了 ARPANET，目前已经推广到了非军用部门，覆盖了美国全境，甚至英国和挪威的用户都能够通过 ARPANET 连接到美国的计算机上。”工作人员陈默插话道，这是一位德语专业出身的姑娘，人如其名，性格比较沉默，但眼界很开阔，对国外的情况颇为了解。

冯啸辰点点头，道：“我说的正是阿帕网这种模式，未来这种模式将会应用到全球，其中当然也会包括中国。届时我们就都有可能在自己家里办公了。”

钟启帆道：“这个东西我也听说过，但那是人家美国，不是中国。小陈刚才说的美国在 1968 年搞这个阿帕网，到现在也只是一些重要的大学、科研机构以及军方在使用，还是没有普及到千家万户嘛。要普及到千家万户，我估计美国也得再花几十年时间，至于咱们中国，恐怕就得到下世纪末了。”

“这倒不一定。”胖乎乎的黄明说道，“钟处长没听说过一条摩尔定律吗？这条定律认为，集成电路的集成度每二十四个月就能提高一倍。我们现在认为很复杂和很昂贵的计算机，过二十年就会变得非常简单，也非常便宜，到时候大家就都能用得起了。”

“的确如此。”冯啸辰道，“苹果电脑的出现，使计算机开始进入家庭。咱们国家发展得慢，但我们的增长速度是非常快的。所以，最多到 2000 年前后，家用电脑就会得到广泛的普及。再往后，手持式信息设备将会出现。”

“啥叫手持式信息设备？”陈默好奇地问道。

“移动电话，平板电脑。”冯啸辰说道，接着，他便把后世出现的手机、平板电脑之类的概念向众人作了一个详细的描述，捎带着把什么游戏一族、剁手一族、埋头一族之类的现象也都作了个介绍，让包括吴仕灿在内的众人都听得入了迷。

“小冯，你的想象力也太丰富了。”听完冯啸辰的讲述，吴仕灿感慨地说道，“真到那一天，那就真是实现了四个现代化了。”

“岂止是四个现代化啊，那简直就是……”黄明说到这里，不知道该用什么词来表述才合适了，的确，在有关四个现代化的理想中，根本就没有移动互联这样的事情。

“小冯，你觉得你说的这些，会在什么时候实现？”钟启帆问道。冯啸辰道：“按照我们目前的发展速度，2010 年之前肯定能够达到。”“我觉得你太乐观了。”钟启帆道，“如果你说是 2050 年，我还勉强能够相信。另外，如果是在美国呢……2020 年之前实现这样的目标，也是有一些可能性的。”冯啸辰也无话可说了，思维超前别人一步，那叫天才，超前人家十几步，在人家眼里就是疯子了。他说的明明是2010年中国真实出现的情况，在1981年的人眼里就成了神话。当年有一部科幻小说叫《飞向人马座》，其中写到了无人驾驶汽车、星际航行、中微子通信，可偏偏没有写到手机、互联网，宇宙飞船上带着的图书馆是几十箱子的缩微晶体片，每块晶体片像芝麻一般大小，需要用手指捏着放到一个专用机器里，然后就能够阅读了……好吧，其实也没必要笑话前人的眼界了，今天的人们恐怕也想象不出二十年后会出现什么样的新技术，也许我们今天津津乐道的什么预测和科幻，到二十年后也会被证明是太低估科技的力量了。

“钟处长，关于电子技术的发展速度，我们现在争论的意义也不大。不过，我认为，在我们制订规划的时候，需要有一些未雨绸缪的考虑。未来的时代一定是信息时代，电子信息技术领域将会是机会无穷的。我们应当从现在开始就着手进行布局，我说一些方向：高性能集成电路设计技术、生产技术，先进封装测试技术，半导体材料技术，薄膜液晶显示技术，关键性专用设施和仪器。所有这些技术不仅要掌握，而且要达到产业化的要求。届时即使我们国内市场无法提供足够大的需求，我们面向国际市场也是必须的。”冯啸辰说道。

“我赞成冯处长的意见。”黄明第一个举手支持，“我们做规划的时候，不能光想着跟在国外的后面，我们应当有赶超国外的勇气。凭什么我们就必须从国外进口彩电，我觉得有朝一日应当是外国人从中国进口彩电，什么东芝啊、夏普啊，在咱们中国人面前都得低头。”

“哈哈，小黄，你就做梦吧，这绝对是不可能的。”钟启帆不屑地说道。

“嗯嗯，扯远了，大家还是回到这个规划上来吧。”吴仕灿不得不发话了，这楼已经歪得不成样子了，作为楼主，他有义务打断大家的自由发挥。他指了指冯啸辰，说道，“小冯，你刚才谈了对电子信息产业方向的看法，其他几个方面，你也谈谈吧，咱们今天是神仙会，畅所欲言。这个方案是我们处搞出来的，你作为旁观者，应当能够看到一些我们忽略掉的事情。”

冯啸辰点点头，说道：“好，那我就逐项地来说一下。首先，我认为我们还应当关注一个新的领域，那就是新能源汽车。石油危机的出现，以及西方国家居民环保意识的增强，使传统的燃油汽车开始逐渐走向衰落，新能源汽车的崛起将是不可逆转的……”

第一百九十一章

所谓规划，都是依据对未来的预测而作出的。冯啸辰说的这些内容岂止是预测，简直可以称为是“剧透”了。他站在一个穿越者的角度，回顾了中国在二十世纪后二十年到二十一世纪初的历程，从国内经济发展、国际产业结构变迁、技术发展、人民生活水平提高等方面进行阐述，分析了到二十一世纪前期中国装备工业发展的目标。

他所提出的目标，要比后世实际的发展要高一些，因为在他看来，这个世界与他经历过的世界应当是不同的，这个不同之处，就在于有了他冯啸辰这样一个变数。

“中国奇迹”这种说法，在二十世纪几乎没有人相信，即便是有人说起，也会被斥为一种政治鼓动，不会有人当真。但到了二十一世纪初，这个词就开始不断地出现在西方媒体上，包括联合国官员、著名学者、各国政治家都以不同的心态使用这个词。的确，一个在三十年前还被认为是穷国、弱国的发展中国家，仅仅用了三十年时间就实现了工业产值世界排名第一位的目标，几千种工业产品的产量稳居世界第一，有些甚至超过其他所有国家的总和，这样的发展不叫作奇迹的话，这个世界上还有什么能叫奇迹呢？

冯啸辰的预言，则是在这个奇迹基础上又加了一个加速度，听到规划处众人的耳朵里，那就完全成了神话了。不过，即便是对冯啸辰的话只相信了一半，大家还是觉得热血沸腾，眼睛里都闪出了光芒。

“如果真的能够达到这样的水平，咱们也不枉此生了。”一位名叫胡月鸿的工作人员喃喃地说道。

“这里头可没咱们什么事。”张翰匀笑着打击了他一句。

胡月鸿正色道："怎么就没咱们的事了？咱们是重大装备办，国家的发展，离不开重大装备。而重大装备要发展，则离不开咱们，所以，如果真的能够达到冯处长说的那种情况，咱们这些人都是有功之臣呢。"

"我赞成老胡的话！"小胖子黄明说道，"我觉得，冯处长说的情况是完全可能发生的，只要我们付出足够的努力。就说核电吧，咱们现在搞的是30万千瓦的核电，未来三十年，搞到百万千瓦，不是什么达不到的目标。核电的关键技术，不外乎核岛蒸发器、稳压器、循环水泵、燃料棒、驱动机构、回路主管道，常规岛汽轮机、发电机，咱们一项一项地落实，一项一项地突破，总有完成的那一天。"

"时间，关键是时间。"钟启帆提醒道，"三十年时间，看起来很长，但相对于装备研制来说，是短暂的一瞬间。就比如说半导体材料技术，一种材料的研制，动辄就是十年八年的，三十年时间干不了多少事情。"

吴仕灿道："小钟说的有道理，三十年的时间，对于装备研制来说，并不是一个很长的周期。不过，小冯给咱们说的这些目标，对我们也有很大的启发。我们原来的设想，还是稍微保守了一点。当然，并不是说我认为小冯说的这些目标都能够实现。我是这样想的，战略上要藐视敌人，战术上要重视敌人。在制定战略的时候，我们应当有一些好高骛远的精神，唯有如此，才能有更高的目标指引下达到最好的结果。比如说，小冯提到的新能源汽车的问题，我们的确是忽略了。根据小冯的分析，我认为这个方向是有一定价值的。我们应当从现在就开始着手准备，涉及新能源材料，比如储氢材料、燃料电池、新型蓄电池等，都可以立一个项，进行一些预研。这样未来等新能源汽车的前景变得明朗的时候，我们也就不至于手忙脚乱，或者落到别人后面去了。"

"吴处长说的，也正是我的想法。"冯啸辰接过话头，说道，"我给大家描述这样一个前景，当然不是说这些目标我们都能够实现。但我觉得，我们应当有未雨绸缪的精神，针对未来可能出现的新方向，预先地做一些准备。比如说，我们可以把国家的工业力量分成几个梯队，第一梯队着重解决人民生活必需的产品，第二梯队瞄准当今世界工业水平，以赶上西方国家工业水平为目标。至于第三梯队，那就是预先布局，等到时机成熟的时候，异军突起，抢占世界工业的塔尖，使中国工业达到世界领先水平。”

中国自1978年改革开放之后的几十年工业史，有辉煌的成就，也有不少的遗憾。遗憾之处，就在于没有人能够预见到几十年后的发展，出现了一些短视的现象。有一些产业，在当年的确没有发展的能力，暂时放弃也是可以理解的。但如果能够做一些预先的布局，哪怕只是培养一些人才、积累一些经验，在未来有能力发展的时候也会有起到事半功倍的效果，不至于因缺乏基础而步履维艰。还有人力资源方面的问题，也是非常可惜的。八十年代中期至九十年代中期，因为科研人员的待遇低，许多科技人才或者出国，或者下海，造成了大量的人才流失。到了国企大下岗的年代，对于没有技术的工人和优秀技工，国家采取了相同的政策，导致一些身怀绝技的优秀工人沦落到靠摆摊、扛麻袋维持生计的境地。而等到经济形势好转，中国成为世界工厂，急需大量技术工人的时候，这些优秀的技工早已韦华不再，难有建树了。

冯啸辰此时把未来几十年中国的经济发展脉络向大家铺陈出来，也是为了提醒大家不要犯这种鼠目寸光的错误。

张鹤拍案道：“说得好，三个梯队的这个提法我赞成。我觉得，咱们处也可以作一个分工，钟处长负责第一梯队，吴处长坐镇中军，带领第二梯队，至于我嘛，就去管第三梯队好了。”

“哈哈哈哈！”众人一齐笑了起来，刚才吴仕灿还说钟启帆偏于保守，张鹤过于激进，现在张鹤就是按照吴仕灿画出来的图谱，给众人分了工。钟启帆一天到晚觉得中国不行，比不上外国，那就麻烦他去管管满足人民生活需求的柴米油盐好了，前瞻性的这种事情，就不劳他的大驾了。

“小张的话是开玩笑了。”吴仕灿打了个圆场，说道，“我觉得，小冯说的三个梯队这个提法，有一定的参考价值。就以咱们重装办的任务来说，当前考虑的重点是为一些重要部门提供急需的装备，质量差一点、水平低一点，都还可以接受。但国家对我们的要求，是使装备制造水平跃上一个台阶，达到或者接近国际先进水平。而在更远的将来，我们是一定要和国外企业一争高低的，那时候我们的目的就不是达到国际先进水平，而是超过国际先进水平。按照小冯的提法，这就是一、二、三这三个梯队的任务了。咱们重装办目前做的工作，是属于第一梯队的事情。而咱们规划处现在做出来的方案，则反映的是第二梯队。仔细想一下，咱们缺乏的，就是小冯说的第三梯队的东西。换句话说，咱们缺乏赶超国际先进水平的眼界和勇气，同时也缺乏这方面的准备。”

听到吴仕灿这样说，钟启帆虽然心中还有许多不屑，也不便直接说出来了。他觉得，以中国的现状，未来五十年能够追上世界先进水平就已经不错了，提什么赶超战略，纯粹就是拍脑袋，是大跃进的思维方式。

众人又发表了一些意见之后，吴仕灿宣布这次讨论会结束，要求大家再去查阅一些资料，走访一些专家，看看冯啸辰提出来的那些目标是否具有可行性，以及应当如何实现。出了会议室，他叫住正打算回综合处去的冯啸辰，说道：“小冯，如果不忙的话，到我办公室去坐坐吧?”“好啊，我正想向吴处长请教呢。”冯啸辰笑着应道。

两个人来到吴仕灿的办公室，吴仕灿招呼冯啸辰坐下，自己先去关了门，然后坐到冯啸辰的对面，说道：“小冯，你今天说的那些东西对我的启发很大啊。我突然觉得，我们规划处除了做长期规划之外，还有一些面向当前的事情也该做起来。”

“什么事情?”冯啸辰问道。

“打基础。”吴仕灿认真地说道：

“如果照你预测的那样，受到全球产业转移的影响，全球的制造业有一半转移到中国，那咱们需要多少产业工人？为了能够支撑起这样大的制造业，我们需要多少装备？而生产这些装备，又需要多少熟练的车工、铣工、钳工、电焊工以及各种专业型的工人。没有工人，什么都是空的，就算我们能够买到机器设备，总不能连工人都从国外请进来吧?”冯啸辰有些惊讶，其实他在会上想说这个问题，却又觉得与规划处的工作内容没有太大关系，正琢磨着要不要找时间去和罗翔飞谈一谈。没想到，吴仕灿倒想到了这一点，还专门拉着他来讨论这个问题。冯啸辰没有表态，而是问道：“那么，吴处长有什么想法呢？”

吴仕灿道：“我打算再做一个规划，有关技术工人培养的规划。到2000年之前，我们要培养出不少于5000万合格的技术工人，唯有如此，才能保证你在会上提出的那些目标变成现实。”

第一百九十二章

技术工人的培养不外乎两个途径，一是在工厂里通过师傅带徒弟的方法来培养，二是建立专门的技术学校来进行培养。

师傅带徒弟的方法，在手工作坊的年代里是可行的，但也免不了会出现一代不如一代的情况。师傅从自己的师傅那里学到的东西恐怕就只有七八成，再教给自己的徒弟，又得打个折扣。几代传下去，最后水平就越来越低了。到了大工业年代，一个工人所需要掌握的知识并不仅限于一个专业，这时候仅仅依靠师傅来传授技艺，就更不可行了，必须由专门的技工学校来完成这些培训工作。

早在二十世纪五十年代，中国就已经建立了许多技工学校，这其中有省、市政府的劳动部门成立的，也有各主管厅局成立的，还有厂办技校等等。“运动”年代里，有些技校被改成了工厂，技工培训工作受到很大的影响。“运动”结束后，各地陆续恢复了一些技校，但因为各种原因，大多数技校的办学情况并不理想，这种状态甚至一直延续到了九十年代。

吴仕灿提出到世纪末要培养出5000万合格的技术工人，以当年的眼光来看，是一个宏大得离谱的目标。要知道，1981年全国第二产业的就业人员也只有8000万，这其中还包括了企业里的机关干部、后勤人员、非技术工种的工人等。有一些村办、社办的小企业，也用不上水平太高的技术工人，有几下三脚猫的功夫，能够开得动机床，会车几根轴，就可以算是技工了。5000万合格的技工，简直就是一个天文数字。

但冯啸辰却知道，按照中国工业的发展趋势，培养5000万合格技工是非常必要的。到2000年的时候，中国的第二产业就业人口已经翻了一番，达到1亿6000万人，中国也成为“世界工厂”，许多企业都苦恼于找不到优秀的技工。一支高素质技工队伍的形成，不是三五年的事情，而是需要提前二十年布局的，吴仕灿仅仅是听了冯啸辰所做的预测，就想到这样一个问题，其洞察力的确是非凡的。

“吴处长，技工培训的事情的确是非常重要，但这事难道不是应当由劳动总局来考虑的吗？咱们重装办去做这个规划，是不是越权了？”冯啸辰提醒道。

吴仕灿道：“我知道，技工学校是归劳动部门负责的，但我看过他们的一些工作思路，他们对于整个工业的发展趋势缺乏正确的认识。不说国家劳动总局如何，许多地方上的劳动局没有把技校当成培养技术工人队伍的平台，而是把它当成解决就业问题的手段。很多人上技校的目的就是为了能够分配工作，而在分配工作的时候，他们又不愿意从事自己所学的专业，更愿意去坐办公室，或者干一些比较轻松的工种。这样下去，咱们未来就会出现高级技术工人短缺的被动局面了。”

“吴处长说得对。”冯啸辰点头道，“其实这种情况现在就已经出现了。我这次在秦重考察的时候，就有这样的感觉。这几年老工人退休的数量非常大，新工人大量进厂，导致企业的技术水平大幅度下降。我听浦江的一位朋友说，浦江市劳动部门做过一个统计，认为全市缺少熟练技术工人70万以上，这种情况已经严重影响到了浦江的工业生产效率和产品质量。”

“我也看到过类似的数据。”吴仕灿道，“只不过我原来还没有觉得这件事情有这么迫切，觉得通过现有的体系进行培养，过上几年，这种青黄不接的情况就能够有所改善了。今天听到你在会上说起未来二十年中国工业发展的预测，我突然感觉到情况非常严重。如果照目前的培养方式，咱们恐怕是很难培养出一支足够规模的技工队伍的。”

冯啸辰问道：“那么，吴处长打算怎么做呢？”

吴仕灿道：“我目前想到了两点：第一，我们需要做一个调研，向经委报告当前技工培养中存在的问题，请经委与国家劳动总局从国家装备制造业发展的高度来重视这个问题；第二，我们应当建立一所技工师范学校，专门为咱们所联络的重点装备制造企业输出技工师范人才。咱们这些重点装备企业，很多都有自己的厂办技校，但技校的师资力量非常薄弱。咱们如果能够为他们提供优秀的技工教师，对于提高他们的技工培训水平将起到至关重要的作用。”

“咱们自己办技工师范学校？”冯啸辰被吴仕灿的脑洞给惊住了。说实在的，他还真想过这方面的事情，但每次想到之后，都会迅速地否定掉，因为重装办总共也就是这么二十多个人的编制，哪有可能自己办一所学校。可这个主意从吴仕灿的嘴里说出来，意义就不同了，吴仕灿不是信口开河的人，他敢提出这样的设想，肯定是意味着这事是有希望的。

“这并不困难啊。”吴仕灿看出了冯啸辰的心思，微笑着说道，“咱们重装办自己没有编制，但可以借别人的编制来办这件事，我们只需要出一个名义就行。”

“我不明白。”冯啸辰老老实实地回答道。

吴仕灿道：“咱们可以找一家企业，把它目前的厂办技工学校借用过来，改成重装办的高级技工师范学校。至于人员，可以从各单位借调。经费是一个比较麻烦的问题，实在不行就只有向各企业摊派。但这件事是对各企业都有好处的事情，即便是摊派一些费用，他们也不会有什么意见。”

“这样也行？”冯啸辰乐了，看来群众的智慧真是无穷的。在很多人的印象中，当年存在着很多思想禁区，人们是不敢随便做一些事情的。但事实却恰恰相反，因为当年缺乏各种规章制度，各单位做事情的自主权非常大，许多事情只要不是触碰到“雷区”，就不会有人管，你可以随便去试。那年代的单位领导也很牛气，只要我做的事情是符合国家利益的，即便是不合规，你也奈何我不得。当年流行说的一句话，是“摸着石头过河”，其意思就是说凡事都没有经验可循，于是只能尝试。国家也是鼓励各单位进行各种尝试的，当年著名的小说《乔厂长上任记》里，就写了不少打破陈规陋习的情节，而这些都被认为是改革的表现。

相反，到了新世纪之后，国家部委或者国有企业在做事情的时候就需要谨小慎微了。凡事都要讲程序，如果是违反了程序要求，哪怕你的动机是好的，也会遭到各种非议甚至处分。很多官员的信条变成了“不求有功，但求无过”，反而没有了改革之初那种敢为天下先的闯劲。

吴仕灿提出的思路，就是一种打政策擦边球的方法。重装办联系着几百家重点装备企业，这些企业大多需要高级技工人才，指望劳动部门的技校去培养这些人才，难免有隔靴搔痒的毛病。重装办既然担负着协商重大装备研制的任务，自然也要设法去解决技术工人短缺的问题，那么自己挑头建一所技工师范学校，就不是什么错误了。

如果要向上级机关申请创办一所学校，十有八九是通不过的。因为重装办的编制是确定的，经费也是确定的，在原来所定的功能里也没有办学校这一项。但重装办可以用一种最简单的办法来办成这件事，那就是找一家企业借一个学校来用，编制是现成的，重装办只是提供技术指导，这是不违反规定的事情。

学校借来了，人员自然也可以借。当初冶金局就有一大批借调人员，那都是为了在不影响原有编制的情况下完成繁重的工作任务而采取的变通方法。这样的变通是上级所允许的，即便是上级机关自己也经常这样变通。

“这件事，到了这么紧要的时候了吗?”罗翔飞在办公室里接见了吴仕灿和冯啸辰，在听取了他们关于建立高等技工师范学校的意见之后，罗翔飞皱着眉头问了这样一句。上次冯啸辰建议他帮着解决各企业里存在的两地分居问题，就让他觉得有些乱了。现在这件事还没办完，又出来一个办学校的主意，罗翔飞都有些怀疑冯啸辰是不是故意在捣乱了。

“我认为，的确是非常紧要了。”冯啸辰替吴仕灿回答道。

“你说说看。”罗翔飞道。

冯啸辰道：“咱们目前所负责的十一个重大装备项目，都面临着高级技术工人短缺的问题。我们不甘心于用传统的工艺来制造这些重大装备，而是需要引进国际先进的制造工艺，其中许多技术是咱们过去从未接触过的。比如说氩弧焊技术，许多三十年工龄的老焊工也不会，只能是从头开始学习。还有数控机床技术，对于许多厂子来说也是完全陌生的。随着越来越多的先进设备被引进来，技术断层的矛盾将会日益激化，依靠各企业零敲碎打地培养技术工人，效率低，效果差，而且付出的总成本也并不小。重装办作为一家协商机构，应当担起这个担子，帮助各企业完成高级技工的培训工作。”

第一百九十三章

“小冯，你算是把我给坑了，让我到这个鸟不拉屎的地方来当孩子王。”

京郊，一处略显破败的工厂院落里，薛暮苍半开玩笑半认真地对冯啸辰说道。在他们身后，停着冯啸辰从林北重机采购站借来的那辆吉普车，他俩刚才就是乘坐这辆吉普车才来到这处离城区颇有点距离的废弃厂区的。

有关成立一所高等技工师范学校的建议最终得到了经委领导的批准。经委领导也都是富于实践经验的，知道企业里高级技工匮乏的现状，重装办愿意挑头来建这样一所技工师范学校，经委领导自然也乐见其成。不过，正如冯啸辰和吴仕灿事先估计的那样，经委既无法解决学校的编制，也无法提供所需的经费，一切都需要由重装办自己去筹措，经委只是给了一个口头上的支持而已。

罗翔飞在经过认真思考之后，想明白了办这样一所学校对于重装办的意义。首先，目前的十一个重大装备项目都面临着工人培训的压力，这样一所学校对于缓解压力具有重要的作用；其次，通过规范化的培训，能够使各企业的技术工人具有一定的通用性，有助于重装办未来调集不同企业的力量进行重点攻关；最后，这样一所学校一旦办成，能够壮大重装办的力量，扩大影响力。罗翔飞当然不希望自己的手下只有这区区二十多个人，规模越大，权力就越大，哪个领导都不会嫌自己手下人太多的。

得到经委领导的首肯之后，罗翔飞马上把薛暮苍调过来，担任技工师范学校的筹备组长，同时宣布在学校建立起来之后，薛暮苍将担任第一任校长。薛暮苍原本就是一个传奇般的技术能手，人脉又广，还有很强的亲和力和组织能力，天然就是一个当校长的材料。

吴仕灿和冯啸辰二人虽然是这件事的倡导者，但一个担负着追踪技术前沿的重任，一个则是罗翔飞最得力的先锋官，罗翔飞自然不会让他俩陷到办学的事情里去，只是让他们二人先帮薛暮苍做一些前期的准备工作，等学校建起来之后，他俩就该各自回去忙自己的事情了。

经过商议，吴仕灿承担了为学校编制教学方案及编写教材的任务，这些任务当然不是由他亲自去完成，而是要联络部分高校以及一些科研院所的专家来协助完成。围绕着装备制造企业的需求，学校初步准备设置四个专业：数控机床操作、铸造、电焊、装配，未来根据情况还要再增加诸如热处理、探伤等专业。所有这些专业的培训，都将瞄准国际先进水平，这与劳动部门办的入门级技校是完全不同的。为了达到这样的培训要求，除了从各企业借调高级技工之外，还需要聘请一些具有国际视野的专家，甚至可能需要引进国外的培训技师。

冯啸辰的任务，就是跟着薛暮苍跑腿，落实校址、师资、设备、经费等问题。在这方面，薛暮苍有一定的能力，冯啸辰的长处则在于擅长独辟蹊径，能够解决一些常人解决不了的问题。

薛暮苍以重装办的名义联系了十几家单位，结果找到了这样一处厂房。这里原来是一家机械厂，隶属于京城的某个工业局。这两年国家调整经济结构，关停并转了一批企业，这家企业也在关停之列，其厂房就闲置下来了。工业局对于这处厂房的处置也正在头疼，听说重装办要借用，工业局的领导只觉得是瞌睡碰上了枕头，求之不得，一分钱都没要，就把厂房交给了薛暮苍，声称任其使用。

厂区的面积不大，也就是一百五十亩左右，有四座厂房，还有办公楼、宿舍等建筑。厂区的绿化不错，时值秋天，金黄的银杏叶落了一地，看上去缤纷一片，很有些诗意的感觉。这样一片厂区，如果放到后世，稍稍包装一下就能够改成一个什么创意园区，吸引到一批艺术家入住。不过，现在还不是那种艺术家泛滥的年代，没人会对这种旧厂房感兴趣的。

校址落实了，接下来就是经费。冯啸辰抱着试试看的心理，给冷水铁矿的矿长潘才山打了个电话，说了一下重装办要建技工师范学校的事情。潘才山听出了冯啸辰的弦外之音，非常爽快地答应赞助两万块钱，作为学校的启动经费。这钱其实是从冷水矿的石材厂拿出来的。石材厂能够成立，又能够把石材出口到德国，全是倚仗着冯啸辰的帮忙。后来，石材厂遇到用电危机，又是冯啸辰到平河电厂去帮忙弄到了用电指标，才使石材厂没有面临停工的厄运。从这个角度来说，潘才山拿出两万块钱来支持冯啸辰的事情，丝毫也不算过分。

“两万块钱，够应付一阵子了。”薛暮苍听说冷水矿的钱到账之后，喜滋滋地对冯啸辰说道。

冯啸辰却没有薛暮苍那样乐观，他掰着手指头给薛暮苍算道：“咱们如果招500个学生，一个学生平均只能摊到40块钱的经费，这些钱别说雇老师，就是日常的实践操作都不够。像这样的技工师范学校，应当是由国家财政来支持的，一年没个几百万的经费，根本做不出什么效果。”

“小冯，你太理想化了。”薛暮苍以他的老资格对冯啸辰教育道，“办这所技术师范学校，是咱们重装办自己生出来的事情。如果要申请国家财政的经费，那就要层层报批，最终肯定还批不下来。劳动总局那边就有自己的技工师范，咱们再开一个摊子，国家肯定不会批准的。所以，要做事情，只能是自己去化缘，像你能够从冷水矿弄到两万块钱，就非常不错了。”

“看来，还是好人有好报啊，当初帮冷水矿出主意的时候，我还真没想过有朝一日能够向他们伸手化缘呢。”冯啸辰感慨道。

薛暮苍道：“咱们在机关里，想用点钱麻烦得很，就算能够申报下来，花钱的项目也是受到严格控制的，很多支出都不允许报销。企业里用钱就方便多了，所以部委机关经常要到下面的企业去化化缘，你慢慢就习惯了。”

“我只怕是习惯不了。”冯啸辰笑着摆手道，“只此一次，下不为例。以后学校办起来，再有找企业化缘的事情，还是老薛你自己去办吧。”

“这可不行，事情是你和老吴生出来的，你们得管到底。”薛暮苍说道。

薛暮苍说归这样说，其实心里还是有一些盘算的。有关建立技工师范学校的事情，重装办与一些企业联系过，征求过他们的意见，这些企业对此事都表现出了极高的热情，声称希望学校早日办起来，他们愿意安排工人到学校来接受正规的培训。只要培训做起来，学校就可以要求各企业支付培训费用了，这种费用其实也算是一种化缘。对于大型装备企业来说，几万块钱的支出不算什么问题，而这些钱对于一所学校就比较可观了。

“小冯，关于这所学校的办学，你有什么考虑？”与冯啸辰走在铺满银杏叶的厂区主干道上，薛暮苍认真地问道。经过一段时间的接触，薛暮苍已经认识到冯啸辰思维的开放性，他相信冯啸辰能够给他一些很好的启发。

“高标准。”冯啸辰毫不犹豫地说道，“普通的技工培训让劳动部门去做就行了。咱们重装办搞的是重大装备，所以我们的人才培养一定是瞄准高级技工的，我们培养出来的人，必须达到技师的水平。即使说毕业的时候达不到，几年之后也应当能够达到。”

“我也是这样想的。”薛暮苍道，“弄一些待业青年来，教上几年，给安排一个工作，这种事情我老薛可不乐意干，那就真的成了孩子王了。你和老吴提出来的这个概念挺好，叫作技工师范，咱们不是培养普通的学徒，而是培养能够当师傅的高级工人。不过，这样一来，咱们的办学压力也就大了。”

“世上无难事，只要肯登攀嘛。”冯啸辰嘻嘻笑着说了一句当时很流行的话。

薛暮苍道：“话是这样说，我老薛也喜欢做点有难度的事情，要不这辈子光修修房子，发发洗澡票之类的，以后退休了都没啥可向别人吹牛的。不过，这件事情上你可得帮我，你如果不帮忙，我恐怕还真做不好。”

冯啸辰笑道：“老薛你这是什么话？你的岁数是我的两倍还多，居然让我帮你。罗主任已经说过了，我只是帮你筹备，后面的事情我肯定插不上手的，只能是你去招兵买马，培养自己的班底。”

薛暮苍道：“我也不需要你帮我做别的事情，只需要你给我出一个主意就行。”

“什么主意？”冯啸辰问道。

“怎么弄钱。”薛暮苍认真地说道。

第一百九十四章

不同的人对于冯啸辰的看法各有不同，罗翔飞觉得冯啸辰眼界开阔，擅长解决一些别人解决不了的难题；吴仕灿觉得冯啸辰技术水平高，有前瞻性思维；而薛暮苍则是从冯啸辰在冷水矿以及后来建议经委创办经纬咨询公司的事情里，看出冯啸辰有赚钱的本事。

巧妇难为无米之炊，不管要办什么事情，钱是至关重要的东西。薛暮苍可以找企业化缘，弄点钱来维持学校的经营，但一来是化缘不可长久，每次伸着手去要钱，毕竟也不是什么光彩的事，二来则是化缘的钱数量总是有限的，小打小闹无所谓，真的想像冯啸辰说的那样，瞄准高标准来办一所学校，这点钱就不够用了。

薛暮苍早就盯上了冯啸辰，打算从他这里讨一个计策，让技工师范有一个稳定的收入来源。他甚至想到，如果技工师范能够赚到钱，未来重装办这边要办点什么事情，也可以从技工师范要钱，这样他在重装办的地位也就会变得更重要了。别以为国家机关就不需要钱，最起码，逢年过节发福利的时候，哪个单位有钱，就能够多发一些，职工也会称赞自己的领导有本事。罗翔飞想要在重装办一言九鼎，除了工作上的魄力之外，能不能给大家谋福利也是重要的一项。

听到薛暮苍这样说，冯啸辰哑然失笑，自己在老薛的心目中居然成了一个最会弄钱的人，这算是光荣还是耻辱呢？

“弄钱的办法……很多啊。”冯啸辰耸耸肩膀说道。八十年代初的中国，还真是遍地都是赚钱的机会，关键就看你有没有这个胆子，还有就是有没有一定的关系。薛暮苍绝对是有胆子也有路子的人，他想赚点钱，不是很容易的事情吗？

“我就知道找你小冯没错。”薛暮苍笑道，“你说弄钱的办法很多，我却是一个都想不到，你随便给我出上十个八个主意的，也算是对咱们重装办作了贡献，怎么样？”

“首先，办学就可以收学费。咱们算是在职培训，面向大企业提供高级技工的培训，收取一定费用是完全合理的。”冯啸辰说道。

“这个肯定，不过也就是一点点人头费而已，不够干什么的。”薛暮苍道。冯啸辰说的这点，是早在他谋划之中的，算不上什么创意。

“我们还可以出教材。吴处长现在正在联络一些专家编写专业教材，我考虑，咱们不要弄成油印本，而是直接做成书，没有书号也无所谓，反正是内部资料，让各企业出钱购买就是了。”冯啸辰又说道。

薛暮苍摇摇头道：“这个意思就不大了，一本书也就是几毛钱的事情，卖出1000本，也就是几百块，再扣掉印刷费、纸张费，能赚几个钱？”

冯啸辰瞪圆了眼睛道：“干嘛卖几毛钱？数控机床实用教程，10块钱一本，爱要不要。我就不信那些企业花几万、几十万进口了数控机床，会舍不得花10块钱买一本操作手册。”

“这……合适吗？”薛暮苍有些犹豫了。10块钱一本的书，说出去简直是惊世骇俗，不知道会有多少人骂他黑心了。但冯啸辰说的也有道理，你买一台机床能花几万块钱，我给你印一本教程，收10块钱怎么就不行了？嫌贵，那就自己翻译机床手册去吧，那些手册写得诘屈聱牙，文化程度不高的工人根本就看不明白，导致机床使用中出现种种问题，随便弄坏一个配件，也得花上几百块钱去买了。

冯啸辰耐心地说道：“老薛，你要知道，知识本身是有价值的。老吴现在去找那些高校的工科教授帮着翻译国外资料，编写适合于一般工人看的教材，也是需要花钱的。老吴说他可以卖卖面子，让那些教授义务帮忙。现在咱们没钱，也只能这样，但未来有钱了，不得给他们发点稿费？编一本数控机床教程，给个三千五千的，我看不算多，你不把一本书卖出10块钱，哪有钱给人家发稿费？”

“言之有理！”薛暮苍给冯啸辰点了个赞。刚才那会，他已经在心里模拟了一下卖书的场景，觉得这些书即便是定价比市面上的一般图书高出10倍以上，作为企业来说，还是会愿意购买的。就以经委来说，资料室里有不少从国外买来的专业资料以及学术期刊，价格都比国内的图书贵上百倍不止，但不同样也要买吗？普通的技工手册自然是很便宜的，在市场上随便就可以买到，他这里要编的都是高级技工手册，这种资料在国内只此一家，别无分号，还愁各家企业不愿意花钱？

“还有什么好主意，一块说出来吧，省得我以后没完没了地找你。”薛暮苍大言不惭地怂恿道。

“其他的主意，那就只能是搞点三产了。”冯啸辰挠着头皮道，“既然是技工师范，肯定得有实习工厂。工厂就能够造一些东西出来，这都是可以卖钱的。而劳动力就是那些学生，你连工资都可以不用开，这样一算，不管造点什么东西，都是稳赚不赔的啊。”

薛暮苍摇头道：“这不行，这不是你小冯的特点。我总不能去接点什么机轴、齿轮、法兰盘之类的小东西来做吧？这东西没什么利润，赚的全是手工钱。我的学生可都是高级技工，让他们成天做这样的东西，哪能算是实习呢？”

“那你想让他们做啥？”冯啸辰反问道。

薛暮苍道：“我如果知道，还用问你吗？我的意思是说，我要招的学生，都是能够在钢管上绣花的高级技工，你让他们去车个法兰盘，那就是浪费了。”

“钢管上绣花？”冯啸辰心念一动，笑着问道，“老薛，你确信这些人能够做到？”

“如果做不到，那能算什么高级技工？”薛暮苍不屑地回答道，“我过去就干过这样的事情，用直径150毫米的钢管做茶叶筒，用铣床在钢管面上刻花鸟图案，好多领导都找我要呢。”

“那就有办法了。”冯啸辰道，“你就让他们在钢管上绣花，我保证帮你卖出去。一根钢管卖个几百美元的，怎么样？”

薛暮苍斥道：“你开什么玩笑，我跟你说正经的呢。”

冯啸辰正色道：“我说的是最正经的话，信不信由你。”

薛暮苍了解冯啸辰的性格，知道他虽然平时喜欢开点玩笑，但要认真的时候还是挺认真的。听冯啸辰说得如此笃定，薛暮苍问道：“你说一根钢管能卖几百美元，是什么意思？”

冯啸辰道：“国外有一些搞艺术的人，专门做工业艺术品。你说的在钢管上绣花的事情，就是他们做的事情之一。当然，人家不是简单地绣个花，而是有些讲究的，比如绣什么花，如何保证与钢管的质地保持艺术风格上的一致。好一点的艺术品，别说几百美元，在拍卖会上卖出几千美元、几万美元，都不奇怪。你既然是培养高级技工，那就给他们出最难的题目，让他们把学到的本事用到这上面，生产出来的产品，我们全部弄到国外或者港岛去拍卖，绝对能够让一根钢管卖出几百美元的高价。”

“你有这个把握？”薛暮苍眼睛一亮。关于工艺品的价格他是了解一些的，中国的出口商品中就有相当规模的工艺品，像什么丝绸、木雕、剪纸之类，他没想到用钢铁也能做出工艺品来。要知道，工艺品的制作对于工人的技术要求是极高的，让自己的学生用学到的技术去造工艺品，既能够起到练兵的作用，又能够换到高额的利润，何乐而不为？

“这件事，我来联系一下。”冯啸辰道。他对工艺品市场的情况不太熟悉，本身也缺乏艺术细胞，不知道怎么把一根钢管变成艺术品。不过，他相信有人能够做到这一点，后世什么798之类的地方，多得是这种艺术家。当前中国的艺术家还不太了解西方当代或者所谓“后现代”的艺术形式，不过这并不要紧，只要给他们一点提示，再安排他们到西方去参观几次，相信他们就能很快实现转型的。毕竟艺术家是思维最为活跃的人群。

想到此，他不禁有些好笑，自己最初走进这片厂区的时候，就想到了后世的创意园区，没想到绕了一圈，还真把这个思路给套用进来了。如果未来这个厂区成为全国乃至全世界著名的工业艺术制作中心，走在这条银杏大道上的都是披着长头发、说话神神叨叨的艺术家们，那场景简直是太有喜感了。

第一百九十五章

给薛暮苍出了几个好点子之后，冯啸辰就不再管技工师范的事情了。吴仕灿和薛暮苍都是很懂技术的人，而且一个偏理论，一个偏实践，可谓是珠联璧合。

吴仕灿已经联系上了一些大学里的工科教授。这些教授听说是为重大装备项目培训高级技工，热情都非常高，有的表示自己可以帮助编写教材，有的表示自己愿意到学校去义务授课。这些人的实践经验不见得很丰富，但他们对于国外的新技术、新工艺等等了解得很多，而这恰恰是企业里的工人们最缺乏的。

负责教实践操作的老师也有了着落，这当然主要是源于薛暮苍的强大人脉关系。他给许多自己熟悉的企业打了电话，请他们派出一流的技工到技工师范来任教，每个人待上一两个月的时间，这对各企业来说不算什么了不起的事情。更何况，这些人到了技工师范，除了给学生上课之外，也会有机会与其他的牛人交流，学到一些新的技术，对于提高各企业的技术水平也是有好处的。

招生方面，就更为顺利了。重装办向各装备企业发了函，通知技工师范成立的事情，请各企业根据自身需求，安排报名。技工师范招生的门槛是四级工、年龄在四十岁以下、有一定的文化，同时还有一些软性的要求，比如勤奋好学、有上进心、政治品德良好等等。通知函上声称，通过技工师范的培训，学员基本能够达到六级工水平，具备指导其他技工的能力。许多企业都为缺乏高等级技术而苦恼，看到这样的机会，自然也就趋之若鹜了。

根据企业的实际情况，技工师范的学制分为几档，最短的一档是半年期，属于短训，主要是针对某一项技术进行学习；最长的则是两年期，能够得到较为全面的培养。对于后一种学制的学生，在学校里除了学习本专业的操作之外，还要学习数学、化学、金属材料学、制图、热处理等一系列知识，能够全面掌握这些知识的工人，在日后将可以成为宗师般的高级技师。

冯啸辰请冯舒怡帮他在德国找到了一些工业艺术品的资料，包括大量的实物图片和工业艺术方面的理论文献，然后便带着这些东西走访了在京的几家艺术单位。果然如他所预计的那样，许多新锐的艺术家对这种带有浓烈西方色彩的艺术形式极感兴趣，纷纷表示愿意入驻技工师范，与工人们一道进行创作上的探索。

冯啸辰对愿意参与的艺术家们来者不拒。他与这些人签了一个十年期的合作协议，要求艺术家们根据工业生产的特点，创作出既能让工人们练习最前沿的生产工艺，又具有独特艺术价值的艺术品。协议中规定，艺术家们对创作的产品具有署名权，但处置权和收益权是属于技工师范的。如果这些艺术品销售出去了，艺术家可以获得收益的10%作为酬劳。冯啸辰还承诺，未来收益增加之后，技工师范可以帮助安排这些艺术家到西方去考察学习，费用由技工师范承担。

当然，艺术家们与技工师范的蜜月期只持续了短短两年就结束了，随着国家的进一步开放，这些艺术家终于迎来了自己的春天，这才发现当年与冯啸辰签的卖身契是多么吃亏，于是纷纷毁约跳槽。这是后话，暂且不表。

技术师范最终被命名为“国家重大装备办公室高级技工师范学校”，简称重装技师。校名前面虽然缀着“国家”二字，但却不是用来修饰“学校”的。归根结底，这只是某个国家机关部门下属的技校而已，类似于这样的技校，在全国岂止是数以百计，当然也就不会引起什么特别的关注了。

第一届学员入学的时候，冯啸辰受罗翔飞的派遣，离开了京城，南下前往南江省，去考察南江钢铁厂热轧机项目的基建工作。罗翔飞没有派其他人与冯啸辰同去，同时还给了他一个口头指令，让他不必着急，可以在南江多待一段时间。此时已经临近 1982 年的春节，罗翔飞这个安排的意思是不言自明的。

“你可真是个甩手掌柜，把这么大一个公司扔在家里就不管了？”冯啸辰回到家，老爹冯立劈头便是这样一句，说得冯啸辰颇有一些惭愧的感觉。

在过去这半年时间里，辰宇公司已经开始进入正常生产了。借助于菲洛公司原来的销售体系，辰宇公司生产的油膜轴承得以大半销往欧洲市场，为公司挣回了大量的利润。轴承生产里的人工成本占比不小，而运输成本却微不足道。辰宇公司把菲洛公司原来在德国的生产线搬到中国，利用中国的廉价劳动力生产出质量不次于原来的产品，再返销回德国，利润自然比以前要丰厚了许多。

还有一点，辰宇公司的产品在西欧销售，获得的收入都是外汇。由于国家外汇严重短缺，各级政府对于出口创汇都有数额颇有可观的补贴政策，这些出口补贴也成为辰宇公司重要的利润来源。

第一批产品的货款收回之后，杨海帆马上扩大了生产规模。原先从浦江聘来的那些老工人已经不够用了，王伟龙帮冯啸辰在罗丘物色的那批工人也来到了桐川，加入到辰宇公司的队伍中去。杨海帆还从退休人员中挖掘出了几名工程师和车间主任，配齐了整个班子，使生产进入了正轨。

在这个过程中，杨海帆自然是出力最多的，冯立两口子也没少累着。不管怎么说，这家公司是冯家自己的产业，一些重大的决策，杨海帆找不到冯啸辰商量，只能请冯立来拍板。随着公司的业务走向稳定，利润不断积累，冯啸辰的母亲何雪珍索性在自己工作的大集体企业里办了个“病休”，一门心思地待在桐川，守着公司以及在公司里实习的小儿子冯凌宇。

杨海帆与冯啸辰通过电话沟通之后，给了何雪珍一个公司副经理的头衔，让她负责财务、后勤、工会等工作，何雪珍重焕青春，干得有声有色，让杨海帆都感慨冯家的人个个都是管理天才。

头一年年初冯舒怡到中国来的时候，冯立和冯飞兄弟俩都到京城去与她见了一面。在会面时，大家商定将择机把冯立的小儿子冯凌宇和冯飞的独生子冯林涛送到德国去留学。在出国之前，这两个孩子必须学习一些基础德语，最好还有一些机械操作方面的能力，这样到德国之后就可以先读机械技校，再根据他们的学习能力，联系读大学的事宜。根据这个商定，冯飞把冯林涛也打发到了桐川，与冯凌宇一道，在辰宇公司里一边当学徒学习机床操作，一边跟着佩曼、老工程师陈晋群等人学习德语。冯啸辰让杨海帆给陈晋群另外付了一笔教学费，以补偿他给冯凌宇、冯林涛二人讲课的付出。其实冯啸辰这也是以小人之心度君子之腹了，陈晋群一把岁数的人，把两个孩子都当成了自己的子侄辈，冯啸辰就算不给钱，他也会悉心教导他们的。

一切都很顺当，不过倒是苦了冯啸辰的老爹冯立。何雪珍长期待在桐川，一个月才回来一两天，冯凌宇就更是难得回来一趟，结果让冯立又变成了个单身男人，早晨和中午都只能在学校吃饭，晚上回来自己随便做点啥吃也是简简单单。用新岭人开玩笑的话说，叫作“半斤肉、四两面，莫油莫盐吃一餐”。此时见冯啸辰红光满面地从京城回来，冯立自然是要抱怨一番的。

“爸，你干脆把二中的工作也辞了，或者像妈一样办个病休，到桐川去待着，空气又好，吃的也好，不是挺舒服吗？”冯啸辰没心没肺地建议道。

“我连五十岁都没到，你就叫我去乡下养老，我能坐着住吗？”冯立斥道。

冯啸辰笑道：“啥叫养老啊，咱们家那么大一个企业在那里，你要去了，我让你当董事长，还不够你忙活的？”

冯立竖起一个手指头，示意冯啸辰噤声，别让左邻右舍听到。有关辰宇公司的真实背景，也仅限于冯家的人知道，其他人即便有些怀疑，也没有什么实证，更多的人还是相信这家企业是德资，充其量也就是冯家与德国那边的投资商比较熟悉而已。冯啸辰如果大大咧咧地说出去，是会惹上麻烦的。

“我就是个教书的，哪懂什么企业管理。我有时候跑到桐川去看看，也就是露个面而已，小杨他们跟我说的东西，我都听不懂，哪能当什么董事长。”冯立老老实实地向儿子承认道。

第一百九十六章

冯立当然也只是嘴上抱怨抱怨而已，看到公司的业务蒸蒸日上，他高兴还来不及呢。这两年，政策一点点放开，人们对于发家致富这种事情已经不再如过去那样忌讳了。报纸上三天两头地报道什么地方又出了一个万元户，然后便是各级领导亲切看望，鼓励万元户要继续努力，做致富的带头人。有了这样的思想基础，冯立对于辰宇公司也就没什么担心了，反而觉得家里有了这样一份产业，至少未来两个儿子娶媳妇是不用操心了。

冯啸辰到家的时候已经是下午了，聊了一会天，冯立便张罗着要去做饭。冯啸辰心念一动，说道："爸，家里就咱们两个人，你也别去做饭了，咱们出去吃饭吧。"

"好端端的，出去吃饭干什么，多浪费钱？"冯立没好气地说道，"家里虽然没准备啥菜，我给你煎两个荷包蛋也就好了。你妈还晒了香肠，实在不行，你就切一节来下饭，还不够你吃的？"

冯啸辰笑道："爸，你糊涂了，咱们家名下可是有一家饭馆的，你没饭吃，不知道去春天酒楼吗？走吧走吧，我也正好要去看看陈姐，咱们就到春天酒楼去吃饭，自己家里的买卖，有什么浪费不浪费的？"

"这不太合适吧？"冯立迟疑着，却早被冯啸辰拉着出了门。两个人来到楼下，冯啸辰向父亲讨过钥匙开了自行车锁，然后骑上车，载着冯立便来到了陈抒涵开的酒楼。

这家酒楼，正是上一次冯啸辰陪着陈抒涵从杨桥街办租来的那幢两层小楼。按照冯啸辰的建议，小楼的门外挂了两块牌子，一块是竖着挂在门边的，写着"中德合资辰宇金属制品有限公司驻新岭联络处"，另一块则是横着挂在门楣上的，写着"春风酒楼"。

半年不见，春风酒楼已经面目一新，原来外面的装修还显得有些灰头土脸的样子，如今已经被粉刷得漂漂亮亮，四个屋角上还各挂了一盏灯笼，看起来颇为喜庆的样子。人还没到门口，就已经听到大厅里传出来的觥筹交错的声音，新岭人说话一向比较豪迈，平常听着都像是吵架一般，到了酒桌上就更是热闹了。

“小陈是个人才，这个酒楼让她办得红红火火的，在整个新岭都特别有名气。”冯立从自行车后座上跳下来，对冯啸辰说道。

“你和妈妈经常来这里吃饭吗？”冯啸辰问道。

冯立道：“我们来看过几次，不过没在这里吃过饭。”

“不会吧？”冯啸辰大感意外，“你们都过来了，为什么不在这里吃饭呢？”

“这个嘛……”冯立有些尴尬，“小陈倒是每次都要安排我们在这里吃饭，可我和你妈妈觉得不太合适。咱们家是从酒楼拿分红的，又在这里吃饭，影响就不太好了。”

“我晕啊。”冯啸辰以手抚额，看来自己的爹娘还真是没习惯怎么当资本家。你在酒楼拿分红不假，但你留在这里吃饭又有何不可呢？你可以吃完饭照价付费，反正也能付得起；你也可以让陈抒涵记个账，到时候从分红里扣，这都是合情合理的做法。自己家的酒楼，别人都能在这里吃，自家人反而没在这里吃过，岂不是太冤了？

说话间，两个人已经走进了酒楼的大门，门口的服务员愣了一下，她不认识冯啸辰，却认识冯立，而且知道冯立是酒楼的股东，于是赶紧领着他们上了楼，来到陈抒涵的办公室。酒楼的业务规模不断扩大，陈抒涵也终于不再亲自炒菜、端盘子了，因为她要管理几十名员工，还有一天上千元的收入，这都是需要花费精力的。不过，每天营业的时候，陈抒涵都会在酒楼里待着，随时准备处理各种突发事件。服务员敲门的时候，陈抒涵正在算账，抬头一看冯立和冯啸辰二人进来，顿时满面喜色，忙不迭地从座位上跳起来，招呼着冯家父子坐下。酒楼的服务员都是颇有眼色的，不等陈抒涵吩咐，便给他们端来了茶水，然后悄悄地退出办公室，关上了房门。

“冯叔叔，你和阿姨有一段时间没来了，你们身体还好吧？”陈抒涵先向冯立问候着，尽管她更关心的是冯啸辰的情况，但问候的顺序是不能错的。

“我们都挺好的，小陈你辛苦了。”冯立摆足了一个长辈的谱，笑呵呵地应道。

“陈姐，你们的经营很成问题啊！”不等陈抒涵向自己问话，冯啸辰先挑了个刺，虽然脸上还带着几分笑意。

陈抒涵一愣，“怎么，啸辰，你刚才看到什么了吗？”

冯啸辰摇摇头，道：“不是在酒楼里看到了什么，而是说你的业务还有缺陷。春天酒楼的口碑这么好，会不会有一些行动不便的人也想吃酒楼里的菜呢？你们完全可以增加一个送餐的业务，免费送上门，也就是雇一个送货员的问题而已。”

“咦？真是一个好主意呢！”陈抒涵眼睛里闪出了光芒，“啸辰，你这个主意实在是太好了，我怎么就没想到呢？”

冯啸辰用手指了指冯立，笑着说道：“我是从我爸那里得到的启示。你知道的，我妈和我弟弟都到桐川去了，我爸一个人在家，每天从学校回来晚了，晚饭经常是随便对付一顿。我当时就想了，如果有人能够给他送餐，该有多方便。”

“哎呀，是我的错！”陈抒涵赶紧自责地说道，随后又转头对冯立道，“冯叔叔，你怎么不早说呢？就算我们没有搞啸辰说的那种送餐业务，我让人给你送一趟也很容易的，骑自行车也就是十几分钟的事情。”

冯立这才听懂儿子绕了半天说的是这么一回事，他瞪了冯啸辰一眼，然后对陈抒涵说道：“小陈，你别听啸辰乱讲，我自己一个人随便吃点什么都行，哪用得着麻烦你们。”

“不行，这事我记下了。”陈抒涵认真地说道，“冯叔叔，我知道现在已经放寒假了。从下学期开始，我每天安排人给你送晚餐，这事就这么定下了。”

“这不合适，小陈。”冯立坚持道，见陈抒涵一点都不松口的样子，他又转身冯啸辰说道，“啸辰，你跟小陈说，这事绝对不行。”

冯啸辰笑道：“爸，你就别管了，到时候让陈姐安排人给你送餐就是了。反正是咱们自家的酒楼，每顿饭多少钱，我会让陈姐记账的，到年底统一从分红里扣除，不就行了？妈不在新岭，你又一天到晚在学校里，回来还吃不到一口热饭，你让我在京城怎么能够安心？”

“是啊，冯叔叔，你就别管了。刚才啸辰提醒得对，等过完年，我们就打算搞上门送餐的业务了，到时候让送餐员顺便给你送一份，一点都不麻烦。回头你跟我说一下你的口味，我让厨房每天给你换花样，保证一个月都不会重样的。”陈抒涵笑着说道。

“这太麻烦了吧……”冯立支吾着，却也不便推辞了。他知道这是儿子的孝心，自己如果坚持不接受，倒真的让冯啸辰不安心了。冯啸辰说餐费可以在分红里扣除，那就相当于是掏钱订餐，不存在占酒楼便宜的问题，至于说天天吃送来的餐会花多少钱，冯立在心里略略计算了一下，也就踏实了。与辰宇公司的收益以及酒楼的分红相比，这点钱真不算什么了。

“啸辰，你啥时候回来的？”陈抒涵这会才有工夫问起冯啸辰的情况，想到刚才冯啸辰吓唬了自己一下，她就忍不住生气，问完话又恶狠狠地瞪了冯啸辰一眼，道，“回来之前也不告诉我一句，一来就吓我，真是个……”说到最后，她又不便说下去了，毕竟冯立还在旁边。

冯啸辰道：“我是今天下午刚到的，和我爸聊了会天，正准备做晚饭，突然想到陈姐这里还有一家酒楼呢，就上陈姐这里来蹭点饭吃了。”

“你们还没吃饭呢？怎么不早说！”陈抒涵又大惊小怪了一番，然后拉开门，叫服务员去弄几个菜送到她办公室来。吩咐完，她又回来抱歉地对冯家父子说道，“冯叔叔，啸辰，真不好意思，酒楼里一到这个时候就没有包间了，咱们就在我办公室吃点吧？”

“没关系的，就是不知道会不会影响小陈的工作。”冯立说道。冯啸辰却不在意，酒楼原本就是他的产业，陈抒涵是他的合伙人，又是当年在知青点的故人，没必要有太多客套。他笑了笑，说道：“陈姐，想不到酒楼的生意会这么好，我记得你一开始还担心租这么大的楼用不上呢。”

陈抒涵感慨道：“是啊，我也没想到。原先新岭没这么多吃饭的地方，各家饭馆也没这么红火。这一年多，新岭起了起码有十几家个人的饭馆，还不算我原来开的那种小店，结果家家的生意都特别好。咱们春天酒楼因为位置好，装修也是顶尖的，生意比别家都好得多。我现在就愁场地太小，想吃饭的人都找不着座位，包间就更不够用了。不过，啸辰，你刚才说的主意真是太好了，如果我们能够把送餐业务开起来，销售额起码能增加百分之五十呢。”

第一百九十七章

服务员把陈抒涵要的饭菜送进来，三个人便围着办公室的茶几开始吃饭，一边吃，陈抒涵一边向冯啸辰汇报酒楼的经营情况。冯立插不上什么话，只能坐在边上闷头吃，偶尔陪着笑笑而已。

去年陈抒涵把酒楼租下来之后便马不停蹄地进行了装修，然后以辰宇公司驻省城办事处的名义开张营业，春天酒楼的招牌，则是足足推迟了两个月才挂上去的。

一开始，到酒楼来吃饭的人并不多，但口碑慢慢传开，顾客就一天比一天多起来了，直到经常出现人满为患的场景。刚开业的时候，陈抒涵只带了五六个人过来，很快就发现人手不够用，不得不赶紧再招聘新人。幸好社会上有大批的待业青年，只要树起招兵旗，就不愁招不到人手，而且这些人对于工资待遇之类的要求都非常低。

除了招收待业青年当服务员之外，陈抒涵还辗转地托人请到了几位退休的大厨，给很高的薪水请他们出山到春天酒楼来掌勺。她与大厨们共同研究开发传统菜式，推出了近百种招牌菜，让许多吃遍八方的单位领导都叹为观止，春天酒楼也因此而成为许多单位指定的接待餐厅。

春天酒楼的名气做起来，还真有人质疑过酒楼的所有制性质问题，说一家私营的餐馆办这么大的规模，是不是符合规定。无所不能的"有关部门"向杨桥街办打电话质疑，街办主任何春梅告诉对方，这家酒楼根本就不是什么私营餐馆，而是合资企业，人家德国人都专门来看过的。听说事涉合资企业，也就没人敢再说三道四了。即便有人觉得此事背后有蹊跷，也不会深究，毕竟能够找到一个德国人来背书的餐馆，绝对是不简单的。

"看起来，这张虎皮还得继续披下去啊。"冯啸辰笑着说道。

陈抒涵道：“可不是吗，合资公司的这个名头太重要了，要不咱们把餐馆开得这么大，树大招风，肯定会出事的。对了，啸辰，我还想问问你呢，咱们酒楼挂着辰宇公司的牌子，是不是要交一些管理费啊？”

冯啸辰想了想，说道：“交一点也好，主要是堵一堵县里那些人的嘴，德国人那边嘛……倒不会在乎这点钱。至于金额嘛，对了，咱们这半年到底赚了多少钱？”

“赚得多了。”陈抒涵压低了声音，又瞥了冯立一眼，不知道这些事情当着冯立的面说是不是合适。见冯啸辰没有吱声，她才继续说道，“详细的账目我正在做，我们这半年的营业额是 27 万多，买菜，水电，加上职工的工资，对了，还有付给杨桥街道的租金、卫生费之类的，加起来不到 12 万，所以……”

“那……这半年酒楼岂不是赚了 15 万？”冯立先把数字算出来了，不由惊得瞠目结舌。

酒楼的经营，原来说好是由陈抒涵和冯凌宇一起负责的。这半年多，冯凌宇被打发到桐川去了，自然也就不再参与酒楼的日常事务。何雪珍也不在新岭，冯立是个当老师的，也不会主动去打听酒楼赚了多少钱。陈抒涵不清楚冯家的经济关系，她只对冯啸辰负责，所以没有向冯立夫妇透露过酒楼的收益。

冯立夫妇偶尔也会在私底下猜测酒楼能够赚到多少钱。看到酒楼每天宾客盈门，他们觉得没准一个月能赚到五六千块钱的利润，这样一个数字就已经让他们觉得不可思议了。现在陈抒涵揭开了谜底，说半年多时间就赚了 15 万，相当于一个月有 2 万多的利润，抵得上冯立夫妇 10 年的收入，怎能不让冯立吃惊。

“嗯，不错不错。”冯啸辰点点头赞道，他的语气比冯立可平淡得多了，明显是没把 15 万的利润当成一回事。

“陈姐，我是这样考虑的。”冯啸辰道，“今年，咱们给辰宇公司交 2000块钱的管理费。余下的钱呢，留出 70%，差不多是 10 万块钱吧，作为扩大再生产的资金，留在账上。余下的 5 万，你拿 2 万，我拿 3 万，你看怎么样？”

“前面的我都赞成，但分红这块，我应该是拿 20%的，所以给我 1 万就好了……”陈抒涵说到这里，忸怩了一下，又说道，“其实我拿 20%都不应该的……”

冯啸辰摇摇头道：“陈姐，咱们之间就不用说客套话了。其实我们心里都明白，这个酒楼能够发展成现在这个样子，全是你一个人的功劳。我最初只拿了 600 块钱出来作为启动资金，除此之外什么事情都没做。这样拿八成的分红，连我自己都觉得不好意思。今天我爸也在这里，我就做一个主，酒楼的股份调整一下，你占 40%，我家占 60%。我还是拿大头，占你一点便宜，你看怎么样？”

“这不行！真的不行！”陈抒涵脸都急红了，“谁说你没做啥，你想想，如果没有你的个体执照，我们这个酒楼怎么办得起来？还有，现在酒楼也是用着辰宇公司的牌子，如果不是你，辰宇公司怎么会同意让我用他们的牌子的？”

“对啊，我出个牌子而已，拿 60%的股份，已经是很过分了。陈姐，你不会是想以后咱们连朋友都做不成吧？”冯啸辰说道。

“小陈，我赞成啸辰的意思，你拿 40%，一点问题都没有。”冯立发话了。

最初冯啸辰说要请陈抒涵来帮他开饭馆的时候，说起要给陈抒涵 20%的干股，当时冯立夫妇还有点不情不愿的，觉得凭空拿出 20%给别人，总有点心疼。可看到春天酒楼真如春笋一般飞速地发展起来，冯立夫妇的想法就发生了变化。

正如冯啸辰说的，这个酒楼的成长与冯家真的一点关系都没有，全是陈抒涵一个人的功劳。冯立两口子都是厚道人，觉得这样白白占人家的便宜很不合适，怎么也得给人家多一点股份才好。从更现实一些的角度来说，冯家对于春天酒楼已经不重要了，陈抒涵如果有别的心思，拿着自己的分红重新去开一家酒楼，也是完全可以的，她有什么必要非要给冯家打工呢？给陈抒涵增加股份，是拴住她的必要手段，这一点，冯啸辰想得很明白，冯立也同样能够想明白。趁人之危，用一个很低的条件把朋友骗来给自己打工，一时半会无所谓，时间长了，的确就连朋友都做不成了。冯啸辰两世为人，对于这个道理是非常清楚的。

“冯叔叔，啸辰，这样一来，我成什么人了？”陈抒涵纠结地说道。

冯啸辰道：“陈姐，咱们要做一辈子的朋友，利益上的事情分得清楚一点反而更好。你想想看，你在酒楼里没日没夜地打理，最后却只能拿到20%的收益。我们一点力气都没出，反而拿了80%，时间长了，就算你没什么想法，你家里人不会有怨言吗？”

“他们不知道的……”陈抒涵低声地说道。其实，她母亲和弟弟还真是嘀咕过这事，因为春天酒楼的名气之大，在新岭已经是无人不知。陈抒涵把自己的工资和去年的分红都交给了家里，今年分红在即，家里人早就在盘问她能够拿到多少钱。

陈抒涵知道，如果她跟家里人说自己只能拿到20%的分红，她的母亲、弟弟、弟媳等等肯定会怂恿她离开春天酒楼，自己单干。她原本打算对家里人撒个谎，说酒楼其实是辰宇公司的产业，而且这半年也没赚多少钱，最后拿个三千两千的回去，也足够让家里人高兴了，毕竟这也抵得上一个级别比较高的双职工家庭的全年收入了。

纸是包不住火的，今年她能够这样说，明年呢？酒楼的收益是摆在明面上的，有心人计算一下，就能够算出个大概。她自己不会嫌弃20%的分红太少，但家里人那边是不好交代的。

冯啸辰道：“陈姐，这件事就不用讨论了，过两天咱们正式签一个协议，把酒楼的股份明确一下。另外，你自己的工资标准也提高一点，就按每月200块钱算吧。以后酒楼经营扩大了，工资再进一步提高。你也看到了，酒楼是很赚钱的生意，以后咱们都会是有钱人，在这些事情上纠缠，就没有意思了。”

“真的不合适……”陈抒涵的声音越来越小，她不知道该如何反驳冯啸辰了。

“好了，这件事就先这样，我晚上还要去看望一下工学院的闫老师。

对了，咱们的酒楼建起来之后，闫老师来吃过饭吗？”冯啸辰岔开了话题，问道。

听冯啸辰说起闫百通，陈抒涵一下子笑了起来，“他呀，可真是个馋鬼，三天两头到酒楼来吃饭呢，听说是在辰宇公司那边拿了很高的工资，也能吃得起了。我给你问问，如果不出意外的话，他现在就在酒楼里。”

第一百九十八章

正如陈抒涵所说，闫百通果然就在酒楼一层大厅靠窗的一张桌子那里坐着。与他在一起的，还有一位中年女性，据陈抒涵介绍，那是闫百通的夫人，闫百通每次来吃饭都会带着夫人一起来的。

半年没见，闫百通的体型明显地膨胀了一圈，原先脸上还有些未老先衰的灰色，如今看起来已是红光满面，这恐怕只能解释为春天酒楼的饭菜养人了。

早在半年前，冯啸辰第一次和闫百通一起吃饭的时候，他就感觉到这位老闫是个典型的吃货，只是因为当老师收入低，难得有大快朵颐的时候。这半年时间，闫百通在新岭和桐川两个地方来回跑，其中在桐川的日子倒比在新岭要多一些。冯啸辰在杨海帆写给他的信中已经了解到，闫百通帮着公司解决了不少技术难题，还拿出了几个不错的设计。杨海帆按照冯啸辰的吩咐，对闫百通作出的贡献一律给予重奖。闫百通前前后后从公司拿到的奖金也有两三千块钱，至少在吃饭这个问题上，他已经不再需要省钱了。

陈抒涵还告诉冯啸辰，他建议的贵宾卡制度，春天酒楼已经在实行了。闫百通因为是冯啸辰介绍来的朋友，又在辰宇公司工作，所以陈抒涵真的给他发了一张白金卡，能够享受七折优惠。闫百通的夫人不太会做饭，闫百通嫌家里的饭菜不好吃，所以经常跑到春天酒楼来开荤。

冯啸辰让冯立先骑车回家去，又让陈抒涵不必陪他，自己一个人径向闫百通坐的那桌走去。闫百通和夫人倒也没有特别奢侈，只是要了两个菜下饭吃。闫百通面前还摆着一个小酒杯，旁边有一个装了半瓶酒的酒瓶子。他并不酗酒，每顿饭也就是喝个一两酒左右，这个酒瓶子是他从家里带过来的。那年代也没有收开瓶费的说法，他每次都是自己带酒过来，相当于把酒楼当成自家的食堂了。

“闫老师，吃着呢？”冯啸辰大大咧咧地向闫百通打着招呼，然后拉过一把椅子，在桌边坐下，向闫夫人也招呼了一声，道，“师母，您好，我叫冯啸辰，是闫老师的学生。”

“是冯处长啊，你啥时候来的？”闫百通看到冯啸辰，脸上露出惊喜之色，又向夫人介绍道，“淑芝，这就是我跟你说过的小冯处长，辰宇公司就是他引进来的。”

“哦，是小冯处长，你好你好！”闫夫人连忙向冯啸辰问候着。自从丈夫给辰宇公司干活之后，家里的收入水平迅速提高，不但有钱三天两头地来下下馆子，闫夫人自己还做了好几身不错的衣服，在单位同事那里赚够了羡慕。对于给丈夫提供了这么好机会的人，她自然是不可能不知道的。只是她从前虽然也听闫百通说过冯啸辰非常年轻，却不料会年轻到这个程度，心里不禁有些惊讶。

“闫老师气色好多了。”冯啸辰笑嘻嘻地对闫百通说道。此言一出，闫百通的老脸顿时就红得不成样子了，也不知道是酒劲上来了，还是别的原因。闫夫人倒是笑着揭发道：“小冯处长，你不知道，老闫这家伙，什么都好，就是这张嘴太刁了。过去总嫌我做的饭不好吃，想到外面吃饭，又花不起钱。这不，你给他介绍到辰宇公司去帮忙，那边也挺客气，时不时给点劳务费啥的，都补贴到他这张嘴上了，你说他的气色能不好吗？”

“的确是……吃得好了一点。”闫百通有些狼狈地解释道，吃惯了粗茶淡饭的人，突然有个大吃大喝的机会，而且持续半年时间，增肥的效果是非常明显的。关于闫百通发福这件事，在工学院的同事里早已成了一个善意的笑柄，现在被冯啸辰一语道破，他岂能不觉得尴尬。

“主要是杨总经理那边非常客气，每次我到桐川去，他都要交代小食堂专门给我做吃的，一日三餐不算，晚上还要再加一道夜宵，唉，医生说我都有点脂肪肝了。”闫百通苦闷地说道，说完，不等冯啸辰接过话头，他又赶紧岔开，问道，“冯处长，你啥时候回来的？这趟回来，得过完年再回京城吧？”

“我是今天下午刚到的。”冯啸辰道，“我母亲和弟弟都在桐川，就剩下我爸和我在新岭，所以我就领着我爸到这吃饭来了，正巧听说你也在这。”

闫百通道：“嗯嗯，我也是前天才从桐川回来的，这不，就带你师母到这吃饭来了。家里的孩子都在外地工作，我们老两口也懒得开伙。”冯啸辰自然不会去揭穿闫百通的谎话，吃货这种生物，在后世可以大言不惭地自我标榜，在当年则是很受人鄙视的。其实冯啸辰觉得喜欢吃点美食不算什么缺点，总好过有些人赚了钱之后犯生活错误吧？有关闫百通的工作情况，冯啸辰听杨海帆介绍过一些，他原本打算晚上专程去找一趟闫百通，现在碰上了，正好聊一聊。

“闫老师，在桐川那边的工作，还顺心吧？”冯啸辰问道。

“顺心，非常顺心。”闫百通不假思索地回答道，“人家外企就是外企啊，工作作风就是比咱们要扎实。我说要做什么实验，花多少钱，杨经理二话不说，马上就签字。实验室里出了成果，杨经理和陈总工马上就会拿到车间去做试生产。有时候我跟杨经理说，是不是要再讨论一下，看看这个设计好不好。你猜杨经理说啥？时间就是金钱，我们要争分夺秒。”

冯啸辰笑了，时间就是金钱这句话，还是他说给杨海帆听的，杨海帆学得倒是挺快。不过，闫百通是有本事的人，他敢拿出来的设计，本身就是很过硬的，杨海帆也是因为知道这一点，才会直接拿到车间去做试生产。杨海帆告诉过冯啸辰，闫百通设计的几种轴承，都已经由公司在欧洲申请了专利，市场上的反响也非常不错。至于收益，目前还存在公司的账上，要等到时机成熟的时候，才会和闫百通结算，现在给他太多的钱，工学院方面会找他麻烦的。

“我听杨经理说过了，闫老师工作非常认真，经常一干就是大半夜，不注意休息。对了，师母，以后闫老师去桐川的时候，你如果没什么事，也跟着一块去玩玩吧，也好有人照顾一下闫老师。桐川那个地方，风景还是很不错的。”冯啸辰对闫夫人说道。

“他呀，就是这个性子，过去在学校做实验也是一做就做到大半夜。不过因为学校里经费也不多，他有些实验做不了，回到家还拿我撒气呢。”闫夫人用嗔怪的口吻说道。

“时不我待啊。”闫百通感慨道，“小冯，你还年轻，不能理解我们这一代人的想法。我都是年过半百的人了，还能干几年啊？原来没设备，没实验材料，写出了文章连发表的版面费都没有，那才叫着急啊。现在条件这么好，想做什么实验都能够做，想发文章有公司帮着出钱，我只愁没有分身法，不能同时干五件事情呢。我告诉你，我现在起码有五十个好的想法，都让我的那些学生在做着实验呢。等这些文章写出来，再一发表，哼哼……”说到最后的时候，闫百通的脸上泛出了得意的光芒，估计那潜台词就是说自己会如何如何牛吧。时下国内还没有唯SCI的风气，不过如果真的能够在国外有影响力的期刊上发表几十篇文章，闫百通恐怕想装低调都不成了，绝对是南江省头号学术权威。

“老闫，你就别吹了！”闫夫人看不下去了，隔着桌子瞪了闫百通一眼，然后说道，“没有人家小冯处长给你介绍，你能有今天这样的机会吗？你光顾着自己喝酒，怎么也得敬小冯处长一杯吧？”

“对对对，得敬小冯一杯。”闫百通这才反应过来，他向服务员打了个手势，让服务员帮他取来一个酒杯，然后拿起酒瓶子，分别给冯啸辰和自己都倒满了一杯酒，接着便端起自己的酒杯，向冯啸辰说道，“小冯处长，这杯酒，是我老闫敬你的。辰宇公司那边的事情，我心里也明白，不是你打了招呼，他们也不可能给我这么多方便。”

冯啸辰端起杯子，说道：“闫老师，你敬我，我可不敢当。辰宇公司和你之间，是互惠互利的关系。没有你带着学生去帮忙，他们也没这么快掌握德国人的技术。我都已经听说了，你和你的那几个学生做的工作都非常出色，杨经理还专门让我向你打听一下，你那些学生里，有没有想到辰宇公司去工作的，他愿意高薪聘用呢。”

“这个嘛……”闫百通把杯子又放了下来，苦恼地说道，“这件事，杨经理也向我说起过，不过，你也知道的，现在学校里的分配都是由国家定的，学生哪有选择权。再说，辰宇公司毕竟是合资企业，还是不如国企稳定吧，所以，学生也有自己的想法，你说是不是?”

“哈哈，明白明白。”冯啸辰笑道，他向闫百通举了举杯子，一饮而尽，然后便岔开这个话题，与闫百通聊起轴承的事情来了。

第一百九十九章

知道闫百通在辰宇公司干得挺开心，冯啸辰也就放心了。聊天的过程中，闫百通还向冯啸辰暗示，有几个在工学院里和他关系不错的教授，看到他的生活明显改善，而且科研成果迭出，也有意想给辰宇公司干点活。

冯啸辰问了一下这些教授的情况，然后告诉闫百通，他可以把这几位教授带到桐川去试一试，如果杨海帆他们觉得这些教授水平不错，也用得上，自然也就会接纳他们了。闫百通连连点头，表示过完年就来安排这件事。

第二天，冯啸辰去省冶金厅转了一圈，乔子远、刘惠民等人见了冯啸辰，热情又比过去多了几分。冯啸辰原先在国家经委冶金局只是一个普通工作人员，现在到了重装办，却有了一个副处长的衔，明眼人一看都知道他将是前途无量的。

因为热轧机的引进合同刚刚签完，具体的设计和设备制造还需要一段时间，目前南江这边还没有太多的事情要做。冯啸辰以重装办代表的身份，听取了南江省冶金厅和南江钢铁厂方面对于这个项目的报告，做了一些“重要指示”，这项工作就算是完成了。因为冯啸辰就是南江本地人，冶金厅也就没说什么给他安排消遣娱乐项目的事情，只是说如果他在南江期间有什么麻烦的事情，可以尽管找冶金厅帮忙解决。“冶金厅毕竟是你的娘家嘛！”刘惠民拍着冯啸辰的肩膀，这样说道。

“是啊是啊，还是回到娘家觉得亲切啊。”冯啸辰应道，同时无奈地想到冷柄国也说过同样的话，这就叫富在深山有远亲了。

罗翔飞派冯啸辰到南江来考察，其实就是存着给他放个假让他能够回家过年的意思。冯啸辰到过一趟冶金厅之后，也就没啥别的事情了，于是准备前往桐川，去看看辰宇公司的情况。谁曾想，没等他出发，杨海帆却先到了新岭，还带着一个三十岁上下、有着明显东南沿海相貌的男子。

“我不是说好明天就去桐川的吗，你怎么反而到新岭来了？”见到杨海帆出现在自己面前，冯啸辰诧异地问道。这是在春天酒楼的一间办公室里，冯啸辰是陈抒涵派人去他家喊来的。春天酒楼对外声称是辰宇公司的驻新岭办事处，事实上也的确有这个功能，辰宇公司的人到新岭来出差，吃住都是在这里，陈抒涵还专门给杨海帆留了一间办公室供他使用。

“出了点事情。”杨海帆向冯啸辰说道，他让冯啸辰坐下，然后指了指坐在旁边的那名男子，那男子赶紧站起身来，脸上露出一些怯怯的表情。

“这是姚伟强，海东省金南地区的个体户，人称轴承大王。”杨海帆介绍道。

“那都是人家瞎传的，我就是做点小生意而已。”姚伟强低调地说道。

“轴承大王？”冯啸辰有些不明就里，“你也是生产轴承的？”

“不是不是，我是卖轴承的。”姚伟强道。

“那轴承大王是什么意思？”冯啸辰又问道。

“这个嘛……”姚伟强看了看杨海帆，见杨海帆没有替他解释的意思，只能硬着头皮自己说了，“我原来是在我们公社农机厂里工作的，对轴承有点研究。后来我发现市面上轴承的品种非常多，有时候想买一个想要的轴承，要跑很多地方，还不一定能够买得到。所以我就从农机厂出来，自己搞了个个体户，专门卖轴承。大个的轴承，还有专用轴承，不敢说应有尽有，但平常机器、仪表上用的轴承，我这里都有。因为我的货色比较全，所以人家就给我起了个外号，叫作轴承大王。对了，我们金南地区除了我这个轴承大王之外，还有螺丝大王、钥匙大王、电器大王、五金大王，一共有十个人，我们当地人就管我们叫十大王。”

“姚师傅是他到我们公司来联系进货的时候我才认识的。姚师傅的水平非常高，对轴承的型号非常了解，对于用户的情况也非常了解。他看到我们公司生产的几种油膜轴承之后，就说他知道哪些企业用得上这样的轴承，而且这些企业还正在到处找这种轴承。经过他牵线，我们在国内卖出了不少轴承，有机床企业买的，也有农机企业买的。”杨海帆说道。

姚伟强道：“其实我哪有什么水平，我就是高小文化，自己比较喜欢钻研点机械的东西而已。轴承这个东西，我看得多了，也就有点感觉了。杨经理说的那些企业，我过去和他们接触过，他们说起到处找这些规格的轴承，我看到杨经理这里有，就给他们牵了一下线，很方便的事情。”

“你的意思是说，你就是听人说过需要这些规格的轴承，你就全记住了？”冯啸辰饶有兴趣地问道。

姚伟强半是羞怯半是自豪地说道：“我可能在这个方面有点小特长吧，不管是什么样规格的轴承，只要你跟我讲过，我就能够记得清清楚楚，保证不会搞错的。”

“这岂止是小特长啊，简直就是天才了！”冯啸辰由衷地感叹道。

轴承这种东西，规格是相当复杂的，除了什么内径、外径、厚度之类的指标之外，还有不同的类型，比如深沟球轴承、圆柱滚子轴承、滚针轴承、圆锥滚子轴承、推力滚子轴承等等，要想只听一遍就能够把对方的需求记下来，然后再去找对应的生产厂家，这可不是寻常人都能够做到的。姚伟强自称只有高小文化，而且是出身于公社的农机厂，自然也不会受过什么很好的训练，他能够做到对轴承规格过目不忘，只能说是全身心地投入在其中，已经达到熟能生巧的境地了。

听到冯啸辰夸奖自己，姚伟强也有点得意。他来新岭之前，就听杨海帆跟他说过，冯啸辰是个国家部委里的副处长，是大干部。能够得到这样一个大干部的称赞，姚伟强有一种如遇明主的感觉。

“老杨，你带姚师傅到我这里来，有什么事情吗？”冯啸辰转头向杨海帆问道。他其实更应该称姚伟强为姚老板，但当年老板一词是比较敏感的，想必姚伟强也不敢接受，所以冯啸辰只能学着杨海帆的样子，管他叫姚师傅了。

一听冯啸辰这话，姚伟强脸上刚刚绽出的阳光立马就变成了厚厚的阴霾，杨海帆也是皱了皱眉头，对冯啸辰说道："小冯，姚师傅这边出了点事情。他从金南逃出来，跑到桐川来找我帮忙，我也不知道该怎么办才好，想到你回南江来了，所以就把他带到新岭，想听听你的意见。"

冯啸辰一惊，问道："什么事情，为什么是逃出来？"

"唉，这事……一言难尽啊。"姚伟强长叹了口气，一屁股坐回椅子上，人也像是被抽掉了魂一般，完全没有了刚才的神气。

杨海帆见他没勇气说，只得自己替他把事情的原委说出来了。

正如姚伟强所说，在整个金南地区有十个成功的个体企业家，被称为十大王。在过去几年中，十大王在各自的领域里做得风生水起，赚了不少钱，也在一定程度上带动了当地经济的发展。当然，由于树大招风，他们也难免会受到一些非议，其中最主要的指责，就是认为他们所做的一切，都是"投机倒把"，是撬国家的墙脚。今年初，鉴于国内经济领域出现的一些不规范现象，国家下发了一个有关"严厉打击经济领域犯罪活动"的通知。当地的官员不清楚国家的政策意图，见文件中说得严重，也不敢怠慢，直接把十大王都列入了严厉打击的范围，指示公安部门将其捉拿归案。

"十大王，被抓了六个，我和另外三个人听到风声不对，赶紧跑了，要不这会也到号子里吃馒头去了。"姚伟强心有余悸地说道。

"小冯，我觉得姚师傅没有做错什么啊。"杨海帆道，"他帮助我们卖出了轴承，相当于也帮那些企业买到了急需的配件，对我们双方都有好处。他在其中提取一点辛苦费，也是理所应当的。如果没有他在中间牵线，那几家企业自己派出采购员去采购，花的差旅费起码是姚师傅拿的辛苦费的十倍以上。像姚师傅这种人，是我们非常需要的。"

"这就是历史的局限性吧。"冯啸辰苦笑了。

中国官员对于经商的歧视，可以一直追溯到古代。当时的人认为只有农桑才能创造价值，商人倒买倒卖却无宜于国计民生，反而是败坏了社会风气。到新中国成立之后，因为国家采取的是计划经济体制，所有的物资流通都是由国家计划来统一调配的，民间的商业行为便被扣上了投机倒把的帽子，至少在过去十几年中都是被严格限制甚至严厉打击的。

改革以来，政策有所放松，商业逐渐兴起，“十大王”这样的商业奇才不断涌现。但在一些官员眼里，商人依然是另类，遇到一点风吹草动，这些商人毫无疑问都是被打击的对象。

第二百章

听到十大王的遭遇，冯啸辰有一种兔死狐悲的感觉，也忍不住后背有点发凉。如果他没有给自己扯一块中外合资的虎皮，那么今天到处躲藏的恐怕就不止是姚伟强，还有他冯啸辰了。

“小冯，你看有什么办法没有？”杨海帆试探着问道。他虽然是家合资企业的中方经理，目前不但在桐川县说话有点分量，甚至在东山地区也有一定的地位，但涉及这种政策方面的问题，他那点级别就不够了。下令捉拿姚伟强的，是海东省的金南地区，隔着一个省，又是一级行署的行为，杨海帆真没什么办法，否则他也不至于带着姚伟强跑到新岭来求助。

冯啸辰皱起了眉头，一时也不知该如何做才好。他当然知道，十大王的事情，只不过是政策上的短暂波动而已。最多一年时间，更为开放的政策就会出台，届时这十大王都能够获得自由。但是，就这一年的时间，也完全可能会消磨掉一个商业天才的锐气，让他一蹶不振。如果姚伟强真的被金南地区派出的人抓走，在看守所里待上几个月，恐怕再出来就不见得有勇气重操旧业了。

这些商业人才，焉知不能在二十年后成为福布斯排行榜上的人物呢？如果因为一时的政策错位而被扼杀，那不仅仅是他们个人的悲剧，对于整个国家来说也是值得惋惜的事情。

可是，怎么能够拯救姚伟强呢？

以重装办的身份直接与金南地区交涉，肯定是不行的。这是涉及国家政策取向的问题，在当年是极其敏感的。虽然冯啸辰相信罗翔飞有足够开放的思想，但他也绝对不会出头来协调这件事，否则就意味着重装办在解读中央的政策，这是极其犯忌讳的事。更何况这件事与重装办没有任何关系，重装办的人出面来张罗，名不正、言不顺，会引起无数非议。

既然不能交涉，那就只能把姚伟强藏起来了，这倒也是杨海帆考虑过的一个方案。姚伟强的“罪行”还到不了需要发通缉令的程度，所以只要他不在公开场合露面，而是躲在桐川隐姓埋名，金南地区也没法找到他。杨海帆来找冯啸辰，也有向他请示这个方案的意思，因为要帮助姚伟强，必须用辰宇公司的名义，否则桐川县城里凭空出来一个外地人，当地公安也是要来过问的。

“你的考虑呢，姚师傅？”冯啸辰向姚伟强问道。

姚伟强哭丧着脸，说道：“唉，现在我还能有什么考虑，就是到处躲呗。我在金南的那个小店肯定要被没收的，我现在成了个穷光蛋，如果冯处长和杨经理能够收留我，随便让我做点什么都行。”

说到这里，他的眼睛都有些湿润了，七尺汉子混到这步田地，也的确是够让人揪心的。

“你说你做点什么都行？”冯啸辰追问道。

姚伟强道：“可不是做什么都行吗？我也不懂技术，唯一的本事就是会卖卖轴承。现在我的店也被封了，一出去就被公安抓走，继续卖轴承肯定是不行了。如果杨经理的公司肯收我，我可以当个仓库保管员，实在不行，做个搬运工也成啊。”

“做搬运工，太委屈姚师傅了。”杨海帆对冯啸辰说道，“像姚师傅这么懂轴承，又会做生意的人，我们公司里连一个都找不到。我过去还跟姚师傅说呢，如果他不是自己有大买卖在做，我都想高薪聘他当我们的销售科长了。”

“唉！”姚伟强在旁边又叹了口气，估计他也觉得自己完全够资格当个销售科长，只是现在不可能了。早知如此，他提前几个月把自己的小店关了，跑到辰宇公司来干，也就没这无妄之灾了。

冯啸辰坐着想了一会，抬头对杨海帆问道：“海帆，你觉得姚师傅原来的那家店开得如何？”

“生意挺好的。”杨海帆不知道冯啸辰为什么这样问，但还是老老实实地回答了。

“那么，轴承行业里需要这样一家店吗？”冯啸辰又问。

“当然需要！”杨海帆道，“有了这样一家店，轴承的买方和卖方都方便多了。想卖轴承的，直接在他这里挂个号；想买轴承的，到他这家就能够全部配齐，不用全国各地到处跑。我过去还跟姚师傅说过，他应该把这家店开得更大一些，开到人人皆知的程度……咦，啸辰，你是不是有什么想法？”

冯啸辰点了点头，道：“我的确有个想法。你说，如果咱们开一家轴承经销公司，专门搜集全国各家轴承厂的轴承目录和样品，帮助那些轴承用户找到他们需要的轴承，是不是一个好主意？”

“当然是好主意！”杨海帆赞道，他是个足够聪明的人，一听冯啸辰的话，就知道他是什么意思了，于是继续说道，“以姚师傅的能力，完全可以当这家经销公司的经理，只要有足够的资金支持，这家公司会比姚师傅原来的那个小店大出十倍以上，肯定能够做到国内领先。”

“这……”姚伟强听着这两个人描述的宏伟蓝图眼睛都直了，他讷讷地说道，“可是……可是我现在还是一个在逃犯啊，怎么能当经理呢？”

“你如果是经理，那就不是在逃犯了。”冯啸辰嘿嘿笑着说道，“如果你经销轴承是受合资企业的委托，那么金南地区还会说你是投机倒把吗？”

“可能不会！”姚伟强道，“我们县里有一个也是做生意的，规模倒是没有我们十大王做得大。他家里有华侨关系，前两年那个华侨还回来过一次，是县里的领导亲自接见的。听说这一次县里抓人，其他的店都不敢开了，就他还敢，县里也没拿他怎么样。”

冯啸辰道：“如果是这样，那就简单了。让杨经理给你开个证明，证明你是辰宇公司的销售科长，做生意也是帮辰宇公司做的，不就行了吗？”

姚伟强把目光投向杨海帆，杨海帆却轻轻地摇了摇头，对冯啸辰说道：“啸辰，用辰宇公司的名义不太合适。”

“为什么？”冯啸辰问道。

杨海帆道：“辰宇公司是合资企业，桐川县也有一部分股份，而且董事长就是范书记，这么大的事情不向他请示肯定是不行的，但如果向他请示，恐怕就……”他没有说下去，冯啸辰已经听懂了。正如他对自己身份的顾虑一样，在涉及政策问题的时候，桐川县是不会站出来担事的。在明知姚伟强是金南地区正在抓捕的在逃犯的情况下，让桐川县同意辰宇公司给姚伟强出具一个假证明，那是万万做不到的。

“我觉得，可以请佩曼先生辛苦一下。”杨海帆献计道。

“他不是已经回西德去了吗？”冯啸辰问道。

杨海帆满不在乎地答道：“他也该来一趟了，公司里有一些技术上的事情需要他参与解决，顺便把姚师傅的事情给办了。”

这真叫把外宾不当干粮啊！冯啸辰在心里恶恶地想道。在这个年代，估计能够像使唤家里的丫头一样对外宾呼来喝去的，也就是他和杨海帆两个人了。杨海帆对菲洛公司的具体情况并不了解，但聪明如斯，他是能够猜出不少真相的。看到佩曼在冯啸辰面前唯唯诺诺，杨海帆便知道，这个德国人肯定是有什么短处被冯啸辰捏在手里了。既然有这么方便的挡箭牌，干吗不多拿出来用用呢？

“这个主意倒是不错。”冯啸辰直接就点头答应了。有关菲洛公司和佩曼的事情，目前冯啸辰还不宜向杨海帆说得太多，但过上几年，等到国内政策松动，再透露这件事就无妨了。既然迟早要说，那么现在向杨海帆露点口风也是必要的，省得以后杨海帆抱怨自己瞒他太多，以至心生嫌隙。

两个人商量妥当，冯啸辰这才把情况向姚伟强作了一个详细的解释。姚伟强听说冯啸辰能够从西德请一个人来给他当托，乐得眉开眼笑的。时下外宾的地位比华侨又要高出不少，既然认识一个华侨都能够成为一道护身符，冯啸辰给他弄来一个正宗的外宾，恐怕金南地区就得掂量掂量了。

当然，天下没有白吃的午餐，冯啸辰这样帮他，必然也是有所图的。佩曼也不会是单纯地陪他去金南地区转一圈，而是要以菲洛公司的名义与他签订一个合资协议，创办一家中德合资轴承经销公司。这家公司由冯啸辰、杨海帆这边出资，姚伟强以他自己和他的小店入股，其中他自己的重要性又远高过他的小店了。

按照冯啸辰的规划，这家轴承经销公司的目标是做成全国知名的轴承集散中心，经销的范围也不仅仅限于姚伟强过去做过的小型轴承，而是把轧机、汽轮机等重型装备上用的那类大型轴承也涵盖在内。冯啸辰在心里有个盘算，等到风头过去，十大王的事情得以解决，他会让重装办给这家轴承经销公司一个名分，让它真正成为“国字号”的大型物流企业。

第二百零一章

“这样安排真是太好了！冯处长，杨经理，这让我怎么感谢你们才好啊！”听完冯啸辰的安排，姚伟强心里一块石头落了地，雄心壮志又重新回到了他的身上。冯啸辰提出找一家德国企业与他合资，这件事本身对他来说就是好事。这几年，姚伟强走南闯北倒腾轴承，也赚了一些钱，但毕竟还是小打小闹。他在金南被称为“轴承大王”，这个大王的前面需要加一句话，那就是山中无老虎，否则哪轮得到他当大王呢？

姚伟强本质上说只是一个农民而已，走出门去，天然就比城里人矮了半截。他的身家已经有几十万，也买了崭新的西服来做门面，想显得有点身份的样子。但当他走进那些国营企业，哪怕只是见一个小小的供销科长都得点头哈腰，奉上几盒好烟，否则做不成生意还是其次，人家是真敢打电话给保卫科，叫人把他轰出去的。

如今，突然有人告诉他，有一家德国企业愿意跟他搞合资，不管双方的股权怎么分配，最起码，他是能够成为中方经理的，与现在站在他身边的杨海帆是一样的身份。他幻想着，如果自己以一家合资企业中方经理的身份再出现在众人面前，能够收获到多少艳羡和崇拜的目光，那些小供销科长们，还敢对他颐指气使吗？

“冯处长，杨经理，我请你们吃饭吧！”姚伟强终于想到了应当如何表达自己的谢意，那就是请人吃饭了。

冯啸辰故意逗他道：“姚师傅，你不是说身无分文了吗，怎么请我们吃饭？”

姚伟强面有难堪之色，支吾着说道：“请冯处长吃饭的钱，我还是拿得出来的。我常年出门在外，肯定要带一些钱的。”

杨海帆笑道：“你不说我还真没觉得，咱们早上从桐川出来，到现在为止也就只吃了半包饼干，我可真是饿了。啸辰，你也没吃晚饭吧，要不咱们就到陈经理这里吃点，陈经理的手艺可真是不错呢。”“对对对，我到新岭来的时候，也在这家春天酒楼吃过饭，厨师的手艺真的很不错。今天说好了，我付账，你们都不能跟我抢哈！”姚伟强像是怕被人争了付账的机会，忙不迭地说道。

冯啸辰和杨海帆果然没有和姚伟强去抢付账的机会，让他请客在酒楼里吃了顿饭。依着姚伟强的意思，该摆上八盘八碗，才能显出隆重。但冯啸辰岂会让他如此浪费，只是点了三个菜，要了一瓶当地的普通白酒，花了不到十块钱的样子。姚伟强拉着服务员要求加菜，服务员却只是看着冯啸辰笑而不语。姚伟强也就知道在这个地方自己说话不管用了，只能悻悻然地作罢。

知道冯啸辰在酒楼吃饭，陈抒涵也过来看了一下，陪着大家喝了一杯酒。杨海帆这半年多来过好几回新岭，每次都是在春天酒楼里吃住，与陈抒涵也混得挺熟了，打招呼的时候还透着几分亲昵。

次日，冯啸辰拎着一袋子价值不菲的礼品去看了一趟冶金厅的副厅长刘惠民，然后便开着一辆吉普车回来了。吉普车是刘惠民打电话从南江钢铁厂借来的，名义则是借给重装办的领导在南江期间使用。冯啸辰开上车，载着杨海帆、姚伟强以及父亲冯立，一路疾驰，前往桐川。

“海帆，辰宇公司的业务做起来，也该买辆车了吧？”路上，冯啸辰对杨海帆提议道。他骨子里还是一个穿越人士，凡事都是拿后世的标准来衡量的。在后世，一家经营业绩良好的合资企业怎么也得配上几辆好车的。没有车，稍微想办点事情都不方便。

“公司现在刚刚步入正轨，买车的事还是先搁一搁吧？”杨海帆答道。

冯啸辰道：“有辆车，你们到新岭来办事就方便多了。坐长途车既不舒服，也耽误时间。再说，你们毕竟是合资企业，连一辆车都没有，岂不是让人瞧不起？”

冯立听不下去了，斥责道：“啸辰，你瞎出什么主意？哪有刚赚了一点钱就这样大手大脚的？一辆车怎么也得四五万吧，抵多少工人一年的工资了。”

“钱这方面，倒还不是太大的问题。”杨海帆道，“公司的利润水平还是挺高的，买辆车没什么压力。我主要考虑的是，一旦有了车，地区和县里的领导可能都会打主意，到时候伸手找咱们借车，咱们是给还是不给呢?”

冯啸辰哑然失笑了，他现在就开着人家企业里的车呢。杨海帆说得对，上面的领导伸手要借，你是给还是不给。如果给，那这辆车就相当于帮别人买了。如果不给，又难免会得罪领导。最好的办法，就是干脆不买车，这样一来，也就省了许多事情了。

“其实吧，你们可以买辆卡车用。”姚伟强建议道，“从桐川到新岭，坐卡车过来也是可以的，总比坐长途车方便。地区和县里的领导，肯定也不会借你们的卡车用。再说，以后公司的业务做大了，也需要用卡车运输一些原材料、成品之类的，不会浪费。”

“这个我倒是考虑过。啸辰，如果你同意的话，过完年，我就联系省里的物资公司买一辆解放牌卡车回来，到时候客货两用，比较方便。”杨海帆说道。

“好吧，看来也只能如此了。”冯啸辰妥协了。这就是把公司开在桐川这个穷地方的后遗症了，如果公司是在新岭，上头那些政府部门是不会随便向一家合资企业伸手的，因为他们都有足够的下属企业，犯不着去找合资企业借用资源。

新岭到桐川有一百多公里的路程，如果有高速公路，也就是个把小时的时间就能开到。但以当年的道路状况，冯啸辰和杨海帆换着开，足足开了三个小时，才来到了桐川。

与大半年前冯啸辰离开的时候相比，辰宇公司的厂区显得有些杂乱。这并不是因为杨海帆的管理有什么松懈，而是在厂区内同时有好几幢房子在建造，脚手架、砖头、水泥、沙石等堆得到处都是。这种情况是冯啸辰事先就已经知道的，由于生产规模需要进一步扩大，杨海帆已经向桐川县申请了额外的用地，并开工建设了两座新的车间，除此之外还有一幢职工宿舍楼、一幢实验楼，至于其他的辅助建筑就更不必提了。总之，原来桐川农机厂的样子，现在已经很难再找到了。

“欢迎冯处长到公司视察工作！”因为事先就知道冯啸辰要来，一干辰宇公司的重要人物都在公司大门内等着迎接。见吉普车开进来，也不知道是谁带的头，众人一起鼓掌，喊起了欢迎辞。

“大家辛苦了！”冯啸辰停好车，从驾驶座跳下来，和众人依次握手。杨海帆在旁边给他做着介绍：“这是邹福庆副经理，是罗冶的王处长介绍过来的，原来在罗冶当过车间主任，现在在咱们公司担任分管生产的副经理；这是陈晋群，陈总工，冯处长认识的，现在是公司的总工程师；这是瞿祥华，瞿总工，也是罗冶过来的，是公司的副总工程师……”

公司的这批中层干部，都是从浦江或者中原省招募过来的退休人员，在原来的厂子里都是有头有脸的人物，寻常来一个副处长啥的，他们也不见得会给什么好脸。但到了这里，他们就没有先前的牛气了，一个个显得很乖巧的样子。他们到辰宇公司来的初衷，就是为了多赚点钱，合资企业可不比他们过去待的国企，老板随便说一句话就可以让他们滚蛋，所以他们自然也就不敢造次了。

见过这些中层干部，接下来走上前的便是冯啸辰的母亲何雪珍和两个弟弟冯凌宇、冯林涛。何雪珍见了冯啸辰自然是一通数落，说他瘦了、黑了，是不是工作太辛苦、吃饭不按时之类。应付完母亲之后，冯啸辰笑吟吟地来到两个弟弟面前，说道：“怎么样，听说你们都在学德语，各自说一句给我听听吧。”

第二百零二章

“你好。”

“你好。”

两个小老弟不约而同地用德语向冯啸辰问候了一声，说完之后，两个人才觉得这个巧合太有趣了，不禁一齐笑了起来。冯啸辰也跟着笑了，带着笑意骂道：“就知道偷懒，你们就不会说点复杂的?”

“日常生活用语，他们已经没什么问题了。太复杂的德语，还得再练一段时间才行。以他俩的基础，半年时间能够学到这个程度，已经非常不错了。”陈晋群在旁边替他们解释道。

冯啸辰也没有进一步考他们的意思，听陈晋群这样一说，也就把他们给放过去了，转而对陈晋群说道：“陈总工费心了，这俩孩子，挺调皮吧?”

“不调皮，不调皮，都挺懂事的。”陈晋群答道。

听到冯啸辰那老气横秋的话，冯凌宇和冯林涛二人对视了一眼，互相扮了个鬼脸，那意思说是冯啸辰也就比他俩大三岁，居然大言不惭地管他们叫“孩子”，也真是太把自己当成领导了。

欢迎仪式过后，中层干部们各自回岗位去了，杨海帆把陈晋群、何雪珍和邹福庆三人留下，让他们一块到办公室去，与冯啸辰一道开一个公司的管理层会议。冯立此前没有参与过公司的管理，自然不会去凑这个热闹，他向何雪珍讨了钥匙，先回他们在公司的住处去了。

“过去半年，公司主要的工作是恢复菲洛公司原有的生产能力。在这方面，佩曼发挥的作用是最大的，此外就是闫百通老师和他带来的研究生。我们用了将近两个月的时间，掌握了大多数设备的使用方法，闫老师和陈总工一道，翻译了一部分工艺文件。从去年8月份开始，我们先后生产了12个规格的轴承，总产量3200个，在欧洲市场上的销售额为27万美元，扣除进口钢材约7万美元，外汇净收入为20万美元。省外贸局按3.4元的综合价格与我们结汇，我们的收入共计70万元人民币。此外，我们在国内市场上也销售了一部分轴承，总收入4万元左右。两项合计为74万元人民币。详细的账目都在何经理那里。”杨海帆说到这，向何雪珍那边比划了一下。何雪珍则向冯啸辰点了点头，表示杨海帆说的都是事实。

杨海帆又接着说道：“国内部分的成本主要是工资、材料、水电和其他管理成本，目前还没有做详细的结算，大数应当是在22万元左右。咱们目前有120名职工，其中从浦江和中原省聘来的退休工人的工资标准都比较高，过去10个月光工资的支出就在16万元的样子。”

“这样算下来，咱们这10个月的毛利润差不多是50万元了?”冯啸辰问道。

“大数是这样吧。”杨海帆道。

管生产的副经理邹福庆道：“说是10个月，其实真正用于生产的时间只有5个多月，前面的时间大家都是在学习，还有安装设备等，都耽误了不少时间。一开始是浦江来的师傅们学习数控机床的使用，后来中原省的师傅们过来，又花了一个多月才勉强上手，到现在也还不算非常熟练。等到大家的技术都熟练之后，咱们一年的利润翻上两番也是可能的。”

“我对此毫不怀疑。”冯啸辰笑着说道。从德国搬了一家工厂过来，在这么短的时间内就能够恢复生产，而且还有几十万的利润，这已经是很不容易了。他完全相信，等到生产走上正轨之后，公司的利润应当是会高得多的。

“冯处长，对于利润的分配，菲洛公司方面有什么考虑?”杨海帆向冯啸辰问道。这话是他们原来说好的口径，冯啸辰是作为菲洛公司的代言人来参加这个会议的，他的意见将被认为是菲洛公司的意见。这其中，何雪珍当然是知道内情的，杨海帆则能够猜得出真实的情况。至于陈晋群和邹福庆二人，地位更边缘一些，他们也不会在这个问题上多嘴多舌，只要假装相信这个说辞就行了。

冯啸辰道："首先一点，刚才计算出来的只是毛利润而已，需要再扣除一部分折旧。设备的折旧比例可以低一些，但专利技术的折旧需要计算得高一些，因为这些技术最多再有五年时间就会过时，在这些技术过时之前，我们必须投入足够的资金开发出新的技术。"

"这方面，闫教授做了不少工作。"陈晋群道，"他设计的好几个改进产品听说在欧洲市场上很受欢迎呢。"

冯啸辰道："这个需要按比例给闫老师提出一部分技术分成，先留在公司的账上，等政策宽松一些之后，再发放给他。这些钱要算在应付款里，不能算是公司的利润。"

"我明白。"杨海帆在本子上记了一笔。冯啸辰提的只是一个原则性的意见，具体到给闫百通提多大比例的技术分成，还要再精细地计算一下才行。

冯啸辰接着说道："余下的利润，海帆和桐川县商议一下。菲洛公司方面的意见，是以其中的50%作为双方的追加投资，用于公司的扩大再生产，另外50%用于分红。"

"这样算下来的话，分红的部分大概在20万元左右，菲洛公司得70%，为14万；桐川县得30%，为6万。"杨海帆说完，又补充了一句，"以我对范书记和熊县长的了解，他们应当能够接受这个方案。50%的利润作为追加投资，肉还是烂在桐川县这口锅里的，他们不会反对。再说，半年时间能够给县里上缴6万元的利润，比过去农机厂可强多了，县里应当会满意的。"

"那好，这件事就由你去和范书记他们商议了。"冯啸辰道。他也是有些无奈，当初为了掩人耳目，不得不采取中外合资的方式，因此在这种涉及利润分配的场合，就必须要考虑到桐川县方面的想法。虽然从股权结构上说，冯啸辰所代表的菲洛公司具有决策权，但合资这种事情，总是得考虑双方意见的，他不能独断。

谈完利润方面的事情，接下来便是说生产和技术的问题。邹福庆和陈晋群分别作了一个汇报，冯啸辰听得很认真，不时还插话问上一两句。从两个人的汇报中，冯啸辰感觉到公司的生产和技术工作还是非常不错的。招收进来的学徒工们离出师还有很长的距离，但从浦江和中原省招聘来的老师傅们做得都很好，而且工作热情极高，他们能够在这么短的时间内掌握数控机床的操作，就是一个证据。邹福庆和陈晋群还分别讲述了几个案例，都是老工人们如何夜以继日钻研技术的事情，听起来颇为感人。

“我感觉，是不是该给大家发点年终奖了？”冯啸辰突发奇想道。

“当然应该发。”何雪珍附和道。她是把辰宇公司当成自家企业来看的，总觉得那些白发苍苍的老工人们每天那么辛苦，让她很不好意思。

按刚才冯啸辰算的账，公司今年能够给菲洛公司分红 14 万元，而何雪珍却知道，这个菲洛公司是子虚乌有的，这 14 万元其实就是冯家自己的收入。自己一家人没做什么工作，凭空就能分到 14 万，而那些退休工人们如果连年终奖都没有，何雪珍实在有些过意不去。

冯啸辰知道母亲的心思，他笑了笑，问道：“妈，那你觉得，该发多少合适？”

“老工人一人 80 元，学徒工一人 40 元，你看怎么样？”何雪珍说道。

“会不会少了一点？”冯啸辰质疑道。

“不少了！”邹福庆和陈晋群同时说道。从个人角度来说，他们也是返聘人员，能够多拿一些年终奖当然也是很高兴的。但他们又觉得，自己在辰宇公司已经拿了很高的薪水，再拿这么高的年终奖，未免有些贪得无厌了。那时候企业里的年终奖多的倒也有几十块钱，少的则是几块钱的样子。何雪珍一张嘴就说老工人每人 80 元，这已经是很厚道的做法了。

冯啸辰没有这个数字概念，以一个穿越者的眼光来看，80 元的年终奖是过于刻薄了，后世有些单位一发就是几十万，自己才给人家 80 元钱，而且学徒工还要减半，似乎不利于提高大家的积极性啊。

杨海帆道：“我觉得就照何经理说的数字来发吧，咱们毕竟是合资企业，还得考虑一下县里的想法。如果咱们的年终奖发得比县委和县政府都高，县里的领导恐怕会有一些看法的。”

“呃……那就这样吧。”冯啸辰败了，涉及县里要攀比的问题，他的确不能太任性了。他拿来给职工发年终奖的钱，都是要从股东的利润分红中扣出来的。县里也有30%的股权，冯啸辰必须要考虑县里的意思。

“既然说到这里，我倒觉得，快过年了，县里几套班子的领导，咱们都得意思一下。”邹福庆提醒道。

“这……”杨海帆把目光投向了冯啸辰，这事只有冯啸辰能拍板了，他是不敢随便作决定的。

冯啸辰点点头，道：“邹经理提醒得对，咱们在县里经营，方方面面的关系还是要照顾一下。海帆，你在这方面业务也比较熟悉，县里几套班子，加上东山地区的领导，你都要表示一下，至于对哪些人表示，什么样的标准，你定就可以了。”

“好吧……”杨海帆不情不愿地应道，谁让他原来是当秘书出身的呢，在这方面还的确是业务更为娴熟。

第二百零三章

会议开完，邹福庆和陈晋群都起身离开了。何雪珍看看冯啸辰，冯啸辰向她递了个眼色，何雪珍虽然不知道儿子要干什么，但还是会意地跟在邹福庆二人身后离开了办公室。等到屋里只剩下杨海帆和冯啸辰二人时，冯啸辰笑着说道：“海帆，别人的奖金都讨论完了，你的奖金该怎么发呢?”

“我?”杨海帆愣了一下，有些懵懂地摇摇头，道，“我和大家一样就好了，年终奖……我按学徒工的标准拿吧。”

“这样合适吗?”冯啸辰问道。

杨海帆道：“没事，我反正是一个人，没什么花销。我估计县里还会给我发一份奖金呢，所以在公司里，我就按低一档领吧。”

冯啸辰道：“也好，那你就按低一档领吧。不过，菲洛公司分红的那14万元里，你拿一万元走，这是菲洛公司单独给你的奖金，与辰宇公司无关。”

“你说什么?”杨海帆几乎怀疑自己听错了，“啸辰，你开什么玩笑?”

冯啸辰却现出了认真的神色，说道：“我没有开玩笑，我会让我妈把钱取出来给你，一万元，与辰宇公司无关。”

“这绝对不行!”杨海帆的表现，与陈抒涵如出一辙。他当然知道，所谓菲洛公司付的奖金，其实就是冯啸辰个人给他的奖金。至于冯啸辰为什么要单给他发奖金，杨海帆也能想得明白，毕竟这家辰宇公司能有这样的局面，他杨海帆的贡献是最大的。

说心里话，杨海帆一直觉得冯啸辰会给自己一笔比较高的奖金，比如说是200元，甚至是500元。他也琢磨过这笔奖金该不该拿的事情，而且一直都没有琢磨出个结果来。以他作出的贡献而言，他拿全公司最高的奖金当然是应该的，而冯啸辰也一向是一个大方的人，从他吩咐杨海帆付给闫百通的劳务费就能够看得出来。

但另一方面，杨海帆又觉得自己不能拿这么高的奖金，因为公司的奖金是要入账的，瞒不过县里领导。如果县里领导看到他拿了这么高的奖金，难免会有一些想法，甚至会认为这是不符合规定的。

刚才他自己说拿低一档的奖金，其中也有试探冯啸辰的意思。以他的想象，冯啸辰应该会让他拿高一档，这才合理。结果，冯啸辰居然直接就接受了他的谦让，这让杨海帆心里有些莫名的失落，甚至还有一丝隐隐的怨怼。

没等杨海帆调整过情绪来，冯啸辰又抛出了一个让他震惊的方案：从菲洛公司的分红里给他发另外一笔奖金，而且金额高达一万元。杨海帆听到这个方案，只觉得脑子里嗡嗡作响，思维都要僵住了。

“啸辰，真的不行，我怎么能拿这么多的奖金呢？这……这不合适啊！”杨海帆拙嘴笨舌地推辞着。他平日里是个能说会道的人，在公司里给工人做思想工作的时候，能够把大道理、小道理说得天花乱坠。而这一刻，他完全不知道该说什么好了，因为冯啸辰提出的这个方案，实在是太匪夷所思了。

冯啸辰笑了笑，说道：“怎么，海帆，你觉得你的贡献不值这么多钱吗？”

“……也不能这样说。”杨海帆迟疑道。他当然知道，针对冯啸辰的问题，最正确的回答应当是说自己才疏学浅，只做了一点点应该做的工作，不该拿这么高的奖金。但杨海帆的内心有一股傲气，他觉得自己的能力以及付出的努力是值这么多钱的，要让他给出一个否定的回答，他真有些不情愿。

冯啸辰没想到杨海帆居然作出了这样一个默认的回答，错愕之下，倒是对杨海帆更感兴趣了。他需要的正是这样一个有自信的职业经理人，如果杨海帆扭扭捏捏，干了工作还不敢坦承，冯啸辰是会低看他几分的。

“既然你觉得你的贡献值这么多钱，那为什么不敢收下呢？”冯啸辰问道。

杨海帆想了想，说道：“啸辰，你这话还真把我问住了。老实说吧，我对自己在这半年多时间里所做的工作还是比较满意的。我知道国外的企业里工资标准是与贡献相联系的，一万块钱的工资也不奇怪。可是，我们毕竟还是在中国，得按中国的方式来做事。更何况，我还是国家干部，是受县里指派到辰宇公司来当中方经理的。如果我拿了一万块钱的奖金，那是违反规定的。”

冯啸辰盯着杨海帆，问道：“海帆，你真的还打算继续当你的国家干部吗？”

杨海帆一怔，“啸辰，你这话是什么意思？”

冯啸辰道：“你觉得，你还回得去吗？”

“这……”杨海帆不知该如何回答了，他觉得冯啸辰的这个问题似乎触到了他心里最深的地方，让他感觉灵魂都受到了冲击。

杨海帆最初毛遂自荐当合资公司的中方经理，是存着想找个机会证明一下自己的念头。他此前的工作是给范永康当秘书，虽然这项工作在很多人眼里显得特别风光，但杨海帆自己却觉得非常憋屈。他希望有一个能让他充分施展才华的平台，希望别人用仰视的目光来看他。出于这种想法，他放弃了秘书的岗位，来到了辰宇公司。

这半年多时间，杨海帆的工作完全可以用日理万机来形容，无数的决策需要他拍板，无数的关系需要他去协调，无数的人需要他去了解、安抚、激励。他曾有过很多次觉得心力交瘁，也曾动过放弃这项工作回去当秘书的念头。仅仅是凭着一股年少时候的意气，才让他撑到了今天，公司业务基本走上了正轨，前途一片光明。

在这个时候，冯啸辰向他抛出了一个敏锐的问题：他还回得去吗？

杨海帆想回去，当然不难。范永康对他一直都很欣赏，在他离开县委办去合资企业的时候，范永康就给过他一个承诺，不管什么时候，只要他想回去，县委办都会有他的位置。

但冯啸辰问的，分明是另外一个问题，那就是杨海帆的心还能不能回到那个旱涝保收、无惊无险的公务员岗位上去。

在辰宇公司的这半年多时间，辛苦是不必说的，但所经历过的精彩也同样是让杨海帆无法释怀的。给范永康当秘书的时候，杨海帆每天面对的都是官场政治的那一套东西，各种平衡、各种揣测上意、各种虚与委蛇，生生地把他这样一个充满激情的年轻人消磨成了一个油滑的政客。而到了辰宇公司之后，他所做的工作是那样阳光，那样充满成就感。一张张图纸从技术科诞生出来，一箱箱的轴承从厂子里运出去，漂洋过海，打入欧洲市场。远在万里之外的佩曼向他报来喜讯，说辰宇公司的产品已经得到了老顾客们的认同，新的订单正在源源不断地传回国内。所有这一切，都是出自于他杨海帆的管理之下，这是他可以向昔日的伙伴们吹嘘的辉煌篇章。

到了这一步，他还能回去吗？

如果现在有人让他离开辰宇公司，再回到那个蝇营狗苟的秘书岗位上去，他觉得自己会感到窒息的。

“啸辰，你希望我做什么？”杨海帆看着冯啸辰，问道。

冯啸辰道：“公司的情况，你是清楚的。我父母都不可能成为公司的管理者，我弟弟现在还太小，十年之内，甚至可能是二十年之内，他都不一定能够掌管这家公司。至于我自己，我的舞台并不在此。我需要一位有能力、有抱负的职业经理人来管理辰宇公司，带领这家公司不断壮大。我希望有一天，辰宇公司能够进入世界五百强的行列，而要做到这一点，它必须有一个坚强的领导核心。”

“你是说，你希望我来做这个领导核心？”杨海帆问道。

“你愿意吗？”冯啸辰反问道。

杨海帆深吸了一口气，说道：“如果你信任我，我愿意！”

冯啸辰笑了：“既然如此，那你为什么不愿意接受这一万元的奖金呢？”

杨海帆这回终于轻松了，他忸怩地笑了笑，说道：“我只是觉得数目太大了，如果只是 500 块钱，或者……1000 块钱，我就心安理得地收下了。”

冯啸辰摇摇头道：“这个数目一点也不大。我们现在还不适合谈论管理层持股的问题，但在我心目中，公司的总经理是应当有一定股份的。将来公司做大了，你可以分到 10 万、100 万，甚至一个亿的分红，只要你能够帮公司赚到更多的钱，再多的分红都是应得的。”

“可是……我要这么多钱干什么?”杨海帆说道。他还真不是矫情，而是从来没有拥有过这样大数目的私有财产，他根本想不出这些钱能用来干什么。

冯啸辰不假思索地说道：“娶媳妇啊！你都三十好几了，还是个光棍。现在有钱了，过年的时候拿着钱回浦江去，走到大街上，那可就是一个正儿八经的钻石王老五，追你的小姑娘不要太多哦!”

他的最后一句话模仿了一下浦江人的口音。杨海帆乍一听，也忍不住笑喷了。

第二百零四章

海东省金南市。

金南地区行署办公楼里，一片鸡飞狗跳的忙乱景象。行署办公室主任骆兰英胳膊上套着袖套，胸前还系着一个围裙，一副居委会大妈的模样，在走廊里如没头苍蝇一般地来回乱转着，不住地向行署的工作人员发号施令：

“天花板！天花板上还有脏东西，别拿湿布去擦，越擦越脏了！”

“这个门怎么是坏的，啥时候坏的，后勤处是干什么的，还不赶紧派木工来修好！”

“对对，那盆花就摆在那个地方，不要再动了……”

“哎呦喂，张会计，你是不是又在办公室里煎中药了，这整个走廊都是一股中药味，让外宾闻见了会有什么想法！”

被她指责的那位张会计头发白了一多半，一脸病恹恹的样子，手里端着个煎中药的陶罐，没好气地说道：“骆主任，这才大年初三，你就把大家都召集过来打扫卫生。我是带病参加工作，你连药都不让我煎，这不是要我的老命吗？”

“张会计，你是咱们行署一宝，谁敢要你的老命啊！”骆兰英赶紧赔着笑脸说道。这位张会计资格老，在行署跟谁都敢犯倔，骆兰英可真不敢惹他。她低声地解释道，“张会计，我这也是没办法，柴书记和董专员亲自交代下来的，说后天就有外宾要来，咱们不抓紧时间把办公室搞得漂漂亮亮的，多影响国际形象啊。”

“什么国际形象？我看就是崇洋媚外！”张会计愤愤然地指责道，“平常没有外宾来的时候，到处都是乱糟糟的，我说了多少次要搞个大扫除，你们都说没时间。现在好了，外宾要来，你就弄得大家连年都过不好。外宾的面子就这么值钱？”

骆兰英有些不悦地反驳道：“张会计，你这样说可不对。平常大家都忙，这也是事实吧，哪能天天搞大扫除，那不成了形式主义了吗？现在是外宾要来，涉及咱们中国人的面子问题，咱们当然得重视了。你想想看，就是你家里要来个客人，你也得打扫一下卫生吧？”

“骆主任，是哪来的外宾啊？外宾到咱们金南干什么来了？”一位正在用湿布擦门窗的年轻姑娘好奇地问道。

“是西德来的。”骆兰英故作神秘地说道，“听说啊，是专门到咱们金南来投资的。”

“投资？”旁边好几个机关干部都把头转过来了，“有外宾到咱们这里投资？那咱们岂不也有合资企业了？”

“咱们早就有合资企业了好不好？”一位穿着灰色中山装的中年干部说道，“咱们金南市不是已经有一家合资的酒楼了吗？石阳县还有合资的纺织厂，都已经成立两年了。”

“那是港资。石阳那家是侨资，印尼的华侨，能和人家西德比吗？”另一位穿着蓝色中山装的干部不屑地说道。

“西德的外宾，想来投资什么？咱们金南有什么值得投资的项目吗？”有人纳闷道。

“瞧你说的，让董专员听见，非要剋你一顿不可！”蓝色中山装提醒道，“咱们金南虽然是工业落后了一点，但咱们搞商业还是很不错的，你看咱们有十大……”

说到这里，他的话一下子顿住了，其他几位正在热烈讨论着的干部也突然噤了声。尽管蓝色中山装的话还没有说完，但大家都能够听出他没说出来的那个字是什么。

十大王，那曾经是金南地区最值得骄傲的代表。十个个体户，生意做到了全国，同时也把金南地区的名号传到了全国。很多干部出差到外地，一说自己是金南来的，人家第一反应就是说起十大王，偶尔还能用感激的语气说出某个大王给他们解决了什么样的困难。可以这样说，没有十大王，全国估计九成九的人都不知道海东省还有一个金南地区。

可偏偏就是这十大王，几个月前突然就成了十恶不赦的负面典型。公安部门抓捕了其中的六位大王，另外还有四人在逃，估计一时半会也不敢再回来了。对于抓捕十大王的事情，金南地区的干部和百姓态度也是非常复杂的。有人觉得冤枉，认为这十大王是金南的骄傲，人家凭本事赚到了钱，政府有什么权力去干涉。也有人觉得是活该，早就看着这些人赚到这么多钱，让人眼红，现在好了，知道啥叫专政的铁拳了吧？

刚才那位蓝色中山装干部，就属于对十大王比较同情的人。他一直都认为金南地区最值得拿出来炫耀的就是这十大王。如果有德国企业要来金南投资，唯一的可能性就是看中了某个大王，因为金南实在没有其他什么能拿得出手的东西。可话一出口，他就知道自己说错了，十大王都已经全军覆没了，还提什么当年勇呢？

“包成明，你乱讲什么！”骆兰英瞪了蓝色中山装一眼，训道，“这些事情，谁也不许乱讲，要注意国际影响。还有，大家这两天要注意观察一下周围的动静，不要在外宾来的时候有人搞出点什么事情来，大家明白了吗？”

“明白了！”所有的人一齐应道。

“明白个鬼！”老资格的张会计不屑地说道，“你们这样弄虚作假，瞒得了一时，还瞒得了一世吗？外宾如果要在金南投资，他肯定会打听十大王的事情。到时候我看你们怎么去向外宾交代。”

“张会计，你就别捣乱了。要不，你看你身体也不好，年纪又大了，明天就不用来上班了，休息几天再说，怎么样？”骆兰英迅速地给张会计放了假，生怕他在外宾面前也这样口无遮拦，那可就麻烦了。

“骆主任，骆主任，电话，是董专员从省里打来的！”一名办事员从行政办公室的门里探出头来，向骆兰英喊道。

“来了来了！”骆兰英忙不迭地答应着，一路小跑进了行政办公室，接过办事员手里的电话听筒，声音迅速地调成了美颜模式，“喂，董专员吗，我是小骆啊——”

“小骆，你能不能找到姚伟强的联系方法?”行署专员董兆安在电话那头沉声问道。

“姚伟强?”骆兰英愣了一下，旋即便想起来了，“你是说，石阳县的那个轴承大王?”

“没错，就是他。”董兆安道。

“这件事不是我主抓的，我听说石阳县已经安排公安局去他家抓他了，不过他听到风声，提前跑了，现在躲在外地没敢回来，谁也不知道他在哪里。”骆兰英答道。

金南的十大王名气不小，在行署也都是挂了号的，所以骆兰英一下子就能想起姚伟强是何许人也。这一次抓捕十大王的行动，也是行署直接安排的，骆兰英作为办公室主任，负责上传下达，也知道一些有关的进展。她唯一没明白过来的，就是董兆安为什么会突然想起姚伟强这个人，难道是他犯的事特别大，省里也点名了吗?

董兆安压低了声音，说道：“小骆，你现在就安排人，马上去找这个姚伟强，无论如何也要找到他。如果他在外地，不管有多大的困难，都要想办法让他明天晚上之前赶回金南来。这是政治任务，不能出任何差错，明白吗?”

“明白……”骆兰英应了一声，差点都想哭出来了：公安抓了姚伟强一个多月，都没能找到他的踪迹，你让我明天晚上之前就要把他找到，还要带到金南来，这不是强人所难吗？万一姚伟强现在逃到西北去了，总不成还给他派一架专机把他接回来吧?

可是，专员发了话，又岂容骆兰英去争辩。领导布置的任务，能完成要完成，不能完成也要完成，这就是骆兰英这些年当办公室主任信奉的教条。她飞快地在脑子里盘算着寻找姚伟强的办法，嘴里则问道：“董专员，你还有什么要交代的吗?”

“就这事……对了，你们和姚伟强联系的时候，一定要注意说话的态度，要和颜悦色，不能让他感觉到不舒服。”董兆安叮嘱道。

骆兰英连连点头，“我明白，我明白，就是您常说的要欲擒故纵嘛，麻痹敌人。”

“胡闹，什么叫麻痹敌人！”董兆安恼了，“谁让你把姚伟强当成敌人来对待的？他是咱们金南地区的先进人物，发家致富的劳动模范，是能人，明白吗？”

“这……”饶是骆兰英对领导有着绝对的服从，这会也说不出“明白”二字了。说好的投机倒把犯呢？如果姚伟强不是机灵一点，逃之夭夭，这会恐怕都已经在看守所里喝着茶了，你却说他是什么模范，什么先进，这画风转得如此之快，让人怎么明白啊？

“可是，董专员，石阳公安局还在抓他呢……”骆兰英哀怨地提醒道。

“通知石阳县政府，马上取消抓捕姚伟强的行动，通知姚伟强的家人，他的事情完全是一个误会，请他的家人帮助联系姚伟强，叫他务必要马上赶回来。从西德来的外宾已经到了省里，后天就要到我们金南去，是外宾指名道姓要见姚伟强！”

董兆安终于揭开了谜底，让骆兰英惊得眼珠子都快掉出来了。

第二百零五章

放下电话，骆兰英奔出办公室，冲着走廊里的人大声地喊道："大家都停下来，马上到会议室来，有紧急任务要安排给大家！"

"紧急任务？"众人都懵了，怎么又来了个紧急任务？昨天大家在家里好好地过着年，就是这个骆兰英，让通讯员挨家挨户地发通知，说是有紧急任务，让大家今天都回单位来搞大扫除。现在大扫除才搞了一半，她又有紧急任务，这是抽什么疯呢？

嘀咕归嘀咕，看到骆兰英一脸严肃的样子，大家还是赶紧放下了手里的活，在袖套上擦了擦手，随着骆兰英来到了会议室。不等众人坐好，骆兰英便急切地说道："董专员从省里打来了紧急电话，要求我们要马上找到石阳县的那个姚伟强，在明天晚上之前，把他带到市里来。现在大家都来集思广益一下，看看怎么才能找到他。这是政治任务，是出不得半点差错的。"

"谁？"先前那位名叫包成明的干部愕然地问道。

"姚伟强啊！"骆兰英道，"他不是还和你有点亲戚关系吗？"

"谁说的？我怎么会跟他有亲戚关系呢？"包成明矢口否认道。其实说姚伟强与他有亲戚关系，这话就是他自己说过的，那时候十大王还是正面形象，包成明是带着几分吹嘘的口吻爆出这个料的。可自从十大王出事的之后，包成明就不敢再承认这一点了，生怕自己也受到牵连。

骆兰英却不会被他的否认所蒙蔽，她盯着包成明，说道："老包，你说过你和姚伟强很熟的，现在就别抵赖了。我刚才想过了，要想找到姚伟强，你是最有办法的，我想，这件事就交给你去办，你看怎么样？"

包成明拼命地摆着手："不行不行，我哪能找得到姚伟强。我是跟他有过一面之缘，也就是在朋友那里一块喝酒时见过一面而已，说不定他都不记得我了。”

“在哪个朋友那里喝酒认识的？你先去找你那个朋友，让你的朋友联系他。”骆兰英敏锐地抓住了包成明话里的破绽，层层紧逼道。

包成明没想到自己甩锅不成，反而被骆兰英给赖上了，他支吾道：“骆主任，我不能做这样的事，我以后还要在金南做人的。”

骆兰英道：“董专员要找姚伟强，是有好事要跟他说呀，你以为是坏事啊？”

“好事？”包成明诧异地问道。

“是啊，董专员专门交代，要对姚伟强和颜悦色，不能吓唬他。”骆兰英复述着董兆安的吩咐。

包成明想了一下，小心翼翼地问道：“骆主任，你这不是在哄我吧？是不是想用这个办法把姚伟强骗回来，再绳之以法。”

“你这个老包怎么会这么多疑呢！”骆兰英斥道，她倒全然忘记了自己此前也是这样想的，毕竟姚伟强形象的转换太快了，任凭谁也接受不了这个变化。

“我跟你说，老包，董专员在电话里说了，姚伟强是咱们金南地区的先进人物，发家致富的劳动模范，是能人，我马上就通知石阳县公安局，停止对姚伟强的抓捕，我们是要把他请回来，和他好好商量事情的。”骆兰英说道。

“商量什么事情？”包成明问道。

骆兰英把眼一瞪，“这些事能随便说吗？这是工作上的秘密。”

“真的不是骗姚伟强？”

“真的不是！”

“可是我怎么能相信呢？”

“我给你保证还不行吗？总不能让我给你签字画押吧！”骆兰英跳着脚说道。四十来岁的女同志，情绪上容易有点波动，这个大家都懂的。

包成明看到骆兰英那副表情，觉得应当不是作伪，于是点点头道：

“如果真是这样，那我想办法和他联系一下吧。我也不知道他现在躲在哪里，不过他家里人肯定是会知道的。骆主任，如果方便的话，你跟我一块到石阳去，由你亲自去跟姚伟强的老婆谈，你看怎么样？”

“大家觉得呢？”骆兰英把头转向众人问道。

“同意！”所有的人异口同声地说道。他们中间大多数人都没有与姚伟强打过交道，极少的几个见过姚伟强的人，也仅限于是认识而已，谈不上有什么深交。要想找到姚伟强，还真的只有包成明有点把握，所以对包成明的这个提议，大家自然是不会有反对意见的。

事情紧急，骆兰英也没太多矫情，她马上让小车班派出了一辆吉普车，与包成明一道，急如星火地赶往几十公里之外的石阳县。到了石阳县，骆兰英让司机先把车开到县政府，找到石阳县的县长，通知他取消对姚伟强的抓捕行动，又让石阳公安局长毛忠洋陪着他们，一道来到了姚伟强的家。

“伟强没回来，我们也找不到他。”一见毛忠洋进门，姚伟强的老婆计巧云便大声地说道，同时在怀里抱着的小儿子屁股上拧了一把。那孩子吃疼不过，哇哇地大哭起来，计巧云便假装哄孩子，给骆兰英、毛忠洋等人甩了一个冷脸。

“大嫂，我们不是来抓姚伟强的，我们是来请他去金南商量事情的。”骆兰英走上前去，脸上堆着笑意解释道。

“你叫我大嫂？”计巧云看着眼角长满鱼尾纹的骆兰英，说道，“我有你这么老吗？”

“呃……”骆兰英差点被噎出心脏病来，行署的领导都叫我小骆的好不好，你居然敢说我老！她也是太急于跟计巧云套瓷了，姚伟强也就是三十来岁的人，骆兰英不管怎么算，也没法管计巧云叫大嫂啊。

“巧云，你还认识我吧？”包成明只得上前来了。他其实还真的和姚伟强有点亲戚关系，拐了十八道弯之后，他大致算是姚伟强的表舅。姚伟强没出事之前，曾经带着计巧云到包成明家里去做过客，所以他和计巧云也是认识的。

“哦，是表舅啊。”计巧云颇有点认人的本事，一下子就认出了包成明，脸色也显得稍微好看了一点，她看了看几个人，对包成明问道，“表舅，你是跟他们一起来的？”

“是啊，我是跟他们一起来的。我给你介绍一下，这是我们骆主任，这是石阳公安局的毛局长，对了，你估计是认识的。”包成明给计巧云做了个介绍，然后说道，“巧云，刚才骆主任说的是真的，我们不是来抓伟强的，而是要请他到金南去，有事情要和他商量。县里已经取消对伟强的逮捕令了，不信你问毛局长。”

“对对，我们已经取消逮捕令了，现在姚伟强已经没事了。”毛忠洋作着证明。

计巧云却是把嘴一撇，说道：“这我可不信，万一你们是骗我的呢？”

“政府怎么可能骗你呢？”骆兰英质问道，她是急火攻心，声音不觉有些高了。

计巧云却比她的声音还高，大声地反问道：“怎么不可能？当初我们伟强开店卖轴承，你们说我们是响应国家政策，还让其他人来向我们学习。结果没过几天，又说我们是投机倒把，把我们的店也封了，还要抓人。现在伟强跑到外地去，活不见人，死不见尸，这不都是你们害的吗？”听到她这话，众人都寒了一个，这位大姐到底懂不懂成语该怎么用啊？不过，现在也不是扫盲的时候，骆兰英控制了一下情绪，解释道：“巧云同志，你对我们有一些误解，这是可以理解的。关于前一段时间抓捕姚伟强同志的事情，其实是一个误会，我代表行署和石阳县，向你表示道歉。现在我们想找到姚伟强同志，是真的有事情要和他商量，只是现在不好说出来。你如果知道姚伟强同志现在在什么地方，还请你赶快告诉我们，我们真的很着急要找到他。”

计巧云摇摇头，说道：“我不知道他在哪。就算知道，我也不敢说，谁知道你们会不会又翻脸去把他抓了。”

她这话说得坚决，但包成明、骆兰英都听出了其中露出的暗示。很明白，计巧云是在说她知道姚伟强躲藏的地方，只是因为对骆兰英他们不信任，才不敢说出来的。

“巧云，你看，包成明同志不是你家亲戚吗，他说话你也不相信吗？”骆兰英直接把包成明给推出来了。

包成明哪会去背这个黑锅，他赶紧说道：“这话倒不能这样说，我只是一个普通的政府工作人员，我说话也不算数的。巧云啊，伟强有没有交代过你，说要行署或者县里作个什么样的保证，他才敢回来？”他说这话的时候，是面对着计巧云的。趁着骆兰英、毛忠洋没注意，他迅速地向计巧云递了一个眼色。计巧云心有灵犀，她先装出一副纠结的样子，沉默了好一会，才勉强说道：“这件事关系太大了，我也不敢作主。要不，你们能不能给我写一个保证书，保证以后不会抓伟强，也不会没收我们家的店。如果你们能保证，我就想办法联系上伟强，问问他的意思。如果你们保证不了，那我也没办法。要不，你们把我和孩子一起抓走好了。”

说着，她伸出一只攥好了拳的手，意思是说毛忠洋随时可以掏出铐子来把她铐走。

第二百零六章

听到计巧云开出来的条件，骆兰英一时有些迟疑。她也拿不准董兆安的意思到底是什么，口头上给个承诺容易，变成白纸黑字，可就有点麻烦了。

没等骆兰英说啥，毛忠洋先跳了起来，他用手指着计巧云，勃然大怒道："计巧云，你别跟政府讨价还价，我告诉你，姚伟强的事情还没完呢，信不信我现在就让人把你铐走！"这一嗓子可惹了祸了，计巧云毫不犹豫地在孩子屁股上又拧了一把，宝宝心里苦，可他也不会说呀，只能照着母亲的意图再次哇哇地大哭起来。这一回，计巧云也跟着撒起泼来，她二话不说，把孩子往骆兰英手里一塞，自己则直往毛忠洋的怀里扎，一边扎还一边喊道："你铐啊，你铐啊，反正我家伟强也不敢回来了，我也没饭吃了，你把我铐进去吃牢饭好了！"

骆兰英没来由地接住了一个没满周岁的孩子，身上还有点没洗干净的屎尿，让她恶心不已，却又不敢扔下，只能手忙脚乱地哄着。包成明见毛忠洋已经到了崩溃的边缘，生怕弄出事来，赶紧上前拦住计巧云，嘴里说着各种劝慰的话。

好不容易算是把计巧云给劝住了，孩子也重新交回了她的手里。骆兰英等人退出姚家，站在门外商议对策。

"依我看，这些人就是不能跟他们来客气的，直接上铐子就行了！"毛忠洋余怒未消地说道。

"毛局长，你们平时就是这样执法的！"骆兰英对计巧云没办法，对毛忠洋可不会客气。想到刚才哄孩子的狼狈，骆兰英就气不打一处来，她冲着毛忠洋厉声斥责道，"谁跟你说姚伟强的事情还没完的？谁允许你说要把计巧云铐走的？董专员在电话里亲口说的，姚伟强是咱们金南地区的先进，是模范，你刚才胡说八道什么！你比董专员更懂政策是不是！”

“这……”毛忠洋傻眼了。出来之前，县长倒是向他交代了这一点，可他平时就是习惯于这样吓唬老百姓的呀。他刚才的意思，是觉得计巧云顶撞了骆兰英，他想在骆兰英面前表现一下，拍拍上级领导的马屁，谁料想却拍在了马蹄子上。

“骆主任，我刚才也是……唉，我这张臭嘴，难怪总是提拔不上去。”毛忠洋轻轻地给了自己一个耳光，然后赔着笑脸问道，“那现在怎么办，这个计巧云肯定是知道姚伟强藏在哪里的，她就是拿准了我们不敢抓她，故意跟我们捣乱呢。”

“现在没时间计较计巧云的事情。”骆兰英皱着眉头道，“董专员要求明天晚上之前必须把姚伟强请到金南去，现在每一分钟都是非常宝贵的。”

“骆主任，董专员说姚伟强是咱们金南的先进模范，这是真的假的？”包成明在旁边问道。

“当然是真的。”骆兰英没好气地说道。

包成明道：“如果是这样，那咱们就给计巧云开个证明，又有什么不行的？老百姓的心理我还是懂一点的。她也是怕我们秋后算账，所以想要一个保证。说老实话，咱们的政策三天两头变，也的确是搞得老百姓心里没底。就算我们这次把姚伟强请回来，不对他怎么样，他也要担心过几天政策会不会变啊。”

这一番折腾，还真把骆兰英给唬住了。看到计巧云油盐不进，又想到董兆安下的死命令，骆兰英把脚一跺，说道：“也罢，咱们也要取信于民嘛。我们马上回金南去，向董专员请示，如果董专员同意，我们就给计巧云开个证明！”

吉普车在年久失修的公路上开出了八十公里的时速，把骆兰英颠得连胆汁都快吐出来了。她脚步蹒跚地奔回办公室，给远在省城的董兆安打了电话，请示过之后，马上亲手写了一份证明材料，承诺今后不会再以投机倒把的名义对姚伟强进行打击，然后盖上行署办公室的大印，这才又赶回了石阳县。

石阳县这边，得到骆兰英事先打来的电话指示，也已经开了另外一份证明，盖上了县政府和公安局的大印，内容与骆兰英那份证明相差无几。

一行人再次来到姚伟强家，一进门，倒把计巧云给吓了一跳。

“骆主任，你的脸色怎么这么难看，你不会是生病了吧?”计巧云指着骆兰英惊愕地问道。上午那会，骆兰英还是容光焕发，像是注射过几千毫升鸡血的样子。可到了现在，她却是脸色铁青，嘴唇乌黑，比那个成天抱着药罐子的张会计显得还要憔悴几分。计巧云是个热心肠的人，见此情形岂有不惊奇的道理。“我，呃……”

计巧云不提还好，一提起来，骆兰英那晕车的感觉又上来了。她一转身便跑出了屋子，扶着一棵树，对着树底下呕出了好几口酸水。

“哦，原来是这样……”跟在骆兰英身后出来的计巧云见此情形，恍然大悟，满脸笑容地说道，“骆主任，恭喜恭喜，你这算是……老来得子啊!”

第二百零七章

行署和石阳县的证明还是很有效的。计巧云收好这两张证明材料之后，喜滋滋地把孩子送到了公公婆婆那里，自己则跟着骆兰英一行来到了石阳县政府，用县政府的长途电话拨通了一个南江省新岭市的电话："陈经理啊，我是姚伟强的老婆计巧云，麻烦你让人告诉一下伟强，说地区和县里的领导都到家里来了，还给我们开了证明，说伟强不是投机倒把，让伟强马上回来吧。"

"让他务必明天中午之前要赶到金南市。"骆兰英在计巧云身边低声地嘱咐道。

计巧云没有再跟骆兰英赌气，照着骆兰英的话说道："嗯嗯，陈经理啊，我们地区的骆主任说了，要让他明天中午以前就要赶到金南市去。"

"好的，我问问姚师傅到哪去了，让人想办法通知他。"对面那位陈经理答应道。

"没办法直接联系上姚伟强？"等计巧云放下电话之后，骆兰英一脸忐忑地问道。

"没办法，伟强从来没有跟我联系过。"计巧云眼睛也不眨地说着瞎话。

"这位陈经理……是姚伟强的熟人？"毛忠洋在旁边问道，他刚才可是已经记下了电话对面的单位，实在不行，就只能通过公安内部的渠道，请新岭市的同行去找姚伟强了。

计巧云道："哪里是什么熟人嘛，陈经理是开酒楼的，伟强在她那里吃过饭就是了。"

"……"众人都傻眼了，这算个什么事儿？闹了半天，还是不靠谱啊。

可到了这个程度，大家也没啥办法了，只能是死马当成活马医，赌一赌自己的运气了。毛忠洋私底下还真的让新岭公安局那边的熟人帮着打听了一下，发现那个什么春天酒楼居然是一家合资企业的驻省办事处，来头也不小，隔着一个省，毛忠洋也没办法让人去给陈抒涵施加压力，只能干着急却使不上劲。

骆兰英带着包成明回了金南市，愁得一宿都没合眼。第二天一早，她便赶到了行署，给毛忠洋打电话询问情况。毛忠洋已经安排了好几个警员蹲在姚伟强家门外守候着，只等姚伟强一出现，就扑上去，不管是邀请还是扭送，总之不能耽误骆兰英定下的时限。可左等不见，右等不来，上门去向计巧云打听，计巧云倒是一扫前一天的冷漠，又是瓜子花生，又是香烟和酒心巧克力，就是闭口不谈姚伟强的行踪。

骆兰英又整整煎熬了一个上午，脸上阴云密布，吓得整个行署办公楼里都没人敢大声喧哗。到了中午时分，骆兰英扛不住饿，正准备拿着饭碗去食堂吃饭，忽听楼道里脚步声踩得山响，更有人大声喊道：“来了来了！姚伟强回来了！”

骆兰英一个箭步冲出了办公室，见楼道里早就挤着一大群干部，正当中西装革履、满面春风的，可不就是姚伟强吗？骆兰英在那里心急如焚，姚伟强却是好整以暇，他向每一位出来围观他的干部拱手说着“恭喜发财”，同时把大中华香烟像不要钱一般地往每个人手上送。

“姚伟强！”骆兰英忍不住大吼了一声，把所有的人都吓得一哆嗦，光是掉在地上的香烟就有十几支之多。

没等众人回过味来，骆兰英又迅速地由豺狼变身成了小白兔，她脸上带着温柔的笑意，声音也像极了港台歌星，冲着姚伟强殷勤地问候道：“小姚，你来了？路上辛苦了吧？要不要先休息一下？”

姚伟强抬头看到骆兰英，连忙迎上前来，拼命地鞠着躬，说道：“哎呀，你就是骆主任吧？真不好意思，听说你专门往我家里跑了两次。我都听我老婆说了，你身体还不方便，这样跑来跑去，万一有个闪失怎么办？我已经把我老婆臭骂了一顿，女人就是这样，头发长见识短……啊不不不，我是说我老婆那样的女人，骆主任这样的是女中豪杰，别人不能比的。”

骆兰英遣散众多的围观者，把姚伟强领到会议室坐下，叫人送来茶水、点心等，又寒暄了几句，这才进入正题，说道：“姚师傅，这次行署请你过来，是什么事情，你肯定已经知道了吧？”

“我不太清楚。”姚伟明显是强揣着明白装糊涂。

“我听说，你认识一个西德的外商？”骆兰英试探着问道。

姚伟强点点头道：“是啊，做生意的时候认识的，在一起喝过几回酒而已，也不算是很熟。”

……而已？骆兰英又在咬牙了。能够和外宾在一起喝酒，这还不算很熟吗？更丧心病狂的是，你还和外宾喝过不止一次酒，这简直就是不拿外宾当洋人的节奏嘛。

“你有没有听外宾说过他要到金南来投资的事情？”骆兰英继续问道。

姚伟强道：“他倒是说过几回，说是想投一笔钱，跟我搞个合资企业，专门做轴承生意，以后还要在西德开一个分店，也交给我管。我说我就是一个农民，还是个通缉犯，哪能跟你合资嘛，这件事就没再谈下去了。”

“谁说你是通缉犯！”骆兰英正色道，“前一段的事情都是石阳县那边瞎指挥，我已经很严肃地批评过他们了。行署也已经给你爱人写了一个证明，证明你不是犯罪分子，你千万不要有思想负担。”

“是吗，原来都是误会啊？”姚伟强装作懵懂的样子问道。

“对对对，都是误会，现在已经搞清楚了。”骆兰英说道。

“误会就好，前一段可是把我吓死了。”姚伟强说道。自古民不与官斗，他想要的也就是与官方相安无事，计巧云已经把骆兰英他们挤兑得够呛了，姚伟强自然不会再去纠缠此事，否则就要结仇了。他这次专门给骆兰英带来了礼物，也有息事宁人的意思，佩曼毕竟只是一张虎皮而已，姚伟强做了这么多年的生意，不会蠢到得理不饶人的程度。

“骆主任，我听到消息了，说是佩曼先生已经到了省里，所以才紧赶慢赶跑回来，就是怕有事情找不到我。前两天我不知道地区是什么想法，躲在乡下没敢回家，听到我老婆让人转的消息，才知道骆主任要找我，这不就赶快跑过来了吗？”姚伟强用谦恭的语气说道。

“是这样的，董专员在省里已经见到你说的佩曼先生了。听佩曼先生说，他想到金南来投资，指名道姓要和你合作。啧啧啧，你的名气真是叫响了，连人家德国人都是慕名来找你，真不容易。”骆兰英情不自禁地发着感慨。

姚伟强谦虚道：“我哪有什么名气，也就是懂点轴承。佩曼先生是西德一家有名的轴承公司里的领导，我做生意的时候认识了他，他对我倒是蛮欣赏的。正好他们也想在中国建一个轴承销售公司，这不就相中我了吗？”

“那你的打算是什么呢？”骆兰英问道。

姚伟强毫不犹豫地说道：“我听地区领导的。”

骆兰英道：“这怎么行，做生意是你跟德国人做，我们政府的领导怎么能替你作主呢？”

姚伟强道：“我是个农民，也不懂什么政策，万一做点什么违反了政策怎么办？地区领导都是有水平的人，尤其是你骆主任，所以我想问问骆主任，你觉得我是答应好呢，还是不答应好呢？”

“当然得答应！”骆兰英道，“现在中央都在提倡引进外资，咱们金南地区作为侨乡，还落在了省里其他几个地区的后面，地委和行署的领导都非常重视这件事情。董专员明天会亲自陪着佩曼先生回来，在这之前，咱们必须把合资的事情确定下来。伟强啊，我跟你说，这不是你一个人的事情，这是咱们整个金南地区的事情，明白吗？”

“我明白，我明白。……所以，我要听骆主任的意见嘛。”姚伟强绕了一圈，还是把球踢回到了骆兰英的脚下。

姚伟强这样说，可不是因为他没有主见，他是想听听行署开出的价码，以确定自己如何与行署讨价还价。有关合资的事情，他早就和冯啸辰商量定了，那就是德方占七成，他姚伟强个人占三成，合开一家全国性的轴承交易中心。

他要与金南地区谈的，是这家轴承中心享受的政策问题，他需要地区给他合法的身份，并且承诺未来不对合资公司插手。这些条件是需要事先说好的，等木已成舟，再来谈条件就晚了。

第二百零八章

关于合资企业的事情，金南地区当然不会没有一个意见。董兆安得到这个消息之后，马上就通知了地委书记柴承祖和其他一干行署领导。众人经过讨论之后，形成了几个方案，骆兰英现在要和姚伟强讨论的，就是这些方案的可行性。

“地委和行署领导的意思是，对于德国企业到金南来投资，我们金南地区是非常欢迎和支持的。既然外商指名道姓要和伟强你合作，那我们可以选一个企业交给你，任命你为企业的厂长，用这家企业来和外商合资，你觉得怎么样？”骆兰英说道。

“选一家企业给我？”姚伟强这回是真的有些懵了，“是什么企业？”

“随便什么企业都可以啊。”骆兰英道，“市里的电机厂、柴油机厂、化肥机械厂，都是很过硬的企业，你看中哪家都行。”

“什么？金南电机厂……就归我了？”姚伟强惊得目瞪口呆。金南电机厂放到整个海东省来看，算不了什么，但在金南地区却是数一数二的大企业。姚伟强从前到电机厂去谈业务，如果不送两包烟出去，连门都进不了。可就这么牛的一家企业，骆兰英居然说要白送给他。

骆兰英也反应过来了，知道姚伟强会错了意思，赶紧解释道：“伟强，你搞错意思了。行署的意思，不是说电机厂归你，而是说让你到电机厂去当厂长，代表电机厂去和外商谈判。这样一来，以后你就算是国家干部了。电机厂是正科级单位呢，你就相当于县里的一个局长了。”

“是这样啊？”姚伟强一时有些心动。县里一个局长是如何牛气，他是深有体会的。想到自己居然能够成为电机厂的厂长，未来有资格与毛忠洋这些人称兄道弟，他就忍不住陶醉。不过，他的失神也只维持了几秒钟时间，他清楚地知道，这并不是他想要的东西，同时也不是他有能力守得住的东西。

“骆主任，这个恐怕不行。”姚伟强说道，“佩曼先生跟我说的是要和我的轴承店合资，他们的目的就是在中国开一家轴承销售公司，电机厂的业务跟轴承差得太远了，佩曼先生恐怕不会愿意的。”

“这也好办啊。”骆兰英又抛出了第二方案，“你的轴承店，现在是一家个体工商户吧？太初级了。我跟石阳县打个招呼，不不不，不是跟石阳县，而是跟金南地区二轻局打个招呼，以后你的企业就挂靠到二轻局，算是二轻局的企业，你看怎么样？”

“那以后，我这个轴承店的事情，谁说了算呢？”姚伟强问道。

“当然是你说了算。”骆兰英道，说完，没等姚伟强高兴过来，她又补充了一句，“当然啦，在业务上你还要服从二轻局的管理，公司的利润是要上交给二轻局的。”

“啊？那我图个啥？”姚伟强一句抱怨脱口而出。

“这……”骆兰英也糊涂了。是啊，姚伟强原来是个体户，赚多少钱都是他自己的。如果把轴承店挂靠到二轻局去，就算是二轻局的企业了，赚了钱当然要交给二轻局，否则就不合规定了。可如果赚的钱都交给二轻局，姚伟强图个啥呢？在此前领导把这个方案告诉骆兰英的时候，她还真没去想这个问题，现在姚伟强一说，她才反应过来，人家是私人的店，凭什么一句话就交给二轻局了？

“你原来的轴承店是个体工商户，没听说过个体工商户还能挂靠的。要挂靠，就得改成集体所有制。可你这哪能算是集体所有制呢？”骆兰英纠结地说道。

姚伟强道：“骆主任，我这些年在外面跑，听说外地有一种企业，叫作‘联户企业’，也叫‘社员联营集体企业’，就是由几个人合伙一起开的企业。我这个能不能照着这种方式来算？”

“什么地方有这样的企业？”骆兰英问道。

“这个嘛，我也是听人说的，不太清楚。”姚伟强支吾着说道。其实，这个概念是冯啸辰灌输给他的，建议他这样向金南行署提出来。冯啸辰知道，在个体企业还不能公开成立的情况下，以所谓“社员联营”的方式来瞒天过海，在政策上是可行的，或者说，是当时政策上存在的一个漏洞。

不过，改革开放后第一家披着“社员联营”外衣出现的私营企业，还得等到 1982 年的年底。冯啸辰给姚伟强支的招，是把这种形式给提前催生了。

涉及政策方面的事情，又是在地委、行署领导划出的圈子之外的，骆兰英就不敢作主了。她让人安排姚伟强去休息，自己则赶紧给董兆安打电话，向他汇报这个新的情况。董兆安自然也不敢擅专，又与在金南的地委书记柴承祖通了电话，予以通报。

经过一番颇为复杂的讨论，金南地委终于作出了决定，同意使用“社员联营”这样一个名目，将姚伟强的个体工商户升格为集体所有制公司，其实也就是后世最常见的民营股份公司了。既然是集体所有制，当然不能由姚伟强一个人持股，而是需要有几个名字才行。这倒是难不住姚伟强，他一个电话打回石阳，立马就找到了七八个合伙人，当然，这些合伙人只是出个名目而已，实际上与公司没有任何关系。

因为是打政策擦边球的事情，金南地区就不宜直接出面了。在骆兰英的授意下，石阳县指示社队企业管理局给姚伟强发了营业执照，执照上的名称为“石阳县城南轴承经销公司”，这个名字反正也只是一个过渡，等到佩曼到来，双方确定合资事宜后，公司的名称还得再改，这就不是石阳县能够管得了的事情了。

再往后的事，就不必细说了。佩曼在董兆安的亲自陪同下来到了金南，在公开场合与姚伟强狠秀了一番恩爱，让人觉得佩曼简直就是姚伟强失散多年的表哥。双方在地委、行署领导的见证下，草签了合作协议。

随后，金南行署专门派人陪佩曼、姚伟强前往京城，进行合资企业的登记工作。这个流程需要等待几个月的时间，佩曼只是签了几个字就到桐川去指导轴承生产工作了，姚伟强则返回金南，招兵买马，准备扩大轴承店的业务。金南地区对姚伟强的一切活动全部开绿灯，不敢有丝毫怠慢。

受到姚伟强这个例子的启发，金南地区对其他九个“大王”的问题也重新进行了讨论，认为虽然不能与姚伟强的情况类比，但为了避免某天突然再出现一个什么外宾，导致行署工作出现被动，最好还是对这些人网开一面为宜。已经被抓捕入狱的那几个大王都被放了出来，由家人具保，实施监视居住。他们的企业也被解封，只等着国家政策再松动一些，就可以恢复生产了。

被放出来的那些大王们听说自己能够脱厄的原因在于姚伟强，纷纷上门拜访，在艳羡姚伟强的好运之外，也帮他介绍了一些自己过去建立的关系，并且与姚伟强约定未来要互相协作，同甘共苦。

这些事情就不是冯啸辰需要关心的了，姚伟强的弱小，只是因为他的地位，但要论起经商以及在社会上周旋的本事，姚伟强丝毫不比冯啸辰差。冯啸辰给他提供了平台，姚伟强自然能够打出一片天地，冯啸辰要做的只是等待收获的时节而已。

春节过完，冯啸辰离开南江，返回了京城。一到单位，他就听到了一个可喜的消息，由胥文良、崔永峰署名的学术论文《1700毫米热轧机工艺优化》一文在轧钢领域的国际顶级期刊上发表，立刻引起了全球轧钢业界的轰动。无数的业内专家和学者纷纷致信，要求索取更进一步的细节资料。日本三立制钢所和德国克林兹公司的人员都已经飞到了中国，准备与秦重方面商谈合作开发新型轧钢机的事宜。

“胥总工和崔副总工已经来过一次重装办了，是专程来向你致谢的。他们说，他们这篇文章的思想，主要都是来自你的启示。胥总工还说，他原本是想把你的名字署在最前面的，是你坚决不同意，他们才作罢的。不过，在文章里，他们可是特别对你提出了鸣谢。”罗翔飞向冯啸辰说道。

冯啸辰微笑道：“胥总工他们太客气了。其实我只是和他们聊了一些想法，具体的设计都是由他们做出来的，我根本就不懂。他们的文章我事先看过，我提出的想法只是很小的一部分，更多的是他们根据自己的经验进行的发展，其中不乏有意义的真知灼见。”

“你还是有些家学渊源的嘛。”罗翔飞道。不过，他并不打算多谈这件事情，而是对冯啸辰说道，“秦重方面，根据你的提醒，提前对文章里提到的几种设计申请了专利保护。三立和克林兹想按照这些新的设计思想来开发轧机，必须要征得秦重的许可。过去是我们求着西方企业，现在也轮到西方企业求着咱们了。关于与三立和克林兹之间的合作，你有什么考虑?”

第二百零九章

冯啸辰后世是技术型的官员，对于许多领域的技术概念都有所涉猎，但到具体细节上，就不如在一线浸淫多年的胥文良、崔永峰这些人了。

他在秦重向胥文良他们说了一堆轧机设计的新思想，胥文良、崔永峰花了几个月的时间，把这些思想消化得差不多，并在这些思想的指导下，提出了一批轧机设计的新方案。胥文良没有急于发表这些方案，而是由秦重出面，请外贸部在欧美日等国申请了这些设计的专利，随后才把综述文章发到了国际学术期刊上。

从一开始，胥文良就知道这样一篇文章会在轧钢业界引起轰动，但当各种索要详细资料的信件如雪片般从世界各地飞来的时候，胥文良还是被吓住了。他毕竟还是离国际技术前沿稍微远了一点，无法体会到这些创新对于目前的业界意味着什么。轧钢技术已经有很长时间没有革命性的突破了，他和崔永峰写的这篇文章中提出的很多思路，颠覆了许多传统的观念，三立、克林兹等一众企业都从这篇文章中嗅出了浓烈的商机，因此便如飞蛾扑火一般地冲上来了。

“我的意见是，来者不拒，和这些企业进行全面的合作。”在重装办召集的会议上，冯啸辰向一干参会者说道。在前面，众人都已经发表了各种观点，冯啸辰作为与秦重联系的重装办官员，又是胥文良他们那些设计理念的首倡者，自然也获得了发言的机会。

“小冯，我觉得没有这个必要吧？”原来在冶金局担任机电处副处长的杨永年质疑道。去年冶金局撤销的时候，他被调到冶金部去了，还提了半级，目前是冶金部的一名处长，轧机制造正是他分管的业务之一。

“杨处长的意思是什么？”冯啸辰问道。

杨永年道："我了解过，胥总工他们提出的这些设计都是居于国际领先地位的，这意味着我们国家的轧机设计水平一下子就达到了世界前列，而且受专利保护的影响，日、德企业都无法使用这些设计，这对于我们来说就是一个极好的机会。我们的考虑是，限制专利授权，迫使国外那些需要建造新型轧机的客户只能向中国订货。一套轧机生产线就是几亿美元，如果我们一年能够吃下两三条，那就是十多亿的外汇收入，这是一个了不起的成就。"

"一年吃下两三条？"前来参会的浦海重型机器厂副厂长曹苏骏嘟囔了一声，摇了摇头。

"曹厂长，你别摇头啊。"杨永年发现了曹苏骏的这个小动作，笑着说道，"秦重和浦重是咱们国家制造热轧机的主力企业，如果我们真的能够实现一年两三条轧机生产线的目标，这可都是你们的生产任务呢。"

曹苏骏道："杨处长，你说得容易，关键是，咱们能吃得下吗？就我们厂的生产能力，别的什么东西都不造，一门心思搞轧机，造一条生产线起码也是两到三年的时间，这还得看配套厂是否能够及时提供配套件。秦重的情况和我们也差不多少。别说一年两三条生产线，就是一年一条，也能把我们浦重和秦重都给累趴下了。"

杨永年笑道："曹厂长，这就是问题所在了。既然我们有这么多的业务，可你们的生产能力又不足，那就需要扩大生产能力啊。你们可以打一个报告上来，交给……呃，交给罗主任吧，请他们替你们向中央申请技改经费，把你们的生产能力扩大个一倍两倍的，不是挺好吗？"

坐在主持位置上的罗翔飞笑了笑，说道："永年太高估我们重装办的能力了，要让浦重、秦重这样的企业把生产能力扩大一两倍，恐怕需要国家计委专门立项才行。我觉得，冶金部的这个考虑还是欠周到的，我们还是一个工业基础薄弱的国家，即便在轧机设计上有了一些突破，要想垄断全球的轧机生产还是太困难了。"

"我说的也不是要垄断，而是说……这么好的技术，拿去跟别人合作，太可惜了。"杨永年知道自己把话说得太满了，只能悻悻然地往回收了一点。

罗翔飞没有在意，而是指指冯啸辰，说道：“小冯，你接着说吧，为什么你认为应当来者不拒？”

冯啸辰道：“刚才杨处长说我们要迫使国外客户只能向中国订货，我觉得这个想法还是太乐观了。胥总工他们能够提出这些新的设计理念，但理念和最终的设计还是有很大差距的，这些理念交给三立、克林兹，他们能够迅速应用于轧机设计，但在咱们自己手里，恐怕还得磨上几年才能真正融会贯通吧？”

“小冯说得对，我们对于当今的轧机设计方法还不熟悉，这些设计理念要和现有的设计相融合，对于我们来说难度太大了。”胥文良诚恳地说道。

一台轧机光重量就是几万吨，各种零部件加起来数以十万计。要把这些零部件组合在一起，成为一台高效率的轧机，不是光有几个理念就够的。就如崔永峰向冯啸辰说起过的配管问题，国内就没人能够真正掌握。你可以提出一个板坯定宽侧压的思想，但具体如何实现，涉及的技术问题、技巧问题多如牛毛，这些方面的差距，不是冯啸辰给胥文良几个金点子就能够弥补上的。

“除了设计能力上的不足之外，我们也同样缺乏把设计转化为产品的能力。恕我直言，秦重、浦重的工艺水平，与三立、克林兹相比，至少还有十年以上的差距。”冯啸辰继续说道。

“岂止是十年啊。”曹苏骏苦笑道，“三立在二十年前就已经解决的辊子表面堆焊问题，我们到现在还在摸索，合格率连三立的一半都达不到。我觉得，我们起码比人家要落后二十年以上。”

“曹厂长，也不能这样长别人志气、灭自己威风吧？”杨永年觉得脸上有点挂不住了，他刚才还说要一年吃下两三条生产线，现在冯啸辰和胥文良、曹苏骏等人一唱一和，把自己的设计和生产能力都说得一文不值，让他情何以堪呢？

曹苏骏笑着摆摆手道：“也对，咱们也不是所有的技术都比别人差，有些方面我们和日本的差异也是比较小的，努努力也能达到他们的水平。”

冯啸辰冲二人笑了笑，接着说道：“正如刚才胥总工和曹厂长说的，我们和国外在技术上还有不小的差距，光凭着胥总工他们提出的几个新奇理念不能包打天下。我的意见是，既然我们有了这样一个资本，就要趁它还值点钱的时候，拿出来和三立他们交换我们最需要的东西。”

“什么东西？”秦重的副厂长邬三林问道。

“技术。”冯啸辰道，“我们以专利授权为条件，要求三立、克林兹他们与我们共同设计，分工制造。这一回，咱们除了辅机之外，还必须承担一部分的主机制造任务，至于主机制造过程中需要的技术，由他们负责提供，而且必须做到包教包会，否则我们就不和他们合作了。”

“小冯，你这不是与虎谋皮吗？”杨永年笑道，“我怎么记得咱们上次去德国的时候，你提出的也是这个观点啊。”

冯啸辰也笑道：“本来就是一个一以贯之的政策嘛。我们不需要钓上来的鱼，我们需要学习钓鱼的技术。等到我们掌握了全面的技术，那时候就可以琢磨着垄断全球的轧机生产了，杨处长说的一年拿两三条轧机线的理想并非高不可攀。”

“哈哈，你小冯也会做梦啊，而且比我想得还美。”杨永年半开玩笑地说了一句，也算是把自己刚才的尴尬给掩饰过去了。

罗翔飞问道：“小冯，你觉得，你提出的这些条件三立和克林兹能接受吗？”

冯啸辰道：“我觉得他们会接受的。就胥总工他们提出的这些新的设计思想，已经得到了业界的普遍认同。在这种情况下，客户在购置新的轧机生产线时，一定会要求制造商满足这些方面的技术要求，以免新的轧机生产线没等投产就已过时。这样一来，三立、克林兹要想保住自己的市场份额，必须找我们提供专利授权，这种时候我们不管提出什么要求，他们都得捏着鼻子接受。”

“哈哈，捏着鼻子这个形容太好了！”胥文良转头向着罗翔飞，说道，“我也赞成小冯的意见。其实，我们要求三立、克林兹转让的技术并不算特别核心的技术，也不是他们专有的技术。换句话说，有些技术我们完全可以从他们的竞争对手那里得到，如果他们不愿意与我们合作，那么我们就可以和那些竞争对手去合作，这对他们来说，是完全不可忍受的。”

“如果是这样，那我们就确定这样一个策略，最大限度地从三立、克林兹那里获得我们需要的技术。在这方面，邬厂长、曹厂长，你们要发挥更多的主观能动性，保证这些转让技术能够学得会、记得牢、用得上。”罗翔飞叮嘱道。

“明白！”邬三林和曹苏骏异口同声地应道。

图书在版编目（CIP）数据

大国重工. 贰/齐橙著.-上海：上海文艺出版社.2019.1（2019.9重印）
ISBN 978-7-5321-6940-5
Ⅰ.①大… Ⅱ.①齐… Ⅲ.①长篇小说－中国－当代
Ⅳ.①I247.5
中国版本图书馆CIP数据核字(2018)第265930号

上海市新闻出版专项资金数字出版领域资金扶持
2017年度中国作家协会重点扶持作品

发 行 人：陈　征
策　　划：林庭锋　侯庆辰　李　霞
责任编辑：李　霞
网络编辑：李晓亮
美术编辑：丁旭东

书　　名：大国重工. 贰
作　　者：齐　橙
出　　版：上海世纪出版集团　　上海文艺出版社
地　　址：上海绍兴路7号　200020
发　　行：上海文艺出版社发行中心发行
上海市绍兴路50号　200020　www.ewen.co
印　　刷：常熟市华顺印刷有限公司
开　　本：890×1240　1/32
印　　张：15.75
插　　页：2
字　　数：452,000
印　　次：2019年1月第1版　2019年9月第2次印刷
I S B N：978-7-5321-6940-5/I · 5541
定　　价：58.00元
告 读 者：如发现本书有质量问题请与印刷厂质量科联系　T：0512-52605406